BASTEI
LÜBBE
TASCHENBUCH

Über die Autorin:

Daniela Winterfeld wurde 1978 in Rheda-Wiedenbrück geboren. Sie ist in Westfalen auf einem Bauernhof aufgewachsen und begann bereits in ihrer Jugend mit dem Schreiben. Später studierte sie Literaturwissenschaften mit den Nebenfächern Geschichte und Psychologie. Inzwischen lebt die Autorin mit Mann und Kindern in Berlin.

Daniela Winterfeld

Die Quellen von Malun

BLUT GÖTTIN

Roman

BASTEI LÜBBE
TASCHENBUCH

BASTEI LÜBBE TASCHENBUCH
Band 20948

FSC
www.fsc.org
MIX
Papier aus verantwortungsvollen Quellen
FSC® C019821

Dieser Titel ist auch als E-Book erschienen

Originalausgabe

Umschlaggestaltung: Guter Punkt, München | www.guter-punkt.de
Satz: hanseatenSatz-bremen, Bremen
Gesetzt aus der Bembo Std
Druck und Verarbeitung: C. H. Beck, Nördlingen
Printed in Germany
ISBN 978-3-404-20948-4

2 4 5 3 1

Sie finden uns im Internet unter
www.luebbe.de
Bitte beachten Sie auch: www.lesejury.de

Prolog

Ebene von Zeylem

BLUTSOHN

Die Hufe der Pferde zerrissen den Boden zu Staub, zerfetzten die Erdkruste und wirbelten eine Wolke in die Höhe. Wie ein Schleier haftete sie an den Fersen der Reiter, flog ihnen nach, während sie über die ausgedorrte Ebene dahinjagten. Die Pferde schwitzten und keuchten, ihr weißes Fell war längst gelb gefärbt von Staub und Schweiß und glich damit dem Blond ihrer Reiter. Doch die Männer kannten keine Gnade, trieben die Tiere unerbittlich voran. Nichts durfte sie jetzt noch aufhalten, nichts durfte sie an dem hindern, was zu tun war. Denn längst schon sank das Licht des Tages hinab zum Horizont und warf einen goldenen Schein über die verbrannten Dörfer.

Wann immer sie eine Siedlung durchquerten, sprangen die Pferde über verkohltes Holz und menschliche Knochen. An den Dachsparren hingen mumifizierte Leichen, denen Beine und Arme fehlten, abgerissen von wilden Tieren. Doch inzwischen waren selbst die Sandhyänen den Dürretod gestorben oder weiter nach Norden gezogen. Nichts lebte mehr in Zeylem, dem ersten Land, das vor mehr als hundert Blutjahren durch Sapion erobert worden war. Nicht einmal die Aasfliegen fanden noch Nahrung.

Kurz bevor sie ihr Ziel erreichten, begann der Wald. Oder das, was vor langer Zeit ein Wald gewesen war. Wie ein zu Salzkrusten erstarrtes Meer überzogen die umgestürzten Bäume die

Ebene. Es waren mächtige, riesenhafte Maruschkabäume, deren Stämme sich hohl und mit zerfledderter Rinde übereinandertürmten. Der heiße Wind riss an ihren Überresten, blätterte die trockenen Stämme in Schichten auseinander, bis sie in Fetzen davonflogen.

Nur ein schmaler Pfad inmitten der Trümmer war freigeräumt worden, kaum mehr als eine Gasse, welche die Reiter wie ein Hohlweg umfing und sie zwang, sich zu einer Reihe zu formieren.

Wie immer galoppierte der Blutsohn voran und beugte sich tief über den Hals des Schimmels. Das Trommeln der Hufe dröhnte in seinen Ohren, übertönte das Pfeifen des Windes und vereinte sich mit der Jagd seines Herzens. Er musste nicht hochsehen, um zu wissen, dass Rabanus bereits untergegangen war und nur noch seine Dämmerung den Himmel erhellte. Er musste nicht nach vorne schauen, um zu erfahren, wie lange es noch dauern würde. Er musste nur die Gier und den Hass fühlen, die seinen Körper erfüllten, um sicher zu sein, dass seine Zeit davonlief.

Ihre Zeit, die Zeit, die seiner Mutter noch blieb.

»Schneller! Kommt schon!« Turor galoppierte direkt hinter ihm, rief die Befehle, die der Blutsohn nicht aussprach. Nicht jetzt, nicht heute. Nur die magischen Worte sprach der Sohn der großen Göttin am Bluttag.

Das Mädchen fing wieder an zu jammern. Direkt vor Turor war sie an den Doppelsattel gefesselt. Ihre kurzen Beinchen waren ans Sattelblatt gekettet, ihr Oberkörper war vornüber am Mähnenkamm des Pferdes festgebunden. Es war schon schwer genug gewesen, sie zu finden – um keinen Preis durfte sie fallen oder fliehen.

Oftmals waren die Kinder halbtot, wenn sie ankamen. Ketten und Seile zerrissen ihre Haut, die Bewegung von Pferd und Sattel prellte ihre Rippen und zerbrach die zarten Knochen. Manchmal erstickten sie in der Enge der Schnürung.

Aber dieses hier jammerte noch.

Wenigstens das war ein gutes Zeichen. Es musste lebendig sein, wenn sie ankamen. Nur was lebte, konnte getötet werden.

Eisige Kälte durchdrang den Körper des Blutsohnes, breitete sich immer weiter aus und fror alles ein, was in ihm gefangen lag. Einzig sein Hass brannte weiter, eine kleine, eisige Flamme, die sein Herz schon lange verkohlt hatte.

In diesem Moment sah er doch nach vorne und entdeckte den einzelnen Berg, der sich am Horizont abzeichnete. Die Silhouette der Blutburg erhob sich auf seiner Spitze. Der Berg leuchtete rot im Licht der aufgehenden Nachtsonne, drängte sich gegen den schwärzer werdenden Himmel. Nur dort, am Fuße der Blutburg, standen die Bäume noch aufrecht. Rotes Laub hing an ihren Zweigen, schon vor Jahrzehnten getrocknet und dennoch nie herabgefallen.

Der Übergang zwischen Tag und Nacht hatte begonnen, jene Zeit, in der die Dämmerung beider Sonnen den Himmel rot färbte. Links neben der Burg leuchtete noch der orangefarbene Schein, den Rabanus seit seinem Untergang an den Himmel warf, während sich Sapia auf der rechtsseitigen Ebene von ihrem Schlaflager erhob. Klein und dunkelrot wachte die Blutsonne auf, nur um im Laufe der Nacht noch kleiner zu werden und als rote Leuchtfackel über den Himmel zu ziehen.

Nicht weit von ihr entfernt erwachte noch jemand. Bis jetzt war nur die obere Hälfte seines zerklüfteten Gesichtes zu sehen. Doch der große Mond war schneller als jeder andere Himmelskörper. Sein kaltblaues Antlitz schälte sich mit jedem Galoppsprung weiter hinter dem Meer der toten Bäume hervor, bis es sich voll und ganz darüber erhob. Bald schon würde der kalte Mondsohn seiner rotglühenden Mutter entgegentreten, voller Hass würde er sie küssen und verschlingen. Für wenige Augenblicke würden sich Sapia und Sapionas vereinigen, ehe der große Mond seine Mutter wieder freigäbe. Es war jener Moment, der sich jeden Monat wiederholte, das Opfer, das sie ein ums andere Mal bringen mussten – um das Licht und die Energie der hassenden Göttin zu erneuern.

Der Blutsohn riss sich vom Anblick der Gestirne los. Nur Sapia warf ihr Licht auf diese Seite des Burghügels und färbte die Bäume rot. Wenige Galoppsprünge später erreichten sie den Wald. Die riesenhaften Baumkronen schlossen sich über ihren Köpfen, bildeten einen dicht bewachsenen Tunnel, der vor ihnen den Berg hinaufführte.

Sie waren zu spät, viel zu spät …

Der Blutsohn trieb dem Schimmel die Sporen in die Seite, jagte ihn den Berg hinauf. Tatsächlich wurde das Tier schneller, doch nur kurz, ehe es in erschöpften Trab fiel.

Keine Zeit, keine Gnade! Für seinen nächsten Ritt würde er ein neues Pferd brauchen. Doch dieses hier musste seinen Dienst erfüllen, musste ihn rechtzeitig zur Burg bringen, auch wenn es das Letzte war, was es tat. Der Blutsohn griff an seinen Oberschenkel, zog die Knötchenpeitsche aus der Halterung und holte aus. Eisiger Hass flutete durch seine Adern, löste sich in einem Aufschrei und prasselte mit dem Leder auf die Kruppe des Pferdes. Der Hengst quietschte und streckte sich nach vorne, strauchelte und stolperte, ging für einen winzigen Moment in die Knie und gab dennoch sein Letztes, um seinen Reiter den Berg hinaufzutragen.

Turor war ihm noch auf den Fersen, mit einem kurzen Blick über die Schulter konnte der Blutsohn ihn sehen. Die restlichen Männer waren weit hinter ihnen zurückgefallen. Doch auf sie kam es nicht an. Von nun an brauchte er nur noch Turor und das Mädchen.

»Öffnet die Tore! Der Blutsohn kommt!« Turor rief den Befehl den Berg hinauf, nur wenige Augenblicke ehe das verschlossene Burgtor vor ihnen lag.

Eilige Gestalten liefen hin und her, zogen das Fallgitter hoch und öffneten die Torflügel. Es war kaum weit genug geöffnet, als der Blutsohn hindurchpreschte. Zwei weitere Tore lagen dahinter, ehe er den inneren Burghof erreichte. Sapionas, der Blutsohn, richtete sich im Sattel auf, zügelte das Pferd und brachte es zum Stehen. Noch in der gleichen Bewegung sprang er ab. Doch der Weg zum Boden war kurz, das Pferd sackte unter ihm in die Knie. Er konnte gerade noch zur Seite springen, ehe es zusammenbrach. Mit zuckenden Beinen blieb es auf der Seite liegen.

Der Blutsohn wandte sich ab. Sollten sich seine Männer darum kümmern.

Auch Turors Schimmel hielt sich nur mit Mühe aufrecht, während der oberste Blutsucher das Kind losband und über seine Schulter warf. Das strähnige Blond des Mädchens fiel auf Turors Rücken, vereinte sich mit dem blonden Zopf des ältesten Kinderjägers.

Es war nicht leicht gewesen, das Mädchen zu finden. Das ganze Dorf hatte so getan, als gäbe es keine blonden Kinder in ihrer Gemeinschaft. Doch Sapionas wäre nicht der Blutsohn, wenn er die Existenz des Kindes nicht erahnt hätte. In den Legenden hieß es, es sei Magie, mit der er die Kinder erspürte. Doch ob es tatsächlich so war, wusste er nicht einmal selbst. Er las die Geheimnisse der Menschen in ihren Gesichtern. So war es immer gewesen, und wenn es wahrhaftig Magie war, so war es ein Talent, das er niemals geschult hatte.

Womöglich könnte er weitaus mächtiger sein.

Sapionas' Hass wallte auf, schäumte in seinem Magen über und durchdrang seinen Körper, bis er ganz und gar davon erfüllt war. Mit schnellen Schritten durchquerte er den Burghof.

Ein blonder junger Mann stand am Eingang zum Turm. Hastig riss er die Tür auf, um den Blutsohn passieren zu lassen. Nur flüchtig erkannte Sapionas die Angst im Gesicht des Jungen, ein wildes, animalisches Leuchten, genau der richtige Funke, der bald schon in glühenden Hass umschlagen würde.

Die Treppe im Inneren lag im Dunklen. Ohne Geländer schlängelte sie sich an den Mauern des Turmes nach oben. Nur hier und dort wurde sie von Fackeln erhellt. Doch der Blutsohn hatte keine Zeit, um sich an das Zwielicht zu gewöhnen. Beinahe blind hastete er die Stufen hinauf.

In dieser plötzlichen Dunkelheit sah er das Gesicht der Kindesmutter noch einmal vor sich. Auch ihre Augen hatten wild geleuchtet, Mutteraugen, die versuchten, ihr Kleines zu schützen. Was war es nur, das Mütter mit ihren Kindern verband? Was war es, dass sie selbst für ein Blutsbalg wie dieses zu wilden Tieren wurden? Dass sie ihr Leben riskierten, um einen Bastard zu beschützen?

Die Augen der Mutter waren blau gewesen. Blaue Augen und rote Haare. So wie sie sahen fast alle Frauen aus, die sich die Blutsucher auswählten, um ihre blonde Saat zu pflanzen. Ob sich wohl einer seiner Männer an die Frau erinnerte? Ob es je vorgekommen war, dass einer von ihnen Vatergefühle für ein Blutsbalg entwickelt hatte?

Nur flüchtig glitt die Frage durch seine Gedanken, ehe sie zwischen Hass und Kälte ertrank. Sapionas hatte die obere Hälfte des Turmes erreicht. Turors Schritte waren direkt hinter ihm, das Kind in seinen Armen jammerte.

Hier oben sickerte rotes Licht durch die Schießscharten, Rabanus' letzte Dämmerglut von der einen Seite und Sapias Dunkelrot von der anderen. Der Blutsohn zog den Opferdolch aus der Scheide, durchschnitt die Lederbänder an seinen Armmanschetten und ließ sie herabfallen. Noch während er weiter die Treppe hinaufstürmte, schnitt er ein Kleidungsstück nach dem nächsten von seinem Körper. Als er die Tür zum Turmsaal erreichte, war er so nackt, wie die große, hassende Göttin ihn erschaffen hatte. Hier oben musste er sich die Türe selbst öffnen. Niemand außer ihm und Turor kam hier herauf.

Beißender Gestank schlug ihm entgegen, sobald er in den

Saal trat, dicht gefolgt vom Summen der Fliegen, die in dunklen Schwärmen durch den Raum waberten. Wenn es einen Ort gab, an dem die Aasfliegen reichlich Nahrung fanden, dann hier. Abgenagte Kinderleichen bedeckten den Boden, manche nur noch Skelette, andere von Fliegenschwärmen verhüllt, wieder andere so ausgetrocknet, dass sich nicht einmal der hungrigste Aasfresser dafür interessierte. Der Boden rund um die Leichen schillerte Braun und Grün von getrocknetem und verdorbenem Blut. Auch die Steinwände waren rostrot gesprenkelt, nur durchbrochen von den Fensterlöchern, durch die das Dämmerlicht von zwei Seiten hereinschien. Sterbendes Orange und dunkles Rot vereinten sich auf dem Thron der Göttin am anderen Ende des Turmsaales.

Sapias Gestalt hing leblos über der Armlehne. Nur ihr Brustkorb hob und senkte sich. Blut und Fliegen waren das Einzige, was ihren nackten Körper kleidete. Das tote Mädchen des letzten Bluttages hing noch über ihren Knien, halb zerfressen vom Hunger der Göttin.

Der Hass des Blutsohnes loderte auf, füllte seinen Brustkorb und ließ ihn die Faust noch fester um den Dolch ballen.

Turor betrat den Saal hinter ihm. Sein Keuchen durchbrach das Summen der Fliegen, beinahe menschlich. Mit einem dumpfen Klatschen ließ er das Kind auf den Boden fallen.

Die Kleine schrie auf, jammerte und weinte. Sapionas musste nicht hinsehen, um zu hören, wie sie auf allen vieren zu Turor krabbelte. Allzu viele hatten es vor ihr getan, sich im Angesicht des Grauens an den letzten Menschen geklammert, der in Reichweite war, auch wenn es derjenige war, der sie gejagt und ausgeliefert hatte.

Eine heiße Windböe fegte durch die Fenster herein, wirbelte die Fliegen auf und vereinte sich mit dem Hass, der den Blutsohn zum Zittern brachte. Jetzt! Es war so weit! Er musste es tun! Ohne hinzusehen, griff er nach dem Schopf des Kindes, zog daran, bis es jaulend auf die Füße sprang. Doch die Kleine stand nur kurz, ehe sie zusammensackte und mit ihrem ganzen Gewicht an den Haaren hing. Kaum ein Kind konnte noch laufen, wenn es hier ankam.

Der Blutsohn ging vorwärts, schleifte sie an den Haaren hinter sich her, bis sie ganz und gar still war. Mit den Füßen schob er die Leichen beiseite, watete zwischen ihnen zum Thron der Göttin. Eisige Kälte umhüllte seinen Verstand, betäubte alles, was darunterlag, alles, was es jemals gegeben hatte. Er war kein Mensch, war es nie gewesen und würde es niemals sein. Er war der Sohn der blutrünstigen Göttin, der eisige, hassende Blutsohn, geschaffen, um Monat für Monat ihre Kraft zu erneuern.

Direkt vor seiner Mutter blieb er stehen, blickte von oben auf sie hinab. Beinahe schien es, als sei sie tot, wären nicht die Fliegen auf ihren Lippen, deren Flügel mit jedem Atemzug vibrierten.

»Mein Sohn.« Mit ihrem Krächzen stoben die Fliegen auf, umkreisten ihren Kopf und setzten erneut zur Landung an. »Du bist spät.« Sie bewegte den Arm, wischte in einer schlaffen Geste um sich herum. Die Aasfliegen summten in einer schwarzen Wolke davon und ließen den mageren Körper der Göttin zurück. Nur in ihrer Scham blieben die Fliegen sitzen und bildeten einen schillernden Hügel. Rundherum stachen die Beckenknochen der Göttin hervor. Ihre Taille bestand aus braun verkrusteten Hautfalten, die sich dort übereinanderwarfen, wo sie einmal weibliche Formen besessen hatte. Doch direkt darüber spannte sich die Haut wie Papier über ihrem Brustkorb und ließ das Muster der Rippen hervortreten. Wie zwei braune, dreckige Lappen hingen ihre Brüste daran herunter.

Der Blutsohn zog das Kind an den Haaren nach vorne, schob es zwischen sich und die Göttin. Auch wenn die Kleine ohnmächtig dahing, ihr Körper fühlte sich wärmer und lebendiger an, als es die Göttin jemals gewesen war. Der Blutsohn richtete sich auf, hielt das Mädchen höher und blickte über seine Mutter hinweg aus dem Fenster. Sapionas, der größte Mond, nach dem er benannt worden war, leuchtete ihm entgegen. Sein zerfurchtes Antlitz berührte die Seite der Blutsonne.

Es war an der Zeit! Wie von allein begann sein Mund, die Worte zu formen: »Und wieder ist der Zyklus des Mondes vorüber, wieder ist die Kraft der Mutter verbraucht, und der Tod neigt sich über sie. Doch heute, am Abend des Bluttages, im letzten Licht des Vaters und der sterbenden Glut der Mutter, ist der Blutsohn gekommen, um das Siechtum der großen Göttin zu beenden und ihr Leben zu erneuern.«

Seine Mutter rückte auf dem Thron nach vorne, rieb ihre Scham an der Kante des Sessels und presste ihre welken Brüste gegen das Mädchen. Ihre Arme schlangen sich um den bewusstlosen Körper der Kleinen, reichten weit genug, um den Rücken des Blutsohnes zu bedecken.

Sapionas zitterte, eiskalt sprengte der Hass seine Brust: »So bin ich denn gekommen, meiner Mutter zu bringen das wertvollste Geschenk.« Er hob den Dolch zum Hals des Kindes, legte ihn an und ließ den ersten Blutstropfen hervorquellen.

Das Mädchen erwachte, schrie auf und begann zu zappeln. Die Göttin presste sich dichter heran, lehnte den Kopf zurück und öffnete den Mund.

Der Hass des Blutsohnes explodierte, ließ ihn den Dolch durch das Fleisch streichen und sprudelte mit dem Blut auf die Göttin hinab: »Rotes Blut auf weißer Haut, ihr Leben für Eures, meine Dienste bis ans Ende aller Tage.« Damit warf er das tote Mädchen über den Schoß der Göttin.

Sapia fiel zurück in den Sessel, räkelte sich im Blut und stieß ein wolllüstiges Grunzen aus.

Sein Hass kochte, wollte alles vernichten. Jetzt gleich wollte er damit beginnen, wollte seine Mutter töten und den Zyklus durchbrechen …

… und war dennoch an die Pflicht gebunden. Von allein sank er nach vorn, spürte das Blut auf seiner Haut und fasste nach den Brüsten der Göttin. Glitschig nass hingen sie in seinen Händen. Nur kurz nahm er wahr, wie sich ihr Körper veränderte, wie sich die Brüste zusammenzogen, bis sie straff und rund unter seinen Fingern lagen.

Dann sah er hinaus aus dem Fenster, starrte auf den Mond, der sich zögernd über die Blutsonne schob. Das Stöhnen der Göttin drängte sich in seine Ohren, ihr Körper bewegte sich unter seinem. Doch sein Blick galt nur den Gestirnen, der zerstörten Fratze des Mondes und der kleinen Sonne, die langsam dahinter verschwand.

Hass und Kälte brannten in ihm, taten ihre Pflicht und erfüllten die Gier der Mutter. Doch sein Geist flog hinauf in den Himmel, bedauerte den Mond, der Zyklus um Zyklus seine Bahnen zog und niemals ausbrechen konnte. Die Erlösung folgte schnell, kurz nur verschlang der Mond die Blutsonne und ließ sie in einem roten Kranz hinter sich aufleuchten.

Dann war es vorbei. Sapionas löste sich von seiner Mutter. Mond und Blutsohn wichen zur Seite und beeilten sich, die Glut der Göttin zu verlassen.

Der letzte Blick auf seine Mutter war ein Versehen. Jung und schön lag sie da, ihre Augen geschlossen, die Schenkel gespreizt, ihre Haut von frischem Blut überströmt. Das tote Kind war zwischen ihren Beinen auf den Boden gerutscht. Ein heißer Wind erhob sich über der Göttin, riss die Fliegen mit sich und ließ sie in einer Windhose umeinanderwirbeln. Für eine Sekunde konzentrierte sich der Sturm an diesem Punkt. Dann stob die Windhose auseinander, sprengte in einer Druckwelle durch den Raum, warf den Blutsohn nach hinten und fegte durch die Fenster des Turmes nach draußen.

Sapionas strauchelte, fing sich, lief weiter rückwärts und musste sich umdrehen, um nicht über die Leichen zu fallen.

Dann rannte er, sprang über Knochen und tote Kinder hinweg, bis er die Tür erreichte. Turor stand noch dort, sein Gesicht so bleich wie der kleine Mond, der sich hinter seinem Bruder am Himmel erhob.

Der älteste Kinderjäger hatte alles gesehen. So wie jedes Mal. Mehr als das konnte er nicht für den Blutsohn tun.

Sapionas stürmte an ihm vorbei, rannte die Treppe hinab und sammelte im Vorbeigehen seine Beinkleider ein. Niemand, nicht einmal Turor, durfte sehen, wie er sich am Fuß der Treppe in die Dunkelheit übergab.

1. Kapitel

Südfarua, Wasserbergwerk Ljimgart, Sklavenkolonie

ALIA

Die unteren Gänge im Bergwerk waren eng, gerade breit genug für zwei Menschen, und so niedrig, dass man sich nicht darin aufrichten konnte. Doch wozu sollten sie sich auch aufrichten? Um die Wasserfässer vor sich her zu rollen, mussten sie sich ohnehin ducken.

Alia wusste nicht, wie viele Wasserfässer sie an diesem Morgen schon den Gang hinaufgerollt hatte. Es gab Tage, an denen sie die Fässer zählte, um ihre Gedanken zu beschäftigen. Doch heute war sie selbst dazu zu müde. Ihr Rücken schmerzte von der geduckten Haltung, und ihr Nacken fühlte sich steif an. Als sie die stillgelegte Abzweigung des Ganges passierte, wollte sie am liebsten aus der Fässerkolonne ausbrechen und sich in der Ruhe der verbotenen Gänge verstecken, bis der Dienst vorbei war. Aber die anderen liefen vor und hinter ihr, ein gehorsamer Zug von Sklaven, die ihre Fässer vor sich her rollten. Wenn sie jetzt ausbräche, müsste sie nicht nur das verräterische Fass an der Abzweigung stehen lassen, sie wäre auch darauf angewiesen, dass die anderen Sklaven sie nicht an die Sapion-Wachen verrieten.

Das Fass hätte sie vielleicht noch in der Dunkelheit des seitlichen Ganges verstecken können, aber gegen den Verrat gab es keinen Schutz. So manch einer versprach sich einen Vorteil davon, wenn er den Wachen das Opfer des Tages auslieferte: eine kleine Extraration oder einfach nur ein Abend in Sicherheit.

Fast an jedem Feierabend suchten sich die Wachen ein Spielzeug. Wenn sie einen guten Tag hatten, war es ein Mann, den sie schubsten, schlugen und demütigten, bis er laut genug jammerte, um sich über ihn lustig zu machen. Dann lachten sie ihn aus und entließen ihn in die Baracken.

An schlechteren Tagen war es eine Frau, die sie nacheinander vergewaltigen, manchmal fünf, manchmal auch zwanzig Männer, während die anderen grölend danebenstanden. Nicht jede Frau war danach noch am Leben.

An den schlimmsten Tagen fielen die Wachen über die Schwachen her, über Kranke und Alte, die sie so lange quälten und folterten, bis sie sich nicht mehr rühren konnten, nur um sie danach für arbeitsunfähig zu erklären. Wer arbeitsunfähig war, bekam fünf Tage, um sich zu erholen. War er danach noch nicht auf den Beinen, wurde er beim Morgenapell hingerichtet.

»Leistung« und »Quoten« waren die Zauberwörter der sapionischen Besatzer. Die Faruasklaven besaßen nur eine einzige Aufgabe: Sie mussten Leistung bringen und Quoten erfüllen. Tausend Fässer Wasser am Tag, ganz gleich, ob sie gerade eine frische Wasserader anzapften oder ob sie die letzten Tropfen aus einer trockengefallenen Bodenschicht kratzten.

Fünf bis zwölf Ebenen war das Wasserbergwerk inzwischen tief, je nachdem, wie die Wasseradern verliefen. An manchen Abschnitten lagen die Bodenschichten waagerecht, so dass sie die Ebenen ordentlich übereinander anordnen konnten. An anderen Stellen lagen die Gesteinsschichten schief. Dort gab es weniger Ebenen, aber die einzelnen Stockwerke reichten tiefer in die Erde. Entsprechend mussten die Fässer über steile Hänge gerollt werden, um sie aus dem Tunnelsystem hinauszubefördern.

In solchen Bergwerksabschnitten arbeiteten ausschließlich männliche Sklaven, die jeden Morgen gegenseitig prüften, ob sie stark genug für die Arbeit waren. Wenn sie in diesen Tunneln ein Fass nicht mehr halten konnten, war das ein Todesurteil für alle, die dahinter liefen. Ein Fass, das sich löste und den Berg hinabrollte, riss alles mit sich, was ihm im Weg war, sämtliche Sklaven und mit ihnen die anderen Fässer, bis eine tödliche Lawine die Gänge hinabtobte.

Alias Vater war auf diese Weise gestorben.

Auch das war ein Grund, warum sich die Sklaven gegenseitig verrieten, sobald einer von ihnen arbeitsunfähig wurde.

Alia warf einen prüfenden Blick auf die Frau, die das Fass vor ihr rollte. Gunried war eine der Älteren. Graue Strähnchen mischten sich in ihre roten Haare, und ihr Rücken hatte sich längst zu einem Buckel geformt. Zu sehr hatten sich ihre Schultern über die Jahre nach vorne gezogen und der geduckten Arbeitshaltung angepasst.

Wann immer Alia eine Gelegenheit fand, achtete sie darauf, sich aufzurichten, machte Lockerungsübungen für ihre Muskeln und dehnte die Sehnen. Dennoch wusste sie, dass sie eines Tages ebenso aussehen würde wie Gunried. Alle alten Leute hatten einen Buckel, manche mehr, manche weniger.

Auch Alias Eltern hatten nichts dagegen tun können, auf diese Weise verschlissen zu werden. Nicht einmal die Kenntnisse ihrer Mutter hatten ihnen geholfen. Sie war eine Heilerin gewesen, damals, bevor die Sapioner ihr Land besetzt hatten. Zwölf Blutjahre war das nun her oder auch zwanzig Blütezyklen. Bis heute fiel es Alia schwer, die Zeitrechnung der Sapioner in ihre umzurechnen. Ein Blütezyklus richtete sich nach der Blütezeit des Malunabaumes, der in etwa der Dauer einer Schwangerschaft entsprach. Die Sapioner berechneten ihr Jahr hingegen nach dem Lauf der Blutsonne, die in der Nachtsonnenzeit nachts am Himmel stand und sich in der Tagsonnenzeit gemeinsam mit Rabanus am Taghimmel befand. Es gab insgesamt vier Sonnenzeiten, wobei die Nachtwechsel- und die Tagwechselzeit jeweils fünf Monate dauerte, während die Nacht- und Tagsonnenzeiten nur zweieinhalb Monate ausmachten.

Entsprechend gab es 15 Blutmonate pro Jahr, die jeder 30 Tage lang waren.

Die Zahlen der Sapioner waren glatt und einfach zu rechnen, doch wie auch immer man versuchte, Blutmonate in Blütezyklen umzurechnen, es kam immer etwas Krummes dabei heraus. Und seitdem die Sapioner alle Malunabäume gefällt hatten, war es kaum noch möglich, die Zeitrechnung ihres Volkes nachzuvollziehen.

Alia erreichte die Kreuzung, auf der die Gänge aus den tieferen Ebenen mündeten. Von dort unten klang das Klopfen und Klirren der Steinpickel, mit denen die Sklaven die Steinwände bearbeiteten, immer in der Hoffnung, neue Wasseradern zu finden. Größtenteils waren es Kinder, die dort unten Steinschicht für Steinschicht abtrugen, weil sie klein genug waren, um auf Händen und Knien am Ende eines Probeschachtes zu arbeiten. Die meisten dieser Schächte wurden niemals zu richtigen Tunneln ausgebaut. Nur wenn sie ein neues Wasserreservoir fanden, wurde ein Ventil in die aufgeschlagene Steinwand eingesetzt und der Raum davor zu einer großen Höhle ausgebaut, in der die Sklaven das Wasser in Fässer füllten.

Am liebsten wäre Alia stehen geblieben und hätte in die Tiefe gelauscht. Mariusch war dort unten. Ihr Freund war der Vorarbeiter der Wassersucher und damit derjenige, der für die Kinder und jungen Erwachsenen auf der zwölften Ebene die Verantwortung trug. Alia wusste, wie sehr er unter Druck stand. Wenn sie nicht bald eine neue Wasserader fanden, würden die alten Reservoire nicht mehr genug hergeben, um die Quote zu erfüllen. In dem Fall musste Mariusch seinen Kopf herhalten.

»Schneller, Alia!« Marille, die Sklavin hinter ihr, zischte ihr zu. »Nicht einschlafen da vorne!«

Erst jetzt fiel Alia auf, dass sie langsamer geworden war. Der Abstand zu Gunried hatte sich vergrößert. Sie beeilte sich und rollte ihr Fass schneller, bis sie hinter der alten Sklavin aufgeschlossen hatte.

»Du kannst die Muskeln von deinem großspurigen Geliebten heute Abend bewundern!«, zischte Marille weiter.

Alia musste sich auf die Zunge beißen, um nicht zu kontern: Mariusch war nicht großspurig! Genaugenommen war er das völlige Gegenteil. Das, was Mariusch mit seinen Wassersuchern leistete, rettete den Sklaven ihrer Kolonie das Leben. Womöglich wäre das Bergwerk längst geschlossen worden, wenn es Mariusch und sein Talent nicht gäbe. Nur weil er tagein, tagaus den Verlauf der Erdschichten erforschte, hatten sie die Wasserleiter auf Ebene fünf bis elf überhaupt gefunden. Dennoch war Mariusch der bescheidenste Mensch, den Alia kannte. Er würde nicht im Traum auf die Idee kommen, mit seiner Leistung anzugeben, und wenn man ihn darauf ansprach, tat er so, als sei es nicht der Rede wert.

Trotzdem wusste sie, worauf Marille anspielte: Sämtliche Sklaven im Bergwerk bestanden nur noch aus Muskeln und Haut. Aber Mariusch war einer der wenigen, die dabei nicht mager aussahen. Zudem arbeitete er dort unten in stickiger Hitze. Auch oben, am Tageslicht, war es glühend heiß. Daher trug er nur selten ein Hemd, und es gab kaum ein Mädchen, das seinem Anblick widerstehen konnte, wenn er mit nacktem Oberkörper vorbeilief.

Dass er besser aussah als alle anderen, lag vor allem an zwei Dingen: Zum einen machte er die gleichen Übungen wie Alia, um nach Dienstschluss seine gerade Haltung zu trainieren. Zum anderen brachte ihm seine Stellung als Vorarbeiter die schönsten Privilegien ein: dreifache Rationen, eine eigene Wohnhütte, und das Recht, so viel Wasser zu benutzen, wie er wollte. Sogar waschen durfte er sich damit.

So kam es, dass die Sklaven in ihrem Neid nur selten wahrnahmen, was er für sie alle leistete. Die Männer beneideten ihn um seine Stellung, und junge Frauen wie Marille sahen nur, dass er die beste Partie des Lagers war. Wer mit Mariusch liiert war, konnte von seinen Rationen naschen, mit ihm in seiner Hütte wohnen und musste niemals Durst leiden.

Abgesehen von Alia wussten nur wenige, dass er den Großteil seiner Extrarationen an die Kinder verteilte, die in der Tiefe des Bergwerkes vor sich hin kümmerten und von denen kaum eines je das Erwachsenenalter erreichen würde.

»Dabei hat dein Schönster einen echten Knall.« Marilles Stimme knurrte und ließ Alia zusammenzucken. »Wer sonst wäre so verrückt, sich eine Schorfmade ins Bett zu holen.«

Alia atmete scharf ein. Mit aller Kraft musste sie sich zusammennehmen, um Marille nicht zu erklären, dass sie schon seit Ewigkeiten keine Schorfmaden mehr hatte. Der Befall mit Schorfmaden war nur eine Strategie gewesen. Eine ausgesprochen gute Strategie, die bis heute funktionierte: Mädchen mit Schorfmaden wurden nicht so oft vergewaltigt.

Doch das Opfer dafür war hoch. Alias Mutter hatte die Entscheidung kurz nach der Eroberung durch die Sapioner getroffen. Grölende Horden von Soldaten waren in die Dörfer eingefallen, hatten Lebensmittel und Wasser geplündert und Frauen vergewaltigt. Wer besonders hübsch war, wurde als private Sklavin mitgenommen. Dabei machten die Sapioner auch vor jüngeren Mädchen nicht Halt.

Alia war gerade 15 Blütezyklen alt gewesen, als Farua unter dem Ansturm der Sapioner kapituliert hatte. Damit war sie genau in jenem Alter gewesen, in dem ihr Körper die ersten weiblichen Anzeichen gezeigt hatte. Zudem war sie hübsch, mit zarten Sommersprossen, braunen Augen und den seltenen blonden Haaren, die jeden Sapioner sofort auf sie aufmerksam machten.

Um ihre älteste Tochter zu schützen, hatte Alias Mutter eine drastische Entscheidung getroffen: Schorfmaden waren die schlimmsten Parasiten, die einen Menschen befallen konnten, winzig kleine Würmer, die sich von menschlicher Haut ernährten und ihre Eier in die tieferen Hautschichten legten. Dabei hinterließen sie schwärende Wunden, die sich immer weiter ausdehnten. In schlimmen Fällen konnten sie ganze Hautpartien zerstören, so dass der »Schorf« den halben Körper bedeckte, und wenn es sich noch weiter ausdehnte, starb man daran.

Doch Alias Mutter war der Ansicht gewesen, dass sich der Befall kontrollieren ließ. Also hatte sie Alia mit den Maden infiziert, hatte die Parasiten an ihren Armen und Beinen ausgesetzt, möglichst dort, wo die Wunden für alle sichtbar waren. Nur Alias Gesicht sollten die Schorfmaden nicht befallen, weil die Narben einen Menschen für immer entstellten.

Alias Hand zuckte bei der Erinnerung an die Maden. Der Schmerz, mit dem sie sich durch ihre Hautschichten gefressen hatten, war unerträglich gewesen. Fünf Tage hatte sie im Schreifieber verbracht, hatte um sich geschlagen und die Haut aufgekratzt, hatte gebrüllt und gekreischt, bis sie ihre Stimme verlor. Jeder im Dorf, bis hin zu den betrunkensten sapionischen Soldaten, hatte erfahren, dass das hübscheste Mädchen des Ortes von Schorfmaden befallen war. Und alle hatten gebührenden Abstand zu ihr gehalten.

Am fünften Tag hatte ihre Mutter angefangen, Alia zu behandeln, mit einer Tinktur, die dafür sorgen sollte, dass sich die Maden nicht mehr vermehrten. Die Medizin hatte gewirkt. Alias Schorfmaden waren nach und nach abgestorben und ihre Wunden verheilt. Nur die Narben an ihren Armen und Beinen sprachen bis heute von der schrecklichsten Qual ihres Lebens.

Aber die Medizin war so stark gewesen, dass sie nicht nur die Maden an der Fortpflanzung hinderte, auch Alia war seither unfruchtbar. Zumindest mit einer sehr hohen Wahrscheinlichkeit. Doch vermutlich war es besser so. Es war besser, wenn blonde Frauen keine Kinder bekamen. Kinder, die blonde Haare und blaue Augen besaßen, wurden verschleppt und der Blutgöttin geopfert.

Dass Alias Augen braun waren, war ihre Rettung. Dennoch waren ihre blonden Haare gefährlich und mussten um jeden Preis versteckt werden. Schon seit dem ersten Überfall der Sapioner färbte sie ihre Haare mit rotpigmentierter Erde, um ihnen die Farbe zu geben, die nahezu allen Faruanern zu eigen war. Seither unterschieden sich Alias Haare nur noch durch eines von denen der anderen: Sie waren zottelig und dreckig, fast immer verknotet wie ein strauchiges Gewächs. Das wiederum passte zu ihrem Ruf als Schorfmade.

Alia wusste, dass sie gut daran tat, sich diesen Ruf zu erhalten. Die wenigsten Menschen wussten etwas über Medizin, und die Sapioner waren in dieser Hinsicht so ungebildet wie ein neugeborenes Kind. Daher glaubten sie an das Gerücht, dass man Schorfmaden niemals ganz loswurde, dass ihre Eier unter der Haut sitzen blieben, um von dort aus Menschen anzustecken, mit denen man engen Kontakt hatte.

Die Schorfmaden waren also noch immer Alias Rettung. Jeden Morgen rieb sie rötlichen Dreck auf ihr Gesicht, auf ihre Arme und Beine und in die Haare, um einen verwahrlosten Eindruck zu machen. Auch wenn die meisten wussten, dass sie keine akuten Schorfmaden mehr hatte … Unter dem Dreck ließ sich kaum erkennen, wie viele Narben die Parasiten tatsächlich hinterlassen hatten. Nur Mariusch wusste, dass Alia noch immer so hübsch war wie eh und je.

Kurz bevor sie die Kreuzung erreichte, an der der Nebengang in den Hauptgang einmündete, geriet die Kolonne der Sklaven ins Stocken. Alia stellte ihr Fass ab und richtete sich so weit wie möglich auf. Doch der Gang war noch immer so niedrig, dass sie ihren Kopf nach vorne neigen musste.

In kleinen Schüben ging es voran, bis Alia endlich in den Hauptgang trat. Auf den Schienen vor ihnen stand eine Lore.

Die Sklaven rollten die Fässer die Laderampe hinauf und stellten sie oben nebeneinander. Alia nutzte eine weitere Pause, um sich zur vollen Größe aufzurichten. Nur hier, in den Hauptgängen, war die Decke hoch genug, um gerade zu stehen.

»Alia.« Eine heisere Stimme erregte ihre Aufmerksamkeit, nur wenig von ihr entfernt und trotzdem aus einer Richtung, die sie nicht einordnen konnte. So gut es im Halbdunkel möglich war, sah Alia sich um, blickte nach vorne, an Gunried vorbei, die gerade ihr Fass kippte und auf die Rampe zurollte. Doch sie konnte niemanden entdecken.

»Ich bin hier.« Es war Filis Stimme. Aber sie stand nicht vorne neben der Lore, wo sie dafür verantwortlich war, das plumpe Erdpony zu führen, sondern seitlich am Rand des Tunnels, in einer Nische, die das Licht der Wandfackeln nicht erhellen konnte.

Alia spähte in die Richtung, aber sie konnte nicht viel erkennen. »Warte. Ich komme sofort«, wisperte sie.

Direkt vor ihr mühte Gunried sich mit dem Fass ab. Mit zitternden Gliedern stemmte sich die alte Frau dagegen, um es über die Laderampe zu rollen. Alia konnte ihr ansehen, dass sie jeden Moment loslassen würde. Schnell sprang sie nach vorne, lehnte sich neben Gunried und drückte das Fass über den letzten Buckel der Rampe. Mit einem Poltern rollte es oben gegen die anderen.

»Ich hätte das auch allein geschafft«, knurrte Gunried, kletterte hinter dem Fass her und stellte es auf.

Alia nickte und trat einen Schritt zurück. Sie wusste, warum sich die Alte nicht für die Hilfe bedankte. Eine Schwäche einzugestehen, war gefährlich. Wer es heute nicht mehr schaffte, das Fass die Rampe hinaufzurollen, der scheiterte morgen womöglich an den steilen Gängen des Bergwerkes.

Alia beeilte sich, ihr Fass auf die Lore zu manövrieren, stellte es hin und sprang wieder nach unten. Während Marille noch mit ihrem Fass beschäftigt war, scherte Alia aus der Sklavenreihe aus und trat in die Schattennische, in der sich Fili versteckt hielt.

»Alia.« Ihre Freundin krächzte. »Du musst mir helfen.«

Erst jetzt sah sie, in welchem Zustand sich Fili befand: Ihr Kleid war von der Brust abwärts zerrissen. Sie klammerte ihre Hände um die zerfetzten Teile und zog sie nur notdürftig vor ihre Brüste. »Ich kann nicht mehr«, flüsterte sie. »Burk hat es auf mich abgesehen. Er hält Wache im oberen Gang, und immer, wenn ich das Erdpony durch sein Revier führe …« Sie stockte, Tränen liefen über ihr Gesicht und zeichneten helle Spuren auf ihre Wangen. »Er fasst mich überall an … Beim Abendappell bin ich *an der Reihe*, sagt er.«

Alia starrte ihre Freundin an, bemühte sich darum, nicht auf ihr zerrissenes Kleid zu schauen.

»Bitte hilf mir«, flehte Fili. »Bitte lass uns die Arbeit tauschen. Von mir aus für immer. Dir wird er nichts tun, und ich rolle lieber für den Rest meines Lebens Fässer.«

Alia nickte und schüttelte gleich darauf den Kopf. »Natürlich tauschen wir. Aber nur heute.« Sie räusperte sich. »Oder immer dann, wenn er Dienst hat. Aber bestimmt nicht für immer. In den unteren Gängen Fässer zu rollen, ist ein Dreckrattenleben. Das willst du nicht.«

Fili schniefte, ein Tropfen Licht verirrte sich in ihre Richtung und spiegelte sich in ihren Tränen. »Das ist mir egal. Ich will nicht *an der Reihe* sein. Ich bin verlobt, ich möchte bald heiraten. Meinst du, Druscho nimmt mich noch, wenn Burk mit mir fertig ist?«

Alia senkte den Blick. Burk war noch jung und hatte bislang nicht zur Auslese antreten müssen, was in der Kultur der Sapioner bedeutete, dass er noch nicht verheiratet war. Angeblich bekamen sapionische Männer bis zu ihrer Hochzeitsnacht nicht eine sapionische Frau zu Gesicht. Selbst von ihren Müttern wurden sie getrennt, wenn sie noch klein waren. Umso gieriger waren sie auf faruanische Sklavinnen.

Und Burk war von allen Wachsoldaten der grausamste. Tagsüber belästigte er die Mädchen im Bergwerk, und jeden Abend wählte er sich eines aus, das mit ihm gehen musste. Kaum jemand wusste, was er mit ihnen tat. Nur die Augen der Mädchen hatten jeglichen Glanz verloren, wenn Burk sie wieder gehen ließ. Er zerbrach ihre Seelen innerhalb einer einzigen Nacht.

Alia war eine der wenigen, die ahnte, was er mit ihnen tat. Sie hatte die Wunden gesehen, die Burk seinen Opfern zufügte. Nicht alle Wunden, ganz sicher nicht. Aber die schlimmsten. Denn meistens kamen die Mädchen erst dann zu ihr, um sich behandeln zu lassen, wenn sich die Wunden entzündeten oder wenn sie so viel Blut verloren, dass es sie beinahe umbrachte.

Jetzt also Fili, ihre beste Freundin.

»Burk tut das mit Absicht«, flüsterte Alia. »Bis jetzt hat er jedes Mädchen ausgewählt, das sich frisch verlobt hat.«

Fili verzog das Gesicht. »Ja, ich weiß. Druscho hätte unsere Verlobung nicht im ganzen Dorf bekannt geben sollen. Aber du kennst ihn doch. Er ist viel zu stolz. Er hätte sich nicht daran hindern lassen.«

Alia presste die Lippen aufeinander. Sie hatte ihrer Freundin nie von den Wunden der anderen Mädchen erzählt. Doch das, was Burk ihnen zufügte, waren regelrechte Folterkunstwerke: sorgfältig abgetrennte Hautfetzen, unter denen das rohe Fleisch hervorkam, oder großflächige Muster, mit glühenden Eisen in die Haut gebrannt. Allein diese Wunden erzählten die Geschichte einer grausamen Nacht. Doch die Folter schien nur das Vorspiel zu sein. Die meisten der Mädchen baten um einen Abtreibungstrank. Auch die Stellen, die Burk verletzte, waren privat, die intimsten Zonen einer Frau.

Alia musste schlucken, um die aufsteigende Übelkeit zurückzudrängen. »Den Dienst zu tauschen, reicht nicht. Wir müssen dich verstecken. In den verbotenen Gängen. Ich weiß, wo. Ich kenne mich aus.«

Erschrocken schüttelte Fili den Kopf. »Du meinst, ich soll

mich zwischen die Leichen und Skelette kauern, die da unten ertrunken sind? Und dort soll ich dann *wie lange* ausharren? Tagelang? Einen Blutmonat? Bis Burk meine Familie in Sippenhaft genommen und umgebracht hat?« Sie schüttelte noch einmal den Kopf. »Auf keinen Fall! Lieber lasse ich mich von ihm entjungfern und tue dann so, als wäre nichts gewesen.«

Alias Übelkeit wallte auf. Mit der Sippenhaft hatte ihre Freundin recht. Fili hatte jüngere Geschwister und eine alte Mutter, die nur noch mühselig die Arbeit der Sklaven verrichten konnte. Sie alle würden leiden müssen, wenn Fili verschwand. Ganz zu schweigen davon, was geschah, wenn Burk den stillgelegten Teil des Bergwerkes durchsuchen ließ. Alia selbst verbarg ihr größtes Geheimnis dort unten: das Liebste und Teuerste, was ihr abgesehen von Mariusch noch geblieben war. Ihre kleine blonde Schwester.

Nicht einmal Fili durfte erfahren, dass Nelja noch lebte. Wie alle anderen glaubte sie, Alias Schwester wäre vor vielen Jahren von den Blutsuchern verschleppt worden, weil sie blond und blauäugig war und damit ein perfektes Opfer für die Blutgöttin darstellte.

Jeden Monat forderte die grausame Sapia ein Opfer, ein blondes, blauäugiges Mädchen, um ihre blutrünstige Gier zu stillen. Doch blonde Frauen und Mädchen waren selten geworden. Um die letzten blonden Kinder zu finden, zog der Blutsohn mit seinen Horden durch sämtliche Sklavenkolonien. Auch in ihrem Dorf waren die Blutsucher schon dreimal aufgetaucht. Eine Horde von blonden Männern auf weißen Pferden, die jeden Winkel des Dorfes durchsuchten, um blonde und blauäugige Kinder zu finden. Ein Merkmal allein reichte ihnen nicht. Nur wenn die Kinder beides besaßen, wurden sie mitgenommen.

Doch Nelja hatten sie nie gefunden. Irgendjemand hatte Alias Mutter gewarnt, noch bevor die Blutsucher das erste Mal aufgetaucht waren, und seither hielten sie ihre kleine Schwester versteckt. Sogar vor ihren engsten Freunden. Nur Alia und Mariusch wussten, dass Nelja noch lebte. Seit zehn Blutjahren, seitdem das Bergwerk errichtet worden war, fristete sie ihr Dasein unter Tage. Ohne jemals nach draußen zu gehen, war Nelja von einem Kleinkind zu einem Mädchen herangewachsen. Es war nicht auszudenken, was geschehen würde, wenn die Sapioner den verbotenen Teil des Bergwerkes durchsuchten …

Verzweiflung stieg in ihr auf. Sie musste ihrer Freundin helfen, musste sie vor Burk bewahren. Aber alles, was ihr einfiel, kam zu spät: »Wir hätten mit dir das Gleiche tun sollen wie mit mir. Nicht einmal Burk hat Interesse an einer Schorfmade.«

Fili riss erschrocken die Augen auf. »Schorfmaden? Bist du des Wahnsinns? Ich lasse mich doch nicht mit diesen Viechern infizieren. Das ist es nicht wert.«

Alia zuckte zusammen. Sie konnte spüren, wie ihre Freundin versuchte, durch den Dreck auf ihre Haut zu sehen. Nicht einmal Fili wusste, dass Alias Gesicht unversehrt war.

»Sieh an, sieh an! Heimliche Schorfmadengespräche im Schatten!« Plötzlich stand Marille neben ihnen. »Ihr wollt euch wohl drücken. Soll ich die Wachen rufen?« Sie warf einen abschätzigen Blick auf Filis zerrissenes Kleid. Gleich darauf verzogen sich ihre Mundwinkel zu einem Grinsen. »Lass mich raten: Burk hat dich auserkoren? Dann viel Spaß heute Nacht!«

Alia hielt die Luft an. Fili wich einen Schritt zurück. »Wir haben nur unseren Dienst getauscht«, haspelte sie. »Ich komme mit euch in die Wasserkolonne, und Alia führt das Erdpony und bringt die Lore nach oben.«

Marille lachte auf. »Du willst dich also hier unten verstecken? Netter Versuch. Aber glaub ja nicht, dass du Burk entkommst. Er hat eine Vorliebe für Mädchen, die wegrennen.«

Fili wich noch weiter zurück, drehte sich um und reihte sich hinter den anderen Sklaven ein, die sich die leeren Fässer von der Nachbarlore holten, sie auf ihre Rücken schnallten und wieder den Gang hinabliefen. Marille folgte ihr, ohne Alia noch eines Blickes zu würdigen.

Während Alia den beiden nachsah, stieg eine merkwürdige Erinnerung in ihr auf: Rötliches Morgenlicht fiel durch die Ritzen in die Hütte ihrer Eltern, ein verhaltenes Klopfen pochte an die Tür. Ein weinendes Mädchen in zerrissenen Kleidern stand davor, als ihre Mutter öffnete: Marille. Sie murmelte einen Namen, in dem der größtmögliche Schrecken lag: Burk.

Hieß das, Marille war eines seiner ersten Opfer gewesen? Damals, als Alia noch fast ein Kind gewesen war, als ihre Eltern noch gelebt hatten und ihre Mutter wie eh und je die Kranken des Dorfes behandelt hatte? Marille war nur wenige Blütezyklen älter als Alia. Innerhalb einer einzigen Nacht hatte Burk ihre Würde, ihr Selbstwertgefühl und ihre Weiblichkeit zerbrochen, die schlagartig zu ihrem ärgsten Feind geworden war. Vermutlich war sie deshalb so zynisch.

»He! Wer ist für dieses Erdpony zuständig?« Einer der Sklaven rief durch den Tunnel und riss Alia in die Gegenwart zurück. Um sie herum war Unruhe aufgekommen. Die Lore war bis zum Rand mit Wasserfässern beladen. Auf dem gegenüberliegenden Gleis parkte bereits die nächste Lore. Alia musste sich sputen, musste Filis Aufgabe übernehmen, ohne den Ablauf zu behindern. »Ich bin zuständig«, rief sie und eilte zu dem Erdpony.

Das dicke, plumpe Tier wusste seine Freiheit zu nutzen, schnüffelte mit der Nase am Boden, kratzte mit den breiten Hufen über die festgetretene Erdkruste, als wolle es jeden Moment anfangen, einen Gang zu graben.

»Halt, Dickerchen.« Alia fasste nach seinem Geschirr, zog seinen länglichen Kopf nach oben und klopfte ihm den kurzen Hals. »Nicht graben. Du bist ein Zugtier!«

Das Erdpony spitzte die runden Ohren, wandte sich in Alias Richtung und beschnüffelte ihr Gesicht.

Alia musste lachen: »Ich weiß, ich weiß, du kennst mich nicht.

Aber ich bin nett zu dir.« Sie streichelte dem Tier zwischen den winzigen Augen über die Stirn. Erdponys waren blind und so ziemlich die hässlichsten Tiere, die es gab. Aber sie waren gutmütig und ausgesprochen nützlich für die Arbeit unter Tage. Nicht nur dass sie einen natürlichen Hang besaßen, nach Wasser zu buddeln und unterirdische Tunnel zu graben, sie waren auch ausgesprochen kräftig und ließen sich bereitwillig anspannen und mit ihrer Last durch die Gänge führen. Allerdings musste man permanent aufpassen, dass sie nicht anfingen, Löcher zu graben. Vermutlich würden sie mitsamt der angespannten Lore in die Tiefe abtauchen, wenn man sie nur lange genug unbeaufsichtigt ließ.

Alia musste schmunzeln. »Auf geht's, Dickerchen! Zieh das Wasser nach oben, und du darfst ein paar Schlucke davon trinken, wenn wir ankommen.« Sie klopfte ihm auf den runden Po, ließ ihre Hand in dem braunen Fell liegen und spürte, wie sich die kräftigen Muskeln darunter anspannten. Mit einem leisen Schnauben legte sich das Pony ins Geschirr, stemmte die kurzen Beinchen in den Boden und zog die Lore voran. Von nun an musste Alia nur noch darauf achten, dass es auf dem Gleisbett blieb und nicht versuchte, in einen der Nachbartunnel auszubrechen. Immer wieder senkte das Erdpony den Kopf, schnupperte rechts und links über den Boden und sah so aus, als wollte es sich am liebsten in die Tiefe hinabgraben. Alia wusste nicht, wie alt dieses Tier war, aber sie würde wetten, dass es noch jung war.

»Eigentlich ist es ganz leicht, Wasser zu finden«, hatte Mariusch ihr vor einiger Zeit erklärt. *»Du musst nur auf die Tiere achten. Es gibt so viele Arten, die darauf spezialisiert sind, sich tief im Erdreich mit Wasser zu versorgen. Man muss nur lernen, ihr Verhalten zu deuten, und schon hat man das ganze Geheimnis entschlüsselt.«*

Mariusch war ein Meister darin, das Verhalten der Tiere zu deuten und sie für sich suchen zu lassen. Auch wenn das bedeutete, dass er sein Bett mit drei anhänglichen Wasserzauseln teilen musste, die sich von allen Seiten an ihr Herrchen kuschelten und Alia nur knurrend dazwischenließen.

Alia hatte nicht halb so viel Talent im Umgang mit Tieren. Ihr größtes Interesse bestand darin, die Menschen und ihre Umwelt zu beobachten und zu versuchen, Antworten auf die Fragen zu finden, die sie beschäftigten. Warum zog sich das Wasser immer weiter unter die Erde zurück? In ihrer Kindheit hatte es noch Seen und Flüsse gegeben, in denen man baden konnte ... und jetzt? Dort, wo früher ihr Lieblingsteich gelegen hatte, gab es nur noch ein trockenes Loch. Selbst die Wälder verdorrten, und jede Pflanze, die wachsen sollte, musste mit unterirdischem Wasser beträufelt werden.

Aber Tierarten, die gut darin waren, das unterirdische Wasser zu finden, hatte es auch früher schon gegeben. Ebenso wie Pflanzen, deren Pfahlwurzeln tausend Mannslängen tief in die Erde reichten. Wieder anderen Tieren und Pflanzen machte die Dürre kaum etwas aus.

Doch musste das alles nicht bedeuten, dass es schon andere Zeiten gegeben hatte, in denen sich das Wasser so weit zurückgezogen hatte? Diese schreckliche Dürre, die ganz Ruann quälte, die ewige Kriege über das Land trieb und die Sapioner dazu brachte, alle anderen Völker zu überfallen und zu versklaven. Was wenn diese furchtbare Dürre nichts Neues war, sondern ein uraltes Phänomen, das einfach nur vergessen worden war? Direkt nach der Eroberung hatten die Sapioner verboten, die alten Geschichten zu erzählen. Ob sich darin die Wahrheit finden ließ?

Alia konnte nicht aufhören, darüber nachzudenken. In ihren Tagträumen war Farua noch immer das Land der tiefen Wälder und dichten Wiesen, der Seen und Flüsse, die sich zwischen weiche Hügel duckten. An manchen Tagen sah sie das Bild so deutlich vor sich, dass sie erschrak, wenn sie am Abend ans Tageslicht stieg, wenn sie über die staubigen Wege lief und ihr Blick über die toten Baumskelette streifte, die am Rand des Dorfes zusammengebrochen waren.

Aber wenn es das alles schon einmal gegeben hatte, vielleicht würde die Dürre auch dieses Mal wieder vorbeigehen? Oder war es so, wie die Sapioner sagten: Mussten sie Monat für Monat Sapias blutrünstige Gier stillen, um die vollkommene Austrocknung zu verhindern? Stimmte es, dass die grausame Göttin erst dann Ruhe gab, wenn ihre Krieger die ganze Welt erobert hatten?

Zumindest die Sapioner schienen davon überzeugt zu sein. In ihren Gebeten versprachen sie der Göttin, sich für ihre Ziele hinzugeben. Auch die meisten Sklaven hatten sich der Religion der Sapioner angepasst, schon allein deshalb, weil sie nicht verfolgt werden wollten.

Alia hingegen glaubte lieber an die Götter ihres eigenen Volkes. Vielleicht gab es unter ihnen eine Gottheit, die in der Lage war, den Krieg aufzuhalten und das Wasser nach Ruann zurückzubringen. Doch Alia wusste viel zu wenig über die faruanischen Legenden. Die meisten Geschichten ihrer Kindheit waren nur noch eine vage Erinnerung.

Der Tunnel, durch den Alia das Erdpony führte, wurde immer breiter. Immer weitere Gleise mündeten aus anderen Bergwerksabschnitten ein, bis fünf Loren nebeneinander den Tunnel hinauffuhren. Auf der anderen Seite des Ganges führten fünf Gleise hinab.

Nicht zum ersten Mal fragte Alia sich, warum die breiten Tunnel nicht zusammenbrachen. Aber sie war keine Statikerin. Nur wenige der Sklaven wussten, wie man ein solches Bergwerk baute, und sie waren vorsichtig damit, ihr Wissen weiterzugeben. Immerhin sicherte es ihnen und ihren Familien den größtmöglichen Sonderstatus. Die Familien der Bergwerksbauer waren die einzigen, die außerhalb des umzäunten Sklavendorfes in Freiheit leben durften. Sogar die Frauen in Kobens Familie waren sicher. Wenn ein sapionischer Wachsoldat wie Burk die Tochter von Koben auch nur zu lange ansah, würde er noch am selben Tag hingerichtet werden.

»Na, sowas …« Eine raue Stimme durchbrach Alias Gedanken. Erst jetzt entdeckte sie Burk, der am Rand ihres Gleises an einem Felsen lehnte. In der rechten Hand hielt er ein Messer, in der Linken einen Stein, mit dem er die Klinge schärfte. »Dort, wo eben noch ein hübsches Mäuschen lief, kriecht jetzt eine dreckige Schorfmade durch den Tunnel.« Er löste sich von der Wand und kam über das Gleis auf sie zu. Seine schwarze Lederhose knirschte mit jedem Schritt.

Alia spürte den Drang, ihm mit erhobenem Haupt entgegenzutreten. Sie wollte ihm zeigen, dass sie sich nicht vor ihm fürchtete. Unweigerlich fiel ihr Blick auf seine schwarzen Haare. Sie hingen lang über Burks Schultern, doch auf der rechten Seite konnten sie nicht über die kahle Stelle hinwegtäuschen, die sich in einer großflächigen Narbe über seinen Kopf zog.

Feuer. Seine Haare mussten gebrannt haben, um eine solche Narbe zu hinterlassen. Doch es war nicht der übliche kurze Strohbrand gewesen, bei dem Haare in Flammen aufgingen und sofort wieder erloschen. In seinen Haaren musste eine Substanz geklebt haben, die sie dauerhaft brennen ließ wie den Docht einer Kerze: Wachs … oder Harz. Ob seine Narbe im Kampf entstanden war? Oder hatte ihn jemand mit Absicht so gequält?

Die Narbe sah alt aus, grauweiß und mit einem Glanz, als würde sich die zerstörte Haut nur mit Mühe über seinen Kopf dehnen. Vermutlich hatte er die Verletzung schon als Kind erlitten.

»Was starrst du so?!« Burk blieb mit gebührendem Abstand stehen und spuckte vor ihr aus. »Schorfmade!«

Alia hätte ihn fragen können, ob er häufig Kopfschmerzen hatte. Wenn die vernarbte Haut so sehr über seinem Schädelknochen spannte, durfte sie davon ausgehen. Vor allem das Sonnenlicht oder die Helme, die die Sapioner im Kampf trugen, dürften ihm zusetzen. Doch es war besser, ihn nicht weiter zu provozieren. Also senkte sie den Kopf und führte das Erdpony an ihm vorbei.

»Du schuldest mir noch was!« Burk schnalzte mit der Zunge. »Wo ist das Mäuschen, das mir die nächste Nacht versprochen hat?«

Sie hat dir gar nichts versprochen. Die Worte lagen auf Alias Zunge. Doch sie durfte nicht frech werden. »Getauscht«, flüsterte sie.

Burk lachte auf. »Dummes Mäuschen! Glaubt sie etwa, die Katze würde sie in ihrem Loch nicht finden? Katzen warten einfach, bis das Mäuschen rauskommt.« Er steckte das Messer in seinen Gürtel. »Ich freue mich schon auf den Abendappell. Das kannst du deiner Freundin ausrichten!«

Alia zerrte an den Zügeln des Erdponys, ging schneller und ließ Burk hinter sich zurück. Wenn er wüsste, dass ihre Mutter sämtliches Heilwissen an sie weitergegeben hatte, dann würde er sie sicher um eine Medizin gegen seine Kopfschmerzen bitten, und sie könnte ihm eine Dosis verabreichen, die ihn langsam, aber sicher vergiftete. Doch die Sapioner durften nicht wissen, dass es noch immer Heiler unter den Faruanern gab, und wenn Burk es erfahren sollte, wäre sie ihres Lebens nicht mehr sicher.

Dabei war Alia keine echte Heilerin. Sie besaß nicht das Talent und die Leidenschaft ihrer Mutter. Sie tat es nur, weil es sonst niemanden gab, der sich um die Kranken kümmerte. Doch eines Tages würde sie fliehen. Wenn es ihr gelang, sich bis zum Waldgürtel von Farua durchzuschlagen, könnte sie sich den Partisanen anschließen. An ihrer Seite wollte sie kämpfen, damit es den Sapionern niemals gelang, durch den Waldgürtel zu dringen und das unabhängige Nordfarua einzunehmen. Am liebsten wäre Alia sofort aufgebrochen. Allein ihre Liebe zu Mariusch und die Fürsorge für Nelja hinderten sie daran. Und zu dritt wäre es weitaus schwieriger zu fliehen.

Dennoch spürte sie ein aufgeregtes Bauchkribbeln, als der Ausgang des Bergwerkes vor ihr lag. Helles Licht strömte in den Tunnel und zwang sie, die Augen zusammenzukneifen. Draußen endeten die Schienen auf dem Umladeplatz. Mehr als fünfzig Sklaven liefen durch die pralle Sonne, rollten die vollen Fässer von den Loren und verluden sie auf Wagen. Um sie herum wuselten die sapionischen Fahrer der Kutschen, genauso wie die Wachen, die hier draußen das größte Aufgebot stellten. Der Umschlagplatz war das einzige »Tor« nach draußen, das regelmäßig von Sklaven betreten wurde, und die Kutschen boten etliche Möglichkeiten, sich zwischen Fässern und unter Lederplanen zu verstecken.

Wenn Alia allein wäre, hätte sie es längst versucht. Aber mit einer geschwächten, kleinen Schwester war das Risiko zu groß. Um zusammen mit Nelja zu entkommen, musste sie einen anderen Weg finden. Alia unterdrückte ein Fluchen, führte das Erdpony auf das Umladegleis und spannte es aus. Im Gleis nebenan stand eine Lore mit leeren Fässern, die sie zurück in ihren Tunnelabschnitt bringen musste. So schnell sie es hinbekam, schirrte sie das Erdpony an und führte es zurück in den Tunnel.

Als ihr der verfaulte Geruch des Bergwerkes entgegenschlug, wallte die Übelkeit in ihrem Magen auf. Vielleicht war es doch besser, in den Tiefen der Tunnel ein Dreckrattenleben zu führen, anstatt hier oben die Freiheit zu riechen und dann wieder in die Dunkelheit abzutauchen. Nur das Erdpony schien im Schatten der Tunnel aufzuwachen und zog die Lore so munter das Gleis hinab, dass Alia Mühe hatte, ihm zu folgen.

Sie waren gerade auf Ebene neun angelangt, als ihnen aufgeregte Schreie entgegenkamen: »Neue Wasserader gefunden! Ebene zwölf bis acht sofort evakuieren!« Die Schreie stammten von den Sklaven, die aus den tieferen Ebenen kamen. Von allen Seiten strömten sie in den Haupttunnel, liefen, so schnell sie konnten, und schubsten sich zur Seite. Wer im Hauptgang zu tun hatte, ließ alles stehen und liegen und rannte mit den fliehenden Sklaven nach oben.

Nur Alia erstarrte inmitten des Stromes. Bilder von einem ähnlichen Szenario tobten durch ihren Kopf, von einem anderen Tag mehrere Blutjahre zuvor, an dem sie die gleichen Schreie gehört hatte, dicht gefolgt von dem Gurgeln des Wassers, das aus den Tiefen der Tunnel heraufdrang. Es war so greifbar, als würde es ein weiteres Mal geschehen …

Ihre Mutter war dort unten gewesen und niemals ans Tageslicht zurückgekehrt.

Jetzt war Mariusch in den Tiefen auf Ebene zwölf, dort, wo sie die neue Wasserader gefunden hatten. Es musste eine sprudelnde Quelle sein, wenn sie ganze fünf Ebenen evakuierten, eine unterirdische Höhle, in der das Wasser seit Jahrtausenden eingeschlossen war.

Genauso wie damals!

Wenn die Wassersucher die Steinschichten am Rand einer solchen Höhle durchbrachen, dann gab es keine Garantie, den nächsten Atemzug noch zu erleben. Wenn es brüchige Gesteinsschichten waren, konnten sie zersplittern wie zerschlagenes Eis, und das Wasser flutete die Tunnel. Damals war ihre Mutter in den Fluten ertrunken, obwohl sie mindestens zwei Ebenen darüber gewesen war. Und heute …

»Mariusch. Nelja.« Ohne ihr Zutun setzten sich Alias Beine in Bewegung. Sie ließ das Erdpony stehen und rannte, doch nicht nach oben, sondern den Sklaven entgegen, die immer dichter von unten heraufdrängten. Sie versuchte, im Slalom an ihnen vorbeizuhasten, bis sie sich an den Tunnelwänden entlangschieben musste, um vorwärtszukommen. Erst auf Ebene elf wurden die Gänge leerer. Als Letztes rannten ihr die Kinder von Ebene zwölf entgegen.

Dann wurde es still.

Erst als sie den Tunnel erreichte, der direkt in den Kern der zwölften Ebene führte, klang das Klirren eines einzelnen Steinmeißels zu ihr. Alia folgte dem Geräusch, ihr Atem keuchte, und ihr Herz bebte. Die Gänge wurden immer enger, bis sie kriechen musste, um den Tunneln zu folgen. Erst kurz vor ihrem Ziel öffnete sich der Gang zu einer kleinen Höhle. Das Licht einer Fackel erhellte das Steingewölbe, drei wild gewordene Wasserzausel tobten durch den winzigen Raum und jaulten aufgeregt.

Mariusch stand vor der Steinwand und klopfte so vorsichtig auf den Stein ein, als wolle er ein Loch in ein rohes Ei picken, ohne die Schale zu zerbrechen. Wenn das Wasser durch die Steinwand brach, würde er als Erster ertrinken.

Und Alia ebenso.

Die Wasserzausel hielten inne, wandten sich in ihre Richtung und knurrten.

Mariusch wirbelte herum, ließ die Spitzhacke fallen und starrte Alia an. »Bist du wahnsinnig?« Seine Worte klangen, als müsste er schreien. Doch tatsächlich flüsterte er. In einem Raum mit geborstenen Steinwänden war nichts gefährlicher als das Rufen eines Menschen. »Was machst du hier? Warum erschrickst du mich so? Willst du uns alle umbringen?«

Alia starrte ihn an. Er lebte! Seine aufrechte Haltung ließ ihn riesig wirken in der winzigen Höhle. Dunkelrote Strähnen klebten in seinem Gesicht, vom Schwitzen so nass, als hätte er gebadet.

Alia wusste selbst nicht, warum sie hierhergekommen war, konnte nicht in Worte fassen, was sie fühlte. Nur langsam formte sich der Gedanke: »Wenn ich dich auch noch verliere …«

Seine Züge wurden weich, fast glaubte sie, er würde sie in den Arm nehmen. Doch Mariusch wies nach draußen. »Dann geh! Lass mich arbeiten. Ich muss das Ventil einsetzen, dann ist alles gut.«

Alia wusste, dass es nicht so einfach war, dass er sein Leben riskierte. Eines Tages würde er dabei umkommen. Wenn nicht heute, dann an einem anderen Tag. Doch selbst im Angesicht des Todes war er vernünftiger als jeder andere Mensch.

»Wie kannst du so ruhig sein?« Die Frage rutschte ihr heraus.

Mariusch strich sich den Schweiß vom Gesicht, verwischte den Dreck auf seinen Wangen, bis sich dunkle Schlieren über seine Sommersprossen zogen. Mit einem Kopfnicken deutete er auf die Wasserzausel, von denen einer seinen langen Körper an den Felsen hinaufreckte und das tropfende Wasser von den Steinen leckte. »Wenn die Steinwand brechen würde, wären sie längst geflohen. Sie lieben mich, weil ich in der Nähe des Wassers bin, aber nicht so sehr, dass sie nicht ihr Leben zuerst retten würden.« Ein schiefes Lächeln erschien auf seinem Gesicht.

Alia wusste nicht, ob es ein echtes Lächeln war oder ob er sie nur beruhigen wollte. Am liebsten wäre sie ihm in die Arme gefallen. Nur noch einmal seine Wärme fühlen, seine Haut an ihrer Wange … Aber sie durfte es nicht. Jede Erschütterung konnte die Steinwand zum Einsturz bringen.

»Du musst gehen!« Mariusch wurde ernst. »Geh zu Nelja. Bring sie in Sicherheit. Wenn diese Wand bricht, ertrinkt sie genauso wie ich, nur ein kleines bisschen später.«

Nelja! Alia wurde schwindelig. Sie musste sich um ihre Schwester kümmern. Was hatte sie sich nur gedacht? Hatte sie geglaubt, dass Nelja im stillgelegten Teil des Bergwerkes vor einem Wassereinbruch sicher war? Auch wenn ihr Versteck zwei Ebenen höher lag, falls hinter dieser Steinwand eine Wasserhöhle lag, die auf die gleiche Höhe reichte, wäre der stillgelegte Teil genauso davon betroffen wie das restliche Bergwerk.

Wie betäubt wich Alia nach hinten, kroch zurück in den Gang, durch den sie gekommen war, und ließ Mariusch hinter sich. Er durfte nicht sterben … durfte es nicht …

In geduckter Haltung eilte sie durch die Tunnel, fing an

zu rennen, sobald die Gänge weit genug wurden. Die Fackeln brannten still vor sich hin, als gäbe es keinen Grund, das Wasser zu fürchten.

Endlich erreichte Alia die Abzweigung, die in den verbotenen Teil des Bergwerkes führte. Ungesehen huschte sie in den dunklen Gang. Hier gab es keine Fackeln, nur eine Öllampe und Zündsteine, die sie in einer Felsnische versteckt hatte. Ungeduldig schlug sie die Steine aneinander, zehnmal, zwanzigmal, ehe einer der Funken so fiel, dass er den Docht der Öllampe entzündete.

Sobald das Licht brannte, rannte sie weiter. Nur noch fünf Biegungen des Tunnels, eine Steigung, die weiter hinab führte, und schon begann das Grauen, das von einer großen Tragödie erzählte. Bis hierher war das Wasser beim letzten Mal vorgedrungen, innerhalb weniger Augenblicke hatte es die Fliehenden eingeholt, die bis heute hier lagen: vermoderte Skelette, mumifizierte Leichen, einzelne Knochen, die längst von den Leibern getrennt worden waren. Der Verwesungsgeruch hing noch immer in den Tunneln und verfolgte Alia mit jedem Schritt. Dennoch musste sie weiter, sprang über die Leichen und bog von einem Tunnel in den anderen.

Schließlich lagen die Trümmer vor ihr. Die Wucht des Wassers musste gewaltig gewesen sein, um die Felsen auf diese Weise auseinanderzusprengen. Doch jetzt klafften sie auf wie die Ränder einer Wunde. Alia kletterte über die Felsen. Gleich darauf stand sie in der Höhle. Es war ein gewaltiges Gewölbe, das sich über ihr auftürmte, mehr als fünf Ebenen hoch. In dieser Höhle hatte das Wasser geschlummert, das ihre Mutter und hunderte andere getötet hatte. Von hier aus war es durch die Felsen gebrochen und ins Bergwerk geströmt.

Jetzt war die Steinhöhle trockengefallen. Sämtliche Wasserreste waren längst nach oben befördert worden. Doch ein Großteil des Wassers war durch die Leichen verseucht worden. Die

Sapioner hatten es zwar fördern lassen, aber nicht als Trinkwasser. Nur ihre Felder hatten sie damit bewässert.

Alia hob den Kopf und schaute auf das, was sie an diesem Ort am meisten beeindruckte: In der Felsendecke waren große Löcher, durch die Lichtstrahlen hereinfielen. Die Wurzeln der Maruschkabäume hatten sich etliche Baumlängen in die Erde gebohrt, um hier unten von dem Wasserreservoir zu zehren. Doch mit dem Trockenfall der Höhle waren auch die riesenhaften Bäume vertrocknet und im Sturmwind umgestürzt.

Zurückgeblieben waren die Wurzellöcher.

Vielleicht war es die Gewohnheit, die Alia innehalten ließ, um das Lichtspiel zu bewundern. Beinahe hätte sie die Bedrohung vergessen …

Bis sie ihre Schwester entdeckte: Nelja lag weiter hinten auf dem Felsboden, direkt unter einem der Löcher im Licht. Alia löste sich aus der Starre, rannte zu ihrer Schwester und fiel neben ihr auf den Boden. »Nelja! Was machst du hier? Warum bist du nicht im Versteck?«

Nelja rührte sich nicht. Einen Moment lang blieb sie mit geschlossenen Augen liegen. Dann flatterten ihre Lider und öffneten sich. Blaue Augen strahlten Alia entgegen. »Ich dusche im Licht«, murmelte sie. »Das tue ich oft. Jeden Tag, solange Rabanus am Himmel steht. Wusstest du das nicht?«

Alia schüttelte den Kopf. Sie war nicht oft mitten am Tag hier. Normalerweise mussten die Besuche bei ihrer Schwester bis kurz vor Dienstende warten.

»Ich habe Meikje mit hergebracht.« Nelja deutete zur Seite. Nicht weit von ihr entfernt lag Meikje unter einem der Lichtstrahlen. Das kleine Mädchen war genauso blond und blauäugig wie Nelja, allerdings einige Blutjahre jünger. Und nicht mit Alia verwandt. Meikjes Mutter war vor einiger Zeit an der Staubkrankheit gestorben. Seither waren Nelja und Alia die einzigen Menschen, die sich um sie kümmerten.

Doch es stand schlecht um die Kleine. Schon lange. Die Dunkelheit setzte ihr zu, ließ sie blass und krank werden, und ihre Worte verstummen. Inzwischen grenzte es an ein Wunder, wenn sie Nelja etwas zuflüsterte.

Alia glaubte nicht, dass Meikje noch lange durchhalten würde. Allein das Essen, das sie für die beiden abzweigte, war knapp. Das meiste davon nahm sie aus Mariuschs Extrarationen. Eigentlich müsste es gerade so ausreichen, aber Meikje aß kaum etwas davon. Vermutlich trauerte sie noch um ihre Mutter. Die Staubkrankheit hatte ihr das Atmen schwer gemacht, bis sie während der Arbeit zusammengebrochen und nicht mehr aufgestanden war.

»Stellt euch vor, wir wären draußen …« Nelja fing an zu erzählen, so wie sie es oft tat.

Doch Alia musste sie unterbrechen: »Wir müssen weg von hier. Mariusch hat eine neue Wasserader gefunden, eine Wasserhöhle wie diese hier. Wenn die Felsen brechen, dann …« Der Rest ihrer Worte verklebte sich in ihrer Kehle.

Nelja richtete sich auf. Ihr schmales Kindergesicht wirkte alarmiert, während sie sich an ihre Freundin wandte. »Meikje, hast du gehört? Wir müssen weg!«

Alia sah sich um. Wohin sollten sie fliehen? Erst jetzt dachte sie darüber nach. Sie konnten das Bergwerk nicht verlassen. Niemand durfte Nelja und Meikje sehen. Also mussten sie im stillgelegten Teil bleiben. Nur wo?

Die unterirdische Höhle verlief in einer Schräge. »Bergauf!«, rief sie. Etwas Besseres fiel ihr nicht ein.

Nelja stand auf, beugte sich zu Meikje und wollte sie an der Hand hochziehen. Vergeblich. Das kleine Mädchen blieb teilnahmslos liegen. Alia ging zu ihnen, gab Nelja die Öllampe und hob Meikje auf den Arm. Sie war leicht, viel zu leicht für ihre Größe. Alia wusste kaum, wie sie das Mädchen halten sollte, ohne ihren knochigen Körper zu verletzen.

Dennoch lief sie voran, rannte über die Felsen der Wasserhöhle, die immer weiter bergauf führten. Das Wasser hatte die Steine glattgeschliffen. Trotzdem wurde der Boden unter ihren Füßen immer unebener. Buckelig und rund hoben sich die Felsgebilde aus dem Untergrund und machten ihr Vorankommen immer mühseliger. Nur über ihnen leuchteten die Wurzellöcher der Maruschkabäume. Je höher sie kamen, desto näher rückte die Felsendecke. Schließlich verlor sich das Gefühl, durch eine weite Höhle zu laufen. Zuletzt mussten sie über die Felsen hinwegklettern, immer dichter an die Lichtleiter und die Decke heran. Es war nicht leicht, mit einem Mädchen über den Schultern zu klettern, zumal Meikje schlaff dahing und Alia sie entweder festhalten oder ihr Gewicht so verlagern musste, dass die Kleine nicht herabrutschte.

Schließlich erhob sich direkt vor ihnen eine Felswand und ließ sie nicht weiter. Nelja keuchte. Alia wusste nicht, ob ihre Schwester jemals so schnell gerannt war. In all den Blutjahren des Versteckens hatte sie die meiste Zeit im Sitzen oder Liegen zugebracht. Jetzt zitterten ihre Beine, und auf ihrer Stirn stand glänzender Schweiß. Allein deshalb wäre es schwierig, zusammen mit ihr zu fliehen. Ganz zu schweigen von Meikje, die sie weder allein zurücklassen noch mitnehmen konnten.

»Schau mal!« Nelja wies auf eines der Wurzellöcher. Es war dicht über ihnen, nah genug, um mit der Hand seinen Rand zu berühren. Nelja wankte unter das Loch und schaute nach oben. Plötzlich klang sie aufgeregt: »Wir sind ganz dicht unter der Oberfläche! Guck doch endlich!«

Alia legte Meikje vorsichtig auf den Boden, trat zu ihrer Schwester und blinzelte in das grelle Licht. Tatsächlich schien die Freiheit nicht weit weg zu sein, sogar einen Luftzug konnte sie spüren. Oder war es Einbildung?

Allmählich gewöhnten sich ihre Augen an die Helligkeit, bis sie die Länge des Wurzelschachtes abschätzen konnte: Selbst wenn man leicht in das Loch hineingelangte, wäre der Schacht immer noch zu lang, um ihn hinaufzuklettern. Alia schätzte die Höhe auf ein bis zwei Bergwerksebenen. Selbst wenn man von der halben Höhe herabfiele, wäre der Tod sicher.

»Wenn wir eine Leiter hätten, die den Schacht hinaufführt …«, murmelte Nelja. »So wie die Kinder vom Sonnengott, die vom Himmel gefallen sind und sich eine Leiter bauen, um wieder hinaufzuklettern.«

Eine Leiter! Alia hielt den Atem an.

»Gibt es die Kinder vom Sonnengott wirklich?«, meldete sich Meikje ganz leise zu Wort. »Oder hast du sie erfunden?«

Nelja wandte sich vom Wurzelloch ab und kniete sich zu ihrer Freundin. »Ich fürchte, ich habe sie nur erfunden. So wie alles.« Sie seufzte leise, lehnte sich gegen den Felsen und streckte die Beine aus.

Alia schaute wieder in das Loch hinauf. Schwach erinnerte sie sich an die Geschichte von dem Sonnengott und seinen Kindern, die zur Erde gefallen waren. Nelja hatte sie vor nicht allzu langer Zeit erzählt. Aber ihre Schwester erfand so viele Geschichten. Jeden Abend erzählte sie eine neue, und es war unmöglich, sich alle zu merken.

Aber eine Leiter. Wenn sie eine Leiter hätten. Alia hob den Arm und ertastete den Rand des Loches. Es war raues, mit scharfen Rillen durchfurchtes Gestein. »Vielleicht könnten wir eine Leiter bauen«, dachte sie laut. »Wenn wir Holz finden, das sich für die Sprossen eignet, dann könnten wir es rechts und links in die Gesteinsspalten klemmen und eine Leiter bis nach oben bauen.«

Neljas Augen leuchteten auf. »Du meinst, dann könnten wir fliehen?«

Alia nickte. Wie lange suchte sie nun schon nach einem Weg, um zu entkommen? Das Dorf und das Bergwerk waren überall bewacht. Nur von diesen Wurzellöchern wusste niemand. »Über uns müsste der Wald liegen. Zumindest das, was noch von ihm übrig ist. Wenn wir Glück haben, bieten uns die abgestorbenen Bäume Deckung.«

»Ihr wollt weg?« Meikjes Stimme klang noch dünner als sonst.

Das Leuchten in Neljas Augen erstarb. Kurz sah sie zu ihrer Freundin und dann zu Alia. Sie sagte nichts, aber ihre Gedanken waren offensichtlich: Sie konnten nicht fliehen. Meikje war zu schwach, um sie mitzunehmen.

Nelja schüttelte den Kopf und lächelte der Kleinen zu. »Nein. Keine Sorge. Wir lassen dich nicht allein.«

Alia wandte sich ab. Wenn sie fliehen wollten, mussten sie warten, bis Meikje gestorben war.

★★★

Das Wasser brach nicht durch die Felsen. Mariusch gelang das, woran sein Vorgänger gescheitert war: Er setzte das Ventil ein und schuf eine sprudelnde Quelle, an der sie für lange Zeit ihre Fässer füllen würden.

Alia erfuhr erst davon, als sie kurz vor Feierabend in den offiziellen Teil des Bergwerkes zurückkehrte. Die Sklaven waren noch nicht wieder an die Arbeit gegangen. Nur manche liefen durch die Gänge und verkündeten die gute Nachricht. Am liebsten wollte Alia noch einmal auf die zwölfte Ebene hinabklettern, wollte Mariusch um den Hals fallen und ihm danken, dass er noch lebte. Aber von oben dröhnte die Abendglocke herunter und rief die Sklaven zum Appell.

Zusammen mit den anderen stieg Alia hinauf und lief durch den Tunnel, der zwischen den Wohnhütten im Dorf endete. Als sie nach draußen trat, war Rabanus bereits untergegangen und seine Dämmerung zog sich orangefarben über das Land. Da sie sich mitten in der Nachtsonnenzeit befanden, würde es noch dauern, ehe Sapia aufging und ihr rotes Licht in die Nacht warf.

Die Sapioner hatten die Sonnen nach ihren Göttern benannt: Rabanus, nach ihrem skrupellosen, machtsüchtigen Herrscher. Und Sapia, wie die große, hassende Göttin, unter deren Fahne sie ihre Feldzüge führten. Selbst der große Mond trug den Namen des Sohnes, den Sapia geboren hatte: Sapionas.

Inzwischen musste es mehr als hundert Blutjahre her sein, seit die Sapioner angefangen hatten, Ruann von Süden nach Norden zu erobern. Zeylem hatten sie als erstes Land unterworfen. Darauf war das staatenlose Gebiet gefolgt, unzählige Dörfer, Städte und Siedlungen, die jedes für sich unabhängig waren. Die Sapioner hatten Grauen und Zerstörung über die Menschen gebracht, bis sich sämtliche Orte ergeben hatten.

Einzig die Grenzen zu Farua hatten sie für viele Jahrzehnte respektiert. Erst vor zwölf Blutjahren waren sie in Farua einmarschiert. Zwei Jahre hatten sie im südlichen Teil ihres Landes gewütet, ehe die Front am Waldgürtel zum Stillstand gekommen war, der Südfarua von Nordfarua trennte. Seit damals war Alias Heimatland zweigeteilt. In Südfarua hatten die Sapioner sämtliche Dörfer niedergemetzelt oder in Sklavenkolonien umgewandelt, während Nordfarua sich noch immer gegen die Eroberer zur Wehr setzte.

Neben Nordfarua gab es nur noch zwei Länder, die das Großreich Sapion bislang verschont hatte: Pamal, ein unwirtliches, raues Bergland, das von den Pameli, den Katzenmenschen, bewohnt wurde, und Malun, das Land der Götter. Beide Länder lagen im Norden. Malun versteckte sich am nördlichen Rand der Welt, hinter Nordfarua. Und das Bergland von Pamal erstreckte sich im Nordosten neben Nordfarua und Malun. Angeblich gab es auch einen Grenzabschnitt, an dem die Berge von Pamal auf Südfarua trafen. Doch die einzigen Karten, die Alia jemals gesehen hatte, hatte ihr Vater für sie in den Sand gezeichnet. Immer, wenn sie darüber nachdachte, wie weit ihr Fluchtziel entfernt war und dass der umkämpfte Waldgürtel als

Kriegsfront dazwischen lag, wurde ihr bewusst, wie aussichtslos es war.

Als eine der Letzten lief Alia über die Wege zwischen den Wohnhütten. Sie musste blinzeln, um nicht den Staub in ihre Augen zu bekommen, den die Schritte von mehr als tausend Sklaven aufgewirbelt hatten. Die ganze Kolonie war von einer gelben Dunstwolke umhüllt, die sich wohl erst in der Nacht legen würde.

Auch die Wohnbaracken, zwischen denen sie hindurchwanderte, waren in einem erbärmlichen Zustand. Es war ihnen verboten worden, die Dächer zu flicken oder die Ritzen in den Holzwänden zu stopfen. Jedes Mal, wenn sie darum baten, die Hütten ausbessern zu dürfen, lachten die Wachen sie aus. »Wofür braucht ihr Dächer und Wände? Es regnet nicht mehr.«

Damit hatten sie recht. Das Wasser zog sich aus Ruann zurück. Alia konnte nicht sicher sagen, wann es begonnen hatte. Aber den letzten Regenschauer hatte sie in ihrer Kindheit erlebt, bevor die Sapioner einmarschiert waren. Oder kurz danach?

In der ersten Zeit nach der Eroberung, während die plündernden Soldatenhorden durch die Dörfer gezogen waren, hatte niemand über den Regen nachgedacht. Erst als die Sapioner aus den meisten Dörfern Sklavenkolonien gemacht hatten, war die Dürre aufgefallen. Ljimgart war nicht immer ein Wasserbergwerk gewesen. Zunächst hatten die versklavten Dorfbewohner auf den Feldern gearbeitet, um Nahrung für die Soldaten anzubauen. In jener Zeit war das Wasser in ganz Farua immer knapper geworden, und zwei Blutjahre nach der Eroberung hatten die Sapioner angefangen, Wasserbergwerke zu bauen. Ljimgart war nicht das einzige Wasserbergwerk, aber soweit Alia wusste, eines der größten. Von überallher waren Sklaven in ihr Dorf gebracht worden, um im Bergwerk zu arbeiten. Ihre Hütten waren enteignet und zu Wohnbaracken erweitert worden, in denen sie so dicht zusammengepfercht wurden, wie es eben möglich war.

Als Alia auf den Appellplatz trat und sich zu den Frauen stellte, hatte sich der Großteil der Sklaven schon in Reihen gruppiert. Die Kinder waren bei den Frauen, und die Männer standen ihnen gegenüber. Wie jedes Mal hielt Alia nach Mariusch Ausschau. Doch er war noch nicht da. Nur der alte Mann stand wie immer am Rand und blinzelte Alia verschmitzt zu. Niemand kannte seinen Namen, nicht einmal sie, obwohl er seit dem Tod ihrer Eltern ein väterlicher Freund geworden war. Tagsüber hütete er die Schweine, die sich in den vertrockneten Wäldern Nahrung suchen sollten. Daher gab es nur wenige Möglichkeiten, mit ihm zu reden. Nur wenn Alia sich nachts aus den Baracken fortstahl und zum Schweinestall schlich, konnte sie ihn treffen. Doch das Risiko, erwischt zu werden, war groß. Um ihre Freundschaft zu erhalten, blieb ihnen an den meisten Tagen nur dieser kurze, freundliche Blick während des Appells.

Auch Druscho stand in den Reihen der Männer und warf einen besorgten Blick zu Fili. Ihr zerrissenes Kleid war nur provisorisch mit ein paar Schnüren geflickt worden, und sie wirkte erbärmlich. Zu gerne wollte Alia mit ihr sprechen, aber es standen zu viele Sklavinnen zwischen ihnen. Sie hielt nach Burk Ausschau und fand ihn bei den Wachsoldaten, die sich am Rand des Appellplatzes sammelten. Grinsend schaute er zu Fili.

Mariusch war einer der Letzten, die aus dem Bergwerk heraufstiegen. Seine Haare erschienen noch nasser als zuvor, und sein Oberkörper war so nackt wie eh und je, während er sich zwischen den anderen Männern einreihte. Suchend glitt sein Blick über die Frauen. Als er Alia fand, formte sich ein strahlendes Lächeln auf seinem Gesicht. Er wirkte glücklich. Auf eine sehr seltsame Art, die Alia nicht zum ersten Mal bei ihm sah. Er mochte seine Arbeit. Sie schien ihn zu erfüllen, beinahe so, als würde er gar nicht bemerken, dass er ein Dreckrattenleben führte.

Sein Lächeln verschwand, als der Appell begann, als ihre Namen verlesen wurden und sie darauf achten mussten, ihr »Anwesend« laut und kräftig zu rufen. Danach folgte der Moment des Zitterns, die prüfenden Blicke des obersten Wachsoldaten, der vor ihnen entlangpatrouillierte. Die größte Schwierigkeit bestand darin, den richtigen Blick aufzusetzen. Sie durften weder unterwürfig noch trotzig aussehen, durften den Blick nicht abwenden und genauso wenig direkt in die Augen des Soldaten schauen. An diesem Abend hatten sie Glück. Die Wachen schienen mit der Leistung der Wassersucher zufrieden zu sein und ließen Milde walten.

Erst am Ende, als der Appell offiziell beendet war und alle zu den Baracken strebten, ging Burk zu Fili und packte sie am Arm. Druscho wollte seiner Verlobten zu Hilfe eilen. Doch Mariusch hielt ihn zurück, während Fili den Kopf senkte und Burk durch das Dorf folgte. Alia war nicht die Einzige, die ihnen nachsah. Alle wussten, was geschehen würde, aber keiner rührte sich von der Stelle. Es war besser, sich nicht zu wehren und niemandem zu helfen. Jeder, der die Besatzung bis jetzt überlebt hatte, hatte diese Lektion schon lange gelernt.

Während Alia mit den anderen Frauen in die Gemeinschaftsbaracke ging, wallte Hass in ihr auf. Sie warf nur einen flüchtigen Blick auf ihr Schlaflager, das aus einer schimmeligen Strohschicht bestand und auf dem sie nur selten schlief. So gut es ging, vermied sie den Blick auf Filis Lager, das in dieser Nacht ebenfalls leer bleiben würde.

Vielleicht auch in den folgenden.

Stattdessen schlich sie zur Rückseite der Baracke, stahl sich aus der Hintertür und huschte in geduckter Haltung von einer Behausung zur anderen, bis sie Mariuschs Hütte erreichte und durch den Türspalt schlüpfte.

Ihr Freund war noch nicht da. Entweder war er damit beschäftigt, Druscho von einer Dummheit abzuhalten, oder die Sapioner ehrten ihn für seine gute Arbeit. Vielleicht mit noch größeren Rationen oder mit einem Schulterklopfen, das so aussah, als würden sie Mariusch ebenso achten wie ihresgleichen.

Alia ging zu dem Wasserkübel, der in der Ecke stand. Das letzte Dämmerlicht der Tagsonne fiel durch die Ritzen der Holzwände und spiegelte sich in der glatten Wasserfläche. Sie beugte sich darüber, schöpfte es mit den Händen und trank es in gierigen Zügen. Dann tauchte sie einen Krug hinein, goss das wertvolle Nass in die Waschschüssel und nahm sich eines der Tücher. Während sie sich wusch, versuchte sie so wenig wie möglich zu tropfen. Die Lichtspiegelung in der Waschschüssel verblasste, und schließlich machte es die Dunkelheit der beginnenden Nacht kaum noch möglich, etwas zu sehen. Ehe die rote Blutsonne aufging, würde es noch dauern, und Alia blieb nichts anderes übrig, als eine Kerze anzuzünden.

Sie ging noch einmal zur Tür, schloss sie sorgfältig und zog das Kleid über den Kopf. Sie beeilte sich, ihren Oberkörper zu waschen, zog sich wieder an und kümmerte sich um ihre Haare. Das Wasser verwandelte sich in eine dunkelrote Brühe, sobald sie ihre Haare hineintauchte. So gut sie konnte, löste sie die Dreckklumpen und benutzte Öl, um ihre Haare zu entfilzen.

Als sie fertig war, fühlten sie sich nass, weich und sauber an. Und sie waren wieder blond. Zumindest als Grundfarbe. Alia zog sich die längsten Strähnen auf die Schultern und prüfte die Farbe. Sie musste darauf achten, den Rotstich nicht gänzlich auszuwaschen. Es konnte jederzeit vorkommen, dass jemand die Hütte betrat, und es wäre eine Katastrophe, wenn die Sapioner erfuhren, dass sie strohblond war.

Alia wollte gerade in den Verschlag gehen, der ihren Schlafplatz vor den Blicken der Besucher verbarg, als die Tür aufging. Mariusch trug einen Korb mit Brot und Fleisch herein. Sogar grünes Gemüse ragte heraus. Zwischen seinen Beinen wuselten die Wasserzausel in die Hütte und flitzten zwischen dem Wasserfass und ihrem Herrchen hin und her.

Alia hielt inne. Sie musste sich zusammenreißen, um sich nicht hungrig auf die Extraration zu stürzen. Doch Mariuschs Gesicht war ernst. Jegliche Zufriedenheit oder gar Stolz war von ihm gewichen. Alia wusste, woran er dachte: Fili und Druscho. In ihrem Sklavendasein hatten sie sich an vieles gewöhnt, aber der Moment, in dem es Freunde traf, ohne dass sie helfen konnten – sich daran zu gewöhnen, war unmöglich.

Mariusch stellte den Korb auf den Tisch, ging zurück zur Tür und verriegelte sie. Als er sich umdrehte, wirkte das Braun seiner Augen noch dunkler. Mit schnellen Schritten kam er auf sie zu, zog sie an sich und küsste sie.

Alia wurde schwindelig. Es war falsch, das zu tun, falsch, sich auf diese Weise zu trösten, während ihre beste Freundin …

Aber auch Mariusch wäre fast gestorben. Jetzt roch er nach Erde und Steinen, nach frischem Schweiß und klarem Wasser.

»Du lebst!«, flüsterte Alia. Ihre Hände gruben sich in seine Haare, fühlten die dichte, raue Struktur. Vielleicht würde er beim nächsten Mal sterben. Oder beim übernächsten Mal. Aber heute hatte er das Wasser gezähmt.

Alia schmiegte sich an ihn, spürte seine Hände, die sich um ihre Schenkel legten und sie hochhoben. Mit wenigen Schritten trug er sie in den Verschlag, legte sie auf das Strohlager und schob ihr Kleid nach oben. Er machte sich nicht die Mühe, den Verschlag zu verriegeln, wie er es sonst tat, um ihren Schlaf vor Eindringlingen zu schützen. Stattdessen befreite er sich von dem dünnen Lederstoff seiner Hose. Dann war er über ihr, in ihr, so hart und gierig wie selten zuvor. Alia schmiegte ihre Beine um seine Hüften, ließ sich mitnehmen in die Bewegung. Heute noch waren sie zusammen, körperlich gesund und seelisch unversehrt. Schon morgen konnte es anders sein. Es gab keine Garantie auf ein Morgen, nur das Jetzt. Alia flog mit ihm davon, stieg weiter in die Höhe und stürzte vom Gipfel herab. Ihre Stimmen zersplitterten, ihre Körper zuckten, rotglühende Dunkelheit erfüllte ihre Herzen.

Dann lagen sie still. Nur ihr schneller Atem verriet das Leben, das noch in ihnen saß. Alia wollte, dass es anhielt, dass die Gedanken von ihr fernblieben. Doch die Schuld klebte wie ein trockenes Brotstück in ihrer Kehle: Fili war bei Burk, in genau diesem Moment. Und morgen würde sie nicht mehr dieselbe sein.

Mariusch flüsterte in ihre Haare: »Bitte lass uns heiraten.«

Alia zuckte zusammen. Wie konnte er ans Heiraten denken? Ausgerechnet jetzt? Sie drückte die Hände gegen seine Schultern und schob ihn von sich.

Mariusch rollte zur Seite, richtete sich auf und starrte sie an. Nahezu greifbar lag seine Enttäuschung in der Luft. »Du willst mich nicht.« Es war eine Feststellung.

Alia öffnete den Mund, suchte nach Worten und fand nur Chaos. »Nein. Doch. Ich will dich. Aber … Sklaven … Wir sind Sklaven. Ohne Rechte. Und ohne Schutz.«

»Aber darum ja. Ich möchte, dass du sicher bist. Die Sapioner brauchen mich, sie können es sich nicht leisten, mich zu verärgern. Wenn sie wissen, dass du meine Frau bist, werden sie dich in Ruhe lassen.«

Alia schüttelte den Kopf. »Sie lassen mich auch jetzt in Ruhe.« Allmählich ordnete sich das Chaos, zeigte ihr den Grund, warum sie nicht heiraten wollte. »Als Sklaven haben wir keine Rechte. Ganz gleich, ob wir heiraten. Wenn es den Sapionern gefällt, werden sie uns getrennt weiterverkaufen. Oder einen von uns töten, um den anderen zu bestrafen. Was, wenn du beim nächsten Mal keine neue Wasserader findest? Dann werden sie dir die Schuld dafür geben und dich unter Druck setzen. Eine Ehefrau ist ein sehr gutes Druckmittel. Und außerdem …« Sie rang nach Atem und spähte durch die Ritzen zwischen den Holzplanken. Erst als sie sicher war, dass niemand lauschte, sprach sie leise weiter. »Außerdem will ich weg von hier. Fliehen. Zusammen mit dir und Nelja. Dann gehen wir nach Nordfarua und schließen uns den Partisanen an.«

»Fliehen?« Rauer Schrecken lag in Mariuschs Stimme. »Mit den Partisanen kämpfen? Wie stellst du dir das vor? Und Nelja willst du mitnehmen?«

Alia nickte.

Mariusch schüttelte den Kopf. »Wie willst du das anstellen? Ist dir klar, was das bedeutet? Bis wir nach Nordfarua kommen, müssten wir unzählige Tage durch besetztes Land reisen, an anderen Bergwerken, Landwirtschaftskolonien und Sklavendörfern vorbei. Das alles ohne eine Möglichkeit, an Wasser und Nahrung zu kommen. Wir werden es wohl kaum schaffen, in fremde Bergwerke einzubrechen, und anderes Wasser gibt es nicht mehr.« Er deutete mit dem Arm in die Ferne. »Aber nehmen wir mal an, wir würden es bis zum Waldgürtel von Farua schaffen. Von da an müssten wir durch das Frontgebiet der Sapioner, durch verbranntes, zerstörtes Land, an ihrem Heerlager und den Wachpatrouillen vorbei. Und nicht zuletzt durch den Wald, der von beiden Seiten umkämpft wird. Ein Guerillakrieg, seit zehn Blutjahren. Egal, wem wir dort begegnen, sie werden kaum wissen, ob sie Freund oder Feind vor sich haben. Falls sie überhaupt fragen, ehe sie uns angreifen.«

Alia senkte den Kopf. Mariusch hatte recht. Ihre Pläne waren aussichtslos. Trotzdem wollte sie nicht aufgeben. »Und Pamal? Die Berge von Pamal haben eine gemeinsame Grenze mit Südfarua. Wenn wir bereit sind, durch die Berge zu klettern, könnten wir über Pamal nach Nordfarua.«

Mariusch lachte auf. »Pamal! Hast du Karten von Pamal? Hast du irgendeinen blassen Schimmer, wo die Wege sein könnten, die dich durch die Berge nach Nordfarua bringen? Wir wissen doch noch nicht einmal, wie weit Pamal eigentlich in den Norden ragt oder ob es noch etwas gibt, was dahinter liegt.« Mariusch redete sich in Fahrt und schien sich nur mühsam zurückzuhalten, um nicht laut zu werden. »Und was ist mit den Pameli? Kennst du die Kultur der Katzenmenschen?

Vielleicht haben sie Hunger und jagen uns, sobald wir ihr Land betreten.«

Alia schluckte. »Sie sind so zivilisiert wie wir. Sie haben sich mit Nordfarua verbündet.«

Wieder schüttelte Mariusch den Kopf. »Ob das wirklich so ist, wissen wir nicht. Es gibt so viele Gerüchte. So viele Geschichten, die sich jemand ausdenkt, um Hoffnung zu streuen. Aber niemand kann uns sagen, was wirklich außerhalb unserer Sklavenkolonie passiert. Du weißt nicht, ob die Pameli tatsächlich an der Seite der Partisanen kämpfen, oder ob das nur eine Heldengeschichte ist, an die wir glauben, um uns nicht so hilflos zu fühlen.«

Alia biss sich auf die Unterlippe. Er hatte recht. Wie immer war er tausendmal vernünftiger als sie. Dennoch konnte sie nicht einfach aufgeben. »Ich kann das nicht mehr«, flüsterte sie. »Ich kann nicht auf ewig eine Sklavin sein. Verstehst du das nicht?«

Sein Gesicht wurde weich, seine Hand legte sich auf ihre. »Doch, ich verstehe das. Niemand möchte ein Sklave sein, ich auch nicht. Aber noch weniger möchte ich sterben. Die Flucht ist keine Option, wenn man leben möchte. Also müssen wir uns arrangieren. Und ich möchte wenigstens so tun, als würden wir ein normales Leben führen.« Sein Blick wurde bittend. »Auch deshalb möchte ich dich heiraten. Von mir aus können wir es heimlich tun und nur unseren besten Freunden davon erzählen.«

Alias Herz zog sich zusammen. Tränen drängten sich in ihre Augen. Sie konnte weder nein sagen noch ja. Stattdessen setzte sich bitterer Sarkasmus auf ihre Zunge: »Du meinst, wir warten, bis der Malunabaum Früchte trägt, essen eine davon zu unserer Hochzeit und zeugen in der Nacht danach ein Kind?«

Mariusch räusperte sich unbehaglich. Sie beide wussten, dass es das alte Hochzeitsritual nicht mehr gab. Die Sapioner hatten alle Malunabäume vernichtet. Und selbst wenn es irgendwo im

Wald noch ein verstecktes Exemplar geben sollte, wäre es längst vertrocknet.

Alia konnte die Tränen nicht länger aufhalten. »Was willst du überhaupt mit einer Schorfmade wie mir? Ich kann doch nicht mal Kinder bekommen.«

»Alia!« Mariusch fuhr sie an. »Rede nicht so!« Seine Stimme wurde sanft: »Es ist ein Segen, dass du keine Kinder bekommen kannst. Die Kinder unten im Bergwerk zu sehen, ist schlimm genug. Wenn es unsere eigenen wären – allein der Gedanke ist unerträglich.«

Alia nickte. Plötzlich konnte sie sich kaum noch aufrechthalten, ließ ihren Kopf nach vorne fallen und lehnte sich an seine Schulter. Durch die Ritzen der Außenwand fielen dunkelrote Lichtstrahlen und zogen ein Streifenmuster über ihr Schlaflager. Sapia war aufgegangen.

»Von mir aus«, flüsterte Alia. »Von mir aus können wir heiraten.«

2. Kapitel

Heerlager Sapions, Frontgebiet am Waldgürtel von Farua

DORGEN

Es war das Ende der Nacht. Dunkelrot lag Sapia am Rand des Horizonts, während Rabanus' Morgendämmerung auf der anderen Seite erwachte und den ersten, mattgelben Schein in den Himmel sandte. Doch ganz gleich, wie früh es war, im Heerlager Sapions hatte der Tag schon begonnen. Der Appellplatz dehnte sich in einem gewaltigen Halbkreis rund um das Zeltlager. Bis vor wenigen Augenblicken waren zehntausende Soldaten durcheinandergelaufen, hatten ihre Lederrüstungen geschnürt, sich in den Wasserkübeln gewaschen und von den Morgenrationen gegessen. Jetzt standen sie still. Zehntausend Mann, Schulter an Schulter, in etlichen Reihen hintereinander, eine schwarze Mauer, die sich rund um das Zeltlager zog, um der nächtlichen Blutsonne die letzte Ehre zu erweisen.

Einen Moment später erhoben sich die Stimmen zum Himmel, zehntausend Männer, deren Worte sich vereinten wie die Worte eines Einzelnen: »Erhöre uns, Sapia, große Göttin der nächtlichen Sonne. Höre unser Wort, unser Versprechen und gewähre uns deine Ehre. Deine Glut wird untergehen an diesem Tag und wieder auferstehen in der Nacht. Doch wir, deine Diener, werden hier sein, im täglichen wie im nächtlichen Feuer, um dein Werk zu vollenden.«

Dorgen stand aufrecht zwischen den anderen. Er spürte die Worte, wie sie tief und kräftig aus seiner Kehle drangen. Dennoch gingen sie unter in den Worten der anderen, formten sich mit ihnen zu einer gemeinsamen Stimme: »Gewähre uns dein Leuchten, um im Dunklen zu sehen. Gewähre uns deine Stärke, um den Gegner zu besiegen. Gib uns deine Härte, um den Schmerz nicht zu fühlen. Und schenke uns die Grausamkeit, um jedes Mitleid zu ertränken.«

Ein Schauer rann über Dorgens Rücken und sträubte die Haare in seinem Nacken. Wie von Zauberhand schwoll die Lautstärke an, schmetterte das Gebet voller Inbrunst in die sterbende Nacht: »Wir sind deine Krieger, geschaffen aus Kraft und Mut. Wir sind dein Herz, gehärtet aus schwarzem Stein. Wir sind deine Diener, gebeugt in vollkommenem Gehorsam. Unser Blut rauscht für dich, bis ans Ende unserer Tage.«

Ein heißer Wind kam auf und brachte die Flaggen zum Knattern. In regelmäßigen Abständen standen die Masten zwischen den Kriegern, reckten sich in die Höhe und zeigten die Fahne Sapions in hundertfacher Ausführung: ein blutroter Kreis auf dunkelblauem Grund, die Blutsonne Sapia am nächtlichen Himmel.

Die Fahne, unter der sie kämpften.

»Für dich ziehen wir vorwärts, um alles zu begraben. Für dich vergießen wir das Blut aus den Adern der Fremden. Um dich zu ehren, nehmen wir jegliche Schätze an uns. Denn du bist die Größte, die Einzige, die Gnadenlose, deren Macht wir heiligen.«

Ein weiteres Mal schwoll die Stimme des Heeres an und schleuderte den Kampfschrei in den undurchdringlichen Wald, der vor ihnen lag: »Nimm uns als Krieger! Nimm uns als Diener! Nimm unser Leben, unseren Geist, unser Blut! Bis der letzte Tropfen verrinnt!«

Dorgen schloss die Augen, ballte die Fäuste und erzitterte unter der Wucht der Worte: »Große Sapia, voller Hass und Gier! Wir geben uns hin, um die Welt für dich zu erringen!«

Dann war es vorbei. Die Stimme des Heeres verstummte

und ließ die Stille über sie stürzen. Der Wind rauschte in den Blättern des Waldes. Hier waren sie noch grün. In den Tiefen des Waldgürtels flossen Bäche und Flüsse, und selbst an seinem Rand gab es kleinere Tümpel.

Dieses Wasser galt es zu erobern. Um das sapionische Volk am Leben zu erhalten. In Sapion selbst gab es nichts mehr. Keinen Tropfen, schon seit Ewigkeiten. Nur Steine und Sand und dürre Sträucher, deren Leblosigkeit an vergangene Zeiten erinnerte. Nur aus Erzählungen wusste Dorgen, dass ihr Land vor langer Zeit sehr fruchtbar gewesen war: Wertvolle Ölbäume waren dort gewachsen, Sträucher mit süßen Früchten und dickblättrige Pflanzen, die so nahrhaft waren, dass sich ganze Sippen damit ernähren ließen.

Jetzt wuchs das alles nur noch, wenn man jedes Pflänzchen einzeln wässerte. In den Gärten hinter den Häusern und auf den Feldern der Bauern wurden solche Kulturen gepflegt und sorgfältig vor Dieben beschützt.

Schon seit vielen Generationen herrschte die Dürre. Bereits zur Zeit ihrer Urgroßväter war das sapionische Heer in die Welt hinausgezogen, um sie mit Nahrung und Wasser zu versorgen. Wann genau Rabanus, der ewig Junge, das Großreich Sapion gegründet hatte, wusste Dorgen nicht. Fest stand nur, dass es ein unumstößliches Reich war, das beinahe ganz Ruann erobert hatte.

Doch hier, im Waldgürtel von Farua, war ihre Front zum Stillstand gekommen. Seither lieferten sie sich einen zähen Waldkrieg mit den Nordfaruanern. Wenn es nur die Partisanen wären, denen niemand das Kämpfen beigebracht hatte und die kaum mehr als selbstgebaute Bögen und Pfeile trugen, wenn es nur diese hilflosen Menschlein wären, die ihren Wald verteidigten, hätten sie den Krieg längst gewonnen.

Aber an der Seite von Nordfarua standen die Pameli. Und gegen die Pamuschkrieger, die auf Raubkatzen ritten und sich mit ihnen in den Bäumen versteckten, war der beste Soldat verloren.

Dorgen wusste schon lange, dass ihr Kampf aussichtslos war. Dennoch führte er seine Gruppe Tag für Tag in die Tiefen des Waldes. Es war seine Pflicht, sein Leben, das Einzige, was er gelernt hatte.

Die Appellformation der Krieger löste sich auf. Dorgen sah sich um und rief mit einem Blick seine Männer zusammen. Jeder kannte seinen Platz, kannte seine Aufgabe und die Gefahr, die vor ihnen lag. In einer Gruppe aus zehn Mann liefen sie durch den Arbeitsbereich des Lagers, vorbei an dem Schmiedeplatz und den Pferdeställen. Direkt dahinter lagen die Koppeln, auf denen die Pferde zusammenstanden.

Dorgen schaute in die Weite, über die endlosen Felder, die hinter den Koppeln angrenzten. Zehntausend Mann mussten mit Nahrung versorgt werden. Eine große Schar von Faruasklaven war dort hinten bei der Arbeit und beträufelte die Pflänzchen mit Wasser. Dorgen führte seine Gruppe an den Besprechungszelten des Heerführers und seiner Kommandeure vorbei. Gleich dahinter folgten die Hurenzelte: zuerst die prunkvollen, edlen, deren Zeltdächer aus bunten Stoffen gewebt waren und in denen die Offiziere ihre Privatsklavinnen hielten. Kurz darauf erreichten sie die anderen: große, grau verstaubte Zelte, in denen mehr als zehn Huren zusammen hausten und in den Nächten die einfachen Soldaten *versorgten*.

Dorgen hatte die Hurenzelte Zeit seines Kriegerlebens gemieden. Er war zwar in den Offiziersdienst befördert worden, besaß aber nicht den Rang und die Mittel, um sich eine Privatsklavin zu halten. Und allein der Gedanke, gemeinsam mit zehn Kameraden bei den Mädchen zu liegen und das Stöhnen und Wimmern der anderen zu hören, war ihm zuwider. Wenn er nächtliche Bedürfnisse besaß, regelte er das in der Stille des Zweierzeltes mit sich selbst. In solchen Momenten musste er nur darauf achten, dass Tailin bereits eingeschlafen war.

Dorgen wusste, dass sein bester Freund seine Einstellung den

Sklavinnen gegenüber teilte. Auch Tailin hatte so gut wie nie eine Hure angerührt, und Dorgen vermutete, dass sein Freund zu viel Mitleid besaß, um eine Sklavin in den Beischlaf zu zwingen. Auch jetzt konnte er das Unbehagen in Tailins Gesicht ablesen, während sie nebeneinander durch das Hurenlager liefen. So früh am Morgen war es still in den Zelten. Nur hier und da kam eine Frau heraus, um ihre Notdurft zu verrichten. Dorgen entdeckte eine von ihnen, die zwischen den Zelten hockte und erschrocken aufsprang, als sein Trupp näher kam. Ihr Zustand war erbarmungswürdig. Dreckig und zerfetzt hing das Kleid an ihrem Körper, über den Brüsten und zwischen den Beinen nur notdürftig geflickt, als wäre es immer wieder an denselben Stellen zerrissen worden. Dorgen kannte sich zu wenig mit Frauen aus, um ihr Alter zu schätzen. Er war grade mal drei Blutjahre alt gewesen, als sein Vater ihn von seiner Mutter getrennt und für die weitere Erziehung zu sich geholt hatte. Seither war er nur noch in Gesellschaft von Männern gewesen und hatte keine Sapionerin mehr zu Gesicht bekommen.

Nur durch die faruanischen Sklavinnen wusste er, dass Frauen kleiner und schmaler waren als Männer. Aber diese hier schien besonders jung zu sein. Ihre Augen blickten groß und ängstlich, ihre roten Haare standen zerzaust um ihren Kopf, nur noch zum Teil in der Flechtfrisur gefangen, die sie am Vorabend getragen hatte.

»Na, Kleine!« Einer seiner Männer grinste sie an. »So früh schon wieder auf Männersuche? Heute Nacht noch nicht genug Spaß gehabt?« Blitzschnell streckte er die Hand aus, packte sie am Arm und zog sie zu sich. Das Mädchen gab einen erstickten Schrei von sich, bemühte sich, vor ihm zurückzuweichen.

»Gerolf!« Dorgen rief ihm scharf zu. »Du hast Dienst! Lass die Sklavin los!«

Gerolf lachte auf. »Wir sehen uns heut Abend, Schätzchen.« Damit ließ er sie gehen.

Dorgen fing einen letzten Blick aus verschreckten, angeekelten Mädchenaugen, ehe die Kleine sich umdrehte und davonrannte.

Dorgen wandte sich wieder nach vorne. *Und schenke uns die Grausamkeit, um jedes Mitleid zu ertränken.* Wie oft hatte sein Ausbilder versucht, ihm die Grausamkeit einzuprügeln? Wie oft war er angebrüllt worden, weil er Mitleid zeigte? Nach und nach hatte er gelernt, seine Gefühle vor den anderen zu verbergen. Dennoch war das Mitgefühl geblieben. Er wechselte einen Blick mit Tailin. Sein Freund tat sich von allen am schwersten mit der Grausamkeit. Doch auch Tailin hatte gelernt, sich zu tarnen. Nur seine geballten Fäuste verrieten, was in ihm vorging, während er mit forschen Schritten und aufrechter Haltung weiter voranmarschierte. Er war etwas kleiner als Dorgen und die meisten sapionischen Krieger. Doch Dorgen hatte sich oft genug mit ihm gemessen, um zu wissen, wie viel Kraft Tailin besaß, dass er so wendig und schnell war wie ein Wasserzausel und damit vermutlich jeden Kampf gewinnen konnte. Dennoch hatte Dorgen nur selten erlebt, dass Tailin einen Gegner tötete. Er verletzte sie, das ja, schlug sie in die Flucht und setzte ihnen nach. Aber den letzten, tödlichen Streich führte er nur, wenn sein Leben bedroht war. Wann immer es möglich war, übernahm Dorgen das Töten an seiner Stelle.

Wie alle Jungen war Dorgen schon mit sieben Blutjahren von Zuhause fortgebracht worden, um als Krieger ausgebildet zu werden. Er hatte nie erfahren, wie viele Brüder er hatte, wie viele ältere, die vor ihm gegangen waren, und wie viele jüngere später dazugekommen waren. Auch die wenigen, mit denen er als Kind gespielt hatte, standen ihm wie Fremde gegenüber, wenn er sie im Heer wiedertraf.

Nur Tailin war wie ein Bruder für ihn. Sein Freund war zwei Blutjahre nach ihm ins Ausbildungslager gekommen, und Dorgen hatte vom ersten Tag an die Verantwortung für ihn übernommen. Zuerst, weil der neue Rekrut seiner Obhut zugewiesen worden war, und später, weil Tailin etwas an sich hatte, das Dorgen berührte: eine stille Weisheit, mit der er Menschen und Situationen durchschaute.

Gemeinsam hatten sie gelernt, ihr Mitleid vor den anderen zu verbergen. Dorgen war schneller und höher in der Hierarchie aufgestiegen. Aber nach jeder Beförderung hatte er seinen neuen Einfluss geltend gemacht, um Tailin als Untergebenen in seiner Nähe zu behalten. Er schätzte ihn als ersten Mann an seiner Seite. Allein ein Blickwechsel reichte aus, um sich abzusprechen.

Auch jetzt mussten sie sich nur ansehen und zunicken. Ihre Aufgabe für heute Morgen war klar. Mit einem Stoßtrupp von zehn Mann sollten sie in den Wald reiten und zu den Außenposten vordringen, die den eroberten Teil des Waldes vor den Gegnern sicherten. Wenn bis dahin alles ruhig blieb, würden sie in neues Gebiet vorstoßen und versuchen, einen weiteren Außenposten zu errichten.

Soweit die Theorie. Aber Dorgen hatte schon hunderte, wenn nicht gar tausende solcher Unternehmungen geführt und wusste, dass sich die Praxis weitaus schwieriger darstellte. Er konnte froh sein, wenn er seine zehn Mann am Ende des Tages wieder vollständig ins Heerlager zurückbrachte.

Je weiter sie sich dem Wald näherten, desto unruhiger wurden die Männer. Zwei von ihnen waren neu in der Gruppe, um die Krieger zu ersetzen, die in den letzten Wochen gefallen waren. Die beiden waren noch jung, und Dorgen erschienen sie nervös. Oder war er selbst nervös? An der Seite von neuen Männern zu kämpfen, war immer eine Gefahr. Ihre Rollen hatten sich noch nicht eingespielt, und selbst wenn sie ihr Handwerk gut beherrschten, würden sie von der Schnelligkeit des Kampfes überrascht sein. Die ganze Gruppe musste damit rechnen, dass es gefährliche Lücken in ihrer Rückendeckung geben würde –

was ihre Überlebenschancen noch schlechter machte, als sie eh schon waren.

Solange Dorgen zurückdenken konnte, war ihm eingebläut worden, dass sein Leben der grausamen Göttin diente und die eigenen Interessen nicht das Geringste zählten. Als Rekrut hatte er unzählige Male aufsagen müssen, wie ehrenhaft es sei, für die große Sapia im Kampf zu fallen. Dennoch hatte er die Anziehungskraft des Märtyrertodes nie verspürt. Er hing an seinem Leben, und wenn er tatsächlich besonders gut kämpfte, dann nur, weil er nicht sterben wollte.

Kurz bevor sie den Wald erreichten, standen die Knappen mit den gesattelten Pferden vor ihnen. Die Jungen waren kaum älter als zehn oder elf Blutjahre, und ihre Gesichter wirkten blass im Schatten des Waldes. Es waren neue Knappen, die erst vor wenigen Tagen hier angekommen waren.

Dorgen wusste noch gut, wie es war, vom Ausbildungslager ins Heerlager zu kommen und dort die Grausamkeit des Kampfes zu sehen: sterbende Männer, abgetrennte Gliedmaßen, die Folter und Hinrichtung von gefangenen Partisanen. Auch wenn die *Kleinen* noch nicht selbst in den Kampf getrieben wurden, so lernten sie, dass ihr Herz erst zu schwarzem Stein erkalten musste, um den Alltag im Heerlager zu ertragen.

Dorgen lächelte seinem neuen Knappen zu, nahm ihm die Zügel des Pferdes ab und klopfte ihm auf die Schulter. »Danke!«

Der Junge sah ihn überrascht an. »Gern geschehen, mein Herr.«

Dorgen legte die Zügel über den Hals des Pferdes und wandte sich wieder an den Jungen. »Wie heißt du?«

Der Kleine wirkte noch immer irritiert. »Gubin, mein Herr.«

Dorgen nickte. »Es freut mich, dich in meine Dienste zu nehmen. Wenn ich etwas für dich tun kann, lass es mich wissen.«

Der Junge bekam große Augen. »Etwas für mich tun? Aber ich bin doch der Diener, mein Herr.«

Dorgen lachte leise. »Sicher. Aber es könnte doch sein, dass du Fragen hast und Dinge lernen möchtest. Dann darfst du dich an mich wenden.«

Gubins dunkles Gesicht verfärbte sich rötlich. »Natürlich, mein Herr.«

Dorgen musste noch immer schmunzeln, während er seinen Fuß in den Steigbügel setzte.

»Vielleicht habe ich tatsächlich eine Frage«, begann Gubin zögernd.

Dorgen zog sich in den Sattel, nahm die Zügel auf und blickte von oben auf den Jungen hinab.

»Stimmt es, dass niemand sagen kann, wie eine Pamuschkatze aussieht, weil alle getötet wurden, die jemals in ihre Nähe gekommen sind?«

Dorgen lachte so laut auf, dass seine Männer sich nach ihm umdrehten. »Ja und nein«, erklärte er. »Die Pamuschkatzen sind rasend schnell, wenn sie kämpfen. Sie lauern in den Bäumen, springen wie ein Blitz herunter und haben die Ersten getötet, ehe die anderen bemerken, dass sie überhaupt da sind. Also ja, wenn sie dich töten wollen und dich in Reichweite haben, hast du keine Chance. Trotzdem weiß ich ziemlich genau, wie sie aussehen. Denn bis jetzt haben sie die anderen zuerst getötet.«

Der Junge gab einen erschrockenen Laut von sich.

Dorgen konnte nichts gegen das maliziöse Grinsen tun, das sich um seine Lippen legte. Er beugte sich zu Gubin hinunter: »Sie sind so groß wie Pferde, aber mit riesigen Katzenköpfen. Ihre Fellfarben sind unterschiedlich, von schlichtem Grau über dunkles Schwarz, bis hin zu Tigern in allen Schattierungen: Grau in Grau, Braun und Schwarz, Rot und Gelb. Sie sind unfassbar schön, aber du solltest sie nicht zu lange bewundern. Wenn sie dich finden, bist du so gut wie tot. Nur die Pameli können sie zähmen. Sie reiten auf ihren Katzen und lenken sie im Kampf. Außerdem kämpfen sie selbst, ebenso wie wir mit

Schwertern und Pfeilen. Aber sie kämpfen vom Rücken ihrer Pamusch aus und sind genauso wendig wie ihre Katzen. Auf den ersten Blick mögen die Pameli den Menschen ähneln, doch auch sie haben ein Fell. Meistens ist es so grün wie die Blätter der Bäume. Oder braun wie die Stämme und das Laub, durch die sie sich heranschleichen.«

Gubin starrte ihn noch immer an, Dorgen konnte sehen, wie er schluckte. Auch der Rest seiner Männer war aufgesessen und hörte ihm zu. Die beiden Neuen lachten nervös, die anderen schauten so düster auf die Kinder herab, wie nur Menschen gucken konnten, denen sämtliche Gefühle herausgeprügelt worden waren.

Einzig Tailin zwinkerte den Jungen zu und sandte Dorgen einen warnenden Blick. In diesem Moment warf Rabanus seine ersten Strahlen über das Land. Sie fingen sich in Tailins Haaren, zeigten den roten Schimmer, der sich in das glatte Schwarz mischte. In diesem winzigen Detail zeigte sich der größte Makel seines Freundes: Tailin musste ein Faruamischling sein, vermutlich der Sohn eines Sapioners und einer Faruasklavin. Aber nicht einmal er kannte seine Abstammung. Die Soldaten hatten ihn als vagabundierendes Kind aufgegriffen und ins Rekrutenlager gebracht.

Dorgen nickte den Knappen zu und wendete sein Pferd. »Los geht's!« Er trieb die Stute zum Trab, hielt auf den Wald zu, dessen Maruschkabäume sich wie eine Wand vor ihnen aufbauten. Die Männer folgten ihm, und der Hufschlag der Pferde klang dumpf auf der trockenen Erde, erstickte zu einem Rascheln, als sie das Laub des Waldes erreichten und über die ausgetretenen Pfade trabten.

Hier vorne, im Einflussbereich ihres Heeres, war der Wald aufgeräumt. Sämtliche Zweige, die sich als Brennholz eigneten, waren eingesammelt worden, und der Boden war von Stiefel- und Hufspuren übersät.

Doch je weiter sie kamen, desto wilder wurde der Wald. Dorgen hatte keine Vorstellung davon, wie alt der Waldgürtel sein mochte, aber es mussten etliche Äonen sein, in denen die Bäume gewachsen und umgestürzt waren, in denen sich die einen emporgereckt hatten, um einen Platz an der Sonne zu ergattern, während andere im Schatten eingegangen waren. Ein Gewächs schlang sich um das andere. Junge Sträucher wuchsen auf totem Holz, und Schmarotzerpflanzen rankten sich um ältere Bäume. Das Blätterdach war dicht und ließ kaum Licht hindurch, und von den Kronen hingen dichte Vorhänge aus Ranken herab. Es war ein Wald, der sich in mehreren Stockwerken aus Leben und Tod übereinanderschichtete und dabei unzählige Verstecke formte.

Je weiter sie kamen, desto besser mussten sie aufpassen. Auch wenn dies noch der sapionische Teil des Waldes war, mussten sie sich vor den Pamuschkriegern hüten. Dorgen spürte Erleichterung, als der erste Außenposten vor ihnen auftauchte. Drei Männer hielten am Fuß des Festungsbaumes Wache, während die anderen im Ansitz saßen und die Umgebung mit Pfeilen im Anschlag im Auge behielten. Einer von ihnen winkte Dorgen aus der Schießscharte des Baumhauses zu.

Im Vergleich zu den anderen Außenposten war dieser gut ausgebaut. Er besaß einen Stall, in dem sie die Pferde unterbringen konnten, ohne sie einem Pfeilangriff auszusetzen. Doch Dorgen und sein Stoßtrupp waren noch lange nicht am Ziel. Sie saßen ab und übergaben die Pferde der Mannschaft des Außenpostens.

»Wie sieht es weiter draußen aus?« Dorgen wandte sich an den Kommandeur. Es war ein stämmiger Kerl, nicht besonders groß, aber mit kräftigen Oberarmmuskeln und schwarzen, langen Haaren.

Der Kommandeur zog die Augenbrauen zusammen und spähte in den Wald jenseits des Postens: »Schwer zu sagen. Ausgesprochen ruhig. Vielleicht zu ruhig.«

Dorgen nickte. Ruhe konnte Frieden bedeuten, aber *zu ruhig* war ein Alarmzeichen. Zu ruhig wurde es, wenn die Waldtiere verstummten, weil Raubtiere in der Nähe waren.

Per Handzeichen wies Dorgen die Männer an, ihm zu folgen. Zu Fuß pirschten sie weiter, überprüften alle Unebenheiten und Verstecke mit ihren Blicken. Schließlich erreichten sie den zweiten Außenposten, der weitaus kleiner gebaut war. Auch hier war noch alles ruhig. Die Soldaten saßen auf ihrem Aussichtsturm und richteten Pfeile in die Richtung der Gegner.

»Keine Zwischenfälle«, meldete der Kommandeur. Doch seine Miene wirkte unruhig.

Dorgen wusste, wie es war, auf einem Außenposten zu sitzen. Jederzeit mussten sie befürchten, überfallen zu werden. Vor allem in den Nächten mussten sie damit rechnen, von den Pamuschkatzen geweckt zu werden. In der Abwehr der Raubkatzen nutzte es nichts, nachts die Leiter einzuholen oder den Ansitz besonders hoch zu bauen. Die Biester konnten mitsamt ihren Reitern klettern, und wenn sie lachen könnten, würden sie über jeden Versuch spotten, mit denen die Sapioner versuchten, ihre Baumhütten gegen Eindringlinge zu sichern.

Dorgen straffte seine Schultern. »Gab es schon Meldung vom dritten Posten?«

Der Kommandeur schüttelte den Kopf. »Nein. Wir warten noch darauf. Aber Rabanus ist gerade erst auf…«

»Ich weiß.« Dorgen unterbrach ihn und spähte in den Wald, dessen Grün immer dichter wurde. Entweder der Bote war noch nicht so weit, oder die Katzen warteten dort draußen.

Dorgen wandte sich an seine Männer. Einige lächelten so grimmig, als freuten sie sich auf den Kampf. Nur Tailin spähte noch immer in die Ferne. Dorgen schnalzte leise. Es war ein Zeichen aus ihrer Kindheit, das er allein mit seinem Freund teilte.

Tailin zuckte die Schultern. »Ich bin mir nicht sicher.«

Dorgen kannte auch diese Losung. Tailin besaß ein seltsames

Talent. Er konnte ihre Gegner nicht sehen, doch er ahnte ihre Gegenwart. Wenn sie nah waren, sagte er: »Jetzt«, und wenn sie weiter entfernt waren: »Ich bin mir nicht sicher.«

Demnach lauerten die Pamuschkrieger vor ihnen im Wald. Dorgen winkte seine Männer zu sich: »Mit erhöhter Wachsamkeit weiter. Wenn die Katzen hier sind, müssen wir sie zuerst bemerken.«

Von Deckung zu Deckung schlichen sie voran, duckten sich hinter den Sträuchern, huschten von Baum zu Baum und schoben sich lautlos durch mannshohe Farnlichtungen. Dabei wusste Dorgen, dass jede Deckung sinnlos war. Wenn die Pamuschkatzen in den Bäumen saßen, hatten ihre Reiter die zehn schwarzen Menschenkrieger längst erspäht, ganz gleich, wie gut sie sich tarnten.

Je weiter sie kamen, desto unruhiger wurde er. Erst als der nächste Außenposten in Sichtweite kam, wollte er aufatmen. Vielleicht hatten sie Glück, vielleicht war der dritte Außenposten noch immer in ihren Händen. Dann könnten sie versuchen, weiter in den Wald vorzudringen.

Ihr Heerführer wurde immer ungeduldiger: Sie mussten Boden gewinnen, mussten neue Außenposten errichten, anstatt in jeder Nacht ihre alten zu verlieren …

»Jetzt!« Tailin schrie, etwas prallte in Dorgens Seite und riss ihn zu Boden. Eine wilde Bewegung flackerte vor seinen Augen, ein schwerer Körper lag auf seinem, nur kurz, ehe er wieder sehen und aufspringen konnte. Tailin! Sein Freund hatte ihn zu Boden gerissen. Jetzt stand er neben ihm und hielt sein Schwert in der Hand. Dort wo Dorgen gestanden hatte, tobte ein Kampf. Eine riesenhafte, graue Katze wirbelte um sich selbst, stürzte sich mit ausgefahrenen Krallen auf einen der Männer, während ihr Reiter mit dem Schwert einen zweiten angriff.

Dorgen handelte schnell, griff nach Pfeil und Bogen und schoss auf die Katze, die den Soldaten unter sich begraben hatte.

Er traf ihre Schulter. Die Pamusch kreischte auf, sprang zurück, ihr Vorderlauf knickte ein und ließ sie zusammenbrechen. Mit einem gewandten Satz sprang ihr Reiter zu Boden, richtete sein Schwert auf Dorgen und Tailin.

Doch er war nicht der einzige Gegner: Zwei weitere waren aus den Bäumen herabgesprungen und lieferten sich ein Gefecht mit Dorgens Männern. Braunes und rotes Fell wirbelte umeinander, zwei seiner Männer stürzten zu Boden, während die anderen mit Schwertern und Pfeilen auf die Katzen zielten.

Mehr Zeit blieb ihm nicht, um einen Überblick zu gewinnen. Die rote Katze sprang über die anderen hinweg auf ihn zu und griff ihn an. Dorgen riss sein Schwert in die Höhe, wollte es der Katze in den Bauch rammen. Doch das Tier drehte im Flug den Körper, so dass sein Schwert nur ihr Fell streifte. Wenigstens hatte sie damit auch ihn verfehlt, landete aber direkt neben ihm. Das Schwert ihres Reiters sauste auf ihn herab und ließ sich nur knapp parieren. Weitere Schläge und Tatzenhiebe folgten, dicht an dicht, drängten ihn zurück, auf den anderen Pameli zu, der hinter ihm kämpfte. Dorgen konnte nur hoffen, dass er von Tailin in Schach gehalten wurde. Kampfschreie zerfetzten die Luft, seine Männer brüllten mit den Schwerthieben, schrien auf, wenn sie verletzt wurden. Auch die Katzen kreischten und fauchten, ein Inferno aus Krallen und riesigen Säbelzähnen.

Nur kurz dachte Dorgen daran, dass dieser Morgen sein letzter sein würde, dass drei Pamuschkrieger ihre Gruppe aufreiben würden. Dann übernahmen seine Instinkte die Kontrolle und ließen ihn kämpfen. Sie waren lange geschult und doch verloren im Kampf gegen Katze und Reiter. Ganz gleich, welchen Schlag er führte, die Biester waren schneller und drängten ihn in die Defensive, bis er nur noch auswich und reagierte.

Dorgen verstand nicht sofort, was geschah, als die rote Katze zur Seite torkelte und zusammenbrach. Erst dann sah er den

Pfeil, der in ihrer Seite steckte, dicht gefolgt von weiteren Pfeilen, die sich mit dumpfem Getrommel in ihr Tigerfell bohrten. Ihr Reiter sprang ab und zog sein Schwert. Er bleckte die Zähne wie ein Raubtier, spitze Eckzähne unter zurückgezogenen Lippen, eine wilde Fratze, die fauchte und knurrte.

Doch Dorgen war nicht länger allein. Gerolf warf seinen Bogen über den Rücken, griff nach dem Schwert und schlug von oben auf die verletzte Katze ein. Baruck eilte an seine Seite, griff den Pameli an, der sich auf Gerolf stürzen wollte. Klirrend prallte das Metall aufeinander, Funken stoben, und das Knurren des Pamuschkriegers grollte wie das eines Tieres.

Dorgen rang nach Atem, schwankte und versuchte, den Rest des Kampfes zu überblicken. Drei seiner Männer lagen am Boden, drei weitere kämpften mit der braun-schwarzen Katze und ihrem Reiter, während Tailin allein dem Reiter der grauen Katze gegenüberstand. Das Tier lag verletzt am Boden, schützend stand sein Reiter vor ihm. Doch Tailin und der Pameli kämpften nicht. Mit erhobenen Schwertern taxierten sie sich, machten nur hier und da einen Schritt aufeinander zu, ehe sie wieder zurückwichen.

Es wäre ein Leichtes für Dorgen, den grünen Pameli zu töten. Er müsste nur seinen Bogen ziehen und schießen. Einen Schuss für den Reiter, einen zweiten und notfalls einen dritten für die Katze. Doch etwas hinderte ihn daran. Die Katze lag noch immer auf der Seite, ruderte mit den Tatzen und versuchte aufzustehen. Aber das war es nicht. Was Dorgen davon abhielt, war das Gesicht des Pameli, sein Blick aus goldbraunen Augen, der Schmerz in seinen Zügen, als wäre er verletzt und nicht seine Pamusch. Dorgen hatte noch nie einen Pamuschkrieger gesehen, der lange genug stillhielt, um sein Gesicht zu betrachten.

Die Erkenntnis traf ihn wie ein Schlag. Sie waren keine Tiere! Und erst recht waren sie keine Bestien. Die Züge des Pamuschkriegers waren menschlich. Wann immer Dorgen in das Gesicht eines Pameli geblickt hatte, war er auf eine Fratze aus gebleckten Zähnen und wildem Fauchen gestoßen.

Aber dieser sah nicht nur menschlich aus, seine Züge wirkten weicher und zarter als die Gesichter der Sapioner. Sein Mund war geschlossen, und nur eine Wölbung der Lippen verriet die scharfen Eckzähne darunter. Nur eines erstaunte Dorgen noch mehr: das Fell des Katzenmenschen. Hauteng zog sich der grüne Pelz um seine Beine, Arme und Oberkörper. Einzig seine Hände lugten nackt wie Menschenhände daraus hervor. An seinem Handgelenk erkannte Dorgen die Naht eines Ärmels. Ihr Fell war nur vorgetäuscht! Nichts weiter als der Pelz von Tieren, den sie grün färbten und zu enger Kleidung nähten. Das Einzige, was den Pameli sonst noch von einem Menschen unterschied, waren seine Füße. Er mochte aufrecht gehen wie ein Mensch, aber seine Füße sahen aus wie zu lang geratene Hände, mit einem Daumen an der Seite, der sich in den Waldboden krallte.

Plötzlich wusste Dorgen, warum Tailin ihn nicht angriff. Weil er zu viel von dem Gegner gesehen hatte, zu viel Menschlichkeit, zu viel Hilflosigkeit, zu viel Angst um das Leben seiner Katze. Die Pameli waren keine blutrünstigen Bestien. Sie waren nur Krieger in einem endlosen, zermürbenden Krieg, den sie um keinen Preis verlieren durften. Genauso wie er und Tailin, nur auf der anderen Seite der Front.

Endlich gelang es der grauen Katze, ihre Tatze auf den Boden zu setzen und auf wackeligen Beinen aufzustehen. Dann ging alles ganz schnell. Der Pameli wich vor Tailin zurück, griff mit der Linken nach einem der Griffe, die um den Bauch der Pamusch geschnallt waren, und sprang ab. Seine Füße schnappten zwei weitere Griffe, ließen ihn auf einer Seite der Katze hängen, die im gleichen Moment herumwirbelte. Ein kurzer Ruf drang aus dem Mund des Reiters, in der Sprache der Pameli. In Dorgens Ohren klang es wie ein Befehl.

Aus den Augenwinkeln sah er, wie die unverletzte Katze zurücksprang, wie sie den Kampf hinter sich ließ und rannte. So schnell wie ein Blitz verschwand sie im grünen Dickicht und nahm ihren Reiter mit sich. Die verletzte Katze rannte ihr nach. Auf drei Beinen sprang sie durch den Wald, brachte sich vor dem Kampf in Sicherheit und wurde langsamer.

Es war nur eine Frage der Zeit, bis sie stürzen würde. Dorgen überlegte nicht lange, zog Tailin am Arm und rannte ihr nach. Wenn sie die Katze töten und den Reiter einfangen könnten … Der Pameli musste Informationen über die Stellungen der Partisanen haben. Einen wie ihn zu fangen, war noch keinem gelungen.

Dorgen rannte der Katze nach, hörte Tailins Schritte neben sich. Immer wieder blieb die Pamusch stehen. Der Abstand wurde kürzer. Ihr Reiter drehte sich zu ihnen. Auch er trug Pfeil und Bogen. Jeden Moment könnte er schießen.

Doch der Pamuschkrieger schoss nicht auf sie. Er wandte sich wieder nach vorne und lehnte sich in den schwankenden Galopp, mit dem die Katze weiterlief.

»Halt!« Tailin packte Dorgen am Arm. »Nicht weiter! Da sind noch mehr!«

Dorgen blieb stehen, sah zu, wie Pamusch und Reiter im Wald verschwanden, und lehnte sich keuchend nach vorne. Sein Freund hatte recht: Wenn sie weiterliefen, gerieten sie in feindliches Gebiet. Stattdessen mussten sie zurück, mussten den anderen beim Kampf gegen den verbliebenen Pamuschkrieger helfen. Mit einem Fluch richtete Dorgen sich auf und rannte zurück. Tailin folge ihm mühelos. Er lief mehr als Dorgen, tat es freiwillig, vielleicht, um sich abzureagieren, wenn die Tage aussichtslos waren.

Als sie den Kampfplatz erreichten, lagen drei ihrer Kameraden im Laub. Zumindest die beiden Neuen würden nicht mehr aus ihrem Blut aufstehen.

Die anderen fünf kämpften mit der Pamusch und hielten

ihren Reiter in Schach. Doch die Gegner schienen längst am Ende zu sein. Die rote Katze lag am Boden, alle viere von sich gestreckt. Sie lebte noch, aber ihre Gegenwehr war schwach, während die Krieger auf sie einschlugen. Auch ihr Reiter kniete verletzt im Laub, hielt sich eine Wunde am Bein und blinzelte zu Tinor, der mit erhobenem Schwert vor ihm stand. Sie wollten ihn lebendig! Und es würde nicht mehr lange dauern, bis es gelang. Nur die Katze musste noch besiegt werden.

Erst jetzt erkannte Dorgen, wie übel sie zugerichtet war: Eines ihrer Beine war abgetrennt, ein zweites hing leblos abgeknickt. Ihr Fell war in Blut getränkt und von klaffenden Wunden übersät. Jeden Moment würde sie ihren letzten Atemzug tun. Dennoch hackten die Krieger weiter auf sie ein. Voller Hass sausten ihre Schwerter nieder, trafen sie an den Beinen, am Bauch, am Kopf …

Bis der Schrei ihres Reiters das Gemetzel durchbrach. Er sprang auf, stürzte sich mit dem Schwert auf Tinor, während dieser noch den Kampf der anderen bewunderte. Mit einem Schwerthieb auf die Halsbeuge sackte Tinor zusammen.

Der Pameli sprang über die Leiche hinweg zu den anderen, wirbelte um sich selbst, um ihrer Abwehr auszuweichen, und führte die Streiche so blitzartig, dass sie kaum zu ahnen waren. Trotz seiner Beinverletzung war er schneller als jeder sapionische Krieger. Er traf Gerolf am Arm, Baruck an der Hüfte. Letzterer sackte zusammen. Der Pameli wirbelte erneut herum und nahm Tailin ins Visier.

Aber der war nicht kampfbereit. Dorgen sah das Entsetzen in seinem Gesicht, den Schrecken, mit dem er die verstümmelte Katze betrachtete. Der Pameli holte aus, stürzte sich auf Tailin. Dorgen sprang nach vorn, parierte den Schlag, bevor er seinen Freund treffen konnte. Nur aus den Augenwinkeln sah er, wie Gerolf und Barn umso wütender auf die Katze einschlugen.

Dorgen erkannte eine Lücke in der Deckung des Pameli, ließ

sein Schwert niedergehen und traf seinen Schlagarm, zeitgleich mit einem ratschenden Schmatzen, das hinter ihm erklang. Der Pamuschkrieger strauchelte, fiel nach vorne und blieb regungslos liegen. Es war ein merkwürdiges Bild, das nicht zu seinen Verletzungen passte.

Dorgen wich zurück und erkannte erst jetzt, was mit der Katze geschehen war: Gerolf hatte ihren Kopf abgetrennt. Sie war tot, genauso wie ihr Reiter.

Dorgen starrte den Toten an, der vor ihm am Boden lag. Weder die Verletzung an seinem Bein noch die am Arm waren tief. Und selbst wenn sie ernst genug gewesen waren, um ihn verbluten zu lassen, sein Tod wäre niemals so schnell eingetreten. Etwas ging nicht mit rechten Dingen zu. Der Pamuschkrieger war im gleichen Moment gestorben wie seine Katze.

Dorgen sah sich auf dem winzigen Schlachtfeld um, sah von Mann zu Mann, die am Boden lagen. Vier seiner Männer schienen tot zu sein, zwei weitere waren zu schwer verletzt, um aufstehen zu können. Nur Gerolf, Barn, Tailin und er hielten sich noch auf den Beinen. Dorgen warf einen Blick auf das Baumhaus des nächsten Außenpostens, das bereits in Sichtweite war. Aber dort schien niemand zu sein, zumindest niemand, der noch lebte.

Es war so wie fast jeden Morgen: Gestern erst hatten sie den Außenposten zurückerobert, nur um ihn und die Männer, die dort eingesetzt waren, gleich in der nächsten Nacht an die Partisanen und ihre Verbündeten zu verlieren.

»Es ist zum Verrücktwerden.« Dorgen spuckte auf den Boden. »Seit zehn Jahren führen wir diesen verdammten Krieg in diesem verdammten Wald, und wir kommen keinen Deut voran.«

Tailin trat neben ihn und blickte auf den toten Pamuschkrieger. »Wir dürfen ihre Katzen nicht töten«, murmelte er. »Wenn wir einen von ihnen lebendig fangen wollen, geht das nur, indem wir seine Pamusch fangen. Dann wird er freiwillig kommen, um sie zu befreien.«

Dorgen betrachtete seinen Freund von der Seite. »Woher willst du das wissen?«

»Nur eine Ahnung.«

Dorgen kannte Tailins Ahnungen. Meistens entsprachen sie der Wahrheit. »Und wie willst du eine Pamusch fangen, ohne dich von ihr oder ihrem Reiter töten zu lassen?«

Ein schiefes Lächeln legte sich um Tailins Mund. »Darin liegt die Schwierigkeit.«

***

TAILIN

Es war das Ende eines langen Tages, als sie die Pferde ins Heerlager zurückführten. Vier Tote und zwei Verletzte hingen auf den Sätteln. Tailin spürte eine leise Trauer um die beiden Neuen, die gerade erst an die Front versetzt worden waren. Um die anderen trauerte er nicht. Zu oft hatte er gesehen, mit welcher Freude sie ihre Gegner getötet und verstümmelt hatten, mit welcher Gier sie nachts über die Sklavinnen herfielen und sich daran erfreuten, sie zu quälen. Ihre Seelen waren schwarz und verbrannt von dem Glauben an die blutrünstige Göttin.

Wenn man um die anderen Krieger trauern wollte, dann musste man schon früher damit beginnen. Viele mussten schon als kleine Kinder unter ihren Vätern leiden, doch spätestens im Ausbildungslager gingen ihre Seelen verloren: Mit Grausamkeit wurden sie herangezogen, geschändete Kinderseelen, die zerbrachen, wenn sie nur allzu lange gequält wurden.

Nur an ihm und Dorgen war die Grausamkeit gescheitert. Warum das so war, hatte er nie verstanden. Etwas an ihnen musste anders sein, widerstandsfähiger, stärker.

Auch an diesem Abend ging sein Freund neben ihm, führte eines der Pferde, auf denen sie die Toten festgebunden hatten. Tailin konnte sich nicht daran hindern, seine Konzentration auf

Dorgen zu richten. Wie so oft engte sich seine Wahrnehmung ein, bis es nur noch sie beide gab. Beinahe konnte er hören, wie sein Freund mit den Zähnen knirschte. Tailin ahnte die Verantwortung, die auf Dorgens Schultern lastete: Vier Männer hatte er heute verloren, zwei weitere erst vor wenigen Tagen … Und unzählige andere in den Jahren zuvor.

Dorgen besaß nicht den Schutzwall aus Kälte und Grausamkeit, nicht das Herz aus schwarzem Stein, in dem die anderen Krieger ihre Menschlichkeit einschlossen. Manchmal erschien es Tailin, als wäre er selbst derjenige gewesen, der Dorgens Seele vor der Schwärze bewahrt hatte. Weil sie sich gegenseitig halfen, weil sie einander vertrauten, weil sie zu zweit waren inmitten der Dunkelheit …

… und vielleicht, weil es noch etwas gab, auch wenn Dorgen nichts davon ahnte, ein tief verborgenes Geheimnis, das Tailin ihm niemals gestehen durfte. Er machte einen schnellen Schritt zur Seite, ließ den engen Wahrnehmungskreis fallen und richtete den Blick nach vorne.

Rabanus war bereits hinter dem Horizont versunken und warf seine matte Dämmerung über das Heerlager. Weiter hinten wurden die Lagerfeuer entzündet, und aus dem Lazarettzelt drang das erste Kerzenlicht zu ihnen.

Gerolf und Barn verabschiedeten sich und trugen die Verletzten ins Innere des Zeltes, während Tailin und Dorgen die Pferde und ihre leblose Fracht zum Zelt des Totenschreibers führten. Dort mussten sie sich hinter den anderen Gruppenführern anstellen, die nacheinander ihre Gefallenen meldeten. Wie immer hatte der Totenschreiber einen Tisch vor seinem Zelt aufgebaut, auf dem sich Listen und Bücher stapelten: Totenbücher.

Als Tailin und Dorgen an der Reihe waren, führten sie die Pferde an den Tisch und warteten, bis der Schreiber aus seinen Papieren aufsah. Er war älter als die meisten Soldaten, ein gesetzter Mann mit grauen Haaren, der im fernen Sapion wohl längst eine eigene Sippe hatte. Seine braune Uniform verriet seine hohe Stellung. Wie alle Soldaten, die sich um die Verwaltung des Heerlagers kümmerten, gehörte er zur Kaste der Akademiker, deren Angehörige als Einzige aus dem sapionischen Kastensystem nie an der Front kämpfen mussten, sondern ihren Dienst stets im rückwärtigen Heerlager erfüllten. Offiziell galten sie ebenfalls als Krieger, doch im Gegensatz zu den einfachen Soldaten stellten sie die höchsten Offiziere, die nur aus der Sicherheit heraus Befehle gaben. Fast die ganze Führungsspitze des Heeres war von Akademikern besetzt – aber sobald ein Posten einen Kampf erforderte, musste ein Krieger von einfacher Herkunft herhalten.

Angeblich besuchten die Söhne der Akademiker ab dem 7. Lebensjahr eine Bildungsanstalt, in der sie die Führung des sapionischen Volkes lernten, und soweit Tailin gehört hatte, gab es auch einige, die gar nicht in den Krieg mussten, sondern in Sapion die Städte und Dörfer verwalteten. Doch mehr wusste er nicht. Die braun gewandete Akademikerkaste hielt sich streng von den schwarz gekleideten Soldaten getrennt, und in Gesprächen ging es stets nur um dienstliche Angelegenheiten.

Manch ein Krieger hasste die eingebildeten Braunröcke bis aufs Blut. Aber fast niemand wagte es, sich mit ihnen anzulegen, denn alle, die es je versucht hatten, waren auf Nimmerwiedersehen verschwunden.

Als der Totenschreiber aufsah, stand genau jene Arroganz in seinem Blick, für die seinesgleichen respektiert und verachtet wurden. »Gruppenbezeichung, Anzahl der Toten, Todesursache und Namen?!«

Dorgen straffte die Schultern. Nur Tailin konnte sehen, wie schwer es ihm fiel, ebenso nüchtern zu antworten: »Vorstoßtrupp Hauptmann Dorgen, Überfall durch Pamuschkrieger, vier Tote. Tinor aus der Sippe von Tundar dem Salzhändler, Moik aus der Sippe von …«

Während Dorgen einen Namen nach dem anderen aufzählte, musste Tailin sich zusammenreißen, um möglichst unbewegt die Hand des Schreibers zu beobachten. Sobald das letzte Zeichen geschrieben war, nickte der Totenschreiber zur Seite, und sie führten die Pferde zu den Sklaven, die hinter dem Tisch auf sie warteten. Die Totengräber waren allesamt faruanische Männer. Dreck klebte im Rot ihrer Haare, und ihre Hemden waren erstarrt von braun getrocknetem Blut. Ihre Augen wirkten so stumpf, als wären auch ihre Seelen längst verloren gegangen. Wortlos zogen sie die Leichen von den Pferden, wuchteten sie über die Schultern und trugen sie davon. Irgendwo zwischen den Feldern mussten die Totengruben liegen, weit genug vom Heerlager entfernt, um die toten Kameraden möglichst schnell zu vergessen. Nur Sklaven gingen dorthin, und Tailin konnte sich nicht daran erinnern, die Gräber jemals gesehen zu haben.

Anschließend beeilten Tailin und Dorgen sich damit, die Pferde zu den Ställen zu bringen und den Knappen zu übergeben. Immer tiefer schob sich die Dunkelheit über das Heerlager, die den ersten Teil der Nacht begleitete. Sämtliche Krieger strebten zum Appellplatz, und die Gänge zwischen den Zelten leerten sich merklich.

Tailin und Dorgen hetzten zwischen den Zelten über die Wege und reihten sich gerade noch rechtzeitig ein. Auch wenn es noch dauern würde, ehe Sapia sich über dem Horizont erhob, die Gebetsrituale der Nachtsonnenzeit schrieben vor, die Blutsonne im dunkelsten Teil der Nacht anzurufen: »Erhöre uns, Sapia, große Göttin der nächtlichen Sonne. Höre unser Wort, sieh unsere Opfer und gewähre uns deine Ehre. Für uns wirst du aufsteigen in dieser Nacht und deine Glut über das Land werfen. Wie auch wir unser Blut für dich hingegeben haben, um dir zu dienen. An diesem vergangenen Tag genauso wie an jedem weiteren. Unsere Toten dienen dir als Opfer, sollen dich nähren in deiner Wut, damit du uns leiten kannst, um diesen Kampf zu gewinnen …« Tailin musste die Augen schließen, um die Worte über seine Lippen zu quälen. Als Kind, im Rekrutenlager, zwischen dem täglichen Drill und den Tränen der Nacht, hatte er oft nach Dorgens Hand getastet. Die Nähe seines Freundes hatte ihm stets geholfen, um den Schrecken zu überwinden. Auch jetzt wollte er nach der Hand seines Freundes greifen. So dicht standen sie beisammen, dass ihre Schultern sich beinahe berührten. Und dennoch war es nicht genug. Würde niemals genug sein.

Dorgen empfand anders als er. Aber selbst wenn sie beide die gleiche Neigung besäßen, Tailin durfte ihn um keinen Preis in die tödliche Gefahr bringen, in der er sich befand.

Die Stimmen der Krieger ebbten ab, das Abendgebet war beendet. Dennoch löste sich die Appellformation nicht auf.

Zailosch, der Heerführer, war auf das Podest gestiegen, das erhöht in der Mitte des Appellplatzes lag. Auch er trug das Braun der Akademiker, opulent mit Goldfäden geschmückt, die sich in Rankenmustern über seinen Mantel zogen. Vor ihm auf dem Podest war ein riesiger Metalltrichter angebracht, der seine Stimme verstärkte. Tailins Herz schlug schneller. Wenn der Heerführer zu ihnen sprach, bedeutete es nur selten etwas Gutes.

»Heer von Sapion!« Zailosch brüllte die Begrüßung in den Trichter. »Hört die Bekanntmachung, die ich an diesem Abend mitzuteilen habe.« Seine Stimme schepperte über den Appellplatz, waberte in metallischen Wellen über die Soldaten hinweg und klirrte in Tailins Ohren. »Der Zyklus von drei Blutjahren ist ein weiteres Mal vergangen. Zum Ende des Jahres steht die Auslese der stärksten, besten und würdigsten Männer von Sapion bevor. Alle Soldaten im Alter zwischen fünfundzwanzig und achtundzwanzig Blutjahren werden mit dem morgigen Tag vom Kriegsdienst freigestellt, um an den Wettkämpfen teilzunehmen, die in zwanzig Tagen in unserer Hauptstadt Anmare beginnen.«

Ein leises Raunen ging durch die Reihen der Männer, verstummte jedoch sofort. Es war verboten, die Rede des Heerführers zu kommentieren. Nur in Tailins Kopf summte das Raunen weiter. Alle Männer zwischen fünfundzwanzig und achtundzwanzig Blutjahren … Er selbst war vierundzwanzig. Aber Dorgen … Sein Freund hatte das sechsundzwanzigste Lebensjahr längst vollendet. Sie beide hatten gewusst, dass es in diesem Jahr so weit sein würde. Aber Tailin hatte jeden Gedanken daran verdrängt.

Nur noch zwanzig Tage … Zwanzig Tage für den Rest von Dorgens Leben … Oder dreißig Tage, bis er die Kämpfe und damit die Ehre gewonnen hatte, in den Stand der Ehemänner zu wechseln und am Neujahrstag eine sapionische Schwesternsippe zu heiraten. Tailin konnte sich nicht länger zurückhalten, packte Dorgens Hand und drückte sie. Sein Freund zuckte zusammen, ihre Hände fielen auseinander. Keiner der Umstehenden durfte die Berührung bemerken.

Dann war die Rede des Heerführers beendet. Die Krieger lösten sich aus der Starre. Die strenge Formation zerfiel in unzählige Gesprächsgrüppchen.

»Keine Sorge.« Dorgen wandte sich an Tailin. »Mit der Auslese ist der Kriegsdienst vorbei. Darauf haben wir doch die ganze Zeit gewartet.« Auf seinem Gesicht erschien ein Lächeln. »In der Auslese zu gewinnen, ist unsere einzige Chance auf ein friedliches Leben. Wenn alles gut geht, darf ich danach in einer Sippe mit meinen Frauen leben, als Vater meiner Kinder. Vielleicht kann ich Schmied werden wie meine Vorfahren. Oder einen anderen Handwerksberuf lernen, je nachdem, welcher Schwiegervater mich für seine Töchter auswählt.«

Tailin wünschte sich, er könnte Dorgens Lächeln erwidern. Doch es war unmöglich. In der Auslese kämpfte jeder Krieger gegen die anderen aus seiner Kaste. Am Ende durften nur so viele Krieger siegen, wie es Sippen gab, die in der jeweiligen Kaste verheiratet werden sollten. Nur die Stärksten und Besten bekamen das Recht, sich fortzupflanzen. Alle Verlierer wurden getötet … oder Schlimmeres. »Und wie entscheidest du dich, wenn du verlierst?«

Dorgen senkte den Kopf. Sein schwarzer Kriegerzopf fiel über seine Schulter. »Ich würde ›Ehre‹ sagen, was sonst?«

Tailin hielt den Atem an. Wenn man in den Kämpfen verlor, hatte man ein Wort, um die eigene Zukunft zu bestimmen: Wer »Ehre« sagte, wurde noch auf dem Kampfplatz von seinem Gegner getötet. Wer um »Gnade« flehte, wurde verschont und danach in die Sklaverei gezwungen. Die meisten Sklaven wurden kastriert, um ihnen den Status als Mann zu nehmen.

Falls Dorgen nicht zu den Siegern gehörte, würde er sich also töten lassen.

Tailin wollte ihn an den Schultern packen, wollte ihn durchschütteln und gleich darauf in den Arm nehmen. Er wollte die Flechten aus seinen Haaren lösen und ihn ein einziges Mal in seinem Leben lieben …

… bevor er ihn für immer verlor.

Doch das alles war unmöglich.

Gerolf tauchte neben ihnen auf und schlug Dorgen gegen die Schulter. »Hauptmann Dorgen! Einberufen zur Auslese.« Er gab ein lautes Lachen von sich. Die Wunde an seinem Arm war verbunden, und seine Stimme klang verwaschen von dem Alkohol, den er zur Betäubung bekommen hatte. »Ab sofort nehme ich Wetten an! Auf dein Schicksal in den Kämpfen!« Er drehte sich um und rief den Umstehenden zu: »Männer, hört her! Wer wettet auf Hauptmann Dorgens Schicksal? Ich setze auf ›Gnade‹, wer hält dagegen?«

Die Soldaten lachten. Gerolf konnte es sich leisten, seinen Hauptmann auf den Arm zu nehmen. Er stand Dorgen im Rang kaum nach und würde mit großer Wahrscheinlichkeit seine Nachfolge als Gruppenführer übernehmen. Tailin grauste es jetzt schon davor.

»Gnade …« Barn wieherte das Wort. »Der große Hauptmann Dorgen, der um Gnade winselt und sich zum Wallach machen lässt. Köstliche Vorstellung!« Auch er klopfte Dorgen auf die Schulter. »Aber ich wette auf Sieg!«

Gleich darauf riefen die Männer durcheinander, umringten sie und übertönten sich gegenseitig, um Gerolf ihre Wetttipps entgegenzurufen.

Zugleich setzte sich die Masse der Soldaten in Bewegung, schob sich vom Appellplatz und zog Dorgen und ihn mit sich. Es war das Feuer, das jeden Einzelnen anlockte, das Fleisch, das schon den halben Tag lang darüber briet, und daneben die Kessel mit Blättermost und Kornbrandt, deren Wirkung für viele der einzige Weg war, um die Nachtmahre zu bekämpfen. Heute Nacht würde fast jeder trinken.

Die größten Lagerfeuer brannten auf dem Festplatz. Gehäutete Schweine und Kälber brieten darüber, wurden an langen Spießen von Sklavinnen gedreht, denen der Schweiß über Gesicht und Arme rann. Auch hinter den Kesseln standen rothaarige Faruasklavinnen und schenkten Wasser und Alkohol aus.

Tailin stellte sich in die Schlange, die zum Blättermost führte. Seit Monaten hatte er nichts als Wasser getrunken, hatte sich vorgesehen, um ja nicht im Rausch die Kontrolle zu verlieren. Doch heute war es ihm gleichgültig. Blättermost war weniger stark als Kornbrandt, zu mehr Vernunft war er an diesem Abend nicht fähig.

Tailin konnte sehen, wie Dorgen zögerte, wie er einen Schritt zum Wasser machte und dann von Gerolf zum Kornbrandt geschubst wurde. »Dein letzter Abend, Hauptmann! Da wirst du doch nicht Wasser trinken!«

Wieder lachten die anderen. Selbst Dorgen.

Tailin hatte den Kessel mit dem Blättermost erreicht. Eine kleine Sklavin füllte ihm einen Becher. Erst jetzt erkannte er, dass es die junge Faruanerin war, die ihnen am Morgen zwischen den

Hurenzelten begegnet war. Ihre Haare waren zu neuen Zöpfen geflochten. Nur ihre Augen schauten noch genauso furchtsam, ihre Hand zitterte, als sie ihm den Becher reichte. Tailin lächelte ihr zu, wollte sie wenigstens mit seinem Blick beruhigen, auch wenn er nichts gegen ihre Qual tun konnte.

»Siehst du, Hauptmann!?« Gerolf rief so laut, dass er alle anderen übertönte. »Selbst der Mischling trinkt Most an so einem Feiertag!« Er wies mit der Hand auf Tailin.

Mischling! Tailin musste sich Mühe geben, um sich nicht anmerken zu lassen, wie sehr das Wort ihn traf. Er konnte tausendmal ein guter Krieger sein, konnte nach dem Gesetz die gleichen Pflichten und Rechte haben wie ein reinblütiger Sapioner, und dennoch würde er für immer ein Faruamischling bleiben.

Dabei wusste er nicht einmal, wer seine Eltern waren. Ob er tatsächlich als Kind einer Sklavin und als Bastard eines Kriegers geboren worden war oder ob das Rot in seinen Haaren aus einer »freiwilligen Mischung« stammte. Alle Erinnerungen an seine Kindheit waren untergegangen, seit die Peitschen der Ausbilder ihn ins Rekrutenlager getrieben hatten.

Dorgen hatte aufgehört zu lachen. Sein Blick traf Tailin nur kurz und dennoch lang genug, um die Entschuldigung darin zu erkennen. Als sie Kinder gewesen waren, hatte Dorgen sich allzu oft geprügelt, um die Ehre seines »Mischlingsfreundes« wiederherzustellen. Doch inzwischen wussten sie beide, dass sich die Ehre eines Mischlings durch nichts beweisen ließ und dass es nur noch schlimmer wurde, wenn man empfindlich auf Scherze reagierte. Tailin lächelte der Sklavin ein letztes Mal zu und wandte sich von ihr ab.

»Aber wen haben wir denn da?!« Gerolf rief erneut aus der Nachbarschlange herüber. »Das ist doch die Kleine von heute Morgen!«

Eine andere Sklavin gab ihm seinen Kornbrandt. Doch seine

Aufmerksamkeit galt nur der jungen Faruanerin hinter dem Blättermostkessel. Er nahm seinen Becher entgegen, drängte sich zwischen den Kriegern hindurch und schob sich neben die Sklavin hinter den Kessel. »Musst du hier stehen und ausschenken?« Er legte den Arm um ihre Schultern. »Kann das nicht jemand anderes machen?«

Das Mädchen erstarrte. Wie ein trockener Ast lehnte sie in Gerolfs Arm.

Dorgen nahm seinen Kornbrandt, trat neben Gerolf hinter den Kessel und stieß mit ihm an. »Na komm schon, das gebratene Schwein wartet auf uns. Das Mädchen hat doch Zeit bis später.«

Gerolf lachte. »Hast recht! Erst der eine Hunger, dann der andere.« Er kniff der Sklavin in den Po, ließ sie los und folgte Dorgen zu dem Schweinespieß.

Tailin warf einen letzten, entschuldigenden Blick auf das Mädchen und ging den anderen nach.

Nachdem jeder ein großes Stück Schweinefleisch auf sein Messer gespießt hatte, gingen sie zu einem der Lagerfeuer und ließen sich auf den Baumstämmen nieder, die rundherum angeordnet waren. Gerolf nahm weitere Wetttipps entgegen, während Tailin und Dorgen schweigend ihr Fleisch aßen. Schon nach wenigen Schlucken stieg Tailin die Wirkung des Blättermosts zu Kopf. Die Stärke des Mostes variierte, je nachdem, welche Blätter verwendet wurden. Doch so stark wie heute war er ihm noch nie vorgekommen. Sein Körper wurde leichter. Jeden Moment würde er abheben und davonfliegen.

Auch die anderen riefen ausgelassen durcheinander, schwenkten ihre Becher und lachten immer gröber. Das Lagerfeuer tanzte und schwankte vor Tailins Augen. Gesprächsfetzen wehten an seine Ohren. Auf dem Baumstamm nebenan hatten sich die neuen Knappen versammelt.

Barn saß bei ihnen und unterhielt sie mit grausigen Geschichten: »Die Pamuschkrieger sind allesamt männlich und ihre Katzen weiblich. Und wisst ihr, was man über sie erzählt?«

Die Jungen schüttelten die Köpfe. Die meisten blickten zurückhaltend und misstrauisch, so wie Kinder dreinschauten, die es gewohnt waren, geschlagen und misshandelt zu werden. Nur Dorgens neuer Knappe wirkte neugierig.

Barn senkte die Stimme und beugte sich verschwörerisch zu den Knappen. »Wenn Sapia des Nachts ihr Blutlicht über das Land wirft, dann treiben es die Reiter mit ihren Katzen. Dann zeugen sie monströse Kreaturen, von denen die Weibchen als riesenhafte Katzen geboren werden und die Männchen als Katzenmensch.« Barn kniff die Augen zusammen, zog sein Messer aus dem Gürtel und rieb die Klinge an seiner Lederhose sauber. »Aber mit Menschen haben sie nicht viel gemeinsam. Es sind wilde mordende Bestien, die sich von Menschenfleisch ernähren und ihren Durst an unserem Blut stillen.«

Die Jungen gaben ein Raunen von sich. Mit erschrockenen Gesichtern starrten sie Barn an.

Dieser hob sein Messer und deutete der Reihe nach auf die Knappen: »Also passt gut auf und geht des Nachts nicht an den Waldrand. Sonst kommen sie und holen euch!« Er stieß das Messer neben sich in den Baumstamm.

Die Jungen zuckten zusammen, einer schrie auf, und die anderen brachen in hysterisches Gelächter aus.

Tailin leerte seinen Becher und stellte ihn ab. Der Baumstamm schwankte unter ihm. Weiter hinten zwischen den Feuern tanzte eine Gruppe Sklavinnen. Unter dem Jubel der Krieger zogen sie ihre Kleider aus, bis sie nur noch knappe Höschen und den aufreizenden Brustschmuck der Huren trugen: schwarze Schnüre, die um ihre Brüste geschlungen waren und sie so brutal einschnürten, dass es wehtun musste. Die Soldaten rückten ihnen näher, grabschten nach ihren Brüsten, zogen sie an sich und schoben die Hände zwischen ihre Beine.

Tailin wandte sich ab. Erst jetzt bemerkte er die Sklavin von vorhin. Mit gesenktem Kopf und einem Holzeimer kam sie auf sein Lagerfeuer zu und schenkte den Soldaten Blättermost nach. Als sie Tailin erreichte, hielt er ihr den Becher entgegen. Dieses Mal trank er umso schneller. Vermutlich war es das Beste, was er tun konnte: trinken, bis er umfiel, diesen Tag beenden, bevor er doch noch das tat, wozu es ihn am meisten drängte.

Aber ganz gleich, was er versuchte, die verbotenen Gedanken traten umso heftiger in den Vordergrund: Schweigend und in sich versunken saß Dorgen neben ihm und schien sich weder für die Wetten zu interessieren noch für die Mädchen, die für die Krieger tanzten. Genaugenommen wusste Tailin nicht, wofür sein Freund sich interessierte. Nur selten hatte er Dorgen mit einer Sklavin gesehen. Ungefähr genauso oft, wie er sich selbst mit einer Frau gezeigt hatte. Was wenn Dorgen sich ebenfalls tarnte? Wenn er das gleiche Geheimnis verbarg? Eines, das zu schlimm war, um es mit seinem besten Freund zu teilen. Kaum etwas im Heerlager von Sapion war gefährlicher als die Neigungen zwischen zwei Männern.

Tailin müsste nur seine Hand zur Seite schieben, um ihn zu berühren, müsste nur ein Stückchen rutschen und ihre Beine würden dicht aneinanderliegen.

»Wenn du gewinnst …« Er hörte sich selbst sprechen, verschwommen und weit entfernt hinter dem Blättermost. »Dann musst du heiraten. Eine Schwesternsippe. Fünf oder sechs Frauen, vielleicht sogar sieben.«

Dorgen wandte den Kopf in seine Richtung, flüchtiger Schrecken huschte über sein Gesicht. »*Muss?*« Er sprach leise. »Du meinst, ich *darf*.«

Ein heißer Schauer spülte durch Tailins Körper. Allein dieses eine Wort konnte ihn verraten. Er sollte aufhören zu reden, sollte in sein Zelt kriechen, um unter dem Einfluss des Blättermostes nicht noch weitere Fehler zu machen. Doch seine

Zunge sprach von allein. »Das sind fünf bis sieben Frauen in deinem Bett. Freust du dich darauf?«

Dorgen starrte ihn an. Hinter den entfernten Bergen war die Blutsonne aufgegangen und warf einen blutroten Schein auf sein Gesicht. Dennoch wirkte seine Haut fahl. Vielleicht lag es an den schwarzen Bartstoppeln, die zum Abend hin sichtbar wurden und einen grauen Schatten über seine sonnengebräunte Haut warfen.

Dorgen lachte auf und wurde gleich darauf ernst. »Sicher freue ich mich. Aber vermutlich erst, wenn ich die Kämpfe hinter mir habe.« Etwas in seinen Augen flackerte und verriet die Unsicherheit.

Tailin konnte nicht aufhören, ihn anzusehen. Dorgens Gesicht war schon seit langem das eines Erwachsenen, breite, kantige Wangen und eine gerade Nase, die ihm den unversehrten Zug eines Siegers verlieh. Und dennoch glaubte Tailin, die Verlorenheit eines Kindes in seinen Augen zu erkennen.

»Tailin?« Dorgen klang besorgt. »Ist alles in Ordnung mit dir? Deine Pupillen sehen aus, als hättest du Kabak genommen.«

Tailin schüttelte lachend den Kopf. »Kabak?! Wie kommst du darauf?« Niemals würde er die Droge nehmen, mit der sich so viele der Krieger aufputschten. Sämtliche Gefühle sollten intensiver werden, wenn man die Blätter der Kabakpflanze kaute. Die harzigen Öle lösten einen wilden, erogenen Rausch aus. Es sei denn, man brauchte sie als Gegenspieler, um die Wirkung des abstumpfenden Meljok zu neutralisieren.

Kabak und Meljok. So mancher Krieger fristete sein Dasein mithilfe der beiden Drogen: Meljok am Tag, um alle Gefühle zu verdrängen, um keine Angst vor den Gegnern zu haben und den drohenden Tod nicht mehr zu fürchten, und Kabak in der Nacht, um nicht in der Gefühllosigkeit unterzugehen, um in den Hurenzelten seinen Mann zu stehen und sich wenigstens für diesen kurzen Moment gut zu fühlen. Wer einmal damit anfing, dem fiel es schwer, wieder aufzuhören. Kabak allein galt noch als Mittel, um einen lustigen Abend zu verbringen, doch Meljok führte unweigerlich in die Sucht.

Tailin schüttelte ein weiteres Mal den Kopf. »Für wen hältst du mich? Du weißt, dass ich keine Drogen nehme!« Er hob den Becher mit dem Blättermost. »Ich hab nur das hier getrunken.«

Dorgen kniff die Augen zusammen, nahm den Holzbecher aus Tailins Hand und roch daran. »Kabak«, stellte er fest. »Irgendjemand hat Kabakblätter hineingepantscht. Du solltest aufhören, das Zeug zu trinken.« Zögernd hielt Dorgen den Becher in der Hand. Einen Moment lang starrten sie beide auf die bräunliche Flüssigkeit und die gelben Ränder, die sie im Holzbecher zurückließ.

»Andererseits …« Dorgen zog eine Grimasse. »Es ist mein letzter Abend. Wenn irgendjemand ein Recht darauf hat, dieses Zeug zu trinken …« Er setzte den Becher an, leerte ihn in einem Zug und gab ihn Tailin zurück. Ein merkwürdiges Lächeln formte sich auf seinem Gesicht, wirkte seltsam entrückt und vereinte sich mit dem leichten Gefühl, das Tailins Körper beherrschte.

Fliegen! Sie könnten gemeinsam fliegen, wenn sie es nur wagten … Müssten sich nur auf die Klippen am Meeresufer von Anmare stellen und die Arme ausbreiten. Oder auf einen der Maruschkabäume klettern und von dort aus über das Land segeln.

Dorgens Pupillen wurden dunkel und weit, spiegelten die blaue Nacht und den roten Punkt der Blutsonne. Tailin wollte seine Hand ausstrecken und die Wange seines Freundes berühren, wollte sich zu ihm beugen und ein verbotenes Geständnis ablegen.

»Deine Quoten stehen gut, Hauptmann!« Gerolfs Stimme ließ sie zusammenzucken. Der Krieger stand direkt vor ihnen und klimperte mit den Münzen in seinem Lederbeutel. »Die meisten tippen auf deinen Sieg! Deshalb hab ich dir was mitgebracht!« Gerolf hielt eine Sklavin im Arm, schob sie nach vorne, bis sie mit gesenktem Kopf vor ihnen stand. Ihre Haare fielen vor ihr Gesicht, die zotteligen Reste einer Flechtfrisur.

Es war das Mädchen von vorhin.

Gerolf drückte die Hand in ihren Rücken und schubste sie voran, bis sie über Dorgens Beine stolperte und auf seinen Schoß fiel. »Ich schenk sie dir, Hauptmann!« Gerolf lachte. »Damit du noch ein bisschen Spaß hast. Könnte ja sein, dass du die Auslese doch noch verlierst und um Gnade winselst.«

Die Sklavin wehrte sich, machte sich von Dorgen los und rappelte sich hoch.

Dorgen hielt sie nicht auf, im Gegenteil: »Ich will sie nicht!« Er reckte sein Kinn vor. »Ich nehme nur Freiwillige.«

Gerolf lachte. »Was denn, was denn?!« Sein Tonfall bekam einen drohenden Nebenklang. »Du nimmst nur Freiwillige? Oder nimmst du gar keine? Wenn ich mich recht entsinne, sieht man dich fast nie mit einer Frau. Oder bist du am Ende ein Stummelweib, das seine Nächte mit anderen Männern verbringt?«

Tailin rang nach Luft. Da war es, das Wort, das allzu leicht zu einem Todesurteil werden konnte: Stummelweib, ein Mann, der Männer liebte, ein Verdacht, gegen den er sein Leben lang angekämpft hatte. Jetzt traf er ausgerechnet auf Dorgen.

Auch sein Freund schien die Gefahr zu erkennen, kurz flackerte Furcht in seinen Augen, ehe er auflachte. »Das ist absurd, und das weißt du! Ich mag es ein bisschen diskreter. Aber wenn du einen Beweis willst …« Er packte die Sklavin am Handgelenk und zog sie mit sanftem Nachdruck auf seinen Schoß. »… dann zeig ich dir, wie man aus einem scheuen Küken eine Freiwillige macht!«

Die umstehenden Soldaten pfiffen und jubelten. Auch die Sklavin schien zu wissen, wann sie verloren hatte. Mit geschlossenen Augen gab sie nach. Wie eine leblose Puppe ließ sie sich von Dorgen küssen.

Tailin rückte von den beiden ab. Dennoch konnte er sich nicht von dem Bild lösen. Dorgens Hand strich über ihren Arm, schloss sich um ihren Rücken und schob sich in ihren Nacken. Sanft tastete sein Mund über ihr Gesicht, küsste ihre Stirn, ihre Wangen, ihren Mund. Es war ein zärtliches Bild, mit Abstand das Schönste, das Tailin je zwischen einem Krieger und einer Sklavin beobachtet hatte. Dennoch stach die Eifersucht in seine Eingeweide und vermischte sich mit dem Flugschwindel, den der Kabak durch seinen Körper trieb.

Gerolf und die anderen johlten, formten einen Sprechchor, mit dem sie Dorgen anfeuerten: »Hauptmann, Hauptmann …«

»Nimm sie dir!«, rief Gerolf dazwischen. »Zeig uns, was für ein Kerl du bist!«

Dorgen löste den Kuss, drückte den Kopf der Sklavin an seine Schulter und sah zu Gerolf auf. Jegliche Unsicherheit war aus seinem Blick verschwunden, während er seinen Untergebenen angrinste: »Das hättest du wohl gerne. Aber ich muss dich enttäuschen. Nur Tiere treiben es mitten im Rudel. Ich bevorzuge meine Sklavin als Privatbesitz in meinem Zelt.«

Wieder grölten die Männer. Einzig Gerolf schaute finster auf seinen Vorgesetzten hinab.

Die Sklavin duckte sich in Dorgens Armen. Nur Tailin konnte sehen, wie sie zitterte und an der Schulter seines Freundes weinte.

Dorgen schien es ebenfalls zu bemerken. Seine Hand streichelte ihren Rücken, sein Kinn legte sich auf ihre Haare, seine Arme schlangen sich um ihre Schultern. Dorgen würde der Kleinen nichts tun, er wahrte nur den Schein, um sie zu beschützen. Es war ein gefährliches Spiel, das die anderen jederzeit durchschauen konnten.

Gerolf blinzelte schon misstrauisch.

Tailins Instinkt, jener untrügliche, lebensnotwendige Instinkt eines Verfolgten, verdrängte den Rausch des Kabaks und schob die letzten Hemmungen beiseite. Von jetzt an half nur noch die Flucht nach vorne.

»Gerolf!« Tailin stand auf, grinste den Krieger an und nickte in Dorgens Richtung. »Ich kann mir das nicht länger ansehen, ohne mir die Kleine zu greifen!« Er legte den Arm um Gerolfs Schultern, zog ihn von Dorgen und dem Mädchen fort und deutete auf die Huren, die zwischen den Feuern tanzten. »Kannst du mir eine empfehlen? Wenn Dorgen Futter in unser Zelt bringt, will ich nicht ohne dastehen.«

Gerolf lachte. »Sieh an, sieh an. Der Mischling verliert seine Scheu. Dir sollte man wohl häufiger Kabak in den Most panschen!« Er schob seine Hand in Tailins Rücken, schubste ihn vorwärts, bis sie den Kreis der tanzenden Huren erreichten.

»Hört mal her!« Gerolf rief über die Musik der Trommler und das Lachen der Krieger hinweg. »Ich hab hier einen Mischling, dem die Hose platzt! Irgendeine Freiwillige, die ihn haben will?«

Die meisten Sklavinnen wurden bereits von Soldaten in Beschlag genommen. Nur wenige tanzten noch allein und drehten sich in Tailins Richtung. Eine kam auf ihn zu. Ihr Körper war klein und hager, ausgemergelt von unzähligen Nächten mit unzähligen Kriegern. Auch sie hatte die schwarzen Schnüre um ihre Brüste geschlungen, obwohl es kaum etwas gab, das sich als Brust bezeichnen ließ, nur zwei winzige Erhebungen, die unter den Schnüren kaum auffielen.

Im ersten Moment war Tailin erleichtert. Vielleicht konnte er vergessen, dass sie eine Frau war, sobald er sie im Arm hielt. Doch je näher sie kam, desto genauer erkannte er ihr Gesicht: Es war schmal und ausgezehrt und ließ sie erschreckend alt wirken. Doch am schlimmsten waren ihre Augen. Ihre Pupillen dehnten sich im Kabakrausch, verschlangen das Braun ihrer Iris nahezu vollständig. Ihre Schritte staksten und torkelten, stolperten kurz vor ihm, so dass er sie auffangen musste.

Die Sklavin presste sich an seinen Körper, sah zu ihm auf und verzog ihre Miene zu einem Grinsen. »Ein Sklavenjunges, wie niedlich!« Sie schob ihre Hand in seine Haare, strich hindurch, bis er sie abschütteln wollte. Dann küsste sie ihn und schlang die Arme um seinen Hals.

»Da haben sich wohl zwei gefunden!«, rief Gerolf lachend.

Tailin bereute, was er getan hatte. Doch jetzt musste er weitermachen. Er schloss die Augen, um die Sklavin nicht länger anzusehen. Sie nur zu fühlen, war weniger schlimm, ihre nackte Haut unter seinen Armen, ihre Beine, die vom Boden absprangen und sich um seine Hüfte schmiegten. Wenn er vergaß, dass sie eine Frau war, wenn er sich selbst noch mehr betäubte … Vielleicht wäre es dann möglich …

Er löste sich aus dem Kuss, blickte über die Schulter der Hure und winkte eine der Sklavinnen heran, die immer neuen Blättermost ausschenkten. Dieses Mal trank er den Becher in einem Zug. Die Wirkung traf ihn wie ein Schlag, ließ ihn fliegen und machte seine Haut empfindlich. Plötzlich erschien es ihm gleichgültig, an wem er seine Lust stillte, ob es ein Mann oder eine Frau war, ob er sich dadurch verriet oder ob er den Schein wahrte, der ihn vor der Todesstrafe rettete.

Sein Blick fiel auf Dorgen, der noch immer mit der kleinen Faruanerin auf dem Baumstamm saß. Tailin trug seine Sklavin zu ihm, setzte sich neben ihn und beobachtete die Zärtlichkeit, mit der Dorgen das Mädchen streichelte und küsste.

Das Bild seiner Hände erfasste Tailins Körper, fühlte sich an wie die Hände der Sklavin, die unter das Leder seiner Kleidung griffen. Er küsste die Hure und dachte an seinen besten Freund, musste zu Ende führen, was sie begonnen hatten.

Nur einmal hatten sie etwas Ähnliches getan, hatten zwei Sklavinnen mit in ihr Zelt genommen und zeitgleich mit ihnen geschlafen. Damals, als sie beide noch neu im Heerlager gewesen waren, als sie sich beweisen mussten, um durch ihre Freundschaft keinen Verdacht zu erregen. Nur durch Dorgens Nähe war es Tailin gelungen, die Sache durchzustehen. Vielleicht würde es heute so ähnlich sein, womöglich etwas besser, weil der Rausch ihm half zu vergessen. Nur eines durfte er nicht tun, durfte weder Dorgen noch der Sklavin in die Augen sehen.

Die Hände der Hure kannten sich aus. Sie wussten, wo die Lederrüstung ihre Schwachstellen hatte, wussten, wo der Körper eines Kriegers empfindlich war, und sie kannten keine Scheu ... Genauso wenig wie der Rausch des Kabaks, der seine Sinne umnebelte. Tailin vergaß, wo er war, vergaß das Feuer und die anderen Krieger, dachte nur noch an Dorgen und die Hand, die ihn verwöhnte.

So lange, bis er das Flüstern hörte, eine raue Frauenstimme an seinem Ohr: »Ich hatte auch so einen wie dich.« Sie nuschelte, gab ein beschwipstes Kichern von sich und nuschelte weiter: »Oder auch zwei oder drei ... vielleicht auch mehr.« Ihre Stimme erstarb, ihre Augen sahen ihn an, dunkles entrücktes Schwarz, das all ihr Unglück in sich vereinte. »Sie haben mir die Kinder weggenommen, direkt nach der Geburt. Ich stelle mir gern vor, dass sie trotzdem ein Leben führen dürfen. So wie du.«

Tailin stieß die Luft aus, starrte sie mit offenem Mund an und wollte sie von seinem Schoß schubsen. Jegliche Illusion zerfiel, der Rausch ebbte ab und verwandelte sich in Übelkeit.

»Tailin!« Das Gebrüll eines Mannes ließ ihn zusammenfahren. »Mischlingsbastard! Wir haben noch eine Rechnung offen!«

An einem der Fahnenmasten, nicht weit von ihrem Lagerfeuer entfernt, lehnte ein junger Krieger, Kaylen. Auch er hatte sichtbar zu viel getrunken, konnte sich nur noch mit der Hand am Mast aufrechthalten und starrte auf Tailin herab. »Du hast mich beim Spielen betrogen, du Mistratte! Hast mich mit deinen gezinkten Steinen um ein halbes Vermögen geprellt!« Sein Gesicht verzerrte sich vor Wut. »Komm her, und wir klären das!«

Tailin musste die Zähne aufeinanderbeißen, um nicht vor Erleichterung aufzuatmen, musste innerlich bis zehn zählen, um seine Rolle weiterzuspielen.

Erst dann bemerkte er Dorgens Blick. Sein Freund schaute abwechselnd zu dem Krieger und ihm. »Kannst du nicht endlich aufhören, dich mit trunksüchtigen Spielern anzulegen?« Seine Miene wurde finster. Mit einem stummen Nicken bot er seine Unterstützung an.

Tailin löste den Klammergriff der Sklavin, schob sie zur Seite und richtete sich auf. »Keine Sorge!« Er grinste seinen Freund an. Der Boden unter seinen Füßen schwankte. »Mit einem, der sich kaum noch auf den Beinen halten kann, werde ich schon fertig.«

Dorgen hob zweifelnd die Augenbraue. »Du kannst dich doch selbst kaum auf den Beinen halten.«

Tailins Grinsen verrutschte. »Ich lege mich ungern mit Schwächeren an.« Dorgens Bild drehte sich vor seinen Augen. Die kleine Sklavin hockte noch immer auf seinem Schoß, während die andere vor dem Baumstamm zusammensackte. Ihr Kopf lehnte seitlich an der Rinde und ließ ihre Haare zurückfallen.

Erst jetzt entdeckte Tailin die Ritzspuren an ihrem Hals, tiefe Kratzer, teilweise noch blutig und frisch, andere längst verschorft, und die meisten von ihnen zu weißen Narben verheilt. Er hätte es wissen müssen! Sie war eine von denen, denen es nicht ausreichte, das Kabak zu trinken oder die Blätter zu kauen. Vielmehr rieb sie die ätherischen Öle in ihre aufgeritzte Haut, damit es stärker wirkte.

»Na, komm schon!«, rief Kaylen. »Deine Kabakhure kannst du später besuchen!«

Tailin drehte sich um und versuchte, den Schwindel zu besiegen. Er wollte seinem Widersacher stolz entgegentreten, mit aufrechter Haltung und gestrafften Schultern. Doch der Boden war uneben, und er selbst war zu leicht, legte zu viel Kraft in seine Schritte und stolperte Kaylen entgegen.

Dem anderen schien es nicht besser zu gehen. Er löste sich vom Fahnenmast, packte Tailin am Arm und torkelte zusammen mit ihm vorwärts, weg von den Feuern, hinein in die Gänge des Zeltlagers, in denen es immer dunkler und ruhiger wurde. Nur Sapias Blutlicht erleuchtete die Zeltdächer und legte einen blutrünstigen Zauber über die Stille.

Nur vage nahm Tailin wahr, wie die Schritte hinter ihm sicherer wurden. Mit einem Blick über die Schulter erkannte er, dass Kaylen sich aufrichtete. Der Alkoholrausch verschwand aus seiner Haltung und ließ nur noch die Sicherheit eines Kämpfers übrig.

Ohne weitere Worte schubste Kaylen ihn vorwärts, stieß ihn ein ums andere Mal zu Boden, zog ihn wieder hoch und jagte ihn weiter. Nur kurz begegnete Tailin der Dunkelheit in seinen Augen. Auch Kaylens Pupillen waren weit, auch er hatte von dem Most getrunken. Doch vermutlich hatte er schon nach wenigen Schlucken aufgehört.

Jetzt lag ein Vorwurf in seinem Schweigen, raue Wut sprach aus seinen Berührungen. Noch dreimal schubste Kaylen ihn weiter, dann packte er ihn gewaltsam an der Schulter.

Wortlos ließ Tailin sich durch das Lager treiben, bis die Zelte hinter ihnen lagen. Erneut griff der Rausch nach seinem Körper und erfasste ihn mit einem wilden Kribbeln.

Beinahe hatten sie den Waldrand erreicht, als Kaylen sich zu ihm lehnte und drohend in sein Ohr flüsterte: »Mit einer Frau, Tailin? Noch dazu mit einer Kabakhure? Ist das dein Ernst?« Wieder stieß er ihn vorwärts. Tailin sah die Baumwurzel zu spät, blieb mit dem Fuß hängen und fiel.

Kaylen stürzte sich auf ihn, drückte die Knie in seine Brust und boxte gegen seine Schulter. Immer wieder schlug er zu, mit der Faust in seine Rippen, mit der flachen Hand in sein Gesicht. Tailin wollte sich wehren, wollte den anderen von sich stoßen und niederringen. Doch seine Arme besaßen keine Kraft.

»Das ist erbärmlich!« Kaylen beugte sich über ihn. »Nichtmal kämpfen kannst du noch.« Er lockerte den Druck seiner Knie.

Tailin sprang auf, floh ein paar Schritte, bis die Schatten der Bäume über ihn fielen. Kaylen holte ihn ein, riss ihn herum und schlug mit der Faust in seinen Bauch, immer wieder, bis Tailin zu Boden ging. Es waren keine harten Schläge, und dennoch hart genug, um ihm die Luft abzuschnüren.

Kaylen schien zu wissen, wann es genug war. Er hörte auf zu schlagen und ließ sich neben Tailin ins Laub sinken. Über ihnen rauschte der Wind in den Blättern, von Weitem drang der Lärm des Heerlagers zu ihnen. Doch hier war alles ruhig. Selbst das Licht Sapias gelangte nur in einzelnen, roten Strahlen durch die Sträucher am Waldrand.

»Sind wir allein?« Kaylen tarnte sein Flüstern unter einem erschöpften Keuchen.

Mit geschlossenen Augen lag Tailin auf dem Boden, öffnete seine Sinne und suchte nach der Gegenwart von Menschen und Pamuschkriegern. Doch nur die Tiere des Waldes waren um sie herum. »Ich denke schon.« Er röchelte die Worte, kämpfte gegen den Schmerz in seiner Brust und sah den anderen an.

Kaylens Gesicht war nah, dunkle, makellose Schönheit, nur durchbrochen von der Härte, die sich in seine Züge presste. Gleich darauf veränderte sich sein Blick, raue Wut verwandelte sich in Gier. Er fasste Tailin an der Hand und zog ihn hoch, lief ein paar Schritte an seiner Seite und stieß ihn ein weiteres Mal zu Boden.

Tailin landete auf allen vieren, erkannte vor sich eine dunkle Öffnung, ein Wurzelloch, das von einer flachen Tellerwurzel überdacht wurde. Er krabbelte hinein, drehte sich um und sah Kaylen, dessen Gestalt wie ein Schatten über ihn herfiel. Er fasste Tailins Handgelenke, drückte sie ins Laub und küsste ihn. Sein Mund war hart und rau, sein Atem keuchte und verlangte mehr.

Tailins Rausch verdrängte den Schmerz, trieb die Erregung

durch seinen Körper und ließ ihn zittern vor Gier. Die Zeit, die sie gestohlen hatten, war kurz. Sie mussten fertig sein, ehe die Wache an ihrem Versteck vorbeipatrouillierte, mussten leise genug sein, um im Zweifelsfall nicht entdeckt zu werden.

Kaylen gab seine Hände frei, löste sich von ihm und wurde umso schneller. Seine Finger entzerrten die Schnüre der Lederrüstung nur dort, wo es unbedingt nötig war. Dann warf er Tailin herum, drückte ihn ins Laub und schob sich über ihn, in ihn.

Tailins Sinne zersprangen, explodierten zwischen Schmerz und Lust, konnten nicht mehr unterscheiden, wo er selbst aufhörte und der andere anfing, welche Geräusche er von sich gab und welche an sein Ohr drangen. Jemand berührte ihn, eine fremde Hand, genau dort, wo er am empfindlichsten war. Es fühlte sich gut an und schrecklich zugleich, war das Beste, was ihm je geschehen war, und würde ihn eines Tages umbringen. Doch in diesem Moment war alles egal. Der Rausch ließ ihn fliegen, trieb ihn höher.

»Sie werden uns dafür töten …« Kaylens Flüstern drängte sich an ihn: »… werden uns quälen und foltern, bis wir um unseren Tod betteln.« Er bewegte sich schneller, stöhnte die Worte und schien sie zu brauchen wie ein grausames Spiel. »Wir sind der schlimmste Abschaum von allen, Missgeburten, Stummelweiber! Schlimmer noch als die Monsterkatzen, gegen die wir kämpfen.«

Die Gefahr erfüllte Tailins Körper, reagierte mit dem Rausch und wollte ihn mit sich reißen.

So lange, bis sein Instinkt sich meldete, plötzlich und scharf: Sie waren nicht allein! Vor ihrem Versteck stand jemand. Und es war keine Pamuschkatze. Es war ein Mensch!

Tailin warf sich herum, zog seinen Liebhaber an sich und presste die Hand auf seinen Mund. Kaylen wehrte sich nur kurz, Lust und Wut glühten in seiner Miene, verwandelten sich in kalten Schrecken. Mit großen Augen starrte er Tailin an. Mucksmäuschenstill lagen sie aufeinander, spürten den Körper des anderen und die schwindende Gier.

Nichts im Leben eines Menschen ist größer und stärker als die Angst. Der Gedanke drängte sich in Tailins Bewusstsein, Worte, die er schon einmal gehört hatte.

Wer auch immer vor ihrer Wurzelhöhle lauerte, ob er sie gehört hatte oder nicht, er wandte sich ab und ging fort.

Tailin wartete. Erst als der Fremde verschwunden war, schob er Kaylen von sich, richtete sich auf und sah auf seinen Liebhaber hinab. »Nie wieder!«

Kaylen runzelte die Stirn. Verblüfft schüttelte er den Kopf. »Wie meinst du das?«

Tailin fühlte, wie die Angst verebbte, wie der Rausch verschwunden war und nüchterne Kälte in sein Herz sickerte. »Wir tun das nie wieder. Es ist zu gefährlich geworden.« Er nickte mit dem Kopf nach draußen. »Falls wir nicht sowieso erkannt wurden und gerade verraten werden.«

***

Getrennt voneinander und mit großem Abstand gingen sie zurück ins Heerlager. Das Licht der Blutsonne schimmerte dunkelrot auf den Zelten. Tailin vermied die Hauptwege, ging nicht zurück zu den Feuern, sondern lief direkt zu dem kleinen Zelt, das er sich mit Dorgen teilte. Als er hineinkroch, waren beide Schlafplätze bereits belegt: Die kleine Sklavin hatte sich auf Dorgens Seite zusammengerollt, sorgsam in Decken gehüllt und mit geschlossenen Augen. Dorgen selbst lag auf Tailins Lager, in voller Lederrüstung und auf seine Hand gestützt. Er betrachtete das Mädchen, als wollte er ihren Schlaf beschützen.

»Leise!«, flüsterte er Tailin zu, ohne den Blick von ihr abzuwenden. »Sie ist gerade erst eingeschlafen.«

Tailin krabbelte neben ihn, und Dorgen rückte in die Mitte

des Lagers. Nur seine Wärme durchdrang noch die Felle, auf denen Tailin sich ausstreckte.

Dorgen drehte sich zu ihm. Seine Augen glühten rötlich im Nachtlicht, das durch das Zeltdach schimmerte. »Ich habe sie nicht angerührt. Das kannst du mir glauben.«

»Ich weiß«, flüsterte Tailin. »Das ist offensichtlich.«

Dorgen schaute ihn an, als wüsste er alles. Ob er derjenige gewesen war, der sie eben im Wald belauscht hatte? Tailin wollte es hoffen. Dennoch glaubte er es nicht. Selbst blind und taub würde er die Gegenwart seines Freundes erkennen.

»Kannst du ein Geheimnis bewahren?« Dorgens Flüstern durchbrach den Gedanken.

Tailins Herz begann zu rasen. »Ein Geheimnis?« Die Worte erstickten in seiner Kehle. Was, wenn es das gleiche Geheimnis war wie seines? Wieder wollte er die Hand nach seinem Freund ausstrecken.

»Ich habe gelogen«, wisperte Dorgen. »Als ich behauptet habe, ich würde ›Ehre‹ sagen, habe ich mir etwas vorgelogen.« Er holte tief Luft und starrte an Tailin vorbei ins Leere. »Tatsächlich wird es ganz anders sein. Gerolf hat recht. Wenn ich verliere, werde ich um Gnade flehen wie ein Kind. Mein Gegner wird mich verschonen, und der Spielleiter wird mich als Sklave verkaufen. Irgendein grausamer Herr wird mich zum Wallach machen wie einen Arbeitsgaul. Und dann werde ich den Rest meiner Tage auf einem glühenden Feld in Sapion verbringen, werde Pflanzen wässern und mich in den Krieg zurückwünschen.« Er presste die Zähne aufeinander, die Muskeln an seinen Wangen zuckten. Erst dann kehrte sein Blick zu Tailin zurück. »Aber weißt du, was ich am meisten bereuen werde? Dass ich nie geliebt habe.«

Tailins Herz trommelte, rauschendes Blut strömte durch seine Ohren. Seine Hand wollte den anderen berühren, wollte ihm die Liebe zeigen, ein einziges Mal.

So lange, bis Dorgen fortfuhr: »Ich hätte mir viel eher eine Sklavin suchen sollen, eine, die ich mag und die keine Angst vor mir hat. Ich hätte sie vor den anderen beschützen können, bis sie mir vertraut, hätte ihr Zeit gelassen, bis sie mich ebenfalls liebt. Und dann hätten wir desertieren sollen, irgendwohin, wo es ruhig ist, wo der Krieg und alle Sapioner weit weg sind.«

Tailin schloss die Augen. Sein Herzschlag beruhigte sich, der Rausch in seinem Kopf verflog, und nur ein dumpfes, enttäuschtes Drücken setzte sich in seine Magengrube.

»Leb du dieses Leben für mich!« Dorgens Stimme holte ihn zurück. Mit dem Daumen deutete er auf das schlafende Mädchen. »Kümmere dich um sie, behalt sie in deinem Zelt und beschütz sie vor den anderen. Zeig allen, dass sie dir gehört.«

Tarnung! Ein Mädchen in seinem Zelt war die letzte Möglichkeit, um jetzt noch zu entkommen. Ob Dorgen es wusste? Ob er Tailin diesen Rat gab, weil er sein Geheimnis kannte?

»Aber lass ihr Zeit«, flüsterte sein Freund weiter. »Sie ist noch fast ein Kind.«

Tailin sah über Dorgen hinweg auf die schlafende Sklavin. Ein Mädchen wie sie, eines, das noch als Kind verschleppt und von unzähligen Kriegern missbraucht worden war, noch ehe ihr Körper sich in den einer Frau verwandelt hatte. Ein Kind wie sie brauchte viel Zeit. Vermutlich genauso viel Zeit wie ein Mischlingsbastard, der sich nur für Männer begeistern konnte.

»In Ordnung.« Tailin streckte die Hand aus, schlug bei seinem besten Freund ein wie bei einem Handel. »Ich kümmere mich um sie. Aber du musst mir versprechen, dass du gewinnst und danach fünf Ehefrauen glücklich machst.«

Dorgen lachte leise. Ein verräterisches Schimmern lag in seinen Augen. Dann richtete er sich auf, zog Tailin in seine Arme und klopfte ihm auf den Rücken. Freundschaftlich. Brüderlich. Nicht mehr und nicht weniger.

Tailin wollte den Moment festhalten, wollte auf ewig so bleiben, zum Trost für alles, was es nicht geben würde. Erst dann bemerkte er, dass der Schwindel des Kabaks noch immer durch seinen Kopf wehte. Oder war er stärker geworden? Der Boden drehte sich unter ihm, immer schneller. Ein wildes, rauschendes Gefühl erhob sich in seinem Magen, sprengte mit einem Kribbeln durch seine Adern und erfüllte seinen Kopf.

Dann sah er die Bilder.

★★★

DORGEN

Tailins Umarmung fühlte sich eng an, auf eine Weise verzweifelt, die er nicht deuten konnte. Kurz darauf zuckte sein Freund zusammen, seine Muskeln spannten sich an und begannen zu zittern.

»Sie müssen damit aufhören!«, murmelte Tailin. Doch es war ein fremder Klang, beinahe so, als wäre er nicht mehr er selbst. »Unzählige Soldaten, die über sie steigen, immer wieder … Wie lange geht das jetzt schon so? Hundert Tage? Tausend? Sie ist doch noch ein Kind! Sie müssen damit aufhören! Sofort! ER muss damit aufhören!«

»ER wird nicht aufhören, und das weißt du!« Tailins Stimme veränderte sich, verließ den Flüsterton und wurde fest. »DU musst sie aufhalten! Nur DU kannst sie finden. Nur DU kannst sie heilen. Wenn diese Bilder wahr sind, dann musst du sie retten. Du weißt, was geschehen wird, wenn du zu spät kommst.«

Tailin lachte auf, ein hartes, verzweifeltes Geräusch, bevor er in den Flüsterton zurückfiel. »Wie könnte ich das vergessen. Niemand spürt die Gefahr deutlicher als ich. Doch nach allem, was ich sehe … ihre Qual, ihre Schmerzen … Es könnte längst zu spät sein.« Die Flüsterstimme wurde hektisch, klang nach einem jungen Menschen, der weder ein noch aus wusste. »Was soll ich tun, wenn es zu spät ist?«

Einen Moment lang hing Tailin still in Dorgens Armen, so schlaff und reglos, als wäre er in Ohnmacht gefallen. Dann zuckte er erneut. Langsam richtete er sich auf, löste sich von Dorgen und sah mit weit entferntem Blick durch ihn hindurch: »Wenn es zu spät ist, musst du sie töten!«

Dorgen schauderte. »Tailin? Was ist mit dir?« Er wollte seinen Freund wachrütteln, wollte ihn zwingen, wieder normal zu sein. Doch Tailins Blick schien so starr wie der eines Toten, ehe sich seine Iris nach oben drehte. Sein Körper wurde schlaff, sackte zusammen und schlug auf das Schlaflager.

»Tailin?!« Dorgen rüttelte an seiner Schulter. »Wach auf! Bleib bei mir! Was ist mit dir?« Kalter Schrecken wühlte sich durch seine Eingeweide.

Im nächsten Moment öffnete Tailin die Augen. Kurz sah er aus, als wüsste er nicht, wo er sich befand. Dann rappelte er sich hektisch auf und krabbelte durch das Zelt bis zum Ausgang. Er war kaum draußen, als Dorgen die Würgegeräusche hörte.

Vorsichtig folgte er ihm an die frische Luft, richtete sich vor dem Zelt auf und blickte auf seinen Freund hinab, der auf allen vieren lag und sich auf den Erdboden übergab. »Was ist mit dir?«

Tailin antwortete nicht gleich. Erst nach einer Weile setzte er sich auf und sah Dorgen verlegen an. »Der Kabak …« Seine Stimme klang belegt. »Ich vertrage das Zeug nicht. Ich bekomme Halluzinationen davon.«

3. Kapitel

Bergland von Sapion, Oase »Walis«
Palast des Walerius, oberster Berater Sapions

FEYLA

Gleißend hell stieß das Sonnenlicht vom Himmel herab, als sie den Palastflügel der Mütter und Töchter verließen und nach draußen in die Oase traten. Rabanus' Licht reflektierte an den weißen Mauern des Palastes, die den Innenhof von drei Seiten umschlossen. Im Mittelflügel, direkt hinter ihnen, befand sich der Teil des Palastes, in dem Feyla aufgewachsen war: die Schlafzimmer und Gemeinschaftssäle, in denen die vier Frauen des Walerius mitsamt ihren Töchtern und den kleinen Jungen lebten, die noch nicht alt genug waren, um für die Erziehung an ihren Vater und seine Soldaten übergeben zu werden.

Feyla hörte das Kichern ihrer kleinen Schwestern, die in einer Traube hinter ihnen herliefen und in den Garten hinausstürmten. Wie ein Rudel kleiner Hunde verschwanden sie zwischen den Büschen, Blumen und riesenhaften Blättern des Palastgartens.

Feyla wünschte sich manchmal, sie selbst könnte noch so unbedarft hier draußen herumtollen, könnte mit kurzen Kleidchen und nackten Armen Purzelbäume und Räder über den Rasen schlagen und sich beim Versteckspiel das beste Versteck suchen, in dem sie niemals gefunden wurde.

Stattdessen wandelte sie an der Seite ihrer ältesten Schwestern über die Wege, immer bemüht, genauso stolz und erhaben voranzuschreiten wie die Sippenmütter, die vor ihnen hergingen und das gemächliche Tempo vorgaben.

Voller Unruhe schaute Feyla zu dem Wirtschaftstrakt hinüber, der sich rechts neben dem Mütter-und-Töchter-Flügel anschloss. Im Wirtschaftstrakt befand sich nicht nur die große Küche, sondern auch die Gärtnerei, die Näherei und die Kammern der Sklavinnen. Feyla und ihren Schwestern war es streng verboten, sich bei den Sklavinnen aufzuhalten. Nur ihre Mütter durchstöberten den Wirtschaftstrakt auf ihren Kontrollgängen, um die Arbeit der Sklavinnen zu überwachen.

Feyla ertappte sich dabei, wie sie in den Winkeln des Gartens nach Nugia suchte. Ihre Lieblingssklavin baute die Kräuter an, mit denen die Köchinnen ihre Speisen würzten, und Feyla wusste, dass sie in der Mittagszeit häufig hier draußen war. Doch ein Teil des Gartens wurde von Büschen und Bäumen verdeckt, und dazwischen war Nugia nirgendwo zu sehen.

Ihre Sippenmütter gingen auf den Pavillon ihres Vaters zu, der links von ihnen lag und nur durch einen blätterbewachsenen Säulengang mit dem Trakt der Frauen verbunden war. Der Pavillon war drei Geschosse hoch: unten die Besprechungsräume, in denen ihr Vater politischen Besuch empfing, in der Mitte die Bibliothek und oben seine privaten Gemächer.

Feyla hatte nie erfahren, was ihr Vater mit den Diplomaten und Politikern besprach, denn für Frauen gehörte es sich nicht, die Männer nach ihren Geschäften zu fragen. Sie wusste nicht einmal, wer die Männer waren, die an der vorderen Zufahrt mit ihren prächtigen Kutschen auf das Gelände fuhren und von dort aus in den Trakt ihres Vaters gingen.

Hier hinten im Garten war noch keiner der Gäste erschienen, und die vordere Zufahrt durfte sie als Frau nur dann betreten, wenn sie mit der Sippe das Gelände verließen. Derartige Ausflüge waren jedoch sehr selten, und wenn, dann waren ihre Mütter, ihre Schwestern und sie von Kopf bis Fuß in blauweiße Schleier gehüllt, die kunstvoll mit dem Wappen ihres Vaters bestickt waren. Kein Mann durfte das Gesicht und den Körper einer Sapionerin erblicken, mit der er nicht verheiratet und die nicht seine Tochter war.

Auf der einen Seite war Feyla froh darüber, das Gelände nur so selten zu verlassen. Hier hinten im Garten und im Park der Oase reichte es aus, wenn sie eines ihrer schlichten Kleider trug, von denen manche sogar kurze Ärmel besaßen. Andererseits bedauerte sie, dass ihre Welt so klein war. Außerhalb der Oase gab es so vieles, was sie gerne erkundet hätte, zahlreiche Geheimnisse, die sie durchschauen wollte, und so manches, was sie am liebsten verändert hätte. Doch nichts davon lag auch nur annähernd in ihrer Reichweite. Sie mochte vielleicht eine der höchsten Töchter Sapions sein, doch im Grunde war sie nicht mehr als eine Gefangene.

Eine Gefangene, die bald verheiratet wurde. Mit einem Ehemann, den ihr Vater für sie und ihre Schwesternsippe aussuchte.

Feyla unterdrückte das mulmige Gefühl, das sich in ihrer Magengegend ausbreitete, und schaute den Pavillon ihres Vaters hinauf. In seinen privaten Gemächern übernachtete er, wenn er allein sein wollte oder wenn er sich eine Sklavin als Nachtbegleitung aussuchte. Den Gerüchten zufolge kam Letzteres weitaus häufiger vor, als dass ihr Vater noch bei seinen Ehefrauen lag.

Ob es mit ihrem zukünftigen Ehemann ebenso sein würde? Ob er sich auch den jüngeren Sklavinnen zuwenden würde, sobald seine Frauen anfingen zu altern? Falls er ebenso sein würde, konnte es Feyla nur recht sein. Wenn es nach ihr ginge, könnte er sich auf ihre Schwestern stürzen und sich später mit den Sklavinnen vergnügen. Hauptsache, er ließ sie in Ruhe. Allein der Gedanke, die körperlichen Bedürfnisse eines Fremden zu stillen, ließ sie schaudern.

Gleich darauf fing sich ihr Blick an den Fenstern des zweiten Stockwerkes, genau dort, wo sich die Bibliothek ihres Vaters befand. Wenn es eine Welt gab, die sie nach Herzenslust erkunden durfte, dann war es die Welt der Bücher. Ihr Vater hatte ihr gestattet, seine Bibliothek aufzusuchen und in den Abschriften der bedeutendsten Literatur zu lesen. Was dort oben schlummerte, waren epische Schlachtenromane, die Siegeszüge der Sapioner in allen Einzelheiten, aber auch Berichte über andere Teile der Welt und ihre Völker. Feyla hatte schon vieles davon verschlungen, aber sie konnte nie genug bekommen.

Letztendlich gab es nur wenige Einschränkungen, denen sie in ihrer Leselust unterlag: Zum einen durfte sie die Bibliothek nur dann betreten, wenn ihr Vater keinen Besuch hatte. Da er jedoch nur selten zu Hause war, war es einfach, jeden Besucherkontakt zu vermeiden.

Viel schwieriger war es, sich an die zweite Regel zu halten: In einem Glasschrank bewahrte ihr Vater die »verbotenen Bücher« auf, die Feyla selbstredend nicht lesen durfte. Was es mit ihnen auf sich hatte, hatte er ihr nie erklärt. Doch sie konnte nicht leugnen, dass es ihr jedes Mal in den Fingern kribbelte, wenn sie durch die Glastür des Schrankes spähte. Nur einmal den Schrank aufbrechen und sehen, welche Schätze darin schlummerten … Feyla spürte, wie sich ein Lächeln auf ihr Gesicht stahl.

»Freust du dich auch so?« Schejma kicherte und stieß sie in die Seite.

Feyla zuckte zusammen und schaute zu ihrer kleinen Schwester. Genaugenommen war Schejma ihre Halbschwester, genauso wie alle Schwestern, mit denen sie eine Sippe bildeten. Doch Feylas Mutter war früh gestorben und hatte außer ihr keine weiteren Kinder bekommen. Seither gab es nur noch die anderen Mütter ihrer Sippe und deren Töchter, ihre Halbschwestern.

Die kleine Schejma war ihr von allen die Liebste. Sie war erst zwölf Blutjahre alt, drei Jahre jünger als Feyla. Damit würde sie die jüngste Schwester sein, die gemeinsam mit den ältesten Schwestern verheiratet wurde. Eine Schwesternsippe musste fünf bis sieben Mädchen zählen, die mindestens zwölf Blutjahre alt waren. Erst dann durfte sie verheiratet werden.

Einerseits war Feyla froh darüber, dass Schejma, die fünfte, erst in diesem Jahr zwölf geworden war. Wäre sie so alt wie Feyla und Amerill, dann wären sie alle schon vor drei Jahren verheiratet worden. Andererseits tat Schejma ihr leid. Die Kleine war gerade erst ausgewachsen. Im letzten Jahr hatte sie üppige Brüste bekommen, auf die sie stolz war, und ihr Körper war zu dem einer Frau herangereift. Doch in ihrem Geist erschien sie Feyla noch immer wie ein Kind. Trotzdem war Schejma diejenige, die sich am meisten auf die Hochzeit freute.

Ob sie überhaupt wusste, was das für sie bedeutete? Vermutlich hielten die Schwestern und ihre Mütter die Jüngste mit Absicht unwissend. Aber hatte nicht auch Schejma ein Recht darauf, die Wahrheit zu erfahren? »Nein, eigentlich freue ich mich nicht«, erklärte Feyla mit gesenkter Stimme. »Weißt du denn nicht, was man sich über die Ehemänner erzählt? Wer auch immer uns heiratet, du kannst dir sicher sein, dass er uns schlägt und zu Dingen zwingt, die wir nicht wollen. Wahrscheinlich können wir froh sein, wenn er uns nicht misshandelt.«

Schejmas Augen wurden noch größer, als sie ohnehin schon waren. »Aber das weißt du doch gar nicht«, flüsterte sie. »Vater wird doch sicher einen guten Ehemann für uns aussuchen. Einen gebildeten Mann aus der Akademikerkaste.«

Feyla musste sich auf die Zunge beißen, um nicht verbittert aufzulachen. Stattdessen hielt sie Schejma am Arm und ließ sich weiter hinter den anderen zurückfallen. »Vater wird einen Ehemann für uns aussuchen, der seinen politischen Interessen entspricht. Und selbst wenn der in jungen Jahren auf der Akademie war, in den Krieg müssen sie danach alle. Oder sie waren Sklavenwächter in den Kolonien. Deshalb ist es ganz gleich, wen er für uns auswählt. Es wird in jedem Fall ein Mann sein, der nichts anderes kennt als Mord und Vergewaltigung. Und wir werden für ihn nichts weiter sein als weibliche Körper, die man beliebig missbrauchen und benutzen kann.«

Schejmas Gesicht wurde blass unter ihrer gebräunten Haut, in ihren Augen zeichnete sich eine Mischung aus Entsetzen und Ungläubigkeit. »Woher willst du das wissen?«, zischte sie. »Aus deinen Büchern?«

Feyla bereute, was sie gesagt hatte. Hastig senkte sie den Kopf. Ja, sie wusste es aus ihren Büchern. Ausnahmslos alle Schriften waren von Männern verfasst worden, und sie alle hatten ihre Jugend im Krieg verbracht. Dass Frauen ebenfalls Lebewesen waren, die noch dazu Gefühle hatten, schienen die wenigsten von ihnen zu wissen. Dazwischen gab es nur wenige Ausnahmen. Iosaca, ihr Lieblingsschriftsteller, war einer von ihnen. Im Gegensatz zu den Akademikern, die die meisten anderen Schriften verfasst hatten, war er ein einfacher Krieger gewesen. Dennoch hinterfragte er die Gesellschaft der Sapioner und die Denkweise der Soldaten. In ausführlichen Passagen beschrieb er, wie der Krieg einen Mann verrohen ließ, wie Sterben und Mord alltäglich wurden, bis das Leid der anderen den eigenen Seelenfrieden nicht mehr berührte. Er beschrieb sogar die Auswirkungen, die das Leid nach sich zog, wie man anfing, andere zu quälen, um die eigenen Schmerzen zu betäuben.

Iosaca hatte einen Ausweg gefunden. Durch die Liebe einer Sklavin war er geläutert worden, durch sie hatte er gelernt, in die Seelen der Menschen zu schauen und die Zusammenhänge des Miteinanders zu begreifen. Erst durch diese Liebe war er der weise Mann geworden, dessen Worte Feyla so viel bedeuteten. Vor allem zwei Dinge hatte sie von ihm gelernt: Zum einen, dass auch Männer in der Lage waren zu lieben. Und zum anderen, dass eine Wandlung wie die von Iosaca nur selten vorkam und sie nicht darauf hoffen durfte, mit einem guten Mann verheiratet zu werden.

»Feyla! Schejma!« Alranas schneidende Stimme ließ sie zusammenfahren. »Was tuschelt und trödelt ihr? Wir haben ein wichtiges Treffen mit eurem Vater!«

Feyla sah auf und richtete sich an das Oberhaupt ihrer Müttersippe. »Jawohl, Tante Alrana! Wir sputen uns!« Sie zog Schejma mit sich, trabte ein paar vornehme Schritte und schloss zu den anderen auf.

Miljuna, ihre älteste Halbschwester und Alranas erstgeborene Tochter, warf ihr ein spöttisches Grinsen zu. »Feyla glaubt wohl noch, sie könnte sich vor der Hochzeit drücken, wenn sie in einem Gebüsch verschwindet.«

Amerill kicherte, so wie immer, wenn Miljuna über Feyla lästerte. Die beiden waren ganz und gar die Töchter ihrer Mutter. Solange Feyla sich erinnern konnte, hatte Alrana keine Gelegenheit ausgelassen, um sie zu demütigen.

Dabei wusste Feyla bis heute nicht, was sie Alrana angetan hatte. Vielleicht hatte es etwas mit ihrer verstorbenen Mutter zu tun, ein persönlicher Konflikt zwischen den beiden, den Feyla nie durchschaut hatte. Oder es lag daran, dass Alrana fünf Töchter, aber keinen Sohn geboren hatte. Auch wenn dieser Umstand nicht daran rütteln konnte, dass sie die Älteste und damit das Sippenoberhaupt war, es hinterließ dennoch einen Makel, den sie so gründlich wie möglich überspielen musste.

Miljuna und Amerill steckten die Köpfe zusammen, flüsterten und sahen immer wieder zu Feyla herüber. Mit ihren siebzehn Blutjahren war Miljuna nicht nur Alranas Älteste, sondern auch die älteste Tochter ihres Vaters, und damit die rechtmäßige Anführerin ihrer Schwesternsippe. Amerill war zwei Jahre jünger als sie und eiferte ihrer Schwester nach, so gut sie konnte. Gemeinsam mit Miljuna und Amerill an ein und denselben Mann verheiratet zu werden, konnte nie und nimmer gutgehen.

Nur Cilinja blickte Feyla entschuldigend an. Neben der unschuldigen Schejma waren sie und ihre Mutter Gabrun der einzige Lichtblick. Doch weder die sechzehnjährige Cilinja noch ihre Mutter würden es wagen, das Wort gegen die anderen zu erheben.

Auch auf Zeleste, Schejmas Mutter, konnte Feyla nicht setzen. Abgesehen von Schejma hatte sie acht Jungen geboren, nur um jeden einzelnen von ihnen nach drei Jahren in die Erziehung des Vaters zu übergeben und sie danach an die Akademie und das Heer zu verlieren. In der Akademie galt wie im Heer das Prinzip der Bestenauslese. Wer seine Prüfungen dort nicht bestand, musste früher und in niedrigeren Positionen in den Krieg. Daran konnte nicht einmal die Abstammung aus dem Hause Walerius etwas ändern. Soweit Feyla wusste, waren zwei von Zelestes Söhnen bereits im Krieg umgekommen, obwohl sie erst fünfzehn und vierzehn Blutjahre alt gewesen waren. Dennoch war nur schwer zu ermessen, an welchem Punkt des Verlustes Zeleste die größte Trauer empfand. Ab dem vierten Lebensjahr hatte sie keinen ihrer Söhne jemals wiedergesehen. Alles in allem war sie zu einer Frau geworden, die sich ihrer Trübsal gebeugt hatte. Phasenweise war sie still und in sich versunken, oder sie lebte an Schejmas Seite mit nahezu kindlicher Begeisterung auf, beinahe so, als wäre ihr Gemüt in seiner Entwicklung nach ihrer Hochzeit stehengeblieben.

Auch jetzt eilte sie an Schejmas Seite, hakte sich bei ihr ein und zog sie voran. »Komm schon, meine Kleine. Bist du auch so neugierig auf euren neuen Palast? Ganz allein für euch und euren Zukünftigen. Aber wir dürfen euch besuchen …« Mehr als das bekam Feyla nicht mit, während die beiden vor ihr davoneilten und als Erste auf ihren Vater zusteuerten, der an der Ecke seines Palastflügels auf sie wartete. Hinter ihm standen Krafur und Beltram, seine Leibwächter.

»Ihr seid spät!« Ihr Vater wandte sich vorwurfsvoll an Alrana. Seine weißen Haare wallten lose über seinen Schultern, wie immer, wenn er sich in den Privatgemächern aufhielt.

»Das liegt allein daran …« Feylas Tante setzte zu einer Erklärung an.

Doch ihr Vater winkte ab. »Ausflüchte will ich nicht hören.

Nun seid ihr da. Also gehen wir!« Sein Gesichtsausdruck wurde milder, während sie aus dem Tor hinaustraten, das den Innenhof vom Rest der Oase abtrennte. Dahinter öffnete sich der Blick über den Park, über weite Rasenflächen, groß angelegte Blumenrabatten, umgeben von schattigen Laubengängen.

Aus Gewohnheit schaute Feyla zuerst zu den Pferdeställen, die an der Seite der Oase lagen, überschattet von den gewaltigen Felswänden, die ihr Tal an beiden Seiten umfingen. Doch heute wandte sie sich schnell davon ab und richtete ihre Aufmerksamkeit nach vorne.

Die hohen Holzzäune, die ihre Neugier drei Blutjahre lang im Zaum gehalten hatten, waren endlich entfernt worden und gaben den Blick frei: Mit weißen Mauern und verspielten Türmchen lag der neue Schwesternpalast vor ihnen.

»Oh!«

»Ist das schön!«

»Was für ein wundervolles Geschenk!«

Feylas Schwestern übertönten sich gegenseitig.

Ihr Vater lächelte sein stolzes Lächeln. Walerius, oberster Berater von Rabanus Sapion, dem Herrscher ihres Landes, ließ sich nicht lumpen, wenn es darum ging, seiner erstgeborenen Töchtersippe und seinem zukünftigen Schwiegersohn einen Palast zu erbauen, der dem hohen Rang innerhalb seiner Kaste alle Ehre machte.

Die hohen Politiker Sapions schienen sich gegenseitig darin zu überbieten, ihren Töchtern einen prachtvollen Palast zu bauen – zumindest gab es dazu einen architektonischen Zeichenband in der Bibliothek ihres Vaters.

Doch so eine Art von Wettbewerb konnte sich nur die Akademikerkaste leisten. Feyla hatte alles gelesen, was in der Bibliothek über die sapionische Politik zu finden war. Vier Säulen bildeten das Grundgerüst der sapionischen Herrschaft: Neben der Kriegs- und der Sippenpolitik waren die Trennung nach Kasten sowie die Besiedelung fremden Landes die wichtigsten davon. Die Akademiker waren die gebildete Elite des Landes. Die Handwerkerkaste stand weit unter ihnen, und die Bauernkaste bildete die ärmste Gesellschaftsschicht. Eine Heirat in andere Kasten war unmöglich, und jede Kaste hatte streng ihre Aufgaben zu erfüllen. Nur wenige Dinge waren auf allen Gesellschaftsebenen gleich. Die Besiedelungspolitik gehörte dazu: Jegliches Land gehörte dem Staat. Zwar übernahm der Ehemann der erstgeborenen Töchtersippe traditionell das Land seines Schwiegervaters. Aber der Staat besaß das Recht, einen Mann jederzeit umzusiedeln. Die Besiedelung der eroberten Gebiete war wichtig für die Sicherung und den Ausbau ihres Großreiches. Aber die meisten neuen Gebiete wurden mit zweit- und drittgeborenen Sippen besiedelt. Die Ehemänner der Erstgeborenen verließen ihr Land nur, wenn sie mit dem Entzug von gutem Land bestraft wurden – oder wenn sie mit fruchtbarem Land belohnt werden sollten.

Diese Oase war das fruchtbarste Land, das man sich vorstellen konnte – und da Walerius über allen anderen Politikern stand, war es unwahrscheinlich, dass sein Schwiegersohn jemals von diesem Land weichen musste. Demnach würde Feyla dazu verdammt sein, ihr ganzes Leben in dieser Oase zu verbringen, in der sie jetzt schon jedes Blatt an jedem Busch kannte.

Über das Leben in anderen Kasten wusste sie nur, was sich in den Büchern darüber fand. Doch sie stellte sich gern vor, dass der Unterschied zwischen Männern und Frauen in der Bauernkaste geringer war als in der Akademikerkaste. Auch die Bauernfrauen arbeiteten auf dem Feld, und vielleicht hatte es etwas Erfüllendes, seine Tage mit der Zucht von essbaren Pflanzen zu verbringen?

Während sie in einen der Laubengänge einbogen, marschierte ihr Vater voran. Die Frauen dahinter formierten sich gemäß ihrer Stellung: Alrana ging einen Schritt vor Gabrun und Zeleste, dahinter folgen Miljuna und Amerill, Cilinja und Schejma … auch Feyla sollte neben ihnen gehen. Doch sie konnte sich nicht daran hindern, ein paar Schritte zurückzufallen. Hinter ihr waren nur noch die Leibwächter ihres Vaters. Krafur und Beltram, die beiden kastrierten Sklaven, die ihren Vater nahezu überallhin begleiteten.

Feyla hatte niemals herausgefunden, warum ihr Vater sie mitbrachte, wenn er zu seinen Frauen und Töchtern in den Palast ging. Zwischen den Frauen gab es wohl kaum etwas, wovor sie Walerius hätten beschützen müssen. Stattdessen strahlten die beiden eine finstere Bedrohung aus, der man sich nur schwer entziehen konnte.

Auch jetzt beeilte Feyla sich und schloss zu ihren Schwestern auf, um nicht die Aufmerksamkeit der beiden Männer zu wecken. Tatsächlich hatte sie nur eine Erklärung dafür, warum ihr Vater die beiden mit in den Frauenpalast brachte: als Machtdemonstration. Es war kein Geheimnis, dass Krafur und Beltram nicht nur die Leibwächter, sondern auch die Folterknechte und Henker ihres Vaters waren. Wer auch immer gegen ihn aufbegehrte, bekam die Grausamkeit seiner treuesten Diener zu spüren.

Gleichzeitig demonstrierte Walerius so auch seine Überlegenheit gegenüber den beiden Sklaven. Musste es nicht schrecklich für einen Kastraten sein, sich nicht nur das Glück einer Sippe, sondern auch die unverschleierten Reize der Frauen anzuschauen? Immer in dem Wissen, dass sie selbst nicht einmal mehr genug Männlichkeit besaßen, um einer Sklavin beizuwohnen? Denn angeblich kastrierte ihr Vater seine Sklaven nicht nur, sondern ließ sie bis zur Geschlechtslosigkeit entmannen. Ob das auch auf Krafur und Beltram zutraf, wusste Feyla nicht. Allerdings konnte sie sich nicht vorstellen, dass ihr Vater zwei Sklaven in die Nähe seiner unverschleierten Töchter ließ, die noch in der Lage wären, einen sexuellen Akt durchzuführen.

Sie erreichten den Teil des Laubenganges, der erst mit dem Neubau des Palastes angelegt worden war. Von diesem Teil der Laube stand nur das hölzerne Gerüst, während die Pflänzchen ihre ersten Ranken das Holz hinaufkrabbeln ließen. Zwischen dem Gerüst hindurch konnte Feyla in den linken Teil des Tales spähen, dorthin, wo hinter hohen Zäunen das Haus der Jungen lag. Sie bemerkte, wie Zelestes Schritte langsamer wurden, wie sie sich den Kopf verrenkte, um einen Blick auf einen ihrer Söhne zu werfen.

Doch von den Knaben war keiner zu sehen. Vermutlich hatte ihr Vater dafür gesorgt, dass sie sich im Inneren des Hauses aufhielten, wenn ihre Mütter vorbeigingen. Oder die Kinder hatten sich freiwillig in den Schatten zurückgezogen. Genauso wie der Pferdestall lehnte auch das Knabenhaus direkt an der Felswand, die das Oasental vom Rest des Berglandes abgrenzte. Doch es lag an der gegenüberliegenden Felswand, und das Haus stand in der prallen Mittagssonne.

Feyla spürte Mitleid mit ihren Halbbrüdern. Als sie klein gewesen war, hatte sie sich allzu oft gewünscht, sie wäre als Junge geboren worden, doch inzwischen kam es ihr vor, als hätten die Männer Sapions ein noch viel schwereres Schicksal zu tragen: Zuerst wuchsen sie ohne Liebe auf, dann mussten sie in der Akademie um die besten Noten eifern, oder sie wurden schon als halbe Kinder in den Krieg getrieben. Wer das überstand, musste zu guter Letzt noch einmal in der Auslese auf Leben und Tod kämpfen. Am Ende blieben nur sehr wenige Männer übrig, die heiraten durften und ein fortgeschrittenes Alter erreichten.

Der Eingang des neuen Palastes lag vor ihnen. Ihr Vater öffnete den großen Türflügel und ließ sie eintreten. Kühle Luft schlug ihnen entgegen. Die Halle, in die sie kamen, wurde von hohen Steinsäulen getragen. Abgesehen davon war sie schlicht und dunkel. Nur wenige Fenster erhellten das Innere des Raumes.

»Dieser Eingang führt in den Wirtschaftstrakt«, begann ihr Vater. »Hier können die Sklaven Lebensmittel ins Haus tragen und in der Kühle abstellen, bevor sie richtig gelagert werden.« Er trat ins Dunkel und winkte sie mit sich. »Folgt mir, dann zeige ich euch den Rest.« Damit drehte er sich um und durchschritt die Halle, führte sie dahinter in einen langen Gang. »Der Palast folgt dem Grundriss eines symmetrischen Kreuzes.« Er räusperte sich, und Feyla konnte die Begeisterung sehen, die in seinen Augen flackerte. »Insgesamt gibt es vier Gänge wie diesen hier, die alle in eine zentrale Halle führen.«

Feyla bemühte sich darum, durch die offenen Türen in die Sklavenräume zu schauen. Aber die Fenster in den Kammern schienen klein zu sein, und die Einrichtung wirkte spärlich, kaum mehr als ein schlichtes Holzbett und eine Aufbewahrungskiste für jeden.

»Ein näherer Blick in die Sklavenkammern lohnt sich nicht«, fuhr ihr Vater fort. »Großen Reichtum haben wir hier nicht verschwendet. Sie haben einen Schlafplatz, das muss genügen. Ihr sollt aber wissen, dass jede von euch das Recht hat, zusätzlich zu den Putz- und Kochsklavinnen eine persönliche Sklavin mitzunehmen, die euch in eurem neuen Heim zu Diensten ist. Wenn ihr wisst, wen ihr am liebsten bei euch hättet, sagt mir bis zur Hochzeit Bescheid. Dann werde ich entscheiden, ob ich die entsprechende Sklavin im Hauptpalast entbehren kann.«

Feylas Herz machte einen kleinen Freudenhüpfer. Sie wusste, welche Sklavin sie mitnehmen wollte. Allerdings war das Thema heikel, und sie war sich nicht sicher, ob ihr Vater sein Einverständnis geben würde.

Der Gang endete an einer schweren Holztür, bei der Walerius sein Gewicht einsetzen musste, um sie zu öffnen. »Der Trakt der Sklavinnen ist gut von eurem Bereich abgeschirmt. Ihr müsst also nicht befürchten, vom Wirtschaftslärm belästigt zu werden. Diese Tür ist der einzige Berührungspunkt. Die Sklaven werden

Anweisung erhalten, sie nur zu den Servierzeiten zu passieren oder wenn sie einen Auftrag von euch bekommen haben.« Er hängte die Tür an einem Wandhaken ein und ließ sie eintreten. Feylas Tanten und ihre Halbschwestern gingen voran. Sobald sie den Raum betraten, gaben sie bewundernde Laute von sich. Feyla trat als Letzte durch die Tür. Der Saal, in dem sie standen, wurde von hohen Marmorsäulen getragen und von einer Glaskuppel bedeckt. Der Boden war mit rotem Teppich belegt und die Wände mit bunt bemalten Stoffen behängt.

»Dies hier ist das Herzstück des Palastes: der Speisesaal.« Ihr Vater wies auf eine lange Tafel in der Mitte des Raumes. »Und zugleich die zentrale Halle.« Er deutete in die vier Himmelsrichtungen, und Feyla bemerkte die bunten Glastüren, die an jeder Seite in einen Gang führten.

»Fangen wir mit dem Trakt für euren Nachwuchs an.« Walerius führte sie zu der Glastür zu ihrer Linken, öffnete sie und hakte sie ebenfalls an der Wand ein. Dahinter lag ein zweiter Gang, der ebenso lang war wie der Sklavenflur. Im Vergleich zu diesem waren die Zimmer dahinter jedoch hell und einladend, mit breiten Fensterfronten und buntgefärbten Wänden. In jedem Zimmer befanden sich mehrere Betten, die kunstvoll geschnitzt und mit aufwändig genähten Himmeln überdacht waren. An dem Spielzeug war schon jetzt zu erkennen, welches die Mädchenzimmer waren und welche für die kleinen Jungen sein sollten. In den Mädchenräumen befanden sich Puppen und Kleiderständer, während die Jungen kleine Holzpferdchen, geschnitzte Kutschen und Bälle bekamen. Als Kind hatte Feyla ihre Brüder stets um die Pferdchen und Bälle beneidet, während sie gelangweilt an den Haaren ihrer Puppe herumgebürstet hatte.

Einer der Räume war schon jetzt als Schulraum zu erkennen. Aber der kastrierte Lehrsklave würde den Mädchen nur das Nötigste beibringen: Lesen, Schreiben und Rechnen, mithilfe von langweiligen Lehrtexten. Richtige Bücher wie in der Bibliothek ihres Vaters suchte Feyla auch in diesem Klassenraum vergeblich. Sie schauderte, wenn sie an ihren Unterricht zurückdachte. Tagein, tagaus war es um das richtige Verhalten der sapionischen Ehefrau gegangen, um ihre Pflichten und Aufgaben und das Gesellschaftssystem, in das sie sich fügen musste. Sie hatten heruntergebetet, wie sehr es sich lohnte, dem sapionischen Herrscher neue Krieger zu gebären, und dass es eine Freude sein würde, ihre Söhne im Kampf zu opfern. Feyla hatte das alles verachtet, allen voran die Unterrichtsstunden, in denen sie von einer erfahrenen Lustsklavin lernen sollten, welches die demütigen Liebesstellungen waren, in denen sich die willfährige Ehefrau hinzugeben hatte.

Allein die Lehrbuchzeichnungen zeigten sehr eindeutig, dass die Frau ein niederes Wesen war, das von ihrem Mann benutzt wurde. Wie nackte Würmer räkelten sich die Mädchen vor ihrem Gatten und boten ihm übergroße Geschlechtsteile dar. Die meisten hingen mit verdrehten Augen und matten Gliedern in einer der Beischlafstellungen, als wären sie bereits in Ohnmacht gefallen. Sofern sie ihren Ehemann nicht gerade mit riesigen Zungen leckten. Feyla konnte nur hoffen, dass auch die Geschlechtsteile der Männer übergroß dargestellt wurden, denn sonst wüsste sie direkt einen Grund, weshalb der Beischlaf in die Ohnmacht führte. Warum ihre Schwestern dennoch vor Begeisterung rote Wangen bekamen, war ihr ein Rätsel.

Vielleicht hatten die anderen nicht genug Bücher gelesen. Vermutlich wussten sie nicht, wie grausam ihre Welt war und dass ihr Palastkokon einen Riss bekommen würde, wenn sie erst einen Mann in ihrer Mitte hatten, der nur Machtstreben und Krieg kannte und sich neben der Planung seiner politischen Karriere an den Schmerzen seiner Frauen ergötzte.

Ob ihr Vater sich wohl einen Schwiegersohn suchte, der für seine politische Nachfolge geeignet wäre? Feyla fiel es schwer, sich das vorzustellen. Walerius machte nicht den Eindruck, als wollte er sich im Alter zur Ruhe setzen. Vielmehr würde ihr Vater die Geschicke Sapions mitlenken, bis er eines fernen Tages ins Grab fiel.

Sie verließen den Kindertrakt und kehrten in den Speisesaal zurück.

»Als Nächstes kommen wir zu euren Gemächern.« Ihr Vater wies mit dem Arm nach oben. Erst jetzt entdeckte Feyla, dass unter der Glaskuppel rund um den Saal eine Galerie verlief. Nur vage erkannte sie, dass dort oben weitere Türen abgingen.

Ihr Vater brachte sie zu einer marmornen Wendeltreppe, die sich um eine der Säulen ringelte und auf die Galerie führte. Hier oben zählte Feyla vier Türen, die durch kurze Gänge in große, geräumige Zimmer führten. Doch erst, als sie das erste davon betraten, wurde ihr klar, in welchem Teil des Palastes sie sich befanden. Die Zimmer waren kreisrund. Genauso wie die Türme, die sie von außen gesehen hatte. Breite Glasfenster zogen sich rund um den Turm und öffneten einen weiten Blick in den Park.

»Ist das schön!« Schejma rannte an das Fenster und schaute nach draußen. »Steht denn schon fest, wem die Zimmer gehören?«

Ihr Vater nickte. »Ich habe den Architekten angewiesen, die Zimmer auf eure Vorlieben abzustimmen.« Er machte eine raumgreifende Geste und nickte dann zu seiner Ältesten. »Dieses ist Miljunas Zimmer.« Auf seinem Gesicht erschien ein süffisantes Lächeln. »Ihr Bett ist das größte, wie es sich für die Älteste einer Sippe gehört.«

Die Mädchen kicherten. Nur Miljuna wurde rot und senkte den Kopf. Selbst Feyla kam nicht umhin, die Größe des Bettes zu bestaunen. Kreisrund lag es in der Mitte des Turmzimmers, von einem dunkelroten Himmel überdacht und mindestens so groß, dass sieben oder acht Personen darin schlafen konnten. Weiche Kissen in Rot und Blau überhäuften das Bett und bildeten Kuhlen, die jede für sich genommen groß genug waren, um zwei oder drei Schläfer zu beherbergen.

Von Miljunas Zimmer aus gingen sie weiter in die anderen, besichtigten das von Amerill, Cilinja und schließlich das von Schejma, deren Bett deutlich kleiner und mit verspielten Rosenmotiven bestickt war. In diesem Zimmer fehlte eigentlich nur die Puppenstube, mit der Schejma bis vor einem Jahr noch gespielt hatte.

Während sie von einem Turmzimmer zum anderen gingen, rechnete Feyla damit, dass es irgendwo noch ein verstecktes, fünftes Zimmer geben musste, vielleicht durch einen Gang mit den anderen verbunden. Doch als sie Schejmas Zimmer wieder verließen und auf die Galerie über dem Speisesaal traten, wurde ihr klar, dass es für sie hier oben kein Zimmer gab. Einen Moment lang wusste sie nicht, wie sie ihren Vater danach fragen konnte, ohne vor den anderen das Gesicht zu verlieren.

Doch Miljuna kam ihr in gelangweiltem Tonfall zuvor. »Und Feyla? Bekommt sie denn kein Zimmer?«

Ihr Vater drehte sich zu Miljuna um und sah seine Älteste abschätzig an. »Natürlich bekommt sie einen eigenen Raum. Aber ich sagte ja schon, dass der Architekt eure Vorlieben berücksichtigt hat.«

Feyla versuchte, seine Miene zu deuten, doch der Ausdruck ihres Vaters wirkte undurchsichtig wie immer.

Obwohl Feyla mehr Gespräche mit ihm geführt hatte als alle anderen Frauen der Sippe, war er ihr immer noch ein Rätsel. Alle sapionischen Männer heirateten im selben Alter, direkt nach der Auslese. Nur er hatte deutlich später geheiratet, und soweit sie wusste, war er auch vorher schon ein Diplomat im Dienste von Rabanus, dem ewig Jungen gewesen. Aber wie er zu dieser Stellung gekommen war und ob er nach der Akademie im Heer gedient hatte, davon hatte er nie gesprochen. Feyla konnte nur ahnen, dass er vermutlich einen der besten Akademieabschlüsse aller Zeiten gemacht hatte, um in diese Position zu gelangen, denn nur so konnte ein Mann in Sapion etwas werden.

»Wir gehen wieder nach unten.« Ihr Vater wandte sich ab, ging die Wendeltreppe hinunter und öffnete die Glastür, die der Sklaventür gegenüberlag. »Hier sind die Gemeinschaftsräume.«

Auch jetzt war Feyla die Letzte. Sie kam kaum durch die Tür, weil die anderen dahinter stehen blieben und begeisterte Rufe von sich gaben. Ganz leise hörte sie ein Plätschern. Ungeduldig schob sie sich zwischen Schejma und Cilinja hindurch. Ein bläuliches Schimmern flackerte auf den Gesichtern ihrer Schwestern. Erst dann war ihr Blick frei und zeigte ihr das Paradies, das ihr Vater für sie geschaffen hatte: Vor ihnen lag ein Schwimmbad. Blaues Wasser leuchtete in kleineren und größeren Schwimmbecken, plätscherte aus Wasserfällen herab und floss in idyllischen Bächen durch den Raum. Dazwischen lagen Inseln mit Palmen und üppigen Pflanzen, verschiedene Blüten in den buntesten Farben. Doch nicht nur Pflanzen standen auf den Inseln, auch gemütliche Nischen schienen sich dort zu verstecken, die mit Matratzen und Kissen ausgekleidet waren. Das alles war auf mehreren Ebenen angelegt worden, die mit Stufen und Wendeltreppen verbunden waren.

Transparentes Glas überdachte das Schwimmbad wie ein gewaltiges Gewächshaus. Dennoch war die Temperatur nicht übermäßig heiß, sondern angenehm warm. Feyla wusste nicht, wie es sein konnte, aber sie spürte einen leisen Luftzug, der erfrischend durch ihre Haare strich und trotz allem nicht so kühl war, dass sie davon frieren würde. Einzig in ihrem Kleid war es zu warm. Was vermutlich daran lag, dass Kleidung in diesem Raum nicht vorgesehen war.

Die Begeisterung ihrer Schwestern ließ sich nicht länger zügeln. Sie lösten sich aus der Starre und liefen voran, rannten über die schmalen Wege, Pfade und Brücken, um das Schwimmbad zu erkunden. Auch Feyla ließ sich von ihnen mitziehen, wanderte jedoch nur langsam zwischen den Pflanzen und Lagunen hindurch. Sauberes Trinkwasser war in ihrer Oase niemals Mangelware gewesen. Doch so viel klares, frisches Badewasser hatte sie noch nie an einem Ort gesehen.

Vor dem größten Becken am Ende des Schwimmbades blieb sie stehen. Dieses Becken führte unter einem durchsichtigen Seidenvorhang hindurch nach draußen. Neben dem Vorhang entdeckte sie eine offene Glastür. Feyla trat nach draußen und blieb mit offenem Mund stehen. Auch hier setzte sich das Schwimmbad mit seinen Wasserbecken, Palmen und Inseln fort. Nur dass sich auf diesen Inseln keine Kissen und Matratzen befanden, sondern grüne Wiesen und verzierte Stoffliegen, auf denen sie sich in die Sonne legen konnten.

»Du bist so still. Gefällt es dir nicht?«

Feyla fuhr herum. Unbemerkt war ihr Vater hinter sie getreten und stand nun nah genug, um seine Wärme zu fühlen und seinen Atem zu riechen.

Schnell wich sie zurück. »Doch, natürlich. Natürlich gefällt es mir.« Ein heißes Gefühl schoss in ihr Gesicht. Tatsächlich war dieses Schwimmbad mit Abstand der schönste Ort, den sie je gesehen hatte. Auch wenn so viel Badewasser angesichts der Dürre vermutlich eine große Verschwendung war.

»Warum musst du nur immer alles anzweifeln, meine kleine Feyla?« Ihr Vater legte seine Hand an ihre Wange.

Feyla zuckte zurück und ging wieder in die Schwimmhalle. Am liebsten wollte sie in den Pferdestall laufen und diesen Palast mitsamt der bevorstehenden Hochzeit vergessen. Doch die Führung war noch nicht beendet, und sie musste sich fügen.

»Meine Töchter!« Die Stimme ihres Vaters rief laut durch die Halle. »Bitte kommt mit mir, damit wir uns noch den letzten Trakt ansehen können.«

Dieses Mal lief Feyla mit eiligen Schritten voran und wartete erst im Speisesaal auf die anderen. Sie spürte den stechenden

Blick ihres Vaters, als er an ihr vorüberging und sie in den vierten Seitenflügel führte. Er sagte nichts, während sie einen langen Flur betraten. Dieser Trakt war anders als die anderen. Hier fehlten die Türen, die in die Zimmer führten. Die linke Seite des Flures bestand aus Fenstern, durch die sie in den äußeren Teil ihres Luxusschwimmbades schauen konnten. Die andere Seite des Flures war mit glatten Marmorwänden, eingelassenen Säulen und Malereien gestaltet. Feyla erkannte Kriegs- und Jagdszenen, Sklaven, die in Ketten gelegt waren, und nackte, schöne Jungfrauen, die sich auf Felsen räkelten, um ihren Männern zu gefallen, die ebenfalls nackt vor ihnen standen. Feylas Herz klopfte schneller. Irgendwo in diesem Trakt musste ihr Zimmer liegen.

Ganz am Ende des Flures ragte eine Wendeltreppe auf. Auch sie bestand aus hellem Marmor. Direkt daneben befand sich die einzige Tür, die nach rechts hinter die bemalte Wand führte. An der Wendeltreppe blieb ihr Vater stehen und drehte sich zu ihnen um. Sein Gesichtsausdruck hatte sich verändert: Stolz und Begeisterung waren verschwunden und einem kalten Lächeln gewichen. »Diese Treppe führt in die privaten Gemächer eures Gemahls. Er wird im Obergeschoss wohnen. Auch dort gibt es verschiedene Räume und ein Turmzimmer. Da es aber seine Privaträume sein sollen, obliegt es ihm, ob er sie euch zeigen möchte oder nicht.« Er machte eine einladende Geste in Richtung der offenen Tür. »Stattdessen darf nun Feyla ihr Zimmer besichtigen.«

Feyla fröstelte, als sie den kühlen Glanz in seinen Augen bemerkte. Ein hartes Pochen klopfte bis in ihren Hals, während sie langsam das Zimmer betrat.

Es war riesig! Vermutlich fast genauso lang wie der Flur, den sie heruntergegangen waren, ein weiter Saal mit einer gedehnten Front aus riesigen, weiß gestrichenen Sprossenfenstern, die auf den Park hinaus wiesen. Doch das, was sie von hieraus sehen konnte, war nicht die künstliche Pracht des Badeparadieses:

Was sich hier hinter den Blumenrabatten erhob, waren die Ställe, weite, begrünte Koppeln, auf denen die schönen Pferde ihres Vaters grasten. Feyla starrte hinaus und suchte ihre Stute zwischen den anderen. Das also hatte ihr Vater mit ihren Vorlieben gemeint.

Oder war es noch mehr? Sie löste sich aus der Starre und wanderte langsam durch ihr Zimmer. Es gab Ecken, die sie nicht mit einem Blick erfassen konnte, Nischen, die mit üppigen Pflanzen von der Weite des Zimmers abgetrennt waren. Der erste Bereich, den sie näher erkundete, war wie ein Dschungel gestaltet, mit hohen Palmen, die bis an die Decke reichten. An dieser Stelle schien es kein Obergeschoss zu geben, denn auch die Decke in diesem Teil des Zimmers bestand aus Glas. Zwischen den hohen Palmen standen prächtig blühende Gewächse und welche, von denen sie wusste, dass man ihre Früchte naschen konnte.

Erst als sie den »Dschungel« bis in den letzten Winkel durchwandert hatte, erkannte sie, dass das Zimmer hier um die Ecke ging. Auch an der schmalen Seite lag eine Fensterfront, und direkt davor stand ein gemütlicher Sessel, gerade groß genug für eine Person und von dem Licht der Sonne erhellt.

Der perfekte Leseplatz! Wenn es denn etwas zum Lesen gäbe. Hieß das, ihr Vater würde ihr erlauben, Bücher aus der Bibliothek hierherzubringen? Feyla hatte den Gedanken noch nicht ganz zu Ende gedacht, als sie ein Regal voller Bücher entdeckte, das in die Wand eingelassen war.

Am liebsten wäre sie darauf zugestürmt und hätte die Bücher durchstöbert. Doch ihre Schwestern standen hinter ihr, und Feyla musste Miljuna und Amerill nicht ansehen, um ihren Neid zu spüren. Vermutlich waren sie nicht neidisch auf die Pflanzennische, auch nicht auf die Bücher oder darauf, dass ihr Zimmer abgeschieden von allen anderen lag. Das alles hätte wohl eher den Spott ihrer Schwestern ausgelöst.

Was sie viel neidischer machte, war die Aufmerksamkeit ihres Vaters. Vielleicht hatte er von allen die Vorlieben berücksichtigt, doch mit Feylas Zimmer zeigte er, wer seine Lieblingstochter war. Ihre Schwestern und Tanten standen schweigend inmitten des Dschungels. Aber Feyla konnte den Hass fühlen. Wusste ihr Vater das nicht? Wusste er nicht, was er auslöste, wenn er sie so offen bevorzugte?

Oder war es das, was er beabsichtigte? Feyla stockte der Atem. Der Gedanke kam ihr zum ersten Mal. Ein mulmiges Gefühl drückte auf ihren Magen. Bestenfalls war der Neid ihrem Vater gleichgültig, denn so blind, ihn zu übersehen, war er wohl kaum.

Feyla schlich durch den Dschungel und den schweigenden Hass der anderen zurück in die Weite des Zimmers wie ein Beutetier, das von Raubtieren umzingelt war. Vorsichtig erkundete sie die nächste Nische, in der ein Schreibtisch so am Fenster stand, dass sie von dort aus die Pferde beobachten konnte. Ein Schreibtisch! Keine ihrer Schwestern schrieb freiwillig. Und keine wusste, dass Feyla ihre Gedanken mitunter zu Papier brachte.

Wusste ihr Vater davon? Hatte er ihre heimlich angefertigten Schriften gesehen? Feyla bewahrte sie in einem Versteck im Pferdestall auf, aber sollte es möglich sein, dass er sie gefunden hatte?

Wieder vermied sie den Blick in Miljunas Gesicht, die soeben den Schreibtisch entdeckt hatte, und ging weiter in den hinteren Teil des Zimmers. Warum war dieser Raum so weitläufig? Wie ein Tanzparkett, auf dem sie Räder und Flickflacks schlagen konnte. Wusste ihr Vater, dass sie noch immer gerne turnte? Hatte er zugesehen, wenn sie heimlich ihre Übungen machte, als wäre sie noch ein kleines Mädchen?

Waren ihre Geheimnisse so durchschaubar? Oder hatte er jemanden auf sie angesetzt, der sie ausspionierte? Eine der Sklavinnen? Den eunuchenhaften Gärtner vielleicht, der ein- oder zweimal ihr Zeuge geworden war? Versprach ihr Vater seinen Bediensteten einen Vorteil, wenn sie Informationen über seine Töchter sammelten?

Feyla erreichte eine weitere Palmenreihe, die die hintere Schmalseite des Zimmers gegen Blicke abschirmte. Als sie durch die Öffnung trat, stand sie vor ihrem Bett. Wie die der anderen war auch dies ein Himmelbett, allerdings höchstens für drei Personen. Die Wand dahinter bestand in der oberen Hälfte aus Glas, und Feyla blieb der Mund offen stehen, während sie hindurchstarrte: Große Augen schauten sie an, braune, sanfte Pferdeaugen.

Ihre Stute! Hinter der Glaswand befand sich eine Pferdebox, und darin stand ihre schöne, stolze Rappstute, die ihr gedämpft und ungeduldig zuwieherte.

Feyla musste die Augen schließen und ihren Kopf schütteln, um sicher zu sein, dass das Bild noch da war, wenn sie wieder hinschaute. Doch alles blieb, wie es war: Ihr Vater hatte einen neuen Pferdestall neben ihr Zimmer gebaut und nur mit einer Glaswand von ihrem Bett getrennt!

Ihre Stute blies feinen Nebel auf die Scheibe, und Feyla entdeckte in dem vertäfelten Teil der Wand eine Tür, die in den Stall führte. Am liebsten wäre sie sofort hindurchgelaufen, um vor ihrer Familie zu fliehen und sich zu ihrem Pferd zu retten.

Doch die Schritte der anderen näherten sich von hinten, der Atem ihrer Schwestern stockte hörbar. Irgendjemand gab einen entsetzten Laut von sich.

»Gefällt es dir?«

Feyla zuckte zusammen. Erneut stand ihr Vater hinter ihr. Doch ihr Körper fühlte sich steif an, ihre Zunge war wie gelähmt. Sie konnte nicht sagen, dass es ihr gefiel, nicht hier, zwischen den anderen, die sie umso mehr hassen würden.

Alrana ersparte ihr eine Antwort: »Was hast du dir nur dabei gedacht?«, fuhr sie ihren Mann an. Feyla kannte diese Schärfe in ihrer Stimme, aber nie hätte sie geglaubt, dass Alrana so mit ihrem Patriarchen sprechen würde. »Wie kannst du ihr ein solches Zimmer bauen? Wie sollen wir ein anständiges Weib und eine züchtige Ehefrau aus *deiner* Tochter machen, wenn du sie wie eine Rothaarige erziehst?«

Die Betonung, die sie auf »deine Tochter« legte, sagte alles. Feyla gehörte nicht in diese Sippe, gehörte nicht zu den anderen Schwestern. Und war zugleich die Einzige, um die ihr Vater sich kümmerte.

Doch so sehr sie ihre Privilegien liebte, ihr Pferd, ihre Bücher, ihre Freiheiten – plötzlich wollte sie auf alles verzichten, um einfach nur ein normales Mitglied ihrer Sippe zu sein.

»Was, glaubst du, wird ihr Ehemann zu so einem *Mannsweib* sagen?«, fuhr Alrana fort. »Was glaubst du, wird er von *dir* denken, wenn er das hier sieht? Und dann auch noch direkt vor seiner Nase, in dem Palastflügel, den er eigentlich für sich haben sollte!«

Ihr Vater war von Feyla zurückgetreten und hatte sich seiner ältesten Frau zugewandt. Im nächsten Moment schlug seine Hand zu, so hart und fest auf Alranas Wange, dass sie zur Seite taumelte und zu Boden stürzte. »Wie kannst du es wagen, so mit mir zu reden!«, donnerte er. »Wie kannst du dein Wort so unverschämt gegen deinen Meister richten! Du solltest meiner Gnade danken, dass ich dich nicht vor aller Augen auspeitschen lasse wie eine Sklavin! Entschuldige dich!«

Alrana blinzelte zu ihm herauf. »Wie bitte?«

»Du hast mich verstanden!«, brüllte er. »Entschuldige dich, wie es sich für ein demütiges Weib gehört!«

Alrana saß wie erstarrt da, ehe sie Anstalten machte, sich aufzurappeln.

Walerius schubste sie zurück auf den Boden. »Du sollst dich richtig entschuldigen! Küss meine Füße!«

Alrana kniff die Augen zusammen. Die Flügel ihrer großen Nase blähten sich, während sie zu ihm hochstarrte. Doch schließlich beugte sie sich zu seinen Stiefeln, küsste sie und murmelte: »Bitte verzeiht, mein Herr. Ich gelobe, euch zu achten und eine demütige Ehefrau zu sein.« Damit wollte sie aufstehen.

Aber Walerius stieß sie umso heftiger zurück und schleuderte sie direkt vor Feylas Füße: »Auch vor eurer *Tochter*!«

Wie giftiges Gas strömte Alranas Hass zu Feyla und lähmte ihren Atem.

Doch die Älteste wusste, wann sie gehorchen musste. Sie beugte sich über Feylas Samtschuhe, küsste sie und sprach mit gepresster Stimme: »Bitte entschuldige, Tochter. Bitte verzeih, was ich gesagt habe.« Damit wollte sie zurückweichen.

Walerius packte sie an den Haaren. »Nicht so hastig. Du musst noch Besserung geloben!«

Alrana presste die Zähne aufeinander, ihre Stimme knurrte: »Ich gelobe, euch zukünftig zu achten, Feyla aus der Sippe des Walerius, Tochter des obersten Beraters von Sapion!«

Erst jetzt ließ Walerius sie los.

Alrana sprang auf, schleuderte Feyla einen letzten Blick zu und wirbelte Richtung Ausgang. Die anderen machten Anstalten, ihr zu folgen.

»Halt!« Walerius rief ihr nach. »Ich entscheide, wann ihr geht!«

Alrana hielt inne.

Walerius schaute in die Runde, von einer Tochter und einer Frau zur anderen. »Verlasst sofort diesen Palast! Die Führung ist beendet!«

Die Mädchen und Frauen wandten sich ab. Auch Feyla setzte sich in Bewegung.

»Du nicht!« Ihr Vater hielt sie zurück, packte sie am Arm und blieb direkt hinter ihr stehen. Erst als die Schritte der anderen im Flur verhallt waren, fasste er Feyla an den Schultern und drehte sie zu sich herum. Sein Gesicht war direkt vor ihr. Sie wollte stark und selbstsicher bleiben, doch ihre Kehle fühlte sich eng an.

Unterdrückter Zorn lag in seinen Augen. »Ich hätte ein bisschen mehr Dankbarkeit von dir erwartet! Was genau missfällt dir an diesem Palast? Und an deinem Zimmer?«

»Nichts!« Feyla schluckte. Ganz gleich, was sie nun sagte, wenn ihr Vater so zu ihr sprach, war nahezu jedes Wort ein Fehler. »Der Palast ist wunderschön. Und mein Zimmer erst recht. Vielen Dank, mein …«

»Lüg nicht!« Der Blick ihres Vaters durchbohrte sie. Aus dieser Nähe sah sie die dunkle Färbung seiner Haut, die vereinzelten schwarzen Haare in seinem leuchtend weißen Vollbart. Früher musste er ein attraktiver Mann gewesen sein, mit einer geraden Nase und ebenen Gesichtszügen, einer der wenigen, die niemals im Krieg gekämpft hatten und nicht von Narben entstellt waren. Aber die Gefahr, die von ihm ausging, war deshalb nicht geringer. Er war einer der mächtigsten Männer in diesem Land, sein Zorn war eine Urgewalt von göttlicher Schlagkraft, und wenn er eine Sache sofort durchschaute, dann waren es Lügen.

Sie musste ihm die Wahrheit sagen, sonst machte sie alles nur noch schlimmer. »Ich bin nicht undankbar, mein Gebieter. Dies ist ein wunderbarer Palast. Ich denke nur … Ich selbst hätte keine Sonderstellung zwischen meinen Schwestern gebraucht. Und vielleicht … Es gibt so viel Hunger und Durst und Armut in der Welt. Vielleicht hätte der Palast ein bisschen weniger verschwenderisch sein können. Insbesondere das Schwimmbad.«

»Verschwenderisch?« Ihr Vater stieß sie an den Schultern zurück. Feyla stolperte rückwärts und konnte sich gerade noch fangen, ehe sie gegen einen der Pflanzenkübel stieß.

»Verschwenderisch, sagst du?!« Ihr Vater spuckte ihr die Worte entgegen. »Ich baue meinen Töchtern einen Palast, der eurer Stellung und meiner Ehre gerecht wird, und du nennst mein Wohlwollen Verschwendung? Ich erlaube dir, die Bücher in meiner Bibliothek zu lesen, ich gestatte dir, dich wie ein Akademiker zu bilden, und du nutzt dein Wissen, um *mir* Vorwürfe zu machen?« Sein Finger reckte sich in ihre Richtung. Mit schweren Schritten trat er auf sie zu. »Ich schenke dir ein Pferd, ich lasse dich reiten wie einen Mann, ich richte dir ein Zimmer ein, das all deinen Interessen gerecht wird, und du äußerst deine Dankbarkeit in Kritik?«

Feyla schüttelte den Kopf, wollte widersprechen und abwiegeln.

Ihr Vater ließ sie nicht zu Wort kommen: »Du bist verzogen und besserwisserisch, eingebildet und stur. Kein Wunder, dass die anderen dich ausschließen!«

Feyla wollte weiter zurückweichen. Doch sie konnte nicht. Der Pflanzenkübel hielt sie auf.

Ihr Vater blieb vor ihr stehen. »Dann habe ich Alrana wohl unrecht getan. Womöglich hat sie weise gesprochen, als sie sagte, ich sollte dich nicht wie eine Rothaarige erziehen.«

Feyla schüttelte den Kopf. Ihr Pferd und die Bücher waren das Einzige, was ihr Freude bereitete. Ihr Vater durfte nicht auf die Idee kommen, ihr diese beiden Privilegien zu entziehen.

»Dein Ehemann wird dir deine Launen schon austreiben«, knurrte er und strich mit seinen Fingern ihre Halsbeuge hinab. Genau dort, wo die Angst durch ihre Adern pochte, ließ er sie liegen. »Wenn du dich ungehorsam zeigst, darf er dir jede Gewalt antun, die ihm beliebt. Er darf dich einsperren und auspeitschen, darf dich quälen und verstümmeln.« Seine Finger setzten ihren Weg fort, glitten über ihre Haut nach vorne, bis er den Ausschnitt ihres Kleides erreichte. Ganz langsam wanderten sie daran entlang, immer tiefer in ihr Dekolleté.

Feyla wollte ausweichen. Doch sie stand in der Nische zwischen drei Pflanzenkübeln, während ihr Vater die vierte Seite versperrte.

»Wann immer er dich auswählt, wirst du bei ihm liegen und seinen Willen erfüllen.« Seine Stimme wurde heiser, seine Finger schlüpften unter den Stoff ihres Kleides und streichelten ihre Brüste.

Feylas Atem gefror, ihr Körper fing an zu zittern. Sie wusste schon lange, warum ihr Vater sie bevorzugte und was er am liebsten mit ihr tun würde. Dennoch war er noch nie so weit gegangen. Wenn er seine Tochter entehrte, würde er sich selbst entehren.

Feyla klammerte sich an den Gedanken. Doch ihr Vater legte die zweite Hand auf ihre Hüfte, schob sie langsam tiefer, bis er den Saum ihres Kleides erreichte und darunterschlüpfte. »Wenn du dich nicht freiwillig hingibst, wird er dich mit Gewalt lehren, was du zu tun hast.« Seine Hand schob sich unter dem Kleid auf ihren Po und zog sie an sich. »Und wenn du ihm dann immer noch nicht gefällst, darf er dich verstoßen oder umbringen. Ganz wie er möchte.«

Feyla konnte nicht länger stillhalten. »Nicht!«, krächzte sie und drückte die Hände gegen seine Brust.

Ihr Vater zog sie nur noch näher. Seine Hand quetschte ihren Po, seine zweite presste sich in ihr Genick.

Dann stieß er sie von sich, schubste sie rückwärts gegen die Pflanzen und wich vor ihr zurück. »Du bist zu dürr!«, bellte er. »Wenn du deinem Mann gefallen willst, solltest du endlich etwas essen!«

Feyla konnte die Tränen nicht länger zurückhalten. Sie kämpfte sich aus dem Pflanzenkübel und wollte weglaufen, aber ihr Vater wandte sich bereits ab und stapfte durch ihr Zimmer davon. Als er am hinteren Ende in den Flur trat, hörte sie sein Rufen: »Krafur! Hol mir Nugia und schick sie in mein Gemach! Sofort!«

Feyla wurde schwindelig. Nugia … Ihre Lieblingssklavin und einzige Freundin … Ihr würde er alles das antun, was er eigentlich mit seiner Tochter tun wollte. Feyla wischte die Tränen beiseite und starrte über ihr Bett hinweg durch die Glasscheibe. Ihre schwarze Stute beobachtete sie noch immer aus großen Augen. Von nun an würde ihr Pferd alles mit ansehen. Und konnte ihr dennoch nicht helfen.

***

Das Abendmahl lag schon lange zurück, als Feyla sich von ihren Schwestern und Müttern verabschiedete und so tat, als wolle sie auf ihr Zimmer gehen. Stattdessen schlich sie in den Park hinaus. Wie jeden Abend war Rabanus so plötzlich hinter den Felswänden verschwunden, als hätte jemand sein Licht ausgepustet. Die Zeit, in der Feyla sich durch den Park schlich, war jene, in der es vollkommen dunkel war. Die Parkbäume gaben ihr zusätzliche Deckung, in der sie voranhuschen konnte. Wie schon am Nachmittag verließ sie den Innenhof des elterlichen Palastes und wanderte durch die Laubengänge. Doch dieses Mal schlich sie an dem neuen Palast vorbei und folgte dem Bachlauf, der ihr Schwimmbad mit frischem Wasser speiste. Hier hinten würde sie niemand mehr beobachten. Es sei denn, jemand war darauf angesetzt worden, sie im Auge zu behalten. Aber Feyla wollte sich weder einsperren noch einschüchtern lassen.

Das Wasser plätscherte ihr entgegen, während sie dem Pfad folgte, der sich am Ufer entlang durch die Gemüsefelder schlängelte. Hin und wieder nahm sie eine Abkürzung zwischen zwei Windungen, und schließlich erreichte sie den Obsthain, der den hintersten Bereich der Oase begrünte.

Von beiden Seiten verjüngten sich die Felswände und mündeten hinter den Obstbäumen in einer steilen Felswand. Ein lautes Rauschen erhob sich von dort, und dann stand sie vor dem Wasserfall, der von oben in die Oase stürzte. Sapionas, der größte Mond, erhob sein Antlitz über den Bergen und warf einen silbrigen Schimmer auf das herabstürzende Wasser. Nachdenklich trat Feyla an das Wasserbecken heran und schaute nach oben. Woher der Bach stammte, wusste sie nicht. Irgendwo in den Bergen musste es eine Quelle geben, frisches, sauberes Süßwasser, das bedeutsamste Gut, das man besitzen konnte.

Wie jedes Mal, wenn sie hier war, schaute sie zu der Treppe, die neben dem Wasserfall die Felswand hinaufführte. Wozu es die Treppe gab, hatte sie nie erfahren. Ihr Vater hatte ihr streng verboten, hinaufzuklettern und das Gebirge zu erkunden. Nur in der Oase durfte sie sich frei bewegen. Dort oben endete ihr Privatbesitz, und wenn sie anderen Männern über den Weg liefe, noch dazu unverschleiert, wäre sie Freiwild, das man jagen und in Besitz nehmen durfte. Wie immer pochte die Neugierde scharf durch ihren Verstand, doch auch heute war sie nicht mutig genug, um sich über das Verbot hinwegzusetzen.

Stattdessen ging sie um das Wasserbecken herum, kletterte ein paar Felsen hinauf und erreichte einen Spalt in der Felswand, durch den sie hindurchkriechen konnte. Dahinter lag eine kleine Höhle.

Feyla wagte es nicht, Licht zu machen. Sie setzte sich in den Eingang, zog die Beine an ihren Körper und wartete. Es erschien ihr wie eine Ewigkeit, ehe sich Sapia allmählich über die Berge erhob. Kurz darauf erkannte sie auch die Mädchengestalt, die zwischen den Obstbäumen hindurchhumpelte. Nugia ging langsamer als sonst, schien ihre Füße nur vorsichtig voreinanderzusetzen. Mühsam kletterte sie die Felsen herauf, entdeckte Feyla und hielt inne.

Das Licht der nächtlichen Sonne war zu schwach, um die Details in Nugias Gesicht zu erkennen. Dennoch bemerkte Feyla die Schatten auf ihrer Wange. Das zerzauste Rot ihrer Faruahaare leuchtete im Licht der Nachtsonne. Feyla musste ihre Freundin nicht fragen, um zu wissen, dass sie ihrem Vater gerade erst entkommen war.

Nugia kletterte an Feyla vorbei und hockte sich in das Innere der Höhle. Hier drinnen war sie nur noch ein Schatten. »Bitte kein Licht«, wisperte sie, gerade laut genug, um die Tränen in ihrer Stimme zu hören.

Am liebsten hätte Feyla die Hand nach ihr ausgestreckt. Doch Nugia wollte nicht berührt werden, nicht in solchen Momenten. »Es tut mir leid«, flüsterte Feyla. »Das ist meine Schuld.«

Der Nugiaschatten schüttelte den Kopf. »Sag sowas nicht. Du kannst nichts dafür, dass er so ist …« Sie räusperte sich, flüsterte weiter: »Dass er selbst dich haben will, obwohl du seine Tochter bist. Er ist erst zufrieden, wenn wir schreien und uns winden, wenn er das Gefühl hat, ein Mädchen zu zerbrechen …« Ihre Stimme versagte.

Feyla spürte einen Kloß in ihrem Hals. So genau hatte Nugia noch nie erzählt. Und wann hatte es eigentlich angefangen? Inzwischen war ihre Freundin erwachsen, doch ihr Vater missbrauchte sie schon lange. Als Kind hatte Feyla es nicht begriffen, aber wenn sie jetzt daran zurückdachte …

Nugia hatte bereits in ihrer Sippe gedient, als Feylas Mutter gestorben war. Damals war sie eine Kindersklavin gewesen, und ihre Nähe gehörte zu Feylas ersten Erinnerungen. Die junge Sklavin hatte sich um sie gekümmert, hatte sie getröstet, wenn sie traurig war und sich heimlich mit ihr zum Spielen getroffen. Doch irgendwann, ganz plötzlich, hatte Nugia nicht mehr spielen wollen. Sie war ernster geworden, und in ihren Augen war eine Furcht erschienen, die Feyla nicht verstanden hatte. Damals musste es begonnen haben. Aber wie alt war ihre Freundin gewesen? So alt wie Schejma, wenn sie verheiratet wurde? Oder noch jünger?

Nugia lachte leise. Es war ein bitteres Geräusch. »Er tut es schon so lange. Aber er denkt sich immer wieder etwas Neues aus … Und manchmal …« Es machte ihr Mühe zu sprechen. »Manchmal ist es so schlimm, dass ich beinahe aufgebe, dann denke ich, dass er es dieses Mal schaffen wird, mich zu zerstören. Aber wenn es vorbei ist, bin ich trotzdem noch so wie immer. Dann weiß ich, dass ich durchhalten kann, durchhalten muss …«

Feyla konnte das Unglück ihrer Freundin nicht länger ertragen. Tränen lösten sich aus ihren Augen. »Ich wünschte, ich könnte dir helfen …«

»Aber das ist es ja gerade.« Nugia beugte sich zur Seite. Sapias Licht fiel auf ihr Gesicht und zeigte den Bluterguss auf ihrer Wange. »Solange er mich quält, lässt er dich in Ruhe. Das ist der Gedanke, der mich aufrechthält. Wenn er dich zerbräche … Dann … wäre alles umsonst gewesen. Damit würde er mich ebenfalls zerstören.«

Feylas Beherrschung fiel in sich zusammen, ihre Hand griff nach der ihrer Freundin, und Nugia ließ es geschehen. Ihr Daumen streichelte über Feylas Handrücken.

»Wenn ich erst verheiratet bin, wirst du mich nicht mehr retten können«, murmelte Feyla. »Falls unser neuer Ehemann genauso ist wie mein Vater, muss ich seine Gewalt aushalten. Ich selbst muss die Ehe vollziehen, ob du dich nun zusätzlich opferst oder nicht.«

Nugia zog ihr Gesicht in den Schatten zurück. Allein durch ihr Schweigen wusste Feyla, dass ihr die tröstenden Argumente ausgegangen waren.

4. Kapitel

Südfarua, Wasserbergwerk Ljimgart, Sklavenkolonie

ALIA

Voller Unruhe lag das Dorf im morgendlichen Dämmerlicht. Sklaven strömten aus den Baracken, vorbei an Baumskeletten und dem Dorfbrunnen, der schon vor Ewigkeiten trockengefallen war. Ein heißer Wind wirbelte den Sand auf, wehte ihn um die Menschen herum und pfiff mit einem hohen Geräusch durch den Gitterzaun, der das Dorf umgrenzte.

Noch bevor Alia den Appellplatz erreichte, spürte sie, dass auch die Wachen nervös waren. Die Blicke der sapionischen Soldaten wirkten aufgeregt, manche diskutierten miteinander, andere beobachteten die Sklaven mit finsterer Miene.

»Merkst du das auch?«, zischte Alia Mariusch zu, der zwei Schritte vor ihr ging.

Er wandte seinen Kopf zur Seite, so dass sie ihn hören konnte, schaute aber nicht zu ihr zurück. »Wieso? Was meinst du?«

Alia entdeckte Burk, der am Rand des Appellplatzes stand und mit dem Fuß wippte.

»Die Wärter sind unruhig«, flüsterte sie.

Mariusch ließ sich neben sie zurückfallen. Normalerweise vermieden sie es, vor den Sapionern als Paar aufzutreten, doch jetzt lief er neben ihr. »Vielleicht liegt es an der Auslese«, raunte er. »Ein paar der Wachen sind einberufen worden. Sie werden bald abreisen.«

Alia wollte ihn fragen, ob er wusste, welche Soldaten es waren. Doch sie hatten den Dorfanger erreicht. Mariusch wandte sich nach links, während Alia sich rechts zu den Frauen stellte.

Wie immer in letzter Zeit hielt sie nach Fili Ausschau. Seit ihre Freundin bei Burk gewesen war, hatte sie kein Wort mehr mit Alia geredet, womöglich auch mit niemandem sonst. Um ein Auge auf sie zu haben, schlief Alia in der Gemeinschaftsbaracke. Aber Fili rollte sich Nacht für Nacht auf ihrem Lager zusammen und schwieg. Tagsüber ging sie ihrer Arbeit nach, als wäre nichts geschehen. Doch im Traum schlug sie um sich und wachte schreiend auf.

Auch Druscho schien verzweifelt zu sein. Er hatte Mariusch um Rat gebeten, aber ihr Freund hatte kaum gewusst, was er sagen sollte. »Zeit«, war schließlich alles, was ihm dazu eingefallen war, dass auch eine Wunde wie diese Zeit brauchte, um zu heilen, und dass Druscho so lange geduldig sein musste, um auf seine Freundin zu warten.

Auch jetzt war Fili eine der Letzten, die den Appellplatz erreichten. Mit geduckter Haltung suchte sie nach einem freien Platz. Die Sklaven füllten fast den ganzen Dorfanger, und die wenigen Lücken waren in der ersten Reihe oder am Rand.

Als Fili auf ihrer Höhe vorbeiging, trat Alia einen schnellen Schritt vor, nahm ihre Freundin am Arm und zog sie neben sich. Sie lächelte ihren Nachbarinnen entschuldigend zu, damit sie ein Stück zur Seite rückten. »Du solltest nicht am Rand stehen«, flüsterte sie. »Hier in der Mitte kann er dich nicht so leicht erreichen.«

Fili sagte nichts. Doch wenigstens sah sie Alia kurz an.

Die Sklaven auf dem Appellplatz wurden so still, dass nur noch der pfeifende Wind in den Zäunen zu hören war. Alia dachte wehmütig daran, wie der Dorfplatz früher ausgesehen hatte. In der Mitte war der prächtige Malunabaum gewachsen, an dessen Blütezyklus sie ihre Jahre und das Alter der Menschen gemessen hatten. Zu jeder Erntezeit hatten sie die Hochzeiten unter dem Baum gefeiert. Die frisch vermählten Paare hatten sich die Früchte geteilt, und wenn nach einem weiteren Blütezyklus die ersten Babys geboren worden waren, hatten sie für jedes neue Kind eine Kerbe in einen Zweig geritzt.

Auch für Alia hatte es einen Zweig an ihrem Dorfbaum gegeben, in den sie zu jeder Erntezeit mit ihren Eltern einen Strich eingeritzt hatte. Fünfzehn Blütezyklen hatten sie auf diese Weise gefeiert, ehe die Sapioner über ihr Dorf hergefallen waren, ehe sie den Malunabaum niedergebrannt und ihre alten Traditionen verboten hatten. Etwa ein Blutjahr später hatten sie Alias Namen in ihr Sklavenbuch eingetragen, hatten ihren kindlichen Körper beurteilt und ihr Alter auf zehn Blutjahre geschätzt.

Inzwischen konnte Alia ihr Alter nur noch in Blutjahren nennen: einundzwanzig. Dieses Alter hatte eine der Wachen erst vor Kurzem aus einem der Bücher vorgelesen, in denen sich die sapionischen Beamten sämtliche Informationen über ihre Sklaven notierten. Die Sapioner liebten es, über alles Buch zu führen, in ihrer Gesellschaft besaßen sie eine ganze Kaste von Männern, die überwiegend rechneten und Buch führten, insbesondere über die Leistungsfähigkeit ihrer Sklaven.

»Siehst du, du kannst laufen! Und wie du laufen kannst!« Spottisches Rufen durchbrach Alias Gedanken, dicht gefolgt vom Knallen einer Peitsche und dem schwächlichen Schreien einer Frau.

Einer der Wachsoldaten trieb eine alte Frau mit der Peitsche vor sich her. »Sie lag noch im Bett!«, rief er den anderen Wachen zu. »Hat behauptet, sie wäre krank. Hat gesagt, sie könnte nicht laufen, um sich krankzumelden. Aber sie kann laufen! Hervorragend sogar!« Immer wieder schlug er mit der Peitsche um die nackten Waden der Frau.

Die Alte sprang mit jedem Schlag hoch, versuchte, den Schlägen auszuweichen, bis es aussah wie ein Tanz. Der Wärter lachte schallend und trieb sie in die Mitte des Platzes.

Alia kannte die Sklavin nur flüchtig. Sie gehörte zu jenen, die ins Bergwerk verschleppt worden waren, und Alia konnte sich nicht daran erinnern, sie jemals behandelt zu haben. Die ursprünglichen Dorfbewohner redeten nicht mit Fremden über die Dorfgeheimnisse, und Alias Heilkenntnisse waren ein wichtiges Geheimnis. Wenn die Sapioner es herausfänden und sie hinrichten ließen, müssten alle Dorfbewohner befürchten, an der nächsten Seuche zu sterben.

Dass die meisten Seuchen zu bösartig waren, um etwas dagegen auszurichten, hatte Alia ihren Patienten nie verraten. Bis jetzt hatte es schlicht keine Seuche in Ljimgart gegeben.

Jetzt musste Alia die alte Frau nur ansehen, um zu wissen, unter welcher Krankheit sie litt: Die Haut unter ihrem Nachthemd war bleich, ihre Beine knickten mit jedem Schritt ein, und zwischen ihre Schreie mischte sich ein bellender Husten. Allzu gut kannte Alia die Symptome. Die Alte hatte die Staubkrankheit im Endstadium. Ihre Lunge nahm kaum noch genug Luft auf, um den Körper zu versorgen, und ihr Atem reichte nicht mehr aus, um einfache Schritte vor die Tür zu machen. Meikjes Mutter hatte kurz vor ihrem Tod genauso ausgesehen.

Die Frau konnte den Peitschenhieben nicht länger ausweichen. Mit einer Mischung aus Schreien und Keuchen brach sie vor dem Wärter zusammen und blieb liegen.

Der Soldat lachte weiter, schlug noch ein paar Mal zu. Burk eilte an seine Seite und trat mit dem Stiefel in die Beine der Frau. »Steh auf, Alte! Na los! Du gehörst an die Arbeit! Kannst dir nicht aussuchen, ob du willst!«

Alia wollte dazwischengehen, wollte Burk und den anderen Soldaten aufhalten, ehe sie die Frau zu Tode prügelten.

Jemand anderes kam ihr zuvor: »Halt!« Es war eine vertraute Stimme aus den Reihen der Männer: der alte Mann! »Diese Frau ist krank! Das sieht ein Blinder!«

Nein. Alia schüttelte stumm den Kopf. Der alte Mann durfte sich nicht in Gefahr bringen. Er war ihr Freund, ihr Ratgeber, der weiseste Mensch, den sie kannte. Normalerweise kannte er die Gefahr und war vorsichtig, vielleicht, weil er früher bereits verfolgt worden war.

Doch jetzt trat er vor. Mit stolzer Haltung sah er den Soldaten entgegen. »Schickt die Frau zurück in die Hütte. Sie liegt im Sterben!«

Burk wirbelte zu ihm herum. »Willst du mir etwa Befehle erteilen?!«

Der alte Mann schwieg. Allein sein Blick richtete sich ungebrochen an die Soldaten.

»Wenn sie ohnehin im Sterben liegt …« Burk grinste den anderen Wärter an, »… dann sollten wir dafür sorgen, dass es nicht unnötig lange dauert.«

»Bitte nicht!« Die Frau wimmerte, krallte die Hände in den Staub und sah flehend zu ihm auf.

Alia hoffte darauf, dem Blick des alten Mannes zu begegnen, wollte ihm ein Signal geben, damit er sich nicht zu sehr einmischte. Doch der alte Mann starrte herausfordernd auf die Wachsoldaten.

Erst dann bemerkte sie Wilmar, den Kommandeur, der über den Platz stiefelte und neben der Frau stehen blieb. »Kettet sie an den Pranger!« Er zeigte auf die drei Pfähle in der Mitte des Dorfplatzes und drehte sich zu den Reihen der Sklaven: »Ihr seid Sklaven!«, rief er. »Rothaarige, minderwertige Kreaturen. Dreckig und verlaust. Nur eure Arbeit gibt euch das Recht auf Leben!« Er stieß den Zeigefinger in die Richtung der Frau. »Seht also, was passiert, wenn sich ein Sklave vor der Arbeit drückt!«

»Komm schon!« Burk zerrte die Frau hoch und schubste sie voran, bis sie vor einem der Schandpfähle zu Boden fiel.

Rabanus hatte sich hinter den Baumskeletten des Waldes hervorgeschält und schickte seine erste Glut über den Platz. Es gab keinen Schatten am Pranger, nur glühende Sonne von früh bis spät. Die Frau hustete immer heftiger, bis sich ihr Körper im Staub krümmte.

»Sie wird sterben, wenn ihr sie an den Pfahl bindet!« Wieder sprach der alte Mann. »Sie ist krank! Gebt ihr fünf Tage zur Erholung, wie es üblich ist!«

Alia konnte nicht länger tatenlos dastehen. Ohne es zu merken, trat sie vor.

»Nicht!« Jemand packte sie an der Hand und zog sie zurück.

Fili! Beschwörend schüttelte ihre Freundin den Kopf. »Misch dich nicht ein. Es hat keinen Sinn.«

»Ich bin der Kommandeur!«, brüllte Wilmar. »Ich treffe die Entscheidungen, ich verhänge die Strafen! Bindet den alten Mann dazu! Sollen die beiden uns zeigen, was ihr Sklavenleben noch wert ist!«

Die anderen Soldaten lachten. Burk zerrte die alte Frau wieder hoch und legte die eisernen Ringe um ihre Handgelenke. Er zog die Kette am Pfahl nach oben, riss die Arme der Alten in die Höhe, bis sich ihr Körper in die Länge streckte.

Zwei andere Wachen packten den alten Mann und wollten ihn voranziehen. Doch er ging mit hoch erhobenem Haupt an ihrer Seite, wie ein König, der ehrenvoll zu seiner Hinrichtung schritt. Dass sein graues Hemd und die sackartige Hose wie Lumpen an seinem Körper hingen, schien ihn nicht zu stören.

Alia presste die Zähne aufeinander. Was sollte man tun, wenn man die Wahl hatte? Aus Loyalität für den einen Freund sterben? Oder für die anderen Freunde am Leben bleiben? Während sie zusah, wie die Arme des alten Mannes mit den Ketten in die Höhe gezogen wurden, kam sie sich schwach vor.

Wilmar wandte sich wieder an die Sklaven. Wie ein Dirigent gab er das Zeichen, ihr morgendliches Gebet an die Göttin anzustimmen. Und so begannen die Sklaven zu sprechen, ein artiger, dressierter Chor, der vor Furcht zitterte: »Sapia, große Göttin der Blutsonne. Deine Feinde waren wir einst, die versuchten, deiner Macht zu trotzen. Deine Widersacher waren wir, die den falschen Göttern huldigten und das zügellose Leben der Tiere führten.«

Alia hob ihr Kinn und bewegte ihren Mund mit den anderen. Doch sie formte die Worte nur auf ihren Lippen, ohne einen Ton von sich zu geben. Niemals würde sie das Gebet laut sprechen, würde niemals die Göttin anbeten, unter deren Fahne ihr Volk versklavt worden war.

Die angstvollen Stimmen der anderen waren laut genug: »Doch nun neigen wir den Kopf vor DIR, um uns in Demut zu zeigen. Nun sind wir DEINE Sklaven, die ihre Körper hingeben. Deine Arbeiter sind wir, die all ihre Leistung erbringen, um DEIN Volk zu nähren. Denn DU bist unsere Herrin. Uns darfst du quälen und foltern und töten. Denn wir sind deine Opfer, die für dich geschaffen wurden, die für dich leiden und sterben und darin ihre einzige Ehre erfahren.«

Alia hob den Blick zum Himmel, wo die Symbole der Götter ihre Bahnen zogen. Rabanus glitt bereits vom Rand der Welt in den Himmel hinauf, beinahe so, als wolle er seine Opfer etwas näher betrachten.

Der Sonnengott, an den sie in ihrer Kindheit geglaubt hatte, war sanft und gut gewesen, voller Wärme und Lebenskraft, nicht von der zerstörerischen Gier durchdrungen, mit der Rabanus das Land verbrannte.

Die Sonne wurde zu hell, um noch länger nach oben zu sehen. Alia schaute wieder nach vorne, auf den Pranger, an dem die beiden alten Leute angekettet waren. Bis heute Abend mussten sie durchhalten. Alia blinzelte dem alten Mann zu und begegnete seinem Blick. Er lächelte und grüßte sie mit einem gelassenen Nicken.

★★★

Der Tag im Bergwerk schien sich noch länger hinzuziehen als alle übrigen Tage, während Alia die beiden Menschen nicht vergessen konnte, die auf dem Dorfplatz in der Sonne darbten. Sie selbst war nur noch selten am Tag draußen. Doch allein von den kurzen Momenten wusste sie, dass die Hitze über der Erde flirrte und der Staub in der Luft jeden Atemzug erschwerte. Nicht einmal Wasser bekamen die Sklaven, die am Pranger standen.

Der Arbeitstag kam Alia so vor, als wären es mindestens drei, und sie war so unkonzentriert, dass sie ein paar Mal beinahe ihr Fass losgelassen hätte. Als das Dröhnen der Feierabendglocke endlich durch die Tunnel hallte, zuckte sie zusammen. Gemäß der Vorschrift rollte ihre Kolonne die letzten Fässer zu der Lore, und schließlich gingen sie gemeinsam zum Eingang.

Wie eine Wand schlug Alia die Hitze entgegen, stülpte sich über ihren Körper und brachte sie augenblicklich zum Schwitzen. Dennoch ging sie so schnell wie möglich zum Appellplatz.

Als sie den Dorfanger endlich erreichte, hing die alte Frau mit hochgereckten Armen in den Ketten. Ihr Kopf baumelte leblos nach vorne, rot verbrannte Haut löste sich von ihren Gliedmaßen, und ihr Gesicht war aufgequollen. Wie ein Fremdkörper klebte die Zunge zwischen ihren Lippen.

Scharfe Übelkeit sammelte sich in Alias Magen. Während sich die anderen Sklaven auf dem Platz einfanden, ballte sie die Hände zu Fäusten und sah zu dem alten Mann.

Auch er hing geschwächt in den Ketten. Seine Beine waren abgeknickt, und die Haut war rot gebrannt. Doch seine Brust hob und senkte sich. Dann fing er an zu zappeln, wand und drehte sich in den Fesseln. Erst auf den zweiten Blick erkannte Alia, dass er versuchte, sich auf die Füße zu stellen.

Zu gerne hätte sie ihn unter den Achseln gepackt und vom Appellplatz geführt. Doch jegliche Hilfe für ein Prangeropfer war verboten. Sie dürfte ihm nicht einmal Wasser bringen.

Halt durch! Nur ihre Lippen bewegten sich mit den Worten. Aber seine Augen blieben geschlossen.

Inzwischen hatten sich die Sklaven nahezu vollzählig auf dem Appellplatz versammelt, und die Wachen hatten sich in der Mitte des Dorfplatzes aufgestellt. Burk stand mit finsterem Blick in ihren Reihen, als zweiter Mann neben Wilmar, der sich direkt am Pranger postierte.

»Wisst ihr schon das Neueste«, flüsterte eine Frau hinter Alia. »Burk wurde zur Auslese einberufen. In wenigen Tagen sind wir ihn los.«

»Das wurde aber auch Zeit«, murmelte eine andere. »Hoffentlich wird er von seinen Leuten niedergemetzelt.«

»Oder zum Sklaven degradiert«, kicherte eine dritte.

Die Übelkeit in Alias Magen verwandelte sich in Genugtuung. Über die Auslese der Sapioner waren nur Gerüchte im Umlauf. Daher wusste sie nicht genau, was während der Entscheidungskämpfe geschah. Nur über das Ergebnis waren sich alle Gerüchte einig: Danach unterteilten sich die Sapioner in Gewinner und Verlierer. Gewinner durften heiraten, Verlierer mussten sterben oder wurden versklavt. Alia musste sich ein hässliches Lächeln verkneifen.

Stattdessen begegnete sie Mariuschs Blick. Er hatte sich in der Reihe gegenüber aufgestellt, schaute demonstrativ zum Pranger und schüttelte warnend den Kopf.

Alia sollte also nicht versuchen, dem alten Mann zu helfen. Doch es war ein Versprechen, das sie ihrem Freund nicht geben konnte. Sie wandte sich von Mariusch ab und tat, als hätte sie seinen Blick nicht bemerkt. Um den alten Mann zu retten, würde sie alles tun, was in ihrer Macht stand. Sie brauchte ihn, seinen Rat, seine Weisheit. Nur ihm konnte sie ihre gefährlichsten Fragen stellen. Er schien eine Verbindung zu der alten Götterwelt der Faruaner zu besitzen. Lebendig erinnerte Alia sich an die Gerüchte, die im Dorf kursiert waren, als der alte

Mann nach Lijmgart gekommen war – kurz vor der Eroberung durch die Sapioner. Damals hatte es geheißen, er sei ein Verfolgter, vielleicht sogar ein Gottgeborener, der sich vor den Angreifern versteckte. Die Menschen hatten Angst gehabt, ihn im Dorf zu beherbergen, und nur dem Einsatz von Alias Mutter war es zu verdanken, dass er hatte bleiben dürfen. »Er weiß wertvolle Dinge«, hatte sie Alia damals gesagt. »Dinge, die nur wenige wissen. Wir müssen ihn in unseren Reihen beherbergen und schützen, damit sie ihn nicht in ihre Gewalt bekommen.«

Seit damals lebte der alte Mann bei ihnen, auch wenn er niemals richtig in die Dorfgemeinschaft aufgenommen worden war. Einzig Alia hatte ihn tief in ihr Herz geschlossen. Oft wünschte sie, sie könnte jeden Tag mit ihm reden und ihm alles erzählen, worüber sie nachdachte. Aber es war gefährlich, sich mit ihm zu treffen. Nur abends, wenn er mit den Schweinen im Stall war und sie nicht mehr im Bergwerk arbeiten musste, konnte sie versuchen, sich zu ihm zu schleichen. Dann redeten sie bis tief in die Nacht, und zumeist war er derjenige, mit dem sie ihre größten Geheimnisse teilte – mehr noch als mit Mariusch.

Nein, dem alten Mann durfte nichts geschehen.

Wilmar stieg auf das Podest des Prangers, blieb zwischen den beiden Opfern stehen und erhob seine Stimme. »Sklaven von Ljimgart!«

Das Gemurmel der Sklaven verstummte. Alle Blicke richteten sich auf die tote Frau und den schwerkranken Mann.

»Wie ihr seht, hat Rabanus über Schuld und Unschuld der Delinquenten gerichtet!« Wilmar ging zu den Ketten der alten Frau, schloss sie auf und musste die verdrehten Handgelenke herausschütteln, ehe die Leiche zu Boden sackte. Sie verfehlte seine Füße nur knapp. Dennoch blieb seine Miene unbewegt, während er zu dem alten Mann trat und auch seine Kette löste.

Stöhnend brach der Alte zusammen. Nur kurz versuchte er, sich auf alle viere zu erheben, ehe er liegen blieb.

»Fünf Tage zur Erholung«, verkündete Wilmar. »Sofern er es schafft, allein in seine Unterkunft zu laufen. Wer es wagt, ihm zu helfen, verbringt den nächsten Tag am Pranger!«

Alia presste die Fäuste noch enger zusammen.

»Bis dahin brauchen wir einen Schweinehirten als Ersatz!« Wilmar sah sich suchend zwischen den Sklaven um. »Meldet sich jemand freiwillig?«

Alia horchte auf. Der alte Mann war der Einzige, der jeden Tag das umzäunte Dorf verließ, um die Schweine in die umliegenden Wälder zu treiben. Auch wenn sie als Schweinehirtin dort draußen von einem Wächter beaufsichtigt würde, es wäre Alias Chance, sich ein Bild von den vertrockneten Wäldern rund um ihr Dorf zu machen, unersetzliche Informationen, wenn sie durch das Wurzelloch in Neljas Versteck fliehen wollten. Ihr Leben würde davon abhängen, ob sie außerhalb des Dorfes ein Versteck, gute Tarnung und einen möglichen Fluchtweg kannte.

Alia war drauf und dran, sich zu melden. Nur eines musste sie vorher sicherstellen: Wenn sie die Arbeitstage hier oben verbrachte, musste jemand anderes Wasser und Nahrung zu Nelja und Meikje bringen. Mariusch war der Einzige, der dafür in Frage kam. Alia blickte rasch zu ihm hinüber, nickte in Richtung der Schweinehütte und zeigte auf sich selbst.

Mariusch öffnete den Mund zum Protest, doch Alia hob bereits den Arm. »Ich mache das!«, rief sie. »Ich übernehme die Aufgabe des Schweinehirten!«

Die Soldaten lachten. Selbst einige der Sklaven fielen in den Spott ein. »Das passt zu dir!«, rief Marille, die etwas entfernt zwischen den anderen stand. »Eine Schorfmade als dreckige Schweinehirtin.«

Alia straffte die Schultern. Nicht erst seit der sapionischen Herrschaft hatte der Schweinehirte das niedrigste Ansehen im Dorf. Auch früher waren es stets Fremdlinge oder der Dorftrottel gewesen, die mit den Schweinen in die Wälder geschickt worden waren.

Alias Mutter hatte damals dafür gesorgt, dass der alte Mann diese Aufgabe bekam – damit die anderen Dorfbewohner ihn trotz der Bedrohung bleiben ließen. Und er war dankbar gewesen, weil es seine letzte Chance gewesen war.

Seither war er der Schweinehirte geblieben, und das ganze Dorf hatte ihn immer nur »alter Mann« genannt. Nicht einmal Alia kannte seinen Namen, obwohl sie ihn schon oft danach gefragt hatte. »Ach lass mal«, hatte er immer gesagt. »Wenn ich meinen Namen höre, werde ich nur wehmütig. Ich habe ihn selbst schon fast vergessen.«

»Bewirbt sich noch jemand um die Vertretung des Schweinehirten?« Wilmar blickte ein weiteres Mal in die Runde.

Mariuschs Arm zuckte, doch Alia warf ihm einen finsteren Blick zu. Dieses hier war ihre Sache.

»Also niemand?« Wilmar zeigte mit dem Finger auf Alia. »Dann ist die Schorfmade für die nächsten fünf Tage die Schweinehirtin!« Er warf noch einen abschätzigen Blick auf den alten Mann. »Und für den Fall, dass er krepiert, bleibt sie es auch darüber hinaus!«

Alia schnappte nach Luft. Über dieses Risiko hatte sie nicht nachgedacht. Falls sie die Schweinehirtin blieb, würde sie Nelja und Meikje nie wiedersehen! Es war unmöglich, ihrer Hirtenaufgabe zu entkommen und heimlich ins Bergwerk hinabzusteigen. Es sei denn, sie schlich sich in der Nacht durch die bewachten Eingänge und hinab in die Dunkelheit, in der nur tagsüber Fackeln brannten.

Alia schaute hilfesuchend zu Mariusch. Doch ihr Freund schüttelte verärgert den Kopf. Er hatte es kommen sehen. Vielleicht wäre es doch klüger gewesen, auf seine Warnung zu hören.

***

Sobald der Appell beendet war, ging Alia in den Schweinestall. Grunzend liefen die Tiere durcheinander, vollkommen ausgehungert, weil niemand sie gefüttert hatte. Alia kannte sich nicht mit Schweinen aus. Nur schwach erinnerte sie sich an das, was der alte Mann ihr erzählt hatte: dass sie von Blättern über Baumfrüchte, Pilze und Essensreste so ziemlich alles fraßen. Doch am dringendsten brauchten sie Wasser. So wie alle Lebewesen.

Alia entdeckte ein Wasserfass am Eingang der Hütte, schöpfte von der bräunlichen Flüssigkeit und schüttete sie in den Trog. Während sich die Schweine darauf stürzten, durchsuchte sie den Rest der Hütte nach Futter. Tatsächlich fand sie eine Holzkiste, in der sich Blätter, dünne Zweige und getrocknete Pilze befanden.

Direkt neben der Kiste hing ein Kessel über dem Feuer. Alia war oft hier gewesen, während der alte Mann Schweinefutter gekocht hatte. Aber jetzt bedauerte sie, dass sie nie aufgepasst hatte, womit er den Kessel füllte. Waren das wirklich nur Zweige und Blätter?

In ihrer Erinnerung sah Alia den kochenden Kessel vor sich, roch den süßlichen, leicht moderigen Geruch, der sich kaum definieren ließ. Manchmal duftete es wie eine schmackhafte Suppe. An anderen Tagen war es ein gammeliger Gestank. Doch ganz gleich, wie es roch, die Schweine stürzten sich gierig auf den Brei, sobald er in ihren Trog gefüllt wurde.

Alia hoffte inständig, dass der alte Mann es alleine zurück in den Stall schaffte. Wenn er hierherkam, könnte sie ihn heimlich versorgen und pflegen. Er durfte nicht sterben! Auf keinen Fall!

Alia lief zur Tür, öffnete sie einen Spalt weit und spähte nach draußen. Von dem alten Mann war noch nichts zu sehen. Einzig die letzte Dämmerung erleuchtete die Hütten. Bald würde es dunkel sein. Vielleicht war das ihre Chance. Schon jetzt waren sämtliche Sklaven in ihren Baracken verschwunden, und nur noch die Wachen patrouillierten durch das Dorf.

Alia versuchte, auf das Knirschen der Stiefel und Lederhosen zu lauschen. Doch sie hörte nur das Quieken und Toben der Schweine. Das Wasser war ihnen nicht genug. Sie brauchten Futter!

Alia musste nicht nur deshalb zu dem alten Mann, um ihn zu retten, sondern auch, weil sie eine Einweisung brauchte. Wenn die Wache sie erwischte, wäre genau das ihre Ausrede.

Sie wartete, bis die Dämmerung einer trüben Dunkelheit gewichen war. Je länger sie wartete, desto dunkler würde es werden. Doch irgendwann hielt sie es nicht mehr aus und trat nach draußen. Leise schloss sie die Tür hinter sich, sperrte das Quieken der Schweine ein und lauschte erneut. Nichts! Keine Stimmen, keine Schritte, kein Knirschen.

Lautlos schlich sie zwischen den Hütten hindurch, hielt sich in der Deckung der Hauswände und blieb an jeder Ecke stehen, um zu horchen. Weit entfernt, noch hinter dem Pranger, fingen die Soldaten an zu singen. Die Melodie klang schief, und ihre Stimmen lallten.

Alia wusste nicht, ob ein Besäufnis ein gutes oder schlechtes Zeichen war. Ihre Chancen, nicht erwischt zu werden, stiegen beträchtlich. Um so gefährlicher wäre es jedoch, einem betrunkenen Soldaten in die Arme zu laufen. Mit etwas Pech wäre es ihm sogar egal, dass sie eine Schorfmade war.

Je näher sie dem Pranger kam und je lauter die Soldaten wurden, desto vorsichtiger spähte sie um die Hausecken. Einmal torkelte ein Soldat auf sie zu, und sie konnte sich gerade noch hinter einem Klohäuschen verstecken. Nur knapp entfernt ging er an ihr vorbei und verschwand auf dem Abort. Alia hörte das Plätschern, roch den Gestank und drückte sich noch enger an die Holzwand. Doch der Soldat schien nicht auf Patrouille zu sein. Als er fertig war, pfiff er die schiefe Melodie und stolperte wieder zurück.

Alia atmete auf, sobald er hinter der nächsten Hütte verschwunden war, und schlich weiter. Kurz darauf fand sie den alten Mann unter einem Vordach. Er war vom Pranger aus nur bis zum nächstliegenden Schatten gekommen. Die alte Frau hingegen lag noch am Fuß des Schandpfahls. So war es immer, wenn Sklaven starben: Zur Abschreckung wurden sie liegen gelassen, bis der Leichengestank das ganze Dorf erfüllte. In solchen Fällen konnten sie froh sein, wenn die Leichen in der Sonne lagen. Zumeist trockneten sie dann schneller, als der Verwesungsgestank einsetzen konnte.

Alia riss sich von dem Anblick los, horchte ein letztes Mal auf die Soldaten … und huschte zu dem alten Mann. Er versuchte, ihr auszuweichen. Doch sie hockte sich neben ihn und legte die Hand auf seine Stirn.

»Ich bin's, Alia.« Seine Haut glühte! »Du brauchst Wasser«, flüsterte sie. »Komm mit, ich helfe dir.«

Der alte Mann winkte ab. Alia ignorierte seinen stummen Protest und fasste unter seine Schultern. Auch er bemühte sich, bis sie ihn im Arm hielt und vorwärtszog. Immer wieder knickten seine Beine weg, und sie musste ihn auffangen. Sie hatten die Schweinehütte beinahe erreicht, als Alia die Soldatenstiefel hörte, direkt hinter der Nachbarhütte.

Hastig zog sie den alten Mann mit sich, hievte ihn voran und torkelte mit ihm durch die Tür in den Stall. Er fiel zu Boden und riss sie beinahe mit. Nur knapp lenkte sie den Sturz um, fiel gegen die Tür und schob sie ins Schloss. Gerade rechtzeitig, bevor die Soldaten um die Ecke bogen. »S'is' dein lester Abend, Burk«, nuschelte einer der beiden. »Willst'e heut' ga' kein Mädchen hab'n?«

»Nu' noch 'n paa' Schlucke mit euch trinken«, gab Burk zurück. »Dann hol' ich mir die Kleine von letz'ens. Fili, oder wie die hieß.«

Alia fröstelte. Der alte Mann lag vor ihr am Boden, die Schweine schrien vor Hunger, und ihre beste Freundin war in Gefahr.

»Was is'n mit'n Schweinen los?« Die Soldaten blieben vor der Tür stehen.

Alia erstarrte. Wenn sie jetzt hereinkamen … Ob sie durchschauen würden, dass sie den alten Mann gerettet hatte? Oder konnte sie behaupten, er hätte es aus eigener Kraft geschafft? So leblos, wie er am Boden lag, war das nicht sehr glaubwürdig.

»Ach, lass die Schweine«, erwiderte Burk. Plötzlich klang er deutlich nüchterner. »Wahrscheinlich hat die Schorfmade sie nich' richtig gefüttert.«

»Is' ja auch nich' so einfach mit dem Füttern«, kicherte der andere.

Burk fiel in sein Kichern ein und ließ es zu einem hässlichen Gelächter anschwellen. »Ne, is' nich' so einfach!« Damit gingen sie weiter und verschwanden aus ihrer Hörweite.

Alia sackte an dem Türrahmen zusammen, krabbelte zur Seite und hockte sich neben den alten Mann.

Aus glasigen Augen sah er sie an. »Was machst du hier?«

Alia schluckte. »Dir helfen«, flüsterte sie und zeigte dann zu den Schweinen. »Und dich als Schweinehirtin vertreten. Aber ich finde das Futter nicht. Fütterst du sie nur mit Zweigen und Blättern?«

Der alte Mann stöhnte auf, schloss die Augen und bewegte die Lippen. Es machte ein seltsames Geräusch, wie Papier, das leise aneinandergerieben wurde. Er brauchte Wasser, sofort.

Alia sprang auf, holte seinen Becher von dem kleinen Tisch und tauchte ihn in das Wasserfass am Eingang. Dann stützte sie seinen Oberkörper und hielt den Becher an seine Lippen. Er trank vorsichtig, langsam. Breite Rinnsale flossen seine Mundwinkel hinab.

Alia befühlte seine Stirn, streifte den nackten Arm: Seine Haut war trocken und glühend heiß. Vermutlich hatte er schon vor vielen Stunden aufgehört zu schwitzen. Seitdem hatte die Sonne unerbittlich auf ihn herabgebrannt und seinen Körper ausgetrocknet. Er hatte einen Hitzschlag. Sie musste ihm nicht nur reichlich Wasser verabreichen, sie musste ihn kühlen. Und er brauchte Medizin. Außerdem musste sie Fili warnen und dafür sorgen, dass Burk sie nicht wieder zu sich holte.

Alia wurde hektisch. Sie zog den alten Mann zu seinem Schlaflager, stopfte Kissen in seinen Nacken und suchte nach Tüchern und Decken. Sie tauchte alles ins Wasserfass, wickelte die Decken um seinen Körper und die Tücher um seinen Kopf. Wenigstens war er noch bei Bewusstsein. Alia füllte seinen Becher ein weiteres Mal, hockte sich neben ihn und hielt ihn wieder an seine Lippen. So lange, bis er kaum merklich den Kopf schüttelte.

»Ich lasse dir den Becher hier.« Alia stellte ihn neben das Schlaflager. »Schaffst du es, selbst ab und zu ein paar Schlucke zu trinken? Ich muss noch einmal weg.«

Der alte Mann schaute sie verschwommen an. Dann nickte er. »Bring dich nicht in Gefahr«, murmelte er. »Ich bin nur ein alter Mann, ich bin nicht wichtig.«

Alia schüttelte den Kopf. »Doch, das bist du. Für mich bist du sehr wichtig.«

Der alte Mann lächelte matt. »Das ist lieb von dir. Aber du irrst dich: Deine Schwester und dein Freund sind wichtig. Ich bin nur derjenige, der dir Flausen in den Kopf setzt und dich in Gefahr bringt.«

Alia wusste, was er meinte: Er war derjenige, der ihr von Malun erzählt hatte und der über die alten Götter sprach, als würde er sich damit auskennen. Es war verbotenes Wissen, das sie beide in Gefahr brachte. Dennoch hatte Alia etliche Abende mit ihm in dieser Schweinehütte zugebracht.

»Ich habe noch tausend Fragen, die ich dir stellen will. Bevor du sie mir beantwortet hast, lasse ich dich sicher nicht fort.«

Wieder lächelte er. In seinem rot verbrannten Gesicht sah es wie ein Zähnefletschen aus. »Auf meine Antworten steht die Todesstrafe. Es wäre klüger, wenn du nicht fragst.«

Alia richtete sich auf und schaute ernst auf ihn hinab. »In mancher Hinsicht bin ich nicht besonders klug. Das weißt du.« Damit stand sie auf, schlüpfte nach draußen und schlich durch die Dunkelheit zwischen den Baracken. Sie musste sich beeilen, damit sie mit allem fertig war, bevor die Blutsonne aufging.

Dieses Mal begegnete sie niemandem. Ungesehen schaffte sie es zu Mariuschs Hütte. Ihr Freund stand mitten im Raum, fuhr zu ihr herum und kam auf sie zu. Er schien ihren Anblick einzusaugen und sah zugleich so aus, als wolle er sie anschreien. Auf seinen Wangen klebte noch der Staub des Tages, seine roten Haare waren zerzaust und ungewaschen.

Direkt vor ihr blieb er stehen, packte sie an den Schultern und schüttelte sie. »Bist du wahnsinnig?« Zorn und Furcht tobten in seinen Augen. »Wo warst du? Hast du ihm geholfen? Wie kannst du dich nur als Schweinehirtin melden? Weißt du nicht, was das bedeutet?«

Es waren zu viele Fragen auf einmal, zu viele Vorwürfe. Alia suchte nach Worten.

Noch ehe sie welche finden konnte, zog Mariusch sie in die Arme. »Es tut mir leid«, flüsterte er. »Ich hatte solche Angst. Wenn sie dich erwischt hätten …«

Alia schmiegte sich an ihn, schloss die Augen und wollte bei ihm bleiben. Doch es ging nicht. »Er ist ein guter Freund«, flüsterte sie. »Ohne mich wird er sterben.« Sie holte tief Luft. »Eigentlich bin ich nur gekommen, um Medizin zu holen.«

Mariusch ließ sie los und wich zurück. »Du willst wieder raus?«

Alia nickte vorsichtig. »Aber ich muss dich um etwas bitten. Fili … Burk will sie zu sich holen. Du musst in die Frauenbaracke gehen und sie mit hierher nehmen. Bitte!«

Mariusch starrte sie entsetzt an.

»Nur heute Nacht!«, setzte Alia hinzu. »Ab morgen ist Burk nicht mehr da.«

Mariusch sagte noch immer nichts.

»Nun schau nicht so!« Seine Furcht steckte Alia an. »Ich habe keine andere Wahl. Ich muss den alten Mann durch die Nacht bringen. Wenn er bis morgen überlebt, ist er über den Berg. Aber wenn er stirbt, dann bin ich für immer die Schweinehirtin.«

Mariusch erwachte aus seiner Starre. »Für immer die Schweinehirtin …« Seine Oberlippe zuckte, als würde er sich ekeln. »Wie kommst du nur darauf, dich für die Aufgabe zu melden?!«

»Ich werde ihn durchbringen«, flüsterte Alia. »Danach komme ich zurück ins Bergwerk. Versprochen.«

Mariusch zog skeptisch die Augenbrauen zusammen.

Dennoch musste sie ihn um etwas bitten. »Würdest du dich bis dahin um Nelja und Meikje kümmern?«

Mariusch stieß ein bitteres Lachen aus. »Das muss ich ja wohl.«

***

Alia wachte die ganze Nacht bei dem alten Mann, wechselte regelmäßig die kalten Umschläge und flößte ihm Wasser ein. Er übergab sich mehrmals, doch gegen Ende der Nacht fühlte sich sein Körper nicht mehr so heiß an. Wie durch ein Wunder erlebte er den nächsten Morgen. Auch sein Blick wurde klarer, während er ihr die Arbeit mit den Schweinen erklärte.

In den folgenden Tagen brachte Alia die Tiere in den Wald. Oder in das, was vom Wald noch übrig war. Dort, wo früher dichter Wald gestanden hatte, lagen Baumstämme übereinandergestürzt, durchsetzt mit Gestrüpp und umgeben von staubiger Erde. Das Laub war entweder von Tieren gefressen worden oder ebenfalls zu Staub zerbröselt. Wenn sie erhöht stand, konnte Alia das ganze Massaker sehen: Über die Hügel ihres Landes dehnte sich eine Wüste der Zerstörung.

Es gab nur einen Flecken, der anders aussah, ein letztes Waldstück, das sich grün und aufrecht dem Himmel entgegenreckte. Maruschkabäume! Die würdevollen Baumriesen ragten so weit in die Höhe, dass manch einer sie mit Bergen verglich. Doch diese hier waren noch größer als andere. Unnatürlich groß.

Alia musste an das Bergwerk denken, das unter der Landschaft lag, unter den verwüsteten Teilen, aber auch unter dem letzten Waldstück. Plötzlich wusste sie, warum die Bäume so groß waren: weil ihre Wurzeln so tief in die Erde ragten, ganze zwölf Ebenen tief, bis dorthin, wo Mariusch das neue Wasserreservoir entdeckt hatte.

Im nächsten Moment fiel es ihr wie Schuppen von den Augen: Wenn dieses hier das letzte Waldstück war, dann hatte Mariusch soeben die letzte Wasserader gefunden, die ihr Bergwerk bieten konnte. Wenn sie ausgeschöpft war, würde ihre Mine trockenfallen. Dann würden die Sapioner sie fortbringen, in ein anderes Bergwerk, oder …

Was taten sie mit Sklaven, die sie nicht mehr benötigten? Im Zweifelsfall würden sie wohl dafür sorgen, dass nutzlose Sklaven weder Wasser noch Nahrung verbrauchten. Alia musste Mariusch davon berichten. Ihre Zeit in Ljimgart war gezählt. Spätestens jetzt musste er einsehen, dass ihre Flucht die einzige Chance war, um zu überleben.

In den nächsten Tagen konzentrierte Alia sich darauf, das Loch zu finden, unter dem Nelja und Meikje auf ihre Freiheit warteten. Während sie die Schweine beaufsichtigte, die mit den Nasen im Staub gruben und tatsächlich Essbares darunter fanden, scharrte sie selbst mit den Füßen in der Erde und versuchte, die Tunnel des Bergwerkes in den Staub zu zeichnen.

Nebenbei achtete sie darauf, ob der sapionische Soldat sie beobachtete. Aber meistens suchte er sich einen Schattenplatz zwischen den Baumskeletten, schaute verdrossen und rührte sich nicht von der Stelle. Vermutlich konnte sie froh sein, dass er sie nicht als Spielzeug benutzte.

Während Alia ihre Tage in der Sonne verbrachte, musste sie immer wieder an Burk denken, an die schmerzende Narbe auf seinem Kopf und das Leid, das er anderen antat. Vermutlich war er selbst als Kind gequält worden. Überhaupt bestand das ganze Leben auf Ruann aus einem Kreislauf von Menschen, die gequält wurden und ihre Qual dann an andere weitergaben. Vielleicht lag es daran, dass sie in einer sterbenden Welt lebten und die Qual nur eine Nebenwirkung war, die sich nicht vermeiden ließ. Aber musste es nicht einen Ausweg aus diesem Kreislauf geben? Irgendwann? Irgendwie? Oder stiegen ihr nur die Sonne und die Hitze zu Kopf und kochten ihre Gedanken?

So unauffällig wie möglich versuchte Alia, sich mit ihren Fluchtplanungen zu beschäftigen, und nach dem vierten Tag war sie sich fast sicher: Ihr Fluchtloch musste in dem Waldabschnitt liegen, in dem die umgestürzten Bäume noch Rinde trugen. Auch die Schweine suchten hier am liebsten nach Futter. Das Laub war noch nicht vollends zerfallen, und Alia vermutete, dass sie darunter Insekten und getrocknete Pilze fanden. Den ganzen Tag lang wühlten sie darin herum, knabberten Rinde und Zweige und stürzten sich auf das Wasser, das Alia ihnen regelmäßig vorsetzte.

Dennoch wirkten sie unzufrieden. Wann immer Alia sie zurücktrieb, rannten sie, als würden sie in ihrem Stall etwas Großartiges erwarten. Doch jedes Mal, wenn Alia den Verschlag hinter ihnen schloss, quiekten sie und durchsuchten den Trog. Alia kochte Zweige und Blätter zu einem breiigen Mus, doch auch das schien sie nicht zufriedenzustellen. Es war ihr ein Rätsel. Immer wieder befragte sie den alten Mann dazu. Doch er zuckte nur die Schultern.

Wenigstens ihm ging es allmählich besser. Seit sein Fieber heruntergegangen war, päppelte Alia ihn mit Wasser und Extrarationen, die sie von Mariusch holte. Seine Haut behandelte sie mit einer Salbe, um die Verbrennungen zu lindern. Sie fing an, sich zu pellen, und förderte darunter eine dunklere Haut zutage. Am Abend des vierten Tages stand der alte Mann schließlich auf und ging ein paarmal in der Hütte hin und her. Vor dem Schweinetrog blieb er stehen und schaute die Tiere nachdenklich an.

Alia hörte Stiefelschritte vor der Hütte und kurz darauf flog die Tür auf. Einer der Wachsoldaten blieb auf der Schwelle stehen und schaute zu ihnen herein: »Wer von euch ist der Schweinehirte?«

Sie wollte sich gerade melden, als der alte Mann ihr zuvorkam. »Ich!« Er straffte die Schultern, bis er fast wie ein junger Mann dastand. »Ich bin genesen und werde von nun an meine Aufgaben wieder übernehmen.«

Der Soldat nickte. »Gut! Dann hol die alte Frau vom Pranger. Sie stinkt!« So schnell, wie er gekommen war, verließ er die Hütte. Nur die Tür blieb offen stehen.

Alia verstand nicht. »Seit wann bist du für die Toten zuständig?«

Der alte Mann drehte sich zu ihr um. »Dann weißt du es wirklich nicht?« Auf seiner Miene zeichnete sich Bitterkeit ab. Mit einer müden Handbewegung deutete er auf die Schweine. »Von Laub und Blättern werden sie nicht satt.«

5. Kapitel

Sapion, Hauptstadt Anmare, Kampfarena

FEYLA

Wie eine bunt gesprenkelte Riesenschildkröte brütete die Kampfarena in der Sonne. In ihrer Mitte, in dem weitläufigen Oval des Kampffeldes, bewegten sich schnelle schwarze Sprenkel, unzählige Soldaten, die dort auf Leben und Tod gegeneinander kämpften. An den Rändern wogten bunte Sprenkel wie ein stiller Wald im Wind, denn auf den Tribünen rund um das Kampffeld saßen tausende Frauen und beobachteten das Geschehen in der Arena.

Zusammen mit ihren Schwestern saß Feyla auf der Ehrentribüne, einer separaten Plattform, die etwas erhöht ganz vorne lag und die beste Sicht auf das Kampfgeschehen garantierte. Doch Feyla wollte das Gemetzel nicht sehen. Stattdessen konzentrierte sie sich auf den Rand der Schildkröte und ließ ihren Blick über die Tribünen wandern. Auf den Rängen saßen all jene Mädchen, die in Kürze heiraten mussten. Sie waren von Kopf bis Fuß verhüllt, jede von ihnen in den Farben ihrer Stammsippe. Dabei waren die Zuschauerränge in drei Teile gegliedert. Feyla und ihre Schwestern saßen in jenem Teil, der von einem weiten Dach überschattet wurde und der ausschließlich der Akademikerkaste vorbehalten war. Einzig die Sippen der anderen Politiker, der Staatsbeamten und der Kolonievorsteher, sowie die Töchter der hohen Offiziere durften im Schatten verweilen. Sie alle trugen wie Feyla und ihre Schwestern bunte Gewänder mit kostbaren Stickereien. Ganz am Rand des Daches saßen die Töchter der Sklaven-, Wasser- und Salzhändler, die im Unterschied zu anderen Händlern ebenfalls zur Akademikerkaste zählten, weil sie mit den wertvollsten Gütern handelten. Rechts und links des Daches folgten die Sippen der Tuch- und Lebensmittelhändler, dann die der Handwerker: Baumeister, Schmiede, Kutschenbauer und viele mehr. Auch ihre Töchter waren in bunte Gewänder gehüllt. Sie alle bildeten zusammen mit den gewöhnlichen Händlern die Kaste der Handwerker.

Doch der größte Teil des Zuschauerraumes, die kurzen Seiten und die lange Seite gegenüber, war mit der Bauernkaste gefüllt, deren Sippen in der Sonne stehen mussten. Auch durch ihre Kleidung unterschieden sich die Bauerntöchter von den anderen. Sie trugen braune, beige oder cremeweiße Umhänge, schlicht in den Farben der Fellhuflerwolle.

Feyla bedauerte die Bauerntöchter. Nicht nur, weil sie stehen mussten – vor allem lag die Tribüne den ganzen Tag in der prallen Sonne. Reihenweise brachen die Mädchen zusammen und wurden nach draußen getragen.

Wie die meisten Sippenoberhäupter saß auch Feylas Vater neben seinen Töchtern und beobachtete die Spiele. Zumeist schaute er konzentriert auf die Kämpfer und schien sich ein Bild von ihnen zu machen. Nur manchmal stand er auf, um sich hinter den Kulissen mit anderen Politikern und Geschäftspartnern zu treffen.

Innerhalb der einzelnen Kasten gab es ebenfalls eine klare Rangfolge, und Feylas Vater stand an der Spitze aller Akademiker. Er würde der Erste sein, der sich unter den Siegern der Akademikerkaste einen Ehemann für seine Töchter aussuchte. Erst danach durften die anderen Väter der Akademikersippen ihre Wahl treffen. Die Rangfolge war ähnlich gegliedert wie die Sitzordnung auf der Tribüne: Die Wasser-, Salz- und Sklavenhändler bildeten innerhalb der Akademikerkaste die vorletzten Ränge.

Darunter standen nur noch die einfachen Schreiber und Buchhalter der Dörfer und Sklavenkolonien.

Anfangs liefen zahlreiche Zweikämpfe gleichzeitig. Das ganze Feld stand voll mit Kriegern, und die Kampf- und Todesschreie der Männer erfüllten die Arena bis in die letzte Reihe. Es war ein chaotisches Getümmel, das nur von einer Ordnung durchbrochen wurde: Auch die kämpfenden Soldaten waren gemäß ihrer Abstammung getrennt und traten innerhalb ihrer eigenen Kaste an. Farbliche Markierungen grenzten die einzelnen Kampffelder voneinander ab, und die Akademikersoldaten kämpften direkt vor der Schattentribüne.

So ähnlich musste es auf einem Schlachtfeld zugehen, zumindest entsprach es den Beschreibungen, die Feyla aus ihren Büchern kannte. Doch in diesen Kämpfen gab es kein siegreiches Heer. Es gab nur Einzelkämpfer. Immer wenn ein Krieger tödlich getroffen wurde, durfte der Sieger vom Feld gehen und sich bis zur nächsten Runde ausruhen.

Nur die Leichen blieben in der Sonne liegen.

Da der Platz in der Arena nicht für alle Kämpfer reichte, folgten mehrere Vorrunden aufeinander. Die Waffen wurden zugelost. Neben Ketten und Äxten gab es Schwerter, Keulen und Speere. Allzu oft waren die Kämpfe ungerecht, und mitunter war einer der Kämpfer chancenlos. Abgesehen davon gab es keine Zeitbeschränkung, und einzelne Paare kämpften deutlich länger als andere.

Von allen Kämpfen gingen die der Akademikerkaste am schnellsten zu Ende, was zumeist daran lag, dass einer der beiden Kontrahenten entkräftet zusammenbrach oder aufgab. Überhaupt wirkten die Kämpfe der Akademiker deutlich müder als die der Handwerker- und Bauernsöhne. Offenbar stimmten die Gerüchte, und die Akademikersöhne mussten im Krieg nur schreiben, planen und rechnen. Von großer soldatischer Stärke konnte bei ihnen jedenfalls nicht die Rede sein, und Feyla konnte nur hoffen, dass ihr Zukünftiger vielleicht doch kein roher, gewaltsamer Krieger war.

Die erste Vorrunde der Akademiker war längst beendet, als einer der letzten Handwerker-Krieger Feylas Aufmerksamkeit fesselte. Er stand seinem Gegner mit nacktem Oberkörper gegenüber und trug nur eine Kette als Waffe. Sein Rivale war ein mächtiger Koloss, der mit einer Axt auf den Kleineren zielte. Die Kette schien eine schwierige Waffe zu sein. Kaum jemand konnte gut mit ihr umgehen. Nur in einer Würgeschlinge wirkte sie tödlich, und Feyla vermutete, dass sie im Krieg kaum zu gebrauchen war und die Krieger nur wenig mit ihr trainiert hatten. Gegen ein Schwert oder einen Speer war die Kette eine aussichtslose Waffe. Auf den ersten Blick sah es auch hier so aus, als müsste es ein ungleicher Kampf sein, doch der Krieger mit der Kette warf gefährliche Schlingen, die den Koloss zu Boden rissen. Zum ersten Mal fiel es Feyla schwer, ihren Blick abzuwenden.

Nach einer Weile waren die beiden das letzte Kampfpaar auf dem Feld. Sie tänzelten umeinander, stießen in schnellen Attacken vor und wichen im letzten Moment aus. Lange sah es aus, als wären sie sich ebenbürtig. Doch schließlich wurde der Größere immer matter und schwerfälliger. Die Hitze schien ihm zuzusetzen, während der Kleinere noch immer die Kette schleuderte, als wäre er gerade erst aus der Pause gekommen. Dann ging alles sehr schnell. Die Kette wickelte sich um den Axtarm. Mit einem Ruck zog der Kleinere daran, und die Axt fiel auf den Boden. Er stürzte sich darauf, hob sie hoch und wirbelte erneut die Kette durch die Luft. Während der Große auf die Axt schielte, legte sich die Schlinge um seinen Hals und zog sich zusammen. Der Krieger würgte, ging zu Boden und versuchte die Hände dazwischenzuschieben.

Der Kleinere ließ die Kette lockerer, stellte den Fuß auf die Brust des Besiegten und hielt die Axt über seinen Hals. Feyla ahnte, wie er die Frage stellte: »Ehre oder Gnade?«

Welche Antwort der andere gab, hörte sie nicht. Doch gleich darauf zog der Sieger an der Kette. Der Verlierer zuckte ein letztes Mal und blieb regungslos liegen. Das Publikum applaudierte. Manche tobten vor Begeisterung, andere wirkten zurückhaltender. Nur Feyla war nicht nach Applaus zumute.

Bevor die nächste Runde starten konnte, wurden die Leichen aus der Arena gebracht. Danach ging es weiter. Eine Vorrunde folgte auf die andere, nicht nur an diesem Tag, sondern auch am nächsten und übernächsten, bis die Sieger für die erste Zwischenrunde feststanden.

Immer wieder glitt Feylas Blick in die Ferne, über die gegenüberliegende Tribüne hinweg auf das Meer, das hinter der Küste von Anmare in der Sonne glitzerte. Es schien weit weg zu sein, viel zu weit. Zwischen der Küstenlinie und dem bläulichen Schimmern des Wassers lag eine weite, weiße Fläche. Salz! Weiß getrocknetes Salz. Die Dürre hatte auch das Salzmeer immer weiter ausgetrocknet.

In den Pausen durften sie zusammen mit ihrem Vater die Arena verlassen. Am Ausgang warteten Beltram und Krafur auf sie und begleiteten die Sippe durch die Menschenmenge. Zwischen der Kampfarena und dem Eingang des Stadions war ein üppiger Markt aufgebaut. Überall wurden Waren feilgeboten, feine Stoffe und Kleider, Geschirr und Schmuck. Feylas Schwestern blieben an den Ständen stehen, und ihr Vater zeigte sich von seiner spendablen Seite, übergab jedem Mädchen einen Beutel mit Münzen und wies die Sklaven an, auf seine Töchter aufzupassen.

Nach den Pausen ging es zurück in die Arena. Ob sie wollten oder nicht, die Töchtersippen mussten bei allen Kämpfen anwesend sein.

Auch in den Zwischenrunden war die Arena von kämpfenden Soldaten erfüllt, und mit jeder neuen Aufstellung hielt Feyla nach dem Krieger der Handwerkerkaste Ausschau, der in der

Vorrunde mit der Kette gewonnen hatte. In der ersten und der zweiten Zwischenrunde fand sie ihn nicht, doch in der dritten war er dabei. Dieses Mal kämpfte er mit einer Keule, während sein Gegner ein Schwert trug.

Feyla wusste nicht, woran es lag, aber sie konnte sich kaum von seinem Anblick lösen. Wie schon in der ersten Runde kämpfte er mit nacktem Oberkörper. Doch er schien kein Angeber zu sein. Ohne die Lederrüstung wirkte er beweglicher als die anderen. In einem Moment wich er aus, nur um im nächsten anzugreifen, bis seine Bewegungen fast wie ein Tanz erschienen. Er machte Drehungen, die aussahen, als wollte er sich zurückziehen, nur um sich sofort in die Position für einen Hinterhalt zu bringen. Dieses Mal war sein Gegner nicht größer als er. Anfangs sah er selbstgefällig aus und schien sich auf die Stärke seiner Waffe zu verlassen. Nur wenige Manöver später torkelte er verwirrt hin und her und konnte nur knapp den Attacken ausweichen. Schließlich traf die Keule seinen Schwertarm und schlug die Waffe aus seiner Hand. Der junge Handwerkersohn war schnell, packte das Schwert, schlug den Entwaffneten mit der Keule nieder und stellte ein weiteres Mal die Frage.

Im Gegensatz zu dem ersten Gegner schien dieser sich für Gnade zu entscheiden. Feylas Lieblingskämpfer sah auf, rief nach dem Schiedsrichter, und der Verlierer wurde in Ketten vom Feld geführt.

Erst jetzt fragte Feyla sich, ob die neuen Sklaven sofort auf dem Sklavenmarkt verkauft wurden, der hinter der Arena an die Stände der Viehhändler angrenzte. Sie öffnete den Mund, um ihren Vater danach zu fragen, entschied sich aber dagegen. Seit dem Vorfall in ihrem neuen Zimmer hatte sie nicht mehr mit ihm gesprochen, und sie wollte nicht ausgerechnet heute damit anfangen.

Auch von den Kämpfen und der Hitze hatte sie genug. Rinnsale von Schweiß kitzelten ihre Haut und klebten den Umhang an ihren Körper. Doch sie hatte keine Wahl. Der Rest des Tages und auch der nächste vergingen mit Zwischenrunden. Erst am achten Tag begannen die Endkämpfe. Jetzt fanden nur noch drei Kämpfe gleichzeitig statt, in jeder Kaste einer, damit die Väter jeden Sieger begutachten konnten.

Es war der zehnte Tag, und damit der letzte Tag der Auslese, als ihr Krieger auf das Feld kam. Dieses Mal trug er ein Schwert, während sein Gegner mit einem Speer bewaffnet war. Feyla kam nicht umhin, auf den nackten Oberkörper zu starren, der viel zu verletzlich erschien. Der Speer war deutlich länger als das Schwert. Würde er es überhaupt schaffen, nah genug an seinen Gegner heranzukommen?

Sein Widersacher sah umso finsterer aus. Wie die meisten Krieger hatte er seine langen Haare zu einem Zopf gebunden, doch auf einer Kopfhälfte fehlten ihm die Haare. Zuerst glaubte sie, er hätte sich für den Kampf eine provokante Frisur geschoren. Erst dann sah sie, dass seine rechte Kopfhälfte vernarbt war. Am schlimmsten war jedoch sein Blick. Die beiden standen direkt vor ihrer Tribüne, und Feyla konnte die Grausamkeit in seiner Miene sehen. Der Narbenkopf schien keine Angst zu haben. Nur die Lust am Töten sprach aus seinen Augen. Feyla war froh, dass dieser Krieger zur Handwerkerkaste gehörte und nicht ihr Ehemann werden konnte. Hastig sah sie zu ihrem Lieblingskrieger, der nur wenige Mannslängen entfernt an ihrer Tribüne vorbeilief.

Im Gegensatz zu den meisten war er weder von Narben noch von schief verheilten Brüchen entstellt. Sein Gesicht wirkte ebenmäßig und konzentriert, mit einer geraden Nase, die genauso gut zu einem Politiker passen würde. Feyla wünschte sich noch näher heran. Sie wollte seine Augen sehen und wissen, ob sie wirklich so ehrlich dreinschauten, wie es ihr vorkam.

Der Gedanke ließ sie innehalten. Warum dachte sie so viel

über diesen Krieger nach, der zur Handwerkerkaste gehörte und damit ganz sicher nicht ihr Mann werden würde? Und warum dachte sie überhaupt über einen Mann nach? Sie wollte nicht heiraten.

Als die Kämpfer ihre Plätze eingenommen hatten, trat ein Sprecher in die Mitte des Stadions und verkündete ihre Namen. Feyla konzentrierte sich auf das Rufen, um wenigstens den Namen ihres Kriegers zu erfahren.

»Dorgen aus der Sippe von Mirdrasch dem Schmied gegen Burk, Bastard aus dem Waisenheim von Kolmar.«

Der Soldat mit dem vernarbten Kopf zuckte bei der Verkündung seines Namens zusammen und ersparte Feyla das Rätsel, welcher der Namen zu ihrem Krieger gehörte: Dorgen also. Dorgen aus der Sippe von Mirdrasch dem Schmied.

Dann wurde der Kampf eingeläutet, und Feyla konnte nicht aufhören, ihren Krieger zu beobachten. Wenn sie ihn schon nicht heiraten durfte, wollte sie ihm wenigstens in Gedanken beistehen. Damit er diesen Kampf gewann und überlebte.

***

DORGEN

Er war kein Mensch mehr, wenn er kämpfte. Alles, was einen Menschen ausmachte, alle Gefühle, alle Ängste, alle Gedanken verschwanden, sobald der Gegner den ersten Schlag führte. Stattdessen packte ihn die Anspannung eines Raubtieres, eine Konzentration, die seinen Körper mit knappen Befehlen lenkte. Dieser Instinkt, den er so lange trainiert hatte, der ihm seit zwölf Blutjahren sein erbärmliches Kriegerleben rettete, wirkte in der Arena genauso gut wie im Waldgürtel von Farua.

Doch der Moment, bevor es losging, war anders. Solange die Waffen ruhten, sah er den Menschen, der vor ihm stand. Er hörte den Namen und las mehr von der persönlichen Geschichte des anderen, als ihm lieb war. Burk, Bastard aus dem Waisenheim von Kolmar.

Kolmar war der Schreckensbegriff, vor dem sich jeder kleine Junge in Sapion gruselte und über den zugleich am meisten gespottet wurde. Offiziell war Kolmar ein Heim für schwer erziehbare Jungen und Waisen aus der Handwerkerkaste. Doch jeder wusste, dass vor allem die Akademiker ihre ungewollten Sklavenbastarde dorthin abschoben. Aber ganz gleich, woher die Jungen stammten, am Ende waren sie alle eins: ungeliebt und verstoßen.

Was die Erzieher mit den Kindern in Kolmar taten, war seinem Gegner anzusehen, und Dorgen war sich sicher, dass die Narben auf Burks Kopf nur winzig klein waren im Vergleich zu den Narben auf seiner Seele.

Dorgen bemühte sich, sein Mitgefühl zurückzudrängen. Dass sein Gegner kein Mitleid haben würde, stand in seinen Augen. Hass und Verachtung glühten darin, die blanke Lust am Quälen und Töten. Burk schien zu jenen zu gehören, die ihre Menschlichkeit unwiederbringlich verloren hatten. Zudem wusste er, dass er heute siegen musste, um nicht mehr der Bastard aus Kolmar zu sein, sondern zum rechtmäßigen Ehemann einer sapionischen Sippe aufzusteigen. Allein deshalb musste Dorgen gewinnen: um fünf oder sechs Mädchen vor der Grausamkeit ihres Ehemannes zu bewahren.

Die Glocke, die den Kampf einläutete, traf ihn wie ein Schlag, und sofort ging sein Gegner auf ihn los. Dorgen konnte dem Speer nur knapp ausweichen, musste sein Gleichgewicht erst finden.

Erst der nächste Angriff ließ ihn reagieren. Das Sonnenlicht blitzte auf dem Speer und weckte seinen Überlebenstrieb. Mit ungleichen Waffen zu kämpfen, erforderte einen besonderen Blick. Jede Waffe besaß Stärken und Schwächen. Die Stärke des Speeres war seine Länge, er konnte Dorgen töten, lange bevor sein Schwert auch nur in Reichweite des Gegners kam. Doch zugleich war die Länge auch seine Schwäche: Auf kurze Distanz war der Speer als Waffe wirkungslos. Dorgen musste also nur an dem Speer vorbeikommen, um dann aus Schwertkampfdistanz anzugreifen.

Aber so leicht sich die Theorie dahinsagte, so schwer war es, sie anzuwenden. Auch sein Gegner kannte die Stärken und Schwächen seiner Waffe, und er war ausgesprochen wendig. Wann immer Dorgen einen Trick versuchte, um an dem Speer vorbeizukommen, durchschaute ihn der andere und riss die Spitze in seine Richtung. Als Dorgen es mit einem wendigen Sprung schaffte, auf Schwertkampfdistanz vorzudringen, hielt sein Gegner den Speer senkrecht, parierte die Schwerthiebe mit dem Schaft, und wich wieder auf Speerlänge zurück.

Doch so schwer es auch war, an ihn heranzukommen, so einfach war es, den Vorstößen des Speeres auszuweichen. Dorgen ging dazu über, nicht auf den Gegner, sondern auf den Speer zu zielen. Mit zackigen Hieben schlug er den Schaft nach oben, um ihn aus den Händen des Gegners zu reißen. Aber der Bastard aus Kolmar hielt eisern fest. Ab dem dritten Mal sah er Dorgens Angriffe vorher und brachte den Speer in Sicherheit.

Eine ganze Weile tanzten sie umeinander, wichen den Attacken aus, während Rabanus auf sie herabbrannte. Immer wieder setzte Dorgen einen Hieb auf den Speer ab. Dann wieder täuschte er den Hieb nur an und nutzte das Ausweichmanöver des Gegners, um näher heranzukommen. In so einem Moment ließ er das Schwert auf das Schlüsselbein des Bastards herabsausen. Doch es traf nicht, schlug nur auf den Schaft des Speeres, der wie ein Schild dazwischenfuhr.

Mit einem splitternden Geräusch zerbrach der Speer in zwei Teile. Burk packte ihn an seiner kürzeren Spitze und stach auf Dorgen ein. Mit einem Mal hatten sie die gleiche Kampfdistanz, nur mit dem Unterschied, dass sein Gegner mit der Waffe nur zustechen konnte.

Dorgen wich dem Stich aus, setzte zum Schwertkampf an und zwang den anderen, den Speer wie ein Schwert zu nutzen. Es war nur eine Frage der Zeit, ehe das Holz zertrümmert wurde. Von nun an würde es ein einfaches Spiel sein. Er musste sich ermahnen, nicht leichtsinnig zu werden. Auch seine vorherigen Gegner hatten geglaubt, dass sie von der schwächeren Waffe nichts zu befürchten hatten.

Immer schneller setzte Dorgen die Hiebe hintereinander, trieb den anderen immer weiter zurück. Er durfte ihm keine Chance lassen, seinerseits noch einmal anzugreifen. Das Holz des Speeres knirschte unter den Schlägen, bis es ein weiteres Mal splitterte. Der Stummel, der mit der Speerspitze hinabfiel, wäre wohl kaum noch als Waffe zu gebrauchen, doch Dorgen sprang darüber hinweg auf den Gegner zu, damit sein Widersacher die Spitze nicht aufheben konnte.

Unbewaffnet stand der andere vor ihm. Es wäre ein Leichtes, auszuholen und ihn niederzustrecken. Doch Dorgens Kampfinstinkt verließ ihn augenblicklich. Einen Unbewaffneten zu töten, entsprach nicht der Ethik, die er sein Leben lang gepflegt hatte. Also hielt er das Schwert nur abwehrend vor sich. Sie beide atmeten schwer, Bäche von Schweiß liefen über Dorgens Gesicht und kühlten seinen Oberkörper.

»Was ist?« Burk grinste ihn an. »Warum beendest du es nicht? Der Kampf ist noch nicht vorbei.« In seinen Augen schimmerte etwas.

Dorgen erkannte die Gefahr: Der andere hatte seine Schwachstelle gesehen, und es gab keine Zweifel, dass er sie zu nutzen wusste. Dorgen reagierte, sobald sein Gegner zuckte, sah den Angriff, noch bevor er stattfand. Burk wollte unter dem Schwert hindurchtauchen und ihn mit seinem Körpergewicht zu Boden reißen.

Dorgens Reaktion kam gerade noch schnell genug. Mit dem Schwert schlug er zu, traf den anderen in die Seite. Burk sackte zu Boden. Dorgen sprang auf ihn zu und ließ sich auf seine Brust fallen. Das Schwert hielt er senkrecht über den Hals des Gegners.

Tödlicher Hass sprach aus dem Blick des Verlierers. Sein Atem hingegen keuchte vor Schmerzen, und sein Gesicht verlor die Farbe, als würde er jeden Moment in Ohnmacht fallen.

»Ehre oder Gnade?« Dorgen sprach schnell, musste auf eine Entscheidung drängen, bevor der andere das Bewusstsein verlor.

Burk antwortete nicht, nur sein Atem verwandelte sich in ein Wimmern, klang immer verzweifelter, während sich sein Gesicht verzerrte. Wie ein hilfloses Kind, das nicht wusste, wie es sich gegen die Qual wehren sollte. Dieser Mann war schon oft erniedrigt, verletzt und gedemütigt worden. Nur dass es dieses Mal vor mehr als zehntausend Zuschauern in der größten Arena von Sapion geschah.

Burk drehte das Gesicht zur Seite. Doch es war zu spät. Dorgen hatte die Tränen gesehen. »Gnade«, winselte er. »Ich bitte um Gnade.«

***

Die Sieger wurden hinter dem Stadion durch einen langen Laubengang geführt. Vor und zwischen den Kämpfen hatten sie in Einzelzellen gesessen, die nur mit Stroh ausgestattet waren, und Dorgen hatte sich nicht darüber gewundert, dass sie eingesperrt wurden. Selbst auf dem Weg zur Auslese waren sie von Wachen begleitet worden, damit sie nicht im letzten Moment desertierten. Jetzt gingen sie jedoch in eine Richtung, in der er noch nie gewesen war. Am Ende des Laubenganges führte der Wärter ihn in eine große Halle, die auf marmornen Säulen ruhte. Schöne Faruasklavinnen liefen mit Servierschalen und Krügen umher, lächelten ihm zu und verschwanden in seitliche Gänge. Auch Dorgen wurde in einen der Gänge geführt, bis der Wärter an einer Tür anhielt und sie für ihn öffnete. »Dieses ist Euer Zimmer für die nächsten Tage«, erklärte er und ließ ihn eintreten. Der Raum wirkte hell und freundlich, mit einem großen Fenster, dessen Ausblick auf einen Park hinausführte, der mit grünen, blühenden Pflanzen bewachsen war.

»Macht Euch frisch und ruht Euch aus«, sprach der Wärter weiter. »Ich werde Euch eine warme Mahlzeit und guten Most bringen lassen.«

Dorgen trat langsam in das Zimmer, dessen Boden mit weichen, bunten Teppichen belegt war. Mit jedem Schritt hinterließ er Staub und Blut auf den kostbaren Webarbeiten. Also blieb er stehen und hoffte darauf, dass der Aufseher bald gehen würde. »Vielen Dank!«, sagte er mit fester Stimme, und der andere zog sich mit einem Nicken zurück und schloss die Tür.

An der schmalen Seite des Zimmers stand ein Bett, dessen Kissen weicher aussahen als alles, auf dem Dorgen je geschlafen hatte. Ein unwirkliches Gefühl umfing ihn, während er die Stiefel auszog und auf das Bett zuging. Über einem Ständer daneben hing ein dunkelblaues edles Gewand mit goldenen Stickereien an den Schulternähten. Gerne hätte er den Stoff berührt, um herauszufinden, ob er weich oder fest war. Doch seine Finger waren braun verkrustet vom Blut seines Gegners. Ratlos blieb er stehen. Bevor er sich gewaschen hatte, war es unmöglich, irgendetwas in diesem Zimmer zu berühren, ganz zu schweigen von dem Bett, das er nur besudeln würde.

Ob ihm jemand Wasser bereitgestellt hatte? Wenigstens etwas zum Trinken musste doch da sein. Seine Kehle brannte. Er würde verdursten, wenn er nicht sofort etwas fand.

Ein leises Klopfen ließ ihn herumfahren. Mit dem Rücken zuerst schob eine Sklavin die Tür auf und trug ein Tablett und einen großen Krug zu ihm ins Zimmer. Mit nahezu lautlosen Schritten ging sie zu einem Tisch vor dem Fenster und stellte beides darauf ab.

Dorgens Blick heftete sich an die blonden, langen Haare der

Sklavin. Er hatte gewusst, dass es blonde Haare gab. Und dass sie selten waren. Aber noch nie hatte er einen Menschen mit derart hellen Haaren gesehen. Wurden blonde Mädchen nicht der großen Göttin geopfert? Er versuchte, sich von dem Anblick abzulenken. »Ist das Wasser in dem Krug? Oder Most?«

»Wasser, mein Herr.« Die Sklavin drehte sich zu ihm um. Ihre Augen wirkten groß und ein wenig erschrocken. Doch die Farbe ihrer Iris war eindeutig braun. War es das, was sie vor dem Opfertod gerettet hatte? Stimmte es also, dass die Mädchen blond und blauäugig sein mussten, um sich als Blutopfer zu eignen?

»Most werde ich gleich holen, mein Herr. Ich werde mich beeilen, mein Herr.«

Dorgen lächelte ihr beschwichtigend zu. »Nein, nicht nötig. Ich hatte gehofft, dass es Wasser ist. Ich wäre sonst verdurstet.«

Die Sklavin drehte sich eilig zum Tisch, goss Wasser in einen Becher und reichte ihn an Dorgen. In einem Zug stürzte er das Getränk herunter.

»Möchtet Ihr noch mehr?« Sie nahm den Krug und goss ihm nach. »Ich habe Euch auch eine Mahlzeit gebracht.«

Dorgen leerte einen zweiten Becher. Doch der metallische und süßlich faule Gestank der Arena haftete noch immer in seiner Nase. Oder in seiner Kleidung? »Ich kann jetzt nichts essen. Nicht sofort. Gibt es eine Möglichkeit, mich erst zu waschen?«

Ein roter Schimmer huschte über ihre Wangen. »Aber natürlich, mein Herr. Verzeiht, mein Herr. Wenn Ihr Euch gleich waschen wollt, geleite ich Euch in den Badesaal.«

Ein Badesaal? Was meinte sie damit?

Die Sklavin griff bereits nach der Kleidung über dem Ständer und ging voran durch die Tür. Dorgen folgte ihr, den Gang entlang in eine andere Richtung. Als sie eine seitliche Tür öffnete, schlug ihm weißer Rauch entgegen. Feuer! Klirrender Alarm schrillte durch seine Nerven. Er packte die Sklavin an der

Schulter, wollte sie zurückreißen und retten. Doch das Mädchen ging ungerührt in den Rauch hinein.

Oder war es gar kein Rauch? Es roch nicht nach Feuer. Mehr nach süßlich herben Kräutern. Angenehm und warm. Die Sklavin fasste nach seiner Hand und zog ihn weiter. »Ihr habt wohl noch nie Wasserdampf gesehen, mein Herr? Er entsteht, wenn eine große Menge Wasser sehr heiß gemacht wird. Dann verdichtet sich der Dampf in der Luft zu Nebel.«

Wasserdampf? Nebel? Er hatte diese Worte noch nie gehört. Und noch nie solche Feuchtigkeit gespürt, die sich auf seinem Gesicht niederschlug. Es fühlte sich klebrig an, wenn er darüberwischte, fast wie Schweiß. Wieder führte ihn die Sklavin durch einen Gang, der nur durch helle Vorhänge begrenzt war. Hinter manchen Vorhängen plätscherte Wasser – und manchmal hörte er das Murmeln von Menschen. Tiefe Männerstimmen. Und hier und da eine Frau.

»Hier ist es!« Die Sklavin zog einen der Vorhänge zur Seite und führte ihn auf einen großen metallischen Bottich zu, der bis obenhin mit klarem Wasser gefüllt war.

Dorgen starrte darauf. So viel Wasser zum Baden? Oder war es zum Trinken? Es musste genug sein, um eine ganze Woche lang nicht dursten zu müssen. Falls er wirklich darin baden sollte, wäre es pure Verschwendung.

»Gefällt es Euch nicht, mein Herr?« Irritiert blickte die Sklavin zu ihm auf. »Es ist frisch für Euch erhitzt und mit Kräutern versetzt worden. Mögt Ihr die Auswahl der Duftstoffe nicht?«

»Wie bitte? Doch. Ich mag es. Es ist nur …« Sein Blick fing sich an der jungen Sklavin, an ihren Fingern, die an der Gürtelschlaufe zogen, mit der ihr Gewand in der Mitte gehalten wurde. Der weiche Stoff fiel auseinander und zeigte ihren nackten Körper. Glatte Haut und ein flacher Bauch, runde Brüste, die fest und unverbraucht aussahen. Ein heißes Gefühl lief durch seinen Körper, brachte ihn augenblicklich zum Schwitzen. »Was tust du da?«

Demütig senkte sie den Kopf. »Ich bin Eure Sklavin für diesen besonderen Tag. Aber wenn ich Euch nicht gefalle, dann …«

Dorgen entfuhr ein überraschtes Zischen. Er wollte keine Sklavin. Eigentlich. Doch diese Sklavin schien anders zu sein, auch wenn er noch nicht festmachen konnte, woran es lag. Vielleicht war sie etwas scheu. Aber nicht so verstört und panisch wie die Mädchen im Heerlager – und auch nicht stumpf und gleichgültig wie diejenigen, die das Elend nur noch über sich ergehen ließen.

»Verzeih«, murmelte er. »Es ist nicht, dass du mir nicht gefällst. Du bist sehr schön. Aber ich … bin nur so … Ich habe nicht damit gerechnet. Und eigentlich …«

Etwas in ihren dunkelbraunen Augen schien sich aufzuhellen, ehe sich ein breites Lächeln über ihr Gesicht legte. Ein leises Lachen schlüpfte aus ihrem Mund und übertrug sich auf ihn. Überrascht und leicht sprang das Lachen aus seiner Kehle – und mit einem Mal wollte er sie. Wie hatte er noch vor Kurzem zu Tailin gesagt? Er bereute, dass er nie geliebt hatte. Wenn ihm diese Sklavin eher begegnet wäre, vielleicht hätte er sich dann in sie verliebt. Oder verliebte er sich gerade jetzt? War es so einfach?

Er hatte die Auslese gewonnen! Er war ein Sieger. Bald schon würde er eine Sippe von sapionischen Schwestern heiraten. Was diese Sklavin ihm darbot, würde er bald mit mehreren Frauen haben können, so oft er wollte und mehrmals am Tag.

Doch bis dahin würde noch einige Zeit vergehen. Erst am Ende der Nachtsonnenzeit, am Neujahrstag, fanden die sapionischen Hochzeiten statt, und mit einem Mal konnte er nicht mehr so lange warten. So gewaltig stieg die Lust in ihm auf, dass es unmöglich wurde, sie zu unterdrücken. Er kannte dieses Gefühl. Auch nach anderen Kämpfen war es mit ihm geschehen. Wenn eben noch der Tod drohte, wenn die Nerven seines Körpers alles gaben, um sich zu verteidigen und zu überleben – in solchen

Momenten geschah etwas mit seinem Verstand, als würde er sich in ein Tier verwandeln. Und wenn der Kampf dann vorbei war und der Gegner vertrieben oder getötet war, kehrte das Leben mit viel zu großer Wucht in seinen Körper zurück.

Bis eben war er zu verwirrt gewesen, um etwas zu fühlen. Doch plötzlich schlug die Gier zu, noch um vieles stärker als die Male zuvor. Dieses hier war kein dreckiger Kampf im Waldgürtel von Farua gewesen, kein zermürbender Tag in einer Reihe von endlosen Kriegertagen. Heute hatte er seinen letzten, entscheidenden Kampf hinter sich gebracht – von nun an war er frei!

Und dieses Mädchen vor ihm war keine missbrauchte Heersklavin. Ihr Lachen versiegte zu einem funkelnden Lächeln. Hieß das, sie wollte ihn ebenfalls? Konnte es sein, dass sie eine Freiwillige war? Einfach so? Er streckte die Hand nach ihr aus und legte sie an ihre Wange. Weiche Haut unter seinen Fingern, warm und lebendig. Seine eigene Haut war rau im Vergleich. Und viel zu schmutzig. Er wollte ihr näherkommen, sie küssen und streicheln. Aber nicht so. »Ich muss erst ins Wasser«, flüsterte er. »Es wäre nicht richtig, dich so zu berühren.«

Die Funken in ihrem Lächeln sprühten über. Ihre Hände berührten seine nackten Schultern und fuhren an seinen Armen abwärts. Erst jetzt wurde er sich bewusst, dass sein Oberkörper noch immer nackt war. Er musste wahnsinnig gewesen sein, diese Kämpfe mit bloßer Haut zu führen. Wenn er an den Morgen zurückdachte, an dem er seine Lederrüstung losgeschnürt und im Stroh seiner Zelle zurückgelassen hatte, wusste er nicht mehr, warum er es getan hatte. Weil er so schneller gestorben wäre? Um der Entscheidung auszuweichen und gar nicht erst in die Versuchung zu geraten, um Gnade zu flehen?

Die Hände der Sklavin erreichten seine Unterarme und sprangen zu dem Bund seiner Beinkleider. Mit geschickten Fingern löste sie die harten Lederschnüre an der Seite und schob die

Hose abwärts über seinen Po. Ihre Hände streiften seine Haut und ließen ihn scharf ausatmen. Schnell trat er zurück, zerrte die Hose selbst über seine Füße und ging zu der Wasserwanne. Als er den ersten Fuß über den Rand hob, erwartete er lauwarmes Wasser. Wie an dem Tag, als er noch klein gewesen war und seine Mutter ihn nach einer längeren Krankheit gebadet hatte. Es war das erste und einzige warme Bad in seinem Leben gewesen – und eine der wenigen Erinnerungen an seine Mutter. Sein Zeh tauchte ins Wasser, und beinahe wäre er zurückgesprungen. Das Wasser war heiß!

Erst mit dem Lachen der Sklavin fiel ihm auf, dass er einen leisen Schrei von sich gegeben hatte.

»Dein letztes heißes Bad muss wohl schon lange her sein?«, bemerkte sie.

Noch nie! Fast hätte er es gesagt. Stattdessen setzte er den ganzen Fuß in die Wanne, stellte sich darauf und zog das zweite Bein nach. Ja, das Wasser war heiß, aber nicht zu heiß. Er ließ sich auf die Knie sinken, drehte sich zur Seite und streckte sich in der Wanne aus. Das heiße Wasser nahm ihn auf und umfing ihn. Wie der Körper eines anderen Wesens. Es fehlte nicht viel und seine Lust würde sich in die Hitze des Wassers entladen. Wenn die Sklavin nicht bei ihm wäre, es hätte ihm mehr als ausgereicht. Doch etwas an ihr ließ ihn mehr wünschen. Mit ihr durfte es nicht zu schnell gehen. Er schloss die Augen, um einen Teil der Gier zurückzudrängen. Nur das Plätschern des Wassers drang an seine Ohren, über seine Brust schwappten die Wellen einer fremden Bewegung. Die Knöchel des Mädchens streiften seine Beine, kurz bevor sie ins Wasser glitt und in seine Umarmung kroch. Weich und fest drängte sich ihr Körper an seinen. Große Göttin, er wollte sie. Und sie wollte ihn. Er spürte es. Auch wenn er nicht verstand, warum. Sie war eine Sklavin. Musste es nicht schrecklich für sie sein?

Als er die Augen wieder öffnete, war ihr Gesicht direkt vor ihm. Die untere Hälfte ihrer blonden Haare war nass und klebte an ihrem Kinn. Nur oben waren sie noch trocken. Das Licht aus den Kuppelfenstern warf einen weichen Glanz darauf. »Wie heißt du?«, flüsterte er. Wenn das hier wahr werden sollte, durfte sie keine Namenlose sein.

»Thia, mein Herr.«

Der Name sirrte durch seinen Körper, vereinte sich mit der Berührung ihrer Hand. Ohne Scheu strich sie über seine Brust, tauchte ins Wasser und wanderte abwärts. Als sie ihn umfasste, packte er ihren Arm. »Langsam! Ich will dich richtig. Aber ich halte nicht lange durch, wenn du so weitermachst.«

Täuschte er sich oder wurden ihre Augen weiter? Lag etwa doch eine Spur von Angst darin? Sie durfte sich nicht vor ihm fürchten. »Keine Sorge. Ich werde sehr vorsichtig sein.« Ihre Lippen waren direkt vor ihm. Er musste sich nur zu ihr neigen, und schon traf sein Mund auf ihren. Augenblicklich erwachten ihre Lippen zum Leben, schmiegten sich um seine und öffneten sich zum Kuss. Ihre Zunge schmeckte würzig, als hätte sie ätherische Blätter gekaut. Bei den Göttern, dieses Mädchen war keine gewöhnliche Hure. Ihre Hände streichelten seinen Körper so gekonnt, als wäre er ein Instrument, auf dem sie spielte. Ihre Finger fanden verborgene Punkte, trieben seine Sinne auf ein höheres Level und respektierten dennoch seinen Wunsch, es langsam zu tun. Nie zuvor war er so lange in dieser Höhe gewesen. Doch sie hielt ihn hier. Als wäre sie selbst eine Göttin, die für dieses Spiel geboren wurde.

Vorsichtig umfasste er ihr Gesicht, löste seinen Mund von ihrem und ließ seinen Kuss über ihre Wangen tasten. Er musste ihr etwas zurückgeben, musste so zärtlich sein wie sie, damit sie genauso fühlte wie er. Warum konnte sie nicht eines der Mädchen sein, die er heiratete? Eine blonde Faruagöttin. Ob es wohl möglich wäre, sie mitzunehmen in seine Ehe? Wenn sie von ihm schwanger wurde, musste er sie in sein Haus holen und das Kind als seines aufziehen. Plötzlich wollte er, dass es so kam, dann gäbe es einen Grund, sie bei sich zu behalten. Und sie nicht an den Nächsten zu verlieren.

Heftig und ungewohnt stach die Eifersucht in seine Brust. Mit wie vielen Männern hatte sie es schon getan? War er der erste an diesem Tag? Oder war sie eben noch bei einem anderen gewesen? Würde sie überhaupt sagen können, von wem ein Kind stammte, wenn sie schwanger wurde?

»Schht!« Als hätte sie seinen Gedanken gelesen, legte sie den Finger auf seine Lippen. »Nicht zweifeln, nur fühlen.« Damit schob sie ihr Bein über seine, setzte sich auf ihn und ließ ihn den Eingang fühlen. Es fehlte nur wenig, doch plötzlich zögerte sie. Verwirrung und Unsicherheit glimmten in ihrem Blick.

»Was ist?« Er strich eine nasse Strähne aus ihrem Gesicht, schob sie hinter ihr Ohr und ließ seine Hand an ihrer Wange liegen. Vielleicht war sie doch nur eine Sklavin, die zu dem hier gezwungen wurde. »Du musst das nicht tun, Thia. Wenn du nicht magst, können wir aufhören. Ich will dich nur, wenn du mich auch willst.«

»Ich will dich!«, fuhr sie dazwischen. »Ich will dich wirklich! Ich habe das selbst kaum geglaubt, aber es ist so … Es ist nur …« Sie stockte. Kurz fragte er sich, ob sie weiterreden würde. »Es ist nur, dass ich das noch nie getan habe.«

Die Bedeutung ihrer Worte sickerte nur langsam zu ihm durch. Sie war eine Hure! Wie konnte es sein, dass sie noch nie …? »Du meinst, du bist noch Jungfrau?«

Thia nickte.

Das konnte nicht sein! Hieß das, sie machte ihm etwas vor? Gehörte das zum Spiel? Damit er nicht an die anderen Männer dachte, die eben noch ihren Samen in ihr hinterlassen hatten? »Du sagst das nur so. Weil du glaubst, dass es mir gefällt.«

»Nein!« Vehement schüttelte sie den Kopf. »Es ist wahr.«

»Und woher weißt du dann das alles? Wie du mich berühren musst? Damit es so …« *Schön ist? Besonders? Atemberaubend?*

»Wir werden dafür ausgebildet.«

»Wer ist wir?«

»Die Mädchen in dem Haus, in dem ich aufgewachsen bin. Wir werden von klein auf auf den besonderen Moment vorbereitet. Auf den einen Mann, dem wir das höchste Glück spenden.«

Wovon redete sie? Sie war eine Sexsklavin. Selbst wenn er zufällig der Erste war, würden nach ihm viele andere kommen. »Du meinst für die Sieger der Auslese? Seid ihr spezielle Huren, die nur für uns eingesetzt werden?«

Bei dem Wort »Hure« zuckte sie zusammen. »Nein. Vielleicht. Könnte man so sagen.« Ihr Blick wich ihm aus. »Denk nicht daran. Es ist nicht so wichtig.« Ihre Hüfte bewegte sich auf ihm, nur ein kleines Stück, ein kurzer Ruck, und plötzlich war er in ihr. Ein leises Wimmern entkam ihrem Mund, dunkler Schmerz prägte sich in ihre Augen. Es war ihr erstes Mal! Wenn er eben noch gezweifelt hatte, wusste er es jetzt sicher. Dennoch machte sie weiter, ritt in kleinen runden Bewegungen auf seinem Schoß, bis die Gier ihn erfasste und höher trug. Vielleicht war sie doch eine der Göttinnen, an die die Faruaner früher geglaubt hatten. Hieß es nicht, die meisten göttlichen Menschen seien blond?

So musste es sein. Und er war der Erste, der sie haben durfte. Seine Lust überschlug sich, seine Hände fanden ihren Körper, liebkosten ihren Bauch und die warme Stelle darunter, glitten ihre Seiten hinauf und umfassten ihre Brüste. Der Schmerz in ihrer Stimme wurde lauter, verwandelte sich, wurde rau und wild wie ein Sturm und vermischte sich mit dem Wirbel, der seine Sinne erfasste. Sie war keine gewöhnliche Sklavin, es war ihr erstes Mal, und dennoch wurde sie mitgerissen von der Lust. Ihre Stimme explodierte genau in jenem Moment, in dem er sich selbst nicht länger halten konnte. Er zog sie an sich, klammerte die Arme um ihren Rücken und bewegte sich für den letzten Augenblick selbst, ehe sich sein Samen in sie ergoss. Das heiße Gefühl dauerte lange, hielt an, war noch nie so gut gewesen wie jetzt. Er wollte nicht von hier fortgehen. Wollte für immer in dieser Wanne bleiben. Mit ihr.

»Wenn du jetzt schwanger wirst«, flüsterte er, »dann darf ich dich mitnehmen.« Seine Hände streichelten ihren Rücken, ihre Haare. Sein Mund suchte ihren und flüsterte die Worte auf ihre Lippen: »Warum bist du nicht eines der Mädchen, die ich heirate?« War das Liebe? Konnte es so schnell gehen? Oder lag es nur an seiner Verwirrung, an den letzten Tagen, die ihn an den Rand des Todes und nun doch wieder zurück ins Leben gebracht hatten?

Wenn die Zeit mit ihr begrenzt war, wollte er sie nutzen. »Kommst du nachher mit auf mein Zimmer? Und bleibst über Nacht? Darf ich dich darum bitten?«

Thia löste sich von ihm, gerade so weit, dass er ihr Gesicht sehen konnte. »So lautet mein Auftrag. Du bist der Eine, für den ich aufbewahrt wurde und um den ich mich kümmern soll.«

Für den sie *aufbewahrt* wurde? Was waren das für Worte? »Was soll das heißen, du wurdest *aufbewahrt*? Für den *Einen*? Was soll an mir anders sein als an anderen Siegern?«

Plötzlich wirkte sie verwundert. »Ich weiß es nicht. Müsstest du das nicht wissen? Er hat mir nur gesagt, dass du derjenige bist, für den ich ausgebildet wurde. Und wenn *er* das sagt ... Er ist einer der höchsten Männer. Vielleicht auch *der* höchste, direkt nach Rabanus. Unsere Ausbilderinnen im Mädchenhaus wollten mir das nie so genau verraten. Aber ich glaube, er hat mich schon gekauft, als ich klein war. Für diesen einen Tag.«

Dorgen wurde schwindelig. Konnte es sein, dass er träumte? Oder hatte jemand Kabak in sein Wasser gemischt? Vielleicht war das auch eine Droge, nach der ihr Mund schmeckte. Das zumindest würde einiges erklären. »Der zweithöchste Mann in Sapion? Was will er von mir?«

»Na was wohl? Er will dich für seine Töchter.«

»Als Schwiegersohn?« Dorgen starrte sie an. »Das geht nicht. Ich bin der Sohn eines Schmiedes, ich gehöre zur Handwerkerkaste. Keinesfalls werde ich mit einer Akademikersippe verheiratet. Könnte es sein, dass du mich verwechselst? Vielleicht hast du dich in der Tür geirrt.«

Thia fuhr aus seiner Umarmung hoch. Erschrocken sah sie auf ihn herab. Doch dann wich der Schrecken von ihrem Gesicht. »Nein. Ich bin ganz sicher. Du bist doch Dorgen, der Sohn von Mirdrasch.«

Er schluckte. »Ja, von Mirdrasch dem Schmied.«

»Das ist seltsam.« Thia schüttelte den Kopf. »Aber dennoch bin ich mir sicher. Er selbst hat mir deine Tür gezeigt.«

***

In dieser Nacht schlief er tief in die weichen Kissen vergraben und hielt Thia so dicht an sich gezogen, dass er sie bis in den dunkelsten Schlaf hinein fühlte. Einmal wachte er weit genug auf, um sie zu streicheln und zu küssen und im Licht der Blutsonne noch einmal mit ihr zu schlafen, ehe er wieder in den erschöpften Schlaf eines Kämpfers fiel, der zum ersten Mal in Sicherheit war.

Erst als er aufwachte, hatte sich etwas geändert. Grelles Licht fiel durchs Fenster herein, und sein Kriegerinstinkt ließ ihn aufschrecken. Jemand war in seinem Zimmer. Jemand anderes als das Mädchen in seinen Armen.

Mit einem heftigen Ruck fuhr Dorgen hoch. Auf dem Stuhl neben seinem Tisch saß ein älterer Mann mit weißen Haaren. Süffisant lächelte er ihm zu und zeigte auf die Sklavin. »Wie ich sehe, gefällt dir mein Geschenk.«

Dorgens Herz schlug noch immer im Alarmzustand. »Wer seid Ihr? Und was wollt Ihr von mir?«

Der weißhaarige Mann klopfte mit den Fingern auf ein Buch,

das vor ihm auf dem Tisch lag. Es war eine dicke Kladde, mindestens hundert Seiten stark. Auf dem Einband erkannte Dorgen einen Namen. Seinen Namen. »Ich bin Walerius, oberster Berater von Rabanus Sapion. Und du bist Dorgen aus der Sippe von Mirdrasch dem Schmied. Ich erwähle dich als Ehemann für meine erstgeborene Töchtersippe.«

Die Spucke in Dorgens Mund trocknete augenblicklich. Das konnte nicht wahr sein. Er musste noch immer träumen. »Aber ich … ich gehöre zur Handwerkerkaste. Und Ihr … Ich habe nicht den richtigen Stand für eure Töchter.«

Das süffisante Lächeln kehrte auf das Gesicht des Alten zurück. »Ich bin der zweithöchste Mann in Sapion. Ich muss mich nicht an Regeln halten. Und ich habe Euch ausgewählt. Warum, tut nichts zur Sache.« Damit stand er auf und nahm das Buch mit Dorgens Namen darauf an sich. Mit einer nachlässigen Bewegung zeigte er auf die schlafende Sklavin. »Genießt mein Geschenk, solange Euch Zeit dazu bleibt. Mitnehmen in mein Haus dürft Ihr sie nicht. Die Ehre meiner Töchter hat Vorrang.« Allein Walerius' Miene machte klar, dass er keinen Widerspruch duldete. Schwungvoll drehte er sich zur Tür und marschierte nach draußen.

Dorgen blieb mit schnell schlagendem Herzen zurück. Thia regte sich neben ihm. Wie zufällig strich ihr Arm über seinen Oberschenkel, ehe sie blinzelte und ihn anlächelte. »Guten Morgen«, flüsterte sie.

Er durfte sie nicht behalten! Wie ein Messer stach der Gedanke in seine Eingeweide. »Thia, ich … Walerius war gerade da. Ist er der Mann, von dem du gesprochen hast?«

Sie nickte. Plötzlich schimmerte Trauer in ihren Augen.

»Ich habe dir gestern gesagt, dass ich dich mitnehmen will, wenn du schwanger wirst, und ich habe das ernst gemeint. Ich meine das immer noch ernst. Aber er …«

»Pst!« Thia richtete sich auf und legte die Hand auf seinen

Mund. »Es ist schon in Ordnung. Ich werde nicht schwanger. Ich kann gar nicht schwanger werden.«

Entsetzt starrte er sie an. »Warum nicht?«

Thia schaute nach unten. »Der Arzt im Mädchenhaus hat mir die Fruchtbarkeit genommen. Ich nehme an, dass *er* das so angeordnet hat. Aber es ist besser so!« Ein hastiges Lächeln huschte über ihre Lippen. »Es ist besser für eine Hure, unfruchtbar zu sein. Und die Ausbilderinnen sagen, es ist besser für ein blondes Mädchen. Damit die Blutsucher nicht mit mir züchten.«

Züchten? Dorgens Nackenhaare stellten sich auf. Wenn sie noch fruchtbar wäre, würden die Blutsucher Opferkinder mit ihr züchten. »Thia! Es tut mir so leid!« Verzweiflung stieg in ihm hoch. Ganz gleich, ob dieses Gefühl in seiner Brust Liebe war oder nur Zuneigung – er konnte nichts für sie tun. Konnte sie nicht mitnehmen und nicht retten. Nur solange er hier war, konnte er sie im Arm halten und gut zu ihr sein. Danach war sie ihrem Schicksal ausgeliefert. »Thia«, wiederholte er. »Es tut mir so leid!« Damit zog er sie an sich und hielt sie fest. »Ich wünschte, ich könnte dir helfen, aber ich weiß nicht wie.«

Thia küsste seine Wange und streichelte seinen Rücken, fast so, als wäre er derjenige, der getröstet werden musste. »Es ist meine Bestimmung. Mach dir keine Sorgen um mich. Ich bin glücklich, dass du derjenige bist, für den ich ausgebildet wurde. Du bist ein guter Mann.«

6. Kapitel

Südfarua, Wasserbergwerk Ljimgart, Sklavenkolonie

ALIA

Seit die Sklaven in die zwölfte Ebene hinabsteigen mussten, um das Wasser aus der neuen Quelle zu zapfen, hatte sich der Arbeitsrhythmus verändert. Nur noch wenige Sklaven arbeiteten in den älteren Schächten und holten das letzte Wasser aus dem alten Reservoir.

Alia war eine von ihnen. Zuvor war es schwierig gewesen, einen unbeobachteten Moment zu finden, in dem sie der Sklavenkolonne entkommen konnte, um ihre Schwester im verbotenen Teil des Bergwerkes zu besuchen. Jetzt waren die nächsten Sklaven so weit entfernt, dass sie unbemerkt in den Gang schlüpfen konnte, der in den verbotenen Teil des Bergwerkes führte.

Dieses Mal nahm Alia das Fass mit, das sie vor sich herrollte. In der Dunkelheit des Tunnels zapfte sie Wasser in einen Eimer, entzündete ihre Öllampe und machte sich auf den Weg zu den versteckten Mädchen.

Nelja und Meikje hatten sich am oberen Rand der Felsenhöhle ein neues Lager eingerichtet. An diesem Ort, unter den Wurzellöchern der vertrockneten Maruschkabäume, konnten sie ihre Tage in der Sonne verbringen.

Nelja blühte im Licht sichtbar auf. Ihre ungesunde Blässe wich einer menschlichen Hautfarbe, und ihre Augen leuchteten hoffnungsvoll, wann immer Alia neue Holzstäbe mitbrachte, die sie als Leitersprossen verwenden konnten.

Auch heute trug Alia einen Teil ihres Brennholzes unter dem Kleid verborgen. Es pikste und drückte sie schon den ganzen Tag, sodass sie erleichtert war, als sie die Stäbe endlich hervorziehen und auf Neljas Lager werfen konnte.

»Alia!« Ihre Schwester sprang auf und fiel ihr um den Hals. »Stell dir vor, wir sind schon weit gekommen.« Sie zeigte auf das Loch in der Decke, das eines Tages ihr Fluchtweg sein sollte. »Ich habe jede einzelne Sprosse so tief wie möglich in den seitlichen Wänden verankert.«

Alia warf einen kurzen Blick in den Schacht und erkannte, dass sie noch Monate brauchen würden, ehe dieses Loch ein Fluchtweg sein würde. Doch wahrscheinlich war es besser so. Sie schaute zu Meikje, die noch immer teilnahmslos am Felsen lehnte. Es war unwahrscheinlich, dass ihre Kraft noch einmal zurückkehren würde, und fliehen konnten sie erst, wenn Meikje gestorben war.

»Ich habe euch Wasser mitgebracht.« Alia tauchte den Becher der Mädchen in den Eimer und gab ihn erst Nelja und dann Meikje. Danach verteilte sie das Brot, das sie am Morgen aus Mariuschs Extraration genommen hatte.

Meikje legte sich auf den Rücken unter das Loch, schaute nach oben und kaute auf ihrer Kruste, während Nelja sich an die Felswand lehnte und verträumt in die Ferne sah. »Ich muss die ganze Zeit an eine der Geschichten denken. Soll ich sie erzählen?«

Meikje nickte und wandte den Kopf zu Nelja. Auch Alia war alles recht, was sie von der Wirklichkeit in der Sklavenkolonie ablenkte. »Gerne.«

Nelja schloss die Augen. Mit geübter Stimme begann sie, ihre Geschichte vorzutragen: »Das Land, von dem ich euch heute erzählen möchte, heißt Malun. Es liegt hoch im Norden, und in den Legenden heißt es, in Malun wären einst die Götter vom Himmel herabgefallen und dazu gezwungen worden, ein menschliches Leben auf Ruann zu führen.

Tatsächlich soll Malun das fruchtbarste Land von allen sein: Tausende von Quellen entspringen im Land der Götter, bilden Seen und Flüsse, Wasserfälle und Teiche auf einsamen Lichtungen. Die Wälder sind unendlich, nur durchbrochen von Wiesen und Mooren. Selbst in trockenen Zeiten ist das Grün in Malun so saftig, als müsse Sapias Macht an seiner Grenze Halt machen.

Von dort aus kamen die Götter auf die Welt. Oder wurden die Götter selbst zu Menschen? Waren SIE vielleicht der Ursprung unseres Geschlechtes?«

Alia setzte sich ebenfalls auf den Boden, lehnte sich neben ihrer Schwester an die Felswand und schloss die Augen. Sie kannte die Geschichte. Es war eine jener Legenden, die sie in ihrer Kindheit gehört hatte. Unter den Sapionern war die Erzählung verboten worden. Allein hier, im stillgelegten Teil des Bergwerkes, hatte Alia gewagt, die Legende an ihre kleine Schwester weiterzugeben.

»Seit Anbeginn der Erinnerung werden die Götter unter den Menschen geboren«, fuhr Nelja leise fort. »Die meisten von ihnen wachsen jedoch im Volke von Farua auf. Als normale Kinder erblicken die Gottgeborenen das Licht der Welt, als normale Kinder wachsen sie auf, und dennoch sind sie anders. Fähigkeiten von unmenschlicher Größe schlummern in ihnen. Bis der Tag kommt, an dem sich ihre Göttlichkeit zum ersten Mal zeigt, an dem es unübersehbar wird, wie sehr sie sich von den Menschen unterscheiden.«

Alia wusste, dass die meisten Farualegenden einen wahren Kern enthielten. Doch ganz besonders diese hatte etwas an sich, weshalb sie immer wieder darüber nachdenken musste. Als sie klein gewesen war, hatte sie ihre Eltern oft gefragt, ob es wirklich Gottgeborene unter den Faruanern gab. Sie hatte wissen wollen, ob ihre Eltern jemanden kannten, der zu einem Gott geworden war. Ihre Mutter hatte ihr den Wahrheitsgehalt der Legende bestätigt. Doch die wenigen Gottgeborenen, die es in

Lijmgart gegeben hatte, hatten das Dorf schon lange verlassen und waren nach Malun gegangen.

»Unsere Haarfarbe …« Nelja öffnete die Augen, strich mit der Hand über ihre blonden Haare und sah Alia an. »Ausgerechnet blond soll die Haarfarbe der Götter sein. So zumindest sagen es unsere Feinde. Dennoch trifft es nicht die Wahrheit. Manch ein Gott mag blond sein. Doch nicht jeder Blondling ist ein Gottgeborener. Und manch ein Gott trägt eine andere Haarfarbe: das Rot der Faruaner und mitunter sogar die schwarzen Haare, wie sie weit unten im Süden vorherrschen.«

Alia betrachtete das helle Blond ihrer kleinen Schwester. Nicht zum ersten Mal fragte sie sich, ob es sein könnte, dass ein Kind wie Nelja eine Gottgeborene war. Bislang hatte ihre Schwester keine göttlichen Fähigkeiten gezeigt. Wenn sie in mancher Hinsicht unnormal war, lag es daran, dass sie ihr ganzes Leben unter der Erde verbracht hatte.

»Manch ein Gottgeborener trägt nur einen kleinen Anteil an Göttlichkeit in sich«, sprach ihre Schwester weiter. »Andere stehen voll und ganz im Zeichen einer Gottheit. Wer nur wenig Göttlichkeit besitzt, wird womöglich niemals als Gottgeborener erkannt. Wer hingegen vollständig von Göttlichkeit durchdrungen ist, wird schon in seiner Kindheit so auffällig, dass die Menschen ihn als Gott erkennen. Reine Götter sind erhabener als Menschen, einschüchternd in ihrer Ausstrahlung und gewaltig in ihren Fähigkeiten.«

Alia betrachtete das blasse Gesicht ihrer Schwester, ihre ebenmäßigen Züge, die sie wie eine Statue wirken ließen. Vielleicht war es nur ein kleiner Anteil? Ein kleiner, göttlicher Anteil, der ihre Schwester zu etwas Besonderem machte?

»Sobald sich die göttlichen Fähigkeiten eines Kindes offenbaren, soll es nach Malun gebracht werden«, wisperte Nelja. »So bestimmen es die Regeln der faruanischen Gemeinschaft. In Malun werden die Fähigkeiten der Gottgeborenen ausgebildet, bis sie zu Priestern oder vollwertigen Göttern werden, die über die Geschicke von Ruann herrschen.« Ihre Stimme veränderte sich, wurde dunkler und rauer: »Doch mit den Eroberungszügen der Sapioner fand all dies ein Ende. Sapia duldet keine zweite Göttin neben sich. Nur ihr Gemahl, Rabanus Sapion, der ewig Junge, der ewig Schreckliche, darf in ihrem Namen die Geschicke von Ruann lenken.«

Alia stieß überrascht die Luft aus. Das hier war nicht das Ende, das sie in ihrer Kindheit gehört hatte. Genaugenommen war in der Legende ihrer Kindheit niemals von den Göttern der Sapioner die Rede gewesen, und spätestens als Nelja weitererzählte, wurde ihr klar, dass sie der Legende einen neuen Teil hinzuerfunden hatte.

»So kam es, dass die Götter von Malun schon vor über hundert Jahren, zu Beginn der Eroberungszüge, vor ihren Feinden flohen und sich in ihr heiliges Land zurückzogen. Doch eines wurde den Göttern zum Verhängnis: Ein Mensch, der als Gott geboren wurde, mag weitaus länger leben als ein gewöhnlicher Mensch, aber auch seine Lebenszeit ist endlich. So kam es, dass die Götter nach und nach starben. Einzig ihre Göttlichkeit ist unendlich, und wann immer ihre Hülle stirbt, sucht sich die Magie einen neuen Körper. Doch jegliches Wissen um die Gottgeborenen wurde von den Feinden verboten. So wurden die Faruaner gezwungen, ihre Kinder in Ahnungslosigkeit zu erziehen und ihnen das Wissen um die Magie vorzuenthalten – auch dann, wenn die Kinder selbst Gottgeborene waren.

Rabanus und Sapia hingegen, die beiden mächtigsten und grausamsten Götter, jagten ihre Widersacher gnadenlos. Sie setzten alles daran, die gottgeborenen Kinder zu verfolgen und zu töten. Sämtliche Gottheiten Maluns sollten ausgerottet werden, und wenn die Wiedergeburt eine Ausrottung schon unmöglich macht, sollten die Fragmente der Göttlichkeit über die ganze Welt und viele ahnungslose Kinder hinweg verstreut werden.

Insbesondere die blonden und blauäugigen Kinder, denen man die größte Göttlichkeit nachsagte, sollten von den Blutsuchern aufgefunden werden. Ihre Kraft sollte Sapias Macht stärken, und bis heute verlangt die Blutgöttin in jedem Monat das Opfer eines blonden Mädchens, um ihre Gier daran zu stillen.«

Alia löste sich von der Felswand und starrte ihre Schwester an. Erst jetzt wurde ihr klar, dass Nelja einen Zusammenhang geschaffen hatte, eine Verbindung zwischen Legende und Wirklichkeit.

»Doch in all den Jahren der Verfolgung ging es Rabanus und Sapia vor allem um eines …« Nelja machte eine kunstvolle Pause, schaute zuerst zu Alia und dann zu Meikje: »Die größte Göttin von Malun sollte vernichtet werden: Maluna! Die große Mutter, die alle anderen Götter unter Schmerzen geboren hat! Maluna, die Göttin des Lebens und der Fruchtbarkeit. Von ihr stammte der Regen, der das Land benetzte, das Wasser, das sich in den Flüssen und Seen tummelte. Ihre Güte wachte über die Menschenkinder, genauso wie über Tiere und Pflanzen. Nach Maluna wurden die Bäume benannt, die Fruchtbarkeit schenkten und in denen unser Volk seine Lebenszyklen zählte.

Den bösen Göttern war Maluna jedoch ein Dorn im Auge. Als Rabanus, der ewig Junge, sich selbst zum Herrscher von Sapion ernannte, begehrte er, die größte Göttin zu töten. Zusammen mit Sapia, seiner blutrünstigen Gemahlin, wollte er Maluna finden und sie vernichten.«

Alia schauderte. Die Sichtweise der bösen Götter hatte Nelja hinzuerfunden, dennoch fügte ihre Erzählung die Puzzleteile so gekonnt zusammen, als wäre es wirklich so gewesen.

»Lange Zeit glaubte Rabanus, Maluna wäre eine alte Göttin, die geschützt hinter den Grenzen Maluns lebte. Doch schließlich erfuhr er, dass die alte Maluna schon während seiner Jugend gestorben war. Aber wie alle Götter wurde auch Maluna in einem Kind wiedergeboren. Dieses Kind zu finden war fortan das höchste Ziel des Herrschers. Um sie zu töten, ließ er alle Gottgeborenen jagen.«

Alia schloss die Augen. Davon hatten ihre Eltern in ihrer Kindheit geflüstert. Ihre Mutter hatte sich Sorgen gemacht, weil ihre Welt schon so lange ohne Malunas Kraft auskommen musste.

»Unzählige Male muss Maluna seither getötet worden sein«, mutmaßte Nelja. »Von den Sapionern verfolgt und gejagt, als blondes Mädchen der grausamen Sapia geopfert, oder aufgrund ihrer göttlichen Auffälligkeit von den sapionischen Wachen hingerichtet. Niemand hat Maluna je gesehen, und ihre Seele gilt seitdem als verschollen. Doch irgendwo muss sie noch immer sein, denn die göttliche Magie wird in immer neue Kinder übertragen.«

Alia fröstelte ein weiteres Mal. Maluna, die fruchtbare Göttin des Wassers, irgendwo musste sie sein, gefangen in einem ahnungslosen Kind, für schwerste Arbeit missbraucht, wie die Sklavenkinder unten im Bergwerk, womöglich auch mutwillig von den Sapionern misshandelt.

»Doch solange die neue Maluna ihre Göttlichkeit nicht entfalten kann, stirbt auch das Wasser auf Ruann«, erklärte Nelja. »Ohne die Göttin der Fruchtbarkeit sterben die Wolken und der Regen, die Seen und Flüsse, die Teiche und Moore. Von Süden nach Norden schreitet es fort, und wenn erst die Quellen von Malun trockenfallen, wird es kein Zurück mehr geben. Dann werden die Menschen von Ruann getilgt und mit ihnen auch die Pflanzen und Tiere. Dann wird es nur noch die Götter geben, bis auch ihre Lebenszeit verrinnt und ihre Göttlichkeit verstirbt, ohne ein neues Menschenkind zu finden.«

Alia starrte ihre Schwester an, das kleine Mädchen, das fast ihr ganzes Leben unter der Erde zugebracht hatte, und sich nur von Wasser, Brot und Geschichten ernährte, ausgerechnet dieses Mädchen zog die Zusammenhänge, die womöglich alles erklärten. Wenn es denn die Wahrheit wäre und nicht nur eine erfundene Geschichte.

»Meinst du, das könnte das Ziel sein?«, flüsterte Alia. »Denkst du, Rabanus und Sapia führen diesen Krieg, weil sie alle Menschen und Tiere vernichten wollen?«

Nelja hob den Kopf. »Ich weiß es nicht. Aber das Ende meiner Geschichte behauptet, dass es so ist.«

Alia musste schmunzeln. Nelja sprach über ihre Geschichten, als führten sie ein eigenes Leben und müssten sich nur ein kleines Mädchen suchen, das sie aussprach. »Manchmal bist du merkwürdig.« Sie stupste Nelja auf die Nase.

Ihre Schwester lachte. »Natürlich bin ich das. Ich bin ein Erdwurm, der nie den Tag sieht. Was sollte ich sonst sein, wenn nicht merkwürdig?«

Alia musste ihre Schwester umarmen, auch wenn es bedeutete, ihren knochigen Körper zu fühlen, an dem sich jede Rippe zählen ließ. Über ihre Schulter hinweg fiel Alias Blick auf Meikje, die unter dem Erdloch die Augen geschlossen hatte. Es war nicht auszumachen, ob sie das Ende der Geschichte gehört hatte oder ob sie längst eingeschlafen war. Oder war sie still und heimlich gestorben?

Alia löste sich von Nelja, krabbelte zu ihr und strich die blonden Haare aus ihrer Stirn. Meikje öffnete die Lider und sah sie an. Ihre Augen schimmerten hellblau, und dennoch war jedes Leuchten in ihnen erloschen. Die Kleine war seltsam genug, um ein Götterkind zu sein. Doch selbst wenn es so war, würde in diesem Leben keine richtige Göttin mehr aus ihr werden. Vielleicht bekam sie in ihrem nächsten Leben eine bessere Chance. Alia biss sich auf die Unterlippe. Sie durfte nicht so denken, durfte ein Kind nicht einfach so aufgeben.

Sie hatte schon einmal so ein Kind gesehen, eines, das anders war als andere Kinder, auf seltsame Weise verwirrt und hilflos. Die Erinnerung lag schon lange zurück. Aber plötzlich sah sie den blonden Jungen wieder vor sich. Ihm hatte sie damals nicht helfen können, aber für Meikje konnte sie vielleicht noch etwas tun.

Nur eine Person wusste eine Antwort auf ihre Fragen. Alia musste den alten Mann endlich dazu bringen, ihr die Wahrheit zu sagen.

Mit einem Ruck erhob sie sich, sah von oben auf Nelja hinab und ging einen Schritt zurück. Das Licht, das durch den Lichtschacht auf das Gesicht ihrer Schwester fiel, schien rötlicher geworden zu sein. »Ich muss wieder los! Die Glocke zum Abendappell kann jeden Moment läuten.«

Nelja nickte. »Dann geh! Wir sehen uns morgen.«

***

Sobald der Abendappell beendet war und die Sklaven sich auf dem Dorfanger zerstreuten, schlug Alia den Weg zur Schweinehütte ein, als wäre es ihr Heimweg. Sie musste dem alten Mann die Fragen stellen, die Neljas Geschichte aufgeworfen hatte. War der Junge von damals ein Gottgeborener gewesen? Und wenn er einer war, was war mit Meikje und Nelja?

Wie so oft um diese Zeit saß der alte Mann an seinem Tisch. Hastig schob er etwas darunter, als sie in die Hütte stürmte. Neben ihm hing der Kessel über dem Feuer und verströmte seinen süßlichen Gestank. Alia musste das Würgen unterdrücken. Auf keinen Fall durfte sie daran denken, was in dem Kessel kochte.

»Ach, du bist es.« Der alte Mann zog das Papier wieder hervor, das er so hastig versteckt hatte.

Alia setzte sich ihm gegenüber. »Du kennst dich doch mit Göttern aus, oder?«

Der alte Mann schaute sie alarmiert an. »Wie meinst du das? Du weißt, dass ich viele Göttergeschichten kenne.«

Alia schüttelte den Kopf. »Das meine ich nicht.« Sie senkte

die Stimme. »Ich meine, dass du schon welche gesehen hast, dass du weißt, woran man einen Gottgeborenen erkennt.«

Der alte Mann kniff die Augen zusammen. Mit diesem Ausdruck sah sein Gesicht noch runzeliger aus. Alia hatte nie herausgefunden, wie alt er war. Er war ihr schon uralt erschienen, als sie noch ein Kind gewesen war.

Alia nahm allen Mut zusammen und stellte ihm die Frage, über die sie schon gegrübelt hatte, als er damals in ihr Dorf gekommen war, kurz bevor die Sapioner die Herrschaft übernommen hatten. »Bist du einer?«

Die Augen des alten Mannes wurden noch enger. »Ein Gottgeborener?«

Alia nickte. »Ich …« Sie zeigte auf seine Schulter. »Als ich dich gepflegt habe, da habe ich deine Narben gesehen … auf dem Rücken.« Sie räusperte sich. »Sie haben dich ausgepeitscht, misshandelt. Bevor du zu uns ins Dorf gekommen bist. Warst du einer von denen, die als Gottgeborene verfolgt wurden?«

Der alte Mann neigte sich auf seinem Hocker nach hinten und lehnte sich an die Holzwand. »Es wäre nicht gut für dich, wenn ich dir davon erzählte.«

Alia tastete mit den Händen nach etwas, woran sie sich festhalten konnte, bekam das Tischbein zu fassen und krallte ihre Finger darum. »Also ist es wahr? Du bist ein Gottgeborener?«

Der alte Mann lachte. Es war ein rauer, kratziger Laut, bei dem sich seine Stummelzähne zeigten. »Nein«, erklärte er. »Nur, weil man als Gottgeborener verfolgt wird, heißt das nicht, dass man auch einer ist.«

Alia krallte ihre Finger noch fester. »Aber du kennst dich mit ihnen aus?«

Sein Lächeln verschwand. »Warum möchtest du das wissen?«

Alia räusperte sich. Sie musste ihm die wichtigsten Fragen stellen, solange es noch die Gelegenheit gab. »Weil ich glaube, dass ich schon mal einem Gottgeborenen begegnet bin. Als ich noch ein Kind war, vielleicht ein oder zwei Blütezyklen, bevor die Sapioner bei uns eingefallen sind.«

Der alte Mann lehnte sich wieder nach vorne. »Erzähl.«

Alia starrte auf die Schweine, die zufrieden in ihrem Trog schmatzten. Dann fing sie an: »Ich muss etwa dreizehn Blütezyklen alt gewesen sein. Damals war ich oft allein im Wald. Zum Pilze- und Beerensammeln, um die wilden Tiere zu beobachten, zum Spielen …« Sie erinnerte sich an die Kühle des Waldes, an die moderige Luft, an Lichtstrahlen, die durch das Blätterdach fielen und auf dem Boden tanzten. Dort, wo sie auftrafen, wuchsen hohe Farne, während andere Teile des Waldes vollkommen dunkel waren.

Alia sah den Tag vor sich, als wäre es gestern gewesen. »Irgendwann habe ich einen blonden Jungen im Wald gefunden. Ich habe mich furchtbar erschrocken, als ich ihn vor mir sah: Er saß neben einem Baum und hat sich vor- und zurückgewiegt. Neben ihm lag ein erlegter Hase, und drei lebendige Ratten sind über seinen Körper geklettert, sind in seinen Ärmeln verschwunden und an seinem Halsausschnitt herausgekommen.« Alia schloss die Augen, um das Bild zu sehen, den blonden Jungen, in dessen Gesicht sich kalte Furcht abzeichnete. »Er muss etwas älter gewesen sein als ich. Zumindest war er größer. Zuerst fand ich seinen Anblick verstörend, aber dann tat er mir leid. Er war fremd, er hätte gefährlich sein können, aber er hatte etwas an sich, weshalb ich ihm helfen wollte. Also habe ich seinen Hasen ausgenommen und ein Feuer gemacht, um ihn zu braten. Der Junge hat ihn gegessen, aber ich weiß nicht, ob er mich wahrgenommen hat. Immer wieder habe ich mit ihm geredet, aber er hat nur ein einziges Wort gesagt: ›Malun!‹« Sie öffnete die Augen, sah den alten Mann an und hoffte, eine Reaktion auf seinem Gesicht zu bemerken. Sein Blick wirkte wach und aufmerksam, fast so, als würde er etwas in ihrer Erzählung erkennen. Doch er schwieg.

»›Malun‹«, erklärte sie noch einmal. »Immerzu hat er dieses Wort vor sich hingemurmelt. Ich musste an die Geschichten von den Gottgeborenen denken, daran, dass sie seltsam sein sollen, wenn sie als Kinder ihre ersten Fähigkeiten entwickeln. Dieser Junge war sonderbar, und ich habe mich gefragt, ob er einer von ihnen ist, ob er vielleicht auf dem Weg nach Malun war, weil er von den Priestern ausgebildet werden soll.« Alia seufzte, suchte noch immer nach einem Zeichen, mit dem der alte Mann ihr antwortete. Aber sein faltiges Gesicht blieb verschlossen.

»Zuerst habe ich ihm die Richtung beschrieben, in die er gehen muss, um nach Malun zu gelangen«, fuhr sie fort. »Aber er ist geblieben und hat sich im Gebüsch verkrochen. Ich konnte spüren, dass er riesige Angst hatte, und ich wollte herausfinden, *wovor* er sich so fürchtet. Aber ganz gleich, wie oft ich gefragt habe, fast immer hat er nur dieses eine Wort gesprochen, und wenn er doch etwas anderes gesagt hat, war es in einer fremden Sprache.« Alia holte tief Luft, um sich zu sammeln. »In jedem Fall ist er nicht in Richtung Malun weitergegangen. Also habe ich ihn in eine leerstehende Waldhütte gebracht. Tagelang habe ich ihn mit Essen versorgt und ihn schließlich zu einem Teich geführt, in dem wir baden konnten. Zuerst hatte er Angst vor dem Wasser, fast so, als hätte er noch nie einen Teich gesehen. Aber am Ende hat er zum ersten Mal gelächelt.« Alia schob die Hand in den Ausschnitt ihres Kleides und fasste nach dem Lederband, das sie um ihren Hals trug. »An diesem Tag hat er mir das hier geschenkt.« Sie zog den Stein hervor, der als Anhänger daran befestigt war: ein blauer Stein, der wie ein Tropfen rund geschliffen war und nur an einer Seite spitz zulief.

Der alte Mann sog scharf die Luft ein.

Alia schauderte. »Was ist das für ein Stein? Was bedeutet er? Und wer ist der Junge? Seit damals muss ich daran denken, dass er Malunas Seele in sich tragen könnte. Wäre das möglich? Könnte die verschollene Seele der Göttin in einem Jungen wiedergeboren werden?«

Das rechte Augenlid des alten Mannes zuckte. Fast sah es aus, als wollte er nicken oder den Kopf schütteln. Aber dann blieb er unbewegt. »Was ist aus dem Jungen geworden?«

Alia senkte den Kopf. »Der Stein hat etwas in mir verändert. Ich habe mich ihm ganz nah gefühlt. Damals war ich noch ein Kind und habe das Gefühl nicht verstanden, aber aus heutiger Sicht würde ich sagen, ich war verliebt.« Auch jetzt konnte sie es fühlen, das Kribbeln im Bauch, das Bedürfnis, den Jungen anzusehen oder die Hand nach ihm auszustrecken. Sie hatte davon geträumt, dass er in der Hütte bleiben würde, für immer ihr Freund, ihr Geheimnis. »Aber schon einen Tag später kamen die Männer.« Die Erinnerung veränderte sich. Sie hörte die Rufe im Wald, die fremden Stimmen. »Schon von Weitem konnte ich sie hören, als ich zu ihm gehen wollte. Also bin ich herangeschlichen und habe sie vor der Hütte entdeckt. Es waren Soldaten in der Kluft der Sapioner. Aber diese Männer waren blond. Sie haben den Jungen einfach gepackt und weggetragen. Er hat gezappelt und geschrien, aber sie haben ihn auf dem Pferd festgebunden, in einem Doppelsattel direkt vor dem Reiter.« Die letzten Worte konnte sie nur noch rau hervorpressen: »So wie die Blutsucher es tun.«

Damals hatte sie noch nichts von den Blutsuchern gehört. Sie hatte nicht einmal gewusst, dass die staatenlosen Siedlungen südlich von Farua längst im Krieg mit Sapion gestanden hatten.

Doch inzwischen war ihr klar, dass der Junge von weither geflohen war. Deswegen hatte er nicht ihre Sprache gesprochen. »Du musst etwas dazu sagen«, forderte sie. »War der Junge ein Gottgeborener? Oder ist er nur deshalb verschleppt worden, weil er blond war? Und was ist aus ihm geworden? Nur die blonden Mädchen werden an die Göttin geopfert. Was passiert mit den blonden Jungen?«

Der alte Mann zeigte sein zahnloses Lächeln. »Das waren sehr viele Fragen auf einmal.«

Alia wollte nicht länger auf seine Antwort warten. Stattdessen fing sie an, sich die ersten Fragen selbst zu beantworten: »Haben sie ihn hingerichtet? Um seine Göttlichkeit zu vernichten? Aber das können sie nicht, oder? Wenn er tot ist, wird seine Magie wiedergeboren.«

»Du musst aufhören, solche Fragen zu stellen.« Der alte Mann stand auf und drehte sich zur Tür, als wollte er nach draußen horchen. »Es ist zu gefährlich. Wenn wir belauscht werden … Es ist besser für dich, wenn du nicht das weißt, was ich weiß. Auch den Stein solltest du vernichten. Am besten, du vergräbst ihn in den Tunneln. Allein für diesen Besitz werden die Sapioner dich hinrichten.«

Alia öffnete den Mund. »Warum?« Sie stand ebenfalls auf und folgte dem alten Mann in die Mitte der Hütte. »Wenn ich auf dich hören soll, dann sag mir wenigstens, wer du bist. Ein Gottgeborener willst du nicht sein. Bist du ein Gelehrter? Einer von denen, die in Malun aufgewachsen sind und das göttliche Wissen von da aus in die Welt tragen? Bist du deshalb von den Sapionern verfolgt und gefoltert …«

Der alte Mann schnitt ihr mit einer Geste das Wort ab und wandte sich zur Tür. »Draußen wird es zu still«, raunte er. »Die Sklaven sind alle in ihren Baracken. Du musst jetzt gehen, bevor die Blutsonne aufgeht und du gesehen wirst.«

Alia hielt den Atem an. Er hatte recht. Die Nachtsonnenzeit war fast vorbei. Jeden Tag ging die Blutsonne eher auf, und inzwischen gab es nach Rabanus' Sonnenuntergang nur noch eine kurze Dämmerungsphase, ehe Sapia sich über das Land erhob.

Sie musste so schnell wie möglich gehen. Dennoch ahnte

sie, dass er nur einen Vorwand suchte, um ihr auszuweichen. Mit zögernden Schritten ging sie zur Tür und drehte sich noch einmal zu ihm um. »Glaub nicht, dass ich meine Fragen vergesse«, murmelte sie. »Ich komme wieder.«

7. Kapitel

Bergland von Sapion, Oase »Walis«
Palast des Walerius, oberster Berater Sapions

FEYLA

Am Morgen der Hochzeit trafen sie sich im großen Gemeinschaftssaal des väterlichen Palastes, wo Feyla den Großteil ihrer Kindheit und Jugend verbracht hatte. Hier stand der Tisch, an dem sie ihre Mahlzeiten einnahmen, auch hier waren Palmen und Blumen und nicht zuletzt ein Badebereich und ein Glasdach, durch das man den Himmel sehen konnte. Feyla hatte immer schon geglaubt, dass dieser Gemeinschaftssaal aus purem Luxus bestand. Erst der Anblick des Töchterpalastes hatte ihr klargemacht, dass es für großen Luxus noch immer eine Steigerungsmöglichkeit gab.

Auch an diesem Neujahrsmorgen waren alle im Gemeinschaftssaal versammelt, nicht nur die Schwestern, die mit ihr gemeinsam heiraten würden, sondern auch die Kleineren, die ehrfürchtig zu ihnen aufsahen. Und natürlich die Mütter ihrer Schwestern, die voller Stolz auf ihre großen Töchter blickten.

Nur auf Feyla blickte niemand.

Die Nähsklavinnen kamen herein und präsentierten die Kleider, die sie zur Hochzeit tragen sollten. Sie waren aus blauer und weißer Seide, in den Farben ihres Vaters und mit goldenen Ranken bestickt, fünf Kleider, die eines dem anderen glichen, und dazu für jeden einen blickdichten Schleier, den sie während der Zeremonie tragen würden. Nur durch die Sehschlitze würden sie ihren Ehemann sehen können, und er seine zukünftigen Ehefrauen.

»So, meine Lieben!« Alrana klatschte in die Hände.

»Die Privatsklavinnen nehmen nun die Kleider und gehen mit den Bräuten zum Baden, Ankleiden und Frisieren auf die Zimmer. Ich werde herumkommen und bei allen nach dem Rechten sehen.«

Während die kleinen Mädchen kichernd die Köpfe zusammensteckten und die anderen Bräute würdevoll aufstanden, um mit ihren Sklavinnen zu gehen, warf Alrana einen missbilligenden Blick auf Feylas Reithose und ihr Hemd. Noch vor dem Frühstück war sie mit ihrer Stute ausgeritten. »Feyla!«, rief sie scharf. »Vergiss nicht, besonders gründlich zu baden und den Pferdegestank abzuwaschen.«

Miljuna und Amerill kicherten gehässig.

»Ja, natürlich«, murmelte Feyla und beeilte sich, Nugia aus dem Gemeinschaftssaal zu folgen. Seite an Seite liefen sie durch den Flur in Feylas altes Kinderzimmer. Im Vergleich mit dem neuen Zimmer in ihrem Töchterpalast war dieses hier winzig. Aber Feyla hatte es liebgewonnen. Nur noch heute würde sie hier sein. Ab morgen würde es eine ihrer kleineren Schwestern übernehmen. Eine der ältesten kleinen Schwestern, die in drei Jahren, nach der nächsten Auslese, ebenfalls heiraten würden.

Schweigend wartete Nugia, bis Feyla in den Badezuber stieg, und half ihr dabei, die Haare zu waschen. Wie immer, wenn Feyla nackt war, kam sie sich mager vor. Die Beckenknochen stachen hervor, und sie konnte förmlich hören, wie Alrana sie dafür verspottete.

Um so dankbarer war sie, dass Nugia kein Wort verlor und ihr nur lächelnd ein Handtuch reichte. Die Sklavin half ihr dabei, das enge Hochzeitskleid anzuziehen, und Feyla ließ sich bereitwillig von ihr hin- und herdrehen und schließlich vor dem Spiegel auf den Stuhl drücken.

»Sieh dich an«, forderte die Sklavin leise, umfasste Feylas Gesicht mit den Händen und ließ sie in den Spiegel schauen. »Was auch immer deine Sippe behauptet. In Wirklichkeit bist du wunderschön.«

Feyla lächelte Nugias Spiegelbild zu und schaute erst dann auf sich, auf die wilden Locken, die auf ihre Schultern fielen. Auch in ihrem Gesicht war sie abgemagert. Selbst ihre Augen wirkten zu groß, beinahe riesig, im Verhältnis zu ihren schmalen Wangen.

Nugia löste die Knoten aus ihren Haaren, kämmte sie vorsichtig durch und formte sie mit den Fingern zu lockigen Strähnen. Es war eine lange Prozedur. Immer wieder drehte die Sklavin ihre Haare in Form, während diese langsam trockneten. Erst zum Schluss verrieb sie Öl zwischen den Fingern und zauberte einen feinen Glanz auf Feylas Locken.

Noch nie hatten ihre Haare so ordentlich ausgesehen wie heute. Doch Nugia war noch nicht fertig. Sie flocht Strähnchen in Feylas Haare und schlang sie als Kränze um ihren Kopf.

Feyla konnte nicht aufhören, ihre Freundin im Spiegel zu betrachten, ihre dunklen Augenringe und die blauen Flecken auf ihrer Haut. Jeden Tag beorderte ihr Vater sie in seine Gemächer. Eine wichtige Frage hatte Feyla sich jedoch nie zu stellen getraut. Erst jetzt gab sie sich einen Ruck: »Warum bist du nie schwanger geworden?«

Nugia schaute erschrocken auf. Ihre Miene wirkte hilflos. »Weil ich unfruchtbar bin«, murmelte sie.

Feyla atmete scharf ein. Unfruchtbar! Für eine sapionische Ehefrau war Unfruchtbarkeit ein Todesurteil. Jede von ihnen hatte die Pflicht, ihrem Ehemann noch im ersten Blutjahr einen Nachkommen zu schenken. Wenn das nicht geschah, sah das Gesetz vor, dass die Frau in die Wüste verstoßen werden musste.

Bei Sklavinnen war es anders. Die meisten Herren bevorzugten unfruchtbare Bettsklavinnen. Wahrscheinlich weil sie sich wohler fühlten, wenn sie keinen Bastardnachwuchs zeugten.

»Es ist gut, dass ich unfruchtbar bin.« Nugias Stimme klang matt. »Keine Frau wünscht sich einen Sohn, der dann nach Kolmar abgeschoben wird. Nicht einmal dann, wenn er der Bastard ihres Schänders ist.«

Feyla kämpfte gegen die Tränen, die sich in ihre Augen drängten. Nugia war ihre Freundin, warum hatte sie sich keine Gedanken über ihre größte Sorge gemacht? Lag es daran, dass es in ihrer Sippe keine Faruabastarde gab? Solange Feyla denken konnte, war kein Sklavenkind geboren worden.

Aber was war mit den Sklavinnen, die plötzlich verschwunden waren? Die ihr Vater an andere verkauft hatte, angeblich, weil sie ungehorsam waren. Waren sie von ihm schwanger gewesen?

Feyla presste schmerzhaft die Zähne aufeinander, um Nugia nicht danach zu fragen. Sie schaute wieder in den Spiegel, auf ihre Locken, die im Sonnenlicht glänzten. Wenn sie blinzelte, kam es ihr vor, als läge ein rötlicher Schimmer unter dem Schwarz.

In einem Buch über Farbenlehre hatte sie gelesen, dass es kein reines Schwarz gab, sondern dass es immer einen Rot-, einen Blau- oder einen Grünstich besaß. Bei Haaren war es in der Regel ein Rotstich. Und dennoch … »Weißt du, was ich mir gerne vorstelle?«

Nugia sah auf. Ihre Stirn kräuselte sich.

Feyla rausperte sich. »Ich wäre gerne selbst ein Faruabastard. Dann würde ich wenigstens nicht mehr in diese Sippe gehören.«

Nugia ließ den Zopf sinken, den sie soeben geflochten hatte. Die Sanftmut in ihren Augen verwandelte sich – erst in Schrecken und dann in ein zorniges Funkeln. »Sag sowas nicht! Du hast keine Ahnung, was es bedeuten würde. Wie es wäre, ein Faruabastard zu sein.« Ihre Stimme wurde lauter. »Du hältst dich vielleicht für ein armes Mädchen, weil deine Tante dich hasst und deine Schwestern gemein zu dir sind. Aber das ist nichts im Vergleich zu den Quälereien, die einem Faruabastard angetan werden!« Sie flocht die Haare immer schneller, riss unwirsch durch Feylas Locken, um sie voneinander zu trennen. »Also überleg dir genauer, was du sagst und was du dir wünschst! Und sei endlich dankbar für deine Stellung! Dafür, dass es dir gutgeht, haben andere schreckliche Opfer gebracht.« Als hätte sie sich verbrannt, ließ sie den Zopf fallen und sprang zurück.

Feylas Herz raste. Von welchen Opfern sprach Nugia? Meinte sie die harte Arbeit der Sklaven? Nur durch die Dienste der Sklaven konnte Feylas Sippe in diesem Luxus leben. Aber war *schreckliche Opfer* der richtige Begriff dafür? Oder meinte Nugia noch etwas anderes?

Plötzlich erschien eine weitere Person im Spiegelbild, etwas weiter entfernt, direkt neben der Tür: Alrana. Ihr finsterer Blick wanderte zwischen Nugia und Feyla hin und her. Dann trat sie rückwärts durch die Tür. »Krafur!« Ihre Stimme hallte durch den Flur. »Hier ist eine Sklavin, die sich zwanzig Peitschenhiebe verdient hat!«

***

Der Rest des Hochzeitstages verlief wie in einem Alptraum. Die Zeremonie sollte im großen Saal des väterlichen Palastes stattfinden, in einer Halle, die nur für die wichtigsten Feiern benutzt wurde. Sämtliche Politiker Sapions waren geladen, ebenso wie die ranghöchsten Offiziere und weitere Akademiker, deren Funktionen Feyla nicht einmal ahnte. Nur Männer, die an diesem Neujahrstag eine eigene Töchtersippe verheirateten, waren nicht verpflichtet, der Einladung zu folgen. Dennoch war es eine ungeheure Anzahl an Gästen, die in der Auffahrt vor dem Palast vorfuhren. Sie alle kamen mit einer ihrer Gemahlinnen, entweder der Ältesten oder mit ihrer Lieblingsfrau. Auch während der Hochzeit waren die Frauen in den Farben ihrer Sippen verhüllt.

Das Schlimmste an Feylas Hochzeitsalptraum war jedoch, was mit Nugia geschah. Krafur und Beltram waren schnell darin, die Strafe umzusetzen. Sie versicherten sich nur kurz bei ihrem Herrn, ehe Nugia auch schon auf den Vorplatz des Palastes geführt wurde. Während um sie herum die Hochzeitsgäste anreisten, wurde die Sklavin in der Mitte des Platzes an den Schandpfahl gebunden.

Es war ein abstruses Bild: Uberall auf dem Vorplatz, auf den weißen Mäuerchen am Rande der Zufahrt und zwischen den hohen Säulen des Eingangsportals, waren riesige Blumenvasen aufgestellt. Eine Kutsche nach der anderen fuhr vor, gesteuert von Sklaven in prächtigen Roben und beladen mit Hochzeitsgästen in bunten Farben, die lachend ausstiegen und über den Platz wandelten. Viele von ihnen lachten selbst dann noch, wenn ihr Blick die Sklavin erfasste, die in der Mitte des Platzes festgebunden wurde.

Feyla musste das alles vom Balkon des Festsaales mitansehen, auf dem sie inmitten ihrer Sippe stand und von den ankommenden Gästen in ihrer Hochzeitsverhüllung bewundert wurde. Zusammen mit ihrem Vater und den Schwestern stand sie vorne, während die Mütter hinter ihnen versteckt waren.

Feyla hob mechanisch die Hand, um ihren Gästen huldvoll zuzuwinken, doch ihre Aufmerksamkeit richtete sich allein auf ihre Freundin. Wenigstens in Gedanken wollte sie Nugia beistehen.

Beltram legte Nugias Hände in Ketten und zog ihre Arme am Schandpfahl nach oben, während Krafur ihr Kleid nach unten riss, gerade so weit, dass sie mit nacktem Oberkörper dastand.

Dann schlugen sie zu. Beltram war der erste an der Peitsche. Mit jedem Schlag wurde sein Gesicht zufriedener, während die

Sklavin immer tiefer in die Ketten sackte. Ihre Schreie gellten über die Einfahrt, vermischten sich mit dem Geräusch von reißender Haut und dem Plaudern der Menschen.

Feylas Eingeweide verkrampften sich, beißende Übelkeit wallte durch ihren Magen. Nur mühsam konnte sie aufrechtbleiben. Sie musste tief einatmen, musste ihren Blick von der Auspeitschung lösen …

In diesem Moment entdeckte sie die Kutsche. Weit hinten im Park vor dem Gästepavillon fuhr sie los. Erst jetzt wurde ihr klar, dass ihr zukünftiger Bräutigam dort sein musste. Wo sonst sollte er die Nächte vor der Hochzeit verbringen?

Nugias Schreie gellten weiter und stachen in Feylas Körper. Sie wollte ihrer Freundin beistehen, doch es war unmöglich, noch länger hinzusehen.

Die letzten Gäste stiegen aus ihren Kutschen und betrachteten Nugia mit Missfallen. Eine Sklavin, die am Hochzeitstag ausgepeitscht wurde, musste etwas Widerwärtiges verbrochen haben.

Die Kutsche, die am Gästepavillon losgefahren war, näherte sich rasch. Es war die Festtagskutsche ihres Vaters, die schwungvoll in die Einfahrt rollte.

Nugias Schreie erfüllten noch immer die Luft. Feyla wusste nicht, ob es erst zehn oder schon fünfzehn Schläge gewesen waren oder ob Beltram die Strafe nach eigenem Ermessen erweiterte. Es erschien ihr wie eine Ewigkeit.

Dann blieb ihr Blick an dem Mann hängen, der im weißen Hochzeitsgewand aus der Kutsche stieg. Überrascht schnappte sie nach Luft. Es war ihr Krieger! Dorgen, Sohn von Mirdrasch dem Schmied. Wie konnte es sein, dass ihr Vater ausgerechnet ihn ausgewählt hatte? Einen Handwerkersohn aus einer niederen Kaste?

Feylas Gedanken tobten durcheinander. Nugia und Dorgen. Sie musste an beide gleichzeitig denken, musste ihrer Freundin beistehen und konnte ihren Blick nicht von dem Krieger abwenden.

Er sah anders aus. Nicht souverän und selbstbewusst wie in den Kämpfen, vielmehr verhalten und zögernd. Neben der Kutsche blieb er stehen und schaute zu der Sklavin, konnte sich auch dann nicht von ihr losreißen, als sein Kammerdiener ihn vorwärtsschob.

Mit dem nächsten Schlag sank Nugia ohnmächtig zusammen.

»Aufhören!« Feyla hörte sich schreien, stürzte nach vorne an die Brüstung. »Hört auf! Sie hat nichts getan!« Ihre Stimme klang tränenerstickt.

Die Gäste sahen zu ihr auf. Empörung zeichnete sich in den Gesichtern der Männer, die Frauen fingen an zu tuscheln. Auch ihr zukünftiger Ehemann wandte sich in ihre Richtung. Sein Blick wirkte finster, voller Hass und Zorn, der sich nicht deuten ließ.

Feyla schauderte. Was auch immer sie sich eingebildet hatte, Dorgen, der Handwerkersohn, war um keinen Deut besser als andere Krieger.

***

DORGEN

Das Brimborium rund um seine Hochzeit war ein merkwürdiges Spektakel. Den ganzen Morgen war er zurechtgemacht worden wie ein wertvoller Hengst auf dem Weg zu einer Parade. Zahlreiche Sklaven waren um ihn herumgehuscht, hatten ihn zum Waschen begleitet und unsichtbare Fussel von seiner Kleidung gesammelt. Seine Haare waren mit Öl oder irgendeinem Balsam zu einzigartigem Glanz gebracht und geflochten worden, und seine Stiefel schimmerten mit der gewachsten Holzvertäfelung der Kutsche um die Wette.

Nur auf Fragen gab es keine Antwort. Insbesondere nicht auf jene Frage, was aus Thia wurde. Zwei weitere Nächte hatte er mit ihr verbracht. Ihr Blick beim Abschied war traurig und verloren gewesen, und allmählich machte es ihn wahnsinnig, nichts über ihre Zukunft zu wissen. Stimmte es, dass sie ihre Lebensbestimmung in diesen drei Nächten mit ihm erfüllt hatte? Und was bedeutete das? Gab es danach eine neue Bestimmung für sie? Oder wurde sie weggeworfen wie eine zerschlissene Uniform?

Walerius ignorierte jede Nachfrage. Wann immer Dorgen Thias Namen nannte, sprach sein Schwiegervater von der Schönheit seiner Töchter. Bis Dorgen es aufgegeben hatte. Ob das Gefühl in seiner Brust so etwas wie Liebe war, wusste er noch immer nicht. Sicher war nur, dass er sich für das Mädchen verantwortlich fühlte. Auch wenn er wusste, dass er sie so schnell wie möglich vergessen sollte. Noch heute würde er seine Frauen kennenlernen, und es wäre nicht recht, wenn seine Gedanken in dieser Nacht bei einer anderen waren.

Welch niederen Stellenwert Sklavinnen im Hause des Walerius wirklich hatten, erfuhr Dorgen, als er in der Einfahrt aus der Kutsche stieg und die Sklavin sah, die unter den Augen der heranfahrenden Hochzeitsgäste ausgepeitscht wurde.

Mit eisiger Gewissheit verstand er, was das bedeutete. Das Leid der Sklavin demonstrierte nicht nur die Macht ihres Herren, es zeigte ihm auch, dass er keine Fragen mehr stellen durfte. Sonst würde Thia ebenso leiden wie diese Sklavin.

Für einen Moment stand er neben der Kutsche und starrte auf das geschundene Mädchen. Mit jedem Schlag schrie sie auf, und die Haut auf ihrem Rücken war zerfetzt von blutigen Striemen. Kurz schloss er die Augen, um dem Bild zu entgehen. Doch stattdessen sah er Thia zwischen den Feuern tanzen, mit Schnüren über den Brüsten, umringt von gierigen Kriegern. Was, wenn der Hurendienst im Heerlager ihre neue Bestimmung war? Kalte Übelkeit durchfuhr seinen Körper.

»Aufhören!«

Dorgen zuckte zusammen. Der Schrei stammte von einer Frauenstimme. Tränenerstickt rief sie über den Vorplatz. Wer war es? Er musste sie finden! Musste wissen, welches Mädchen so mutig war, dem zweitmächtigsten Mann zu trotzen.

Es war eine seiner zukünftigen Frauen. Vornübergebeugt stand sie am Geländer des Logenbalkons. Blauweiße Seide verhüllte ihren Körper, goldene Stickereien flossen daran herab wie ein Wasserfall.

Dorgen wollte etwas finden, was sie von ihren Schwestern unterschied, einen Anhaltspunkt, an dem er sie wiedererkennen würde. Doch es gab nichts. Ihre Gewänder machten sie alle gleich.

Ob er sie an ihrem Mut erkennen würde? An der Ehrlichkeit oder dem Mitgefühl in ihren Augen? Schlagartig begriff er, wie sehr er sich eine Verbündete wünschte. Nur einen Menschen in diesem Haus, der nicht so kalt und grausam war wie der Rest dieses Reiches.

Noch bevor er weiter darüber nachdenken konnte, winkte Walerius ihn mit sich und führte ihn in den Palast, in einen großen Saal im Erdgeschoss, wo er am Kopfende einer langen Tafel Platz nehmen sollte.

Die Hochzeitszeremonie selbst würde erst am Abend stattfinden. Die Tradition schrieb es vor, die Vermählung vorzunehmen, sobald Rabanus unterging und Sapia sich über den Horizont erhob, in genau jenem Moment, in dem sich die beiden Sonnen am Himmel gegenüberstanden.

Bis dahin würde es noch dauern, und das Fest machte einen merkwürdig gezwungenen Eindruck. Männer und Frauen wurden voneinander getrennt in zwei Säle aufgeteilt. Im Saal der Männer aßen sie den ganzen Tag von einem üppigen Büffet, und soweit Dorgen es mitbekam, wurden politische Gespräche geführt. Doch mit ihm sprach kaum jemand. Am Kopfende des langen Tisches kam er sich wie ein Ausstellungsstück vor, das von allen nur angestarrt, aber nicht berührt werden durfte. Sein Schwiegervater saß ihm gegenüber, und die beiden Akademiker an Dorgens Seite verhielten sich so schweigsam, als wäre es ihnen verboten, mit dem neuen Ehemann zu sprechen. Einer von ihnen hatte schwarze Locken und ausdrucksvolle Augen in der Farbe von dunklem Karamell. Er wirkte ungewöhnlich jung für jemanden, der bereits eine akademische Karriere gemacht hatte. Seinem Aussehen nach mussten noch etliche Jahre vergehen, ehe er zur Auslese kam. Doch der Junge zeigte ein Selbstbewusstsein, das Dorgen einen Schauer über den Rücken jagte. Nur einmal wagte er den Vorstoß, ihn nach seinem Namen zu fragen.

Das Lächeln, mit dem der Akademiker antwortete, erinnerte an einen hungrigen Wolf. »Mein Name ist Siberi«, erklärte er, aber genauso gut hätte er sagen können, dass er ihm die Kehle zerriss, falls er ihn noch einmal ansprach. Für den Rest des Essens zog Dorgen es vor, sich nur noch auf seinen Teller zu konzentrieren.

Als Rabanus sich dem Horizont näherte, kam endlich Bewegung in die Festgesellschaft. Sie alle wurden aus dem Saal hinausgeführt, zuerst die Gäste und zum Schluss auch Dorgen. An der Seite seines Schwiegervaters betrat er eine riesige Dachterrasse. Die gesamte Festgesellschaft war hier oben versammelt, Frauen genauso wie Männer. Auch die fünf Mädchen, die er heiraten sollte, standen am Ostende der Terrasse. Auf ihren blauweißen Kleidern schimmerte Rabanus' untergehendes Licht. Hinter ihnen am Horizont erhob sich ein dunkelroter Schimmer.

Walerius führte Dorgen an die Seite seiner ältesten Tochter und stellte sich ihnen gegenüber. Während Dorgen und die Mädchen mit dem Rücken zu den Gästen standen, hielt sein Schwiegervater eine Ansprache darüber, dass er sich entschieden habe, Dorgen als Schwiegersohn für seine Töchter zu erwählen. Dabei nannte er weder Dorgens Familiennamen, noch erwähnte er, dass er zur falschen Kaste gehörte. Er sprach nur von seinen Auszeichnungen, seinen Führungsqualitäten im Krieg und seinem hervorragenden und listigen Kampf gegen starke Gegner. Ob die Gäste Walerius' Verstoß gegen die Hochzeitskonvention durchschauten, ließ sich nicht erkennen. Ihre »Ahhhs« und »Ohhhs« erklangen an den richtigen Stellen, als wollten sie einem gebildeten und heldenhaften Akademikersohn Respekt zollen.

Noch während Walerius die letzten Sätze seiner Rede sprach, stieg Sapias Antlitz am Horizont auf. Direkt hinter ihm schob sie sich in die Höhe und beleuchtete die Schleier der Mädchen in tiefem Blutrot. Sobald Sapia ihre vollkommene Rundung zeigte, nahm Walerius Dorgens Hand und verband sie »kraft seines väterlichen Willens und in Sapias Namen« mit der Hand seiner Ältesten.

Für eine kurze Weile leuchtete die Dachterrasse im rotgoldenen Glanz der beiden Sonnen, während Walerius die Zeremonie mit all seinen Töchtern wiederholte. Kurz darauf sank Rabanus hinter den Horizont und ließ das Tageslicht verblassen.

Zum ersten Mal an diesem Tag erfüllte Dorgen ein Gefühl von Erhabenheit. Mit diesem einen, vollkommenen Moment hatte er alles erreicht, was ein Sapioner erreichen konnte. Als er sich gemeinsam mit seinen Frauen zu den Gästen umdrehte, legte sich ein Lächeln über sein Gesicht, das es vielleicht mit dem Strahlen der beiden Sonnen aufnehmen konnte.

Bis sein Blick über das Publikum streifte und ihm klar wurde, dass er jemanden suchte: seinen Vater. An diesem Tag seiner Hochzeit sollte sein Vater hier sein und erfahren, dass sein Sohn es geschafft hatte.

Doch sämtliche Gesichter waren fremd. Natürlich. Jemand wie Walerius würde niemals einen Handwerker auf die Hochzeit seiner Töchter einladen. Erst recht nicht, wenn dieser Handwerker Dorgens wahre Herkunft mit nur wenigen Worten verraten könnte.

Niemals würde er seine Familie wiedersehen. Niemals!

Dorgens Lächeln erstarb so plötzlich, wie es entstanden war, und genau in jenem Augenblick, in dem Rabanus hinter einem der sandfarbenen Berge versank.

★★★

Dorgen fühlte sich wie in Trance, während er seinem Schwiegervater durch die Laubengänge eines Parks folgte. Vor ihnen erhob sich ein riesiger Palast. Mit seinen Türmchen und Fenstern war er beinahe noch prächtiger als der Palast, in dem sie geheiratet hatten. Doch das alles ging zu schnell. Dorgen kannte die Mädchen nicht, die an seiner Seite gingen, kannte noch nicht einmal ihre Gesichter. Wie es das Hochzeitsritual der Akademiker vorschrieb, hatte er einen komplizierten Reigen mit ihnen getanzt. Die Schritte dazu, die jeder Akademiker vermutlich schon auf der Schule lernte, hatte ihm in den Tagen zuvor ein Sklave beigebracht, der offenbar selbst von akademischer Herkunft war. Obwohl Dorgen sich Mühe gegeben hatte, die komplizierte Abfolge zu lernen, war er sich vor dem versammelten Hochzeitspublikum wie ein Tolpatsch vorgekommen. Allein deshalb war er froh, dass die Zeremonie endlich beendet war.

Doch alles, was nun kam, würde nicht leichter werden. Sein Schwiegervater führte sie in den Töchterpalast und geleitete sie in eine große Halle, in der ein langer Tisch für die Mahlzeiten stand. Auch hier war alles mit Blumenkübeln geschmückt. Über ihnen gab es eine Galerie, von der weitere Türen abzweigten, und die Kuppel in der Mitte war mit Glas gedeckt.

»Hiermit übergebe ich diesen Palast in den Besitz meines Schwiegersohns, Dorgen, erster Ehemann im Hause des Walerius.« Huldvoll nickte Walerius ihm zu und zog sich ohne weitere Worte zurück.

Dann waren sie allein, Dorgen und seine fünf Frauen, die noch immer komplett verhüllt neben ihm standen. Eine von ihnen kicherte und ließ ihn zusammenzucken, woraufhin sich ihr Kichern steigerte und ein zweites Mädchen leise dazwischenprustete.

Sie klangen jung! Noch beinahe wie Kinder. Oder waren es einfach nur Frauenstimmen? Die Sklavinnen im Heerlager hatten nur selten gekichert.

»Ihr dürft euch nun unsere Gesichter ansehen.« Eines der Mädchen sprach. Dorgen war sich nicht sicher, ob es die Älteste war. In jedem Fall klang sie nicht so kindisch wie das Gekicher der anderen.

Dorgen trat auf sie zu, hob den blauen Schleier vor ihrem Gesicht an und schlug ihn zurück. Sie war schön! Dunkelbraune Augen sahen ihn an, auf ihren Lippen lag ein Lächeln, das sanfte Grübchen in ihre Wangen zauberte. Er streifte den Schleier weiter nach hinten, bis er hinter ihr zu Boden fiel. Schwarze, lange Haare kamen darunter hervor. Gehorsam senkte sie den Kopf und ließ ihre Haare nach vorne fallen.

»Wie heißt du?«, flüsterte er. Auf einmal fiel es ihm schwer, seine Stimme zu kontrollieren.

»Miljuna, mein Herr.«

Mein Herr! Die Ansprache versetzte ihm einen Stich. Diese Frauen waren sein Besitz, sie mussten ihm gehorchen und ihren Körper hingeben. Aber keine von ihnen musste ihn lieben. Sie mussten ihn nicht einmal mögen.

Er wollte Miljuna das Du anbieten und vertraulicher mit ihr reden. Doch es wäre leichtsinnig, das zu tun. Die Mädchen erwarteten von ihm, dass er höher stand als sie. Und er war lange genug Soldat gewesen, um zu wissen, dass man Hierarchien einhalten musste, um ernst genommen zu werden.

Er musste der Herr dieser Mädchen sein, wenigstens bis er sie besser kannte. Also ging er weiter zur Nächsten und schob auch ihren Schleier zurück. Sie sah der Ersten zum Verwechseln ähnlich, schwarze Haare und die gleichen Augen. Selbst ihre Gesichtsform wirkte identisch. Nur die Grübchen fehlten in ihren Wangen, und etwas in ihrer Scheu verriet ihm, dass sie jünger war als ihre Schwester. »Und du? Wie heißt du?«

Sie knickste und senkte den Kopf. »Amerill, mein Herr.«

»Du siehst deiner Schwester sehr ähnlich. Habt ihr dieselbe Mutter?«

Amerill sah auf. »Ja, mein Herr.«

»Unsere Mutter ist Alrana, die älteste Frau unseres Vaters«, fiel Miljuna in ihre Erklärung ein. Stolz blitzte in ihren Augen.

»Und du bist die Älteste meiner Frauen, richtig?«

Miljuna lächelte und nickte hoheitsvoll. In ihrer Miene lag etwas, was er nicht deuten konnte. Eine Art von Gefahr, die ihm unbekannt war. Ihre Augen glitzerten und blitzten wie die Spiegelung unzähliger Gedanken. Doch er konnte nicht einen davon erraten. Vielleicht war es schwerer als gedacht, fünf Mädchen im Zaum zu halten.

Er trat weiter zu der Dritten und hob auch ihren Schleier. Sie musste ein ähnliches Alter haben wie Miljuna und war vermutlich eine Halbschwester. Ihr Gesicht war runder und nicht ganz so hübsch. Dennoch wirkte es gutmütig, und Dorgen ahnte, dass er mit ihr besser auskommen würde. »Mein Name ist Cilinja«, erklärte sie leise und schaute nach unten.

Das vierte Mädchen war jünger als die anderen, vermutlich die Jüngste. Eine Mischung aus Angst und Neugier funkelte in ihren Augen. Ihr Körper sah erwachsen aus, nur ihr Gesicht wirkte kindlich. Er hatte sie nur kurz angesehen, als sie plötzlich losprustete. Gleich darauf schlug sie die Hand vor den Mund und versuchte, sich zu beherrschen.

Sie war diejenige, die eben schon gekichert hatte.

Warum tat sie das? War es bei Mädchen normal, dass sie kicherten? Unsicherheit sickerte durch seinen Magen. Sklavinnen kicherten nur selten und schon gar nicht in der Gegenwart eines Mannes. Allenfalls kleine Jungen hatte er giggeln hören, damals, im Ausbildungslager, als er noch ein Kind gewesen war. Aber die Rekruten bekamen Schläge, wenn sie jemanden auslachten, und meistens dauerte es nicht lange, ehe sie sich jede Regung abgewöhnten.

Wie war das mit Mädchen in einer Schwesternsippe? Für welche Vergehen wurden sie bestraft? Gehörte es zu seinen Aufgaben, das zu tun? Sie zu maßregeln und zu züchtigen? Allein der Gedanke widerte ihn an. Die Kleine war nicht nur hübsch und niedlich. Sie erschien ihm auch viel zu jung, um verheiratet zu werden.

Er würde mit ihr schlafen müssen. Vielleicht nicht heute. Aber bald. Damit sie schwanger wurde.

»Ich bin Schejma«, flüsterte die Kleine und sah zu Boden. »Mein Herr«, setzte sie hastig hinzu.

Dorgen schluckte. Schnell wandte er sich dem letzten Mädchen zu. Sie hielt sich abseits von den anderen. Ganz still stand sie da, als er ihren Schleier hob.

Sie sah anders aus als die anderen. Auch wenn sie eine Halbschwester war, so gab es bei ihr nur wenige Ähnlichkeiten. Das Braun ihrer Augen war heller, beinahe golden, mit einem schwarzen Ring, der ihre Iris umgab. War es dieses Gold, das ihn irritierte? Oder die Größe ihrer Augen? In ihrem schmalen Gesicht erschienen sie riesig und hatten zugleich etwas, dem er sich nicht entziehen konnte. Ein heißer Schauer lief über seinen Rücken. Auch ihre Haare waren schwarz, doch im Gegensatz zu ihren Schwestern trug sie eine wilde Lockenmähne, die sich unter dem Schleier verfangen hatte.

»Und du?« Dorgen räusperte sich. »Wie ist dein Name?«

»Feyla«, hauchte sie, und erst jetzt bemerkte er die Angst in ihrer Miene, einen Anflug von Panik. Ihr Fuß zuckte nach hinten, als wollte sie vor ihm zurückweichen. Nur ihre Angst schien sie zu lähmen. Dennoch war sie die Erste, die ihn nicht »mein Herr« nannte. Oder lag es an ihrer Furcht? Angst konnte eine Stufe erreichen, in der sie stärker wurde als Gehorsam.

Dorgen wollte nach ihrer Hand greifen und ihr sagen, dass sie nichts zu befürchten hatte. Doch er durfte sie nicht bedrängen. »Es freut mich, dich kennenzulernen, Feyla.«

Eines der Mädchen stieß ein Zischen aus. Dorgen fuhr herum. Wer war es gewesen? Und warum?

Unschuldig lächelten die Mädchen ihn an. Miljuna streckte die Hand nach ihm aus. »Möchtest du mitkommen? Dann zeige ich dir mein Gemach.« Die Grübchen spielten in ihren Wangen.

Plötzlich war er froh darüber, dass er wenigstens die Nächte nach seiner Auslese mit einer Sklavin verbracht hatte. Er mochte vielleicht neun bis vierzehn Blutjahre älter sein als diese Mädchen, und dennoch fühlte er sich kaum erfahrener als ein Knappe, der zum ersten Mal einer Sklavin gegenüberstand. Ohne die Nächte mit Thia hätte er kaum gewusst, wie er sich verhalten sollte. Doch auch so überkam ihn ein Anflug von Furcht. Was, wenn er sich zwischen ihren Beinen wie ein Tollpatsch anstellte? Würde er dann nicht unweigerlich ihren Respekt verlieren?

Dennoch ließ er sich an die Hand nehmen. Miljuna führte ihn eine Wendeltreppe hinauf, über die Galerie zu einer Tür. Dahinter lag ein rundes Turmzimmer. Die anderen Mädchen folgten ihnen. Schweigend traten sie an das riesige Bett. Miljuna war die Erste, die ihren Seidenumhang löste und ihn fallen ließ. Darunter war sie nackt.

Dorgens Herzschlag hämmerte in seinen Ohren. Er konnte sich nicht von dem Anblick lösen. Mit geschmeidigen Bewegungen ließ sie sich auf das Bett nieder, legte ihren Kopf zwischen die Kissen und spreizte die Beine.

Erst jetzt bemerkte er, dass auch die anderen nackt waren.

Von allen Seiten krabbelten sie auf das Bett und legten sich zu ihrer ältesten Schwester. Nur ein Mädchen fehlte: Feyla. Dorgen entdeckte sie etwas entfernt, in der Mitte zwischen Tür und Bett. Sie war die Einzige, die ihren Umhang noch trug.

»Komm zu uns!« Miljuna lockte ihn zu sich, ihre Hand streckte sich ihm entgegen.

Der Herzschlag hämmerte bis in seine Kehle, wollte sie zuschnüren und ihn zu Boden zwingen. Nur schwach nahm er wahr, wie die Mädchen ihn auf das Bett zogen. Seine Augen fielen zu, wollten so viel nackte Haut nicht sehen, nicht jetzt, nicht alle zugleich.

Ihre Hände waren überall. Sie öffneten die Verschnürung seines Gewandes, wickelten es auseinander, bis er den Luftzug auf der Haut spürte. Er konnte nicht sagen, wie viele Hände es waren, die sich auf seinem Körper bewegten, die ihn streichelten und dorthin wanderten, wo er am empfindlichsten war. Er wusste nur, dass er das alles nicht wollte. Nicht heute, nicht sofort. Nicht direkt, nachdem er Thia zurückgelassen hatte. Er brauchte Zeit. Und zuallererst wollte er wissen, was das für Frauen waren, die ihm so nahkamen. Allein sein Körper reagierte auf die Berührung. Die Mädchen kicherten, nur kurz, bevor sich etwas Feuchtes um ihn schloss und ihn aufkeuchen ließ.

Dorgen riss die Augen auf, entdeckte den schwarzhaarigen Kopf, der sich über seine Hüften beugte. Er wollte es nicht, wollte Miljuna zurückstoßen und ihr sagen, dass er selbst bestimmte, was sie mit ihm tun durfte. Doch sein Körper gehorchte nicht mehr. Nur ein weiteres Keuchen kam aus seinem Mund. Eine sanfte Welle erfasste ihn und zwang seine Hüfte nach vorne, in eine Bewegung, mit der er sich tiefer in ihren Mund drängte.

Miljuna zog sich zurück, lachte und legte sich in die Kissen. Ihre Augen leuchteten. Da war etwas an ihr, in ihrer Mimik, als versuchte sie, ihn zu kontrollieren. Und er konnte sich nicht wehren. Sein Körper schrie nach mehr, verlangte das, was sie ihm versprochen hatte. Wieder spreizte sie die Beine, ließ ihn die Dunkelheit sehen, die sich dazwischen verbarg.

Auch die anderen waren noch da, ihre Hände auf seinen Armen, auf seinen Beinen, auf dem Po. Selbst die Jüngste kniete neben ihm und beugte sich vor, als wollte sie ihre ältere Schwester nachmachen.

»Nein!« Erst jetzt brachte er das Wort hervor, packte Schejma an der Schulter und hielt sie davon ab. Dann fiel sein Blick auf Feyla. Sie stand noch immer neben dem Bett, in voller Kleidung und mit aufgerissenen Augen.

»Du musst nicht hier sein.« Dorgen raunte ihr zu. »Geh, wenn du willst.«

Feyla wich einen Schritt zurück, schaute zögernd auf ihre Schwestern.

»Natürlich muss sie hier sein!«, protestierte Miljuna.

Dorgen hatte genug. Entschlossen fuhr er zu ihr herum. »Ich bestimme, was ihr zu tun habt. Und ich sage, dass sie gehen darf!«

Miljuna schnappte nach Luft. Die Hände der Mädchen wichen vor ihm zurück. Feyla trat weiter nach hinten, nur ihr Blick haftete noch an seinem.

Er wollte mit ihr gehen, irgendwohin, wo sie sich einfach kennenlernen konnten. Doch er war hier. Es gab kein Entkommen. Die Mädchenhände kehrten zurück, so eifrig auf die eine Stelle konzentriert, dass seine Beherrschung zerbrach. Er schubste Miljuna in die Kissen, legte sich über sie und drang in sie ein, spürte den Widerstand und hörte ihren Schrei.

Er wollte ihr nicht weh tun, wollte keinem der Mädchen weh tun, aber sie hatte damit angefangen, hatte dieses Spiel begonnen, mit dem sie die Kontrolle an sich riss. Schmerz lag in ihrem Gesicht, in den Falten auf ihrer Stirn, in der Art, wie sie den Mund öffnete. Doch ihre Augen hielten seinem Blick stand.

Dorgen bewegte sich, spürte die Enge und wurde schneller.

Er hörte sie schreien und keuchen, schloss die Augen und sah das Heerlager vor sich, die anderen Krieger, die zum Spaß eine Sklavin vergewaltigten. Er hatte geglaubt, er wäre besser als sie. Nicht grob und plump, sondern ehrenhaft und rücksichtsvoll. Zärtlich wie in den Nächten mit Thia. Erst jetzt fühlte er die Gier, mit der man weitermachen musste, wenn man einmal begonnen hatte, den brennenden Hass in seiner Brust, mit dem er sich selbst und diesen Moment verachtete. Ein gewaltiges Zucken ging durch seinen Körper. Einmal, zweimal, dreimal, ein Gefühl, das ihn zum Schreien brachte …

… ehe die Gier schlagartig abflaute.

Erst jetzt kehrte die Umgebung in seine Wahrnehmung zurück. Das Mädchen unter ihm lag still, die Hände der anderen waren zurückgewichen. Dorgen konnte ihren Schrecken nur ahnen.

Als er sich aufrichtete, vermied er ihre Blicke. Nur nach einem Mädchen hielt er Ausschau: Er wollte sichergehen, dass Feyla gegangen war, dass sie nicht gesehen hatte, was er getan hatte. Wenigstens eine seiner Frauen sollte ihn für einen guten Menschen halten.

Sie war fort. Dorgen wollte aufatmen, aber er konnte es nicht. Stattdessen sprang er auf und sah zu Miljuna hinab: »Von nun an bestimme ich, mit wem ich mein Lager teile! Ab morgen will ich euch einzeln. Wer als Nächste an der Reihe ist, werde ich mir überlegen. Aber jetzt …« Er sah in die Runde. Wenn er die Nacht nicht hier verbringen wollte, brauchte er ein anderes Bett, ein eigenes. »Eine von euch muss mir mein Zimmer zeigen.« Er deutete auf Cilinja.

Die Zweitälteste zuckte zusammen. Hastig sprang sie auf, sammelte ihr Gewand vom Boden und streifte es über den Kopf.

Auch Dorgen zog sich an. Mit steifer Haltung führte Cilinja ihn durch den Speisesaal hindurch in einen langen Flur. Vor einer Wendeltreppe blieb sie stehen und deutete nach oben. Dorgen drehte sich zu ihr um. In ihrem Blick lagen die Bilder, die sie eben gesehen hatte.

»Es tut mir leid«, flüsterte Dorgen. »Beim nächsten Mal gebe ich mir mehr Mühe.«

Cilinja nickte gehorsam. Allein ihre Haltung zeigte die Zweifel. Mit gebeugtem Kopf wich sie zurück, schenkte ihm ein vorsichtiges Lächeln und wandte sich ab. Die Eile, mit der sie davonhuschte, war unübersehbar.

8. Kapitel

Südfarua, Sklavenkolonie Ljimgart

ALIA

Alia schreckte auf. Es war mitten in der Nacht. Das rötliche Licht der Blutsonne drang durch die Ritzen zwischen den Bohlenwänden. Nur langsam begriff sie, dass sie geträumt hatte. Klare, deutliche Bilder, die sich seltsam real anfühlten. Sie war wieder ein Kind gewesen, im Wald von Farua. Auch der blonde Junge war in ihrem Traum vorgekommen. Selbst jetzt sah sie sein Gesicht noch vor sich, die Sommersprossen auf seiner Nase und die nassen Haarsträhnen in seiner Stirn. Sie badeten gemeinsam im Waldweiher, und die Spiegelung des Wassers fing sich im Blau seiner Augen.

Diesen Tag am See hatte es wirklich gegeben. Alia hatte so vieles von damals vergessen. Aber der Traum holte die Erinnerung so glasklar zurück, als wäre es eben erst passiert. Wie zwei spielende Kinder waren sie nackt ins Wasser gelaufen. Sie hatten geplantscht und sich gegenseitig nass gespritzt. Bis Lunis ins tiefe Wasser geriet und beinahe ertrank, weil er nicht schwimmen konnte. Alia musste tauchen, um ihn zu finden, zog ihn ins flache Wasser und half ihm, sich wieder auf die Füße zu stellen. Doch er reagierte gefasst auf den Unfall. Mit einem Lächeln stand er da, bewegte probeweise seine Lippen und sprach zum ersten Mal ihren Namen aus. Gleich darauf zeigte er auf sich selbst: »Lunis.« Und plötzlich hatte sich etwas verändert. Ein starkes Gefühl zog durch ihre Brust und verteilte sich kribbelnd in ihrem Körper. Hastig hatte sie ihn losgelassen und war im Wasser vor ihm zurückgewichen. Auch seine Augen hatten sich verändert. Das Schwarz seiner Pupillen verdrängte das helle Blau. Etwas an seinem Blick war beängstigend gewesen – und gleichzeitig auf anziehende Weise schön. Sie hatte ihn wieder berühren wollen, seine nasse Haut und die Lichtspiegelung in den Wassertropfen. Und dann hatte sie es gesehen: Um seinen Hals trug er eine Kette, einen blauen Stein in der Form einer Träne. Der Kristall hatte auf seiner Haut geleuchtet. Oder war es nur die Spiegelung des Wassers gewesen? Alia hatte ein paarmal blinzeln müssen, doch das Leuchten war geblieben, auch dann noch, als Lunis ihn abnahm und ihr um den Hals gelegt hatte.

Alia fühlte das kühle Wasser, als wäre es jetzt und hier. Seine Finger streiften ihre Haut, während er die Kette verschloss, und der Stein lag warm auf ihrer Brust.

Es war nicht jetzt! Nicht hier! Es lag Jahre zurück!

Alia richtete sich im Bett auf und schaute an sich herab. Der Stein war aus ihrem Hemd gerutscht und leuchtete. Sie berührte ihn und drehte ihn zwischen den Fingern. Doch es war nicht einfach nur ein Stein. Er lebte. Atmete. Pulsierte.

Was hatte das zu bedeuten?

Damals war es der letzte Tag gewesen, den sie zusammen verbracht hatten. Schon am nächsten Morgen war Lunis von den Blutsuchern eingeholt worden. Er hatte gewusst, dass sie ihn suchten. Und vielleicht hatte er geahnt, wie wenig Zeit ihm noch blieb. Deshalb hatte er am Tag zuvor ein letztes Mal versucht, Alia mitzunehmen. Er war zurück ans Ufer gewatet, hatte sich angezogen und sie zu sich gewunken. Dann hatte er Richtung Norden gezeigt und sie am Arm gefasst, um sie mit sich zu ziehen.

Aber Alia hatte sich geweigert.

Ob sie den Weg geschafft hätten, wenn sie mit ihm gegangen wäre? Der Krieg in Südfarua hatte damals noch nicht begonnen.

Für zwei alleinreisende Kinder wäre es trotzdem nicht leicht gewesen, aber vielleicht wären sie in Malun angekommen. Und vielleicht hätten die Priester sie ausgebildet, auch wenn Alia keine Gottgeborene war. Dann wäre sie jetzt eine Gelehrte, die über den alten Glauben Bescheid wusste. Oder sie hätte sich dem Widerstand in Nordfarua angeschlossen. Auf jeden Fall wäre sie keine Sklavin geworden.

Nur ihren Eltern hätte sie großen Kummer bereitet. Und sie hätte Nelja im Stich gelassen.

Der Stein bebte in ihrer Hand. Es fühlte sich an, als würde er weinen. Alia streichelte ihn und formte den Namen des Jungen mit ihren Lippen: »Lunis.«

Was war aus ihm geworden? Nur die blonden Mädchen wurden der Göttin geopfert. Aber was geschah mit den blonden Jungen, die von den Blutsuchern verschleppt wurden?

Abgesehen von Sapionas und seinen Horden gab es schon lange keine Erwachsenen mehr auf Ruann, die blonde Haare und blaue Augen besaßen. Niemand sprach darüber, aber die Wahrheit war offensichtlich: Blonde Jungen, die von den Blutsuchern verschleppt wurden, wurden eines Tages selbst zu Blutsuchern.

Aber was war mit Lunis? War er auch einer von ihnen? Alia wollte es nicht glauben, und irgendetwas sagte ihr, dass sein Schicksal ein anderes war. Einen Monat war es nun her, seit sie den alten Mann nach der Bedeutung des Steines gefragt hatte. Immer wieder hatte sie nachgehakt. Doch er weigerte sich, die Fragen zu beantworten.

Morgen würde sie ihn noch einmal fragen. Aber jetzt musste sie aufhören zu grübeln. Das Licht der Blutsonne zeigte ihr, wie früh es noch war. Seit Neujahr hatte die Tagwechselzeit begonnen, und Sapias Sonnenaufgang schob sich vom Abend aus immer weiter in den Tag hinein. Entsprechend ging die Blutsonne mitten in der Nacht unter, so dass die kurze Dunkelheit an das

Ende der Nacht fiel, bevor Rabanus' Morgendämmerung einsetzte.

Alia rückte näher an die Wand, bis sie die Blutsonne durch die Bretterritzen sehen konnte. Sapia stand bereits tief, aber sie ging noch nicht unter. Ihr blieb also genug Zeit, um noch einmal einzuschlafen – und noch einmal zu träumen. Aber wollte sie das?

Ihre Hand schmiegte sich noch immer um den blauen Stein. Wenn Lunis tatsächlich ein Blutsucher geworden war, dann war es ihre Schuld. Warum war sie nur so dumm gewesen? Warum hatte sie nicht die Erwachsenen um Rat gebeten? Ihre Eltern hätten die politische Lage besser durchschaut und die drohende Kriegsgefahr erkannt. Bestimmt hätten sie Lunis geholfen, nach Malun zu entkommen. Und vielleicht wären sie alle zusammen geflohen, um auch Alias und Neljas Leben zu retten.

Doch nun war es zu spät.

Alia musste aufhören, darüber nachzudenken. Stattdessen lauschte sie auf Mariusch, der gleichmäßig ein- und ausatmete. Sie legte sich wieder auf die Seite, stützte ihren Kopf in die Hand und betrachtete sein Gesicht im rötlichen Licht. Mit der anderen Hand umfasste sie den Stein. Mariusch sollte nicht sehen, dass er leuchtete, sollte nicht wissen, dass sie früher einen anderen geliebt hatte, einen, an den sie auch jetzt noch dachte. In der Gegenwart gehörte sie zu Mariusch. Sobald sich eine heimliche Hochzeit arrangieren ließ, würden sie heiraten.

Mariusch murmelte im Schlaf, streckte den Arm nach ihr aus und zog sie an sich. Alia kuschelte sich in seine Armbeuge, legte den Kopf auf seine Brust und lauschte seinem Herzschlag. Schließlich schob sie sich etwas höher, hob ihr Gesicht zu seinem und küsste ihn auf die Wange.

Sie war nass. Er weinte im Schlaf.

Alia küsste ihn weiter, küsste die Tränen von seinem Gesicht, bis er aufwachte. Erschrocken sah sie zu dem Stein. Doch er war erloschen. Er leuchtete niemals, wenn Mariusch ihn sah.

»Alia«, flüsterte er heiser. »Du bist hier. Ich habe geträumt. Dass du fortgegangen bist, ohne es mir zu sagen.«

Alia presste die Lippen aufeinander. Sie schmiegte sich an ihn, küsste ihn und konnte nicht mehr aufhören. Das träumte er immer, wenn sie in den Träumen bei Lunis war. Hastig schob sie ihr Bein über seinen Körper, legte sich auf ihn und fühlte seine Reaktion.

Er brauchte den Trost auf die gleiche Weise wie sie, wollte Furcht und Bedrohung genauso vergessen. Seine Hände zogen sie aus, zerrten alle Hindernisse beiseite, bis sie miteinander verschmolzen. Nur der blaue Stein blieb dunkel. Sengend schwarz brannte er sich in ihre Brust.

***

Ein heißer Wind erfasste Alia, als sie am nächsten Morgen aus der Hütte trat. Sand wirbelte in kleinen Kreiseln über den Boden, und von irgendwo drangen aufgeregte Rufe. Ein Streit, eine Auseinandersetzung, gereiztes Geplänkel.

Alia schauderte. Sie kannte diesen Wind, die Tage, in denen er wie ein heißer Sturm durch das Dorf fegte. Erst die Trockenheit hatte ihn mitgebracht. An diesem Morgen war sie beinahe froh, in die Tunnel einzutauchen. Normalerweise blieb der Wind an der Oberfläche und erzeugte höchstens in den oberen Teilen des Bergwerkes einen Zug. Doch heute erschien ihr die Tiefe noch stickiger als sonst. Auch die Sklaven wirkten gereizt, schimpften und fluchten und stritten sich wegen winziger Fehler. Alia wollte den Tag einfach nur hinter sich bringen, wollte in Mariuschs Hütte zurückkehren und sich dort verkriechen.

Als sie am Abend hinaufstiegen und sich zum Appell sammelten, hatte der Wind noch immer nicht nachgelassen. Sapia stand bereits hoch am Himmel. Ihr Licht vereinte sich mit Rabanus' Dämmerung und warf ein unheimliches Rotorange über den

Appellplatz. Alia durchsuchte die Reihen der Männer und hielt nach dem alten Mann Ausschau.

Aber sie fand ihn nirgends. Auch sein Name wurde nicht aufgerufen. Oder hatte sie nicht gut genug aufgepasst? Normalerweise wurde nie ein Name ausgelassen. Vielleicht war er auch mit einer Sonderaufgabe betraut und musste deshalb nicht zum Appell erscheinen.

Sobald die Sklaven vom Platz gewunken wurden, schlug Alia den Weg zur Schweinehütte ein. Der Stall lag am Rand des Dorfes, so konnte sie die meiste Zeit zwischen den anderen Sklaven laufen und war erst allein, wenn sie um die letzte Ecke bog.

Doch Alia erstarrte, als sie die Hütte erspähte. Hastig duckte sie sich in den Schatten einer Baracke. Drei Wachsoldaten standen vor dem Stall, von drinnen klang Gezeter, ehe ein vierter den alten Mann herausführte. Der Rest ging schnell. Viel zu schnell.

Einer der Wärter hob eine Metallstange, ließ sie niedersausen und traf den Kopf des alten Mannes mit einem knirschenden Krachen.

Das Geräusch fuhr Alia durch die Knochen. Der alte Mann sackte leblos auf seiner Türschwelle zusammen. Einer der Soldaten lachte, der andere senkte die Stange, ein dritter sprang über den Toten hinweg aus der Hütte. Mehr konnte Alia nicht ertragen. Sie ging rückwärts, drehte sich um und rannte.

***

LUNIS

Die Dunkelheit des Kerkers presste sich um ihn wie eine Zange. Er klammerte die Arme um seinen Körper, wiegte sich vor und zurück. Er musste sich ablenken, musste in der Schwärze bleiben, um nicht die Bilder zu sehen. Grausige Bilder, Erinnerungen …

Sein ganzer Körper fühlte sich weich an, seine Muskeln

waren kraftlos. Selbst das sanfte Vor- und Zurückschaukeln schmerzte in seinen Knochen. Am liebsten wollte er sterben, hier und jetzt, endlich einen Abschluss finden.

Doch es war nicht möglich.

Allzu oft hatte er es versucht. Mit eisernem Willen hatte er die Nahrung verweigert, die vor ihm in der Zelle stand, hatte den Wasserkrug umgeschmissen und das Brot an die Ratten verfüttert. Monatelang hatte er gehungert und gedurstet, hatte sich vor Qual über den Boden gerollt und darauf gehofft, dass es bald vorbei war.

Aber er starb nicht. Nur die Qual verging nach einiger Zeit.

Seit seiner Kindheit war er in diesem Kerker gefangen, lange genug, um zu begreifen, dass es keinen Ausweg gab. Einzig die Ratten waren seine Gefährten. Drei von ihnen lebten in den Ärmeln seines Gewandes, viele weitere in der Dunkelheit seiner Zelle. Sie kamen zu ihm, wenn er sie fütterte, gehorchten auf sein Zischen und geflüsterte Worte. Nur heute hatte er keinen Sinn für die Tiere. Immer deutlicher wollten die Bilder hervorkommen, wollten sich in sein Bewusstsein drängen …

Er musste es verhindern, musste einen Weg finden, um den Gedanken zu entgehen. Seine Hände tasteten im Dunklen, fanden das Messer und setzten die Klinge auf die Haut an seinen Armen. Langsam drückte er zu, zerteilte den Widerstand …

Rasender Schmerz flutete seinen Kopf, stieß die Bilder fort und ließ ihn aufstöhnen. Heiße Flüssigkeit sickerte hervor, strömte immer heftiger. Er schnitt tief genug, um zu sterben. Dennoch würde er hierbleiben. Schon viel zu oft hatte er es versucht. Immer wieder hatte er die Grenzen des Todes getestet und gehofft, dass er sie überschreiten würde. Es war ihm nie gelungen.

Nur der Schwindel erfasste ihn, hob seinen Körper von der Kälte des Bodens und ließ den Geist davonfliegen. Er verließ die Zelle, kehrte zurück in die Vergangenheit, zu den wenigen Menschen, die ihm Liebe gegeben hatten. Das Gesicht seiner Amme erschien vor ihm, ihr Lächeln und ihre Stimme: »Lunis. Mein Kleiner, komm zu mir.«

Er wollte bei ihr bleiben, sich noch einmal an sie kuscheln und ihr Flüstern in den Haaren fühlen. Doch der Schwindel trug ihn fort, ließ ihn in die Ferne fliegen.

Plötzlich sah er das Mädchen vor sich, ihre blonden Haare, die braunen Augen und die zarten Sommersprossen. Mitten in den Wäldern von Farua war sie zu ihm gestoßen und hatte ihn versteckt. Jeden Tag war sie mit Wasser und Nahrung zu ihm gekommen. Selbst der Stein, den er Zeit seines Lebens bei sich gehabt hatte, war in ihrer Gegenwart zum Leben erwacht. Bläuliches Licht hatte ihn erfüllt, während er sich warm an seine Haut schmiegte.

Lunis hatte nie erfahren, woher der Stein stammte. Erst in ihrer Gegenwart hatte er begriffen, dass es kein gewöhnlicher Schmuck war. Durch den Stein hatte er die Verbindung gespürt, eine Nähe zu ihr, die voller Bedeutung war. Allein deshalb hatte er ihr den Stein gegeben: um für immer in ihrer Nähe zu sein.

Zusammen mit dem Stein hatte er sein Herz verschenkt. Alle schönen Gefühle waren bei dem Mädchen geblieben. Stattdessen gab es nur noch eines in seiner Brust: dunkle Schwärze, mit der er sich selbst verschlang.

9. Kapitel

Heerlager Sapions, Frontgebiet am Waldgürtel von Farua

TAILIN

Rote Haare leuchteten in der Sonne, warmer Wind zerzauste sie zu einer orangefarbenen Wolke. Ihre Stimme klang so warm wie der Wind, dennoch drang sie nur leise an sein Ohr, schwächlich, als spräche sie mit letzter Kraft. Seine Mutter. Sie war seine Mutter. Der Gedanke kreiste durch seinen Kopf, unaufhörlich. Er wollte sich an sie klammern, wollte sich festhalten und verhindern, dass sie von ihm ging.

Doch ganz gleich, was er versuchte, es war unmöglich, sie zu erreichen. Um sie herum lag ein Gestank, den er nicht deuten konnte. Nur seine Instinkte schrien ihm zu: Er sollte davonlaufen, jetzt gleich, so schnell wie möglich, sollte seine Mutter endlich hinter sich lassen. Es war seine einzige Chance!

»Tailin.« Wieder drängte sich ihre Stimme in sein Ohr. Doch mit einem Mal erschien sie anders als sonst. Fremd. Und jung. Viel zu jung, um zu seiner Mutter zu gehören. »Mein Herr, wacht auf! Euer Dienst beginnt gleich.«

Tailin schreckte hoch, war schlagartig wach und saß aufrecht. Dennoch begriff er nicht gleich. Rote Haare leuchteten im Licht der nächtlichen Sonne. Doch es waren nicht die Haare seiner Mutter. Diese leuchteten schwächer, nur matt beschienen vom Licht, das durch das Zeltdach fiel.

Nureen wich vor ihm zurück. »Ihr habt mich beauftragt, euch zu wecken, mein Herr.«

Tailin lächelte der kleinen Sklavin zu. Der Wind rüttelte

an der Lederplane des Zeltes. Von draußen drangen Rufe und Schreie zu ihnen. Aber sie waren weit entfernt, nichts, was ihn in Aufruhr versetzen musste. Er rieb sich durchs Gesicht und versuchte den Traum wegzuwischen. Seine Mutter! Immerzu träumte er von seiner Mutter.

Seit Dorgen fort war und Nureen in seinem Zelt wohnte, wurde es immer schlimmer. Als hätte die Gegenwart der Sklavin etwas damit zu tun. Dennoch handelte er richtig. An den Abenden ging Nureen nur noch in seiner Begleitung aus dem Zelt. Dann saßen sie Arm in Arm am Feuer, und Tailin ließ keinen Zweifel daran, dass die Sklavin ihm gehörte. Manchmal war es nötig, sie vor den Augen der anderen zu küssen. Doch auch Nureen hatte schnell begriffen, dass sie von Tailin nichts befürchten musste. Wenn sie nach dem Essen in ihr Zelt gingen, zog sich jeder auf sein eigenes Schlaflager zurück.

Nureen dankte ihm die Hilfe mit ehrlicher, kindlicher Fürsorge. Sie vertrieb sich die Zeit, indem sie für ihn nähte und die Löcher in seiner Kleidung stopfte. Tagsüber hatte sie Küchendienste zu verrichten, von denen sie ihm heimliche Leckereien mitbrachte. Und wenn er Nachtschicht hatte, so wie heute, gönnte er sich den Luxus, davor eine Weile zu schlafen, bis er rechtzeitig von ihr geweckt wurde.

Tailin wusste nicht, ob sie sein Geheimnis erahnte. In jedem Fall hielt sie ihm zugute, dass das Schwarz seiner Haare einen Rotstich trug.

»Du bist einer von uns«, hatte sie ihm einige Nächte zuvor zugeflüstert. In jenem Gespräch hatte sie ihm berichtet, wie ihr Dorf niedergebrannt und sie als Kindersklavin entführt worden war. Am liebsten hätte Tailin ihr erzählt, dass die Sapioner ihn ebenfalls als Kind verschleppt hatten. Auch jetzt würde er ihr gerne von seinem Traum berichten, von seiner Mutter, an die er sich nicht erinnerte und von der er nur wusste, dass sie ebenso rote Haare gehabt hatte wie Nureen. Was, wenn die Sklavin etwas wusste? Vielleicht trugen auch ihre Erzählungen dazu bei, dass ein Teil seiner Erinnerungen im Traum zurückkehrte. Zu gerne würde er noch mehr mit ihr reden.

Aber es war gefährlich, einer Sklavin zu vertrauen. Jederzeit konnte sie in eine Situation geraten, in der sie ihn verraten musste.

»Mach dir keine Sorgen«, erklärte er stattdessen. »Du hast recht. Ich muss zur Nachtschicht. Also vielen Dank, dass du mich geweckt hast.«

Nureen senkte gehorsam den Kopf.

Tailin schnürte seine Lederrüstung um, befestigte die Arm- und Beinmanschetten und kroch aus dem Zelt. Ein heißer Wind erfasste ihn, als er sich aufrichtete. Feiner Sand schlug ihm ins Gesicht, die Fahnenmasten knatterten und säuselten im Sturm. Von Weitem drangen Rufe und Schreie zu ihm. Eine aggressive Stimmung hatte das Heerlager ergriffen.

Der vergangene Tag hatte ihnen viele Verluste und zahlreiche Verletzte gebracht. Auch in seiner Gruppe hatte es einen Toten gegeben, der von einer Pamuschkatze gerissen worden war. Als Tailin in der Nähe des Lazarettzeltes vorbeikam, hörte er die Schreie der Verwundeten. Auch die wütenden Rufe rückten näher. Von Weitem konnte er erkennen, wie sich die Männer am Lagerfeuer schubsten und prügelten. Der Sturm rauschte in den Bäumen, rauer Sand wirbelte durch die Luft, drang durch Löcher und Nähte unter die Kleidung und scheuerte auf der Haut. Alle Spannungen und Konflikte schienen in dieser einen Nacht auszubrechen.

Tailin hatte schon viele solcher Nächte erlebt. Im Licht der Blutsonne fanden sie ihren Höhepunkt, ehe sich die Stimmung am nächsten Morgen beruhigte. Zur Tagwechselzeit war es wie immer am schlimmsten. Mitten in der Nacht mussten alle Krieger aufstehen, um die Blutsonne zu verabschieden. Auch wenn die meisten danach wieder in ihre Zelte krochen, waren die

Männer dennoch müder als sonst, gereizt und weniger leistungsfähig. Manch ein Soldat ging überhaupt erst ins Bett, wenn die Blutsonne mitten in der Nacht untergegangen war, und die Zeit bis dahin war eine einzige Sauf- und Gewaltorgie. Jedes Jahr zur Tagwechselzeit fiel das Heer in einen chaotischen Zustand. Und am allerschlimmsten war es in jenen Nächten, in denen der heiße Sturm wehte.

Auch heute vermied Tailin es, in die Nähe der Lagerfeuer zu gehen. Immer wieder prügelten sich Männer vor ihm am Boden. Mehrmals wurde er angerempelt und zur Seite geschubst. Zwischen zwei Zelten hörte er das Stöhnen eines Mannes und das Weinen einer Frau, umringt von Lachen und Rufen. Als er näher kam, entdeckte er den Kreis der Krieger, die zusahen, wie einer von ihnen eine Sklavin vergewaltigte.

Sie würden alle an die Reihe kommen.

Tailin presste die Zähne aufeinander, um nicht einzugreifen. Es war schon Jahre her, dass er versucht hatte, eine Sklavin aus so einer Situation zu befreien. Damals hatte er nur überlebt, weil Dorgen die anderen daran gehindert hatte, ihn totzutreten. Ein harter Kloß setzte sich in seinen Hals. Er konnte nur eine Sklavin retten. Mehr als das lag nicht in seiner Macht.

Tailin wandte den Blick von der Vergewaltigung ab und schlug einen Bogen um die Männer. Er musste pünktlich zum Nachtdienst erscheinen. Wenn er von anderen in eine Streitigkeit gezogen wurde, wäre das kein Grund, um sein Zuspätkommen zu rechtfertigen. Zudem hatte sein Knappe ihm die Botschaft überbracht, dass er eine wichtige Aufgabe zu erfüllen habe. Welche das sein sollte, hatte der Junge nicht gewusst. Tailin umrundete eine weitere Rauferei und steuerte auf den Teil des Lagers zu, in dem die Zelte der Kommandeure lagen.

»Mischlingsbastard! Mistratte!« Ein raues Pöbeln zog seine Aufmerksamkeit auf sich, eine vertraute Stimme.

Tailin wirbelte herum und entdeckte Kaylen, der mit einem

Mostkrug zwischen zwei Zelten hockte. Mit einer fahrigen Bewegung stellte er den Krug ab, rappelte sich hoch und torkelte auf ihn zu. Tailin fröstelte. Es war schwer zu erkennen, ob Kaylen simulierte oder tatsächlich betrunken war.

Seit einem Blutmonat hatten sie sich nicht mehr getroffen, seit Dorgen fort war und die Sklavin in seinem Zelt lebte. Es war zu gefährlich geworden, mit Kaylen in den Wald zu gehen. Nur sein Geliebter schien die Sache anders zu sehen. Wut tobte in seinem Gesicht. Er stolperte auf Tailin zu, stieß ihm die Hände gegen die Brust und schubste ihn rückwärts. Sein ganzes Körpergewicht lag in dem Stoß, eine plumpe Schwerfälligkeit, die Tailin nach hinten drängte. Nur knapp gelang es ihm, sich abzufangen.

Kaylen fiel gegen seine Schulter, klammerte sich an ihn und raunte in sein Ohr. »Einen ganzen Monat«, stieß er weinerlich hervor. »Wie kannst du so hart sein?«

Tailins Nackenhaare stellten sich auf. Kaylen *war* betrunken! Ausgerechnet er, der sich immer unter Kontrolle hatte. Tailin hätte auch diesen Moment für ein Schauspiel gehalten, wenn es nicht zu gefährlich wäre, mitten im Lager über ihr Verhältnis zu tuscheln. »Reiß dich zusammen!« Er versuchte, Kaylen von sich zu schubsen. Doch sein Freund klammerte sich mit der Körperspannung eines Mehlsacks an ihn. »Warum liebst du mich nicht mehr? Was habe ich dir getan?«

Tailin konnte nicht darauf antworten. Nicht jetzt, nicht hier. »Ich dachte, ich hätte mich klar ausgedrückt. Du weißt, warum!« Wieder schubste er Kaylen zurück, dieses Mal so kräftig, dass sein Liebhaber zurücktaumelte.

Kaylen stieß ein Lachen aus, einen verrückten, verzweifelten Laut. Tailin sah sich um, um zu kontrollieren, ob sie beobachtet wurden. Nie hätte er gedacht, dass sein Freund unter der Trennung litt. Er hätte Wetten darauf abgeschlossen, dass Kaylen ihn wahllos zum Liebhaber genommen hatte, weil sich für ihresgleichen nicht viele Gelegenheiten boten. Offenbar hatte er sich getäuscht. Ob Kaylen nun echte Liebe empfand oder nicht, er schien nicht von ihm loszukommen. Vielleicht hätte Tailin in Ruhe mit ihm reden sollen, anstatt ihn einfach nur abzuweisen.

Doch dies hier war weder der richtige Ort noch der passende Augenblick. »Hör zu«, setzte Tailin an. Weiter kam er nicht. Kaylen stürmte auf ihn zu, prallte gegen ihn und riss ihn zu Boden. Dumpfe Fäuste schlugen ihm ins Gesicht. Weißer Schwindel wirbelte vor seinen Augen. Ein schwerer Körper presste die Luft aus seinen Lungen. Die nächste Bewegung zielte auf seinen Kehlkopf.

Es war allein sein Überlebenswille, mit dem er den Ellenbogen freibekam und die Faust abwehrte. Dann schlug er selbst zu, traf das Gesicht des anderen und setzte ein zweites Mal nach. Das Gewicht auf seiner Brust schwankte, Tailin richtete sich auf, stieß den Gegner zur Seite und stürzte sich auf ihn. Der Instinkt wischte jedes Mitleid beiseite, sah nur noch die wunden Punkte des anderen. Wieder traf er das Gesicht des Gegners, nahm seinen Kopf in den Schwitzkasten und landete einen Schlag nach dem anderen, bis Kaylen still wurde. Nur der keuchende Atem des Jüngeren verriet, dass er noch lebte.

»Ich wusste nicht, dass du so gefährlich sein kannst.« Etwas Anzügliches lag in Kaylens Stimme.

Tailin sprang auf und wich vor ihm zurück. Wieder sah er sich um und suchte nach Zeugen für ihre Prügelei. Niemand war da, der sich für sie interessierte, nur zwei Soldaten, die betrunken durch den Nachbargang schwankten, und ein dritter Krieger, der eine Sklavin zu einem Zelt führte. Viel gefährlicher waren die Zelte selbst. Mit Pech hatten die Krieger darin sie belauscht, irgendjemand, der ihre Stimmen kannte.

Tailin hielt es für sicherer, nichts mehr zu sagen. Er wandte sich ab, eilte weiter durch die Gänge und wischte das Blut von seiner Oberlippe. Immer wieder musste er seine Ledermanschette daraufdrücken, ehe das Blut auf der Wunde trocknete.

Als er das Zelt der Lagerwache erreichte, hatten sich die Männer bereits davor versammelt. Mindestens hundert Mann standen in Gruppen beisammen. Für eine normale Nachtwache waren es ungewöhnlich viele Krieger.

Naslev, der Kommandeur der Lagerwache, ging von einer Gruppe zur anderen. Misstrauisch sah er Tailin entgegen und wies ihn mit einem Nicken einem der größten Trupps zu. Der Kommandeur hielt seine Besprechung einzeln für jede Gruppe, mit leisen Worten und wichtiger Miene. Als er auf ihren Trupp zukam, glitt sein Blick prüfend an Tailin entlang, über seine dreckige Ledermontur zu der aufgeplatzten Oberlippe.

Tailin machte sich auf eine Rüge gefasst, aber zu seiner Überraschung ging Naslev darüber hinweg und sah in die Runde. »Wie ihr wisst, kommt uns heute Nacht eine besondere Aufgabe zu.« Er senkte die Stimme, so dass die Männer noch näher zusammenrücken mussten, um ihn zu verstehen. »Heute Nacht kommt Walerius, oberster Berater von Rabanus Sapion, zu uns ins Heerlager, um sich mit dem Heerführer zu besprechen.«

Tailins Herz klopfte lauter. Walerius. Seitdem Dorgen ihm geschrieben hatte, dass der oberste Berater ihn als Schwiegersohn auserkoren hatte, fragte Tailin sich, wie so etwas sein konnte. Was trieb jemanden wie Walerius dazu, sich einen Schwiegersohn aus einer niederen Kaste auszusuchen? Hinter dieser Sonderbarkeit lauerte etwas. Eine Falle oder Intrige. In jedem Fall sollte Dorgen auf der Hut sein. Und er selbst war es ebenfalls. Ob Walerius sich über Dorgens Umfeld erkundigt hatte? Ob er Tailin als Dorgens Freund erkennen würde, wenn er ihm gegenüberstand?

»Unsere Aufgabe wird es sein, den Berater zu eskortieren und die Unruhen im Lager von ihm fernzuhalten. Dabei wird verlangt, dass wir diskret und entschlossen vorgehen. Die anderen

Krieger sollen nicht bemerken, welch hohen Besuch wir haben, ehe der Besucher wieder fort ist. Sollten die Unruhen ihn bedrohen, habt ihr ausdrückliche Anweisung, gegen jede Bedrohung vorzugehen. Notfalls mit tödlicher Waffengewalt. Habt ihr mich verstanden?«

»Jawohl, Herr Hauptmann!«, antworteten die Krieger wie aus einem Mund.

Der Rest der Besprechung verging damit, die genauen Aufgaben zu verteilen. Tailin blieb als einer der letzten übrig, nachdem schon fast alle auf ihre Posten gegangen waren.

»Alle, die jetzt noch hier sind«, damit sah Naslev zwischen den letzten zehn Soldaten hin und her. »Wir verstärken die Leibeskorte des Beraters. Mit den Pferden werden wir zum Treffpunkt außerhalb des Lagers reiten und den Berater hierher begleiten. Dabei verlange ich größte Diskretion. Walerius tarnt sich in der Uniform eines einfachen Soldaten. Er wird nur wenige Männer mit sich ins Lager bringen, und ich möchte, dass wir uns verhalten, als wären wir eine einfache Nachtpatrouille.« Er warf noch einen misstrauischen Blick auf Tailin und hielt ihn am Arm zurück, während die anderen sich auf den Weg zu den Pferden machten: »Kann ich mich auf dich verlassen, Soldat?« Mit zusammengekniffenen Augen musterte er Tailins Gesicht. Wie viele blaue Flecken hatten Kaylens Fäuste darin hinterlassen? »Bislang habe ich dich als verantwortungsvollen Mann eingestuft«, setzte der Kommandeur hinzu. »Aber heute frage ich mich, ob ich mit dieser Einschätzung richtiglag.«

Tailin räusperte sich. »Das tut Ihr, Herr Hauptmann.« Er ließ seine Stimme fest und nüchtern klingen. »Ich bin auf dem Weg hierher angegriffen worden. Zum Glück konnte ich den betrunkenen Kameraden abwehren.«

Naslev beäugte ihn noch einmal. Dann nickte er und ließ Tailin los. »In Ordnung. Betrachten wir das als gelungene Übung. Gehen wir auf unseren Posten.«

Gemeinsam eilten sie zu den Pferden. Wie immer hatten die Knappen die Tiere gesattelt und warteten in der Nähe der Lagerwache. Tailin nahm seine Stute in Empfang und saß auf. Im Schritt ritten sie durch das Lager und überquerten den leeren Appellplatz. Die Fahnen knatterten im Sturm und die Pferde tänzelten nervös. Tailin trieb seine Stute in einen langsamen Trab, um sie von möglichen Dummheiten abzulenken.

Hinter dem Appellplatz ritten sie durch die offenen Felder. Im Blutlicht der Nacht war von den Arbeitssklaven nichts mehr zu sehen. Zuletzt passierten sie die Schweineställe, hinter denen die Totengruben versteckt lagen. Der Gestank von Leichen und Aas vermischte sich mit dem stechenden Geruch der Schweinegülle. Wieder schnaubten die Pferde und trippelten angespannt voran. Auch Tailin musste die Luft anhalten, um nicht zu würgen.

Dann bogen sie ab und ließen die Schweineställe hinter sich. Im rückwärtigen Bereich war das Land zergliedert von Hügeln und kleineren Wäldern. Manche Bäume wirkten noch frisch und grün, bei anderen hingen nur noch gelbe Blätter an den Zweigen.

Am Rand eines kleineren Waldes trafen sie den obersten Berater von Sapion. Walerius war in die gleiche schwarze Ledermontur gekleidet wie die einfachen Krieger und wirkte fast genauso jung und sportlich wie die Soldaten. Der Helm auf seinem Kopf verdeckte seine Haarfarbe. Nur als Tailin genauer hinsah, erkannte er die weißen Haarspitzen darunter und den Bauchansatz unter der Lederrüstung.

Um den Berater ritten andere Männer in Kriegerkluft. Allein an ihren Gesichtern sah Tailin, dass die meisten von ihnen zu alt waren, um noch Soldaten zu sein. Oder waren es höhere Offiziere, die nach ihrer Auslese in den Kriegsdienst zurückgekehrt waren?

Etwas an den Gesichtern dieser Krieger irritierte ihn. Er

stieß auf den finsteren Blick des Soldaten, der neben dem Berater ritt. Seine Augen wirkten kalt und grausam. Was für Männer waren das, mit denen sich der oberste Berater umgab?

Der Kommandeur der Lagerwache nickte Walerius zu: »Sapia zur Ehre: Willkommen im Heerlager. Ich bin Naslev, führender Hauptmann der Lagerwache. Ich komme mit zehn meiner vertrauenswürdigsten Männer, um Eure Eskorte zu stellen.«

Der Berater warf einen prüfenden Blick auf die Krieger und antwortete mit einem knappen Nicken.

Naslev wies ihnen die Plätze zu, auf denen sie Walerius eskortieren sollten, und schließlich ritten sie auf demselben Weg zurück, den sie gekommen waren. Der oberste Berater sprach kein Wort. Auch seine Schergen ritten schweigend neben ihm her und schauten stur über die Soldaten hinweg.

Tailin konnte die Unsicherheit spüren, die um sich griff und die Krieger verstörte. Sie alle hatten gelernt, scharfer Kritik standzuhalten, sich gegen Angriffe zu wehren und Beleidigungen wegzustecken. Das eisige Schweigen hingegen machte sie nervös. Schweigen war der Vorgänger von Willkür. Wer nichts sagte, war unberechenbar.

Als sie die Schweineställe passierten, reagierten die Pferde noch nervöser als zuvor. Naslevs Wallach kiekste und sprang mit einem Satz zur Seite. Drei weitere Pferde folgten ihm, ehe die Reiter ihre Tiere wieder unter Kontrolle brachten.

Es war unmöglich, sich zu entspannen, auch dann nicht, als sie den Appellplatz überquerten und das Zeltlager erreichten. Der Sturm zerzauste die Mähnen der Pferde, brachte das Zeltleder zum Flattern und trug die lärmenden Stimmen der Krieger in Böen zu ihnen. Vereinzelt tobten Tumulte in den Gängen, an denen sie vorbeiritten.

Tailin spähte zwischen den Zelten entlang und legte die Hand an den Schwertgriff, als er eine Traube von Kriegern entdeckte, die sich prügelten und schubsten. Einer torkelte in ihre

Richtung, erblickte dann aber das Schwert, das Naslev drohend in seiner Hand hielt. Schwankend blieb er stehen und beobachtete den stummen Reiterzug, der auf die Pferdeställe zuhielt. Vor den Ställen saßen sie ab, gaben die Pferde in die Obhut der Knappen und gingen zu Fuß zwischen den Hurenzelten entlang, bis sie das Lager der Kommandeure erreichten.

Das Zelt des Heerführers war von innen erleuchtet. In größerem Abstand waren weitere Krieger postiert, die jeglichen Aufruhr von den hohen Herren fernhalten sollten. Als sie den Zelteingang erreichten, bedeutete Naslev seinen Leuten, einen dichten Kreis um das Zelt zu bilden. Tailins Platz war an der linken Seite. Hinter ihm prägte sich der Schatten eines Schreibtisches auf die Zeltwand. Dennoch zuckte er zusammen, als er die Stimme des Heerführers hörte, so dicht, als würde er an dem Gespräch teilnehmen: »Sapia zur Ehre. Willkommen im Heerlager, Walerius, oberster Berater von Rabanus Sapion. Ich hoffe, Ihr hattet eine angenehme Reise.«

Walerius überging die Begrüßung mit seinem Schweigen. Erst nach einer Weile begann er zu sprechen: »Im Heerlager herrscht Unruhe.« Seine Stimme klang leise und bedrohlich. »Darf ich dennoch davon ausgehen, dass du deine Männer im Zaum hältst?«

Der Heerführer räusperte sich. »Aber sicher dürft Ihr das. Es war ein harter Tag. Die Partisanen haben weiteres Territorium zurückgewonnen. Wir hatten viele Verluste, und der Sturm macht den Männern zu schaffen.« Er gab ein leises Stöhnen von sich. »Aber selbstverständlich weiß ich meine Krieger im Zaum zu halten.«

Wieder entstand eine Pause. Tailin hörte nur die unruhigen Männerschritte, die im Zelt auf und ab liefen. »So kann es nicht weitergehen«, erklärte Walerius. »Seit zehn Blutjahren ist die Front nicht vorgerückt. Jedes Mal, wenn ich herkomme, höre ich Ausflüchte, warum es unmöglich sei, den Waldgürtel von Farua einzunehmen. Ich habe viel Geduld und Verständnis gezeigt, aber damit ist es allmählich vorbei.«

Seine Schritte kamen näher und endeten am Schreibtisch. »Rabanus Sapion verlangt Erfolge zu sehen«, raunte der Berater. »Seiner Gemahlin, der Blutgöttin, geht es schlecht. Ihr Schicksal ist verknüpft mit den Eroberungen Sapions. Sollte es nicht bald gelingen, den Wald einzunehmen und nach Nordfarua vorzudringen, wird sie einen jämmerlichen Tod sterben und damit das Großreich Sapion ins Verderben stürzen!« Etwas knallte auf den Tisch. Vielleicht eine Faust? Oder eine Akte? »Was gedenkst du also, für den Erfolg des sapionischen Heeres zu tun? Welchen Plan kannst du mir vorlegen, um den Waldgürtel in den nächsten Monaten einzunehmen?«

»Wie bitte?« Der Heerführer klang empört. »Wir kommen seit zehn Jahren nicht weiter. Wenn es einen Plan gäbe, mit dem wir unsere Probleme lösen könnten, hätten wir ihn längst ausgeführt.«

Walerius lachte. Es war ein überhebliches, spöttisches Lachen. »Und wieder höre ich Ausflüchte! Wenn das Heer seit zehn Jahren nicht vorankommt, wird es Zeit, über einen Strategiewechsel nachzudenken. Wenn ich deine bisherige Strategie zusammenfassen darf: Jeden Tag schickst du Krieger in den Wald, die weitere Abschnitte erobern sollen. Manchmal gelingt es. Aber meistens kehren deine Männer ohne Erfolg zurück, während sie immer weitere Abschnitte an die Partisanen verlieren. So ist es doch, oder nicht?«

Der Heerführer räusperte sich. »Ja, so ist es«, krächzte er. »Wir haben unsere Männer für den Partisanenkampf ausgebildet. Aber die Stärken des sapionischen Heeres liegen in der offenen Feldschlacht …«

»Ich will keine Ausreden mehr hören!«, fuhr Walerius dazwischen. »Warum ziehen sich die Männer jeden Abend ins Heerlager zurück? Warum errichten sie keine Frontlinie im Wald, anstatt nur Außenposten zu besetzen? Sie müssten den Kampf doch nur in der Nacht fortführen, und schon könnten sie die nächtlichen Eroberungszüge der Katzen unterbinden.«

Der Heerführer schnappte hörbar nach Luft. »Diese Strategie wäre unser Untergang. Wir haben dieses Vorgehen längst versucht. Unsere Kräfte reichen nicht aus, um Tag und Nacht zu kämpfen. Die Männer müssen schlafen, und ich habe nicht genug Leute, um sie in eine Tag- und eine vollbesetzte Nachtschicht einzuteilen.«

»Dann sollen sie im Wald schlafen und bei einem Angriff von der Nachtwache geweckt werden«, warf Walerius ein.

»Auch das ist unmöglich!« Der Heerführer wurde laut. »Die Katzen sind Lauerjäger. Sie pirschen sich an die schlafenden Männer an und reißen sie. Tagsüber kämpfen sie nur, aber nachts sind sie auf Nahrungssuche. Ich habe schon die Reste von Soldaten gesehen …«

»Papperlapapp.« Walerius schnaubte. »Ausflüchte! Ausreden! Du bist nur zu feige, um Konsequenzen zu ziehen.«

Der Heerführer blieb stumm. Tailin konnte seine Entrüstung spüren. Dennoch klang er ruhig, als er endlich sprach: »Wenn ich mehr Männer hätte, wären doppelte Schichten eine Lösung. Aber die Auslese. Alle drei Jahre nimmt sie mir meine erfahrensten Männer. Die Jüngeren müssen erst einmal nachwachsen, und gerade im ersten Jahr nach der Auslese sind die Verluste …«

»Willst du unser System kritisieren?« Walerius polterte dazwischen. »Ist das dein Anliegen? Habe ich Rabanus einen Schwachkopf zum Heerführer empfohlen, der erst eine Revolution anzetteln will, bevor er einen Krieg gewinnen kann?«

»Aber nein!« Der Heerführer klang verzweifelt: »Nichts liegt mir ferner als eine Revolution. Ich wollte nur anmerken …«

»Schweig!«, schrie Walerius. »Deine Ausflüchte bereiten mir Kopfschmerzen!« Mit dem nächsten Satz senkte er die Stimme.

»Zum Glück war ich so frei, mir selbst einen Plan zu überlegen, wie wir endlich den Sieg erringen können.«

Lautlos trat Tailin näher ans Zelt.

»Welchen Plan?« Der Heerführer wurde leise.

Auch Walerius sprach im Flüsterton. »Wir setzen den Waldgürtel in Brand. Damit vernichten wir einen Großteil der Partisanen. Der Rest wird sich zurückziehen. Danach können wir auf offenem Feld kämpfen. Einem solchen Kampf sind weder die Partisanen noch die Katzenmenschen gewachsen. Wir hätten also so gut wie gewonnen und könnten bereits im nächsten Jahr in Malun einmarschieren.« Er wurde wieder lauter. »Wir brauchen Malun! Die Wasserbergwerke in Farua geben kaum noch etwas her. Selbst die größten Reservoirs sind bald versiegt. Dann haben wir nur noch die Quellen von Malun!«

»Das …« Der Heerführer rang nach Worten. »Den Waldgürtel abbrennen …« Er klang konsterniert. Seine Stimme entfernte sich, nur zwei Flüsterworte huschten noch in Tailins Richtung: »Das ist …«

Tailin stand mucksmäuschenstill. Er wagte es nicht zu atmen und wartete darauf, dass die beiden noch einmal zurückkehrten. Doch genau in diesem Moment erhoben sich tausende von Kriegerstimmen auf dem Appellplatz. Sapias dunkelrote Gestalt lag auf dem Horizont, und die Krieger sprachen das Gebet, um sie zu verabschieden. Alles, was im Zelt hinter Tailin noch geredet wurde, ging in dem gewaltigen Raunen unter.

Der Waldgürtel sollte abgebrannt werden! Tailins Herz fing an zu trommeln. Den Wald zu zerstören und ein Feuer dieser Größe zu erzeugen, würde die letzten Wasservorräte in Farua vernichten. Bis es gelingen würde, nach Malun vorzudringen, wäre das Heer längst verdurstet. Und mit ihm alle anderen Menschen und Lebewesen. Nur dem obersten Berater konnte das egal sein. Er würde das letzte Wasser für sich beanspruchen.

Als Walerius aus dem Zelt des Heerführers herauskam, war

Sapia hinter dem Horizont verschwunden. Nur im Licht der Fackeln zeigte sich die Zufriedenheit auf dem Gesicht des Beraters. Er wandte sich an Naslev und besprach etwas mit ihm, bevor der Kommandeur sich in Tailins Richtung wandte: »Soldat! Ich habe einen Auftrag!«

Tailins Herz wollte stehenbleiben. Er musste sich zwingen, um auf Naslev und den Berater zuzugehen. Walerius musterte ihn.

Ein seltsames Bild blitzte auf: blauer Himmel, gleißende Sonne, ein Mensch, der sich über ihn beugte – in einem weißen Gewand.

Das Bild zerfiel. Tailin schwankte und bemühte sich, still zu stehen.

Naslev kam die letzten Schritte auf ihn zu. »Bring den Berater zum Privatzelt des Heerführers«, flüsterte er. »Er verlangt die Lieblingshure unseres Herren.«

Tailin schauderte. Dennoch nahm er eine der Fackeln und wandte sich an den Berater. »Bitte folgt mir, mein Herr. Ich werde Euch den Weg weisen.«

Die Miene des Beraters wirkte gelöst. »Was denkst du, Soldat«, fragte er, während sie nebeneinanderher gingen. »Sollten wir diesen Krieg nicht endlich gewinnen?«

Tailins Nackenhaare sträubten sich. Er durfte sich nicht anmerken lassen, dass er das Gespräch belauscht hatte. »Natürlich«, entgegnete er. »Dieser Krieg dauert schon viel zu lange.«

Wieder sah Walerius ihn an, musterte ihn so gründlich, als könnte er hinter seine Fassade schauen.

Tailin straffte die Schultern und hielt die Fackel ein kleines bisschen höher. Besser war es, wenn sein Gesicht nicht so gut zu sehen war. Dieser Moment war kritisch. Er musste noch irgendetwas sagen, um den Berater von seiner Loyalität zu überzeugen.

Oder war das seine Chance? Vielleicht konnte er doch noch erfahren, wie das Gespräch ausgegangen war. »Unser Krieg braucht Innovation«, proklamierte er. »Unser Heerführer hat doch sicher schon neue Ideen, wie wir gewinnen können. Oder nicht?«

Walerius lachte auf. »Nicht ganz, mein Junge.« Verschwörerisch beugte er sich zu ihm. Tailins Herz jagte. »Nicht jeder ist zu großen Entscheidungen geboren«, raunte der oberste Berater. »Aber zum Glück verfüge ich über geeignete Mittel, um Menschen zu überzeugen.«

10. Kapitel

Bergland von Sapion, Oase »Walis«,
Töchterpalast des Walerius

DORGEN

Das Mädchen in seinen Armen schlief. Ihr Atem strich warm über seine Haut, ihre Brüste schmiegten sich an seine Seite, und ihr Oberschenkel lag noch immer über seinem. Ihr ganzer Körper fühlte sich schmal und zart an, fast schon zerbrechlich.

Schejma, die Jüngste. In dieser Nacht war er zum ersten Mal bei ihr gewesen. Bis eben war sie ihm fast wie ein Kind erschienen. Jetzt wusste er es besser. Mit unschuldiger Neugier hatte sie sich auf ihn eingelassen.

Dorgen strich durch ihre dichten, schwarzen Haare und küsste das schlafende Mädchen auf die Stirn. Viel zu lange hatte er befürchtet, ihr wehzutun, und gleichzeitig gewusst, dass es keine andere Wahl gab. Ganz gleich, wie jung sie war, er musste seinen Samen so oft in sie hineinzwingen, bis er auf fruchtbaren Boden fiel. Bis jetzt hatte er befürchtet, damit ihre Seele zu zerstören, wie die anderen Krieger die Seelen der Sklavinnen zerstörten. Aber in dieser Nacht hatte er herausgefunden, dass sie alt genug war, um Lust zu empfinden. Ebenso wie die anderen.

Oder lag es an ihm? Waren es seine Berührungen, die ihnen gefielen, die Art, wie er mit ihnen umging?

Plötzlich musste er an Wanjari denken, an jene Sklavin, die ihn vor vielen Jahren nach einer Verletzung gesundgepflegt hatte. Es musste in seinem ersten Kriegerjahr gewesen sein. Er war noch nicht einmal fünfzehn Blutjahre alt gewesen, als eine der Pamuschkatzen seinen Oberschenkel aufgerissen hatte. Die Wunde hatte sich so schlimm infiziert, dass die Heiler ihn zum Sterben in ein Isolationszelt legten. Wanjari war die Einzige, die sich zu ihm wagte, die seine Wunden reinigte, während er im Delirium dahindämmerte. Er nahm ihre Tränke an und wurde wie durch ein Wunder gesund.

Wanjari behielt ihn dennoch im Isolationszelt, als ahnte sie, dass ihm noch etwas fehlte. Nicht nur die Verletzungen plagten ihn. Viel mehr litt er unter der Schuld. So viele Leben hatte er genommen und Körper verstümmelt. Auch Unschuldige waren darunter, Frauen und Kinder, die von ihnen wie Vieh gejagt wurden, wenn sie in die faruanischen Dörfer einfielen. Nacht für Nacht wachte er schreiend auf, weil die Bilder ihn verfolgten.

Doch Wanjari machte ihm keine Vorwürfe. Sie blieb bei ihm und wischte den Schweiß von seiner Stirn. Irgendwann in jenen Nächten ergab eine Berührung die nächste, bis er zum ersten Mal mit einer Frau schlief.

Wanjari war älter gewesen als er, eine erwachsene, junge Frau. Tatsächlich hatte er nicht viel über sie erfahren. Bis heute wusste er nicht, ob sie vor der Unterwerfung ihres Landes einen Mann gehabt hatte, vielleicht sogar Kinder.

In jenen Nächten sprachen sie nicht darüber. Nur ihre Erfahrung teilte sie mit ihm. Sie wusste, was Männern gefiel, und zeigte ihm, was sie selbst am liebsten mochte. So lange, bis seine Zeit im Isolationszelt vorüber war. Dorgen war mit seiner Einheit weitergezogen, und Wanjari war beim Lazarett zurückgeblieben. Als ihre Front im Jahr darauf am Waldgürtel von Farua stehen blieb und sämtliche Versorgungseinheiten zu ihnen ins Heerlager verlegt wurden, war Wanjari nicht mehr dabei gewesen.

Dorgen hatte nie erfahren, was aus ihr geworden war. Er wusste nur, dass er ihr sein Leben verdankte.

Wieder nagten die Schuldgefühle an ihm. Alle Sklavinnen, die ihm etwas bedeutet hatten, waren von einem ungewissen Schicksal ereilt worden. Erst Wanjari und nun Thia. Ob Tailin sich wenigsten um Nureen kümmerte, wie er es versprochen hatte?

Ohne Wanjari und Thia wäre Dorgen verloren in den Betten seiner Gemahlinnen. Sie alle waren so unterschiedlich, dass er eine Weile brauchte, um jede von ihnen kennenzulernen. Was der einen Lust bereitete, ließ die andere ängstlich zurückweichen.

Cilinjas Wesen war so ruhig und tief wie das Meer von Anmare bei Windstille. Meistens lächelte sie nur und sprach wenig. Zu Anfang war sie pflichtbewusst und ergeben, aber ohne Leidenschaft. Doch innerhalb weniger Nächte war es ihm gelungen, ihre ruhige Oberfläche zu durchbrechen. Er hatte gelernt, womit er die Tiefe ihres Wassers in Aufruhr versetzte. Nachdem der Bann gebrochen war, verlangte sie nach allem, was ihr gefiel, bis sie sich beide unter den Wellen verloren.

Miljuna war von Anfang an direkter gewesen. Sie reizte ihn, trieb ihn voran, nahm ihm die Zügel aus der Hand und genoss es, wenn er sich an ihr rächte. Mit ihr war es ein wildes Spiel, bei dem er nicht sicher war, ob sie ihn mochte oder hasste, oder beides.

Amerill, ihre kleine Schwester, war auf andere Weise schwierig. Auf den ersten Blick tat sie mutig, bot sich an und küsste ihn, wenn sie zusammen in der Badehalle waren. Doch seine Hände machten sie nervös, ließen sie kichern und zusammenzucken. Er war sich bis jetzt nicht sicher, ob seine Nähe ihr überhaupt gefiel. Also hatte er beschlossen, sie für eine Weile in Ruhe zu lassen. Womöglich war sie längst schwanger und er konnte ihr weitere Nächte ersparen.

Überhaupt hoffte er darauf, dass er seine Pflicht bei den dreien inzwischen erfüllt hatte. Ganze Nächte und Tage hatte er mit ihnen verbracht. Doch inzwischen stieg eine tiefe Müdigkeit in ihm auf. Er wollte es nicht mehr jede Nacht und nicht mehr mit allen Frauen. Manchmal wollte er einfach nur allein schlafen.

Wenn Schejma und Feyla nicht wären ... Bei ihnen war er noch weit davon entfernt, seine Pflicht getan zu haben. Dass ausgerechnet Schejma bereit für ihn sein könnte, hatte er nicht erwartet. Aber sie kicherte nicht, wenn er sie streichelte, sie zuckte nicht einmal zurück. Nur kurz hatten die Schmerzen ihr Gesicht verzerrt, dann hatte sie sich an ihn gepresst, und ihre Bewegungen waren ruhig und voller Lust dahingeflossen.

Noch einmal streichelte Dorgen durch ihre Haare. Von nun an würde er gerne zu ihr gehen, immer wieder, bis auch sie ein Kind unter ihrem Herzen trug.

Doch noch lieber als sie wollte er das fünfte Mädchen: Feyla! Sie war die Einzige, mit der er noch nicht geschlafen hatte. Seit ihrer Hochzeitsnacht hielt sie sich von ihm fern. Nur bei den Mahlzeiten saß sie mit ihnen am Tisch, ehe sie sich zurückzog. In ihren Gemeinschaftsräumen war sie fast nie. Vor allem das Schwimmbad schien sie zu meiden. Nur im Pferdestall hatte Dorgen sie manchmal gesehen, in Hosen und mit hochgesteckten Haaren. Den Rest der Tage verbrachte sie auf ihrem Zimmer.

»Du musst sie in Besitz nehmen!« Diese Forderung hatte sein Schwiegervater schon vor einem halben Monat an ihn gestellt, kurz vor seiner Abreise zum Heerlager. »Sie ist eine Prinzessin, die glaubt, ihr Wille wäre heilig. Du musst sie dir gefügig machen, ihr die Grenzen zeigen und ihren Willen brechen. Auch wenn du sie dafür peitschen musst wie eine Sklavin. Wenn ich von meiner Reise zurückkehre, will ich sehen, wie sie aus deiner Hand frisst.«

Dorgen wurde schlecht, wenn er an die Worte dachte. Feyla war so oft allein. Er hätte sie schon längst überwältigen können, wenn er gewollt hätte. Nicht einmal ihre Tür ließ sich verschließen. Doch ein Mädchen wie Feyla durfte nicht gebrochen werden.

Wenn er die Augen schloss, sah er ihre schwarzen Locken. Er mochte ihren wilden Blick, ihre gerade Haltung, wenn sie lief, und den stürmischen Mut, mit dem sie auf ihrem Pferd durch den Park galoppierte. Sich von ihrem Anblick zu lösen, fiel ihm mit jedem Tag schwerer. Auch jetzt schlich sich sanfter Schmerz durch seine Brust. Er wollte sie. Mehr als jedes andere Mädchen. Aber nur, wenn sie es freiwillig tat.

Dorgen schob Schejma von sich, löste seinen Arm unter ihrem Kopf und richtete sich auf. Er konnte Feyla nicht zwingen. Aber wenigstens reden musste er mit ihr. Vielleicht konnten sie einen Kompromiss schließen. Immerhin ging es um ihr Leben. Ruckartig stand er auf. Er wusste, wo sie war. Um ihre Lieblingsorte zu kennen, hatte er sie lange genug beobachtet.

***

FEYLA

Nur das rötliche Leuchten der Blutsonne fiel von draußen durch die Fenster der Bibliothek, legte einen warmen Schimmer über die Buchregale und vermischte sich mit dem Licht der Öllampe, die neben Feyla auf dem Lesepult stand.

Zu Beginn der Nacht war sie hierher geschlichen. Sie wollte nicht schon wieder in ihrem Bett liegen und an die Decke starren. Seit sie geheiratet hatte, war sie zu aufgewühlt, um einzuschlafen. Erst in den Morgenstunden dämmerte sie ein, nur um kurz darauf erschrocken aufzufahren.

Doch ganz gleich, welches Buch sie aussuchte, sie konnte sich nicht darauf konzentrieren. Immer wieder las sie über die gleiche Zeile, während ihre Gedanken einfach davonzogen.

Ihr Krieger ging ihr nicht mehr aus dem Kopf. Seit der Hochzeit konnte sie nur noch an ihn denken. Wann immer sie bei den Mahlzeiten saßen, wanderte ihr Blick in seine Richtung, heimlich, wenn sie sicher war, dass er es nicht bemerkte. Nie zuvor hatte sie darüber nachgedacht, dass Männer gut aussehen konnten. Vermutlich sahen auch gar nicht alle Männer gut aus. Nur er hatte etwas an sich, das ein ziehendes Gefühl durch ihren Bauch trieb. Sie mochte seine schwarzen Haare, die lang und glänzend über seine Schultern fielen, oder sein Lächeln, das so viele Facetten besaß. Manchmal wirkte es belustigt und dann wieder traurig, mitunter sogar schüchtern. Wenn es ihm gut ging, funkelten seine Augen, und an anderen Tagen entdeckte sie eine dunkle Tiefe darin, die sie schaudern ließ. Stundenlang könnte sie ihn betrachten, wenn er mit ihren Schwestern redete. Aber er sollte nicht wissen, wie sehr er sie beeindruckte. Wann immer er zu ihr schaute, sah sie nach unten.

Nur ihre Gedanken ließen sich nicht abwenden. Unzählige Fragen sammelten sich in ihrem Kopf. Sie wollte ihn über sein Leben aushorchen, wie es war, als Junge aufzuwachsen, was es bedeutete, ein Soldat zu sein. Sie wollte über den Krieg reden, über Farua und die Menschen dort. Über den Wald! Er hatte den Wald gesehen!

In anderen Momenten überfiel sie eine furchtbare Angst. Sie wünschte sich so vieles von ihm, kein Mensch konnte so viele Wünsche erfüllen. Was, wenn er ganz anders war? Er war ein Krieger, und sie hatte genug über Soldaten gelesen, um zu wissen, dass sie in ihrem Inneren zerstört waren. Auch wenn es nicht so aussah, konnte er dennoch ein grausamer Mensch sein.

Feyla bemühte sich, die Angst zu verdrängen, doch sie kam immer wieder. Was sie für ihn fühlte, war zu groß, zu intensiv, zu gefährlich! Sie durfte es nicht wagen, ihm nahzukommen, all ihre Träume würden daran zersplittern.

Auch ihre Schwestern schienen ihn als Traummann zu sehen. Wann immer Dorgen nicht dabei war, schwärmten sie von ihm, von seiner zärtlichen Art, von den Küssen und seinen Händen auf ihrer Haut …

Feyla überlief ein Schauer, wenn ihre Schwestern so über ihn sprachen, und zugleich bohrte sich eine dunkle Glut in ihre Eingeweide. Sie musste ihn mit den anderen teilen, und jedes Mal, wenn er zu Miljuna ging, fühlte es sich an, als würde ihr Körper von innen verbrennen.

Feyla durfte nicht länger an ihn denken. Entschlossen beugte sie sich über das Buch. Es war eines ihrer Lieblingsbücher von Iosaca, die Geschichte von ihm und der Sklavin, in die er sich verliebt hatte: *Ihr zu begegnen, war meine Erlösung, in ihren Armen zu liegen, linderte das Leid meiner Seele. Es sprach mich nicht frei von jenen Gräueltaten, die ich anderen zugefügt hatte, und dennoch fand ich Trost darin und das Wissen, unter der harten Schale noch immer ein Mensch zu sein.*

Feyla wollte die Worte unterstreichen, wollte sie in großen Lettern abschreiben und an die Wand ihres Zimmers heften. Aber selbst das würde nicht ausreichen, um Iosaca gerecht zu werden. Am liebsten wollte sie seine Sätze in die Welt hinausschreien, durch alle Länder und Dörfer reiten und den Menschen aus diesem Buch vorlesen.

Sie wollte Dorgen daraus vorlesen.

Eine sanfte Gänsehaut lief über ihren Rücken. Wie er wohl darauf reagierte?

Sie musste endlich aufhören, auf diese Weise zu träumen.

Mit einem Ruck stieß sie ihren Stuhl zurück, stand auf und wanderte an den Buchregalen vorbei, bis sie die Glasvitrine erreichte, in der ihr Vater nicht nur seine wichtigsten Bücher verschlossen hatte, sondern auch eine Reihe von wertvollen Schmuckstücken aufbewahrte: farbige Steine, die an silbernen Ketten hingen.

Feyla legte ihre Hand gegen die Vitrine, und das Glas schien unter ihren Fingern zu vibrieren, ein leises Summen lag in der

Luft, beinahe, als wären diese Steine lebendig. Sie schloss die Augen und konzentrierte sich auf das Summen, wie es durch das Glas in ihre Finger strömte. Sie hatte nie erfahren, was die Steine bedeuteten, ganz gleich, wie oft sie ihren Vater danach gefragt hatte. Sie wusste nur, dass er den Schlüssel zur Vitrine um seinen Hals trug, und dass er sie vermutlich verstoßen würde, wenn sie es wagte, die Glastüren aufzubrechen.

»Du kannst dich nicht ewig von mir fernhalten.«

Feyla wirbelte herum. Dorgen lehnte mit der Schulter am Türrahmen, als würde er schon länger im Eingang stehen.

Feylas Herz begann zu rasen. »Was machst du hier?«

Er löste sich von der Tür und kam mit langsamen Schritten auf sie zu. »Ich bin gekommen, um mit dir zu reden.« Er sprach leise. Ein gutes Stück entfernt blieb er stehen.

Dunkle Schönheit lag in seinem Gesicht, ein schwarzer Schatten, den die Bartstoppeln in seine Wangen prägten. Auch seine Haare waren leicht zerzaust. Darunter trug er das dunkelblaue Hemd und die lederne Reithose, die er meistens anzog, wenn er in den Stall ging. Nur seine Füße waren nackt.

Dorgen senkte den Kopf. »Du magst mich nicht besonders, das habe ich schon verstanden.« Er zögerte, seine Füße schoben sich übereinander, als müssten sie sich gegenseitig schützen. »Aber wir haben nur ein Jahr. Wenn du bis dahin nicht …«

»Ich weiß!«, rief Feyla. Er sollte es nicht aussprechen.

Dorgen sah auf. Unsicherheit lag in seinem Gesicht.

Feyla musste ihn auf ein anderes Thema lenken. Hastig wies sie in die Runde. »Ich bin hier, um zu lesen. Ich … Am liebsten würde ich den ganzen Tag lesen.« Sie suchte nach passenden Worten. »Was ist mit dir? Welche Bücher hast du gelesen? Hast du ein Lieblingsbuch?«

Dorgen schob die Hand in seinen Nacken. Ein Räuspern wich aus seinem Mund. »Ich …« Er sah sich um, schaute über die Buchregale. »Im Krieg kommt man nicht so oft zum Lesen.«

Feyla spürte, wie sie rot wurde. Natürlich! Krieger mussten kämpfen, töten, um ihr Leben fürchten. Sie hatten weder Ruhe noch Zeit, um zu lesen. Und er war kein Akademiker. Auch wenn es nie zur Sprache gekommen war, aber in der Auslese war Dorgen eindeutig als Sohn eines Schmiedes vorgestellt worden. Es war taktlos von ihr, darauf hinzuweisen, dass er keine akademische Ausbildung genossen hatte. »Verzeih«, haspelte sie. »Ich hätte das wissen müssen.« Sie biss sich auf die Unterlippe.

»Aber ich kann lesen, falls du das meinst.« Er wirkte genauso verlegen wie sie. »Wir mussten es lernen, damals, im Rekrutenlager. Allerdings …« Er beugte den Kopf nach vorne. »Meistens hatte ich andere Sorgen. Ohne Schläge und Strafen durch den Tag zu kommen.«

Feyla wurde schwindelig. Er redete von seiner Kindheit, von den schlimmen Dingen, die er mitgemacht hatte. Ein warmes Kribbeln sammelte sich in ihrem Bauch. Auch Iosaca war nur ein Handwerkersohn gewesen und gehörte dennoch zu den begnadetsten Schriftstellern überhaupt. Sie musste an eines seiner wichtigsten Zitate denken.

»Was ist mit dir?« Dorgens Frage unterbrach den Gedanken. »Hast du ein Lieblingsbuch?«

Ohne die Worte abzuwägen, sprach Feyla das Zitat aus: »Nichts im Leben eines Menschen ist größer und stärker als die Angst. Wenn sie übermächtig wird, vermag sie jedes andere Gefühl zu töten. Sogar die Liebe.«

Überrascht öffnete Dorgen den Mund.

»Das ist von Iosaca!«, stieß Feyla hervor. »So heißt der Autor von meinem Lieblingsbuch. Und die Geschichte handelt von ihm selbst. Er war Krieger, im Heer von Sapion, bis er die Auslese gewann und verheiratet wurde, danach …« Sie verstummte. Plötzlich wurde ihr klar, dass es genauso gut Dorgens Geschichte sein könnte. Es wäre anmaßend, davon zu erzählen, fast so, als bilde sie sich ein, etwas über das Leben eines Kriegers zu wissen. »Verzeiht, Herr.« Sie senkte den Kopf.

»Warum?« Er trat näher. »Du musst mich nicht um Verzeihung bitten. Das klingt interessant.«

Feyla sah zu ihm auf. Heute waren seine Augen dunkel, tief wie ein Abgrund.

»Erzähl weiter«, forderte er. »Was passiert mit dem Krieger, nachdem er verheiratet ist?«

Feylas Herzschlag geriet in Aufruhr. Sie wollte die Geschichte mit ihm teilen: »Er verliebt sich in eine Sklavin. Mit ihr entdeckt er, dass es dieses Gefühl überhaupt gibt: dass man mehr für einen anderen empfinden kann als für sich selbst. Dass man mehr um das Leben seiner Liebsten fürchtet als um sein eigenes. Mit ihr erfährt er, was Menschlichkeit bedeutet, und erkennt, welches Leid er anderen zugefügt hat. Zum ersten Mal begreift er, wie es überhaupt passieren konnte, dass er zu solchen Grausamkeiten fähig war. ›Wir dürfen nicht zulassen, dass die Angst unsere Liebe zerstört. Denn ohne Liebe sind wir keine Menschen mehr.‹« Ihr Herz flatterte, wartete, hoffte darauf, dass er ihr die Worte nicht übelnahm.

»Und dann?« Er sprach noch leiser.

Feyla räusperte sich. »Und am Ende …« Sie zögerte, schaute auf seine Füße. »Er erkennt, wie sehr er in der Gesellschaft gefangen ist, dass er immer nur das tun musste, was von ihm verlangt wurde, ganz gleich, wie unmenschlich es ist. Am liebsten möchte er zusammen mit seiner Geliebten fliehen. Aber er weiß nicht, wie er es schaffen sollte. Es gibt keinen Ort, an dem sie sicher wären.«

Dorgens Füße bewegten sich, kamen näher, blieben vor ihr stehen. »Was passiert mit ihnen? Können sie entkommen?«

»Ich weiß es nicht.« Feyla dachte zurück an die Geschichte, an das Ende und den schrecklichen Moment, in dem sie die letzte Seite umgedreht hatte. »Das Buch endet mittendrin. Man erfährt nicht, ob sie es schaffen. Ich vermute, er hat es geschrieben, bevor sie ihre Flucht versucht haben, und konnte es später nicht beenden. Vielleicht ist er gestorben. Oder er musste das Manuskript zurücklassen.«

Erneut wurden Dorgens Füße unruhig. Seine Zehen krallten sich in den Holzfußboden, als wollten sie sich daran festhalten. »Was glaubst du?«, flüsterte er. »Gibt es einen Ausweg aus diesem System?«

Feyla fuhr auf. Hatte er sie das tatsächlich gefragt? Seine Augen zogen sie an. Auch er war ohne sein Einverständnis verheiratet worden. Hieß das, er haderte damit?

»Ich weiß nicht …«, stammelte Feyla. Gab es einen Ausweg? Einen Fluchtweg? Ein Leben, ohne in dieser Gesellschaft gefangen zu sein?

»Du bist anders als deine Schwestern.« Sein Blick strich über ihr Gesicht. »Klüger, mutiger, wilder.« Er streckte die Hand aus und berührte ihre Locken. »Und schöner.«

Das Kribbeln in ihrem Bauch flammte auf. Sie durfte sich nicht fallen lassen, sonst bekäme er zu viel Macht über sie. »Das stimmt nicht, mein Herr. Ich bin zu mager, zu schmal gebaut, kaum eine richtige Frau.«

Ein Kräuseln huschte über seine Stirn. »Wer redet solchen Unsinn? Du bist eine Frau. *Meine* Frau.«

Feyla konnte ihn nicht länger ansehen. Wieder schaute sie zu Boden. »Da habt Ihr recht, mein Herr. Ihr dürft über mich bestimmen, dürft mich züchtigen, wenn ich nicht gehorche, und mich jederzeit in Besitz nehmen.«

Dorgens Hand zog sich zurück, seine Füße wichen nach hinten. »Entschuldige. So habe ich das nicht gemeint.« Er klang traurig. »Du musst mich nicht fürchten. Ich werde dir nichts tun. Ich hatte nur gerade die tollpatschige Hoffnung, dass du mich ebenfalls magst.«

Feyla schloss die Augen, ein kühler Luftzug strich über ihre Haut. Dorgen mochte sie … *ebenfalls*.

»Und ich würde mir wünschen, dass du mich wieder duzt«, fuhr er fort. »Anstatt mich anzureden, als wärst du meine Sklavin.«

Erst jetzt fiel ihr auf, dass sie ihn geduzt hatte, einfach so, obwohl es einer Ehefrau verboten war. Es sei denn, ihr Mann gestattete die vertrauliche Anrede.

»Ich habe grauenhafte Dinge gesehen.« Seine Stimme klang rau. »Du möchtest nicht wissen, was Soldaten mit Frauen tun – in den Dörfern, die sie gerade erst erobert haben, oder im Heerlager, wo sie Sklavinnen wie Vieh halten. Viel zu oft habe ich es mitansehen müssen. Trotzdem konnte ich nie verstehen, wie sie Vergnügen daran finden. Vielleicht hat dein Iosaca die Antwort, womöglich wissen sie nicht, was es bedeutet, ein Mensch zu sein.«

Feyla sah ihn wieder an. »Aber du weißt es?«

Dorgens Lippen bewegten sich, sammelten die Worte, bevor er sie aussprach: »Wenn wir Kinder sind, dann versuchen sie, uns zu brechen. Indem sie uns prügeln, erniedrigen, uns schlimme Aufgaben zuweisen. Sie bringen uns in grausige Situationen, die wir nie wieder vergessen. Dein Iosaca hat recht. Sie flößen uns Angst ein, bis sie jedes andere Gefühl vernichtet. Bei den meisten Jungen gelingt es. Sie werden kalt, um ihr Leid zu ertragen.« Er presste die Lippen aufeinander, sein Kehlkopf bewegte sich. »Nur bei mir ist es misslungen. Ich konnte nie aufhören zu fühlen, mein Leid genauso wie das der anderen. Ich habe nur gelernt, mir nichts anmerken zu lassen.«

Feylas Herz schlug langsamer. Sie wollte den kleinen Jungen trösten, das Kind, das er gewesen war, wollte ihm zeigen, dass es nicht nur Grausamkeit gab.

»Was muss ich tun, um dir zu gefallen?« Er klang unsicher.

Feyla öffnete den Mund. *Nichts!*, wollte sie rufen. *Du musst nichts tun! Du gefällst mir doch längst.* Aber sie konnte es nicht sagen, konnte nicht zugeben, wie sehr er sie um den Finger wickelte.

Ihr Blick wich ihm aus, fiel auf die Wand, an der die Waffen ihres Vaters hingen: Schwerter und Streitäxte, Dolche und Ketten. Sie musste an das Bild des jungen Kriegers denken, der in der Auslese um sein Leben gekämpft hatte. »Ich würde gerne kämpfen lernen«, murmelte sie. »So wie du in der Auslese. Mit einer schwachen Waffe gegen eine stärkere und dennoch gewinnen.«

Dorgen drehte sich zur Wand. »Du willst kämpfen?«

Gleich würde er sie auslachen, würde spotten und ihr erklären, dass Frauen nicht für den Kampf geschaffen waren. Doch er lachte nicht. Stattdessen ging er zu den Waffen, nahm das kürzeste Schwert von der Wand und wog es in seiner Hand. Mit der anderen winkte er Feyla heran.

Aufregung zuckte durch ihren Körper. Wollte er ihr wirklich das Kämpfen zeigen?

Dorgen trat an ihre Seite, legte die Hand unter ihren Arm und reichte ihr das Schwert. Es sackte sofort nach unten. Nur Dorgens Griff fing ihren Arm auf und hinderte das Schwert daran, auf den Boden zu krachen.

Feyla stieß einen überraschten Laut aus. »Das ist zu schwer! Wie kann man das halten?«

Dorgen lachte. »Es ist für einen ausgewachsenen Krieger geschmiedet. Du bräuchtest ein leichteres.« Er nahm ihr das Schwert wieder ab und hängte es zurück in die Halterung. »Wenn du möchtest, werde ich dir ein passendes organisieren.«

Feyla wusste nicht, was sie sagen sollte. Meinte er es ernst? Wollte er ihr wirklich das Kämpfen beibringen? »Das willst du tun? Nur um mir zu gefallen?«

Er lächelte und schüttelte amüsiert den Kopf. »Es ist nicht gerade leicht, dir zu gefallen, das gebe ich zu.«

Feyla musste lachen.

Er zuckte mit den Schultern. »Ich weiß zwar noch nicht, wo es hier einen Schmied gibt. Aber um die Technik zu lernen, würde eines aus Holz reichen. Damit muss man nicht abstoppen. Nur so lernt man die tödlichen Schläge.«

Feyla fröstelte. Er würde ihr beibringen, wie man tödliche Schläge führte. Wollte sie das? Wollte sie Menschen töten?

Zumindest würde sie nicht länger wehrlos sein.

»Weißt du, was ich den Sklavinnen im Heerlager manchmal gewünscht hätte?« Er sprach ernst, ging wieder zu den Waffen und zog einen Dolch zwischen den anderen hervor. »So etwas.« Er hielt Feyla die dünne, spitze Klinge entgegen. »Ein Dolch ist nicht schwer, lässt sich gut verstecken und kann auch aus nächster Distanz eingesetzt werden.« Er gab ihr den Dolch und deutete auf den unteren Teil seiner Brust. »Wenn du mich damit töten willst, musst du an dieser Stelle zustechen, unterhalb meiner Rippen.« Er nahm ihre freie Hand, führte sie zu der Stelle und drückte sie darauf. »Fühlst du das? Hier liegt der tiefste Rippenbogen.«

Feylas Hand wollte zurückzucken, doch er hielt sie fest, bis sie den schmalen Knochen unter ihren Fingern ertastete.

»Du musst den Dolch darunter platzieren. Das ist wichtig, damit er nicht zwischen den Rippen steckenbleibt. Und dann zielst du schräg nach oben. Mit etwas Glück triffst du das Herz, und dein Gegner ist sofort tot. Mit weniger Glück zerschneidest du seine Lungen, und er stirbt an den nächsten Atemzügen.«

Dorgen nahm ihre Hand mit dem Dolch, führte sie auf die Stelle zu, bis die Spitze in sein Hemd stach.

Feyla erstarrte, ihre Hand zitterte. Wenn sie wollte, könnte sie ihn töten. Hastig wollte sie den Dolch zurückziehen. Doch seine Hand hielt sie fest.

»Warum zeigst du mir das?«, hauchte sie.

Er blinzelte. »Damit du weißt, dass du mir nicht ausgeliefert bist.«

Feyla zog ein weiteres Mal an ihrer Hand und dieses Mal ließ er sie gehen. Atemlos stand sie vor ihm, hielt den Dolch gesenkt und wusste nicht, wohin mit ihm.

Dorgen nahm die Waffe aus ihren Fingern. »Ich werde dir einen eigenen besorgen.« Er steckte den Dolch zurück in die Halterung und drehte sich wieder zu ihr. »Dann kannst du dich wehren, wenn dir noch einmal jemand zu nah kommt. Und wenn du denkst, dass du mich loswerden …«

»Ich will dich nicht loswerden!«, fuhr sie dazwischen. »Ich hasse dich gar nicht, ich …« Sie kam nicht weiter.

Dorgen beugte sich vor. Seine Hände berührten ihre Schultern, sein Mund legte sich auf ihre Stirn. Alles in ihrem Inneren wurde still. Nur ihre Nackenhärchen sträubten sich.

Langsam wanderten seine Lippen abwärts, streiften ihre Nase, rutschten herab und setzten sich auf das Grübchen darunter. Ein Frösteln lief durch ihren Körper. Sein Kuss versperrte ihre Nase, ließ sie den Mund öffnen und einen winzigen Laut hervorschlüpfen.

Dann waren seine Lippen auf ihren.

Ihr Mund öffnete sich und ließ ihn zu sich. Ein heißes Pulsieren zuckte durch ihr Herz und breitete sich in alle Richtungen aus. Sie wollte mehr von ihm, klammerte die Arme um seine Schultern und schmiegte ihren Körper an seinen. Er war größer als sie, groß genug, um sich an seiner Brust zu verkriechen, um in seinen Armen zu verschwinden und nicht wieder aufzutauchen.

Sie wollte nicht, dass es endete. Dennoch kam der Moment, in dem er sich löste. »Wenn ich dich jetzt zu mir bitten würde, für den Rest der Nacht …?«

»Ich sage ja!« Feyla ließ ihn nicht aussprechen. »Ich komme mit.«

Das Schwarz seiner Augen loderte, ein dunkles Feuer, das sie zum ersten Mal an ihm entdeckte.

Ob er ihre Schwestern auch so ansah? Der Gedanke stach zu, bohrte sich wie ein Stachel in ihre Brust.

»Was ist?« Er bemerkte es.

Feyla schüttelte den Kopf. Ihr Blick fiel auf die Steine in der Vitrine. Einer von ihnen sah aus, als würde er leuchten. Oder war es das Licht, das sich in ihm spiegelte?

Dorgen trat vor sie und versperrte ihr die Sicht. »Wenn du noch warten willst …«

»Nein.« Feyla nahm seine Hand. Sie wollte nicht warten. »Es ist nur …« Die Eifersucht drängte die Worte aus ihrem Mund. »Meine Schwestern mögen mich nicht, und ich …« Sie schluckte. »… mag sie auch nicht, und immer, wenn du …« Sie brach ab, durfte den Rest nicht aussprechen.

Das Verstehen schimmerte auf seinem Gesicht und vermischte sich mit der Traurigkeit. Er sagte nichts dazu, zog sie nur wortlos mit sich, löschte das Licht der Leselampe und führte sie aus der Bibliothek. Auf leisen Sohlen schlichen sie nach draußen.

Sapia warf ihr rotes Licht über den Park, tauchte die Bäume in dämonisches Schwarz und ließ die Schatten über den Boden kriechen. Feyla duckte sich an Dorgens Seite. Plötzlich wollte sie nicht mehr ohne ihn sein. Jede Trennung war zu viel, auch wenn es nur eine Handbreit Luft zwischen ihnen war.

Sie hatten den Palast noch nicht erreicht, als Feyla stehen blieb und ihn festhielt.

Furcht und Enttäuschung lagen in seinem Gesicht. »Du hast es dir anders überlegt?«

Seine Sorge jagte ein Pochen durch ihren Körper. Er mochte sie wirklich. »Du gefällst mir«, haspelte sie. »Das wollte ich sagen. Du hast mir die ganze Zeit gefallen, schon in der Auslese.«

Er gab einen überraschten Laut von sich.

Feyla fiel ihm in die Arme. Ohne darüber nachzudenken, drückte sie ihr Gesicht in seine Halsbeuge und atmete den Geruch seiner Haut. Er roch würzig und mild zugleich, nach einer der Seifen, die Nugia herstellte, und doch anders. Als hätte die Sklavin für ihn einen eigenen Duft erdacht. Feyla glaubte, ihre Lieblingskräuter darin zu erkennen.

Oder war es sein eigener Geruch?

Erst nach einem langen Moment gingen sie weiter, um den Palast herum, bis sie die Tür zu ihrem Trakt erreichten. Auch drinnen hielt Feyla sich dicht an seiner Seite, während sie die Wendeltreppe hinaufstiegen. Auf dem oberen Treppenabsatz blinzelte sie an ihm vorbei und betrachtete sein Turmzimmer, das noch größer war als die ihrer Schwestern. Eine Fensterfront umrundete den Raum, öffnete den Blick auf den Park und den Rest des Palastes.

Dorgen führte sie in die Mitte des Zimmers, zu dem Bett, das von einem roten Himmel umhüllt war. »Eins sollst du wissen.« Er drückte sie sanft in die Kissen, beugte sich über sie und küsste sie zwischen den Worten: »Du bist die Erste, die ich hierher bringe.«

Feyla sah ihm zu, wie er zu den Fenstern ging und einen dünnen Vorhang rund um das Zimmer zog. Die blaue Farbe vermischte sich mit dem Blutlicht der Nachtsonne und tauchte das Zimmer in tiefes Violett. Das rote Bett wurde schwarz, ein dunkles Nest, in dem sie versank.

Dorgen kam näher, kaum mehr als eine Silhouette im Schatten. Erst jetzt spürte sie die Angst. Sie war allein mit ihm, ausgeliefert.

Dann war er bei ihr, streckte sich neben ihr aus und stützte den Kopf in seine Hand. Er berührte sie nicht, sah sie nur an. Ob er ihre Angst durchschaute?

»Du bist es«, flüsterte er. »Das Mädchen, das auf unserer Hochzeit die Sklavin retten wollte. Richtig?«

Feyla schauderte. Sie erinnerte sich: Nugias Schreie am Schandpfahl, seine finstere Miene, während er aus der Kutsche ausstieg.

»Seit unserer Hochzeit suche ich nach ihr.« Seine Finger strichen eine Locke aus ihrer Stirn. »Nach der einen, die anders ist als die anderen. Stärker und mutiger. Menschlich in all dem

Grauen. Wenn du es bist, heirate ich dich gleich noch einmal. Aber nur, wenn du möchtest. Dieses Mal nach unserem Willen.«

Feyla hielt den Atem an. Seine Worte drangen so tief, dass es weh tat. »Ich will«, gab sie zurück. »Ja, ich bin das Mädchen, und ich will dich.«

Er sollte sie berühren. Jetzt. Sofort. Überall dort, wo der Schmerz in ihr brannte. In seinen Augen glühte dieselbe Qual.

Sie streckte die Hand nach ihm aus. Er nahm sie, küsste ihr Handgelenk und brach den Bann. Feyla kroch zu ihm und schlang die Beine um seinen Körper. Doch das Feuer brannte nur umso stärker, loderte in dem Kuss, mit dem sie zueinanderfanden. Seine Hände berührten ihre nackten Beine unter dem Kleid, rau und fest, fordernd und sanft, strichen höher und fragten dennoch mit jeder Handbreit um Erlaubnis.

Feyla schmiegte sich in die Berührung. Ihre Hände fanden den Weg unter sein Hemd, wollten warme Spuren auf seine Haut zeichnen. Aber sie beide mussten mit der Kleidung kämpfen, suchten Knöpfe und verhedderten sich in den Schnürungen, bis alle Grenzen beseitigt waren.

Sein Körper mochte die Härte eines Kriegers besitzen, und dennoch zerschmolz er zu etwas, das sich zart und verwundbar anfühlte. Da waren Narben unter ihren Fingern, grausame Spuren vergangener Qual. Nicht nur Mädchen konnten verletzt werden. Die Erkenntnis überraschte sie und ließ den Schmerz in ihrem Herzen explodieren. Auch sie musste sorgsam mit ihm sein.

Plötzlich war er über ihr, seine warme Haut bedeckte ihren Körper. Doch sein Gewicht bedrängte sie nur leicht, gerade stark genug, um die Gier hervorzulocken. Feyla wollte ihn ganz, drängte sich zu ihm, bis sie den Widerstand spürte.

Ein warmes Lächeln strich um seinen Mund, machte ihn so schön, dass jede Angst verblasste. »Ich muss dir etwas gestehen«, flüsterte er. »Seit unserer Hochzeit, immer, wenn ich an deiner

Tür vorbeikam … Ich bin jedes Mal stehen geblieben und habe gewartet, in der Hoffnung, dass du herauskommst. Damit ich so tun kann, als wären wir uns zufällig begegnet.« Er küsste ihre Wange, ihre Nase, flüsterte weiter: »Es mag sein, dass ich fünf Frauen habe. Aber meine Gedanken waren immer nur bei dir.« Mitten in den Worten drängte er sich in sie.

Reißender Schmerz ließ sie aufschreien, erfüllte ihre Sinne. Aber Dorgen hielt still und wartete, sah ihr in die Augen, bis der Schmerz abebbte. Nur noch ein feuriges Ziehen erfüllte sie, als er die Bewegung fortsetzte. Langsam. Vorsichtig. Sanft.

Im gleichen Maß, wie die eine Qual verschwand, kam eine andere hervor. Nie hätte sie geglaubt, dass es so sein könnte. Schöner als der Wind in den Haaren, wenn sie durch das Tal galoppierte, schöner als die Märchen aus Farua, die Nugia erzählte, und zugleich so ehrlich und wahr wie die Worte, mit denen Iosaca die Liebe versprach.

Dorgens Stimme klang verloren und gequält, wie der Junge, von dem er erzählt hatte. Sie musste ihn halten, schloss die Arme um seinen Rücken und zog ihn an sich. Sie küsste seine Schultern und die Halsbeuge, suchte seinen Mund und ertrank in seiner Wildheit. Jede Vorsicht und jede Frage waren verschwunden. Sie wollten verschmelzen, wollten in Schmerzen und Feuer verbrennen, zwei Seelen, die sich einten, um eine dritte daraus zu erschaffen.

Sein Schrei kam schneller als ihrer, sein Körper zuckte, trieb ihre Flammen in die Höhe, kurz bevor sie explodierten. Sternchen flackerten vor ihren Augen, zerbarsten zu Funken und regneten durch ihren Körper.

Dann war es vorbei. Nur ein dunkles Brennen blieb zurück, erfüllte sie von innen und nistete sich dort ein, wo er gewesen war. Feyla mochte das Gefühl, stellte sich vor, dass ein Kind daraus wuchs. Eines, das von ihm war, schön und dunkel wie die Tiefe in seinen Augen. Er lag noch immer auf ihr, seine warme

Haut auf ihrer, sein Gewicht, das sich ergeben anfühlte. Wie ein zerbrechlicher Schatz in ihren Armen.

Liebe. Das Wort flüsterte durch ihre Gedanken und wollte sich auf ihre Lippen setzen. Ein Wort, das sie nur aus Büchern kannte, aus weit entfernten Geschichten von einem verlorenen Land. Es gehörte nicht hierher, war niemals Teil von Sapion gewesen. Dennoch hatte es sich hierher verirrt und krallte sich hartnäckig in ihr fest.

Nur mit Mühe konnte sie das Wort zurückhalten. Es war noch zu früh, um von Liebe zu sprechen.

11. Kapitel

Südfarua, Sklavenkolonie Ljimgart

ALIA

Alia starrte auf den Eintopf, den sie vor sich im Blechnapf hatte, Schweinefleisch mit Weizengrütze. Mariusch hatte den Brei gekocht, und der Duft zog so paradiesisch durch die Hütte, dass ihr Magen knurrte. Dennoch sträubten sich ihre Nackenhaare. Seit sie wusste, womit die Schweine ernährt wurden, hatte sie kein Fleisch mehr herunterbekommen. Stattdessen brach sie ein Stück von ihrem Brot ab und kaute darauf herum.

»Wenn du so weitermachst, verhungerst du bald.« Mariusch löffelte ungerührt seinen Eintopf.

Alia schob den Teller von sich und hielt das Brot in seine Richtung. »Ich habe das hier.«

Mariusch sah sie über den Löffel hinweg an. »Das reicht nicht«, erklärte er. »Wir bekommen Mangelzustände, wenn wir immer nur das Gleiche essen. Normalerweise ist das deine Predigt.«

Alia schaute noch einmal auf die Suppe. Früher hätte sie sich darauf gestürzt. Aber jetzt? Der faulige Gestank in der Schweinehütte legte sich über den Duft des Eintopfes.

Nach dem Tod des alten Mannes waren die Schweine weggebracht worden. Es hieß, sie würden jetzt außerhalb des Dorfes gehalten. Alia erinnerte sich gut an das Gesicht des jungen Sklaven, der für diese Arbeit ausgewählt worden war. Beim Abendappell war es verkündet worden, als Strafe, weil er sich aufsässig verhalten hatte. Er tat ihr leid, obwohl sie ihn nicht kannte. Dennoch war sie froh darüber, dass es nicht sie getroffen hatte. Und genauso erleichtert war sie, die Schweine nicht mehr im Dorf zu haben. Der Gedanke an die Hütte des alten Mannes war schon schlimm genug. Seine Leiche lag noch dort. Zur Abschreckung hatten die Wärter sie liegen gelassen.

Alia schob das Brot beiseite. Plötzlich konnte sie gar nichts mehr essen. »Wir müssen ihn beerdigen«, erklärte sie.

Mariusch ließ den Löffel sinken, richtete sich auf und sah sie an.

»Aber allein schaffe ich das nicht. Du musst mir helfen. Bitte.«

Dunkle Falten zogen sich auf seiner Stirn zusammen. »Ihn beerdigen? Wie stellst du dir das vor? Wir können ihn nicht aus dem Dorf herausbringen. Und das Bergwerk wird nachts bewacht. Wir könnten ihn höchstens auf den Dorfwegen verscharren, im plattgetretenen, trockenen Lehmboden, mit den Wachpatrouillen im Nacken.« Er sog heftig die Luft ein. »Ich würde dir wirklich gerne helfen, ganz egal, was du von mir verlangst. Aber wenn wir uns umbringen wollen, gibt es leichtere Möglichkeiten.«

Alias Augen brannten. Sie hatte schon lange nicht mehr geweint. Bei all dem Grauen in der Sklavenkolonie hatte sie geglaubt, ihre Tränen wären längst versiegt. Jetzt kamen sie so gewaltsam hervor, als hätten sie nur auf den richtigen Moment gewartet. Sie riss die Hände vors Gesicht, doch ihr Rücken krümmte sich unter der fremden Macht, presste einen Schluchzer aus ihrer Kehle, der so klang wie das Grunzen eines Tieres. Es war nicht nur einer, es waren viele, die sich dicht hintereinanderdrängten, die ihren Körper eroberten und an die Oberfläche stiegen. Alia schob die Hände in ihre Haare. Sie wollte nicht heulen, doch es ging nicht anders.

»He«, flüsterte Mariusch. Sie konnte hören, wie er den Stuhl zu ihr herumrückte, ehe er sie in die Arme zog.

Alia wollte keine Nähe, keinen Trost. Ein anderes Gefühl drängte sich in ihre Brust, schob das Schluchzen beiseite und ließ sie aufspringen. »Wenn du mir nicht helfen willst, dann mache ich es allein.« Sie wischte die Tränen mit ihrem Hemd ab und ging zur Tür.

»Wohin willst du?« Mariusch klang erschrocken.

Alia wusste nicht, wie es auch nur ansatzweise möglich sein sollte, den alten Mann zu beerdigen. Sie wusste nur, dass sie nicht länger vor ihrem Schweinefleisch sitzen und nichts tun konnte.

Erst draußen überkam sie die altbekannte Vorsicht. Sie duckte sich in die Schatten der Hütten, lauschte auf die Wachen und pirschte von Ecke zu Ecke. Vielleicht wäre es schlauer gewesen zu warten, bis auch die Blutsonne untergegangen war. Die Tagwechselzeit war bereits fortgeschritten, und bis zum nächtlichen Sonnenuntergang würde es nicht mehr ewig dauern. Doch jetzt hatte sie schon die Hälfte des Weges geschafft. Wenn sie umkehrte, bedeutete es nur, dass sie das Risiko später noch einmal auf sich nehmen musste.

Der Leichengestank lag schon in der Luft, bevor der Schweinestall zu sehen war. Erst als sie um die letzte Behausung herumschlich, erschien die Hütte vor ihr. Die Leiche des alten Mannes war noch dort, lag in gekrümmter Haltung auf der Türschwelle.

Alia konnte ihn nicht ansehen. Sie schaute noch einmal von rechts nach links, horchte in die Ferne und huschte dann auf die Schweinehütte zu. Ihr Blick klammerte sich an die Türöffnung hinter der Leiche. Ein Fliegenschwarm waberte vor dem Eingang und stob auseinander, als sie darauf zuhielt. Die Bewegungen am Boden sah sie nur aus den Augenwinkeln, ein Huschen, das in alle Richtungen davonflitzte, ein letztes schmatzendes Schnaufen, das von der Leiche zu ihr drang: Fraßgeräusche!

Vielleicht Ratten, oder Blutnager, denen man nachsagte, dass sie gänzlich ohne Wasser existieren konnten, wenn sie nur genug geronnenes Blut zu sich nahmen. Alia durfte nicht nach unten sehen und sprang in einem weiten Satz über die Leiche.

Erst in der Mitte des Stalles blieb sie stehen. Der Leichengestank lag so übermächtig in der Luft, dass sie den Atem anhalten musste. Langsam drehte sie sich zu der Leiche um und sah kaum mehr von dem alten Mann als den Fliegenschwarm, der sich wieder auf seinem toten Körper niedergelassen hatte. In diesem Moment wurde ihr klar, dass Mariusch recht hatte. Selbst wenn sie es schaffen würde, die halb verweste Leiche allein zu transportieren – wo sollte sie den alten Mann verscharren? Es gab nur plattgetretene, ausgetrocknete Pfade in Lijmgart, auf denen sie es nicht mal schaffen würde, ein Loch zu graben. Oder sollte sie ihn im Schweinemist des Stalles begraben? Wohl kaum.

Verzweifelt sah Alia sich in der Hütte um. Hier war nicht einmal eine Kiste, in die sie den Körper hätte betten können. Mit diesem Gedanken wurde ihr klar, dass sie noch aus einem zweiten Grund hergekommen war: Der alte Mann war gestorben, ohne ihre Fragen zu beantworten. Er musste etwas gewusst haben über Malun, über die Götter, darüber, wie man einen Gottgeborenen erkannte. Vielleicht war er tatsächlich ein Gelehrter gewesen, der bei den Priestern aufgewachsen war. Und wenn er etwas über die Wahrheiten ihrer Welt gewusst hatte, dann hatte er sein Wissen vielleicht festgehalten. Und vielleicht war etwas davon in dieser Hütte zurückgeblieben. Etwas, das er versteckt hatte, Papiere, die er unter den Tisch schob, sobald jemand hereinkam. Oft genug hatte sie gesehen, wie er etwas zu verbergen suchte.

Alia wandte ihre Aufmerksamkeit von dem Toten ab und nahm zum ersten Mal die Hütte in Augenschein. Die Wachen schienen den gleichen Gedanken gehabt zu haben. Die Einrichtung der Hütte war zertrümmert. Die Kleidertruhe stand offen, und der Inhalt lag über den Boden verstreut. Der Tisch war umgestoßen worden, und seine Beine lagen abgerissen daneben.

Selbst in den Wänden fehlten Bretter, und der Schweinemist war bis in die untersten Schichten durchgepflügt worden. Falls der alte Mann schriftliche Wahrheiten festgehalten hatte, mussten die Sapioner sie längst gefunden haben.

Alia wanderte durch die zerstörte Hütte und schaute in alle Ecken, hob hier und da etwas hoch, bis sie entmutigt stehen blieb. Hier gab es nichts mehr zu finden. Sie wollte sich gerade abwenden und wieder zu Mariusch zurückschleichen, als ihr Blick auf die Feuerstelle fiel. Auch die Asche war durchwühlt worden, aber die Wand dahinter war noch heil. Wo würde sie etwas verstecken, das auf keinen Fall gefunden werden durfte?

Hinter einem Feuer! Wo niemand erwartete, etwas zu finden, das nicht verbrannt war, und wo es gleichzeitig so gut geschützt war, dass sich niemand darantraute. Zumindest nicht, solange das Feuer brannte.

Jetzt war es erloschen.

Alia fiel neben der Feuerstelle auf die Knie und tastete die Wand dahinter ab, die von einer Metallplatte verstärkt wurde. Jemand hatte die Platte vor die Bohlen der Hütte genagelt, um das Holz zu schützen, und wenn es das Holz schützte …

Die Metallplatte wackelte, klapperte hin und her, während Alia daran rüttelte. Sie suchte nach dem Rand, klemmte ihre Finger dahinter und zog. Mit einem Ruck gab die Platte nach. Alia konnte nur knapp verhindern, nach hinten zu fallen, fing sich auf den Zehenspitzen und stellte die Platte beiseite. Dahinter waren Ziegelsteine, eine massive Mauer, aber der Mörtel dazwischen wirkte bröckelig. Alia drückte der Reihe nach gegen die Steine, um festzustellen, ob sich einer davon bewegen ließ.

Bis sie einen der Randsteine nach hinten schob.

Wieder versuchte sie, ihre Finger in die Fugen zu quetschen und den Stein nach vorne zu ziehen, weit genug, um ihn richtig anzufassen. Alias Herz raste, als sie hinter dem Stein eine weitere Schicht aus Holz entdeckte. Es waren jedoch nicht die braunen

Teerbohlen, aus denen die Hütte gezimmert war, sondern helles Holz, das an der Feuerseite bräunlich angekokelt war. Und es ließ sich ebenfalls nach hinten schieben.

Alia drückte es in den Hohlraum, bis es nachgab. Etwas raschelte hinter dem Holz. Ihre Finger stießen auf feines Papier. Mit angehaltenem Atem fasste sie danach und zog es der Reihe nach hervor: Es waren zwei gebundene Bücher und mehrere Papierrollen, die aussahen wie Landkarten. Noch einmal tastete sie mit der Hand. Aber das war alles. Der Hohlraum hinter dem Feuer war leer.

Das Licht der Blutsonne fiel durch die Ritzen in der Wand und streifte die Papiere in ihrer Hand. Offenbar war es doch gut, dass sie im Licht hierhergekommen war. In der Dunkelheit hätte sie das hier im Leben nicht gefunden.

Am liebsten hätte sie ihre neuen Schätze sofort aufgeschlagen und auseinandergerollt, um alles zu studieren. Doch sie konnte nicht länger bleiben. Außerdem musste sie ihre Spuren verwischen. Niemand durfte wissen oder auch nur ahnen, dass sie etwas gefunden hatte.

Hastig steckte sie den Stein zurück, nahm die Metallplatte und drückte die Nägel an ihren Ecken zurück in die Wand, gerade rechtzeitig, als sie Schritte und Stimmen vor der Tür hörte. Wortfetzen wehten zu ihr: »… alles vernichten … Unruhe … herausfinden …«

Unter anderen Umständen hätte sie wissen wollen, was die Männer redeten. Jetzt aber musste sie weg von hier! Sie klemmte die Bücher und die Karten unter den Arm, sah sich um und fand die Schweineluke, durch die das Viehzeug in den Auslauf schlüpfen konnte. Dann hörte sie das Knistern. In der Nähe der Tür flackerte etwas.

Feuer! Die Wachen setzten die Hütte in Brand!

Alia kletterte über die Mauer in den Schweineverschlag, watete bis zu ihren Knöcheln durch den Mist und musste auf den

Knien durch die Klappe kriechen. Doch alles, was sie interessierte, waren die Papiere. Ihre Papiere durften nicht dreckig werden, durften nicht verloren gehen. Sie waren alles, was jetzt noch von dem alten Mann geblieben war.

Sobald Alia draußen war, rannte sie los, in den Schatten zwischen zwei Hütten. Erst hier drehte sie sich um. Die Flammen schlugen hinter der Hütte in die Höhe, griffen auf das Strohdach über und brachen in ein wütendes Fauchen aus. »Ruhe in Frieden, alter Mann«, murmelte sie. »Du ahnst nicht, wie sehr du mir fehlen wirst.«

Wenigstens im Feuer würde seine Leiche nun ein Grab finden. Das Feuer war besser als die hungrigen Mäuler der Schweine.

12. Kapitel

Heerlager Sapions, Frontgebiet am Waldgürtel von Farua

TAILIN

Der Patrouillendienst begann früh. Die Blutsonne war längst untergegangen, als Tailin aus seinem Zelt kroch, und über dem Lager herrschte frühmorgendliche Dunkelheit. Nur das Zeltleder raschelte, während er das Marschgepäck herauszerrte. Abgesehen davon blieb alles ruhig. Dieser Dienst würde länger dauern als die üblichen, eine Fünfzehn-Tage-Patrouille im Grenzgebiet von Pamal. Allein drei Tage würden sie brauchen, um dorthin zu reiten.

Tailin hatte sich freiwillig für den Einsatz gemeldet: die Grenze ausspähen, Aktivitäten der Katzenmenschen ausmachen, sicherstellen, dass keine feindlichen Angriffe aus dem Rücken geplant waren.

Soweit der offizielle Auftrag. Seine persönlichen Gründe waren andere. Nichts, was im Heerlager von Sapion angeordnet wurde, entsprach seinen privaten Interessen. Bislang hatte er sich gefügt, weil es nie einen Grund gegeben hatte, der wichtig genug gewesen wäre, um sein Leben zu riskieren. Erst jetzt hatte sich die Lage geändert. Der letzte Lebensraum, den es in ihrer Welt gab, sollte abgebrannt werden, und das alles nur, um einen Krieg zu gewinnen.

Tailin wusste nicht, ob es sich noch verhindern ließ, ob es irgendeinen Weg gab, um der Katastrophe zu entrinnen. Er wusste nur zwei Dinge: Erstens konnte er es nicht länger vertreten, ein

Krieger Sapions zu sein, und zweitens war es dringend notwendig, die Gegner zu informieren.

Lange hatte er gegrübelt, wie er die Informationen überbringen sollte. Wenn er hier an der Front in den Wald liefe, über die Außenposten hinaus in das Gebiet der Partisanen, würden sie ihn töten, noch bevor er seine Botschaft herausschreien konnte. Die Katzen fragten nicht, bevor sie angriffen.

Ob es im Bergland von Pamal einfacher sein würde, wusste er nicht. Womöglich würden sie ihn genauso schnell töten. Aber dort erwarteten sie keine Angreifer, und schon gar keine, die mutterseelenallein durch die Berge kletterten. Vielleicht konnte er ihnen glaubhaft machen, dass er desertiert war und zu den Rebellen überlaufen wollte. Tailin wusste nicht, ob es ein guter Plan war. Dennoch musste er es riskieren.

Der einzige Grund, der ihn zweifeln ließ, krabbelte hinter ihm aus dem Zelt: Nureen richtete sich auf und lächelte ihm zu. Wie fast immer schimmerte Dankbarkeit in ihren Augen. Wenn er jetzt desertierte, würde er sie nicht nur im Stich lassen, dann wäre sie auch die Sklavin, die mit dem Deserteur zusammen gewesen war. Man würde sie befragen und drangsalieren, womöglich foltern, damit sie alles verriet, was sie über ihn wusste. Tailin bemühte sich, ihr Lächeln zu erwidern. Doch es fühlte sich falsch an.

Wenn er sie wenigstens in den Arm nehmen und es ihr erklären könnte. Wenn sie wenigstens wüsste, welche Gefahr auf sie zukam … Aber er hatte nicht den Mut, ihr ins Gesicht zu sagen, dass er ihr Leben aufs Spiel setzen musste, um den Rest von Ruann zu retten.

Vielleicht würde er es doch nicht tun. Sie vertraute ihm, er konnte sie nicht einfach so opfern.

Nureens Lächeln verschwand. »Was ist mit dir?«

»Nichts.« Tailin musste sich zwingen, ihr in die Augen zu sehen. »Es ist nichts. Nur ein bisschen Angst.«

Die Sklavin lächelte tröstend. »Was soll an der Grenze zu Pamal schon passieren? Hier im Wald ist es viel gefährlicher.«

Tailin schüttelte den Kopf. »Nicht wegen mir. Ich habe Angst um dich!«

Nureen wurde ernst. »Weil du mich fünfzehn Tage lang allein lässt?«

Er konnte nichts dazu sagen.

Das Mädchen sprang auf ihn zu und schlang die Arme um seinen Hals. »Ich bekomme das schon hin«, flüsterte sie. »Vorher war ich viel länger allein.«

Tailin hielt sie fest und vergrub sein Gesicht in ihren Haaren. Vielleicht wäre es doch besser, sich hier im Wald in die Reihen der Feinde zu stürzen. Irgendjemand würde seine Sprache schon verstehen. Und sobald die Botschaft erst angekommen war, wäre es egal, ob sie ihn sofort töteten oder erst den Rest seines Wissens aus ihm herausfolterten. Zumindest Nureen würde nichts passieren, wenn er als Gefallener endete.

Das Mädchen löste sich von ihm. »Wir müssen los, oder?«

Tailin nickte und presste die Lippen aufeinander. Ganz gleich, wie er sich entschied, er musste pünktlich am Pferdestall erscheinen. Sobald Rabanus sein erstes Licht am Horizont zeigte, wollten sie losreiten. Auch Nureen musste bald am Küchenzelt sein, um das Frühstück für die Krieger vorzubereiten. Bis jetzt hatte er sie jeden Morgen dorthin begleitet.

»Ich bringe dich noch zu deinem Dienst«, flüsterte er. »So wie immer.«

Lächelnd griff sie nach seiner Hand und hielt sie fest. Wie ein verliebtes Paar durchquerten sie das nachtschlafende Lager. Schon oft waren sie in dieser Weise zwischen den Zelten entlanggelaufen. Bislang war es nur Tarnung gewesen. Doch heute lag ein anderes Gefühl zwischen ihnen: echte Zuneigung, das Vertrauen eines Kindes und die Verantwortung eines … Vaters? Freundes? Er fand keinen Namen für die Rolle, die er spielte.

Was auch immer es war, sobald er Nureen im Stich ließ, verriet er nicht nur sie. Er verriet auch sich selbst und das unschuldigste Gefühl, das er je für einen Menschen empfunden hatte.

Sie erreichten die erloschenen Feuer. Schwerer Aschegeruch hing in der Luft. Ansonsten war es still. Ungewöhnlich still. Nur von Weitem drang eine murmelnde Unruhe zu ihnen. Erst jetzt bemerkte Tailin, dass etwas nicht stimmte. Normalerweise waren die ersten Krieger um diese Zeit bereits am Feuer versammelt. Zumindest diejenigen, die so früh Dienst hatten und vorher noch ein paar Fleischhappen vom Vortag in sich hineinschlangen. Nur heute war niemand hier.

Tailin reckte sich und schaute über die Zelte in die Weite. Dort hinten sah er den Tumult, eine Traube von Männern, die sich zwischen den Pferdeställen und dem Appellplatz versammelt hatten. Vermutlich eine Prügelei, vielleicht auch nur ein Streit. Willkommene Unterhaltung in der Frühe.

Tailin wandte sich ab, es ging ihn nichts an. Er musste Nureen zum Küchenzelt bringen, sich selbst etwas zu essen greifen und dann zum Pferdestall laufen.

Aber kurz vor ihrem Ziel horchte er auf. Zwei Krieger kamen durch einen der Seitengänge auf sie zu. Einer von ihnen sprach auf den anderen ein: »Hast du das mit dem Stummelweib gehört? Sie haben ihn im Stall bei einem Knappen erwischt. Er soll es mit dem Kleinen getrieben haben.«

Tailin erstarrte. Nur gerade so konnte er sich davon abhalten, in die Richtung der Krieger zu sehen. Er durfte nicht stehen bleiben, sich nichts anmerken lassen.

»Ein Stummelweib?« Der andere Krieger spuckte auf den Boden. »Abartiges Volk! Weiß man, ob der Kleine freiwillig mitgemacht hat?«

»Das wollen sie jetzt prüfen.« Etwas Dreckiges lag in der Stimme des Ersten. »Sie werden öffentlich befragt, und dann

Schauprozess und schneller Vollzug: Schnippschnapp für alle Schuldigen.« Die Krieger lachten.

Tailin spürte, wie das Blut aus seinem Gesicht wich. Ein Stummelweib, Schauprozess. Wen hatten sie gefangen? Wen gab es noch außer ihm und …?

Kaylen! Was, wenn er es war?

»Meinst du, sie machen es beim Appell?«, fragte der zweite Krieger.

»Kann gut sein«, antwortete der erste Krieger. »Entweder das oder schon vorher. Ich hol mir was zu essen. Dann gehe ich zusehen.«

Tailin fasste Nureen am Ärmel und zog sie in einen der Gänge, die vom Küchenzelt wegführten.

»Was ist?« Verwundert drehte sie sich zu ihm.

Tailin schüttelte den Kopf und versuchte über die Zelte hinweg den Tumult zu begutachten. »Nichts. Ich will mir nur was ansehen.« Seine Stimme kippte.

Beinahe konnte er fühlen, wie Nureen ihn durchschaute. »Wegen des Stummelweibs?«

Tailin fröstelte. Die Sklavin wusste es! Sie kannte sein Geheimnis, den Grund, warum er sie in sein Zelt nahm, ohne sie anzurühren. Aber das war jetzt nebensächlich. Er musste wissen, wen sie gefangen hatten. »Geh du allein ins Küchenzelt!«

»Nein.« Nureen klang entschlossen. »Ich komme mit.«

Noch nie hatte sie seinen Anweisungen widersprochen. Tailin bemerkte das Schimmern in ihren Augen. Seit sie bei ihm war, hatte er diese Angst in ihrem Gesicht nicht mehr gesehen. Jetzt rückte das Mädchen näher, hakte sich bei ihm ein und lehnte den Kopf an seine Schulter. Sie wusste es, und sie wollte ihn schützen. Ein warmes Gefühl floss durch seinen Körper und biss mit einem scharfen Schmerz in sein Herz.

Sie hatten den Tumult beinahe erreicht und waren nah genug, um die Gesichter zu erkennen. Eine Traube aus lachenden

Kriegern hatte sich um zwei Schandpfähle versammelt. Rechts und links daneben brannten zwei Feuer. Tailin schob sich mit Nureen in die Menge, bis er den Pranger sehen konnte: An einem der Pfähle stand ein Knappe, ein älterer Junge, den Tailin nicht kannte. Und daneben ein zweiter Delinquent, dessen Gestalt hinter den breiten Schultern des Scharfrichters verschwand. Erst als dieser beiseitetrat, konnte Tailin ihn sehen. Es war Kaylen! Vollkommen entblößt hing er in den Seilen und starrte den Scharfrichter mit geweiteten Augen an.

»Ist es wahr, was dir vorgeworfen wird?«, rief der Henker über den Platz. In seiner Hand lag ein Dolch, der mit der Spitze auf Kaylens Geschlecht wies.

Der Krieger antwortete nicht. Nur der Knappe kreischte dazwischen: »Er hat mich bedrängt. Er hat mich missbraucht. Ich wollte das nicht!«

»Dich habe ich nicht gefragt!« Der Scharfrichter stieß den Dolch in die Luft, in die Richtung des Jungens.

Der Knappe verstummte. Nur sein Mund blieb offen, seine Beine zitterten.

Der Henker wandte sich wieder an Kaylen. »Du musst nicht antworten, du wurdest gesehen! Aber ich könnte einen Teil deiner Strafe erlassen, wenn du gestehst.«

Kaylens Gestalt sackte in den Seilen zusammen. Aus seinem Mund kam ein Wimmern, das sich nur mühselig in Worte verwandelte: »Ja, ich gestehe.«

»Sprich es aus!«, schrie der Scharfrichter. »Sag, was du getan hast, laut genug für alle Anwesenden!«

Kaylen kämpfte mit den Worten. »Ich habe diesen Knappen …« Weiter kam er nicht.

Der Henker ließ das Messer vor seinem Gesicht kreisen und sprach ihm vor: »… in stummelweibischer Art …«

Kaylen schluchzte auf, sein Gesicht verzerrte sich zu einer Grimasse.

Ein Lachen ging durch die Zuschauermenge, einzelne Rufe kamen daraus hervor: »Heulendes Stummelweib!«, »Gesteh uns deine Tat!«, »Wir hören dich nicht!«

Die Rufe bohrten sich in Tailins Eingeweide, Kaylens Anblick stach zu wie ein Messer. Sein nackter Körper, der so oft in seinen Armen gelegen hatte, der brutal und überlegen sein konnte, und dann wieder schwach und zärtlich, jetzt hing er am Schandpfahl wie ein Tier auf der Schlachtbank.

»Das geht mir zu langsam!« Der Scharfrichter griff nach seiner Männlichkeit, riss daran und setzte den Dolch an. »Deine letzte Chance zu gestehen.«

Kaylen schrie, verschluckte sich und hustete, presste die Worte darunter hervor: »Ich gestehe, … diesen Knappen in stummelweibischer Art … bedrängt …« Seine Stimme brach ab. Er keuchte, röchelte, konnte endlich weiterschreien: »Ich habe ihn begehrt, entgegen seinem Willen. Habe ihn genommen … in dieser Nacht … und in den vorherigen. Mich trifft die Schuld, mich allein!«

Er log. Tailin erkannte es sofort. Niemals hätte Kaylen den Jungen gegen seinen Willen gezwungen. Er wollte ihn schützen. Tailin betrachtete den Knappen genauer. Es war einer der älteren, er schätzte ihn auf dreizehn oder vierzehn Blutjahre. Damit war er einer von jenen, die bald zum Krieger wurden, als Ersatz für diejenigen, die zur Auslese gegangen waren. Alle Jungen in dieser Phase hatten Angst, viele von ihnen starben in den ersten Monaten. Vermutlich hatte er Trost gesucht, Ablenkung, einmal das ausleben, was er immer verstecken musste. Und Kaylen hatte das alles erkannt, hatte ihm Halt gegeben, Wärme und eine Spur von Liebe.

Sofern es Liebe überhaupt gab.

»Sehr gut.« Der Scharfrichter grinste. »War doch gar nicht so schwer. Mal sehen, was wir mit dir anstellen.« Er hielt noch immer Kaylens Geschlecht und wog es in seiner Hand. Kaylen versuchte, sich zurückzuziehen, wand sich am Pfahl und hatte keine Chance zu entkommen. Die Krieger lachten und grölten, der Knappe wimmerte und schaute panisch um sich.

Plötzlich brüllte der Scharfrichter los: »Wer noch?« Er schrie die Frage in Kaylens Gesicht. »Wer ist noch ein Stummelweib?«

Kaylen erstarrte.

»Na los! Sag es! Kauf dich frei!« Der Scharfrichter setzte den Dolch an.

Mit einem Mal war es leise auf dem Platz, leise genug, um das Wort zu hören, das Kaylen hervorwimmerte: »Niemand.«

»Du lügst!« Wieder brüllte der Scharfrichter, zerrte mit einem Ruck an Kaylens Schwanz. Kalter Schweiß drängte sich auf Tailins Haut, sammelte sich in seinem Nacken. Sein Freund würde ihn verraten, früher oder später!

Kaylen warf den Kopf zurück, öffnete den Mund, doch sein Schrei blieb stumm. In seinem Blick erschien etwas, das Tailin schon oft gesehen hatte: Es war der Moment, in dem das Opfer erkannte, dass es sterben würde, in dem es aufhörte zu kämpfen und sich fügte.

Plötzlich sah Kaylen ihn an, fand ihn durch die Reihen der Krieger hindurch und suchte Halt an seinem Blick. Tailin konnte spüren, wie sich die Seele seines Freundes an ihm festkrallte, wie der Schrei in ihr versiegte und der Gleichgültigkeit wich.

Tailin hörte seinen Herzschlag, zuerst kräftig und schnell, dann immer langsamer. Er wünschte sich, dem anderen davon abzugeben, ihn im Leben zu halten oder wenigstens im Tod zu trösten. Dennoch wusste er, dass Kaylen ihn verraten würde. Der Scharfrichter war noch nicht fertig mit ihm, und wie jeder Foltermeister wusste er, wie man die Aufmerksamkeit seines Opfers zurückholte, bis die gewünschte Aussage vorlag.

»Wer noch?«, brüllte er wieder.

Kaylen öffnete den Mund, sein Blick blieb bei Tailin. »Niemand.«

Dieses Mal antwortete der Dolch. Mit einem kräftigen Ruck.

Kaylens Schrei zerriss die Stille, gellte und stieß eine spitze Klinge in Tailins Magen. Auch andere schrien, der Knappe brach ohnmächtig zusammen, und Nureen warf sich an seine Schulter.

»Wer noch?!« Der Scharfrichter brüllte in den Lärm und hielt einen blutigen Klumpen in die Höhe.

Der Schrei erstickte in einem Gurgeln, Kaylen bebte und zitterte, krümmte sich in dem Blut, das über seine Beine lief. Nur sein Blick war noch immer bei Tailin, krallte sich fest und bat um Verzeihung, für das, was er tun würde, tun musste …

Menschliche Körper waren schwächer als ihre Seelen.

»Wer noch?« Der Scharfrichter packte seine Haare, riss an seinem Kopf und trennte ihre Blicke.

Kaylen bewegte den Mund, unhörbar, kurz bevor sich seine Pupillen unter die Lider drehten und die Ohnmacht ihn einfing.

Erst jetzt spürte Tailin die Übelkeit, Nureens Hände, die sich um seine Arme krampften, ihr Weinen an seiner Brust. Er musste würgen und wusste zugleich, dass er seine Reaktion nicht zeigen durfte. Er musste weg! Jetzt gleich, bevor die Krieger sahen, wie es ihn mitnahm.

Wie von allein setzte er sich in Bewegung, legte seinen Arm um das Mädchen und zog sie mit sich. Nur die Bilder in seinem Kopf blieben. Der blutige Klumpen war klein gewesen. Der Henker hatte genug übrig gelassen, um sein Opfer noch einmal zu quälen, und ein drittes Mal, so lange, bis er sämtliche Namen in die Pausen zwischen der Ohnmacht geflüstert hatte. Erst der Tod würde ihn erlösen, sobald das Blut aus seinem Körper gewichen war.

Tailin bemühte sich, aufrecht zu bleiben. Wie durch einen Schleier bemerkte er, dass Nureen ihn stützte, dass sie ihn führte, fort von den Kriegern, in den ruhigeren Teil des Lagers, dorthin, wo die Hurenzelte lagen.

Es sollte schnell gehen. Kaylens Blut sollte sich beeilen. Damit die Qual nicht so lange dauerte. Damit er nicht genug Zeit hatte, um andere zu verraten.

Um *ihn* zu verraten.

Es war egoistisch, so zu denken. Tailin konnte sich nicht länger auf den Beinen halten, brach zwischen den Zelten zusammen und übergab sich. Sein Körper krampfte sich um die unsichtbare Klinge in seinen Eingeweiden, wollte die Bilder und die Schuld loswerden.

Wenn er Kaylen nicht verlassen hätte …

… dann hätte sein Freund nicht die Kontrolle verloren …

… dann wäre er nicht einsam gewesen, nicht verzweifelt und kopflos …

… dann wäre das mit dem Knappen nicht geschehen …

Tailin würgte und keuchte, krallte die Hände in die trockene Erde und erbrach die letzte Galle, die sein Körper hervorbrachte, bis das Würgen nur noch ein trockener Laut war. Nureen hockte bei ihm, hielt seine Schultern und zog ihn fort von der gelbgrünen Lache. Tailin krabbelte zur Seite, kaum eine Mannslänge, ehe seine Arme ihn nicht mehr hielten.

»Schhhht.« Nureen fing ihn auf und hielt ihn fest, streichelte seinen Rücken wie eine Mutter bei ihrem Kind.

Eine Mutter …

Woher wusste er, was Mütter mit ihren Kindern taten? Es gab keine Erinnerungen in seinem Kopf. Und selbst wenn es etwas gäbe … Jungen wurden von ihren Müttern getrennt, so früh, dass sämtliche Erinnerungen an sie verloren gingen.

War es bei ihm anders gewesen?

Der Gedanke wehte davon, verschwand unter dem Bild von Kaylens nackter Gestalt, unter seinem Schrei und dem Blut an seinen Beinen. Wieder krampfte sich sein Magen zusammen, wollte etwas hervorwürgen, das nicht mehr da war.

»Ganz ruhig«, wisperte Nureen, und in ihre sapionische Sprache mischte sich der weiche Akzent der Faruaner. »Du musst ruhig werden, Tailin.«

Ihm fiel auf, wie sehr er es mochte, wenn die Sklavin mit ihm redete, wie stark ihre Worte auf ihn wirkten. Allmählich wurde er ruhiger. Sein Magen hörte auf zu krampfen, und das Beben in seinem Körper versiegte.

»Du musst dich zusammenreißen.« Nureens Stimme klang fest. Noch nie hatte er ihren Blick so klar gesehen. In ihren Augen lag ein Funke, der bereit war, auf ihn überzuspringen. Es war der Wille zu überleben, die letzte Glut eines Menschen, wenn man ihm alles genommen hatte.

Die Sklavin riss ein Stück von ihrem Rocksaum ab, wischte über seine Stirn und tupfte über seinen Mund. »Du musst fort«, erklärte sie. »Du musst zu deiner Patrouille, mit ihnen wegreiten und nicht mehr wiederkommen.«

Tailin fröstelte. Sie hatte recht. Wenn er überleben wollte, musste er seinen Plan umsetzen. Aber es ging nicht nur um ihn. Er durfte sie nicht alleinlassen, durfte sie nicht verraten. »Was wird aus dir? Wenn ich desertiere, dann …«

»Pscht!« Nureen legte den Finger auf seinen Mund. Sie wusste um die Gefahr, er sah es in ihren Augen. »Ich werde mir neuen Schutz suchen«, flüsterte sie. »Rechtzeitig. Bevor sie merken, dass du weg bist.«

»Neuen Schutz?«

Traurig zuckte sie die Schultern. »Der Heerführer hat schon länger ein Auge auf mich geworfen. Und es heißt, dass er keine Lust mehr auf seine Lieblingssklavin hat, seit der oberste Berater von Sapion …« Sie sprach den Satz nicht zu Ende. »Was der Berater mit ihr getan hat, muss schlimm gewesen sein. Seitdem verweigert sie sich, heißt es.« Sie presste die Lippen zusammen und schaute auf Tailins Hände. »Der Heerführer wird sich bald eine Nachfolgerin suchen.«

Entsetzt starrte Tailin sie an. »Und das willst du sein?«

Noch einmal zuckte sie die Schultern. Ein gequältes Lächeln erschien auf ihrem Gesicht.

»Er wird dich nicht einfach so in sein Zelt holen.« Tailin sprach schnell. »Er wird von dir verlangen …«

Nureens Hand bedeckte seine Lippen. »Es ist nur ein Körper«, flüsterte sie. »Es ist gleichgültig, was er mit meiner Hülle tut. Viel wichtiger ist die Seele. Und meiner Seele wird nichts geschehen.«

Tailin konnte sie nur ansehen, ihr niedliches Gesicht, die Sommersprossen auf ihrer Nase und das goldene Leuchten in ihren Augen.

»Das habe ich dir zu verdanken.« Ihre Hand löste sich von seinem Mund. »Du hast mir gezeigt, dass es nur auf die Seele ankommt. Wenn ich weiß, dass du lebst, muss ich nur an dich denken und meine Seele bleibt heil, ganz gleich, was meinem Körper geschieht.«

Plötzlich stiegen Tränen in ihm auf, eine überwältigende Sammlung aller Tränen, die er nie geweint hatte. Die er auch heute nicht weinen durfte. Er musste schlucken, um sie zurückzuhalten.

Nureen schien sie dennoch zu sehen. Sie beugte sich zu ihm und küsste seine Augen, zuerst das linke, dann das rechte. Doch es war nicht der Kuss von einer Frau an einen Mann. Vielmehr war es wie der Kuss eines Kindes an seinen Vater.

Er erinnerte sich nicht an seinen Vater. Woher sollte er wissen, wie Kinder ihre Väter küssten? Falls sapionische Kinder überhaupt jemanden küssten … Tailin wischte den Gedanken beiseite. Es war nicht der richtige Moment dafür.

»Du musst gehen!« Nureen drückte seine Schultern, stand auf und reichte ihm die Hand. Als er vor ihr stand, fiel sie um seinen Hals und drückte sich ein letztes Mal an ihn. »Danke!«, flüsterte sie. »Ich liebe dich.«

Tailin schloss die Augen. Der Satz rauschte durch seine Adern.

Nie zuvor hatte es jemand gesagt. Weder Kaylen noch Dorgen. Vielleicht seine Eltern? Seine Mutter? In dem gleichen weichen Akzent, mit dem Nureen an sein Ohr flüsterte?

Die Sklavin machte sich von ihm los. »Geh! Schnell! Ehe sie ohne dich reiten.«

Tailin nickte und ging die ersten Schritte rückwärts. Nureen blieb einfach stehen, zwischen den Hurenzelten, dort, wo er sie zum ersten Mal gesehen hatte. Er stolperte über einen Stein und musste sich umdrehen, um weiterzulaufen.

Rabanus' erster Lichtschein stieg bereits hinter den Baumkronen auf. Der Zeitpunkt ihrer Abreise! Er fing an zu rennen. Kurz vor der nächsten Ecke drehte er sich noch einmal um: Nureen hatte sich abgewandt und schlich mit hängendem Kopf auf das Privatzelt des Heerführers zu.

***

Der Ritt dauerte drei Tage. Drei Tage und drei Nächte in der Wildnis von Farua. Die Tagwechselzeit war inzwischen so weit fortgeschritten, dass Sapia bereits am Mittag aufging und ihr unheimliches Rotlicht mit dem hellen Schein der Tagsonne vereinte. In der rotglühenden, zweiten Tageshälfte wurde es umso heißer, und die Krieger fluchten über den Schweiß, der unter ihren Uniformen über die Haut sickerte.

Doch die Landschaft, durch die sie ritten, entschädigte sie umso mehr. Auf dieser Seite des Heerlagers war die Natur zwar nicht so üppig wie im Waldgürtel. Dennoch schien es der letzte lebenswerte Teil einer sterbenden Welt zu sein. Mal ritten sie durch eine karge Steppe, die sich bis an den Horizont dehnte und dann wieder durch hohe Wiesen, auf denen das Gras bis an die Bäuche der Pferde reichte. Manche dieser Wiesen waren gelb und vertrocknet, andere noch grün, wenn auch mit dürren Gräsern bestanden, die in den Mäulern der Pferde knirschten.

Gegen ihren Hunger erlegten sie die räuberischen Vatus, die sich nachts auf Beutetour um ihr Lager schlichen. Das Raubtierfleisch schmeckte zäh und herb und musste lange braten, ehe es überhaupt genießbar war. Doch gemeinsam mit den essbaren Gunkiwurzeln, die sich hier überall ausgraben ließen, war es fast ein Festmahl.

Am schönsten erschienen ihm jedoch die Waldstücke, die sich immer wieder zwischen die Wiesen schmiegten, hohe Bäume, die noch grün waren und sich stolz zum Himmel reckten. In diesen Wäldern konnten sie jagen. Wilde Schweine bevölkerten das Unterholz, nicht ungefährlich bei der Jagd, aber schmackhaft nach dem Braten. Selbst eines der zarten Karis konnten sie erlegen, das mit seiner Herde auf einer Lichtung weidete und als letztes übrig blieb, während seine Artgenossen auf schlanken Beinen davonhetzten.

Es war ein Ritt, auf dem Tailin spürte, dass das Leben nicht nur aus Krieg bestehen musste. Nicht ein Feind kreuzte ihren Weg. Weder die bewaffneten Rebellen noch friedliche Faruaner. Über weite Strecken schien es, als wären sie allein auf der Welt.

Einzig die Dörfer hätte Tailin am liebsten gemieden. Ehemalige Ortschaften, deren Hütten leerstanden, manche von ihnen verbrannt, andere geplündert und zertrümmert. Alles von Wert war diesen Dörfern entrissen worden, allem voran die Menschen, die hier gelebt hatten. Wer sich wehrte oder versteckte, war bei den Überfällen getötet worden, wer sich ergab, den hatten sie in den Dienst von Sapion verschleppt: in die Wasserbergwerke und Landwirtschaftskolonien, ins Heerlager und als Dienstboten in die reichen Häuser von Sapion. Mädchen wie Nureen, die jetzt als Sexsklavinnen dienten.

Tailin selbst war dabei gewesen, als junger Krieger. Als der Faruafeldzug begann, war er gerade zwölf Blutjahre alt gewesen. Auf einen Sonderbeschluss hin waren in jenem Jahr auch schon Elf- und Zwölfjährige einberufen worden. In einem Dörferkampf hatten sie ihn initiiert. Sinnloser Mord an unschuldigen Menschen war das Erste, was er als Soldat getan hatte. Fast hatte er das alles vergessen. Aber in diesen Nächten, zwischen Wiesen und Wäldern und geplünderten Dörfern, fielen die Erinnerungen über ihn her. In seinen Träumen trug er die Fackel in der Hand, hörte den Befehl und warf sie auf Strohdächer. Es gab keine Chance, dem Befehl zu entrinnen, nur Gehorsam oder den eigenen Tod.

Er war zu jung gewesen, um den Tod zu wählen, noch zu ängstlich an dieses Leben geklammert, das doch gerade erst begonnen hatte. Also hatte er getötet, wie es von ihm verlangt wurde, Männer und Frauen, Alte und Junge. Kinder. Er hatte Kinder getötet, die in den Häusern schliefen.

Nacht für Nacht schreckte er aus den Träumen hoch, wischte sich den Schweiß von der Stirn und konnte das Grauen dennoch nicht verdrängen. Er hatte schon zu viele Fehler gemacht, zu viele Leben genommen. Jetzt war es an der Zeit, etwas zurückzugeben, sein Leben aufs Spiel zu setzen, um andere zu retten. Um ganz Ruann zu retten.

Nach zwei Tagen kamen die Berge von Pamal in Sicht. Das Land wurde hügelig, bewaldete Kuppen wechselten sich ab mit fruchtbaren Tälern. Jede Biegung, um die sie ritten, förderte eine neue, unbekannte Landschaft zutage. Je näher sie der Grenze kamen, desto häufiger entdeckten sie Wasser. Oberflächenwasser. Einen See, der sich zwischen Waldrand und Wiesen schmiegte. Im Grunde war es nur noch ein vermoderter Rest von dem, was er einst gewesen war. Dennoch stürzten sich die Krieger darauf wie Kinder, rannten durch die trockengefallene Uferzone und ließen sich vor dem Wasserspiegel auf die Knie fallen. Sie tranken daraus, bis ihre Bäuche schmerzten, und warfen sich mitsamt ihrer Kleidung hinein. Keiner von ihnen konnte schwimmen, und doch schafften sie es, nicht zu ertrinken. Danach saßen sie lachend am Ufer und entzündeten ein

Feuer, an dem sie ihre Kleider trockneten und das restliche Karifleisch brieten.

Wie Kinder … Schon wieder hatte Tailin diesen Gedanken. Als hätte ein Teil von ihm wieder Zugriff auf die verlorenen Erinnerungen. Woher stammte er? Wer waren seine Eltern? Von wo hatten die Sapioner ihn verschleppt, bevor er ins Rekrutenlager gekommen war?

Einen Tag später erreichten sie die Grenze. Es gab keine Grenzsteine, die den genauen Verlauf markierten. Doch irgendwo am Fuß der Berge musste sie liegen.

Die Bergkette von Pamal war gewaltig. Die Gipfel schienen bis in den Himmel zu reichen, und Tailin musste seinen Kopf in den Nacken legen, um hinaufzusehen. An ihrem unteren Teil waren die Berge noch mit Bäumen bewachsen, darüber zeigte sich eine grüne Zone, und von da ab waren sie grau und karg, schroff und abweisend.

Es würde nicht leicht sein, ins Gebirge zu fliehen. Wege oder Pfade zu finden, war reine Glückssache. Wahrscheinlich würde er das Pferd zurücklassen müssen, um allein über Felsen zu klettern. Ohne ein genaues Ziel, ohne zu wissen, auf welchen Routen er am leichtesten über die Berge gelangte, ohne den blassesten Schimmer, wo er auf einen der Pameli treffen würde. Er wusste ja nicht einmal, wie viel Proviant er mitnehmen musste, um unterwegs nicht zu verhungern und zu verdursten. Es war eine dumme Idee gewesen, von hier aus zu desertieren. Vermutlich wären seine Chancen im Waldgürtel von Farua größer gewesen.

Doch nun war es zu spät. Er konnte nicht ins Heerlager zurückkehren. Gut möglich, dass er in den Bergen von Pamal jämmerlich sterben würde, ohne seine Botschaft überbracht zu haben. Aber wenn er ins Heerlager zurückkehrte, würde er mit Sicherheit sterben, am Schandpfahl angekettet, unter höllischen Schmerzen, in seinem Blut, das wie Urin an seinen Beinen herabströmte.

In diesen Tagen an der Grenze zu Pamal, während sie ihre Einsätze planten, Karten studierten und die ersten Erkundungstouren ritten, spürte Tailin den Funken, den er in Nureens Augen gesehen hatte: Überleben!

Der Funke verdrängte seine Angst, und bald schon fand er sich in dem Schatten der Berge zurecht. Wenn ihre Pläne besprochen wurden, hörte er aufmerksam zu. Er stellte Fragen und prägte sich die Karten ein, wann immer der Offizier es ihnen erlaubte. Auf manchen waren Pfade eingezeichnet, die in die Berge hineinführten, und Tailin versuchte, sie auf den Erkundungsritten zu finden. Mit dem bloßen Auge waren sie kaum zu erkennen, vermutlich, weil sie von niemandem benutzt wurden. Vielleicht hatten die Faruaner in früheren Zeiten mit den Pameli gehandelt. Doch seit dem Krieg wagte sich kaum noch jemand über diese Wege. Zumindest niemand, der von Farua aus in die Berge kletterte. Umgekehrt sah es womöglich anders aus.

Dieser Gedanke verschaffte Tailin seine rettende Idee: Sie waren hier, um die Pläne der Pameli auszukundschaften, um zu sehen, ob sie an dieser Grenze aktiv waren und einen Angriff von hinten planten. Aber von unterhalb des Berges ließ sich nichts erkennen. Wenn überhaupt, dann konnten die Pameli aus der Vogelperspektive ihre kleine Kriegergruppe sehen, die hier unten hin und her ritt.

Nein, wenn sie etwas über die Grenzaktivitäten der Pameli erfahren wollten, mussten sie die Wege unter die Lupe nehmen. Ein riskantes Unternehmen. Bislang waren sie auf ihrer Seite der Grenze geblieben, um nicht den Angriff einer versteckten Raubkatze zu riskieren. Nur Tailin wollte über die Grenze. Möglichst bald, möglichst allein, möglichst so, dass die anderen ihn nicht so schnell vermissen würden. Am besten also mit einem Auftrag.

Er machte den Vorschlag während ihrer nächsten Besprechung. Nur in einer kleinen Runde saßen sie beisammen, ihr

Kommandeur, fünf weitere Krieger und Tailin. Sie hockten auf Holzstämmen am Rand ihres Lagerfeuers und beugten sich über die Karten, während der Rest ihrer Truppe zu einer weiteren Erkundungstour entlang der Grenze aufgebrochen war.

Sie mussten über die Grenze, diese Erkenntnis war unausweichlich. Tailin musste nur die Gesichter der anderen sehen, um zu wissen, dass sie alle das Gleiche dachten. Aber keiner wollte den Gedanken aussprechen, aus Angst, dass er derjenige sein würde, der den Plan umsetzen musste.

Tailin wartete, bis alle anderen ihre Ideen beigetragen hatten. Nur der Kommandeur hatte noch nichts gesagt. Karer war ein ungewöhnlicher Offizier, nicht nur, weil er es für einen Krieger aus der Handwerkerkaste zu einem ungewöhnlich hohen Offiziersrang gebracht hatte – nein, auch seine Männer behandelte er nicht von oben herab. Ganz im Gegenteil, oft holte er erst die Lageeinschätzung seiner Soldaten ein, ehe er Entscheidungen traf und Befehle gab. Auf diese Weise nutzte er nicht nur das körperliche, sondern auch das strategische Potential seiner Krieger. So war es auch dieses Mal, und nachdem alle anderen gesprochen hatten, sah er zu Tailin.

Dies war seine Chance! Tailin richtete sich auf seinem Baumstamm auf und sah in die Runde. »Soweit ich das sehe, kommen wir auf dieser Seite der Grenze nicht weiter. Wenn wir wissen wollen, ob die Pameli etwas planen, müssen wir wohl oder übel ins Gebirge.«

Die Männer wurden unruhig. Ihre Füße scharrten über die Steine, jemand räusperte sich, und sie alle schauten betreten nach unten. Nur Karer nickte ihm zu, als hätte er auf diese Einschätzung gewartet.

»Ich denke allerdings nicht, dass wir im ganzen Trupp durch die Berge klettern sollten«, fuhr Tailin mit gesenkter Stimme fort. »Damit wären wir zu auffällig.« Er beugte sich nach vorne und schaute auf die Karte. »Sinnvoller wäre es, wenn nur einer geht. Aber nicht, um nach den Posten der Pameli Ausschau zu halten, auch nicht, um über die Berge zu klettern und zu sehen, was dahinter ist, sondern erstmal, um die Wege zu begutachten.« Er streckte seinen Finger auf die Karte und zeichnete einen der Pfade nach. »Wenn die Pameli von dieser Seite aus eine größere Aktion planen, müssen sie ihre Wege benutzen, und den Pfaden im Grenzwald dürfte man es ansehen, ob sie oft, selten oder nie benutzt werden.«

Karer gab ein leises Schnalzen von sich. »Ein sehr guter Gedanke, Soldat. Damit können wir arbeiten.« Er beugte sich ebenfalls über die Karte, betrachtete die Wege und deutete dann auf einen davon. »Wenn unsere Karte richtig ist, dann dürfte das hier ihr Hauptweg sein, der sich auch jenseits des ersten Gebirgszuges fortsetzt. Unsere Karte ist zwar alt, aber sie stammt von den Faruanern, die früher Handelsbeziehungen mit den Pameli hatten. Ich gehe davon aus, dass dieser Weg früher oder später in ihre Siedlungsgebiete führt. Daher sollte er als Erstes überprüft werden. Andererseits …« Er sah von einem Mann zum anderen und blieb dann bei Tailin hängen. »… gehe ich davon aus, dass dieser Weg am stärksten bewacht wird. Daher ist das eine ausgesprochen riskante Mission. Eigentlich würde ich gerne zwei Männer schicken, die sich gegenseitig Rückendeckung geben, aber …« Düsterer Ernst überzog seine Miene. »Ich gehe davon aus, dass unser Mann nur dann zurückkommt, wenn die Pameli ihre Grenze nicht bewachen. Andernfalls dürfte unser Kundschafter umgebracht oder gefangen genommen werden. Für den Fall der Gefangenschaft erwarte ich den Freitod. Eine entsprechende Giftkapsel habe ich in meinem Gepäck. Wir haben hier also eine Märtyrermission.« Er sah noch einmal von einem zum anderen. »Gibt es einen Freiwilligen, der diese Mission übernehmen will? Jemand, der den Mut und die Ehre besitzt, sich im Namen Sapias für unser Land zu opfern?«

Tailin schauderte. Sein Plan schien aufzugehen. Die anderen schauten noch immer zu Boden, nur das Füßescharren war verstummt. Keiner von ihnen sah so aus, als wolle er sein Leben in Märtyrerehre beenden. Auch er selbst durfte sich nicht anmerken lassen, wie gern er diesen Auftrag übernehmen wollte. Also wartete er, hoffte darauf, dass er die Männer richtig einschätzte, und erwiderte als Einziger den Blick des Kommandeurs. Karer hob in einer ironischen Geste die Augenbrauen.

Jetzt war es so weit. Der richtige Moment, um sich zu melden. »Ich denke …« Tailins Stimme klang rau. »Da ich diesen Vorschlag gemacht habe, fühle ich mich verpflichtet. Wenn sich niemand findet, der es auf sich nehmen will …« Mit einem Mal kroch ihm die Angst in den Nacken. Was er vorhatte, war in jedem Fall eine Märtyrermission, auch wenn er insgeheim für die andere Seite kämpfte. Für einen winzigen Moment hoffte er, dass sich doch noch jemand anderes meldete.

Aber nichts dergleichen geschah. Tailin straffte die Schultern und sah Karer in die Augen. »Demnach werde ich es wohl machen.«

Der Kommandeur lächelte. »Sehr gut, Soldat, sehr gut!« Sein Tonfall klang geschäftsmäßig. »Ich mag es, wenn Männer Verantwortung übernehmen.« Er beugte sich wieder über die Karten, überlegte kurz und zeichnete dann eine Handvoll Punkte auf den Weg. »Wir machen es folgendermaßen.« Er deutete auf den Beginn des Pfades. »Du gehst in der Nacht, kurz bevor Sapia untergeht, damit du ihre Grenze erst in der Dunkelheit übertrittst. Aber wir führen die Aktion nicht in einer Nacht durch, sondern in mehreren Nächten hintereinander.« Er zeigte auf den ersten Punkt, der direkt oberhalb des Waldes lag: »In der ersten Nacht gehst du bis hier, also nur bis an die Baumgrenze, und kehrst dann um. Auf dem Weg sammelst du alle Informationen, die du finden kannst: Fußabdrücke, Haarbüschel, die darauf hindeuten, dass der Weg vor Kurzem benutzt wurde, oder Pflanzen, die den

Weg überwuchern und uns zeigen, wie lange er schon brachliegt. Diese Informationen bringst du dann zu mir zurück, ruhst dich den Tag über aus und gehst in der nächsten Nacht bis zum zweiten Punkt.«

Tailin hielt seinen Blick auf die Karte gesenkt, während Karer ihn von der Seite prüfte: »So geht es dann weiter, verstanden?«

Tailin nickte. »Ja, ich habe verstanden.«

So würde es also weitergehen. So lange, bis er nicht mehr zurückkehrte.

***

Tailin ging mitten in der Nacht. Als er aufbrach, lugte Sapia noch über die Wipfel der Berge. Doch noch bevor er die Grenze übertrat, sank die Blutsonne hinter die Höhenzüge, und die Berglandschaft lag in Finsternis vor ihm.

Zusätzlich hatte Tailin das Schwarz seiner Kleidung mit Kreide abgerieben, um sich im Grau der Felsen zu tarnen. Nicht für die Katzen, die ihn ohnehin erkennen würden, sondern für Karer und seine Leute, die ihn nicht sehen sollten, wenn er oberhalb des Waldes in die Berge kletterte. Gleich in der ersten Nacht würde er desertieren. Das Risiko war zu groß, dass seine Aktion in den Folgetagen abgesagt wurde. Also musste er sofort handeln. Wenn er bereits auf der ersten Etappe verschwand, hätte das zwar den Nachteil, dass die Krieger ihn spätestens nach der Hälfte der Nacht vermissten. Dennoch konnte er sicher sein, dass sie ihn nicht suchen würden. Sie würden glauben, die Katzen hätten ihn bereits im Grenzwald erwischt, also genau dort, wo die Pamuschkrieger ihre Aktivitäten am besten vor den Blicken der Sapioner verbergen konnten.

Tailins größtes Problem bestand darin, dass vermutlich genau das tatsächlich geschehen würde.

Er machte sich keine Illusionen über die Nachtsichtfähigkeit der Katzen. Die Dunkelheit der Nacht tarnte ihn nur vor seinen eigenen Männern.

Karer und einige der Krieger klopften ihm auf die Schultern, als er ging, und wünschten ihm Glück. Kurz darauf war er allein. Nur eine Wegbiegung vom Lager entfernt holte er sein Gepäck aus dem trockenen Gebüsch, in dem er es am Tag zuvor verstaut hatte. Es war nicht viel, nur Proviant für wenige Tage und ein dünnes Schlaffell, das er heimlich beiseitegeschafft hatte. Offiziell hätte er niemals Gepäck auf diese Mission mitnehmen können, aber wenn er in den Bergen überleben wollte, brauchte er wenigstens das.

Doch zunächst musste er die ersten Schritte überleben. Ehe er den Berg und den Rand des Grenzwaldes erreichte, galt es, ein trockengefallenes Flussbett zu durchqueren. Noch nie waren sie auf ihren Patrouillen so nah an das Gebirge herangeritten, und er vermutete, dass die Grenze hier verlief. Was danach geschehen würde, war ungewiss. Womöglich wurde er längst beobachtet. Die Pamuschkrieger waren gut darin, sich zu tarnen, vielleicht lauerten sie nur darauf, dass einer von ihnen ihr Revier betrat.

Tailins Herz wollte sich vor Hast überschlagen, während er über das letzte Rinnsal in der Mitte des Flussbettes sprang. Plötzlich kam es ihm vor, als wäre der Raubtiergeruch überall, in der warmen Luft, die der Berg abstrahlte, in dem Wind, der vom Wipfel herabwehte. Oder war es albern, ausgerechnet jetzt Angst zu haben? Jeden Tag in den letzten zehn Jahren war er im Waldgürtel von Farua im Einsatz gewesen. Unzählige Male hatte er gegen die Pamuschkatzen gekämpft, und noch häufiger hatte er ihre Gegenwart rechtzeitig bemerkt, um sich und seine Kameraden zu retten.

Er musste nur auf seinen Instinkt vertrauen. Und er durfte sich nicht einschüchtern lassen, weil er dieses Mal gleich zwei Feinde besaß: den Feind im Rücken, der noch nicht wusste, dass er nicht länger auf seiner Seite stand, und der Feind vor ihm, der wohl kaum damit rechnete, dass Tailin zu ihm überlaufen wollte. Immer wieder musste er sich den Schweiß von der Stirn wischen, während er auf den Wald zulief. Die Katzen würden seinen Angstschweiß schon von Weitem riechen.

Kurz darauf erreichte er den Wald am Fuß des Berges. Dunkel und dicht schlossen sich die Blätter über ihm. Der Wald an diesem Berg war anders als der Waldgürtel im Kampfgebiet. Die Bäume waren kleiner, gedrungen und schief von dem Wind, der beständig vom Gipfel herabwehte. Das Laub war trocken und rauschte in einem wogenden Takt, so laut, dass jegliche Geräusche darunter verloren gingen.

Auch der Pfad war kaum noch als solcher zu bezeichnen. Pflanzen wucherten von allen Seiten darüber, bis Tailin sich fragte, ob er den Weg nicht längst verlassen hatte. Immer dichter schlossen sich die Baumstämme um ihn, bis er glaubte, in der Enge kaum noch atmen zu können. Er bemühte sich, seine Sinne aufzuspannen, nach den Pamuschkatzen zu forschen, die er sonst so zuverlässig spüren konnte.

Doch um ihn herum schien niemand zu sein. Nur die Dunkelheit.

Oder nahm er sie nicht wahr? War er zu aufgewühlt, um seine Sinne zu gebrauchen?

Die Finsternis wurde immer dichter, bis er nicht mehr sehen konnte, wohin er trat. Immer wieder stolperte er über Gestrüpp, rappelte sich auf und stapfte weiter. Einfach nur bergauf. Immer weiter in das Land hinein, dessen Freund er werden wollte. Wenn sie ihn ließen.

Eine merkwürdige Müdigkeit überfiel seinen Körper, seine Füße knickten ein, Bilder zuckten vor seinen Augen. Kaylen am Schandpfahl, das Blut an seinen Beinen. Gleich darauf Nureen, der Funke in ihren Augen. Überleben!

Nur noch das: Überleben!

Rote Haare, das Gesicht einer Frau. Seine Mutter …

Etwas ging nicht mit rechten Dingen zu. Er konnte nicht mehr denken, sich nicht konzentrieren. Wie lange schleppte er sich schon voran? War es noch Nacht oder längst wieder Tag? Ging er noch bergauf oder immerzu im Kreis? Der Boden zog ihn an. Warum legte er sich nicht einfach hin?

Überleben! Der Funke trieb ihn weiter, hielt ihn aufrecht. Er durfte sich nicht hinlegen. Wenn er nachgab, würde er sterben.

Plötzlich endete der Wald und entließ ihn ins Hochland. Die drei Monde von Ruann standen am Himmel. Sapionas und seine beiden kleineren Gefährten. Trockenes Gras wogte im Silberlicht auf den Berghängen, durchsetzt von Geröll und Felsen, die sich lose übereinandertürmten. Den Pfad hatte er längst verloren. Falls es ihn überhaupt noch gab.

Aber die Katzen hatten ihn nicht gefangen. Was auch immer die Pameli taten, um ihre Grenze zu bewachen, von ihren Kriegern war niemand in diesem Wald. Oder hatten sie ihn schon längst ausgespäht? Warteten sie auf einen besseren Moment?

Tailin kraxelte weiter, beugte sich nach vorne, um nicht rückwärts den Berg hinabzurutschen. Kurz darauf musste er sich an den Steinen festhalten und fing an zu klettern, immer steiler. Er hätte den Weg suchen sollen! Hätte zumindest besser überlegen sollen, welches die flacheste Route war, die ihn nach oben führte. Diese hier führte ihn geradewegs auf eine Steilwand zu.

Tailin wagte nicht mehr, zurückzusehen. Auch so konnte er den Abgrund unter sich spüren, die Tiefe, in die er hinabstürzen würde, wenn er den Halt verlor. Er würde in diesen Bergen sterben. Würde die Kontrolle verlieren und in die Tiefe stürzen.

Wie durch ein Wunder erreichte er einen Absatz. Er kletterte über die Kante, ließ sich auf die kleine Plattform fallen, die sich hier an den Felsen schmiegte, und vergrub den Kopf in seiner Armbeuge. Sein Atem keuchte, seine Glieder zitterten. Er lebte! Doch die Frage war, wie lange noch.

Die Haare an seinen Armen stellten sich auf, sträubten sich so plötzlich, dass er auffuhr. Er wollte die Pamuschkatze zumindest sehen, ehe sie angriff. Braunes Fell wirbelte vor seine Augen, etwas riss an seiner Schläfe, und ein Ruck schleuderte ihn beiseite.

Der Schmerz kam zuerst. Dann die Dunkelheit.

13. Kapitel

Bergland von Sapion, Oase »Walis«

DORGEN

Feyla kämpfte anders als ein Mann. Sie war deutlich kleiner als er, und ihr fehlte die Kraft, um wuchtige Schläge auszuführen. Doch im Gegenzug war sie wendig und schnell, duckte sich unter seinen Hieben und griff ihn von unten an. Dorgen hatte ihre Stärken schnell erkannt. Sie war eine Akrobatin, und ihr Körper war bis ins Letzte durchtrainiert und beweglich. Staunend hatte er zugesehen, wie sie Räder und Flickflacks schlug, wie sie sich ewig lang auf den Händen halten konnte oder ihre Beine im Spagat dehnte. Diese Fähigkeiten im Kampf zu nutzen, wäre ein Vorteil, mit dem sie jeden Gegner verwirren würde. Doch in der Praxis mussten sie jedes akrobatische Manöver erst entwickeln und so abstimmen, dass sie dadurch nicht nur Energie verschwendete, sondern auch einen Vorteil gewann. Immer wieder mussten sie stoppen und eine Situation wiederholen. Dass sie ihre Hände für das Schwert und den Schild brauchte, schränkte sie in vieler Hinsicht ein – ein Problem, für das er noch keine Lösung gefunden hatte. Vielleicht, wenn sie beide ohne Waffen kämpfen würden, doch im Kampf mit einem Krieger wäre das unwahrscheinlich.

Seit mehr als zwei Monaten trainierte Dorgen nun schon mit ihr. Aber trotz ihres Talentes würde es noch einige Zeit brauchen, ehe sie gegen einen erfahrenen Krieger auch nur den Hauch einer Chance hatte. Auch jetzt stand sie nach einem vergeblichen

Angriff so vor ihm, dass er sie mit einem einzigen Schwerthieb töten könnte.

»Stopp!«, rief er und wartete, bis Feyla sich keuchend vor ihm aufrichtete. »Du hast mir gerade deinen freien Rücken dargeboten. Ich hätte dich mühelos umbringen können. Versuch diesen Angriff nochmal. Aber wenn du merkst, dass du scheiterst, versuch, dich unter mir wegzurollen und von hinten noch einmal anzugreifen.«

Feyla nickte und biss sich auf die Unterlippe. »Ich probiere es.« Sie trat einen Schritt zurück, zielte noch einmal auf seine Beine und klappte sich gleich darauf zu einem winzigen Päckchen zusammen, das an ihm vorbeirollte und hinter ihm verschwand.

Dorgen war versucht zu lachen, wirbelte dann aber herum, damit sie ihn nicht sofort von hinten erwischte, gerade rechtzeitig, um einem erneuten Schlag auf seine Beine auszuweichen. »Sehr gut!«, rief er im Zurückspringen.

Feyla stieß nur ein kurzes Jubeln aus, ehe sie weiterkämpfte wie ein kleiner Katzendämon. Ihr zarter Körper wirbelte um ihn herum, ihre Lockenmähne leuchtete im Rotlicht der beiden Sonnen und der Schweiß glänzte auf ihrer Haut.

Doch ihre Hiebe waren zu schwach, um ihm ernsthaft gefährlich zu werden, und je mehr Akrobatik sie anwandte, desto defensiver wurde ihr Kampf. »Versuch anzugreifen, sobald du ausgewichen bist! Du bist schnell. Aber um mich zu schlagen, musst du schneller werden.«

Feyla knurrte zwischen ihren Zähnen hindurch. Ihre Bewegungen wurden immer langsamer.

Bis zum ersten Treffer! So hatten sie ihr Ziel für diesen Kampf definiert. Bislang hatte er sich zurückgehalten und so einige Gelegenheiten ausgelassen, in denen er sie hätte schlagen können. Aber inzwischen wurden sie beide müde.

Rabanus und Sapia brannten erbarmungslos auf sie herab,

und der Gedanke, etwas zu trinken, wurde mächtiger als die Kampfschreie seiner Gegnerin. Nur wenige Mannslängen von ihnen entfernt lagen der Wasserfall und das Wasserbecken, in das er mündete.

Als sich die nächste Lücke in Feylas Deckung auftat, beschloss Dorgen, der Sache ein Ende zu bereiten. Er stach sein Holzschwert unter ihrem Arm hindurch, bremste im letzten Moment ab und touchierte ihre linke Brustseite. »Gewonnen!«

Feyla hielt überrascht inne, schaute an sich herab und streckte dann die Arme zu beiden Seiten. In einer theatralischen Geste ließ sie ihr Holzschwert und das Schild los, sackte auf die Knie und fiel nach hinten, als wäre sie tot.

Dorgen musste lachen. Sie trug ihre lederne Reithose und darüber ein Hemd, das beinahe aussah wie ein Männerhemd, nur dass es schmaler geschnitten war. Für den Fall, dass sie mit stumpfen Trainingsschwertern aus Eisen kämpften, müsste er ihr lederne Armmanschetten, Beinschützer und ein Kettenhemd besorgen. Eine Lederrüstung wäre noch besser, doch für ihre Figur würde er selbst auf dem Waffenmarkt in Anmare keine bekommen.

Feyla öffnete die Augen, blinzelte ihm zu und grinste. Ihre Locken lagen zerzaust im Gras, ihr Hemd prägte sich in dunklen Konturen über ihren Körper.

Dorgen beugte sich über sie, streckte ihr die Hand entgegen und zog sie hoch. Alles an ihr war nass: ihr Gesicht, ihre Arme, das Hemd, das sich beinahe auswringen ließ. Selbst in dem Schwarz ihrer Locken glänzte der Schweiß. Er selbst fühlte sich genauso klebrig, während der Wasserfall immer lauter neben ihnen herabsprudelte.

Dorgen hielt es nicht länger aus. »Es ist eine Schweinehitze hier unten im Süden. Das Klima in Farua ist deutlich kriegsfreundlicher, selbst während der Tagwechsel- und der Doppelsonnenzeit.« Er trat von Feyla zurück, hob sein Hemd an und wedelte Luft darunter. »Lass uns zum Wasser gehen. Was trinken … und baden.«

Feyla streifte die Hose von ihren Beinen, schob sich ihr Hemd über den Kopf und stand nackt vor ihm. Nur ein Blinzeln später rannte sie los, preschte in den Teich und ließ sich ins Wasser fallen.

Dorgen beeilte sich, zog das Hemd aus, löste die Schnürungen seiner Hose und rannte ihr nach. Das Wasser spritzte um ihn herum, er ließ sich fallen und öffnete den Mund, saugte das Wasser in großen Zügen ein, bis sein Bauch so voll war, als wolle er platzen.

Feyla lachte, als er zu ihr ging. Rückwärts zog sie ihn mit sich, bis der Wasserfall auf sie herabrauschte. Ihr Körper fühlte sich weich und fest an, schmal und zart und dennoch voller Kraft. Ihre Hände bewegten sich auf seinem Rücken, ihr Mund fand seinen und küsste ihn unter dem Wasserfall, bis es unmöglich wurde, im strömenden Wasser zu atmen.

Feyla zog ihn rückwärts an die Felswand. Hier waren sie getarnt hinter dem silbrigen Vorhang. Ihre Arme schlossen sich um seinen Nacken, und ihre Beine schlangen sich um seine Hüfte. Warm und gierig presste sie sich an ihn. Er wollte sie! Jetzt und hier, fasste ihren Po und drängte sich vor, bis ihre Hitze ihn umschloss.

Feyla stöhnte auf, klammerte sich an ihn und bewegte sich in kleinen Kreisen. Sie leckte das Wasser von seiner Haut, an seiner Schulter, in seinem Nacken. In Wellen zog die Berührung durch seinen Körper. Er trug sie näher an die Felswand, drückte sie dagegen, bis sie sich nach hinten lehnte. Der Fels war rund geschliffen vom Wasser und überwachsen mit weichem Moos. Feylas Oberkörper fand Halt an einer Schräge, ihre Hände lösten sich von ihm und krallten sich in das nasse Grün. Nur ihre Beine klammerten sich noch um ihn, ihre Hüfte streckte sich ihm entgegen. Bis zu ihrem Bauchnabel lag sie im Wasser, kleine Wellen umspülten ihre Brüste.

Dorgen konnte nicht länger an sich halten, musste sich in ihr bewegen, immer schneller, bis die Wellen seinen Rhythmus schlugen. Allein ihr Anblick schürte seine Gier, die Art, wie sie den Kopf zurücklegte und den Mund öffnete, das Schaukeln ihrer Brüste und ihr schmales Becken, das er mit den Händen umfasste und an sich zog. Ihr Stöhnen verschmolz mit seinem, hallte wider von den Felsen und dem Vorhang aus Wasser.

Feylas Schrei war der erste, der sich löste, ihre Hüfte presste sich gegen ihn und hielt für einen Moment inne. Nur in ihrer Tiefe spürte er das Zucken. Es trieb ihn in die Höhe, Stufe um Stufe, bis seine Stimme explodierte und sich mit dem Rauschen des Wassers vereinte.

Als der Hall ihrer Stimmen verklungen war, blieb nur noch der Lärm des Wasserfalls. Dorgen ließ sich über sie sinken, küsste ihren Mund und lehnte sich neben ihr an die Schräge. Einzig seine Hand konnte nicht von ihr lassen, liebkoste ihre Brüste, ihren Bauch, die Hitze zwischen ihren Beinen.

Feyla lachte leise. »Du solltest damit aufhören«, flüsterte sie. »Sonst will ich dich gleich noch einmal.«

Dorgen lächelte zurück. »Vielleicht will ich dich ja auch noch einmal. Ich bräuchte nur eine klitzekleine Pause.«

Ihre Augen funkelten. Ein gefährliches Flämmchen flackerte darin. »Ich bin nicht deine einzige Frau. Wenn wir gleich zurückkommen, stürzen sich die anderen auf dich.« Ihr Tonfall klang verändert, wirkte süß und bitter zugleich.

Ihre Eifersucht stach in sein Herz. Was konnte er dafür, dass es so war? Er beugte sich noch einmal zu ihr und küsste ihren Mund. »Wenn es nach mir ginge, gäbe es nur dich.«

Feylas Augen wurden traurig. »Vielleicht. Vielleicht auch nicht. Womöglich sagst du den anderen das Gleiche.«

Dorgen zog seine Hand zurück, richtete sich auf und wandte sich von ihr ab. »Das ist Unsinn, und das weißt du!« Er musste sich zusammenreißen, um sie nicht anzuknurren. Niemals hätte er geglaubt, dass er eine Frau so lieben könnte. Dass es möglich wäre, in den Häusern Sapions ein Mädchen zu finden, das so war wie sie, wild und unbezähmbar, eine kämpfende Reiterin mit dem Kopf eines Akademikers und mit einem Körper, den er nur ansehen musste, um sie zu wollen. Er konnte kaum genug von ihr bekommen, könnte sie dreimal am Tag lieben, oder fünfmal oder die ganze Nacht. Aber sie war nicht seine einzige Frau, und er musste seine Ehe mit allen fünf vollziehen. Es war schon schlimm genug, dass die anderen wussten, wen er am liebsten mochte.

»Immerhin sind die anderen schwanger. Und ich nicht.« Feyla klang verletzt. Mit matter Haltung lehnte sie am Felsen.

»Schejma ist auch noch nicht schwanger«, flüsterte er zurück.

Wieder glomm der Funke in ihren Augen. Scharfe Eifersucht stach aus ihren Worten. »Miljuna scheint noch wilder auf dich zu sein, seit sich ihr Bauch rundet. Und du gehst trotzdem noch zu ihr. Fühlt es sich geil an, mit einer schwangeren Frau zu schlafen?«

Dorgen schnappte nach Luft. Er wandte sich von ihr ab und schaute auf das Glitzern des Wassers. Tatsächlich fühlte es sich aufregend an. Mit gierigem Hunger stürzte sich Miljuna auf ihn und spielte die neuen Reize ihres Körpers aus.

»Oder wie ist es mit kleinen Mädchen?«, setzte Feyla hinzu. »Das gefällt dir doch auch!«

Dorgen fuhr zu ihr herum und zeigte mit dem Finger auf sie. »Hör auf damit, Feyla! Ich bin mit euch allen verheiratet, ich muss das tun. Ob es mir gefällt, ist dabei unerheblich. Ehrlich gesagt, bin ich froh, dass es mir gefällt, denn sonst wäre es …« Er wollte sich nicht vorstellen, wie es wäre. Es war auch so schon schlimm genug, sich zwischen den Mädchen zu zerreiben. Die Eifersucht traf ihn von allen Seiten. Doch Feylas Eifersucht schmerzte am meisten.

Seine Lieblingsfrau senkte den Kopf, nickte ergeben und ließ sich ins Wasser gleiten. Ohne weitere Worte wollte sie an ihm vorbeischwimmen.

Dorgen hielt sie am Arm und zwang sie, sich vor ihn zu stellen. »Machst du dir Sorgen, weil du noch nicht schwanger bist?«

Blanke Traurigkeit glänzte in ihren Augen. »Wenn es bis zum Ende des Jahres nichts wird …« Sie brach ab.

Dann musste er sie in die Wüste verstoßen. Dorgen kannte das Gesetz. Zu viele Frauen in Sapion waren unfruchtbar. Es gab Gerüchte darüber, dass viele wie Männer aussähen, ein Ergebnis der starken Auslese, in der nur die stärksten Krieger überlebten. Manch ein Mann sollte so stark sein, dass selbst seine Töchter zu Mannsweibern wurden. In den Eheschlafzimmern waren solche Frauen nur im Weg, kosteten unnütze Zeit und Ressourcen. Mit diesen Worten hatte sein Schwiegervater ihn nach der Hochzeit belehrt und ihm eingeschärft, dass er seine Ehepflichten ernst nehmen sollte.

Feyla musste so schnell wie möglich schwanger werden. Und Schejma ebenfalls. Viel zu selten war er zu ihr gegangen, seitdem er sich in Feyla verliebt hatte.

»Vielleicht liegt es ja daran, dass ich so viel kämpfe.« Sie durchbrach seine Gedanken. »Vielleicht kann mein Körper nicht schwanger werden, wenn ich so viel Einsatz von ihm fordere.« Sie zeigte auf die Stelle an ihren Rippen, die er vorhin mit dem Holzschwert touchiert hatte. Inzwischen färbte sie sich blau.

Dorgen betrachtete ihren Oberkörper, alles, was er im Wasser davon sehen konnte. Die blauen Flecken waren überall. Manche noch frisch und blau, andere bereits grünlich oder gelb. Er wollte es nicht zugeben, aber der Gedanke lag nahe, dass sich ihr Körper gegen eine Schwangerschaft sperrte, solange sie jeden Tag kämpfte. »Du bist ziemlich gut geworden. Vielleicht sollten wir es ruhiger angehen lassen. Zumal dein Vater in den nächsten

Tagen von seiner Reise zurückkehrt. Er wäre sicher nicht begeistert, wenn er uns beim Kämpfen erwischt.«

Feyla nickte traurig. Dann ließ sie sich wieder ins Wasser gleiten, schwamm an ihm vorbei und watete ans Ufer.

Dorgen seufzte. Wenn sie zum Abendessen zurück sein wollten, mussten sie bald gehen. Er schwamm hinter ihr her, kletterte aus dem Wasser und setzte sich neben sie ins Gras. Sie hatten saubere Kleidung mitgenommen, aber nichts, um sich abzutrocknen. Während die beiden Sonnen ihre Körper trockneten, streckte er sich neben Feyla aus, stützte seinen Kopf in die Hand und sah sie an. Wieder wollte er sie streicheln, ihren Körper erkunden und noch einmal mit ihr schlafen.

Allein ihr trauriger Blick hielt ihn davon ab. »Findest du nicht auch, dass es Verschwendung ist?« Sie nickte mit dem Kopf zur Seite.

Dorgen wusste nicht sofort, was sie meinte. Seine Liebe zu ihr war keine Verschwendung, und mit ihr zu schlafen erst recht nicht. Erst dann begriff er, dass sie den Wasserfall meinte.

»So viele Menschen müssen dursten und hungern«, sinnierte Feyla. »Ganze Völker sind am Wassermangel gestorben. Aber wir baden darin, waschen unseren Schweiß ab und füllen ein ganzes Schwimmbad mit fließendem Wasser, das man nachher nicht mehr trinken kann. Was glaubst du, wie viele Menschen könnten von unserer Quelle leben?«

Dorgen schaute zum Wasserfall, der von oben aus den Bergen zu ihnen herabfiel. Eine solche Quelle inmitten von Sapion war ein Wunder. Nur der einflussreichste Politiker Sapions, der der Landaufteilungsbehörde vorstand und sich deshalb vermutlich selbst ausgesucht hatte, wo er mit seiner Sippe siedeln wollte, konnte sich so etwas leisten. Dennoch war es nur eine Frage der Zeit, bis auch dieser Wasserfall trockenfallen würde. Er war kaum mehr als ein Bach, und wenn Dorgen recht überlegte, erschien er heute dünner als gestern. Vielleicht würde es nicht mehr lange dauern, ehe das Wasser versiegte. Oder lag es nur daran, dass so ziemlich jede Wasserquelle in den beiden heißeren Sonnenzeiten dünner wurde?

»Ja, es ist Verschwendung«, stimmte er leise zu. »Im Waldgürtel von Farua gab es noch genug Wasser, sogar offene Wassertümpel, die zu dreckig zum Trinken waren, in denen man aber baden konnte. Aber auf dem Weg nach Sapion …« Dorgen dachte an die Bilder, an die Landschaft, die sie in einem wochenlangen Ritt durchquert hatten. »In Südfarua, im staatenlosen Gebiet und in Zeylem ist alles zu einer trockenen Wüste verkommen. Bäume sind nur noch graue Skelette. Der Boden besteht aus gebrochener Erde, der Sand, den die Pferdehufe aufwühlen, knirscht zwischen den Zähnen. Eigentlich möchte man den ganzen Tag trinken. Aber so groß war unser Wasservorrat nicht. In Südfarua gibt es noch hier und da Wasserbergwerke, wo wir unsere Vorräte auffüllen konnten, und Landwirtschaftskolonien, in denen sie die Felder bewässern. An den wenigen noch halbwegs fruchtbaren Stellen hat die Landaufteilungsbehörde riesige Dörfer von sapionischen Bauernfamilien angesiedelt. Im Grunde sind es sehr, sehr arme Menschen, die nur das Nötigste zum Leben haben. Aber letztendlich waren das die einzigen Orte, an denen man noch glauben konnte, dass diese Welt einmal Leben hervorgebracht hat. Dazwischen ist alles tot.« Er blickte über das Gras und die Obstbäume, über den plätschernden Wasserfall und Feylas Körper. »Es ist eine schöne Illusion, mit dir am Wasser zu liegen. Manchmal wünsche ich mir, ich könnte alles andere vergessen. Aber dann kommen die Momente, in denen ich ein schlechtes Gewissen habe. Du hast recht, es ist nicht richtig, dieses Wasser zu verschwenden.«

Feyla drehte den Kopf in seine Richtung. Ihre goldbraunen Augen leuchteten umso goldener im Licht der beiden Sonnen, ihre Locken trockneten bereits und ringelten sich um die Schläfen. Ein Lächeln strich über ihr Gesicht, versöhnlich und zart.

Dorgen beugte sich zu ihr und küsste sie noch einmal. Auch seine Hände ließen sich nicht länger zurückhalten. Er wollte ihre Haut spüren, ihre Wärme, die Festigkeit ihres Körpers, dieses Mal ohne das Wasser, das sich zwischen sie drängte.

Feyla schmiegte sich in seine Berührung, schlang die Arme um seinen Hals und zog ihn zu sich. In diesem Moment war es ihm gleich, wie viele Frauen er heute noch beglücken musste. Er wusste nur, dass er dieses Mädchen noch einmal lieben wollte. Jetzt und hier. Lange und ausführlich, auch wenn sie deshalb zu spät zum Abendessen kamen.

***

FEYLA

Ihr Körper fühlte sich noch immer warm an, als sie zurückritten. Seine Handabdrücke brannten noch auf ihrer Haut, und dort, wo er in ihr gewesen war, fühlte sie sich wund an. Sie ritten im Schritt, möglichst langsam, um nicht so schnell anzukommen, Dorgen auf seinem braunen Hengst, den ihr Vater ihm geschenkt hatte, und Feyla auf ihrer schwarzen Stute.

Sanftes Glück pochte durch ihr Inneres. Wann immer sie Dorgen ansah, überschlug es sich in kleinen Purzelbäumen. Er war ihr Krieger, ihr Liebhaber, ihr Ehemann! Manchmal kam es ihr vor wie eines der Faruamärchen, die sie so gerne von Nugia hörte. Darin gab es fast immer ein Paar, das füreinander geschaffen war und sich nach langem Hin und Her fand. Nur die Eifersucht wollte nicht aufhören. Fast die ganzen Tage verbrachte Dorgen mit ihr. Bei ihren Schwestern war er viel seltener. Dennoch biss die Eifersucht in ihr Herz.

Auch jetzt wollte sie nicht im Palast ankommen. Sie erreichten den Pferdestall neben Feylas Zimmer, brachten die Tiere hinein und sattelten sie ab. Sie sprachen kaum noch, bis sie schweigend den Seitenflügel betraten und durch den langen

Flur gingen. Dorgen streichelte beruhigend ihre Hand, ließ sie jedoch los, sobald sie durch die Tür in den Speisesaal traten.

Ihre Schwestern saßen längst am Tisch. Tadelnde Blicke flogen ihnen entgegen, trafen Feyla so kalt und spitz wie geschärfte Nadeln.

Dorgen lächelte ihren Schwestern zu. »Entschuldigt!« Seine Stimme klang weich. »Wir haben uns verspätet.«

»Nicht zum ersten Mal«, erwiderte Miljuna. Ihr Blick versprühte Gift, nur kurz in Dorgens Richtung, dann sofort auf Feyla. »Ihr habt nicht nur die Vorspeise, sondern auch den Hauptgang verpasst.« Mit dem letzten Satz wandte sie sich an Dorgen. »Du kommst gerade recht für die Nachspeise.« Sie leckte sich um die Lippen und ließ keinen Zweifel daran, dass sie nicht nur den Pudding meinte.

Dorgen räusperte sich, schob Feyla den Stuhl zurecht und ging zu seinem Platz am Tischende. Miljuna saß wie immer rechts von ihm. Als Älteste hatte sie Anspruch auf diesen Platz.

Auf seiner linken Seite saß jeden Abend jemand anderes. Dieses Mal war es Schejma. »Schön, dass du da bist«, säuselte sie, streckte ihren Arm unter den Tisch und berührte seinen Oberschenkel. Dorgen zuckte, hob dann aber den Kopf und lächelte sie an.

Feylas Herz zog sich zusammen. Hastig wandte sie sich ab und schaute zu den Sklavinnen, die den Nachtisch hereinbrachten. Als sie Dorgen entdeckten, kehrte eine noch einmal um und brachte die Vorspeise für Feyla und ihn.

Wie immer war Nugia nicht unter ihnen. Ihr Vater hatte Feyla den Wunsch verweigert, sie als Privatzofe mit in den neuen Palast zu nehmen. Er bestand darauf, dass die ungehorsame Sklavin im väterlichen Palast blieb, unter seiner Kontrolle.

Seither sah Feyla sie nur noch von Weitem. Anfangs war sie jeden Abend zu ihrem heimlichen Treffpunkt gegangen, in der Hoffnung, ihre Freundin könnte dort sein. Aber Nugia war nie gekommen. Das letzte Gespräch, das sie miteinander geführt hatten, war der Streit am Tag ihrer Hochzeit gewesen. Feyla konnte nur vermuten, dass Nugia noch immer böse auf sie war und sich deshalb von ihr fernhielt. Lustlos schob sie die Fischeier und den Salat auf ihrem Teller hin und her.

Amerill kicherte. »Du bist wohl immer noch nicht schwanger, wenn du so wenig Appetit hast.«

Feyla begegnete Miljunas Blick, die ihr gehässig zugrinste. Auch Amerill wirkte zufrieden über ihren Treffer. Nur in Cilinjas Blick spiegelte sich eine Spur von Mitleid.

Feyla schaute zu Dorgen und hoffte darauf, dass er die Lästerei verbieten würde. Doch er war mit Schejma beschäftigt. Lächelnd flüsterte sie ihm ins Ohr, während ihre Hand noch immer unter dem Tisch verschwunden war. Nur nebenbei aß Dorgen von seiner Vorspeise.

Feyla wollte wegsehen, doch sie konnte es nicht. Selbst dann nicht, als Schejma aufstand und sich rittlings auf seinen Schoß setzte.

Die Hauptspeise wurde serviert, Schweinefleisch und gebratenes Wurzelgemüse. Der Kräuterduft stieg in ihre Nase. Sie bemühte sich, davon zu essen. Doch ihr Blick huschte immer wieder zu Dorgen und ihrer kleinsten Halbschwester. Er schob Schejma ein Stück zur Seite, um an den Tisch zu gelangen. Immer wieder aß er eine Gabel voll, so lange, bis ihr Mund ihn einfing, bis sie ihn küsste und für sich vereinnahmte.

Amerill kicherte, Miljuna sah unverhohlen zu, während Cilinja beschämt den Kopf senkte. Feyla wollte aufspringen und wegrennen. Doch Dorgen war schneller. Er schaute an Schejma vorbei in die Runde. »Bitte entschuldigt uns.« Seine Stimme klang rau, mit ehrlicher Reue sah er zu Feyla. Dann erhob er sich, schob das Mädchen mit sich und ging mit ihr über die Wendeltreppe nach oben.

»Also, wenn sie so gierig auf ihn ist«, Miljuna lehnte sich zurück und streichelte ihren Bauch, »dann wird sie heute wohl schwanger.«

Wieder kicherte Amerill. Selbst Cilinja unterdrückte ein Prusten.

»Siehst du, Feyla.« Miljuna grinste ihr zu. »Und schon bist du nicht mehr wichtig. So schnell kann das gehen!«

Feylas Kehle schnürte sich zu. Sie konnte nicht länger hier sitzen bleiben. Niemand sollte ihre Tränen sehen. Also stand sie auf, rückte ihren Stuhl nach hinten und murmelte in die Runde: »Entschuldigt bitte. Ich bin satt!« Damit ging sie zur Tür, öffnete sie und trat in den langen Gang, der zu ihrem Zimmer führte. Noch bevor die Tür ganz zugefallen war, hörte sie das Gelächter hinter sich. Dann rannte sie, durch den Gang bis zur Hintertür, hinaus in den Park. Draußen wusste sie nicht, wohin mit sich.

Sie wollte weder in den Pferdestall noch zum Wasserfall, beides würde sie nur an Dorgen erinnern. Auch in die Bibliothek konnte sie nicht gehen. Ihr Vater würde jederzeit von seiner Reise zurückkehren. Das Gleiche galt für den väterlichen Palast. Alrana war die Letzte, deren Gegenwart sie ertragen konnte. Nur eine Person wollte sie wiedersehen, wollte sie in die Arme nehmen und die ganze Nacht lang mit ihr reden: Nugia. Sie musste nach ihr suchen, musste endlich hören, wie es ihr seit der Hochzeit ergangen war.

Auch wenn sie häufiger versucht hatte, Kontakt zu Nugia aufzunehmen, kam Feyla sich vor, als hätte sie ihre Freundin im Stich gelassen. Sie lief durch den Park, immer im Schatten der Laubengänge und Hecken. In ihrem Geheimversteck musste sie Nugia nicht suchen. Aber wenn sie ihre Freundin außerhalb des Palastes finden konnte, dann in ihrem Kräutergarten. Die Sklavin ging oft am Abend dorthin, wenn jede andere Arbeit erledigt war.

Aber auch im Kräutergarten entdeckte sie keine Spur von ihr.

Ruhig und friedlich lagen die Hochbeete in der Abendsonne, leiser Wind bewegte die Blätter der Kräuterbüschel. Nicht weit entfernt erhob sich der väterliche Palast hinter dem Gemüsegarten. Wenn Nugia nicht hier war, musste sie noch dort sein, entweder im Speisesaal, um das Essen abzuräumen, oder in der Küche, vielleicht auch im Sklaventrakt auf ihrem Zimmer. Für Feyla war es unmöglich, dorthin zu gehen.

Ihr blieb nichts übrig, als hier zu warten. Wenn sie Glück hatte, würde Nugia etwas später im Kräutergarten auftauchen. Feyla zog sich in die Laube am Rand des Gärtchens zurück. Kräuter rankten um sie herum und umhüllten sie mit ihrem Duft. Während sie auf der Bank kauerte, wanderten ihre Gedanken zu Dorgen, der mit Schejma auf ihrem Zimmer war. Ein heftiger Schmerz nagte in ihrem Herz.

Sie wusste, dass sie dankbar sein sollte. Nur wenige Frauen hatten einen Ehemann, den sie liebten. War sie gierig, weil sie ihn für sich haben wollte?

Während sie wartete, ging Rabanus allmählich unter. Das Licht um sie herum wurde immer rötlicher, bis Sapia als Einzige am Himmel blieb und alles in unwirkliches Dunkelrot tauchte. Feyla wurde müde. Ihre Augen fielen zu, nur ein winziger Schlaf, ehe sie wieder aufschreckte. Aber jedes Mal, wenn sie aufsah, war der Garten leer. Irgendwann rollte sie sich auf der Bank zusammen, schloss die Augen und versank in der Dunkelheit.

»Feyla?« Ein Rütteln weckte sie auf. Sie wusste nicht gleich, wo sie war, begriff erst nach und nach, dass ihre Freundin vor ihr hockte.

»Was machst du hier?«, flüsterte Nugia. »Ist irgendwas geschehen?«

Feyla blinzelte. War sie wach? Oder träumte sie? »Ich wollte dich sehen. Seit der Hochzeit haben wir uns nicht mehr getroffen. Warum kommst du nicht mehr zu unserem Versteck? Bist du böse auf mich?«

Nugia senkte den Kopf. »Nein. Ich bin nicht böse«, flüsterte sie. »Aber ich darf nicht mehr mit dir reden.«

Feyla richtete sich auf. Plötzlich war sie hellwach. »Warum nicht? Wer hat es dir verboten?«

Nugia zuckte die Schultern. »Das darf ich nicht sagen.« Ihre Augen schimmerten. Ihre Haltung wirkte anders als früher, vorneübergebeugt und hilflos.

»Es tut mir leid, was sie mit dir getan haben.« Feyla legte die Hände auf ihre Schultern. »Auf unserer Hochzeit.« Mehr als das wollte sie nicht aussprechen. Sie selbst war schuld daran. »Es tut mir leid, was ich an dem Tag gesagt habe. Das war taktlos von mir, selbstgerecht und verzogen. Du hattest recht, wütend zu sein. Ich habe nicht darüber nachgedacht, was es bedeuten würde, ein Bastard …«

»Pscht!« Nugia legte den Zeigefinger auf Feylas Lippen. »Du musst dich nicht entschuldigen. Ich allein habe den Fehler gemacht. Ich hätte mich nicht so aufregen dürfen.«

Feyla betrachtete Nugias Gesicht, ihre Sommersprossen auf der hellen Haut, ihre roten Locken, die im Licht der Blutsonne noch glühender aussahen.

»Ich verstehe es bis heute nicht.« Feyla musste ihre Frage stellen. »Was genau hast du getan, dass sie dich so dafür bestraft haben?«

Nugia wich zurück. »Du darfst nicht nachfragen. Ich darf nichts sagen. Es gibt zu viele Geheimnisse in dieser Sippe.«

»Nuuuu-giiii-aaaaa!« Ein langgezogener Ruf hallte durch den Garten. Alrana.

Nugia schrak zusammen, sprang auf und trat in das rötliche Nachtlicht zurück. »Ich bin hier!«, rief sie.

Alrana kam aus dem Palast und blieb auf der anderen Seite des Gartens stehen. Feyla duckte sich noch tiefer in den Schatten und wagte es kaum zu atmen.

Nugia war bereits in die Mitte des Gartens zurückgewichen, beugte sich dort über ein Hochbeet, als wolle sie Unkraut jäten.

»Dein Herr ist von der Reise zurück!«, rief Alrana. »Du sollst auf sein Zimmer kommen. Sofort!«

Blanker Schrecken zeichnete sich auf Nugias Gesicht. Auch ihre Stimme zitterte, als sie zurückrief: »Jawohl, Herrin. Ich werde kommen.«

Alrana nickte zufrieden, wandte sich ab und verschwand im Palast.

Für einen Moment fürchtete Feyla, dass Nugia ohne Abschied gehen würde. Doch die Sklavin kam noch einmal in die Laube. »Ich darf dir nichts sagen«, hauchte sie. »Aber in deiner Sippe stimmt etwas nicht. Wenn du es wissen willst, dann sei mutig und folge deinen Fragen.« Damit wandte sie sich ab, hob ihren Rock an und eilte davon.

14. Kapitel

Bergland von Pamal, Höhlengefängnis

TAILIN

Die Gefängnishöhle war zugig und kalt, gerade so, als hätte der Sturm sie in das Gestein der Berge gefressen. Tagein, tagaus fegte der Wind durch einen Spalt herein, stürmte weiter durch die vergitterte Tür und heulte in den Tiefen der Gefängnisgänge davon. Anfangs hatte Tailin gebibbert und gezittert in der Kälte, doch inzwischen schien sein Körper abgestumpft zu sein. Stattdessen fing er an, den Spalt in der Felswand zu mögen, seine letzte Verbindung in die Außenwelt. Auch das Sonnenlicht strömte durch den Spalt in seine Höhle, und wenigstens an der Lichtfärbung konnte er erkennen, welche Tageszeit war: Hellweißes Sonnenlicht bedeutete Vormittag, rötliches Sonnenlicht schien am Nachmittag, blutiges Dunkelrot in der beginnenden Nacht, und danach kehrte schwarze Dunkelheit ein, die nur in einem wechselnden Teil der Nacht vom Licht der drei Monde durchbrochen wurde.

Wenn Tailin am Tag an den Spalt trat, konnte er die Weite der Berge sehen. Zahlreiche Höhenzüge lagen in der Ferne und färbten sich umso bläulicher, je weiter sie entfernt waren. Die Gefängnishöhle selbst schien jedoch in einer Steilwand zu liegen. Direkt dahinter lauerte ein gähnender Abgrund. Möglicherweise wäre der Spalt breit genug, um sich hindurchzuzwängen, nur um gleich darauf in die Tiefe zu stürzen.

Tailin hatte schon lange aufgehört, über Fluchtgelegenheiten nachzudenken. Er hatte aufgehört, am Gitter zu rütteln und durch die Gänge zu rufen, in seiner Zelle auf und ab zu gehen und die rauen Höhlenwände abzutasten. Die meiste Zeit über hatte er sogar aufgehört zu denken.

Inzwischen wusste er nur noch grob, wie lange er schon hier war. Einzig die Veränderung des Sonnenauf- und untergangs zeigte ihm, wie viel Zeit schon vergangen sein musste. Mit jedem Tag ging Sapia früher am Mittag auf, und die Zeit, in der ihr rötliches Licht die Nacht erhellte, wurde immer kürzer. Entsprechend zog sich der dunkle Teil der Nacht immer mehr in die Länge. Wie viel Zeit war inzwischen vergangen? Ein Monat mindestens. Oder schon zwei? Schon bald würde die Tagwechselzeit vorbei sein, und Tailin wartete nur auf den Tag, an dem Rabanus und Sapia zusammen untergingen. Danach würde die Doppelsonnenzeit beginnen, in der nur noch manche Nächte von den drei Monden erhellt wurden. Auch sie standen in einem Teil des Monats tagsüber am Himmel, und dann bliebe in der Nacht nur noch vollkommene Dunkelheit. Schon jetzt begann Tailin, die Dunkelheit in der zweiten Nachthälfte zu fürchten. Mit der Finsternis kam nicht nur die Kälte, sondern auch das Heulen des Windes, das Rascheln winziger Tierfüße und die Erinnerungen: brennende Dörfer, sterbende Kinder, schreiende Menschen. Den größten Teil seines Daseins verbrachte er auf dem Boden, dämmerte im Halbschlaf vor sich hin, ehe er wieder aufschreckte und die zerklüfteten Felsen unter sich spürte. Nur eine dünne Strohschicht war zum Schlafen auf den Boden gestreut. Spitze Steine stachen hindurch und bohrten sich in seine Haut. Mittlerweile merkte er es kaum noch. Die Traumwelt zog ihn an, wann immer er die Augen schloss, zwölf Jahre Krieg, angreifende Katzen, sterbende Soldaten, die Momente, in denen er getötet hatte.

Dazwischen erschienen Bilder, die noch älter sein mussten: eine Frau mit roten Haaren. Ihr Gesicht war nicht zu erkennen. Nur ein Gefühl gehörte zu ihr, ein schönes, warmes, das ihn umfing und einhüllte. Die Momente mit ihr trösteten über alle anderen hinweg, verdrängten selbst die Kriegsbilder und das Grauen.

Bis die Schuldgefühle einen Weg in seine Träume fanden und ihn in die Realität zurückrissen, in eine winzige Höhle mit vergittertem Eingang. Nur wenn er wach war, spürte er den Hunger. Anfangs war es ein gnadenloser, gewaltiger Hunger gewesen, mit dem er sogar das Stroh gekaut hatte, auf dem er lag. Dann war der Hunger abgeflaut, als würde sich sein Körper an die knappe Nahrung gewöhnen.

Zwischen seinen Schlafphasen konnte Tailin nicht sagen, wie oft der Wärter kam, um ihm Essen zu bringen. Vielleicht war es eine Mahlzeit am Tag, oder eine in zwei Tagen. Oder noch seltener? Er wusste nicht einmal, ob der junge Pameli überhaupt ein richtiger Wärter war. Er wirkte unsicher und scheu, hielt sich im Schatten versteckt, wenn er vor Tailins Gitter stand. Seine Hände zitterten, wann immer er Brot zwischen den Stäben hindurchsteckte, und wenn er die kleine Luke öffnen musste, um eine Suppe oder einen Wasserkrug hindurchzuschieben, schwappte so viel davon über, dass Tailin manchmal kaum etwas übrig behielt.

Seit er hier war, war dieser Pameli der Einzige, den er gesehen hatte, und inzwischen fragte Tailin sich, ob es außer ihm und dem Jungen überhaupt jemanden in diesem Gefängnis gab. In den ersten Tagen hatte er versucht, dem Knaben zu erzählen, warum er desertiert war. Die ganze Geschichte mit der Brandlegung und der Gefahr, die auf Nordfarua und die Rebellen zukam.

Beim ersten Mal hatte der Junge ihm schweigend zugehört, hatte im Schatten hinter dem Türgitter gestanden und ihn beobachtet. Sobald Tailin geendet hatte, war er zum Leben erwacht, hatte in einer seltsamen Geste den Kopf zur Seite geneigt und etwas in seiner Sprache gemurmelt. Erst da hatte Tailin es begriffen: Der Knabe verstand ihn nicht!

In den Folgetagen hatte er versucht, es mit Gesten zu erklären, hatte mit den Armen in die Höhe gewedelt und versucht, die Feuergeräusche nachzuahmen. Wieder hatte der Pameli im Schatten gestanden, hatte kurz gelacht und war dann wieder still geworden, als Tailin einen Erstickungsanfall darstellte und sich in Schmerzen am Boden wand.

Tailin war sich bis jetzt nicht sicher, ob der Junge verstanden hatte, dass er ihm etwas Wichtiges mitteilen musste. Selbst die Hinweise, dass er mit jemand anderem sprechen wollte, schienen nicht bei ihm anzukommen. Inzwischen hatte Tailin die letzte Hoffnung verlassen. Vermutlich würde er in dieser Zelle krepieren, ohne auch nur einen Teil seiner Botschaft loszuwerden.

Die letzten Tage waren immer mehr ineinandergeschwommen. Er hatte den Überblick verloren, wann der Junge zum letzten Mal hier gewesen war, wann er ihm etwas zu essen und zu trinken gebracht hatte. Tailin rollte sich ein weiteres Mal auf dem Boden zusammen und dämmerte in die Dunkelheit seiner Träume zurück. Immer wieder ließen ihn die Traumbilder aufschrecken, bis ein dunkles Murmeln in seine Schlafwelt vordrang.

Tailin blinzelte, schaute durch das Gitter in den Gang und erkannte die beiden Schatten, die dahinterstanden und sich unterhielten. Ihre Sprache war fremd, unverständliche Worte in einem rauen Tonfall. Nur am Klang hörte Tailin, dass der Größere Fragen stellte, während der Kleinere antwortete. Der Kleinere war sein Wärter.

Hinter den beiden lauerte noch etwas, ein gigantischer Schatten mit glühenden gelben Augen.

Er träumte noch immer! Nach seinen Kriegsträumen folgten nun also die Träume, in denen er von Monstern heimgesucht wurde. Ein metallisches Scheppern klirrte in seine Gedanken und ließ ihn endgültig aufschrecken.

Der ältere Pameli schob die Zellentür auf und kam herein, dicht gefolgt von einer großen Pamuschkatze. Tailin sprang auf, wich auf seinem Schlaflager zurück, bis die Felsen in seinen Rücken stachen.

Die Pamusch war gefärbt wie die Felsen, in einem geflammten Tigermuster aus Silbergrau und Schwarz. Nur ihre Augen waren goldfarben und starrten ihn aus weiten Pupillen an. Sie legte die Ohren nach hinten, während ihr Schwanz von rechts nach links peitschte. Tailins Herz raste. Auch ihre Größe wirkte gewaltig in der Höhle. Er musste zu ihr hochsehen, denn ihr Kopf reichte fast bis an die Decke.

Die Katze duckte sich und sprang auf ihn zu, entblößte die Eckzähne und zischte.

»Chaveen!« Der Pameli ließ einen Schwall fremder Worte auf sie niederregnen.

Die Katze reagierte, wich vor Tailin zurück und schlich um ihn herum. Vor dem Spalt setzte sie sich auf den Boden, streckte den Schwanz von sich und schlug mit der Spitze auf und ab. Ihr Blick ließ ihn nicht los.

Tailin fiel es schwer, sich von ihr abzuwenden. Dennoch musste er den Pameli ansehen. Auch von ihm ging eine Gefahr aus.

Der Pamuschkrieger stand kaum eine Armlänge entfernt. Er wirkte kleiner und schmaler als ein Sapioner und hatte dennoch eine Autorität in seiner Haltung, die keinen Widerspruch und keinen Ausbruchsversuch zuließ.

Tailin betrachtete das Fell an seinen Armen. Es war weder grün noch braun wie das der Waldkrieger. Vielmehr war es so grau wie das seiner Katze. Und es war kein Fell. Es war Kleidung, genähte Kleidung, die so eng anlag, als wäre er damit geboren worden.

Der Pameli trat einen Schritt zur Seite, bis das Sonnenlicht durch den Spalt auf sein Gesicht fiel. Nur einmal hatte Tailin einen Pamuschkrieger in solcher Ruhe gesehen. Und dieser hier sah fast genauso aus wie der andere. Ihre Gesichter waren menschlich, deutlich menschlicher, als Tailin geglaubt hatte. Stirn, Augen und Nase, Wangen, Mund und Kinn, das alles war in gleicher Weise geformt wie bei einem Menschen. Nur im Detail unterschied es sich: Auch wenn das Gesicht des Pameli eindeutig männlich wirkte, war es dennoch zarter und schmaler, auf seltsame Weise verletzlich. Er trug keine Barthaare! Das war es! Sein Gesicht schien so glatt zu sein wie das einer Frau.

Am auffälligsten waren jedoch seine Augen: Auf den ersten Blick wirkten sie ebenso menschlich wie der Rest von ihm. Doch im Licht der Sonne leuchteten sie in einem dunklen Orange. Dichte, schwarze Wimpern rahmten sie ein, und ihr äußerer Winkel wies schräg nach oben wie bei einer Katze. Tailin fröstelte unter seinem Blick, spürte den tiefen Wunsch, sich abzuwenden und wieder auf seinem Lager zu verkriechen.

Erst dann fiel ihm auf, dass der Pameli nicht blinzelte. Unumwunden starrte er Tailin an, regungslos und starr, als könne er jedes seiner Geheimnisse durchschauen. Dominanz. Rangordnung. Tailin kannte die Gewohnheiten der Pameli nicht, dennoch spürte er, dass es darum ging.

Er wollte seinem Widersacher standhalten. Aber es war unmöglich. Der Blick zwang ihn nieder. Alles in seinem Körper reagierte darauf: sein rauschender Puls, das Flattern in seinem Magen, seine Knie, die sich weich anfühlten. Hastig schaute er nach unten.

»Sehr gut.« Der Pameli sprach! In fließendem Sapionisch, soweit man das an zwei Worten erkennen konnte.

Gleich darauf wandte er sich an den Jungen, der noch immer draußen vor der Zellentür stand. Der Pamuschkrieger deutete auf das leere Geschirr, dann auf das Stroh zu Tailins Füßen. Sein Tonfall klang vorwurfsvoll, während er mit dem Burschen sprach.

»Es tut mir leid.« Er sah zurück zu Tailin. »Der Kleine ist noch unerfahren mit Menschen. Er hat sich nicht besonders gut um dich gekümmert.«

Tailin starrte auf die Lippen des Pameli, auf die spitzen Eckzähne, die dazwischen hervorblitzten.

»Ihm war nicht klar, dass ihr häufiger Hunger und Durst habt als wir.« Er deutete noch einmal auf das karge Schlaflager. »Und er hätte dir ein bisschen mehr Stroh bringen können.«

Der junge Gefangenenwärter sprach aufgeregt dazwischen.

»Er hat große Angst vor dir«, übersetzte der Pamuschkrieger. »Deshalb hat er sich nicht zu dir getraut, um dir Stroh zu bringen. Und jetzt weiß er nicht, ob er mehr Angst vor dir oder vor mir haben soll.« Er lachte.

Tatsächlich klang der Junge panisch. In immer weiteren Worten schien er sich zu rechtfertigen.

Mit erhobener Hand brachte der Pamuschkrieger ihn zum Schweigen. »Aber ich denke, ich werde ihn verschonen. Immerhin hast du seine Pflege überstanden.« Mit einem Grinsen entblößte er seine Eckzähne.

Tailin schluckte.

»Wie lange, sagtest du noch gleich, bist du schon hier?«

Die Frage klang beiläufig, doch Tailin ahnte die Hinterlist. Also antwortete er wahrheitsgemäß: »Ich weiß es nicht. Gemessen am Sonnenstand müssen es wohl ein bis zwei Monate gewesen sein.«

Der Pameli ging in einem Halbkreis um Tailin herum, bis sein Gesicht im Schatten lag. »Kravi sagt, du seist durch unseren Grenzwald über die faruanische Grenze gekommen? Ist das richtig?«

Tailin schloss die Augen. Nur vage erinnerte er sich an den

Wald, an seine Verwirrung und den Gedanken, dass er jeden Moment sterben könnte. »Ja, das bin ich wohl.«

Der Pamuschkrieger gab ein unbehagliches Räuspern von sich. »Das ist erstaunlich.« Er rückte näher an Tailin heran. Wieder bewegten sich seine Lippen über den spitzen Zähnen, sprachen dieses Mal in der Sprache der Pameli. Kravi antwortete aus der Dunkelheit des Ganges. Tailin verstand nicht, was die beiden redeten. Nur die Pupillen des Pameli zogen sich enger zusammen und ließen das Orange seiner Augen leuchten.

»Das ist sehr ungewöhnlich«, wiederholte der Pamuschkrieger, als der Junge mit seinen Erklärungen fertig war.

Tailin wollte nachfragen, was so ungewöhnlich war. Doch der Raubtierblick hielt ihn zurück. Die Pamuschkatze begann zu knurren, ein tiefes, gutturales Geräusch. Sie duckte den Kopf, machte sich bereit zum Sprung.

»Chaveen!« Die Stimme des Kriegers fuhr dazwischen. »Ravi karesch!«

Die Katze fauchte verärgert, richtete sich dann auf und putzte hektisch ihr Fell.

»Entschuldige, sie hatte noch kein Abendessen.« Der Pamuschkrieger lachte ein weiteres Mal und schaute Tailin von oben bis unten an. »Aber dich brauche ich noch. Zumindest vorerst.« Seine Stimme wurde ernst. »Kravi ist fünf Tage lang durch die Berge geritten, um mir zu sagen, dass er einen verrückten Sapioner gefangen hat.« Er faltete die Hände hinter dem Rücken und tigerte in einem Halbkreis um Tailin herum. »Ehrlich gesagt habe ich wenig Lust auf verrückte Sapioner und noch weniger Zeit, um geduldig zu sein. Also habe ich ihm vorgeschlagen, er soll dich einfach an seine Katze verfüttern. Aber er behauptet hartnäckig, dass du ihm etwas Wichtiges sagen wolltest.« Der Pameli blieb stehen, kniff die Katzenaugen zusammen und knurrte Tailin an. »Ich hoffe jetzt also für dich, dass unser kleiner Grenzwächter recht hat.« Mit ausgestrecktem Arm deutete er auf die Katze. »Chaveen hat Hunger. Du solltest dich also mit wichtigen Botschaften beeilen: Warum hast du euer Gebiet verlassen und bist durch unseren Grenzwald spaziert?«

Tailins Puls rauschte immer lauter, beinahe schien es ihm, als könne er den Hunger der Katze fühlen. Oder den Hunger des Pameli. Oder war es sein eigener Hunger?

In jedem Fall musste er antworten. »Ihr habt recht«, begann er. »Ich bin gekommen, um den Pameli eine wichtige Mitteilung zu machen. Ich war Soldat im Heer von Sapion. Aber Sapion ist nicht meine wahre Herkunft.« Er fasste sich an die Haare, hoffte, dass der Pameli das Rot darin im Zwielicht sehen konnte. »Ich weiß nicht, woher ich ursprünglich stamme. Meine Mutter muss eine Faruanerin gewesen sein, meinen Vater kenne ich nicht. Ich weiß nur, dass die Sapioner mich als Kind ins Rekrutenlager verschleppt haben. Aber ich habe mich nie heimisch gefühlt.«

Der Pameli zog die Lippen über den Zähnen zurück, eine merkwürdige Geste, die Tailin als Missfallen deutete. »Ein Mischling also«, blaffte er. »Solche wie dich gibt es zu Tausenden. Was nicht heißt, dass sie eure Gehirne nicht genauso gründlich waschen würden wie die ihrer Söhne.«

»Das ist nicht der Grund!« Eilig sprach Tailin weiter. »Nicht der Grund, warum ich hier bin. Ich habe etwas belauscht, im Heerlager von Sapion. Ein Gespräch zwischen Zailosch, dem Heerführer, und Walerius, dem obersten Berater von Rabanus Sapion. Walerius hat von Zailosch verlangt, dass er den Waldgürtel von Farua in Brand setzen soll, um alle Partisanen und die Pameli zu töten und zu vertreiben. Auf diese Weise will er den Krieg gewinnen.«

Die Lippen des Pameli zogen sich noch ein Stückchen höher. Er zischte, ehe er vor Tailin zurückwich. Seine Ohren bewegten sich und legten sich enger an den Kopf. Mit angelegten Ohren sah der Pamuschkrieger umso gefährlicher aus.

»Den Waldgürtel von Farua niederbrennen?«, wiederholte er mit rauer Stimme.

Tailin nickte. »Wenn sie das tun, ist alles vorbei. Damit würden sie nicht nur euch töten, sondern auch die letzten Ressourcen unserer Welt vernichten. Deshalb bin ich hier: um die Pameli zu warnen und darum zu bitten, die Information an die Partisanen im Wald von Farua weiterzugeben.«

Der Pameli nickte, trat noch weiter vor Tailin zurück und sah ihn nachdenklich an.

»Ich weiß nicht, wie man die Brandlegung verhindern kann«, setzte Tailin hinzu. »Aber Ihr müsst Eure Leute aus dem Wald von Farua zurückziehen. Wenigstens die Menschen müssen in Sicherheit gebracht werden.«

Der Pameli starrte ihn regungslos an. Einen Moment lang sah er aus, als würde er Tailin zustimmen. Dann kniffen sich seine Augen zusammen, und seine Lippen schoben sich zurück. »So«, zischte er. »Du willst mir also sagen, wir sollten unsere Leute aus dem Wald holen?« Sein Zischen verwandelte sich in wildes Gelächter, in einen Klang, der zuerst erleichtert wirkte und dann in eine Richtung eskalierte, die sich kaum deuten ließ. Tailin versuchte, die Veränderung zu begreifen. Irgendetwas lief falsch.

Der Pameli erholte sich nur langsam von seinem Lachanfall. »So viel Strategiedenken hätte ich eurem Volk gar nicht zugetraut!« Belustigt schüttelte er den Kopf. »Da schicken sie mir einen Spion, der mir weismachen will, ihr würdet den Wald niederbrennen. Nur damit wir unsere Leute aus unseren Stellungen zurückziehen.« Wieder grinste er, beugte sich zu Tailin und knurrte ihm die letzten Worte ins Gesicht. »Das war ein netter Versuch, Mischling! Aber deine Hinterlist ist viel zu durchschaubar. So dumm bin ich nicht!«

Tailin wurde heiß und kalt zugleich. Ihm wurde schlagartig klar, was er falsch gemacht hatte. »Aber so ist es nicht. Ich bin kein Spion. Sapions Schicksal ist mir gleichgültig. Die Brandlegung ist eine ernste Bedrohung. Ohne den Waldgürtel geht ganz Ruann zugrunde! Um euch das zu sagen, bin ich desertiert und habe mein Leben riskiert.« Er holte tief Luft, musste es wagen, seinen letzten Grund auch noch auszusprechen. »Ehrlich gesagt, bin ich gekommen, um zu den Partisanen überzulaufen, um euch alles Wissen zur Verfügung zu stellen, das ich über Sapion habe.«

Die Ohren des Pameli zuckten vor und zurück, als wüsste er nicht, was er von Tailin halten sollte. Dann nickte der Pamuschkrieger und wandte sich ab. »Ich werde darüber nachdenken«, erklärte er, winkte die Katze mit sich und verließ die Zelle.

***

Tailin bekam neues Stroh, eine dicke Schicht, auf der er deutlich bequemer lag. Dazu ein warmes Fell und eine Decke, in die er sich einhüllen konnte. Kravi, der Wärter, zitterte nicht mehr, wenn er ihm Essen und Wasser brachte, und die Mahlzeiten waren üppig und regelmäßig. Dreimal am Tag, soweit Tailin den Rhythmus der beiden Sonnen überblickte. Körperlich ging es ihm besser, nur seine Gedanken blieben unruhig. Mehr als drei Tage lang bekam er den Pamuschkrieger nicht zu Gesicht, bis er sich fragte, ob er überhaupt zurückkehren würde.

Was würde er selbst mit einem Gefangenen tun, der eine solche Aussage gemacht hatte? Sich noch weiter mit ihm zu befassen, bedeutete kaum einen Nutzen. Ihn freizulassen, wäre ein unnötiges Risiko. Also würde er ihn in seinem Gefängnis schmoren lassen und die Aussage überprüfen. Nur wenn Ungereimtheiten auftraten, würde er seinen Gefangenen noch einmal befragen.

Vier Tage später erschien der Pamuschkrieger noch einmal

vor seiner Zellentür. Mit einem lauten Krachen warf er die Riegel zurück, ließ die Pamuschkatze in die Zelle springen und trat hinter ihr ein.

Tailin wich vor der Katze zurück. Er stand neben dem Spalt, durch den er gerade nach draußen gesehen hatte.

»Auf dein Lager!« Der Pamuschkrieger streckte den Arm aus und wies mit finsterem Blick auf das Stroh.

Tailin folgte dem Befehl und musste sich an der Wand entlangschieben, um der Katze nicht zu nah zu kommen. Als er auf seinem Lager ankam, blieb er stehen und schaute dem Pameli ins Gesicht. Der andere war etwas kleiner als er. Doch das machte ihn nicht weniger bedrohlich.

Die Pamusch rückte näher, platzierte sich neben dem Schlaflager und starrte Tailin an, ohne zu blinzeln. Er durfte ihren Blick nicht erwidern, musste ihr ausweichen, um nicht ihren Jagdinstinkt zu wecken.

»Du hast gelogen!«, fuhr der Pameli ihn an. »Deine Leute sind noch an der Grenze. Tollpatschiges Volk. Ich konnte mich bis an ihr Lager schleichen, um sie zu belauschen. Du bist nicht desertiert! Sie haben dich in die Berge geschickt und gehen davon aus, dass du getötet oder gefangen genommen wurdest.«

Tailin schauderte. Natürlich! Sie wussten nicht, dass er desertiert war. »Ich musste meine Flucht tarnen.« Er wollte es erklären, musste den Pameli überzeugen. »Also habe ich sie überredet, für sie den Weg in die Berge auszukundschaften. Aber eigentlich bin ich desertiert.«

Der Pameli zischte. Die Pamuschkatze sprang nach vorne und fauchte. Ihre riesenhaften Zähne waren kaum eine Armlänge von Tailin entfernt.

Dieses Mal rief ihr Herr sie nicht zurück. »Ausziehen!«, befahl er.

Tailin starrte ihn an. »Wie bitte?«

Der Pameli bleckte die Zähne. »Du hast mich verstanden!

Zieh dich aus. Hemd und Hose. Unterwäsche kannst du anlassen.«

Tailin rührte sich nicht. Grässliche Bilder fielen über ihn her, Kaylen am Schandpfahl, sein nackter Körper und das Messer des Folterknechtes …

»Na los!«, blaffte der Pameli. »Wir können das auch mitsamt deiner Kleidung erledigen. Aber vielleicht brauchst du sie noch.«

Tailin verstand nicht, was er meinte. Dennoch spürte er den Drang zu gehorchen. Von allein lösten seine Hände die Verschnürungen. Er warf die Armmanschetten von sich, zog das Hemd über den Kopf und schob die Lederhose nach unten.

Der Blick des Pameli strich über seine Nacktheit, fuhr die Konturen seines Oberkörpers nach und wanderte weiter nach unten. »Wir kennen uns, erinnerst du dich?« Ein rauer Unterton mischte sich in seine Stimme.

Tailin konnte nicht mehr denken, konnte seine Worte nicht zuordnen. Was würde der Pameli mit ihm tun? Oder seine Katze?

»Wir haben uns schon einmal im Wald von Farua getroffen«, half ihm der Pamuschkrieger auf die Sprünge. »Es ist … schon einige Monate her. Ich glaube, ihr nennt die Jahreszeit Nachtsonnenzeit. Deine Leute haben meine Katze verletzt. Sie haben ihr einen Pfeil in die Schulter geschossen. Aber du hast nicht gekämpft, du hast nur vor mir gestanden.«

Tailin dämmerte etwas. Der erste und einzige Pamuschkrieger, den er für einen längeren Moment angesehen hatte – er hatte diesem hier nicht nur ähnlich gesehen, es war derselbe gewesen! »Ja«, flüsterte er. »Ich erinnere mich.«

»Hast du dich deshalb als Spion gemeldet?«, fauchte der Pameli. »Weil du dachtest, dass wir gar nicht so gefährlich sind?«

Tailin schüttelte den Kopf. »Ich bin kein Spion. Ich bin desertiert.«

Der Pamuschkrieger entblößte seine Eckzähne. Noch im selben Moment trat die Katze vor, setzte sich vor Tailin auf den Boden und drückte ihre Tatze gegen seinen Oberschenkel. Tailin starrte darauf. Ihre Krallen waren noch eingezogen, doch allein die Unterseite ihres Fußes war so rau wie ein Reibbrett.

Er musste sich konzentrieren. Von seinen nächsten Worten hing alles ab. »In dem Moment habe ich etwas verstanden«, flüsterte er, »als ich Euch gegenüberstand. Da ist mir klargeworden, dass ihr menschlich seid. Keine Tiere, keine Bestien. Einfach nur menschlich.«

Der Pamuschkrieger schwieg. Die Tatze drückte sich regungslos gegen Tailins Bein.

Dann brach der Pameli in Gelächter aus. »Was für eine Erkenntnis«, stieß er hervor. »Was für ein schlaues Mischlingskerlchen du doch bist. Wir sind also menschlich! Da hat es wohl Faruablut in deinen Adern gebraucht, um das zu erkennen.« Er trat neben seine Katze, legte die Hand in ihren Nacken und kraulte sie.

Die Pamusch begann zu schnurren. Ihre Tatze rutschte langsam an Tailins Bein herab, nur leicht traten ihre Krallen hervor, berührten Tailins Haut und piksten hinein.

Er wollte rückwärtsgehen. Aber die Felswand drückte in seinen Rücken und hielt ihn fest.

Der Pameli bleckte die Zähne. »Schluss mit den Lügen! Du bist ein Spion! Du sollst uns aus dem Wald locken. Soweit hätten wir das geklärt. Aber was noch? Was ist außerdem noch dein Auftrag?«

Tailin stieß die Luft aus. »Ich bin kein Spion.«

Der Pameli knurrte, das Schnurren der Katze verstummte. Ihre Krallen fuhren heraus, griffen zu und hakten sich fest. Der Schmerz explodierte, jagte einen rasenden Schrei durch Tailins Kehle.

»Du lügst!«, rief der Pameli. »Was ist dein Auftrag? Warum schicken sie einen wie dich?«

Tailin konnte nicht denken. Die Krallen waren fort, doch der Schmerz wallte durch seinen Körper. Einen wie ihn? Was meinte er damit? Was war so Besonderes an einem Mischling?

»Woher wussten sie das?« Der Pameli schrie ihn an. »Dass sie einen wie dich brauchen, um ihn durch den Grenzwald zu schicken?«

Tailin bemühte sich, dem Gedanken zu folgen, wollte eine Antwort geben, um nicht wieder die Krallen zu spüren. Aber er verstand nicht. »Einen wie mich?«

Der Pameli zischte, die Pamuschkatze holte aus und rammte ihre Krallen erneut in seinen Oberschenkel.

Tailin schrie. Der Schmerz zerriss seinen Körper, seine Beine knickten ein. Er sackte auf die Seite, krümmte sich über die Wunde. Stoßweise kämpfte sein Atem gegen den Schmerz. Etwas Warmes lief über seinen Schoß, sickerte in das Stroh. Blut, oder Urin, oder beides.

Aus den Augenwinkeln sah er die nächste Bewegung. Wieder schlugen die Krallen zu, dieses Mal in seinen Po. Er kreischte und verlor die Kontrolle über seinen Körper. Nur das Heulen drang aus seiner Kehle, erfasste seine Lunge und brachte ihn zum Beben.

»Wenn du gestehst, hört sie auf!«, rief der Pameli.

Tailin schüttelte den Kopf. Er durfte kein falsches Geständnis ablegen. Wenn er gestand, würden sie ihn töten. »Ich bin kein Spion. Ich bin desertiert.«

Die Krallen rissen durch seinen Arm.

Der Schmerz zersprengte seinen Kopf, kam von innen und außen zugleich, fiel von den Höhlenwänden auf ihn herab. Schwarze Sterne sickerten vor seine Augen und wollten ihn in die Tiefe reißen. Er wollte loslassen, wollte sich verlieren, um diese Höhle und den Schmerz zu verlassen.

Nur ein Gedanke hielt ihn zurück: Der Pameli musste ihm glauben. Das Schicksal Ruanns hing davon ab. »Es ist die Wahrheit«, wimmerte er. »Sie wollen den Wald in Brand stecken. Rabanus will alles töten, was er nicht besitzen kann. Sie sind wahnsinnig, keine Menschen mehr. Nur noch Bestien.« Wirbelnde Bilder fielen über ihn her, Häuser und Mauern, die sich um ihn herumbauten, die Gassen einer Stadt, weiß und leuchtend. Zuhause. Heimat …

Bedrohung!

Die Gassen waren leergefegt, beißender Gestank lag in der Luft.

Allein! Er war allein! Seine Mutter, sein Vater …

Rasender Schmerz traf seinen Rücken. Eine Peitsche! Oder zwei? Mit reißenden Spitzen!

Krallen! Es waren Krallen! Eine riesige Raubkatze, die ihn umbrachte. Warme Flüssigkeit sickerte über seine Haut. »Ruann.« Das Wort rann aus seiner Kehle. »Die schwarze Invasion zerstört unsere Welt. Feuer und Rauch nimmt uns den Rest. Wir müssen kämpfen.«

Plötzlich drang ein Schnurren an seine Ohren, überlaut und nah. Orangeglühende Katzenaugen, direkt vor ihm. Ein Raubtier mit riesigem Kopf. Er wollte weg, wollte ausweichen, doch jegliche Kraft war fort.

Eine raue Zunge leckte seine Schulter, seinen Arm, weidete sich an seinem Blut.

Sie würde ihn fressen! Die Katze würde ihn fressen!

»Chaveen!« Eine menschliche Stimme ging dazwischen. »Ravi karesch!«

Ein Gesicht erschien vor ihm, orangefarbene Augen, dunkel umrandet. Erstaunen schimmerte in ihrer Tiefe. »Noch unter Todesqualen sprechen die Reinen die Wahrheit.« Die Stimme klang fremd, weit entfernt und dennoch so nah, als spräche sie direkt in seine Seele: »Noch unter Folter und Schmerzen bewahren sie ihre Kraft, ihre Ehre, ihre Aufrichtigkeit.«

Die Worte tanzten in seinen Ohren, waren anders als alle

Worte zuvor. Vertrauter, wie ein Geheimnis, das sich nur an ihn richtete. Sie hallten auch dann noch in ihm nach, als sie längst verklungen waren, vermischten sich mit dem leisen Schnurren, das ihn einlullte. Wieder strich etwas über seine Haut. Menschliche Lippen, eine Zunge, die seine Schulter liebkoste.

Kurz kehrte sein Bewusstsein zurück, begriff, was mit ihm geschah: Der Pameli leckte das Blut von seiner Haut, trank es aus seinen Wunden. Er würde ihn aussaugen, bis nichts mehr von seiner Lebenskraft zurückblieb, würde ihn töten und ihn gemeinsam mit seiner Katze verspeisen.

Dennoch fühlte es sich gut an. Die Schmerzen verschwanden, verwandelten sich in etwas anderes, in ein Bedürfnis, das nicht hierher gehörte. Es begann klein, sickerte aus den Wunden in seine Haut, drang in sein Fleisch und pulsierte in seinen Adern. Ein leises Stöhnen mischte sich hinein, kaum zu sagen, von wem es stammte. Dann schlug das Gefühl zu, erfasste seinen Kopf und blitzte durch seinen Körper. Seine Glieder streckten sich, entblößten die Wunden und wünschten sich mehr.

Nur verschwommen sah er den Katzenmenschen vor sich, seine geflochtenen braunen Haare, sein feines Gesicht, das sich von ihm löste. Seine Pupillen zogen sich zusammen, das Orange seiner Augen glühte im Sonnenlicht. Verwirrung flackerte darin, menschliche Unsicherheit. »Nur die Reinen verlieren sich selbst für das Wohl der Gemeinschaft, opfern ihr Leben für die Leben der anderen.« Er flüsterte die Worte in das Blut, das an seinem Mund klebte. Spitze Zähne blitzten zwischen seinen Lippen.

Erst jetzt bemerkte Tailin, warum seine Sprache so anders klang: Er sprach kein Sapionisch mehr. Die Worte, die er rezitierte, ähnelten dem Faruanisch der Sklaven. Und dennoch waren sie anders, altmodischer, wie aus längst vergangener Zeit.

Ein leises Knurren meldete sich aus dem Hintergrund, dicht gefolgt von einem Fauchen.

»Ravi karesch!« Der Pameli besänftigte die Katze, beugte sich über das Blut und berührte die offene Haut. Eine heiße Flut erfasste Tailin, so heftig, dass er darunter zitterte.

Was auch immer dieses Gefühl auslöste, es war so, wie es die Legenden erzählten: Der Pameli würde ihn fressen, zusammen mit seiner Katze. Dennoch war er einverstanden. Sein Leben für diesen Moment, für die Lippen auf seiner Haut, für die Substanz, die in sein Blut strömte. Wie ein Wirbelsturm trug ihn der Rausch davon, ließ ihn fliegen und nahm sein Bewusstsein mit sich.

15. Kapitel

Bergland von Sapion, Oase »Walis«

FEYLA

In deiner Sippe stimmt etwas nicht. Wenn du es wissen willst, dann sei mutig und folge deinen Fragen.

Ununterbrochen kreisten Nugias Worte durch Feylas Gedanken. Seit ihrem letzten Gespräch hatte sie ihre Freundin nicht mehr wiedergetroffen. Nur durch das Getuschel ihrer Schwestern bekam sie mit, dass ihr Vater die Sklavin jeden Tag zu sich rief. Sie selbst sah Nugia nur ein paarmal von Weitem, und jedes Mal wirkte sie zerbrechlich und von stiller Verzweiflung geplagt.

In deiner Sippe stimmt etwas nicht. Wenn du es wissen willst, dann sei mutig und folge deinen Fragen.

Nugia wusste etwas. Etwas, das sie nicht sagen durfte. Nur so war zu erklären, dass sie während der Hochzeitsfeier ausgepeitscht worden war. Immer wieder musste Feyla über das nachdenken, was die Sklavin an jenem Tag erzählt hatte. Nugia hatte davon gesprochen, dass andere schreckliche Opfer für Feyla gebracht hatten. Andere, in Mehrzahl. Also nicht nur Nugia allein, sondern noch mindestens eine weitere Person.

Wen könnte sie damit meinen? Feyla erinnerte sich an niemanden, der jemals ein Opfer für sie gebracht hatte. Ihr Vater hatte ihr etliche Privilegien zukommen lassen. Aber sein Interesse galt allein sich selbst. Keinesfalls würde er ein Opfer für sie bringen.

Wen meinte Nugia also dann?

Und warum hatte sie so empfindlich auf Feylas Wunsch reagiert, ein Faruabastard zu sein? Es war ein idiotischer Wunsch. Feylas Mutter war die Schwester von Alrana, Gabrun und Zeleste gewesen. Und keiner von ihnen trug auch nur einen Tropfen faruanischen Bluts in sich. Es musste also etwas anderes sein.

Obwohl ihr Vater kaum eine Sklavin ausließ, gab es keine Faruabastarde in ihrer Sippe. Hieß das, er verstieß die Sklavinnen, sobald sie schwanger wurden? War das der Grund, warum sie ihre Freundin vor den Kopf gestoßen hatte? Weil Nugia miterlebt hatte, wie schwangere Sklavinnen verkauft wurden? Immerhin entging sie selbst diesem Schicksal nur deshalb, weil sie unfruchtbar war.

Sie sollte also ihren Fragen folgen und Antworten finden …

Welche Fragen hatte sie? Und wie konnte sie Antworten finden? Ob sie mit den anderen Sklavinnen sprechen sollte? Mit den älteren, die schon in ihrer frühesten Kindheit hier gewesen waren? Aber was, wenn eine von ihnen etwas verriet – würde sie dann nicht ebenso hart bestraft werden wie Nugia? Nein, es musste einen anderen Weg geben, um Antworten zu finden, einen, der niemand anderen in Gefahr brachte.

Direkt nach dem Mittagessen war sie vor dem Gekicher ihrer Schwestern aus dem Palast geflohen, während Dorgen noch länger dort geblieben war. Es war der letzte Tag der Tagwechselzeit. Sapia ging bereits am frühen Vormittag auf, und normalerweise ging niemand um diese Jahreszeit freiwillig mittags nach draußen. Auch Dorgen hatte seine Ausritte schon seit Längerem in die frühe Morgenzeit oder in den späten Abend verlegt. Außerdem hatte Miljuna ihn zum Schwimmen eingeladen. Sie und ihr schwangerer Bauch brauchten Aufmerksamkeit.

Feyla wurde übel, wenn sie daran dachte. Um keinen Preis wollte sie es mitansehen oder allein auf ihrem Zimmer die zurückgesetzte Ehefrau spielen. Stattdessen hatte sie die Reithose angezogen und war in den Stall gestürmt.

Inzwischen hatte sie die Stute gesattelt und führte sie nach draußen. Sie saß auf, trieb ihr Pferd zum Galopp und raste über die Parkwege. Von hoch oben brannten die beiden Sonnen auf sie hinab. Innerhalb von Sekunden strömte der Schweiß über ihre Haut, und die Stute keuchte. Als Feylas Blick auf das Haus fiel, in dem ihre Brüder lebten, parierte sie durch. Wie so oft versuchte sie, durch die Zäune und Büsche einen Blick auf die Jungen zu erhaschen. Wenn sie einen Sohn bekäme, würde er nur drei Jahre bei ihr bleiben. Danach würde auch er in einem separaten Haus aufwachsen.

Und was geschah mit den Jungen, sobald sie in dem Knabenhaus wohnten? Wer erzog sie, wenn ihr Vater nicht da war – und wie wurden sie erzogen? Auch das waren Fragen, auf die sie niemals eine Antwort gefunden hatte. War es wirklich ein besseres Los, als Junge geboren zu werden? Oder litten ihre Brüder ebenfalls, wenn sie ohne die Liebe ihrer Mütter aufwuchsen?

Feyla war noch immer nicht schwanger, dennoch spürte sie den Trennungsschmerz schon jetzt. Wenn sie einen Sohn hätte, der dort hinten aufwuchs, würde sie ihre Tage vermutlich in der Nähe der Zäune verbringen. Ob das der Grund war, warum sie nicht schwanger wurde? Weil ihr Körper schon jetzt gegen die Trennung rebellierte?

Allzu oft hatte Nugia ihr erzählt, wie mächtig der Körper sein konnte. Mitunter wusste er besser über die heimlichen Wünsche Bescheid als der Verstand. Deshalb wurde er krank, wenn es der Seele schlecht ging, und konnte genesen, weil man glücklich war. Er zwang einen Menschen zur Ruhe, indem er gebrechlich wurde, oder zeigte durch seine Unruhe, dass etwas nicht in Ordnung war. Es war also naheliegend, dass er sich gegen ein Kind wehrte, dem es nicht gutgehen würde.

Feyla schluckte das Unwohlsein herunter. Zum unzähligen Mal wünschte sie sich, Dorgen wäre bei ihr. Dann müsste sie mit ihren Sorgen nicht länger allein sein. Heute Abend war der doppelte Sonnenuntergang. Rabanus und Sapia würden zeitgleich hinter dem Horizont versinken. Ob Dorgen dann zu ihr kommen würde, um das Spektakel mit ihr zusammen zu beobachten? Oder würde er den besonderen Moment mit ihren Schwestern unter der geöffneten Kuppel des Palastes verbringen?

Unwirsch schüttelte Feyla den Kopf. Sie musste aufhören, an ihn zu denken. Besser war es, sie lenkte sich ab. Was meinte Nugia mit ihren Andeutungen? Gab es irgendwelche Hinweise auf die Wahrheit, die sie bislang übersehen hatte? Und warum musste sie mutig sein, um ihren Fragen zu folgen? Hatte sie nicht immer alle Fragen gestellt, die ihr einfielen? Oder gab es Fragen, für die sie bislang zu feige gewesen war? Feyla tappte im Dunklen.

Sie gelangte viel zu schnell ans Ende der Schlucht und betrachtete den Wasserfall, unter dem sie so gerne mit Dorgen badete, schaute zu der versteckten Höhle, in der sie sich so oft mit Nugia getroffen hatte. Dann fiel ihr Blick auf die Treppe. Direkt neben dem Wasserfall führte sie die Felswand hinauf.

Sei mutig und folge deinen Fragen …

Feylas Hände kribbelten. Sie war niemals mutig genug gewesen, um die Treppe hochzugehen und nachzuschauen, wie es dort oben aussah. Ob Nugia das meinte? Verbarg sich dort oben ein Geheimnis, von dem ihre Freundin wusste? Feyla sprang vom Rücken ihrer Stute, band das Pferd an einen der Bäume und ging zur Felswand. Ihr Vater hatte die Oase schon am Morgen verlassen. Wie so oft war er unterwegs, vermutlich, um sich mit anderen Politikern zu besprechen. Er würde nichts davon mitbekommen, wenn sie jetzt diese Treppe hinaufging. Dass sie in den Bergen jemand anderem begegnen könnte, glaubte sie ebenso wenig. Es war karges Bergland, das in der Mittagshitze vor sich hin dörrte. Kein Mensch würde freiwillig dort hinaufgehen.

»Wag es!«, redete Feyla sich selbst zu.

Am Fuß der Treppe sah sie sich noch einmal um. Weit und breit war niemand zu sehen, nur die Obstbäume, deren Zweige im Wind wogten. Sie holte Luft, setzte ihren Fuß auf die erste Stufe und begann zu klettern.

Ihren Fragen folgen … Es war nicht besonders wahrscheinlich, dass ausgerechnet dort oben ein Familiengeheimnis schlummerte. Aber es war eine Frage, die sie schon lange interessierte. Feylas Schritte wurden schneller. Je höher sie stieg, desto größer wurde ihre Angst, jemand könnte sie beobachten.

Vollkommen außer Atem erreichte sie die obere Kante der Treppe und kletterte hinüber. Vor ihr lag eine weitere Schlucht, eine Enge zwischen zwei Bergen, die sich unermesslich weit in die Höhe reckten. In der Mitte der Schlucht verlief der Bach. Langsam floss er zwischen Steinen und Moos dahin, ehe er mit dem Wasserfall in die Oase stürzte. Früher musste es ein reißender Fluss gewesen sein, der in riesigen Stufen die Berge herabstürmte. Dort, wo jetzt ihre Oase lag, hatte der Fluss sich fortgesetzt, ein breiter Strom, der alles mit sich riss. Das zumindest kam Feyla in den Sinn, als sie die steilen Felswände hinaufsah. Nur Wasser war mächtig genug, um solche Tiefen in ein Gebirge zu graben. Auch das hatte sie aus ihren Büchern gelernt. Ebenso wie die Tatsache, dass es selbst in Sapion mächtige Stromtäler gegeben hatte. Vor langer Zeit. Doch jetzt gab es nur noch das Bächlein, das zwischen Steinen und Moos hindurchplätscherte.

Feyla lief am Ufer entlang, folgte ihm bis zu einer Stelle, an der sich der Bach durch einen schmalen Felsendurchbruch zwängte. Sie selbst musste über die Steine am Rande des Baches klettern, um hinter den Engpass zu gelangen. Dann lag ein riesiges Tal vor ihr. Die Berge weiteten sich zu beiden Seiten und gaben die Sicht auf einen See frei.

Gleißendes Sonnenlicht spiegelte sich im Wasser und stach in ihre Augen. Rabanus und Sapia, sie beide potenzierten ihr

Licht in der glatten Fläche. Schnell riss Feyla die Hand hoch und schirmte die Helligkeit ab. Nur das, was direkt vor ihr lag, konnte sie erkennen: einen Staudamm, der das Wasser des Sees in seine Grenzen zwängte. Feyla schüttelte ungläubig den Kopf: ein See! Oberflächenwasser. Mitten in Sapion. Ihre Hände kribbelten noch immer. Oder schon wieder? Am liebsten wollte sie loslachen über das Wunder. Doch sie musste es noch näher betrachten, musste den See umwandern und sein Wasser schmecken, um es zu glauben.

Das Seewasser gluckste und gurgelte vor dem Staudamm, gerade so, als wollte es sein Gefängnis sprengen. Wenn das geschähe, würde das Wasser in einem wilden Sturzbach durch das obere Gebirgstal fließen und sich dann über den Wasserfall in die Oase ergießen. Es würde den Obsthain und die Wiesen, die Ställe und Paläste einfach unter sich begraben. Harmloses Wasser, solche Macht konnte es besitzen.

Blinzelnd hob Feyla den Kopf und spähte über die grelle Fläche in die Ferne. In diesem Moment hörte sie die Stimmen: aufgeregte Rufe, noch zu weit entfernt, um gefährlich zu werden, und dennoch bedrohlich genug.

Feyla kniff die Augen noch enger zusammen. Am anderen Ufer waren Menschen! Viele Menschen. Nicht fünf oder zehn oder hundert. Es mussten mehrere Hundert sein, vielleicht sogar tausende. Männer in beigefarbenen Gewändern, mit roten und schwarzen Haaren, die im Gegenlicht der Sonne leuchteten.

Sklaven! Die Männer dort hinten waren Sklaven! Faruanische Sklaven, sapionische Sklaven. Männer, die in der Auslese um Gnade gebettelt hatten, und solche, die schon als Kinder aus Farua und dem staatenlosen Gebiet verschleppt worden waren. Sie rollten Fässer vor sich her, Wasserfässer, die sie eines nach dem anderen im See entleerten.

Feyla stockte der Atem. Sie legte die Hand über die Augen, wollte so weit wie möglich in die Ferne schauen, wo sie Pferdewagen entdeckte, eine ganze Kolonne von Fuhrwerken, auf denen die Wasserfässer herangefahren wurden.

Dieser See war ein künstlicher See! Tausende von Sklaven wurden ausgebeutet, um ihre Oase mit fließendem Wasser zu nähren, um ihnen den Luxus eines Schwimmbades zu bereiten und die verwöhnten Töchter des obersten Beraters glücklich zu machen. Feyla sog scharf die Luft ein.

Andere hatten schreckliche Opfer für sie gebracht.

Hatte Nugia davon gesprochen? Meinte sie diese Sklaven? Waren auch die Sklavinnen darunter, die ihr Vater aus der Oase verbannt hatte? Oder die Bastardkinder, die sie bekommen hatten?

Feyla trat einen Schritt zurück und versuchte, die Puzzleteile in ihrem Kopf zu ordnen. Was sollte sie jetzt tun?

Nie wieder könnte sie unter dem Wasserfall baden. Nie wieder könnte sie in der Schwimmhalle schwimmen oder auch nur das Grün ihrer Oase genießen. Denn ihre Oase war keine Oase. Eigentlich müsste es eine verdorrte Schlucht sein, die in der glühenden Hitze einer sterbenden Welt lag.

Immer weiter wich Feyla nach hinten, wollte nur noch davonrennen und vergessen. Deshalb hatte Walerius ihr verboten, hier heraufzugehen, damit sie nicht entdeckte, wie viele Menschen leiden mussten, um ihr das Leben im Paradies zu ermöglichen.

Auf der anderen Seite des Sees erhob sich Gebrüll. Erst jetzt bemerkte Feyla, dass nicht nur niedere Sklaven hier oben waren: Einer der Männer schlug mit einer Peitsche auf einen anderen ein, prügelte ihn, bis er zu Boden fiel und sich nicht mehr rührte. Um die beiden herum erhob sich Tumult. Weitere Männer gingen mit Peitschen auf die Sklaven los, bis drei von ihnen am Boden liegen blieben und der Rest gehorsam zurückwich.

Feyla ging weiter rückwärts und stieß gegen etwas Weiches. Sie schrie auf, sprang nach vorn und wirbelte herum.

Ihr Vater stand vor ihr. Er trug sein weißes Gewand, hatte es nicht nur um Oberkörper und Beine geschlungen, sondern auch seinen Kopf und seine Stirn damit umwickelt. In seiner Hand lauerte die Sklavenpeitsche. »Du hast meinen Befehl missachtet!« Seine Stimme klang rau.

Feyla wich noch weiter vor ihm zurück. »Das ist Wahnsinn …«, flüsterte sie. »Du lässt das Wasser in Fässern hierher bringen. Damit wir darin baden können. Während anderswo die Menschen verdursten. Das ist …«

»Erklär du mir nicht, was Wahnsinn ist!« Ihr Vater sprach eisig. Dann packte er sie am Handgelenk, ging voran und zerrte sie hinter sich her. Steine und Geröll lagen am Boden. Feyla musste nach unten schauen, um nicht zu stolpern.

Walerius führte sie zurück durch die Enge zwischen den Felsen, schob sie vor sich her und ließ ihr Handgelenk los. Umso fester drückte er zwischen ihre Schulterblätter und schubste sie vorwärts. Wieder stolperte sie, versuchte, seiner Hand zu entkommen. Doch sie war zu langsam. Mit jedem Mal stieß er sie härter. Bis sie zu Boden fiel. Feyla krabbelte voran, kämpfte sich hoch, nur um wieder geschubst zu werden. Sie bemerkte kaum, wohin er sie trieb oder dass er die Richtung änderte.

Erst als die Felswand vor ihr auftauchte, erkannte sie die Falle. Sie sprang auf und drehte sich zu ihm. Blanker Zorn lag in seinen Augen. Der Schatten der Felswand stürzte sich über sie, kurz bevor sie den Felsen in ihrem Rücken spürte.

Ihr Vater blieb dicht vor ihr stehen. »Zieh dich aus!«

Ungläubig starrte Feyla ihn an.

»Du hast mich verstanden«, knurrte er. »Du sollst dich ausziehen!«

Feyla konnte es nicht. Ihre Hände waren taub, ihr ganzer Körper wurde starr. Sie konnte sich nicht mehr rühren.

Ihr Vater hob die Sklavenpeitsche, richtete die Spitze auf ihr Gesicht und schob den Schaft an ihre Wange. »Oder möchtest du, dass ich dich entstelle? Was glaubst du, wird dein Ehemann von dir halten, wenn du nur noch ein Auge hast?«

Seine Worte stachen in sie hinein, stießen in ihre Seele und ließen sie zersplittern. Das hier war ihr Vater. Warum tat er das? Rasender Schwindel tobte durch ihren Kopf.

Sie musste ihm gehorchen. Musste seinen Befehlen folgen, um den Schaden einzudämmen.

Ihre Hände lösten sich aus der Starre. Sie bemerkte kaum noch, wie ihre Finger zitterten, fühlte kaum noch ihren Körper. Wie von allein löste sie die Verschnürungen von Hemd und Hose, zog ein Teil nach dem anderen aus, bis sie nackt vor ihm stand.

Sein Blick weidete sich an ihrem Körper, streifte ihre Haut und erkundete jeden Winkel. Das weiße Tuch über seinem Kopf flatterte im Wind, nackte Gier stand in seinen Augen. Erst als er alles begutachtet hatte, öffnete er den Mund. »Dreh dich um!« Seine Stimme bebte.

Feyla gehorchte. Sie drehte sich zur Felswand und bemühte sich, seinen Blick zu vergessen.

Der Luftzug kam zuerst, scharf und erschreckend, gefolgt von der Peitsche. Spitzer Schmerz zerriss ihren Po, ließ sie schreien und nach vorne stürzen. Nur ihre Hände fingen sie auf, krallten sich in den Felsen. Ein zweiter Schlag folgte, zerriss ihre Haut und trieb ein Heulen aus ihrer Kehle. Schwarze Sterne wirbelten vor ihren Augen, ließen ihre Arme weich werden und die Beine einknicken.

Ein dritter Schlag! Ein vierter!

Grausige Schreie hallten durch die Schlucht, flatterten zwischen den Felswänden hin und her und echoten immer lauter, je häufiger er sie schlug.

Sie hörte auf zu zählen. Die schwarzen Sternchen vermehrten sich, erlösende Dunkelheit, direkt vor ihr. Nur noch kurz … nur noch ein Schlag …

Der nächste Treffer blieb aus. Die Sternchen verschwanden, ihr Bewusstsein kehrte zurück.

Dann hörte sie den Atem an ihrem Ohr, fühlte den Körper, der sich von hinten an sie drängte. Seine Hände griffen nach ihren Brüsten, drückten sie so fest, dass ihr ein Schmerzenslaut entwich.

Sein Atem keuchte, während sich etwas Hartes in ihren Rücken drängte. Seine Hand rutschte tiefer, drückte ihren Bauch und wanderte zwischen ihre Schenkel.

Feyla begann zu zittern.

Seine Finger erreichten ihren Spalt und stachen in sie hinein. Sie wusste nicht, wie viele Finger es waren. Zu viele. Kratzig und hart. Brutal und zornig. Immer wieder, immer tiefer.

Sie konzentrierte sich auf ihre Hände, auf die spitzen Felsen unter ihrem Handballen, auf das Piksen der Steine an ihren Füßen, auf das Plätschern des Baches in der Mitte der Schlucht.

Sie durfte nicht fühlen, was er mit ihr tat, dass ein Teil von ihm nackt war, dass sich sein Körper an ihr rieb. Sie durfte das Stöhnen an ihrem Ohr nicht hören und den Moment nicht wahrnehmen, in dem sich etwas Warmes an ihrem Rücken ergoss.

Dann waren seine Finger fort. Nur sein Mund blieb noch an ihrem Ohr. »Hast du die Warnung verstanden?«

Feylas Verstand kehrte nicht gleich zurück, brauchte lange, um zu begreifen, was er meinte.

Niemand durfte erfahren, was sie gesehen hatte. Die Wassersklaven hier oben existierten nicht, und der Bach besaß eine natürliche Quelle. »Ja«, flüsterte sie. »Ich habe verstanden.«

Sein massiger Körper wich zurück. Kühle Luft strich über die Feuchtigkeit an ihrem Rücken.

»Dann zieh dich an und geh!«, befahl er.

Feyla bückte sich nach ihrer Kleidung, streifte sie mit bebenden Händen über und kümmerte sich nicht darum, ob die

Verschnürungen schief saßen. Als sie sich abwandte, brachte sie es nicht fertig, ihn noch einmal anzusehen.

Nur seine Stimme hallte ihr nach. »Ich rate dir, deine Neugier zu bezähmen.« Spott sammelte sich in seinem Tonfall. »Du solltest dich lieber darauf konzentrieren, deinem Ehemann eine gute Lieblingsfrau zu sein.«

Feyla zuckte zusammen. Ihr Ehemann! Dorgen. Nach dem, was gerade geschehen war, konnte sie unmöglich bei ihm sein.

Konnte nicht noch einmal in seine Augen sehen.

Nicht noch einmal mit ihm schlafen.

Konnte keinesfalls ein Kind von ihm bekommen.

16. Kapitel

Bergland von Pamal, Höhlengefängnis

TAILIN

Als er erwachte, fühlte sich alles schwer an – seine Glieder, die schlaff an seinem Körper hingen, die Luft, die von oben auf ihn herabdrückte, die Höhlendecke, die viel zu dicht über ihm lauerte. Erst dann sickerte die Erinnerung in sein Bewusstsein. Eigentlich müsste er tot sein. Er sah wieder das Blut im Gesicht des Pameli, hörte das Fauchen der Katze im Hintergrund und spürte den Hunger der beiden, der sich auf ihn konzentrierte. Und dennoch schien er zu leben. Selbst die Schmerzen waren verschwunden. Wie lange hatte er geschlafen? Eine Nacht? Einen Tag? Mehrere Tage?

Er versuchte, sein Bein zu spüren, die Haut an seinem Oberschenkel, wo die Katze ihre Krallen in sein Fleisch getrieben hatte. Doch sein Bein fühlte sich gesund an, ein wenig schwächlich vielleicht, aber nicht so, als wäre es verletzt. Auch sein Arm war ganz und gar unauffällig. Ebenso wie sein Po und sein Rücken.

Was, wenn er doch gestorben war? Wer konnte schon sagen, wie es sich anfühlte, wenn die Seele ohne den Körper erwachte?

Er musste sich bewegen, um es zu überprüfen. Langsam richtete er sich auf, schob die Wolldecke zurück, die auf ihm lag, und betrachtete sein Bein. Es war noch immer nackt, abgesehen von dem weißen Verband, der darum gewickelt war. Tailin tastete über den Stoff, drückte hindurch, um die Wunde zu spüren. Doch da war nichts. Nur die Wärme des Verbandes und die kühle Luft, wo er die Decke zur Seite geschlagen hatte. Konnte man Kälte und Wärme fühlen, wenn man tot war?

Tailin kam zu dem Schluss, dass er noch lebte. Zumindest vorerst. Vielleicht hatte er geträumt? Womöglich war die Folter nur halb so schlimm gewesen, und allein seine Angst hatte ihm etwas vorgegaukelt.

Plötzlich meldete sich sein Instinkt. In den Gängen hinter der Gittertür war jemand. Auch wenn er niemanden sehen konnte. War es das, was ihn geweckt hatte? Die versteckte Gegenwart eines Pamuschkriegers?

Tailin starrte in die Dunkelheit der Gänge. Er hörte nichts, und dennoch konnte er wahrnehmen, wie sein Gegner näher rückte, bis sich eine Gestalt aus den Schatten hervorschälte.

Die Bewegung des Pameli hatte etwas Katzenhaftes. Seine Füße bewegten sich lautlos auf dem Steinboden des Tunnels, jeder Schritt wirkte weich und geschmeidig. Dann erschien sein Gesicht hinter den Gitterstäben. Es war sein Folterknecht! Das gleiche Gesicht, das in der Nacht noch mit seinem Blut beschmiert gewesen war. Jetzt wirkte es sauber und glatt. Die orangefarbenen Katzenaugen sahen ihm entgegen.

Tailin rückte auf seinem Lager nach hinten und presste den Rücken gegen die Steinwand. Erst dann fiel ihm auf, was der andere mit sich trug: ein Tablett mit Tellern und Krügen. Reichhaltiges Essen, dessen Duft zu ihm in die Zelle strömte. Tailins Magen knurrte.

Wann war er gefoltert worden? In der vergangenen Nacht? Oder lag es schon mehrere Tage zurück? Er warf einen Blick durch den Spalt nach draußen. Das Licht war rötlich-gelb. Beide Sonnen standen am Himmel. Doch erst, wenn sie heute Abend untergingen, würde er wissen, ob noch Tagwechselzeit oder bereits Doppelsonnenzeit war.

Aber ganz gleich, wie lange er geschlafen hatte. Nichts wollte er dringender als diese Mahlzeit. So schnell wie möglich wollte er sie in sich hereinschlingen und nicht von seinem Teller aufsehen, ehe alles in seinem Bauch verschwunden war.

Der Pameli schob den Riegel zurück, balancierte das Tablett in die Zelle und stellte es vor Tailin auf den Boden. Dampfendes Fleisch lag darauf, angerichtet mit Brot und gedünstetem Gemüse. Daneben stand ein Krug mit Milch und noch ein zweiter mit Wasser.

»Wie geht es dir?« Die Stimme des Pameli klang weich, seine Miene wirkte besorgt.

Tailin starrte ihn an. Es war der gleiche Mann, der ihn gefoltert und sich voller Gier an seinem Blut betrunken hatte. Wie konnte er sich jetzt nach seinem Befinden erkundigen?

Der Pameli wartete nicht auf Antwort, sondern kniete sich neben sein Lager und begutachtete den Verband an seinem Bein.

Tailin wollte ihn nicht daranlassen. Doch der Pamuschkrieger fragte nicht. Er löste die Schnur, die um den Verband gebunden war. Schlaufe um Schlaufe zog er von seinem Bein. Rein zufällig streiften seine Arme Tailins Haut und jagten ein Sirren durch seinen Körper.

Zum ersten Mal nahm er den Geruch war, der von dem Pameli ausging, eine Mischung aus Raubtier und Kräutern, frischer Bergluft und einem Duft, der ihn an kaltes Wasser erinnerte. Sehr kaltes Wasser.

Tailins Blick fing sich an den Haaren des Pameli. Sie schimmerten in einem warmen Braun, waren zu schmalen Zöpfen geflochten und in einem Knoten zurückgebunden. Sein Nacken darunter lag bloß, helle Haut, so weich und menschlich, dass Tailin sich darüber beugen und die feinen Härchen mit seinen Lippen fühlen wollte.

Der Gedanke ließ ihn zurückzucken. Warum dachte er so etwas?

Der Pameli bemerkte es, hob seinen Kopf und sah zu ihm auf. »Tut es noch weh?« Er deutete auf das Bein.

»Nein.« Tailin starrte ihn an. »Eigentlich nicht.«

Die Pupillen des Pameli weiteten sich, verdrängten das Orange seiner Iris und färbten seine Augen dunkel. Vielleicht erinnerte die Farbe und die Form an die Augen einer Katze, doch seine Pupillen waren so rund wie die eines Menschen. Tailin wollte in die Tiefe eintauchen und sich selbst vergessen.

Was war nur los mit ihm? Die Bestie hatte ihn gefoltert und sein Blut getrunken. Seine Nähe anziehend zu finden, war absurd.

Der Pameli räusperte sich, wandte sich wieder nach unten und zog die letzte Verbandsschlaufe von Tailins Bein. Fünf lange, weiße Striche kamen darunter zum Vorschein, nur noch schmale Narben, die so aussahen, als seien sie schon lange verheilt. Wie konnte das sein?

Der Pameli nickte zufrieden. »Das sieht gut aus. Nur eines würde ich gerne noch damit machen.« Er beugte sich über das Tablett, wählte einen der Krüge aus und stellte ihn neben Tailins Bein. Mit den Händen schöpfte er eine weiße Substanz heraus. »Vorsicht!« Er grinste. »Das wird jetzt kalt.« Damit ließ er das Weiße auf Tailins Bein rutschen.

Kalter Schmerz durchzuckte ihn und ließ ihn aufschreien. »Was ist das?!«

Der Pameli lachte laut. »Das ist Schnee.« Seine Zähne blitzten. Ohne weitere Erklärungen verteilte er die weiße Masse auf Tailins Bein. Er nahm noch mehr davon aus dem Krug und rieb das kalte Zeug in seine Haut.

Tailin biss die Zähne aufeinander. Die Kälte rauschte durch seine Sinne, weckte ihn auf und raubte ihm die Beherrschung. Die Hände des Pameli machten es nicht besser. Ohne jede Scheu berührten sie seine Haut, wiederholten die Prozedur mit dem anderen Bein.

»Hast du jemals Schnee gesehen?«, erkundigte sich der Pameli. »Das ist gefrorenes Wasser. Eigentlich regnet es in den hohen Regionen vom Himmel. Aber hier bei uns ist der Schnee schon uralt. Geschneit hat es seit Ewigkeiten nicht mehr. Unser Schnee ist nur niemals geschmolzen. Er bedeckt die Berggipfel, dort, wo die Weite der Welt unter einem liegt.«

Tailin schauderte und spürte die Sehnsucht in den Worten, als wäre es sein Gefühl. Zugleich erkannte er, dass der kalte Wassergeruch von dem Schnee stammte.

Der Pameli nahm den letzten Rest aus dem Krug, verteilte ihn auf Tailins Wade und sprach weiter: »Oben auf den Bergen ist der Schnee schon lange zu Eis gefroren. Aber wenn man es in der kalten Luft zerstößt, wird es wieder so weich wie Schnee.«

Tailin betrachtete die Hände auf seinen Beinen, die letzten weißen Flocken, die auf seiner Haut schmolzen. Die Kälte hatte aufgehört, ihn zu beißen, nur die Hände jagten winzige Blitze durch seine Nerven.

Der Pameli ließ ihn los, nahm ein Stofftuch und rieb seine Beine trocken. »Der kalte Schnee belebt den Kreislauf. Er macht dich munter und wach. Was gut ist, weil ich dich so schnell wie möglich wieder auf die Beine kriegen muss.«

Tailin konnte den Worten nicht folgen. Hastig griff er nach dem Tuch, musste die Berührung stoppen, ehe der Pameli bemerkte, was mit ihm los war. »Danke«, stieß er hervor. »Ich kann meine Beine selbst abtrocknen.«

Die Augen des Pameli funkelten. Seine Oberlippe wölbte sich und verlieh seinem Mund einen grimmigen Schwung, ehe sich seine Lippen zu einem Lächeln verzogen. Tailin starrte darauf. Nie zuvor hätte er geglaubt, dass die Katzenmenschen lächeln konnten. Hämisch grinsen ja, aber niemals lächeln.

Doch in diesem Lächeln lag etwas Zartes, eine Spur von Verlegenheit. »Ich fürchte, ich habe mich noch gar nicht vorgestellt. Mein Name ist Leymon, aus dem Volk der Schneekrieger.«

Erst jetzt fiel Tailin auf, dass der Pamuschkrieger ohne seine Katze gekommen war. Was sollte das alles bedeuten?

»Heißt das, du glaubst mir?«, fragte er vorsichtig. »Oder päppelst du mich nur auf, damit ich unter der nächsten Folter nicht krepiere?«

Das Lächeln des Pameli verwandelte sich in ein Grinsen und ließ die Eckzähne hervortreten. »Ob du die Wahrheit sprichst, weiß ich noch nicht. Aber wie es aussieht, glaubst du selbst, was du mir erzählst.« Er stand auf und deutete von oben auf den Teller. »Du solltest jetzt essen. Wir haben noch viel vor uns, und die nächste Zeit dürfte anstrengend für dich werden.«

Tailins Nackenhaare stellten sich auf. »Was haben wir vor uns?«

Der Pameli hob seine rechte Augenbraue. »Ich bringe dich zum Tempel von Pamal. Dort sollen sie dich prüfen. Da ist einiges an dir, was ich nicht eindeutig zuordnen kann. Und bis wir das geklärt haben, werde ich weder dir noch deiner Aussage vertrauen.«

Tailin zog die Augenbrauen zusammen. »Wovon redest du? Die Sapioner wollen den Waldgürtel von Farua in Brand setzen. Wann genau, weiß ich nicht. Vielleicht nächstes Jahr, vielleicht schon heute. Ich möchte mich zwar nicht in eure Entscheidungen einmischen, und ich weiß auch nicht, welche Wege es gibt, den Angriff zu verhindern. Aber ich kann mir nicht vorstellen, dass wir den Waldgürtel retten können, indem wir zu einem Tempel pilgern.«

Der Pameli verschränkte die Arme und starrte von oben auf ihn herunter. »Ich werde Kravi zu den Widerstandskämpfern schicken, um die Warnung zu überbringen. Aber dich werde ich zum Tempel führen. Die Priester sollen dich ansehen und prüfen. Das ist möglicherweise genauso wichtig wie eine Warnung an die Front.«

Tailin knurrte. »Wovon redest du? Was an mir soll wichtig

sein? Ich werde zu euch überlaufen, wenn ihr mich lasst. Das ist alles.«

Der Pameli entblößte ein weiteres Mal seine Zähne. »Da ist einiges an dir, was geprüft werden sollte, Tailin aus der Sippe der Verborgenen.«

Tailin erstarrte. In seinem Inneren braute sich ein Frösteln zusammen, das ihn ganz und gar erfassen wollte, stark genug, um jeden Gedanken darunter zu begraben. *Tailin aus der Sippe der Verborgenen?* Wie kam der Pameli darauf? Er hatte keine Sippe, jedenfalls keine, an die er sich erinnern konnte.

»Du redest im Schlaf.« Leymon klang ernst. »Nicht besonders deutlich und nur wenige Sätze am Stück. Aber du redest. Und zusammen mit allem anderen verbirgt sich einiges darin, was dich verdächtig macht.«

Tailin versuchte, ihm zu folgen. »Zusammen mit allem anderen? Was ist mit mir?«

Leymon neigte den Kopf zur Seite. »Du weißt selbst nichts davon … Anfangs war ich skeptisch, aber inzwischen glaube ich dir sogar. Trotzdem will ich nichts Falsches vermuten. Die Priester sollen dich prüfen. Ich bin nur ein Krieger, der ein paar Märchen gehört hat.«

Die Worte drehten sich in Tailins Kopf und versuchten, einen Sinn zu ergeben. Doch es war unmöglich. Welche Märchen? Was genau stimmte nicht mit ihm? Und welche sollte die Sippe der Verborgenen sein?

Sein Blick fiel auf seine Beine, auf die schmalen Narben, die ihm noch blasser und unscheinbarer vorkamen als zuvor. Wie waren sie so schnell verheilt? Oder konnte er den ganzen Heilungsprozess über geschlafen haben? Ohne zu essen und zu trinken?

»Die Nacht, in der deine Katze mich … verletzt hat.« Er formulierte die Frage vorsichtig, verschluckte das Wort »Folter« im letzten Moment. »Wie lange ist das jetzt her?«

Die Oberlippe des Pameli hob sich an, schwer zu sagen, ob es ein Grinsen oder eine Grimasse war. »Du solltest jetzt essen. Warm schmeckt es besser.« Er deutete auf das Mahl, das längst nicht mehr dampfte. »Morgen früh brechen wir auf.« Damit wandte er sich ab, trat aus der Zelle und ließ Tailin allein.

17. Kapitel

Bergland von Sapion, Oase »Walis«,
Töchterpalast des Walerius

DORGEN

Feyla sprach nicht mehr mit ihm. Sie schien ihm auszuweichen, und wann immer Dorgen nach ihr suchte, konnte er sie nicht finden. Sie ging nicht mehr zum Wasserfall und auch nicht in die Bibliothek. Allenfalls im Pferdestall schien sie hin und wieder zu sein. Zumindest war ihre Stute an den meisten Tagen frisch gestriegelt. Doch sie ritt immer dann, wenn Dorgen nicht da war. Selbst zu den Mahlzeiten kam sie nur manchmal. Dann aß sie kaum etwas und verabschiedete sich, bevor die anderen fertig waren. Immer wieder versuchte Dorgen, ihren Blick zu fangen. Aber Feyla starrte nur auf ihren Teller.

In Gegenwart der anderen wollte er sie nicht zur Rede stellen. Es war schlimm genug, dass Miljuna keine Gelegenheit ausließ, um über Feyla zu spotten. Demonstrativ streichelte sie ihren Babybauch. Auch Amerill fiel in jede Gehässigkeit ein. Cilinja und Schejma hielten sich ein wenig zurück. Aber selbst sie kicherten gerne über die Witze.

Wenn er also mit Feyla reden wollte, musste er sie allein treffen. Die meiste Zeit verbrachte sie vermutlich auf ihrem Zimmer. Immer wenn er an ihrer Tür vorbeikam, blieb er stehen und horchte. Manchmal klopfte er an. Aber sie reagierte nicht.

Dorgen wusste, an welchem Tag sie sich von ihm abgewandt hatte. Es war der Tag des gemeinsamen Sonnenuntergangs gewesen. Den ganzen Tag lang hatten die Mädchen von ihm erwartet, dass er ihnen besondere Aufmerksamkeit schenkte, zuerst Miljuna, die ihn schon morgens ins Schwimmbad gezerrt hatte – und später auch die anderen, die darauf bestanden, dass sie sich zusammen den Untergang der beiden Sonnen anschauten. Nur Feyla war nicht dabei gewesen. Beim Frühstück hatte er sie zuletzt gesehen, und er konnte nur vermuten, dass sie sich danach vor ihm zurückgezogen hatte. Sie war immer schon eifersüchtig auf die anderen gewesen, aber seither schien sie ernsthaft wütend zu sein.

Immer wieder wälzte Dorgen den Tag in seinen Gedanken hin und her. Eigentlich war ihm nicht nach Miljunas Gesellschaft zumute gewesen. Doch wann immer er sie zurückwies, ließ sie ihren Hass an Feyla aus. An jenem Morgen war er mit Miljuna ins Schwimmbad gegangen, um Feyla eine weitere Attacke zu ersparen. Aber allen Verführungskünsten seiner ersten Frau zum Trotz hatte er nicht mit ihr geschlafen. Er schlief schon lange nicht mehr mit Miljuna. Auch nicht mit den anderen. Abgesehen von Feyla waren alle seine Frauen schwanger, und inzwischen fühlte er nur noch Abscheu, wenn sie sich aufdrängten. In diesem Palast schien er nicht mehr zu gelten als ein hübscher Zuchthengst. Noch dazu einer, der aus einer fremden Rasse stammte und nur deshalb in die Zucht eingekreuzt wurde, um für frisches Blut zu sorgen. Oder was sonst war der Hintergedanke, warum Walerius ausgerechnet einen Handwerkersohn ausgesucht hatte? Der oberste Berater verstieß doch nicht grundlos gegen die Kastentrennung.

In jedem Fall schienen die Mädchen über seine makelhafte Herkunft Bescheid zu wissen. Sie hatten ihn in der Auslese kämpfen sehen – und seinen Sippennamen gehört.

Vor allem Miljuna zog ihn gerne damit auf. Wenn er ihr Anweisungen gab, antwortete sie mit einem anzüglichen »Jawohl, mein Handwerker«. Als er noch mit ihr geschlafen hatte, war sie nicht müde geworden, ihn als »heißen Schmied« zu bezeichnen oder seine Hände mit »glühenden Eisen« zu vergleichen.

Ihm gefiel der Unterton nicht, mit dem sie es sagte, als sei er ein vulgäres Spielzeug, das nur für diese eine Sache zu gebrauchen war. Auch die anderen Mädchen sprangen auf derlei Gerede an, und sie alle kitzelten an der Wunde, dass er in diesem Palast wie ein schmutziger Fremdkörper wirkte. Selbst Cilinja hatte ihn gefragt, ob es stimmte, dass Handwerker und ihre Kinder niemals badeten. Als er ihr erklärt hatte, dass sich die Menschen in ganz Ruann nur noch mit nassen Lappen wuschen, weil das Wasser für ein richtiges Bad nicht ausreichte, und dabei erwähnte, dass er vor seiner Auslese noch nie ein Badehaus gesehen hatte, hatte sie über ihn gelächelt. Aus Rache hätte er ihr beinahe erzählt, dass er direkt nach der Auslese in dem ersten Badehaus seines Lebens mit einer Sklavin geschlafen hatte, noch dazu mit einer, die schöner gewesen war als Cilinja und die ihm noch immer mehr bedeutete als vier seiner fünf Frauen.

Doch Cilinja hatte seinen Zorn offenbar gerade noch rechtzeitig bemerkt und ihr Lachen zurückgehalten. Und ihm war es nur knapp gelungen, sich die verletzenden Worte zu verkneifen. Seither vermied er es, auf Fragen zu seiner Herkunft zu antworten. Überhaupt wollte er die Mädchen nicht mehr sehen.

Feyla war die Einzige, deren Nähe er sich wünschte. Doch sie hielt sich eisern von ihm fern.

Wie ernst es war, wurde ihm klar, als sie den Tag der Vereinigung begingen, den höchsten sapionischen Feiertag. Schon am Morgen öffneten die Sklaven die Glaskuppel über der Galerie ihres Palastes, so dass sie freistehend in den Himmel schauen konnten. Mit speziellen, schwarz gefärbten Brillen war es möglich, trotz der Helligkeit in den Himmel zu schauen und den Lauf der beiden Sonnen zu beobachten. Aber bis zu dem spektakulären Moment würden sie noch bis zum Mittag warten müssen. In der Zeit dazwischen trugen die Sklavinnen ein üppiges Büffet auf, das zur Feier des Tages auf der Galerie aufgebaut wurde. Dafür, dass nur Dorgen und seine Frauen davon aßen, war es ein irrsinniger Aufwand, doch die Mädchen freuten sich wie kleine Kinder über die Feier. Nur Feyla war den ganzen Morgen lang nicht erschienen. Sie musste ernsthaft wütend auf ihn sein, wenn sie nun schon den zweiten Feiertag verpasste.

Dass ihre Schwestern Feylas Namen nicht einmal erwähnten und damit deutlich machten, wie wenig sie ihre Schwester vermissten, machte Dorgen umso unruhiger. Etwas stimmte hier nicht. Ganz und gar nicht.

Auch als Rabanus die kleinere Sapia beinahe erreicht hatte und sie alle ihre Brillen trugen und in den Himmel hinaufsahen, war Feyla nicht aufgetaucht.

»Hach«, seufzte Schejma und rückte näher an Dorgen heran. »Ich liebe die Geschichte von Rabanus und Sapia. Ihr auch?«

Dorgen kannte die Geschichte in zig Varianten, die sich die Soldaten im Heerlager erzählten. Jedes Jahr zu den Feiertagen trug irgendjemand die Legende vor, in der die besonderen Sonnentage des Jahres miteinander verbunden wurden. Aber die Varianten der Geschichte setzten unterschiedliche Schwerpunkte, und Dorgen war gespannt, welche Version Schejma begeisterte. »Wenn du magst, kannst du sie gerne erzählen.«

Ein glückliches Strahlen huschte über das Gesicht seiner jüngsten Frau. Sie strich über den gerundeten Bauch, straffte die Schultern und begann: »Schon seit Urzeiten, die sich der Erinnerung aller Lebenden entziehen, steht Rabanus am Himmel und beleuchtet unsere Welt. Von ihm stammt das Licht und die Energie, die das Leben auf Ruann erschufen. Und er war es, der die Entstehung aller Völker von Anbeginn begleitete. Von allen Völkern liebte Rabanus jedoch eines am meisten. Dieses war das Volk des Südens, das seinem Licht am nächsten wohnte. Um die Seinen zu schützen und zu führen, sandte er sein menschgewordenes Abbild, unseren großen Herrscher Rabanus Sapion, den Ewigjungen, unter die Menschen. Seit Äonen werden wir nun schon von ihm geleitet, dem schönsten und machtvollsten

Mann auf Ruann. Unter seiner Führung hat das Volk von Sapion die Stellung errungen, die ihm gebührt: das größte und erste Volk unserer Welt zu sein.«

Amerill stieß Schejma von der Seite an und zeigte nach oben. »Schau mal, jetzt küssen sie sich.«

Auch die anderen schauten in den Himmel. Dorgen setzte seine Brille wieder auf und betrachtete die beiden Sonnen. Hinter dem schwarzen Glas waren sie eine große gelbe Scheibe und eine kleinere rote. Sie berührten sich an den Seiten. Der erste Kuss der beiden Sonnen.

»Nur eines wurde seit jeher über den Gott der großen Sonne gemunkelt«, fuhr Schejma fort. »Seine Liebe soll so glühend und verzehrend sein, dass ihr keine Frau jemals standhalten könne. So kam es, dass Rabanus in uralten Zeiten niemals lieben durfte.

Dann jedoch kam der Tag, an dem er Sapia zum ersten Mal erblickte. Es war der Neujahrstag, an dem sich die beiden Sonnen am Himmel gegenüberstanden. Kurz bevor Rabanus im Westen unterging, sah er Sapia im Osten aufgehen. Auf den ersten Blick verliebte er sich in das glühende Sonnenmädchen, und auch sie fand Gefallen an ihm und ging von nun an jeden Tag eher auf, um mehr Zeit mit ihm zu verbringen. Fünf Monate darauf geschah es, dass Sapia ihre gesamte wache Zeit mit Rabanus verbrachte und am Abend zur gleichen Zeit mit ihm schlafen ging. Was in den Nächten darauf geschah, und ob die beiden das Bett miteinander teilen, entzieht sich den Blicken der Menschen. Erst an dem heutigen Tag, am Tag der Vereinigung, zeigt sich die Liebe der beiden Sonnen offen am Himmel.«

Immer weiter schob sich Rabanus über Sapia. Das Bild erinnerte Dorgen weniger an Liebe, sondern mehr an die fordernde, gewalttätige Art, mit der die Krieger im Heer über die Sklavinnen herfielen. »Ich kenne die Geschichte noch in einer anderen Variante«, murmelte er. »Demnach ist Rabanus Sapias Vater, und er begehrt seine Tochter schon, seit sie eine Frau geworden ist.«

Hinter ihm schepperte etwas. Dorgen fuhr herum. Eine Sklavin hatte einen Stapel mit Tellern fallen gelassen. Hektisch sah sie sich zu ihm um und fegte mit zitternden Händen die Scherben zusammen.

»Das ist eine Sklavengeschichte!«, schnappte Miljuna.

Dorgen wurde heiß und kalt zugleich. Was hatte er gesagt? Wie konnte er so eine gewagte These vor den Mädchen aussprechen? Und stimmte es, dass es eine Sklavengeschichte war? Im Heerlager hatten die Krieger sie unter der Hand weitererzählt und sich köstlich darüber amüsiert. Aber woher stammte die Geschichte?

»Unser Herrscher, Rabanus Sapion, würde niemals so eine frivole Tat begehen!«, empörte sich Miljuna weiter.

Erst jetzt sah er die Geschichte aus der Perspektive der Mädchen. Ihr Vater arbeitete eng mit Rabanus zusammen. Aber ging es in diesen Geschichten um die Sonnen? Oder um die Menschen, die denselben Namen trugen wie die Gestirne? Und wenn es Letzteres war – stimmte es, dass Rabanus und Sapia Götter waren? Wenn Rabanus tatsächlich schon seit so langer Zeit über sie herrschte, musste er ein Gott sein. Jeder Mensch wäre längst gestorben.

Aber Dorgen hatte Rabanus noch nie zu Gesicht bekommen, ebensowenig wie Sapia. Was, wenn sie nur eine Legende waren? Wenn es die göttlichen Herrscher überhaupt nicht gab, sondern nur die Menschen, die in ihrem Namen Befehle gaben? Menschen wie Walerius, oberster Berater von Rabanus Sapion.

War Rabanus als Gast auf seiner Hochzeit gewesen? Hätte er nicht dort sein *müssen*? Immerhin war Walerius sein höchster Politiker, und seine älteste Töchtersippe hatte geheiratet. Wäre es nicht höflich von Walerius gewesen, seinen Schwiegersohn und den obersten Herrscher einander vorzustellen? Oder hatte er genau das vermieden? Vielleicht war Rabanus nur inkognito dort gewesen. Um Dorgen heimlich zu begutachten und vor den anderen Gästen unerkannt zu bleiben.

Dorgen schauderte. Plötzlich erinnerte er sich an den jungen schönen Mann an seiner Seite, an seine mächtige, unheimliche Ausstrahlung. Siberi. Diesen Namen hatte er Dorgen genannt, und ihm mit einem einzigen Lächeln zu verstehen gegeben, dass er nicht angesprochen werden wollte. Was, wenn er es gewesen war? Rabanus, der Ewigjunge … inkognito auf seiner Hochzeit.

Dorgen schwirrte der Kopf. Seine Frauen starrten ihn noch immer perplex an, fast, als warteten sie auf eine Erklärung. Dorgen räusperte sich. »Ehrlich gesagt … weiß ich auch nicht genau, woher die Geschichte stammt. Irgendwelche Krieger haben sie erzählt.«

Die Sklavin sammelte noch immer die Scherben zusammen, warf sie in ihre geraffte Schürze und eilte davon.

»Guckt doch mal, jetzt ist es gleich so weit!« Schejma lenkte die Aufmerksamkeit der anderen zurück auf den Himmel.

Erleichtert hob auch Dorgen den Blick. Aber sein Puls rauschte. Rabanus hatte sich fast komplett über die kleinere Sonne geschoben, nur ein winziger roter Halbmond ragte noch unter ihm hervor. Es sah aus wie eine blutende Wunde. Oder war es der letzte Hilferuf der kleineren Sonne? In den Fassungen, die er im Heerlager gehört hatte, war nie die Rede davon, dass Sapia sich auch in Rabanus verliebte. Dort hieß es nur, dass er sie voller Gier und Wonne verschlang.

Dorgen wischte sich den Schweiß von der Stirn. Warum lief dieser Feiertag auf so merkwürdige Weise aus dem Ruder? Und warum war Feyla immer noch nicht hier? Plötzlich konnte er nicht mehr. Nicht mehr hierbleiben. Sich nicht mehr vor seinen Frauen rechtfertigen. Nicht mehr das Sonnenspektakel betrachten.

Er musste zu Feyla! Musste endlich erfahren, warum sie so schrecklich wütend auf ihn war. Ohne eine Erklärung ließ er seine Frauen stehen und lief die Galerietreppe hinab. Sobald er den langen Flur in seinem Trakt erreichte, fing er an zu rennen. Erst vor Feylas Zimmer blieb er stehen und klopfte. Hinter der Tür rührte sich nichts.

»Feyla?«, rief Dorgen. »Mach auf! Ich möchte mit dir reden.«

Sie antwortete nicht. In ihrem Zimmer blieb es ruhig. Viel zu ruhig.

»Feyla!« Er wurde lauter. »Was ist mit dir? Lass mich rein!«

Wieder reagierte sie nicht.

Dorgen war nie ohne ihre Einladung durch ihre Tür gegangen. Doch jetzt musste er es tun. Er schob die Tür auf und stieß gegen einen Widerstand. Sie hatte etwas dahinter geschoben. Dorgen musste sein ganzes Gewicht gegen die Tür stemmen, bis sich der Gegenstand mit einem schleifenden Geräusch nach hinten schob. Sobald der Türspalt weit genug geöffnet war, schlüpfte er hindurch.

In der Weite des Zimmers war Feyla nicht zu sehen. Er entdeckte nur den Pflanzenkübel, mit dem sie die Tür versperrt hatte. Schleifspuren aus Erde und Kratzern zeigten, auf welchem Weg er dorthin gekommen war.

»Wo bist du?« Dorgen durchquerte den Raum, betrat den Dschungel zwischen ihren Pflanzen und suchte sie in der Bücherecke. Sie war nicht da. Voller Unruhe drehte er um, trat in den offenen Teil des Raumes zurück und wollte zu ihrem Bett eilen.

Plötzlich stand sie vor ihm, trat aus einer Nische zwischen zwei Pflanzen und starrte ihn an. Tiefe Ränder lagen unter ihren Augen, ihre Pupillen wirkten riesig.

Dorgens Herzschlag setzte aus. »Was ist mit dir? Warum weichst du mir aus? Warum schließt du dich ein?« Seine Stimme konnte nur flüstern. »Als du eben nicht da warst … Das war jetzt der zweite Feiertag, den du verpasst hast. Bist du so wütend auf mich?«

Feyla schwieg.

Dorgen wollte auf sie zugehen und musste sich zwingen, um stehen zu bleiben. »Was habe ich dir getan? Ist es wegen Miljuna?« Er zeigte mit dem Arm Richtung Speisesaal. »Weil ich am Tag des gemeinsamen Sonnenuntergangs mit ihr schwimmen war? Oder wegen den anderen?«

Feyla schwieg weiter.

Dorgen schüttelte den Kopf. »Wenn ich dich verletzt habe, dann tut es mir leid. Und falls es dich tröstet: Ich will die anderen nicht mehr. Ich habe nicht mit Miljuna geschlafen. In letzter Zeit habe ich mit keiner mehr geschlafen. Ich will die anderen weder anfassen noch mit ihnen reden. Ihre Lästereien sind kaum zu ertragen. Ebenso wie die belanglosen Dinge, über die sie reden.«

Ein heftiges Beben lief durch Feylas Körper. Sie löste sich aus der Starre, drehte sich um und verschwand zwischen den Pflanzen.

Dorgen folgte ihr. Eine dunkle Unruhe wühlte durch seine Eingeweide. Etwas stimmte nicht mit ihr. Etwas, das schlimmer war als ihre Eifersucht. »Feyla?« Er schob sich durch die Gänge inmitten der Pflanzenkübel, bis er sie fand. Sie hatte sich zwischen den Kissen auf einer Liegewiese zusammengerollt.

Dorgen ging in die Hocke und setzte sich auf die Kante der Matratze. »Was ist mit dir?« Seine Zunge fühlte sich schwer an. »Es ist nicht wegen Miljuna, oder? Hat es überhaupt mit den anderen zu tun?«

Feylas Gesicht lag verborgen in den Kissen, ihre Locken fielen darüber. Er glaubte, dass sie wieder nicht antworten würde. Doch dann schüttelte sie den Kopf.

Dorgen holte tief Luft. »Es hat also nichts mit den anderen zu tun. Hat es etwas mit mir zu tun?«

Wieder schüttelte sie den Kopf.

Etwas Hartes löste sich aus seiner Brust, wie ein Stein, der sich in seinem Herzen eingenistet hatte und jetzt herabfiel. Nur um rau und schwer in seiner Magengrube zu landen. Wenn er nicht schuld war … »Wer war es dann? Wer hat dich so verstört?«

Feyla erstarrte. Ganz leise flüsterte sie die Antwort.

Dorgen beugte sich zu ihr. »Sag es nochmal.«

Ihre Schultern bebten, ein leises Schluchzen löste sich aus ihrer Kehle. »Mein Vater.«

Dorgens Gedanken drehten sich. »Dein Vater? Was hat er getan?«

Sie schob die Hände über den Kopf. Das Schluchzen erfasste ihren Körper, schüttelte sie und war dennoch kaum hörbar inmitten der Kissen.

Er wollte sie trösten, aber er durfte sie nicht berühren.

Nach einer Ewigkeit wurde sie still, drehte ihr Gesicht in den Kissen zur Seite und fing an zu erzählen. Von einer Treppe neben dem Wasserfall, von einem verbotenen Ausflug und einer Entdeckung, die ihm den Atem raubte. Zu Beginn stockte ihre Stimme manchmal, dann immer häufiger, bis sie das Ende in einzelnen Silben hervorpresste.

Dorgen wusste nicht, wie er darauf reagieren sollte. Wieder sah er die große, glühende Sonne, die die kleinere Sonne verschlang. Der Vater verging sich an seiner Tochter …

Warum hatte die Sklavin die Teller fallen gelassen? Weil er eine Sklavengeschichte erzählt hatte? Oder weil sie wusste, dass Walerius seine Tochter begehrte? Und warum hatten seine Frauen so empört reagiert? Ahnten sie es ebenfalls?

Feyla sah ihn nicht an, und er konnte es ebenso wenig. Vergeblich suchte er nach Worten. Doch es gab keinen Trost. Alle Worte wären zu schwach, und jede Berührung war unmöglich. Seine Gegenwart war alles, was er zu geben hatte. Oder brauchte sie Einsamkeit? Um zu vergessen? Konnte man so etwas vergessen? Er wollte sie fragen, aber seine Kehle brachte keinen Laut hervor.

Stattdessen sammelte sich ein anderes Gefühl in ihm. Es fing klein an und wurde immer größer, vereinte sich mit der Hilflosigkeit und breitete sich mit wirren Ideen in seine Gedanken aus.

Er musste sie rächen! Musste seinem Schwiegervater entgegentreten und ihn in seine Schranken weisen. Der Alte mochte vielleicht der zweitmächtigste Mann in Sapion sein, aber selbst er durfte sich nicht alles leisten. Dorgen konnte nicht länger stillsitzen und auf Feylas Schweigen horchen. Er musste etwas unternehmen. »Ich halte zu dir«, flüsterte er. »Und ich werde wiederkommen.« Damit stand er auf. Er musste sich zwingen, langsam zu gehen – und die Tür vorsichtig zu schließen.

Dann fiel die Beherrschung von ihm ab. Mit großen Schritten hetzte er durch den Gang, verließ ihn durch die Hintertür und eilte durch den Park. Am Himmel war es zu grell, um ohne die Schwarzbrille hochzusehen. Nur der rötliche Lichtschimmer verriet ihm, dass Rabanus und Sapia sich allmählich voneinander trennten. Hinter den Fenstern der Bibliothek flackerte eine grelle Lichtspiegelung. War das ein Fernglas? Oder eine Schwarzbrille? In jedem Fall stand dort jemand am Fenster.

Dorgen stürmte in das Gebäude und eilte die Treppen hinauf. Die Wut in seinem Inneren kochte. Am liebsten wollte er die Kostbarkeiten zertrümmern, an denen er vorbeikam: Wollte die goldumrankten Porzellanvasen vor den Flurfenstern umstoßen und die kristallenen Kronleuchter von der Decke reißen, bis seine Schritte in den Scherben knirschten. Nur mühsam beherrschte er sich, nicht auf die gemeißelten Marmorpferde einzutreten, die den Eingang zur Bibliothek säumten. Gleich darauf trat er durch die Tür und entdeckte Feylas Vater, der am Fenster stand und mit einem Fernglas nach draußen sah. Hinter ihm befand sich das Stehpult mit einem aufgeschlagenen Buch. Siedend heiß fiel Dorgen ein, dass er sich keine Strategie zurechtgelegt hatte, dass er nicht einmal wusste, wie er beginnen sollte. In ihm war nichts als blanke Wut.

Doch nun war es zu spät. Walerius hatte ihn bemerkt. Mit

gelangweilter Miene drehte er sich zu Dorgen um. »Ja bitte? Was gibt es?«

In Dorgens Kehle steckten alle Worte auf einmal. Alle Bilder, die Feylas Erzählung heraufbeschworen hatte, wirbelten durcheinander. Er musste sich zusammenreißen!

Aber es war zu spät, um den Vorwurf zurückzuhalten: »Feyla hat mir alles erzählt! Wie konntet Ihr das tun? Sie ist Eure *Tochter*!«

Walerius' Augen weiteten sich.

Dorgen ließ ihm keine Zeit, um zu antworten. Er hatte begonnen, jetzt musste er weitermachen: »Sie ist *meine* Frau, *mein* Eigentum! Allein ich habe das Recht, mit ihr intim zu werden. Unter diesen Umständen kann ich Euren Kontakt zu meiner Frau nicht länger dulden.«

Walerius löste sich aus seiner Starre und trat mit gefährlicher Langsamkeit in seine Richtung. Auch sein Blick war hart und kalt geworden. »Du irrst, Schwiegersohn.« Er sprach ruhig und überlegt. »Ich bin noch immer der Herr in diesem Palast, der Herr meiner Sippe. Ich herrsche über meine Frauen, über meine Sklaven, über meine Töchter – und über dich! Es sei denn, du möchtest, dass dir wegen Aktenfälschung und Kastenschwindel der Prozess gemacht wird. Immerhin bist du ein Betrüger, der mich schwer getäuscht hat.«

»Wie bitte?« Dorgen wich einen Schritt zurück. »Ihr ward derjenige, der mich als Schwiegersohn ausgewählt hat. Dabei habt Ihr mich in den Kämpfen gesehen und wusstet genau, dass ich ein Handwerkersohn bin.«

Ein maliziöses Grinsen zog sich über das Gesicht des obersten Beraters. Provozierend ruhig ging er an Dorgen vorbei, trat zu seinem Glasschrank und öffnete den Teil, zu dem nur er einen Schlüssel besaß. Mit gezieltem Griff zog er eine Akte heraus und reichte sie Dorgen. »Bei näherer Prüfung wird sich herausstellen, dass du mich mit gefälschten Papieren getäuscht hast.«

Dorgens Finger fühlten sich feucht an, während er die erste Seite der Akte aufschlug. Es war eine Geburtsurkunde. Aber nur sein Vorname stimmte überein. Dorgen, aus dem Haus des Kolibrius, Akademikersohn. Mutter: Fabrizia, älteste Frau des Kolibrius. Geburtsort: Anmare. »Wer sollen diese Leute sein? Ich habe die Namen nie gehört. Sind sie erfunden?«

Walerius stieß ein dröhnendes Lachen aus. »Herrlich, wie unschuldig du dich gibst. Du hast deine gefälschte Herkunft geschickt ausgewählt. Kolibrius ist Stadtrat von Anmare. Sein Sohn Dorgen galt als einer der klügsten Köpfe an der Akademie. Aber er war ... wie soll man sagen ... ein schwieriger Geist.«

Dorgen blätterte auf die nächste Seite der Akte. Es war ein Abschlusszeugnis aus der Akademie von Anmare. *Mit besonderer Auszeichnung für herausragende Leistungen und Forschungsergebnisse. Fachgebiet: Astronomie, Verleihung des Doktors für die revolutionäre Arbeit mit dem Titel »Zyklischer Lauf der beiden Sonnen von Ruann und Prognose des Sonnenstandes für die nächsten 1000 Blutjahre«.*

»Bedauerlicherweise ist Dorgen aus dem Haus des Kolibrius nach seinem Akademieabschluss auf dem Weg zum Kriegsdienst spurlos verschwunden«, erklärte Walerius weiter. »Um gar nicht erst den Verdacht der Desertation aufkommen zu lassen, war Kolibrius daran gelegen, die Karriere seines Sohnes auf dem Papier weiterleben zu lassen. Aufgrund seines eher theoretischen und kriegsunwichtigen Fachgebiets hat es für den Jungen im Heer aber nur zu einer mittelmäßigen Karriere gereicht. Außerdem zog er es vor, die schwarze Rüstung der einfachen Krieger zu tragen. In den letzten Jahren war er Gruppenführer im Waldgürtel von Farua.«

Überrascht sah Dorgen aus der Akte auf. Er selbst war Gruppenführer gewesen. Und er hatte den gleichen Vornamen wie der verschwundene Akademikersohn. Schnell schlug er die nächste Seite auf und sah in sein Gesicht, das jedoch um einige Jahre jünger wirkte. Er konnte sich noch gut daran erinnern, wie er nach seinem Eintritt ins Heer vor dem Zeichner stillsitzen musste, bis dieser sein Antlitz für die Akten festgehalten hatte. Alle drei Jahre wurden die Bilder neu gezeichnet, und er musste nur weiterblättern, um zu sehen, wie er in den Kriegsjahren von einem unsicheren Jüngling zum Mann und schließlich zu einem erfahrenen Krieger mit undurchdringlichem Blick herangereift war. »Woher …?«

Weiter kam er nicht, ehe Walerius wieder das Wort übernahm. »Du hast das schon seit Langem geplant, oder?«

Verdutzt schaute Dorgen hoch. »Geplant? Ich?«

»Es war ein geschickter Schachzug von dir und deinen Komplizen, die Lebensläufe ineinander übergehen zu lassen«, fuhr Walerius fort. »Der Übergang ist nahezu unsichtbar in deiner Akte. Und die Strategen des Widerstandes haben wirklich geschickt vorhergesehen, dass ich mich für den klugen jungen Mann aus einem der höchsten Häuser entscheiden würde. Wie lange planen die Rebellen schon, dich als Spion in meinen Palast einzuschleusen?«

»Bitte was?« Dorgens Mund wurde trocken und ließ seine Zunge am Gaumen kleben. Seine Stimme nuschelte. »Ich bin kein Spion. Ich bin Dorgen aus der Sippe von Mirdrasch dem Schmied. Und ich habe keine Akten gefälscht. Selbst in der Auslese bin ich noch mit meinem richtigen Namen angetreten. Tausende von Menschen konnten hören, wie ich im Kampf angekündigt wurde.«

Wieder lachte Walerius auf. »Und meinst du wirklich, es gäbe darunter auch nur einen, der sich noch an deinen Namen unter tausend angekündigten Kämpfern erinnern könnte? Oder der dir überhaupt nah genug gekommen wäre, um dein Gesicht zu identifizieren? Abgesehen vielleicht von diesem Bastard aus Kolmar, der deinetwegen jetzt keinen Schwanz mehr hat?«

Dorgen schauderte. Burk, der Bastard von Kolmar, würde sicher nicht für ihn aussagen. Aber was war mit den Wärtern, die ihn zwischen den Kämpfen betreut hatten? Oder mit Thia? Er hatte mit ihr über seine wahre Herkunft gesprochen. Selbst seine Ehefrauen könnten als Zeuginnen für ihn aussagen: »Eure Töchter haben meinen wahren Namen gehört. Sie erinnern sich daran.«

Walerius winkte ab. »Sie sind Frauen. Das Wort einer Frau ist wertlos vor Gericht. Jeder Mann weiß, dass die Wahrnehmung einer Frau leicht getäuscht werden kann.« Seine Stimme wurde bedrohlich leise. »Mach dir keine Hoffnungen. Die Beweislage ist eindeutig. Man muss nur den Mann befragen, der die Akten während der Auslese ausgetauscht hat, und dann die Kette seiner Auftraggeber zurückverfolgen, und am Ende wird man auf einen gewissen Dorgen stoßen, der diesen Auftrag zur Aktenfälschung erteilt hat, um sich als Spion in meinen Palast einzuschleusen.«

Erneut rann ein eisiger Schauer über Dorgens Rücken.

»Wenn ich also der Ansicht bin, eine meiner Töchter müsse für ein Vergehen bestraft werden«, Walerius trat so nah an Dorgen heran, dass er sein Parfüm riechen konnte, »dann liegt die Wahl der Mittel allein in meinem Ermessen. Und wenn ich herausfinden sollte, dass sich mein Schwiegersohn mit einer falschen Identität in meinen Palast eingeschlichen hat«, mit einem Ruck riss er die Akte aus Dorgens Hand und hielt sie hinter seinen Rücken, »dann werde ich vor Gericht einen Prozess beantragen und dafür sorgen, dass er binnen kürzester Frist hingerichtet wird. Natürlich müsste ich seine Kinder in diesem Fall ertränken, bevor ich meinen Töchtern einen neuen Ehemann suche. Oder ich lasse die Jungen ins Waisenhaus von Kolmar bringen und suche den Mädchen einen Platz im Hurenkinderhaus.«

Dorgen brauchte einen Moment, bis sich die Worte in Bilder verwandelten, ehe er Burk und Thia vor sich sah und begriff, dass seinen Kindern ein vergleichbares Schicksal drohte, wenn er auch nur einen Schritt gegen seinen Schwiegervater unternahm. Walerius hatte ihn hereingelegt – und besaß nun alle Macht der Welt, um ihn zu erpressen und gefügig zu machen.

Dorgen spürte eine Bewegung im Hintergrund, kaum mehr als einen Lufthauch. Hastig fuhr er herum und entdeckte Krafur und Beltram, die im Gang außerhalb der Bibliothek auf ihn zukamen. Auf ihren Gesichtern erschien ein Grinsen. Wie viel hatten die beiden gehört? Oder wussten sie ohnehin Bescheid? Mit heller Freude würden sie ihn fesseln und den Scharfrichtern übergeben. Nur um anschließend seine Babys zu ermorden oder wegzubringen.

Dorgen schaute zu den Waffen, die an der Wand der Bibliothek hingen. Sie waren zu weit entfernt, um sie zu erreichen, und selbst wenn er dorthin sprinten könnte – Krafur und Beltram waren vor ihrer Auslese ebenso Krieger gewesen wie er, und Walerius hatte sie ganz sicher deshalb als Leibwächter ausgewählt, weil sie unerbittliche, skrupellose Kämpfer waren. Einen von ihnen könnte er vielleicht besiegen. Aber gegen zwei bis drei Gegner gleichzeitig hätte Dorgen nur mit Glück eine Chance, und selbst wenn er sich erfolgreich zur Wehr setzte, würde er damit nur den Spionagevorwurf untermauern, mit dem Walerius ihn erpresste. Dabei wusste er nicht einmal, für welche Kriegspartei oder Gruppierung er angeblich spionierte.

Mit diesem Gedanken wich er einen Schritt zurück, drängte sich an Krafur und Beltram vorbei aus der Bibliothek und musste sich zusammenreißen, um die Treppe nicht in großen Sprüngen hinabzujagen.

»Sorg lieber dafür, sie endlich zu schwängern!«, rief sein Schwiegervater ihm nach. »Damit du sie nicht am Ende des Ehejahres verbannen musst!«

Die Worte trafen Dorgen wie ein Speer. Eine offene Drohung! Niemals hätte er Walerius verraten dürfen, dass er von seinen Untaten wusste. Aber er hatte es getan, und jetzt war es zu spät: Von nun an hatte Walerius ein Motiv, um ihn und Feyla zu beseitigen.

Dorgen konnte nicht länger an sich halten. Sobald er den Palastflügel verlassen hatte, fing er an zu rennen. Er floh durch den Park wie ein Sklave, der gegen den Befehl seines Herren verstoßen hatte. Und plötzlich wusste er, dass genau dies die Wahrheit war. In diesem Palast galt er nicht mehr als ein Sklave, ein Zuchtsklave, dessen Existenzberechtigung nur dieser einen Sache galt.

In diesem Moment erkannte Dorgen zwei fundamentale Wahrheiten: Wenn er seine Pflicht nicht erfüllte, musste Feyla sterben. Und seinem Schwiegervater wäre es nur recht, seine Tochter zu töten.

18. Kapitel

Südfarua, Sklavenkolonie und Wasserbergwerk Ljimgart

ALIA

Viel zu laut pochte der Puls in ihren Ohren, lauter als das Gelächter der Wachen in der Ferne, lauter als ihre Schritte im Staub, lauter als das Schnarchen der Sklavinnen in der Frauenbaracke. So gut sie konnte, duckte Alia sich in die nächtliche Dunkelheit unter dem Abdach. Dennoch musste sie jederzeit mit einer Patrouille rechnen. Oder mit Soldaten, die betrunken zwischen den Hütten entlangstreunten. Was sie vorhatte, war gefährlich. Doch diese Nacht war die beste Gelegenheit, um es zu versuchen.

Alia starrte auf den Boden am Rand der Hütte und versuchte, die Stelle wiederzufinden, die vor fünf Blutmonaten noch ein Brutloch gewesen war, das die Blutnager an den Rand der Hütte gegraben hatten. Aber der Boden sah überall gleich aus, fahlgrau, eingetrocknet und von breiten Rissen durchzogen.

Sie musste wahnsinnig gewesen sein, einen ihrer Schätze mitten im Dorf in der Erde zu vergraben. Wenigstens eine Markierung hätte sie machen müssen. Aber so blieb ihr nur die Möglichkeit, die Entfernung von der letzten Hausecke zu schätzen: Zwölf Schritte könnten es gewesen sein. Alia maß die Strecke im Gehen, blieb stehen und erkundete den Boden genauer. Hier! Sie war sich nicht sicher, aber die Erde erschien ihr dunkler als anderswo, die Risse wirkten schmaler.

Zum hundertsten Mal sah sie sich um, horchte durch das Ohrenrauschen hindurch und versuchte die Entfernung der nächsten Soldaten abzuschätzen. Dem Lärm nach zu urteilen, saßen sie betrunken vor ihrer Unterkunft und trieben derbe Späße. Es war der Tag, an dem sich Rabanus am Mittag über Sapia geschoben hatte, einer der höchsten Feiertage für die Sapioner. Entsprechend hatten die Soldaten schon am Morgen mit der Sauferei begonnen, und inzwischen waren vermutlich nur noch wenige in der Lage zu laufen. Doch falls sich doch ein paar Soldaten hierher verirrten, wären sie unberechenbar und umso gefährlicher.

Alia kniete sich hin, zog den Grabstock aus ihrer Rocktasche und bohrte ihn in die Risse. Als Hebel drückte sie ihn zur Seite, um die Erdkruste aufzusprengen. Es ging leichter als erwartet. Ob das ein Zeichen war, dass sie die richtige Stelle gefunden hatte?

Sie war hektisch gewesen, als sie die Dinge versteckt hatte, die sie im Haus des alten Mannes gefunden hatte: zwei Bücher und einige zusammengerollte Karten. Es war ihr zu gefährlich erschienen, die Sachen lange mit sich herumzutragen, also hatte sie sich schon auf dem Rückweg von dem brennenden Schweinestall nach Verstecken umgesehen, hatte eines der Bücher in dieses Erdloch fallen lassen und es schnell mit den Füßen zugescharrt. Mehr Verstecke hatte sie auf die Schnelle nicht gefunden, also hatte sie die Karten und das andere Buch mit in Mariuschs Hütte genommen und es erst am nächsten Tag in den Tiefen der Tunnel versteckt.

Den Teil ihres Schatzes, der im Bergwerk untergebracht war, hatte sie längst in Ruhe studieren und in ein besseres Versteck bringen können, aber an dieses Erdloch hatte sie sich nicht herangetraut. Zu groß war die Gefahr, von den Wachen beim Buddeln gesehen zu werden. Selbst wenn sie nur die aufgescharrte Erde entdeckten, konnte es ausreichen, um eine Barackendurchsuchung anzuordnen. Alia musste in dieser Nacht also nicht nur das Buch aus dem Erdloch holen, sie musste es auch in das neue Versteck bringen.

Lange hatte sie an ihrer Strategie gefeilt und schließlich diese Nacht nach dem Tag der Vereinigung ausgewählt. Mit etwas Glück würden die Soldaten selbst die Wachposten vor dem Bergwerk vernachlässigen. Abgesehen davon war es eine dunkle Nacht. Nur die drei Monde wanderten als schmale Sichel über den Himmel.

Unter der obersten Schicht wurde die Erde ein wenig lockerer. Hieß das, sie grub an der richtigen Stelle? Immer schneller kratzte Alia die trockenen Brösel zur Seite, sah sich ein ums andere Mal um und horchte. Falls sie Schritte wahrnähme, müsste sie aufspringen und an die Ecke des Hauses laufen, um sich von dort aus rechtzeitig auf die Seite zu retten, an der die Wache sie nicht sah. Doch bis jetzt schien sich niemand zu nähern.

Alia grub ein schmales Loch in die Tiefe, in etwa so tief, wie sie das Brutloch in Erinnerung hatte. Vergeblich! An dieser Stelle war nichts. Sie bohrte ihren Stock seitlich in die Erde und tastete nach dem Buch. Was wenn die Blutnager das Buch gefressen hatten? Womöglich hatten sie es als Nistmaterial auseinandergezupft.

Alia fing an zu schwitzen. Niemals hätte sie einen solchen Schatz in der Erde vergraben dürfen. Und erst recht nicht für so lange Zeit. Sie musste wissen, was in diesem Buch stand. Sie *musste* es wiederfinden.

Plötzlich stieß sie auf Widerstand, auf etwas Festes unter der Spitze ihres Stockes. »Bitte lass es das Buch sein.« Alia bewegte nur ihre Lippen. »Wenn es ein Stein ist, drehe ich durch!« Sie kratzte in der Erde und versuchte, den Gegenstand freizulegen.

Der Buchrücken tauchte als Erstes auf, dann ein Stückchen von dem Leder, in dem das Buch eingebunden war. Aber was, wenn das Buch von Würmern zerfressen worden war? Alia legte den Buchrücken frei, schabte sich eine Griffmulde für Finger und Daumen und umfasste den Einband. Sie rüttelte, um es aus der Erde zu lösen, zog immer wieder daran und kratzte an den Klumpen, die noch im Weg waren. Das Buch bewegte sich, gleich konnte sie es herausziehen.

Plötzlich hörte sie Schritte, das Murmeln zweier Soldaten. Warum ausgerechnet jetzt? Sie konnte jetzt nicht fliehen, durfte das offene Loch mit dem sichtbaren Buch auf keinen Fall zurücklassen. Sie schob die zweite Hand um den Einband, klammerte die Finger daran fest und zog mit ganzer Kraft.

»Hast'u das gehört?« Die Soldaten schienen vor dem Eingang der Frauenbaracke entlangzulaufen. »Hint'a de'B'racke scharrt'was.«

Die Schritte verstummten. Alia hielt den Atem an.

»Vielleicht'n Tier«, mutmaßte der andere. »Ratten oder Blutnager, sucht bes'immt nach Leichen.«

Die Wachen lachten.

Alia nutzte den Lärm, um mit einem heftigen Ruck an dem Buch zu ziehen. Es gab so plötzlich nach, dass sie mit einem Plumpsen nach hinten fiel.

»Da! Das war zu groß für einen Nager!« Die Soldaten klangen auf einmal viel nüchterner.

Alia sprang auf, presste das Buch an sich und rannte zur Hausecke. Kurz spähte sie darum, stellte fest, dass niemand dort war, und schob sich auf die andere Seite.

Gerade rechtzeitig. Die Stimmen der Wachen erklangen hinter ihr: »Schau mal, ein Loch. Hier hat jemand gegraben.«

Alia konnte nicht länger warten, musste weg sein, bevor die Wachen ihr folgten. Eilig huschte sie zu einem Nachbarhaus, drückte sich flach an die Wand und spähte die nächste Deckung aus. Sie musste ins Bergwerk, jetzt gleich, musste ihren Schatz in Sicherheit bringen.

Ein schriller Pfiff hallte durch das Dorf. Das Alarmzeichen der Wachen, wenn sie verbotene Aktivitäten der Sklaven feststellten. Nur noch zwei Häuser lagen zwischen ihr und dem Eingang des Bergwerkes. Hinter ihr erhob sich chaotischer Lärm.

Wachen riefen und grölten durcheinander, Schritte trampelten, und irgendwo entbrannte ein Streit. Alia konnte nur hoffen, dass sie ein Weilchen brauchen würden, um sich zu organisieren.

Sie musste schnell sein, geschickt. Hastig lief sie zu dem ersten Haus, bog um die Ecke und rannte zum zweiten. Dann lag der Eingang des Bergwerkes vor ihr. Zwei Wachen torkelten darauf zu. Offenbar hatten sie ihren Posten verlassen.

Alia bückte sich nach dem dicken Stein, den sie für diesen Zweck hierher gelegt hatte, zielte auf die Nachbarhütte und warf. Der Stein fiel mit einem lauten Krachen in den Schatten und polterte gegen die Holzwand.

»Da!« Die Wachen hatten es gehört. »Da muss er sein!«

Er! Natürlich. Sie gingen von einem männlichen Sklaven aus. Nur wenige Sklavinnen brachten den Mut auf, nachts überhaupt ihre Hütte zu verlassen. Die beiden Wachen machten kehrt und stürzten zu dem Haus. Alia wartete, bis sie ihr den Rücken zukehrten und hinter dem anderen Haus verschwanden. Dann rannte sie los, überquerte den Pfad im Schein der Nachtsonne. Der dunkle Bergwerkseingang lag vor ihr, die Schritte und Rufe der Soldaten klangen hinter ihr.

Gleich darauf tauchte sie in die Dunkelheit, rannte und stolperte voran. Nur wenige Fackeln brannten im vorderen Teil des Bergwerkes. Dahinter wurde es dunkel.

Alia griff sich die letzte Fackel aus der Wandhalterung und rannte weiter in die Tiefe. Die Flamme fauchte neben ihren Ohren, die Rufe hinter ihr wurden schwächer. Das Echo von Schritten verfolgte sie. Waren es die Schritte der Soldaten? Oder ihre eigenen?

Ihr Atem keuchte, ihr Puls rauschte. Die Stimmen hinter ihr verstummten. Sie nahm die Abzweigung, die in die zweite Ebene hinunterführte, und huschte in einen der Nebengänge.

Die Wachen würden das Dorf durchsuchen, würden die Sklaven zum Appell aufmarschieren lassen und jeden überprüfen. Auch ihren Namen würden sie rufen. Bis dahin musste sie zurück sein. Selbst wenn alles gutging, müsste sie ein zweites Mal an den Wachen vorbei.

Sie erreichte die dritte Ebene, nahm den Tunnel zur vierten hinunter. Immer weiter rannte sie abwärts, spürte, wie die Luft zuerst kühler und dann wieder wärmer wurde.

Endlich gelangte sie in die Abzweigung, die in den verbotenen Teil des Bergwerkes führte. In der Nähe ihrer Schwester, kurz vor der großen Felsenhöhle, in der Nelja und Meikje lebten, hatte sie das neue Versteck für ihre Schätze gebaut.

Atemlos hielt Alia an. Sie tastete über die morschen Bretter, die vor dem Unglück die Tunnelwand stabilisiert hatten. Zwei von ihnen hatte sie oben und unten angesägt. Mit einem leichten Ruck konnte sie die Bretter herausziehen und schaute in die kleine Nische, die sie dahinter in die Tunnelwand gegraben hatte. Ihre anderen Schätze waren noch da: eine Reihe von zusammengerollten Karten und ein weiteres Buch, das sie nicht hatte lesen können. Es war von vorne bis hinten mit fremden Schriftzeichen beschrieben, die sie noch nie gesehen hatte. Alia zog das staubige Buch aus ihrem Gürtel und pustete über den Einband. Er war aus schlichtem braunen Leder, ohne Beschriftung und ohne einen Hinweis darauf, was in ihm geschrieben stand. Allzu gerne wollte Alia hindurchblättern und schauen, ob die Schrift darin ebenso mysteriös war wie die Schrift in dem anderen Buch.

Aber sie hatte keine Zeit. Sie musste ins Dorf zurückkehren, ehe die Wachen herausfanden, dass sie die fehlende Sklavin war. Hastig legte sie das gerettete Buch zu den anderen Schätzen, setzte die losen Bretter wieder ein und rannte den Weg zurück, den sie gekommen war.

Erst auf der ersten Ebene ging sie langsamer und versuchte, ihren Atem und Herzschlag zu beruhigen. Sie hängte ihre Fackel wieder in die leere Halterung, duckte sich in den Schatten zwischen den anderen Fackeln und lauschte auf Stimmen und Schritte.

Doch alle Rufe und Schreie waren weit entfernt. Je näher sie dem Ausgang kam, desto deutlicher hörte sie das Gebrüll der Soldaten, die sämtliche Dorfbewohner aus ihren Hütten jagten. Sie musste vorsichtig sein und durfte nicht in Sichtweite der Bergwerkswachen geraten.

Als sie den Ausgang erspähte, war der Posten leer. Alia konnte ihr Glück kaum fassen. Vermutlich waren die beiden Wachen mit den anderen ins Dorf geeilt. Immerhin gab es im Bergwerk keinen Fluchtweg. Alle Sklaven, die sich dort unten versteckten, würden früher oder später gefunden werden.

Alia durfte keine Zeit verlieren, huschte zu der nächstgelegenen Hütte und von dort aus weiter, bis sie sich zu den Sklaven gesellen konnte, die müde durch das Dorf zum Appellplatz schlurften.

***

Am Abend darauf gelang es Alia, sich von der Arbeit im Bergwerk davonzustehlen und in den stillgelegten Teil der Tunnel zu schleichen. Der ganze Arbeitsablauf war durcheinandergeraten, nachdem die Wachen am Morgen sämtliche Sklaven gezählt und die Schlafbaracken durchsucht hatten. Erst viel zu spät waren sie ins Bergwerk getrieben worden. Um die verlorene Arbeitszeit aufzuholen, sollten sie am Abend umso länger arbeiten.

Doch Alia war der verschobene Ablauf nur recht. Auf diese Weise würde sie länger unter Tage bleiben können, um sich ihre Schätze noch einmal anzusehen und ihre Schwester zu besuchen.

Vorsichtig atmend schlich sie im Dunklen durch den ersten Tunnelabschnitt des stillgelegten Stollens. Immer wieder musste sie sich an den Wänden entlangtasten, bis sie hinter der ersten Biegung ihre Öllampe in der Felsnische fand. Wie immer brauchte sie einige Zeit, ehe die Funken der Feuersteine den Docht trafen und die kleine Flamme entzündeten. Danach schlich sie weiter zu der Stelle, wo sie ihre Schätze in der Nacht zurückgelassen hatte. Sie löste die angesägten Bretter und schaute in das Versteck. Am liebsten wollte sie sofort das neue Buch anschauen. Aber zuerst musste sie etwas in den Karten eintragen. Bei den Durchsuchungen am Morgen hatte sie das Verhör einer Sklavin belauscht, die erst vor Kurzem aus einem stillgelegten Bergwerk hierher gebracht worden war. Bei der Befragung war der Name ihres Heimatortes gefallen, und Alia musste ihn unbedingt auf der Karte finden. Falls sie mit Nelja und Mariusch fliehen sollte, könnte ein stillgelegtes Bergwerk ein guter Ort sein, um sich zu verstecken und neues Wasser für die Weiterreise zu finden.

Alia betrachtete die Nummerierungen, die hinten auf den Karten notiert waren. Sie hatte die Zeichnungen der faruanischen Berge, Wälder und Dörfer schon so oft angesehen, dass sie die Landschaft inzwischen mühelos vor ihrem inneren Auge abrufen konnte. Auf den Karten war nicht nur Südfarua, sondern auch der Waldgürtel von Farua und sogar Nordfarua bis zu den Grenzen von Malun verzeichnet. Auch die Grenze zu Pamal und einige Gebirgspfade jenseits der Grenze waren zu erkennen.

Aber Alia wusste, dass diese Karten nicht mehr aktuell waren. Sie schienen noch aus der Zeit vor der sapionischen Eroberung zu stammen und zeigten die alten Grenzverläufe. Allein die Landschaft musste sich grundlegend verändert haben: Die ehemaligen Wälder waren abgeholzt und vertrocknet, Seen und Flussläufe existierten nicht mehr, und Dörfer waren ausgelöscht worden oder hatten neue Namen.

Wann immer Alia von einer Änderung erfuhr, versuchte sie, die Karten zu aktualisieren. Allem Anschein nach hatte der alte Mann zu Lebzeiten das Gleiche getan. Nur so war es zu erklären, dass viele Ortsnamen in den Karten handschriftlich geändert waren oder Grenzverläufe neu eingezeichnet wurden. Auch Wälder waren umkreist und mit den Vermerken »Abgebrannt« oder »Toter Wald« versehen.

In dem Verhör hatte die junge Sklavin davon gesprochen, dass ihr Dorf nördlich lag. Also suchte Alia ein paar Karten heraus, die das Gebiet im Norden zeigten. Sie legte die Rollen nebeneinander auf den Boden, rollte sie aus und beschwerte sie an den Ecken mit Steinen. Mit den Fingern strich sie über die Strukturen der Karte. Beinahe kam es ihr vor, als könnte sie die Tinte darauf als glattere Punkte und Linien fühlen. Doch wenn sie die Augen schloss, fühlte sie nur die Kratzer und den Schmutz, die im Laufe der Zeit auf den Karten zurückgeblieben waren. Sie versuchte sich zu konzentrieren, las systematisch einen Ortsnamen nach dem anderen und suchte den einen, den sie gehört hatte. Zahlreiche Dorfnamen hatte der alte Mann ausgestrichen und eine durchkreuzte Sonne danebengemalt, das Zeichen für den Tod. Alia schauderte. So viele Menschen und Dörfer waren schon ausgelöscht worden.

Dann fand sie den Ort: Krassnalijem. Er lag nordöstlich von Lijmgart, genau auf der Linie, die sie nehmen mussten, wenn sie von hier Richtung Pamal wanderten, um durch die Berge den Waldgürtel von Farua zu umgehen.

Alia wusste zwar nicht, ob die Katzenmenschen sie passieren lassen würden, und hinter den Grenzen von Pamal wurden ihre Karten ungenau. Aber dieser Weg war immer noch besser als der direkte Weg über die Front und den umkämpften Waldgürtel.

Dass Krassnalijem ein Wasserbergwerk gewesen war, stand nicht in der Karte. Nur im Umfeld des Ortes waren viele Seen und Flüsse verzeichnet. Alia unterdrückte ein Seufzen, während sie den Deckel von ihrem Tintenfässchen löste, den Federkiel ihrer Schreibfeder hineintauchte und den Ortsnamen mit einem Zusatz ergänzte: »Stillgelegtes Wasserbergwerk«. Dahinter malte sie ebenfalls eine durchkreuzte Sonne.

Das alles hatte viel zu lange gedauert. Eilig rollte sie die Karten wieder zusammen, legte sie zurück ins Versteck und zog das staubige Buch heraus. Sie platzierte die Öllampe daneben und schlug es auf.

Für einen Wimpernschlag befürchtete sie, dass auch das neue Buch in der fremden Schrift des ersten geschrieben sein könnte. Aber dann atmete sie auf: Die Wörter in dem Buch waren Faruanisch. Die meisten Seiten waren jedoch mit Linien, Zeichen und Zahlen bemalt. Auf den zweiten Blick erkannte Alia, dass die Kästchen auf den Seiten gleichmäßig angeordnet und fortlaufend nummeriert waren. Doch alle paar Seiten endete die Nummerierung mit der Zahl Dreißig.

Alia blätterte durch das Buch und versuchte zu durchschauen, was die Zahlen bedeuteten. Immer wieder fand sie die Namen von Dorfbewohnern und daneben eine durchkreuzte Sonne. Alia kannte die Namen. Sie alle waren innerhalb der letzten Jahre gestorben, die meisten von ihnen durch die Hand der Sapioner und viele durch Unfälle.

Viel mehr als diese Namen stand nicht in dem Buch. Nur diverse Zeichen waren eingetragen. Immer wieder fand sie Kreise, Halbkreise und Sichelmonde in unterschiedlicher Größe. Es waren fünf, und die kleinen Zeichnungen erinnerten an die Konstellation der drei Monde und der beiden Sonnen, wenn sie dicht nebeneinanderstanden.

Alia hatte keine Ahnung, was das alles bedeuten sollte. Sie blätterte vor und zurück, studierte die Namen und entdeckte das Wort *Blutwind*, das immer wieder vermerkt war. Sie hatte den Begriff noch nie gehört. Die meisten Namen der Toten standen neben dem Wort Blutwind, so als hätte beides etwas miteinander zu tun.

»Was hast du denn da?«

Alia zuckte zusammen, wirbelte herum und entdeckte Mariusch, der im flackernden Halbschatten stand. Seine braunen Augen schimmerten im Licht der Öllampe.

»Was machst du hier?« Alia musste sich zusammenreißen, um ihn nicht anzufauchen. »Musstest du dich so anschleichen?«

Sein Blick wirkte merkwürdig. Misstrauisch. Erschrocken. Nur zaghaft stahl sich ein Lächeln auf sein Gesicht. »Natürlich bin ich leise. Ich wäre ganz schön dumm, wenn ich wie ein plumpes Erdpony durch die verbotenen Gänge stapfen würde.« Er deutete mit dem Arm in die Richtung, in der Neljas Versteck lag, und hob dann den Wassereimer in seiner Hand. »Ich wollte nach den Mädchen sehen und ihnen Wasser bringen. Schließlich war nicht klar, ob du es in dem Chaos hierher schaffen würdest.«

Alia nickte. Natürlich. Er kümmerte sich oft um Nelja und Meikje, wenn sie nicht dazu kam.

Das Lächeln auf seinem Gesicht verschwand. »Mich würde allerdings interessieren, was du hier machst.« Er nickte mit dem Kopf zu dem Buch. »Geheimnisse?«

Ohne darüber nachzudenken, drehte Alia sich so, dass ihr Rücken das Loch in der Wand verdeckte. Über das Buch in ihrer Hand sollte sie Mariusch wohl besser die Wahrheit sagen. »Ich habe das hier im Schweinestall gefunden. Bei den Sachen des alten Mannes. Aber ich werde nicht schlau daraus. Da sind Zahlen und Namen. Und einige Zeichen, die aussehen wie unsere Monde.«

Mariusch stellte den Eimer ab. »Darf ich mal sehen?«

Alia reichte ihm das Buch. Vielleicht konnte er ihr weiterhelfen.

»Das ist ein Kalender.« Er blätterte darin herum. »Ein sapionischer Kalender, aber in unserer Schrift. Sieht so aus, als hätte der alte Mann ihn gezeichnet.«

Alia schüttelte verständnislos den Kopf. »Ein Kalender? Was ist das?«

»Die Sapioner benutzen Kalender, um ihre Tage, Monate

und Jahre zu zählen. Schau hier.« Er fuhr mit dem Finger über die Kästchen. »Jedes Kästchen steht für einen Tag. Und die Tage nummerieren sie durch, aber nur bis zum Ende des Monats. Dann fängt es wieder von vorne an. Du weißt, dass jeder Monat dreißig Tage hat und jedes Blutjahr fünfzehn Monate. In dieser Form malen sie es auf, damit sie den Überblick über ihre Pläne und Arbeitsergebnisse behalten.«

Alia starrte auf die Kästchen, und endlich ergab alles einen Sinn. Die Faruaner hatten ihre Tage niemals aufgemalt und durchnummeriert. Sie hatten sich nur an dem Blütezyklus des Malunabaumes orientiert. Aber wenn Alia ehrlich war, wirkte das Jahr der Sapioner deutlich logischer auf sie. Die unterschiedlichen Sonnenzeiten wiederholten sich genau in dem Zyklus, den die Sapioner als Jahr zählten. In der faruanischen Zeitrechnung hatten die beiden Sonnen nie eine Rolle gespielt. Aber je mehr Alia darüber nachdachte, desto unlogischer erschien es ihr. Die unterschiedlichen Sonnenzeiten waren so markant und hatten so viele Auswirkungen auf den Rhythmus des Lebens. Warum hatte ihr Volk nie darauf geachtet?

Sie nahm Mariusch das Buch wieder aus der Hand und versuchte, die Zeichen, Namen und den Blutwind zu verstehen. Was auch immer der Blutwind war, er schien einmal im Monat vorzukommen. Allerdings nicht immer am gleichen Tag, sondern verschoben. Alia zählte nach: Es lagen dreiunddreißig Tage zwischen einem und dem nächsten Blutwind.

»Was überlegst du?«, unterbrach Mariusch sie.

Alia schüttelte hastig den Kopf. »Nichts.« Sie wollte ungestört darüber nachdenken. Gleich darauf bereute sie es, Mariusch vor den Kopf zu stoßen. »Ich … ich versuche nur zu verstehen, was der alte Mann notiert hat. Die Namen … Alle Leute, die hier stehen, sind gestorben.«

Sie alle waren in den Tagen rund um einen Blutwind gestorben. Immer im Abstand von dreiunddreißig Tagen.

Und was war mit den Monden? In den kleinen Zeichnungen war Sapionas, der größte Mond, voll und überschnitt sich mit Sapia. Diese Zeichnung stand jedesmal an dem Tag vor dem Blutwind. Der alte Mann schien etwas herausgefunden zu haben, Zusammenhänge ... Alia musste nur noch durchschauen, was damit gemeint war.

»Deine Eltern ...«, flüsterte Mariusch. »Hast du schon nachgesehen, ob die Namen deiner Eltern auch darin stehen?«

Ein heißer Schauer durchfuhr Alias Körper. Ob ihre Eltern auch während eines Blutwinds gestorben waren? Das Buch war dick. Vielleicht standen mehrere Jahre darin. Eilig blätterte sie zurück. Doch wie sollte sie den richtigen Monat und das richtige Jahr finden?

Mariusch nahm ihr das Buch aus der Hand, blätterte nach vorne, durchsuchte die ersten Seiten und schlug dann eine Seite auf, auf der hunderte von Namen standen. Wie eine Überschrift prangte das Wort BLUTWIND in dicken Lettern darüber, direkt darunter eine Beschreibung von dem Unglück: Wasserdurchbruch, zweihundertundsechzehn Tote. Alia musste den Namen ihrer Mutter zwischen den anderen nicht suchen, um zu wissen, dass sie darunter war.

»Und dein Vater?« Mariusch klang heiser. Er blätterte ein weiteres Mal vor und zurück, fand dann einen anderen Tag, an dem mehr als zwanzig Tote eingetragen waren: Alias Vater stand an dritter Stelle. Alia suchte das unglückselige Wort und fand es diesmal etwas kleiner an der Seite: Blutwind. Sie spürte Mariuschs Blick von der Seite, wagte es aber nicht, ihn anzusehen.

»Blutwind«, wisperte er und sprach gleich darauf aus, was sie dachte. »Wir müssen herausfinden, was das ist. Und dann müssen wir an diesen Tagen besonders auf der Hut sein und dürfen keine Wasseradern öffnen.«

Alia drehte den Kopf zur Seite und sah ihm in die Augen. Sie waren dunkel und weit, voller Schrecken und dennoch auf merkwürdige Weise ruhig. Einen Moment später schaute er an ihr vorbei auf das, was hinter ihrem Rücken im Versteck lag: die Karten.

»Was …?« Er sah sie wieder an. »Du hast Landkarten? Dann meinst du das ernst mit der Flucht?«

Alia senkte den Kopf.

»Wann?« Mariusch trat einen Schritt vor ihr zurück.

Alia presste die Lippen aufeinander. »Ich weiß nicht. Wenn alles so weit ist.«

»Das meine ich nicht.« Seine Stimme klang rau. »Wann hattest du vor, mir davon zu erzählen?«

»Bald«, stammelte sie. »Rechtzeitig. Ich weiß nicht.«

Mariusch wich noch weiter vor ihr zurück. Enttäuschung lag in seinen Augen, ehe er den Kopf schüttelte und davonging.

19. Kapitel

Bergland von Pamal

TAILIN

Die Reise zum Tempel von Pamal musste Tailin zu Fuß antreten, während Leymon auf der Pamusch neben ihm her ritt. Beide Sonnen standen am Vormittagshimmel und glühten auf sie herab, doch zu Tailins Verwunderung war es deutlich kühler, als er es aus dieser Jahreszeit gewohnt war. Ob das an der Höhe lag? Oder hatte der ominöse Schnee auf den Berggipfeln in der Ferne etwas damit zu tun? Vielleicht würde er Leymon später danach fragen. Fürs Erste war er vollauf damit beschäftigt, einen Schritt vor den anderen zu setzen. Der Boden war mit Felsen und Geröll übersät, und er musste bei jedem Tritt aufpassen, nicht abzurutschen oder auf einen losen Stein zu treten. »Dauert es lange, bis wir einen Weg erreichen?«, fragte er, ohne den Blick zu heben.

Prustendes Gelächter antwortete ihm. »In den Bergen von Pamal gibt es keine Wege«, erklärte Leymon amüsiert. »Nicht einmal Pfade. Oder sehen wir so aus, als müssten wir unsere Zeit damit verschwenden, Steine zur Seite zu räumen, nur damit das Gehen bequemer wird?«

Tailin musste stehen bleiben, um den anderen anzusehen. Leichtfüßig trabte die Pamuschkatze über das Geröll. Leymon saß entspannt auf ihrem Rücken. Natürlich brauchte er keine Wege, solange er auf der Katze reiste. Tailin unterdrückte ein Schnauben. Dann blieb sein Blick an Leymons Füßen hängen.

Zehn Blutjahre lang hatte er beobachtet, wie die Pameli auf ihren Katzen kämpften, wie sie sich mühelos auf allen Seiten der Pamusch entlanghangelten, manchmal unter ihrem Bauch hingen und dann wieder an ihrer Seite. Doch erst jetzt konnte er sehen, welche Technik sie anwendeten: Um den Bauch und die Brust der Katze waren diverse Gurte geschlungen, und an jedem Gurt befanden sich Haltegriffe, die es dem Reiter erlaubten, sich auf allen Seiten festzuhalten. Doch das größte Geheimnis lag in Leymons Füßen. Sie waren wie längliche Hände geformt und hatten Daumen an der Seite, mit denen er greifen konnte. Jetzt lagen sie locker in einer der Schlaufen wie in einem Steigbügel. Aber wenn es hart auf hart kam, würde er sich an jedem der Griffe festhalten können, selbst wenn die Pamusch in rasendem Tempo umherwirbelte.

Leymon und die Pamusch waren schon mehr als fünfzig Schritte vor ihm, als der Krieger seine Katze wendete und zu Tailin zurücksah. »Was ist? Bist du schon erschöpft? Pause machen wir später.«

Von wegen erschöpft. Tailin schüttelte unwillig den Kopf und setzte seinen Weg fort. Doch schon nach kurzer Zeit wurde das Laufen anstrengend, und irgendwann gelang es ihm nicht mehr, das atemlose Keuchen zu unterdrücken. Ihm fiel auf, wie sehr ihn die lange Gefangenschaft geschwächt hatte. Plötzlich kam er sich vor wie ein alter, kranker Sklave. Wo war der Krieger geblieben, der schneller sprinten konnte als alle anderen und mühelos ganze Tage im Kampf aushielt? Brauchte es wirklich nur ein paar Monate auf dem Boden einer Zelle, um zu einem halben Krüppel zu degenerieren?

Der Nachmittag war kaum angebrochen, als der Pamuschkrieger einen Schattenplatz ansteuerte. Die Katze legte sich unter einen der Felsen, putzte sich die Pfoten und schlummerte kurz darauf ein. Als wäre es das Selbstverständlichste der Welt, mitten am Tag zu schlafen, legte sich der Katzenkrieger neben sie, bettete seinen Kopf auf ihre Schulter und schloss ebenfalls die Augen.

Tailin blieb überrascht daneben stehen. Hatte Leymon nicht gesagt, sie hätten eine weite Reise vor sich? Wie konnte er jetzt schon eine Pause machen? Oder täuschte der Pameli seine Erschöpfung nur vor, damit Tailin sich ausruhen konnte, ohne sein Gesicht zu verlieren? So schlimm war es nicht. Tailin biss die Zähne aufeinander. Sie mussten ihr Ziel schnellstmöglich erreichen – damit er geprüft wurde, und Leymon sich dann endlich um den Waldgürtel und die bevorstehende Brandsetzung kümmerte.

»Steh da nicht rum!«, murmelte der Pameli, ohne die Augen zu öffnen. »Mach Pause und sei froh, dass du nicht den ganzen Tag laufen musst.«

Tailin setzte sich auf einen Stein. »Wegen mir müssen wir keine Pause machen. Reicht es nicht, wenn wir in der Nacht schlafen? Wenn es dunkel ist, können wir ja ohnehin nicht weiterreisen.«

Jetzt blinzelte der Pameli doch. »Du musst vielleicht in der Nacht Pause machen, weil es zu dunkel ist. Uns beiden«, er zeigte hinter sich auf die Katze, »macht das nichts aus.«

Also würden sie auch nachts in der Dunkelheit wandern. Das wurde ja immer besser. Oder wollte der Pameli ihn nur ärgern? Tailin wurde noch immer nicht schlau aus ihm.

Leymon schloss wieder die Augen und kuschelte sich demonstrativ in das Katzenfell.

Tailin kam nicht umhin, die schlafende Katze und den Mann an ihrer Schulter anzustarren. Etwas Verwirrendes lag in dem Anblick: die mächtige Pamuschkatze und der tödliche Krieger, wehrlos schlafend, direkt vor seinen Augen. Wie konnten sie so seelenruhig daliegen? »Hast du keine Angst, dass ich euch im Schlaf umbringen und mich aus dem Staub machen könnte?«

Leymon schlug erneut die Augen auf. Seine Mundwinkel

verzogen sich zu einem Grinsen. »Nein. Für so dumm halte ich dich nicht. Die Katze ist wach, noch bevor du mir eine Waffe gestohlen hast. Und selbst wenn du es schaffen würdest …« Er wies mit dem Kopf in die Runde. »Wo willst du hin?«

Tailin musste ihm recht geben. So weit er blicken konnte, dehnte sich die Berglandschaft um ihn herum. Zerfurchte Bergketten wechselten sich mit tiefen Tälern ab, gewaltige Spitzen ragten daraus hervor, und in der Ferne schimmerte ein Höhenzug, der auf seinen Kuppen von einer weißen Schicht überzogen war. Er hatte in dieser Wildnis längst die Orientierung verloren. Nur am Stand der beiden Sonnen konnte er erahnen, in welcher Richtung Farua liegen musste. Alles andere war ihm ein Rätsel. Der Pamuschkrieger hingegen benutzte weder Karten noch einen Kompass. Allein auf Sicht schien er ihren Weg durch die Berge zu finden.

Tailins Blick fiel noch einmal auf die weißen Gipfel. *Schnee.* Er erinnerte sich an den Geruch von kaltem Wasser. *Leymon aus dem Volk der Schneekrieger.* Ob in diesen Bergen seine Heimat lag?

Der Pameli war seinem Blick gefolgt: »Da hinten bin ich geboren worden und aufgewachsen.«

Tailin hörte die Sehnsucht in seiner Stimme, nur eine winzige, gut versteckte Spur. Er konnte sich die nächste Frage nicht verkneifen: »Wann warst du zuletzt da?«

Leymons Pupillen dehnten sich aus und färbten seine Augen schwarz. »Seit meiner Kindheit nicht mehr.«

Hieß das, es war bei den Pameli ähnlich wie bei den Sapionern? »Werdet ihr auch als Kinder von euren Familien getrennt, um zu Kriegern ausgebildet zu werden?«

Leymon sah ihn an. Es war einer dieser Blicke, während denen er nicht blinzelte, und Tailin kam es vor, als würde er ihn zu Boden zwingen. Erst dann löste der Pameli sein Starren und sprach mit weichem Tonfall: »Wir werden nicht getrennt. Wir folgen unserer Bestimmung. Wer von einer Katze erwählt wird, *muss* nicht nur seinen vorbestimmten Weg gehen. Wir *wollen* diesen Weg gehen.« Der Pameli brach ab. Erst jetzt schien ihm bewusst zu werden, mit wem er sprach. Er wandte sich von Tailin ab und duckte sich wieder in das Fell seiner Katze.

Tailin konnte noch immer nicht glauben, was er sah. »Wollt ihr zwei jetzt allen Ernstes schlafen? Ich dachte, wir hätten es eilig, damit ich in diesem Tempel geprüft werde.«

Mit einem verärgerten Ruck setzte sich der Pameli auf. »Wir schlafen so viel, wie ihr esst. Damit musst du dich abfinden.« Er zog seinen Marschrucksack zu sich heran, öffnete die Schnallen und holte einen Brotlaib heraus. Mit einer schnellen Bewegung riss er etwas davon ab und warf es Tailin zu. »Unser Schlafbedürfnis ist wenigstens nicht so schwer zu tragen wie euer Menschenfutter. Du solltest still sein und ordentlich was essen, damit ich das nicht den Berg da hochschleppen muss und du genug Kraft hast für den Aufstieg.« Er wies einen steilen Hang hinauf, der so aussah, als würde er sich endlos in die Höhe ziehen.

Tailin kniff die Augen zusammen. Als müsste der Pameli überhaupt etwas tragen … »Bis jetzt hast du den Rucksack auf dem Rücken deiner Katze festgeschnallt und dich selbst tragen lassen.«

Leymons Ohren zuckten. »Ja, *bis jetzt* vielleicht. Aber wenn wir nachher da hochklettern, würde ich die Katze in den Abgrund reißen, wenn ich mich oder den Rucksack an sie hänge.« Er zeigte auf eine Stelle am Hang, die nahezu senkrecht aussah.

Tailin starrte auf den Berg. »Du meinst, wir müssen *da* hinauf? Gibt es keinen anderen Weg?«

Leymon verzog die Mundwinkel. Ob es ein Grinsen oder ein Zähnefletschen sein sollte, war schwer zu sagen. »Leider nein. Höchstens einen Umweg von zehn Tagen. Du tust also gut daran, dich vorher noch ein bisschen auszuruhen.«

Tailin bemühte sich darum, nicht allzu entsetzt auszusehen.

Doch dem Pameli schien die Regung nicht zu entgehen. Mit einem amüsierten Schnauben legte er sich wieder hin.

Tailin verzichtete darauf, ihn noch einmal anzusprechen. Vielmehr versuchte er, selbst ein wenig Ruhe zu finden. Was nicht einfacher wurde, wenn er an den Berg dachte.

Rabanus und Sapia wanderten einen ganzen Quadranten über den Himmel, ehe Leymon und seine Katze wieder erwachten und sie den Aufstieg fortsetzten. Die Pamusch erklomm den Berg in Windeseile, sprang von Felsen zu Felsen, bis sie oben war und mit schlagendem Schwanz auf sie herabschaute.

Tailin war sich sicher, dass Leymon ebenso schnell oben sein könnte. Mit Händen und Füßen hielt er sich an den Felsbrocken fest, während Tailin permanent um seinen Absturz bangte und nur mühselig den nächsten Halt fand. Doch der Pameli kletterte neben ihm, gab ihm Ratschläge, wohin er sein Gewicht verlagern sollte, und packte seinen Arm, sobald er abzurutschen drohte. Wie durch ein Wunder kamen sie unversehrt oben an. Vor ihnen erstreckte sich eine endlos weite Hochebene, die aussah, als könnten sie zur Abwechslung einfach dort entlangwandern.

Aber der erste Eindruck täuschte. Der größte Teil der Ebene bestand aus einem Hochmoor. Um den Sumpf zu durchqueren, brauchten sie unzählige Tage, in denen sie kaum vorankamen. Direkt dahinter folgten undurchdringliche Nadelwälder, die es kaum besser machten.

Doch ganz gleich, wie langsam sie vorankamen, der Rhythmus von Katze und Reiter war jeden Tag gleich. Zusätzlich zu ihrem Nachtschlaf hielt der Pamuschkrieger noch eine längere und zwei kürzere Schlafpausen, so dass es Tailin so vorkam, als würden Leymon und Chaveen den größten Teil der Tage schlafen. Aber wenigstens hatte er so Gelegenheit, seine erschöpften Muskeln auszuruhen und allmählich wieder seine alte Kraft zurückzugewinnen.

Im Gegenzug schienen der Pameli und seine Katze fast keine Nahrung zu benötigen. Nur alle paar Nächte verschwand die Pamusch von ihrem Lagerplatz und kehrte mit einem erlegten Wildtier zurück. Je nachdem wie groß ihre Beute war, verschlang die Katze einen Großteil davon, während Leymon den Rest über dem Feuer briet und es mit seinem Gefangenen teilte. Manchmal wanderten sie auch in den Nächten, aber nur dann, wenn die Monde genug leuchteten, um ihren Weg zu erhellen. Tailin war sich sicher, dass der Pameli dieses Licht nicht brauchte, aber wenigstens in dieser Hinsicht schien er Rücksicht auf ihn zu nehmen.

Sie wanderten bereits den zwölften Tag durch den Nadelwald, als Leymon absaß und zu Fuß an Tailins Seite ging. Ob er es aus Höflichkeit tat oder weil er selbst ein wenig Bewegung brauchte, konnte Tailin nicht herausfinden. In jedem Fall brachte die Nähe des Pamuschkriegers die Narben auf seinem Körper zum Kribbeln. Das Gefühl sirrte durch seine Haut und rief die Erinnerung wach: die Nacht, in der Leymon ihn gefoltert hatte – als er angefangen hatte, Tailins Wunden zu lecken –, allein für dieses Gefühl war er bereit gewesen, als Katzenfutter zu enden.

Und selbst jetzt … Seine Haut wollte mehr von dem Rausch. Jeder Schmerz käme ihm recht, wenn er danach auf diese Weise gestillt wurde. Tailin schluckte, um das Gefühl zu verdrängen. Doch es half nicht. Hieß das, die Gerüchte über die Katzenmenschen stimmten? Und was genau war in der Folternacht geschehen? »In der Nacht …« Tailin fing an, ohne die Frage zu Ende zu denken, stolperte über das Wort *Folter*, das er keinesfalls benutzen konnte, und stammelte unbeholfen weiter: »Also, in der Nacht … als du mich … befragt hast … Zum Schluss konnte ich nicht mehr klar denken, aber … es kam mir vor … ich hätte schwören können, dass deine Katze und du … dass ihr mich fressen wollt.«

Leymons Schritte stockten, seine Ohren zuckten. Dann jedoch lief er weiter und schien die Frage überhören zu wollen. Tailin rechnete schon fast nicht mehr mit einer Antwort, als der Pameli stehen blieb und sich zu ihm drehte. »Mit anderen Worten: Du möchtest gerne wissen, ob wir die menschenfressenden Bestien sind, für die ihr uns haltet?«

Tailin zuckte zusammen. Am liebsten wollte er die Frage zurückziehen. Aber dafür war es zu spät.

Leymons Lippen hoben sich, gerade genug, um die spitzen Eckzähne zu zeigen. »Dabei solltest du doch inzwischen wissen, dass wir nicht allzu viel Nahrung brauchen. Warum sollten wir ausgerechnet Menschenfleisch essen?« Sein Gesicht war ernst geworden. »Das sind die Geschichten, die sie euch in den Ausbildungslagern erzählen. Damit ihr sofort begreift, wer eure Feinde sind. Aber wenn ihr die Schauergeschichten seht, die sich direkt vor euren Augen abspielen, schaut ihr lieber in eine andere Richtung. Oder philosophiert ihr manchmal darüber, ob es Kannibalismus ist, wenn die Menschen sich fast ausschließlich von Schweinefleisch ernähren, während die Schweine mit Menschenleichen gemästet werden?«

Tailin kam es vor, als würde sein Herz stehenbleiben. Er hatte versucht, nie darüber nachzudenken. Warum er die Totengruben nie gesehen hatte – und warum der Leichengestank in der Nähe der Schweineställe kaum auszuhalten war. Aber im Grunde hatte er es gewusst. Jeder konnte es wissen, wenn er nur genau genug hinsah, und dennoch redete niemand darüber.

»Ich nehme an, dass uns die Dürre kaum eine andere Wahl lässt«, wand Tailin vorsichtig ein. »Es gibt nicht viele Möglichkeiten, um so viele Menschen zu versorgen.«

Leymon lächelte grimmig. Dann wandte er sich ab und setzte seinen Weg über die holprigen Steine fort. »Wie du siehst, hat es Vorteile, viel zu schlafen, anstatt viel zu essen. Um unseren Hunger zu stillen, reichen ein paar kleine Beutetiere. Und gegen den Durst reicht das Blut in ihren Adern. Selbst in der dürresten Gegend würden wir noch ein paar Erdnager finden, um uns am Leben zu halten.« Er verzog das Gesicht. »Ihr hingegen müsst die ganze Welt überrennen und alle anderen Völker vernichten, um genug Nahrung und Wasser zu haben. Selbst eure Menschensöhne werden von Anfang an versklavt und dem Krieg geopfert. Bis ihr euch gegenseitig abschlachtet und nur noch die Stärksten übrig lasst. Wenn du mich fragst, dann seid ihr die Kannibalen.« Leymon wandte seinen Kopf zur Seite. Sein Katzenblick traf Tailin und gab ihm das Gefühl, im Erdboden zu versinken.

Bis ihm eine weitere Frage durch den Kopf schoss. »Du weißt sehr viel über uns. Dafür dass du uns allenfalls im Wald über den Weg gelaufen bist.«

Leymon lachte auf. Seine Pupillen verengten sich und ließen seine Augen funkeln. »Lass es mich so sagen«, begann er knurrend. »Eine kleine Armee von Spionen in das Heerlager von Sapion einzuschmuggeln, ist leichter, als einen einzigen sapionischen Spion über die Grenze von Pamal zu schicken.«

Tailin blieb stehen. Seine Gedanken rasten und gingen sämtliche Möglichkeiten durch, bis die Lösung so deutlich vor ihm stand, als hätte er es immer schon gewusst. »Die Sklaven«, stammelte er. »Ihr könnt die Partisanen aus Nordfarua als Sklaven einschmuggeln. Kein Sapioner könnte sie jemals von den Südfaruanern unterscheiden. Aber wenn sie euch Informationen überbringen oder zu euch zurückkehren wollen, müssen sie nur in den Wald gehen und sind wieder in Sicherheit.«

Leymon nickte langsam, eine Geste, die bei ihm so erhaben wirkte, als wäre er eine Raubkatze. »Für einen Sapioner bist du ein kluges Köpfchen. Bis jetzt dachte ich, dass eure Ausbilder gründlich genug arbeiten, um jeden Gedanken aus euren Gehirnen zu vertreiben. Aber bei dir waren sie ziemlich nachlässig.«

Tailin musste lachen. Er wusste nicht, woran es lag, vielleicht an dem eigenwilligen Humor des Pameli oder daran, dass es guttat, nach Folter und Gefangenschaft ein wenig zu lachen.

Leymons Ohren zuckten. Auch auf seinem Gesicht formte sich ein Grinsen.

Ein weicher Blitz strömte durch Tailins Körper, prickelte in den Narben und ließ ihn die Luft anhalten. Was auch immer Leymon in dieser Nacht mit ihm getan hatte – er hatte ihn nicht fressen wollen, und mit einem Mal erschienen ihm die Gerüchte um die Katzenmenschen absurd. »Ich sehe es ein«, murmelte er. »Womöglich sind die Pameli die besseren Menschen.« Ohne darüber nachzudenken, legte er die Hand auf Leymons Schulter, fühlte das weiche Fell seiner Kleidung und zuckte zurück.

Leymon blinzelte. Etwas in seinem Gesicht änderte sich. War das Verwirrung?

Tailin wich zur Seite und versuchte zu begreifen. Schon seit Tagen war er nicht mehr der Gefangene, und Leymon war nicht mehr sein Wärter. Je länger sie zusammen reisten, desto mehr wuchs etwas Neues zwischen ihnen. Tailin konnte es nicht in Worte fassen. War es Gleichberechtigung? Kameradschaft? Noch etwas anderes? Mit einem hastigen Ruck wandte er sich von Leymon ab.

Kurz darauf wurde der Wald vor ihnen lichter. Zum ersten Mal seit Tagen verließen sie die Dunkelheit unter den Nadelbäumen und traten ins Freie. Sie befanden sich noch immer auf einer Ebene, und weiter hinten setzte sich der Wald fort. Doch von hier aus konnten sie die Schneegipfel sehen, die der Pameli so oft betrachtete. Das Licht der beiden Sonnen färbte sie in einem tiefen Orangerot.

Ob ihr Ziel dort hinten lag? Zumindest die Richtung schien zu stimmen. »Wie lange müssen wir eigentlich noch wandern?«

Leymon antwortete nicht sofort. Prüfend blickte er in die Ferne. »Ich weiß es nicht«, erklärte er dann. »Ich bin diesen Weg noch nie zu Fuß gegangen.«

Tailin beobachtete die Pamuschkatze, die ohne ihren Reiter immer wieder vorgaloppierte und sich vor Erdlöchern und Felsen auf die Lauer legte. Manchmal blieb sie auch hinter ihnen zurück, bis sie wieder aus dem Unterholz brach und eine frisch erlegte Beute im Maul trug. »Wie lange würdest du denn brauchen, wenn du auf ihr reiten würdest?«

Leymon lachte leise. »Dann wäre ich blitzschnell. Was heißt, dass ich wohl in ein oder zwei Tagen da wäre.«

Tailin seufzte. »Und wenn man auf einem Pferd reiten würde?«

Der Pameli schmunzelte belustigt. »Ein Pferd? In Pamal? Möchtest du gerne in Chaveens Gegenwart auf einem Pferd reiten?«

Tailin musste ebenfalls lachen. »Wer wäre schneller? Das Pferd auf seiner Flucht? Oder die Pamusch, die das Pferd jagt?«

Leymon grinste. »Die Katze müsste schon sehr hungrig sein, um sich an einem Pferd zu versuchen. Aber das Pferd würde sich auf der Flucht zwischen dem Geröll die Beine brechen.«

Wieder trafen sich ihre Blicke. Wieder jagte ein scharfer Blitz durch Tailins Körper. Hastig überspielte er das Gefühl. »Also kein Pferd.«

Dieses Mal war Leymon derjenige, der ihn lachend von der Seite anstieß. »Richtig! Besser kein Pferd!«

***

An diesem Abend hatten sie mehr Nahrung als an allen Tagen zuvor. Während ihrer Wanderung hatte Chaveen fünf verschiedene Tiere gefangen, die meisten davon mittelgroße Nagetiere, die Tailin in Sapion und Farua noch nie gesehen hatte. Aber auch ein Wildziegenlamm war dabei und ein junger Gebirgswolf, der vermutlich zu schwach gewesen war, um seinem Rudel zu folgen.

Chaveen hatte die Beute nach und nach bei ihrem Reiter abgeliefert, als würde sie darauf warten, dass er sie aufteilte, und tatsächlich fraß sie erst, als Leymon ihr den kleinen Wolf und zwei der Nagetiere hinwarf. Das dritte Nagetier und das Wildziegenlamm briet der Pameli über dem Feuer.

An diesem Abend waren die drei Monde nur schmale Sicheln, die kurz nach Rabanus und Sapia untergingen. Umso schwärzer war die Dunkelheit, die sich über sie senkte. Die Furcht vor der Finsternis griff nach Tailin und wollte ihm die Kehle zuschnüren. Nur das Feuer und Leymons Gegenwart konnten die dumpfe Angst besänftigen. Mit nachdenklichem Blick drehte der Pameli den Spieß über den Flammen, und Tailin suchte nach dem erstbesten Thema, um ihn in ein Gespräch zu verwickeln. »Esst ihr euer Fleisch eigentlich immer gekocht? Oder brätst du es nur mir zuliebe?«

Sie saßen nicht weit voneinander entfernt, Leymon auf einem Stein neben dem Feuer und Tailin kaum eine Armlänge gegenüber. Der Pameli starrte in die Flammen und ließ sich Zeit mit seiner Antwort. »Meistens kochen und braten wir unser Fleisch«, erklärte er dann. »Aber manchmal esse ich es roh. Wenn ich wütend bin oder unausgeglichen … oder krank. Wenn ich rohes Fleisch gegessen habe, fühle ich mich besser.« Erst jetzt sah er Tailin an. »Wir kochen unser Fleisch schon seit vielen Generationen. Aber rohes Fleisch …« Sein Blick glitt ins Leere. »Es fühlt sich natürlicher an. Mit den Zähnen ganze Stücke herauszureißen, sie zu kauen und den Widerstand der Fasern zu brechen. Das macht etwas mit deinem Körper, tief in deiner Brust wird etwas zufriedengestellt, beinahe so, als müsste es keinen Krieg mehr geben, wenn nur alle Völker rohes Fleisch essen würden.« Sein Blick kehrte zu Tailin zurück. Gleich darauf lachte er auf. »Aber warum erzähle ich dir das? Du bist ein Mensch. Ihr habt noch nie rohes Fleisch gegessen, wie solltest du das verstehen?«

Tailin konnte nicht aufhören, Leymon in die Augen zu sehen, und plötzlich nahm er das Gefühl wahr, von dem der andere berichtete. Die Zufriedenheit tief in seiner Brust, ein Gefühl, nach dem er immer schon gesucht hatte und das er in Leymons Gegenwart zum ersten Mal empfand. Es fühlte sich gut an, richtig, beinahe so, als ginge es im Leben nur darum, dieses Gefühl zu erzeugen. »Gleichgewicht«, murmelte er. »Es fühlt sich an, als wären die Dinge im Gleichgewicht. Wenn du dieses Gefühl in deiner Brust gefunden hast, kannst du aufhören zu suchen. Du musst dich nicht mehr abmühen, du musst nicht mehr kämpfen, du wirst nicht mehr wütend, ohne den Grund dafür zu kennen. Wenn alle Menschen dieses Gefühl finden würden, für immer, dann könnten wir ohne Kriege leben.«

Leymon blinzelte irritiert. »Heißt das, du kennst es?«

Tailin schüttelte den Kopf. »Kein Sapioner kennt dieses Gefühl, in keinem von uns gibt es ein Gleichgewicht. Wenn es jemals da war, dann wird es schon in unserer Kindheit zerstört. In den meisten Soldaten gibt es nur das Gegenteil: eine bodenlose Wut, die keinen Halt findet und deren Ursachen im Verborgenen liegen.«

Leymon krauste die Stirn. Es war das erste Mal, dass Tailin eine Regung auf seinem Gesicht sah, die stark genug war, um Falten darauf zu zeichnen. »Da ist etwas Besonderes an dir«, murmelte er. »Es wird Zeit, dass die Priester dich prüfen.«

Tailin neigte den Kopf zur Seite. Immer diese Andeutungen … »Was ist mit mir? Du hast mir immer noch nicht verraten, worum es in dieser Prüfung gehen soll.«

Leymon räusperte sich. »Ich habe dir gesagt, dass ich nur ein Krieger bin, der ein paar Märchen gehört hat. Und dabei bleibe ich. Alles andere wäre Spekulation. Schlimmstenfalls würde es das Prüfungsergebnis verfälschen. Solange du nicht weißt, worum es in der Prüfung geht, wirst du dich am ehrlichsten zeigen.«

Tailin unterdrückte einen Fluch.

Heißes Fett tropfte aus dem Fleisch und fiel zischend ins Feuer. Leymon schien sich wieder an den Spieß zu erinnern und drehte ihn weiter. In der Luft breitete sich der würzige Geruch von gebratenem Fleisch aus.

Tailin beschloss, nicht weiter auf dem Thema zu beharren, und schaute zu der Katze, die ein wenig abseits lag und genüsslich an einem Wolfsknochen kaute. Auch zu der Pamusch fielen ihm unzählige Fragen ein, solche, die aus Gerüchten entstanden waren, und andere, die womöglich noch kein Sapioner vor ihm gestellt hatte. Vielleicht war dies ein guter Abend, um Leymon darauf anzusprechen. »Besitzt eigentlich jeder Pameli eine Pamusch?«

Leymon schaute zu seiner Katze. »Nein«, erklärte er, drehte noch einmal den Spieß und schob das Feuerholz mit einem Stock zusammen. »Wir besitzen die Katzen nicht«, begann er leise. »Wir sind mit ihnen verbunden. Und die Katzen erwählen uns, wenn sie noch Kätzchen und wir noch Kinder sind. Es ist also keine Entscheidung, ob man ein Pamuschkrieger werden möchte oder nicht. Wenn die Katze einen erwählt, hat man keine andere Wahl.« Etwas Zärtliches erschien in seinem Blick, als er zu seiner Pamusch hinübersah.

Als hätte die Katze seine Regung bemerkt, stand sie auf und tappste zu ihnen herüber. Tailin wich zurück, als Chaveen vor ihm herlief. Doch die Katze beachtete ihn nicht. Sie rollte sich an Leymons Seite zusammen, legte ihren Schwanz so um ihn herum, dass er dem Feuer nicht zu nah kam, und fing an, ihre Pfoten zu putzen.

»Genaugenommen ist es die Katzenmutter, die erkennt, welcher Reiter zu welchem Kätzchen gehört«, fuhr Leymon leise fort. »Und dann legt sie uns das Kätzchen vor die Tür.«

Tailin musste lächeln.

»In Pamal zählen wir unser Alter nicht. Aber ich war schon etwas größer, als Chaveen von ihrer Katzenmutter zu mir gebracht wurde. Die auserwählten Knaben sind immer im gleichen Alter, in der Phase zwischen Kindheit und Erwachsensein, wenn es dich ins Leben hinausdrängt und du trotzdem noch nicht weißt, wer du bist. Bis dahin wollte ich niemals ein Krieger werden. Ich habe mir ein Leben in Frieden gewünscht, vielleicht wäre ich Priester geworden, wenn ich die Wahl gehabt hätte. Aber dann kam der Tag, an dem die kleine Katze auf unserer Türschwelle im Schnee lag. Sie reichte mir gerade bis zu den Knien, ihr Fell war dunkelgrau getigert und so weich, dass ich sofort meine Hände darin vergraben wollte. Sie hat es zugelassen, und von dem Moment, als ich das kleine frierende Knäuel zum ersten Mal in die Arme genommen habe, wusste ich, dass ich keinen Schritt mehr ohne sie gehen würde.« Er legte den Arm auf den Kopf der Katze und kraulte sie zwischen den Ohren. Die Pamusch fing an zu schnurren, so dröhnend, dass Tailin sich am liebsten die Ohren zugehalten hätte. »Es gibt kein größeres Gefühl als die Bindung zwischen Katze und Reiter. Sobald die Katze dir gegenübertritt und dir klarmacht, dass ihr zusammengehört … Danach bist du nicht mehr derselbe. Alles andere tritt in den Hintergrund. Die Familie, dein bisheriges Leben. Du willst nur noch eins mit ihr sein und fühlen, was in ihr vorgeht. Wenn ich auf ihr reite, dann schließen wir unsere Gedanken zusammen und bewegen uns, als wäre sie die Erweiterung meines Körpers. Diese Einheit lässt sich nicht mehr trennen. Sie lässt sich nicht ersetzen.« Leymon lehnte sich an die Schulter des Tieres.

Die Zärtlichkeit zwischen den beiden griff auf Tailin über. Es fühlte sich schön an und zugleich erdrückend. Aus der Zweisamkeit zwischen Katze und Reiter gab es kein Entrinnen. Was passierte, wenn einer von beiden starb? Tailin musste an Leymons Kameraden denken, an den Pamuschkrieger, der tot zusammengebrochen war, als seine Katze starb. Würde auch Leymon sterben, wenn Chaveen getötet wurde?

»In meinem Dorf haben wir eine eigene Hütte bekommen«, fuhr der Pamuschkrieger fort. »Von da an habe ich Chaveen gepflegt und großgezogen, war mit ihr jagen und spielen, bis wir beide erwachsen wurden.« Wieder erschien die Sehnsucht in seinem Gesicht, während er in Richtung der Schneegipfel sah. »Danach mussten wir weg aus dem Dorf. Eine erwachsene Pamuschkatze ist eine Wächterin, das liegt in ihrer Bestimmung. Also mussten wir fort, um uns ausbilden zu lassen.«

Tailin verstand nicht ganz. »Eine Wächterin?«

Leymon nickte. »Ihr würdet wohl sagen, sie ist zum Kämpfen geboren. Aber das trifft es nicht ganz. Wir selbst und die Menschen im alten Farua bezeichnen uns als Wächter Maluns. Wir sind kein kriegerisches Volk. Wir würden niemals Feldzüge beginnen. Aber wir bewachen den Frieden der Götter. Und wenn es sein muss, kämpfen wir dafür.«

Die Götter Maluns … Tailin hatte davon gehört, dass die Faruaner und die meisten der unabhängigen Völker an die malunischen Götter geglaubt hatten, bevor die Sapioner es verboten hatten. »Bedeutet das, dass es in Malun noch Götter gibt?«

Leymon lachte. »Natürlich. Was dachtest du denn? Dass eure blutrünstige Sapia die einzige Göttin ist? Und dann vielleicht noch ihr verrückter Sohn Sapionas und euer größenwahnsinniger Herrscher, Rabanus Sapion? Die drei größten und einzigen Götter, nach denen ihr euer Leben richtet? Ich wäre mir nicht einmal sicher, ob alle drei tatsächlich Götter sind oder ob sie diesen Status nur für sich beanspruchen, um euch besser beherrschen zu können.« Er senkte die Stimme und beugte sich in Tailins Richtung. »Wenn du mich fragst, dann ist das der wahre Grund, warum Rabanus Sapion diesen Krieg führt. Er will die göttliche Macht auf dieser Welt für sich. Um das zu erreichen, muss er die Götter Maluns vernichten. Deshalb will er unbedingt nach Nordfarua. Um von dort aus in Malun einzumarschieren. Nicht, weil es dort noch Wasser gibt, sondern allein, um die verbliebenen Götter in seine Gewalt zu bringen.«

Hieß das, Rabanus wollte die Götter töten? War es überhaupt möglich, das Leben eines Gottes auszulöschen? Tailin fiel es schwer, alle Informationen einzuordnen, und dennoch kam es ihm vor, als hätte er das alles längst gewusst. Nur eines war merkwürdig: »Warum erzählst du mir das? Heißt das, du vertraust mir? Ich dachte, du hältst mich für einen Spion?«

Leymon lehnte sich in seine Richtung. Plötzlich war er nah genug, um die Spiegelung des Feuers in seinen Augen zu sehen. »Warum sollte ich dir nicht davon erzählen? Alles Wissen sollte frei sein. So lautet unser Grundsatz. Schon in der Schule lernen wir, wie wichtig es ist, die Zusammenhänge zu begreifen. Nur wer das Wissen dieser Welt in sich versammelt, kann frei und unabhängig denken. Angst und Wut, Hilflosigkeit und Hass, all diese Gefühle, die unseren Krieg vorantreiben, entstehen aus Unwissenheit. Frag Walerius. Er weiß genau, dass seine Macht im Unwissen der Menschen liegt. Nur die Unwissenden benötigen einen Herrscher, der sie führt. Deshalb verbieten die Sapioner alles, was nicht in ihre Ideologie passt. Deshalb bestrafen sie die Faruaner für ihre Märchen und teilen ihr Volk in Kasten, von denen nur die Akademiker in den Genuss von Bildung kommen.«

Überrascht hielt Tailin den Atem an. Was Leymon sagte, kam ihm bekannt vor. Er hatte es schon einmal gehört. Aber wo? Bevor er die Lösung fand, fiel ihm auf, dass der Pameli seiner wichtigsten Frage ausgewichen war. »Wenn ich ein Recht auf freies Wissen habe, dann sag mir endlich, ob du mir glaubst. Oder ob du mich immer noch für einen Spion hältst.«

»Entschuldige.« Leymon schüttelte lachend den Kopf. Gleich darauf wurde er ernst. »Ja, ich glaube dir.« Nachdenklich sprach er weiter, und mit einem Mal veränderte sich sein Tonfall: »Noch unter Todesqualen sprechen die Reinen die Wahrheit.«

Tailin schauderte. Leymon sprach Faruanisch, und dennoch verstand er jedes Wort. Und das nicht zum ersten Mal. Auch in der Nacht, in der der Pameli ihn gefoltert hatte, hatte er diese Worte benutzt. »Das hast du schon mal gesagt. Aber was bedeutet das? Wer sind die Reinen?«

Die Feuerspiegelung flackerte in Leymons Augen. »Ein sehr weiser Mann hat das geschrieben. Er spricht in seinem Werk über das Wesen der menschenartigen Völker, über die Zyklen von Frieden und Krieg, unter denen unsere Welt leidet. Dabei entwirft er das Ideal eines Helden, dem *Reinen*, der mit seinen Taten die Welt vom Krieg befreit. Er ruft dazu auf, diesem Idealbild möglichst nahezukommen, um auf diese Weise seinen Beitrag zum Frieden zu leisten. Der Text ist sehr alt und bildet seit Urzeiten unseren Ehrenkodex. Während unserer Ausbildung zum Pamuschkrieger lernen wir, dass die Regeln des Kodex unser höchstes Gut sind. Selbst in den schlimmsten Zeiten sind wir dazu aufgerufen, uns daran zu halten.« Leymons Ton klang so, als wäre er mit seinen Gedanken weit entfernt: »Rein sind die, deren Gewissen und deren Worte frei sind von Falschheit und List. Wer rein ist, wird immer den Weg der Ehrlichkeit wählen. Er wird sich für das Wohl der Unschuldigen entscheiden und sich unter Einsatz seines Lebens darum bemühen, den Frieden in dieser Welt zu bewahren oder wiederherzustellen.«

Eine Gänsehaut zog über Tailins Körper. Leymon hatte das Zitat während der Folter gesprochen, als würde er Tailins Ehrlichkeit beurteilen. Hieß das, er hielt ihn für einen *Reinen*? Für jemanden, der einem Idealhelden nahekam? Tailin fiel es schwer, das zu glauben. Doch er wollte nicht noch einmal nachfragen.

»Ich denke, das Fleisch ist jetzt gar.« Leymon stand auf, zog den Spieß vom Feuer und schnitt ein Stück ab. Er probierte vorsichtig, teilte dann eine weitere Portion ab und spießte sie auf ein Messer.

Während Tailin das Fleisch entgegennahm, musste er an die

derben Späße denken, die andere Krieger im Heerlager über die Katzenmenschen gemacht hatten. Angesichts des echten Pameli, der so viel gebildeter und zivilisierter war als jeder Sapioner, waren die Erinnerungen so absurd, dass Tailin ein leises Lachen herausrutschte.

»Warum lachst du?« Auch Leymon schmunzelte.

Tailin war sich nicht sicher, ob der Pameli es ebenso komisch finden würde. Aber er schuldete ihm eine Antwort. »Ich musste nur gerade an ein Gerücht denken, das sie im Heerlager über euch und eure Katzen erzählen. Es ist das lächerlichste Gerücht von allen. Willst du es wirklich wissen?«

Leymons Augen funkelten amüsiert. »Du meinst, es gibt eins, das ich noch nicht kenne?«

Tailin zuckte die Schultern. »Ich weiß nicht, welche du schon kennst, aber dieses ist … Nun ja, sie behaupten, dass ihr es nachts mit euren Katzen treibt.«

Leymon hielt im Kauen inne. Einen Moment lang sah er ihn perplex an. Dann brach er in schallendes Gelächter aus. Es war ein Lachen, das anders klang als das eines Menschen, in einer höheren Tonlage und gleichzeitig so ansteckend, dass Tailin mitlachen musste.

Leymon machte eine kurze, mühsame Lachpause, um das Fleisch herunterzuschlucken. Dann lachte er weiter und hielt sich den Bauch. »Das kannte ich tatsächlich noch nicht.«

Tailin konnte sein Lachen als Erster bezähmen. »Eigentlich ist es nicht lustig. Ich müsste mich bei dir entschuldigen, dass ich dir so etwas erzähle.«

Leymon winkte ab und wischte sich die Tränen aus den Augen. Nur allmählich gelang es ihm, wieder ernst zu werden. »Du hast recht. Eigentlich ist es nicht lustig.« Er neigte den Kopf zur Seite. »Aber du fragst es dich auch, oder? Vielleicht nicht, ob wir es mit unseren Katzen treiben, sondern wie es wirklich ist.«

Tailins Herzschlag beschleunigte sich. Erst jetzt wurde ihm

klar, dass ihn seit einigen Tagen nichts mehr interessierte. Stand Leymon nur seiner Katze nahe? Oder auch noch jemand anderem?

»Die Wahrheit ist, dass wir es mit niemandem *treiben*«, erklärte Leymon ruhig. »Wir dürfen uns nicht verlieben. Es ist eine der wichtigsten Regeln. Pamuschkatzen sind extrem eifersüchtig. Deshalb leben wir getrennt von Frauen. Nicht einmal unsere Familie darf in der Nähe sein. Aber wenn wir uns verlieben würden …« Er presste die Lippen aufeinander, und sein Kehlkopf bewegte sich. »Dann würde unsere Pamusch toben und ihren Rivalen sofort aus der Welt schaffen.« Ein bedauerndes Lächeln huschte über sein Gesicht. »Bisweilen ist das die härteste Prüfung, die unsere Bestimmung mit sich bringt.«

Tailins Inneres rebellierte, seine Gedanken rotierten und versuchten, alles zu erfassen, was zwischen Leymons Worten lag. Dann hörte er das Knurren. Die Pamuschkatze lag mit dem Kopf auf den Pfoten und sah zu ihm auf. Das Grollen drang nur leise aus ihrer Kehle und klang dennoch unmissverständlich: Sie würde ihn zerfleischen, wenn er Leymon jemals näherkam.

★★★

Sobald das Feuer heruntergebrannt war, kehrte die Angst vor der Dunkelheit zurück. Sie presste sich mit solcher Wucht um Tailins Brustkorb, dass es ihm schwerfiel zu atmen. Leymon lag wie immer auf der anderen Seite des Feuers an seine Katze gekuschelt, doch in Tailins Rücken gab es nichts, das ihn vor der Dunkelheit beschützte. Selbst die letzte Glut spendete kaum noch Helligkeit. Immer stärker drängte die Panik herauf, bis sein Atem unkontrollierbar ein und aus flatterte.

»Alles in Ordnung?« Leymon stützte sich auf den Ellenbogen und spähte über das Feuer.

Tailin versuchte sich zusammenzureißen, aber sein Atem wurde hektischer. »Ich weiß nicht«, presste er hervor. »Ich habe Angst … vor der Dunkelheit … erst seit Kurzem ist es so schlimm.«

Leymon richtete sich weiter auf. Sein Blick wirkte undurchdringlich. »Soll ich noch Holz nachlegen?«

Tailins Zähne schlugen aufeinander. »Ja. Das wäre gut.«

Leymon stand auf. Er holte Holz von einem kleinen Stapel neben seinen Satteltaschen und legte es behutsam in die Glut. Danach kam er auf Tailins Seite, setzte sich neben ihn und starrte in die Flammen, die allmählich größer wurden.

Tailin bemühte sich, ruhiger zu atmen. Leymons Nähe lenkte ihn ab von der Finsternis, allmählich ließ die Panik ihn los, aber zugleich war es so peinlich, dass er sich am liebsten unsichtbar gemacht hätte. »Entschuldige«, murmelte er. »Das ist lächerlich. Ein Krieger, der Angst vor der Dunkelheit hat … Du kannst ruhig wieder auf deinen Platz gehen. Ich … komme schon klar.«

»Nein.« Leymon klang bestimmt. »Es ist nicht lächerlich. Nach so vielen Jahren im Krieg haben wir alle etwas abbekommen. Und wenn man es nicht sofort sieht, dann versteckt es sich hier.« Er tippte sich an den Kopf. »Weißt du, woher das kommt? Mit der Dunkelheit?« Er hatte seine Arme um die Knie gelegt. Sein Blick wirkte seltsam sanft.

Tailin versuchte sich zu erinnern. Die Dunkelheit stieß etwas an. Etwas Schlimmes. Das mit ihm passiert war. Aber was? »Ich weiß nicht, woher es kommt. Es muss … eine sehr alte Erinnerung sein. Irgendetwas, das passiert ist, bevor mich die Sapioner verschleppt haben.«

»Oder währenddessen?« Leymon wirkte ernst. »Wenn du sagst, dass du nicht weißt, was in deiner Kindheit geschehen ist … Menschen verlieren ihre Erinnerungen, wenn sehr schlimme Dinge mit ihnen geschehen.«

Seine Erinnerungen … die Dunkelheit … Stille … viel zu

lange. Viel zu einsam. Und dann Stimmen. Fremde Stimmen. Tailins Atem wurde hektisch.

»Schhht.« Nah und vertraut mischte sich das Geräusch in die Dunkelheit. Etwas Warmes legte sich um seine Schultern. »Es ist gut. Es passiert nicht jetzt.«

Tailin blinzelte und verdrängte das Bild. Nicht daran denken. Leymons Arm war verschwunden. Der Pamuschkrieger hatte sich wieder aufgerichtet und saß neben ihm. Nur das Prickeln blieb, der Drang, die Berührung zu wiederholen. Das Bein des anderen war nah. Tailin müsste nur seine Hand unter dem Fell hervorstrecken.

Leymon räusperte sich. »Geht es wieder? Dann sollten wir jetzt schlafen. Morgen wird es wieder anstrengend.« Mit dem letzten Wort erhob er sich und ging zurück auf seine Seite des Feuers.

Leises Bedauern strich durch Tailins Brust. Doch es war besser so. Schnell schloss er die Augen und bemühte sich einzuschlafen. Und dieses Mal holte ihn die Erschöpfung schnell ein.

Erst ein Rütteln rief ihn wach. Er hatte geträumt. Von Angst und Dunkelheit. Doch die Erinnerung verblasste, noch bevor er die Augen öffnete.

»Wach auf!«, flüsterte jemand. Er kannte die Stimme. Leymon! Tailin fuhr hoch.

Der andere saß neben ihm. Beinahe wie in der Nacht. Nur dass der Himmel inzwischen nicht mehr dunkel war.

»Schau!«, flüsterte Leymon und deutete zum Horizont über den Bergen. Rabanus und Sapia hoben sich nebeneinander über den Gipfel. Der Tag des gemeinsamen Sonnenaufgangs. Von nun an war die Tagsonnenzeit beendet, und die Nachtwechselzeit würde beginnen. Jeden Tag würde Sapia eher aufgehen und so allmählich wieder zur Nachtsonne werden.

»Midjahr«, murmelte Tailin. »In Sapion ist das ein Feiertag. Wie ist das bei den Pameli? Feiert ihr die besonderen Sonnentage?«

Leymon stieß ein kaum hörbares Schnauben aus. »Besondere Sonnentage«, zischte er. »Wir feiern und verehren eure Blutsonne nicht.«

Tailin nickte und wagte es nicht, noch einmal nachzufragen. Schweigend betrachteten sie das Schauspiel der beiden Sonnen, die den Himmel mit glühendem Orangerot überzogen und sich kaum merklich höher schoben.

»An Tagen wie diesen«, hauchte Leymon schließlich, »ist eure Blutsonne traumhaft schön. Trotzdem ist und bleibt sie ein Fluch.«

20. Kapitel

Bergland von Sapion, Oase »Walis«,
Töchterpalast des Walerius

DORGEN

Gärender Zorn brodelte in seinem Inneren wie ein kochender Kessel, dessen Inhalt explodieren würde, wenn sich der Druck nur wenig steigerte. Walerius erpresste ihn, und er konnte nichts dagegen tun. Dorgen wollte ausbrechen, wollte Feyla rächen und sich endlich wie ein freier Mensch fühlen. Immerhin hatte er die Auslese gewonnen, ihm gebührte eine Zukunft als freier Mann in seiner Heimat Sapion. Doch in diesem Haus würde er niemals frei sein. Nicht solange er sich von Walerius erpressen ließ.

In den ersten Tagen lief er unruhig umher und wusste nicht, wohin mit sich. Erst als er eines Morgens in den Pferdestall kam, fasste er einen Entschluss. Er musste etwas tun, um dieser Hilflosigkeit zu entkommen, musste wenigstens durchschauen, was hier vor sich ging, und überprüfen, was Feyla ihm erzählt hatte. In Windeseile zäumte er seinen Hengst, schwang sich auf seinen Rücken und galoppierte an. Am Ende der Schlucht hielt er an, sprang zu Boden und entdeckte die Treppe, die in die Felswand geschlagen war. Er eilte darauf zu und kletterte hoch. Dort oben war Feyla auf ihr schlimmstes Schicksal gestoßen. Er musste es selbst sehen, musste riskieren, seinem Schwiegervater zu begegnen.

Oben angekommen, eilte er durch die Schlucht bis zu dem Engpass, den Feyla ihm beschrieben hatte. Dann sah er es vor sich: das glitzernde Wasser des Bergsees und die Sklaven, die in der Glut der beiden Sonnen Fässer rollten, eine ganze Kolonne von Sklaven und dahinter ein Tross von Pferdewagen, mit denen das Wasser herangeschafft wurde.

Wie viel Wasser mochte sich auf all diesen Wagen befinden? Und wie viel Wasser fasste der See? Ganz zu schweigen von dem Fluss, der jeden Tag ablief und ihr Schwimmbad speiste. Wie viele Dörfer ließen sich damit wohl versorgen? Und wie viele verdurstete Menschen könnten noch leben, wenn es diese falsche Oase und das Schwimmbad seiner Frauen nicht gäbe?

Was war mit anderen hohen Politikern und Akademikern in Sapion? Lebten sie alle in diesem Luxus? War der ganze Krieg und die Sklaverei der Faruaner am Ende nur nötig, um den wenigen hohen Herren ein herrschaftliches Leben zu ermöglichen?

Das alles war Wahnsinn, unfassbarer Wahnsinn, der in Dorgens Kopf eindrang und sich darin drehte und drehte. Im nächsten Moment fing er an zu schreien, brüllte so laut und durchdringend, dass sämtliche Sklaven am anderen Ufer ihre Köpfe hoben. Um ein Haar wäre er selbst einer von ihnen geworden – er mochte vielleicht ein guter Kämpfer sein, dennoch hatte er die Auslese nur mit Glück gewonnen. Ein bisschen weniger Glück, und er würde jetzt auf der anderen Seite des Sees Fässer rollen und um den Verlust seiner Männlichkeit trauern.

Ob Burk, der Bastard aus Kolmar, einer dieser Sklaven war?

Einen Augenblick lang hoffte Dorgen, seinem Schwiegervater zu begegnen. Wenn Walerius jetzt vor ihm stünde, würde er nicht weglaufen wie ein kleiner Junge. Heute würde er kämpfen, und ganz gleich, ob er sich mit oder ohne Waffen schlagen musste, der alte Mann würde kaum eine Chance haben gegen ihn. Auch mit bloßen Händen würde Dorgen ihn töten. Hauptsache, der Alte ließ ihn und Feyla endlich in Ruhe.

Doch wer auch immer die Sklaven an diesem Tag beaufsichtigte, sein Schwiegervater schien es nicht zu sein. Walerius war weit und breit nicht zu sehen.

***

FEYLA

Ihre Tage waren wie ein Spießrutenlauf. Es begann schon am Morgen, wenn sie nach der Frühmahlzeit von ihren Tanten besucht wurden und sämtliche Frauen sich im Schwimmbad trafen. Zu Beginn ihrer Ehe war Feyla fast immer in den Pferdestall geflohen, um dem Treffen zu entgehen. Doch ihre Tanten reagierten ungehalten, wenn sie nicht da war, und inzwischen fehlte ihr die Kraft, sich noch länger zu widersetzen. Stattdessen hielten ihre Schwestern sie auf und zogen sie mit sich in die Schwimmhalle. Miljuna und Amerill kicherten, wenn sie sich bei Feyla unterhakten und so taten, als würden sie ihre beste Freundin in die Mitte nehmen.

Im Schwimmbad zogen sich die Schwestern aus und präsentierten ihre Kugelbäuche. Ganz gleich, wohin Feyla sich setzte, Miljuna und Amerill räkelten sich in ihrer Nähe und rieben sich duftendes Öl auf die Haut.

Selbst Schejma schien sich durch ihre Schwangerschaft verwandelt zu haben und musste nun allen zeigen, wie erwachsen sie war. Einzig Cilinja war zurückhaltender. Manchmal warf sie Feyla mitleidige Blicke zu. Aber sie blieb auf Abstand und vermied es tunlichst, sich auf Feylas Seite zu stellen.

Kaum dass die Mädchen nur noch ihre Badekleidung trugen, kamen ihre Tanten herein. Tag für Tag brachten sie Krüge und Tassen mit. Darin waren unterschiedliche Tränke: Anfangs hatten alle Schwestern Fruchtbarkeitstränke bekommen. Jetzt erhielten die schwangeren Mädchen einen, der das Gedeihen des Babys förderte.

Feyla war die Einzige, die noch immer den Fruchtbarkeitstrank bekommen sollte. Aber bis jetzt hatte sie sich geweigert, ihn anzunehmen. Wer konnte schon sagen, ob wirklich das darin war, was Alrana versprach? Ausgerechnet Alrana … Feyla erschien es sicherer, die Becher vor sich stehen zu lassen. Ihre Schwestern verspotteten sie deswegen, sagten ihr, dass sie selbst schuld sei, wenn sie nicht alles Menschenmögliche tat, um schwanger zu werden.

Doch inzwischen wären alle Tränke sinnlos. Sie schlief nicht mehr mit Dorgen. Seit sie ihm gesagt hatte, was geschehen war, sahen sie sich kaum noch. Anfangs hatte er Mitleid und Verständnis gezeigt, dann war er so wütend geworden, dass es ihr schwerfiel, seine Gegenwart auszuhalten. Mittlerweile wich er ihr aus, wann immer sie sich begegneten.

Feyla vermisste ihn. Und dennoch war es besser so. Sie konnte nicht mehr in seiner Nähe sein, ohne an ihren Vater zu denken. Erst gestern hatte Dorgen sie beim Abendmahl angesehen, in seinen Augen ein tiefes Bedauern, vielleicht sogar eine stumme Entschuldigung. Feyla hatte sich gewünscht, wieder bei ihm zu sein, und sich vorgestellt, von ihm umarmt zu werden. Bis sich die Bilder ihres Vaters darüberschoben: die Erinnerung an seine Berührungen, seine Hände an ihren Brüsten, zwischen ihren Beinen, sein Stöhnen an ihrem Ohr. Übelkeit war über sie hergefallen. Sie war aufgesprungen und nach draußen gestürzt, gerade noch rechtzeitig, um sich im Flur zu übergeben.

Seither hatte sie Dorgen nicht mehr wiedergesehen. Am Abend hatte sie sich auf ihr Zimmer zurückgezogen, und an diesem Morgen war er nicht zum Frühstück erschienen. Feyla wusste, dass sich etwas ändern musste. Die Zeit lief ihnen davon. Sie musste endlich schwanger werden. Wann immer sie daran dachte, geriet sie in Panik.

Auch an diesem Morgen spürte sie die Angst, während sie mit ihren Schwestern im Badesaal saß. Niemals wieder würde sie mit Dorgen schlafen können, ohne Übelkeit zu empfinden. Dennoch musste sie es tun. Wieder trugen ihre Tanten das Tablett mit den Tränken in den Badesaal und verteilten sie der Reihe nach an die Mädchen.

»Na komm schon«, schmeichelte Alrana, als sie Feyla erreichte. »Probiere es aus, was soll schon Schlimmes geschehen?«

Feyla fiel genug ein, was geschehen könnte. Selbst wenn sie kein Kind in sich trug, könnte sie vergiftet oder von einer rätselhaften Krankheit befallen werden. Es gab nur einen Grund, um den Tränken doch zu trauen: Nugia bereitete sie zu. Das hatten ihre Tanten erzählt, und außerdem war die Sklavin der einzige Mensch im Palast, der so etwas konnte.

Sicher würde Nugia alles dafür tun, dass Feyla schwanger wurde. Hatte sie nicht selbst gesagt, dass es Möglichkeiten gab, um die Fruchtbarkeit zu steigern?

»Nun trink ihn doch endlich.« Zum ersten Mal mischte sich auch Cilinja ein. Ihre Stimme klang gutmütig. »Er schmeckt nicht gut, aber es hilft. Nun versuch es doch!«

Wenn Miljuna oder Amerill ihr diesen Rat gegeben hätten, hätte Feyla ihren Entschluss gleich wieder geändert. Aber Cilinja wollte ihr nichts Böses. Also nahm sie den Trank entgegen und stürzte das bittere Gebräu herunter.

Noch heute musste sie Dorgen in ihr Zimmer einladen, nicht nur, um schwanger zu werden, sondern vor allem, um den Riss zu kitten, der zwischen ihnen entstanden war. Ihn zu verlieren war das Letzte, was sie wollte.

***

DORGEN

Die Verachtung gegenüber seiner Sippe rumorte in Dorgen, während er durch die Oase zurückritt. Der Anblick der Sklaven hatte so einiges in seinen Gedanken geklärt. Von nun an durfte es nur noch um Feyla und ihn gehen. Die Welt um sie herum war gnadenlos, und Feyla musste endlich schwanger werden, damit er nicht gezwungen war, sie am Ende des Jahres zu verstoßen. Nur vage reifte ein Notfallplan in ihm. Wenn es hart auf hart kam, würde er gemeinsam mit ihr fliehen – aber zuerst mussten sie alles versuchen, damit sie doch noch ein Kind bekam.

Noch heute würde er mit Feyla reden und versuchen, ihre Liebe zurückzuerobern. Jetzt gleich, ohne weitere Umwege.

Endlich erreichte er den Stall, sattelte sein Pferd ab und durchquerte den Trakt, den er sich mit Feyla teilte. Als er den Speisesaal betrat, bekam er mit, wie seine Schwiegermütter aus dem Schwimmbad kamen. Zwei von ihnen richteten sich noch die Kopfbedeckung, eine dritte kam provokant auf ihn zu. In ihren Händen trug sie zwei leere Krüge. Er spürte, wie sie ihn durch die Sehschlitze ihres blauweißen Umhanges anstarrte. Für eine Sekunde glaubte er, sie würde etwas zu ihm sagen, auch wenn es ihnen beiden verboten war, miteinander zu reden. Doch dann ging sie ohne ein Wort an ihm vorbei. Aus Feylas Erzählungen wusste Dorgen von den Gehässigkeiten und Intrigen, die vor allem von seiner ältesten Schwiegermutter ausgingen. Er selbst konnte die Frauen unter ihren Schleiern nicht auseinanderhalten. Er konnte nur vermuten, dass Alrana diejenige war, die eben so nah an ihm vorbeigegangen war.

Dorgen wollte sich nicht über sie ärgern. Er musste zu Feyla, jetzt gleich. Mit schnellen Schritten ging er zur Schwimmbadtür und fing sie auf, ehe sie ganz zugefallen war. Die schwüle Luft schlug ihm entgegen, zeitgleich mit den Stimmen seiner Frauen.

»Du hättest den Fruchtbarkeitstrank viel eher nehmen sollen.« Es war Cilinja, ihr Tonfall klang sanft. »Dann wärst du schon längst schwanger.«

Dorgen schaute sich im Schwimmbad um, suchte Feyla und fand sie auf einer Bank vor der Fensterfront. Cilinja saß neben ihr.

Miljunas Lachen ließ ihn zusammenzucken. »Ach was!«, rief

sie. »Feyla ist überhaupt keine richtige Frau. Schaut euch ihre mickrigen Brüstchen an. Wenn sie ein Kind hätte, würde es verhungern. Unser *Ehemann*«, sie betonte das Wort mit einem spitzen Tonfall, »muss einen Augenschaden haben, wenn er Feyla am schönsten findet.«

Dorgen erstarrte. Redeten die Mädchen immer so, wenn er nicht dabei war? Entschlossen trat er vor, um sich bemerkbar zu machen. Die Mädchen fuhren zu ihm herum. Doch sein Blick galt nur Miljuna. Er hatte sie erwischt, und sie wusste um ihre Schuld. Dennoch lag keine Reue in ihrer Miene. »Liebster Gemahl.« Ein süßliches Lächeln schob sich auf ihr Gesicht. Mit beiden Händen strich sie über ihren nackten Bauch. »Dein Sohn bewegt sich, möchtest du mal fühlen?«

Dorgens Wut flammte auf. Mit schnellen Schritten ging er auf sie zu, blieb direkt vor ihr stehen und sah auf sie hinab. »Ich habe gehört, was du eben über Feyla und mich gesagt hast.«

»Oh, schau an. Der rettende Held«, bemerkte sie spitz. »Muss ich mich jetzt entschuldigen?«

»Ja. Nimm zurück, was du eben behauptet hast.«

Miljunas Lächeln verwandelte sich in eine Grimasse. »Warum sollte ich, wenn es doch die Wahrheit ist? Ich weiß wirklich nicht, warum du sie am meisten liebst. Guck sie dir an, sie ist kaum eine richtige Frau. Oder ist das der Punkt? Treibst du es eigentlich lieber mit Jünglingen statt mit Frauen?«

Etwas in seinem Inneren klinkte sich aus, kollidierte mit seiner Hilflosigkeit und ließ die Wut explodieren. Nur seine Stimme blieb ruhig und kalt. »Du hast vollkommen recht. Ich liebe sie nicht nur am meisten, sie ist die Einzige von euch, die ich überhaupt liebe. Cilinja ist nett, Schejma bedauernswert, aber dich und Amerill, euch kann ich nicht einmal leiden!«

Miljuna schnappte nach Luft. Für einen Moment sah sie geschockt aus. Kurz darauf veränderte sich ihr Gesichtsausdruck. Sie hob ihr Kinn und verzog den Mund zu einer gehässigen

Linie. »Dann bist du der Bedauernswerteste von uns allen. Dir bleiben noch sieben Monate, um ein unfruchtbares Mädchen zu schwängern. Mal sehen, ob deine hochgepriesene Männlichkeit …«, sie ließ ihre Hand vorschnellen und griff in seinen Schritt, »… so ein Wunder vollbringt. Ansonsten wirst du sie leider in die Wüste verstoßen müssen.«

In ihm zerbrach die letzte Kontrolle. Seine Hand zuckte und schlug zu, traf sie so hart an der Wange, dass sie zur Seite stolperte und fiel. Oder ließ sie sich mit Absicht fallen? Erschrocken starrte sie zu ihm hoch. »Das Baby!«, rief sie. »Du verletzt das Baby.«

Sie übertrieb. So schlimm war sie nicht gestürzt, sie war nur auf die Knie gesunken. Und außerdem … »Das ist mir egal!«, rief er. »Ich will weder dich noch dein Balg. Alles, was aus deinem Mund kommt, ist verachtenswert. Gib mir nur einen Grund, und ich schicke dich als Erste in die Wüste.«

»Miljuna!« Aus den Augenwinkeln sah er Amerill und Cilinja, die zu ihrer Schwester liefen und sich neben sie knieten. »Ist dem Baby was passiert?«

Miljuna fing an zu keuchen und beugte sich über ihren Bauch.

Es war nur Theater, er erkannte es. Der Schmerz in ihrer Stimme wirkte aufgesetzt. Dennoch kam Scham in ihm auf, und auf einmal sah er es vor sich: dass sein Wunsch Realität würde, wenn sie das Baby verlor. Dass es sein Recht wäre, sie zu verstoßen, nachdem er sein eigenes Kind getötet hatte.

Der Gedanke traf ihn wie ein Schlag. Was war nur los mit ihm? War er so schwach, dass er sich nur mit Schlägen gegen eine aufsässige Frau wehren konnte? Langsam wich er vor ihr zurück. Er konnte nicht länger bleiben, konnte sie und ihre Schwestern nicht länger ansehen. Wortlos drehte er sich um, kurz fiel sein Blick auf Feyla. Sie stand etwas abseits, und dennoch wirkte ihr Gesicht genauso erschrocken.

Er hatte es für sie getan. Doch sie war weit davon entfernt, es ihm zu danken.

Natürlich nicht. Er hatte seine schwangere Frau geschlagen – und verletzende Dinge gesagt, für die Feyla nur noch mehr Hass ernten würde. Mühsam beherrschte er seine Schritte, während er zur Tür ging. Erst als er das Schwimmbad verlassen hatte, fing er an zu rennen.

***

An jenem Abend konnte Dorgen nicht in den Palast zurückkehren. Er brachte es nicht über sich, den Mädchen noch einmal gegenüberzustehen, wollte weder zu den Mahlzeiten gehen noch seinen Trakt betreten. Zu groß war seine Angst, Feyla zu begegnen.

Auch in den Tagen darauf hielt er sich von seiner Sippe fern. Wenn er den Palast betrat, dann spät abends, wenn keiner mehr wach war, und so leise, dass ihn niemand bemerkte. Die meiste Zeit trieb er sich in der Hochebene herum, dort, wo er nicht sein durfte und wo er dennoch nicht entdeckt wurde.

Auch an diesem Abend wagte er es nicht, in den Palast zurückzukehren. Stattdessen streifte er durch den Park. Immer wieder fiel sein Blick auf die Fenster der Bibliothek. Rabanus war längst untergegangen. Selbst hier draußen im Park war kaum noch etwas zu sehen. Wenn Walerius dort oben wäre, müsste Licht brennen. Doch die Fenster der Bibliothek waren so dunkel wie schwarze Löcher.

Dorgen wusste nicht, was ihn dorthin zog, als er den Pavillon betrat und die Treppe hinaufstieg. Wenn sein Schwiegervater nicht in der Bibliothek war, war er bestimmt in seinen privaten Gemächern darüber. Jeden Moment könnte er ihm im Treppenhaus begegnen.

Dennoch lag die Bibliothek im Dunklen, als er den Raum erreichte. Dorgen wagte es nicht, Licht zu machen, doch allmählich gewöhnten sich seine Augen an die Dunkelheit. Er trat über die Schwelle und lief durch die Stille, als gäbe es einen unsichtbaren Faden, der ihn zog. Erst vor der Glasvitrine blieb er stehen und schaute auf die bunten Steine, die darin lagen.

Einer der Steine leuchtete in gelblichem Licht.

Oder war es Einbildung? Nein, unmöglich. Hier war nicht einmal Sonnenlicht, das sich in dem Stein spiegeln konnte.

»Du solltest ihn herausholen.«

Dorgen fuhr herum und suchte nach der Stimme, die ihn angesprochen hatte.

In der Tür stand eine Sklavin. Ihr rotes Haar fiel lockig um ihren Kopf, eine Kerze beleuchtete ihr Gesicht. Sie wirkte traurig und schön zugleich.

Nugia, Feylas Freundin. Bislang hatte er sie nur von Weitem gesehen und noch nie ein Wort mit ihr gewechselt. Sie kam an seine Seite und schaute ebenfalls in die Vitrine. Mit einem Mal war es eindeutig: Der Stein leuchtete.

»Siehst du das auch?«, fragte er.

»Ja. Er leuchtet. Du solltest ihn dir ausborgen, und dann gehst du zu ihr und zeugst ein Kind.«

Und der Stein würde ihm dabei helfen? Dorgen fiel es plötzlich schwer zu atmen. Es klang so einfach. Aber es war unmöglich. »Wie soll ich das machen?« Er bemühte sich, nicht verzweifelt zu klingen. »Die Vitrine ist verschlossen. Wenn ich sie aufbreche, hinterlasse ich Spuren. Und Feyla … Sie redet nicht mehr mit mir.« Dorgen konnte spüren, wie Nugia ihn von der Seite ansah, doch er wagte es nicht, ihren Blick zu erwidern.

»Bist du dir sicher, dass sie nicht mit dir redet? Oder redest du nicht mit ihr?«

Dorgen fuhr herum. Hatte sie mit Feyla gesprochen? War das ihre Sichtweise? »Woher weißt du das? Bist du sicher?«

Nugia lächelte. »Probiere es aus. Geh zu ihr. Und was den Stein betrifft …« Sie holte etwas aus ihrem Umhang, hielt ihm die Faust entgegen und öffnete sie. Darin lag ein Schlüssel.

Dorgen starrte darauf. »Woher hast du den? Doch nicht etwa …« *gestohlen?*

Nugias Augen schimmerten. »Normalerweise trägt er ihn um seinen Hals, aber manchmal …« Sie räusperte sich. »Manchmal vergisst er sich in seiner Gier.« Ihr verächtlicher Tonfall ließ keinen Zweifel daran, welche Art von Gier sie meinte. »Zu meinen Aufgaben gehört es, seine Wäsche wegzuräumen. Ich habe die Schlüssel darin gefunden.«

Etwas sagte ihm, dass es gerade erst passiert war, dass sie eben noch in den Gemächern ihres Herren gewesen war. Vermied sie es deshalb, ihre linke Gesichtshälfte zu zeigen?

Dorgen streckte die Hand aus, legte sie vorsichtig an ihr Kinn und drehte ihr Gesicht zur Seite. Es war blau und rot geschlagen. Auch ihr linkes Auge war kleiner als ihr rechtes. Doch es sah nicht aus, als wäre es frisch zugeschwollen. Wann auch immer Walerius das Auge getroffen hatte, es musste bereits ein paar Tage her sein, während andere Flecken noch neuer aussahen. »Er misshandelt dich.«

Nugia entzog sich seiner Hand und trat einen Schritt zurück. »Das ist nichts Neues. Kümmere dich nicht darum. Aber Feyla … Du musst ihr zeigen, dass du sie noch liebst. Du musst ihr helfen, deinen Berührungen wieder zu vertrauen. Und du musst ein Kind mit ihr zeugen. Heute Nacht! Frauen können nicht an jedem Tag schwanger werden. Aber heute ist der richtige Zeitpunkt.« Sie deutete auf den Stein. »Er weiß es. Nimm ihn mit, und er wird dir helfen.«

Dorgen sah zwischen dem Stein und dem Schlüssel hin und her. »Walerius hält etwas gegen mich in der Hand. Er erpresst mich. Wenn er bemerkt, dass ich ihn bestohlen habe, bringt er mich vor Gericht.«

Eine traurige Grimasse erschien auf Nugias Gesicht. »Wenn du es nicht tust, wirst du Feyla verstoßen müssen. Ihr Tod wird einen Hass in dir züchten, wie du ihn noch nie erlebt hast. Nur wenn sie schwanger wird, habt ihr beide eine Zukunft. Meinst du nicht, das ist das Risiko wert?«

Dorgen starrte sie an. Er spürte noch immer den Hass. Seit er sich gegenüber Miljuna entladen hatte, war er umso größer geworden. Plötzlich ahnte er, wie stark dieser Hass noch werden würde, wenn Feyla seinetwegen starb. In seinem Inneren schlummerte etwas, von dem er nicht geglaubt hätte, dass es da war. Doch jetzt konnte er das Monster spüren, in das sich jeder Mensch verwandeln ließ, wenn er nur genug hasste. Wenn Feyla starb, würde er schlimmer sein als die mordlüsternen Soldaten im Heerlager. Er würde wüten wie eine allesverschlingende Bestie.

Ohne weitere Worte griff Dorgen nach dem Schlüssel. Leicht glitt er in das Schloss und schien sich wie von selbst darin zu drehen. Mit einem Klicken sprang die Vitrine auf. Dorgen streckte seine Hand nach dem Stein aus. Kurz bevor er ihn erreichte, glühte die gelbe Farbe auf, leuchtete so hell, dass ihm beinahe das Herz stehen blieb. »Was für ein Stein ist das?«

Nugia antwortete nicht. Sie hatte sich abgewandt und ging wieder auf die Tür zu. Auf der Schwelle drehte sie sich noch einmal um. »Wenn du den Stein zurückgebracht hast, gib den Schlüssel in die Wäsche. Die Waschsklavinnen waschen alles zusammen in einem großen Bottich. Wenn sie ihm den Schlüssel wiedergeben, wird er glauben, er hätte ihn beim Entkleiden mit ausgezogen.«

Als die Sklavin gegangen war, fiel Dorgens Blick noch einmal auf die Vitrine, auf den seitlichen Teil, in dem eine Reihe von Büchern stand. Dort bewahrte Walerius seine gefälschte Akte auf. Die Tür war nur angelehnt. Dorgen zog sie auf und betrachtete der Reihe nach die Akten und Bücher, zog einzelne heraus und suchte nach seiner eigenen.

Aber die gefälschte Akte war verschwunden.

***

Warm und weich lag der Stein in seiner Hand, während er den dunklen Park durchquerte. Seine Schritte wurden schneller. Er musste sich beherrschen, um nicht zu rennen. Er wollte endlich bei Feyla sein, musste sie wieder in die Arme schließen, um den Hass zu bekämpfen.

Wenn sie miteinander schliefen, würde sie in dieser Nacht schwanger werden! Der Stein in seiner Hand begann zu glühen, wollte ihn verbrennen. Dorgen fasste ihn an der Kette und hängte ihn um seinen Hals. Gleich darauf erreichte er die Tür des Palastflügels, riss sie auf und lief durch den Flur. Kurz überlegte er, wie er Feyla gegenübertreten wollte, was er ihr sagen könnte.

Doch noch bevor er etwas fand, stand sie vor ihm, im Gang vor ihrer Tür, als sei sie zufällig aus ihren Gemächern gekommen.

Dorgen starrte sie an. »Ich … Ich wollte …« Weiter reichten seine Worte nicht.

Feyla kam den letzten Schritt auf ihn zu und fiel ihm um den Hals. »Ich habe dich vermisst«, flüsterte sie. »Bitte geh nicht wieder weg. Bleib bei mir.«

Dorgen schloss die Arme um ihren Rücken, hielt sie fest und atmete auf. Der Stein brannte und entzündete eine Flamme in seiner Brust, einen Schmerz, für den er zum ersten Mal den richtigen Namen fand: »Ich liebe dich! Ich möchte wieder bei dir sein. Bitte lass es uns versuchen.«

Feyla presste sich noch dichter an ihn, nur kurz, ehe sie ihn an den Händen fasste und in ihr Zimmer zog. Sanfte Aufregung kribbelte in seiner Brust. Sie führte ihn nicht zu ihrem Bett, sondern wählte eine Liegewiese zwischen den Palmen. Ihre Bewegungen waren fahrig, als sie sich auszog, hektisch und schnell, bis sie in einem durchsichtigen Hemdchen vor ihm stand. Ihr Körper zitterte, ihre Brustwarzen prägten sich durch den Stoff.

Dorgen wollte ihr keine Angst machen, durfte ihr nicht zeigen, wie stark er reagierte.

Feyla kam zu ihm, streifte ihm das Hemd mit der gleichen Hektik über den Kopf, öffnete seine Hose und zog sie herunter. »Tu es schnell, damit ich nicht den Mut verliere.«

Dorgen wollte sie. Aber er musste sich zusammennehmen, um sie nicht noch mehr zu erschrecken. »Nein«, wisperte er. »Nicht schnell. Wir sind keine Tiere.« Damit hob er sie hoch, legte sie auf die Matratze und kniete sich neben sie. Vorsichtig küsste er ihr Handgelenk, wanderte den Arm hinauf bis zu ihrem Schlüsselbein. Der Stein auf seiner Brust glühte. Dorgen wollte sie immer weiter küssen, wollte jeden Zentimeter ihrer Haut schmecken. Er dachte nicht mehr an ihre Erlebnisse, nicht an seinen Schwiegervater und nicht an den Hass. Er dachte nur noch an ihre Haut, weich und warm an seinen Lippen, mildes Salz auf seiner Zunge. Ihre Angst wollte er weglieben, mit jeder Berührung ein Stückchen mehr. Bis ihre Hände ihn packten und zu sich zogen.

Erst jetzt ließ er seine Küsse tiefer wandern, spielte mit ihrem Bauchnabel und tauchte in die Dunkelheit zwischen ihren Beinen. Der Stein brannte sich in seine Brust, wollte mit seinem Herzen verschmelzen. Ihr Geschmack war wie ein Rausch, er konnte sich nicht länger zurückhalten. Ohne zu fragen, legte er sich über sie, berührte die Nässe zwischen ihren Beinen.

Sie war bereit! Er sah es in ihren Augen, in ihrem Lächeln, bevor sie sich gegen ihn drängte. Ganz leicht glitt er in sie, hörte die Überraschung in ihrem Stöhnen. Ihre Arme schlossen sich um seinen Rücken, ihre Bewegungen wurden drängend, ihre Tiefe fühlte sich noch weicher an als sonst. Der Stein lag zwischen ihnen und leuchtete, als könne er ihre Herzen miteinander verbinden.

Wildes Verlangen tobte durch seinen Kopf, erfasste seinen Körper und zwang ihn, die Kontrolle aufzugeben. Gemeinsam flogen sie davon, ihre Stimmen vereinten sich, ihre Bewegungen tanzten. Es musste Magie sein, die sie höher trieb, auf Ebenen, von denen sie nichts geahnt hatten und die tödlich wären, wenn sie fielen.

Dann kam der Sturz, rauschend und schnell, wie ein Wasserfall aus schwindelnder Höhe und dennoch über Stufen und Hügel hinab, durch steinerne Rutschen, bis sie in der Weichheit des Wasserbeckens landeten.

Feyla hielt ihn noch immer umschlungen, ihr Atem wärmte seine Wange, ihr Herzschlag pulsierte an seiner Brust. Oder war es der Stein, der sich zwischen ihnen regte?

Feyla küsste seine Wange und strich ihm durch die Haare. »Wir haben ein Kind gezeugt, spürst du das auch?«

Dorgen lächelte in die Wärme ihrer Halsbeuge, küsste ihre Schulter und nickte. »Ja«, flüsterte er. »Ich kann es fühlen. Jetzt wird alles gut.«

21. Kapitel

Bergland von Pamal

TAILIN

Ihre Wanderung durch Pamal dauerte Monate. Jeden Morgen ging Sapia früher auf als am Tag zuvor, bis sich ihre kleine blutrote Scheibe bereits nach der Hälfte der Nacht über die Berge erhob. Entsprechend standen sie jeden Morgen eher auf und begannen ihre tägliche Wanderung immer früher. Zum Ausgleich hielten sie auch tagsüber kleinere Schlafpausen. Tailin gewöhnte sich allmählich an den seltsamen Schlaf-Wach-Rhythmus der Pameli – und zugleich staunte er fassungslos über die Ausdehnung von Zeit und Raum in dieser nördlichen Welt. Sie waren also nicht nur die gesamte Doppelsonnenzeit gewandert, sondern auch fast die halbe Nachtwechselzeit. Insgesamt mussten es mindestens fünf Monate sein. Tailin hatte nicht geahnt, wie weit sich Pamal Richtung Norden ausdehnte. Er hatte nicht einmal gewusst, dass ihre Welt überhaupt so weit in den Norden reichte. Wenn er die Karten der Sapioner noch richtig im Kopf hatte, mussten sie längst nördlicher sein als die Grenze zu Malun. Doch das Land, durch das sie wanderten, war nicht Malun, was bedeutete, dass die Länder in diesem nördlichen Teil nebeneinanderlagen.

Je weiter sie reisten, desto häufiger kamen sie an Berggipfeln vorüber, die von Schnee überzogen wurden, bis sie über Gletscher wanderten und Schneefelder durchquerten. Anfangs hatten sie ihr Trinkwasser noch aus Bächen genommen, die von den Bergen herabflossen. Allein das war Tailin schon wie ein Wunder erschienen. Doch hier mussten sie nur den Schnee aufsammeln und in einem Kochtopf schmelzen.

»Heute werden wir ankommen«, erklärte Leymon eines Morgens, als sie gerade ihr Nachtlager abbrachen. Sie hatten in einer schneebedeckten Ebene geschlafen. Selbst die Blutsonne wirkte nur schwächlich in dieser Höhe, und Tailin hatte in der Nacht so sehr gefroren, dass er kaum ein Auge zugemacht hatte. Allzu gerne wäre er näher zu Leymon und Chaveen gekrochen, um die Wärme zu teilen. Doch die Wahrscheinlichkeit war gering, dass die Pamusch eine solche Nähe tolerierte. Also hatte er die Kälte lieber allein ausgestanden.

Aber wenn Leymon recht behielt, wenn sie tatsächlich bald ankamen … »Heißt das, wir können heute Nacht im Warmen schlafen? Mit einem festen Dach über dem Kopf, einer Bettdecke und einem Feuer?«

Leymon hob eines der Felle hoch und rollte es zusammen. »Das nehme ich mal an. Es könnte allerdings sein, dass sie dich sofort prüfen, dann wäre die Frage, in welcher Verfassung du die nächste Nacht verbringst.«

Tailin ließ das Fell wieder sinken, das er gerade angehoben hatte. Wenn Leymon nur nicht immer so ein Geheimnis aus seiner Prüfung machen würde. »Was machen sie denn mit mir? Und was sind das überhaupt für Priester, die in eurem Tempel leben?«

Leymon klemmte sich das zusammengerollte Fell unter den Arm und drehte sich zu Tailin. »Sie stammen von Gamon ab, dem wissenden Gott der Zukunft, was bedeutet, dass sie Dinge vorhersehen können. Allerdings sehen sie nicht alles, was in späteren Zeiten geschehen wird, und sie müssen den passenden Moment abwarten. Aber ihre Ratschläge sind sehr wertvoll.«

Tailin schauderte. Plötzlich wäre es ihm lieber gewesen, Leymon hätte weiterhin über die Prüfung geschwiegen. »Heißt das, sie wollen sich ansehen, was ich in der Zukunft anrichten werde? Um sich dann zu überlegen, wie vertrauenswürdig ich bin?«

»Nein. In deiner Prüfung geht es um etwas anderes.« Leymon trug das Fell zu einer der Satteltaschen, die noch am Boden lag. Die Katze selbst war schon vor einer Weile verschwunden, vermutlich, um zu jagen.

Tailin verzog das Gesicht. »Ich brauche dich wohl nicht zu fragen, worum es dann geht?«

Leymon stopfte die letzten Ecken des Fells in die Tasche. »Frag mich ruhig. Aber ich werde nicht antworten.«

Tailin unterdrückte einen Fluch. Stattdessen bückte er sich erneut zu seinen Fellen. Plötzlich traf ihn etwas von hinten, zersprang an seinem Hemd und stäubte kaltes Pulver auf sein Gesicht. Er wirbelte herum.

Leymon stand hinter ihm und brach in schallendes Gelächter aus. »Das wollte ich schon die ganze Zeit machen«, rief er. »Dich mit einem Schneeball bewerfen und schauen, wie du guckst.«

Tailin verstand nicht, wovon er sprach. Ein Schneeball?

Leymons Lachen steigerte sich, verfiel in den merkwürdig hohen Tonfall, der so ansteckend wirkte. »Es ist herrlich!«, rief er. »Dein Gesicht ist herrlich, wenn du so schaust.« Nur langsam verebbte sein Gelächter und wich einem amüsierten Schmunzeln. »Das haben wir als Kinder getan«, erklärte er. »Uns mit Schneebällen beworfen. Schau her.« Er bückte sich, sammelte Schnee mit den Händen und presste ihn zusammen. Danach holte er aus und warf. Der weiße Ball raste direkt auf Tailin zu. Schnell duckte er sich zur Seite. Doch Leymon warf bereits den zweiten Schneeball.

Dieses Mal konnte Tailin nicht ausweichen. »Na warte!« Er bückte sich, formte ebenfalls einen Ball und warf zurück.

Ehe er sich versah, waren sie in einer wilden Schlacht gefangen, schleuderten Schneebälle hin und her, wichen aus und trafen sich gegenseitig, bis sie von oben bis unten mit Schnee überzuckert waren und die Nässe durch ihre Kleidung sickerte. Mit jedem Wurf rückte Leymon näher heran. Tailin wollte sich noch einmal nach einem Schneeball bücken, um den Pameli aus der Nähe zu treffen. In diesem Moment fiel Leymon ihn an und warf ihn zu Boden. Etwas Kaltes drängte sich in Tailins Nacken, ließ ihn aufschreien und schmolz auf seiner Haut.

»He!« Er wollte Leymon abwerfen, aber der Pameli klammerte sich fest. Immer weiterer Schnee landete in Tailins Nacken, in seinem Gesicht, auf seiner Brust. Leymon lachte aus vollem Hals, während Tailin versuchte, ihn seinerseits mit Schnee einzureiben. So lange, bis Leymon seine Hände packte und sie neben Tailins Kopf in den Schnee drückte.

Leymons Gesicht war direkt über seinem. Sein Lachen entblößte die spitzen Eckzähne. Seine Haut war blass in der Kälte des Schnees. Allzu deutlich spürte Tailin das Gewicht des anderen. Leymon saß auf seinem Bauch, leichter als ein Mensch und dennoch angenehm schwer. Wie oft hatte Kaylen ihn auf diese Weise besiegt – nur um ihn gleich darauf zu küssen …

Das Bild verhakte sich in Tailins Gedanken. Er wollte Leymon auf die gleiche Weise küssen, wollte wissen, wie sich die Eckzähne anfühlten, und herausfinden, wie der Pameli darauf reagierte.

Ein Knurren riss ihn aus den Gedanken. Wilder Schrecken zuckte über Leymons Gesicht. Hastig sprang er auf und stellte sich der Katze entgegen. Mit angelegten Ohren schlich sie auf ihn zu.

»Ravi karesch!« Leymon hob die Hand und redete in seiner Sprache auf sie ein. Zuerst klang es panisch, dann immer ruhiger, bis es ihm gelang, die Pamusch zu besänftigen. Chaveen setzte sich auf die Hinterbeine, rollte den Schwanz um ihren Körper und fing an, ihre Pfoten zu lecken.

»Es tut mir leid.« Leymon drehte Tailin noch immer den Rücken zu und bannte die Pamusch mit seinem Blick. »Ich hätte wissen müssen, dass sie es falsch versteht.«

Aber hatte die Katze es falsch verstanden? Oder verstand sie es genau richtig? Was, wenn die kindische Schneeballschlacht nur als Vorwand gedient hatte? Schon seit Tagen wanderten sie durch den Schnee. Leymon hätte ihn jederzeit damit bewerfen können, doch er hatte auf einen Moment gewartet, in dem die Katze nicht da war. Als wollte er die Gelegenheit nutzen, um ihm näherzukommen.

Tailin schüttelte den Kopf, um das Hirngespinst zu vertreiben. Was auch immer dahintersteckte, sie durften es nicht wiederholen.

***

Einen halben Tag später lag der Tempel vor ihnen. Die Blutsonne hing bereits tief über den Bergen, und ihr rötliches Licht tauchte die Schneegipfel in ein letztes, atemberaubendes Glühen, bevor sie verschwand und nur noch das weiße Licht der Tagsonne zurückließ. Tailin wusste nicht, wie er sich die Gebäude der Pameli vorgestellt hatte, doch dieser Tempel schien in den Berg gemeißelt zu sein. Nur die Eingangstore und Wachtürme waren aus Steinen gemauert, die sich wie halbe Gebäude an den Berg heranpressten.

»Der Großteil des Tempels besteht aus einem Höhlensystem«, erklärte Leymon. »Du wirst sehen. Es ist beeindruckend.«

Chaveen schlug mit ihrem Schwanz, während sie auf die Tore der Tempelmauern zuliefen. Groß und schwarz erhob sich die Eingangspforte vor ihnen, als sie endlich davorstanden. Leymon trat vor und klopfte gegen das Holz.

Kurze Zeit später öffnete sich eine kleine Luke in der Tür. Ein junges Gesicht schaute heraus, sah zwischen ihnen hin und her und sagte etwas auf Pameli. Mit Blick auf Tailin wiederholte der Pförtner es in gebrochenem Sapionisch: »Wen darf ich melden?«

Leymon nickte ihm zu. »Leymon aus dem Volk der Schneekrieger, 3. Hauptwächter der Waldgarde von Nordfarua. Derzeit vom Dienst freigestellt. Ich bringe einen Gefangenen, der geprüft werden soll.«

Tailin betrachtete Leymon von der Seite. Sie hatten nie über seinen Rang oder seine Funktion unter den Pamuschkriegern gesprochen. »3. Hauptwächter?«, fragte er, während der Junge wieder hinter der Klappe verschwand und sie vor der Tür stehen ließ. »Ich kenne mich mit euren Rängen nicht aus, aber …«

Leymons Gesicht war ernst. Seit ihrer Schneeballschlacht war jeglicher Frohsinn von ihm abgefallen. »Es bedeutet das, wonach es klingt: Ich stehe an dritter Stelle. Wenn die beiden ersten Kommandeure fallen, rücke ich nach.«

Tailin wurde mulmig zumute. »Das hast du nie erzählt.«

Leymons Blick wirkte verschlossen. »Warum sollte ich? Ist es wichtig?«

Tailin zuckte die Schultern. »Nein. Doch.« Er zögerte, wusste nicht, ob er es sagen sollte. »Wie kann es sein, dass ausgerechnet der 3. Hauptwächter fünf Monate lang mit einem Gefangenen durch die Berge wandert?«

Leymon räusperte sich. Es war ein unbehaglicher Klang. »Weil die Katze des 3. Hauptwächters verletzt war.«

Tailin sah zu Chaveen. Seine Gruppe hatte die graue Katze verletzt. Aber das alles lag Ewigkeiten zurück. »Seit ich sie kenne, ist sie kerngesund.«

Leymon seufzte. »Dann lass uns sagen, der 3. Hauptwächter hatte während der letzten Monate eine psychische Macke und war deshalb nicht mehr einsatzfähig.« Mit provokanter Miene schaute er Tailin an. »Zufrieden?«

Eine psychische Macke? Tailin wollte nachfragen, doch die Sichtluke öffnete sich ein weiteres Mal. Ein faltiges Gesicht schaute hindurch, bevor der Türflügel geöffnet wurde. Vor ihnen stand ein älterer Pameli mit grauen Haaren und gedrungener Statur. Er war kleiner als Leymon, im Vergleich zu Tailin nahezu winzig. Der Kopf des Alten reichte gerade mal bis zu seiner Brust.

»Leymon!« Der Priester nahm den Pamuschkrieger in die Arme und klopfte ihm auf die Schultern. Er redete einen ganzen Schwall auf Pameli, warf dann einen Blick auf Tailin und wechselte ins Sapionische, bevor Leymon geantwortet hatte. »Also sag schon: Was führt dich hierher, nach so langer Zeit? Und wen bringst du mit?«

Leymon neigte sein Haupt in einer demütigen Geste, bevor er sprach: »Ich bringe einen Gefangenen, von dem ich denke, dass ihr ihn prüfen solltet.« Er wechselte in seine Muttersprache und fügte eine Litanei an Erklärungen hinzu.

Immer wieder sah der Priester zu Tailin herüber. Sein Blick traf ihn tief, als könne er seine Seele durchstöbern. Magie … Tailin musste sich zusammenreißen, um nicht zurückzuzucken. Was der alte Mann ausstrahlte, musste pure Magie sein. Oder täuschte er sich?

Der Alte wandte sich ab und bedachte Leymon mit dem gleichen Blick. Auch der Pamuschkrieger schien klein zu werden unter dem Ansturm der Magie. »Und was ist mit dir?«, fragte der Priester auf Sapionisch. »Da ist etwas mit dir. Ich sehe es. Haben sie dich deshalb außer Dienst gestellt?«

Leymon druckste herum, antwortete in seiner Sprache und wirkte so kleinlaut, dass Tailin so ziemlich alles gegeben hätte, um ihn zu verstehen.

Kurz darauf nickte der Priester. »Dann sollten wir keine Zeit verlieren. Folgt mir.«

Sie durchquerten einen verschneiten Hof, der zwischen der Ringmauer und dem Tempel lag. Tailin sah sich um und entdeckte zwei Priester, die neben einem Brunnen standen. Wie immer folgte Chaveen ihnen auf Schritt und Tritt, auch als der älteste Priester die schwere Eingangspforte öffnete und sie hindurchbat.

Ein leises Lachen drang ihnen entgegen, zwei tuschelnde Stimmen. Es waren zwei junge Pameli, die nicht weit entfernt an einer Steinwand lehnten. Sie küssten sich und wichen überrascht auseinander. Der Jüngere kicherte, während der andere dem Priester eine Entschuldigung zumurmelte.

Tailins Herzschlag setzte aus. Brutale Bilder zogen durch seinen Kopf, Kaylen am Schandpfahl, die Krieger am Feuer, wie sie über Stummelweiber herzogen … Doch der Priester lächelte gutmütig, antwortete etwas und machte eine scheuchende Bewegung. Mit einem Schmunzeln wandte er sich an Tailin. »Wenn sie verliebt sind, vergessen sie ständig ihre Arbeit.«

Tailins Gedanken gerieten durcheinander und versuchten, die Bausteine von Richtig und Falsch neu zu ordnen. Wie konnte es sein, dass sich die Priester der Pameli so offen küssten? Zwei Männer? Ohne es zu wollen, sah er zu Leymon. Kurz trafen sich ihre Blicke, ehe der Pameli sich abwandte.

Der steinerne Gang öffnete sich vor ihnen und führte sie in eine riesenhafte Höhle. Stalaktiten und Kerzenleuchter hingen von der Decke. Darunter waren lange Tische aufgebaut. Zwei junge Priester scheuerten die Tischplatten mit einer Wurzelbürste. Einer von ihnen richtete sich auf und sah Tailin entgegen. Der alte Priester gab ihm eine Anweisung. Der Jüngere brummte zustimmend, warf die Bürste in den Wassereimer und wischte sich die Hände an seinem Umhang ab.

Tailin hatte keine Gelegenheit, ihn weiter zu beobachten. Sie ließen den Saal hinter sich und bogen in einen schroffen Höhlengang ab, der tiefer in den Berg hineinführte. Der Boden war holprig und voller Löcher. Von nun an musste Tailin sich auf seine Schritte konzentrieren. Dennoch ließen sich die Gedanken nicht aufhalten. Er würde geprüft werden. Noch heute. Seine Verfassung danach würde fragwürdig sein. Zwischen alldem war Leymons Gegenwart das Einzige, was sich tröstlich anfühlte. Ganz nah gingen sie nebeneinander.

Oder hatte sein Freund ihn ans Messer geliefert? Leymon brachte einen *Gefangenen*, das hatte er am Tor gesagt, ein Umstand, den Tailin in den letzten Monaten beinahe vergessen hatte.

Sie erreichten eine kleinere Höhle, die vom Gang abzweigte. Der alte Mann führte sie hinein, ging um einen Tisch herum und setzte sich in einen Sessel, der so groß war, dass er darin versank. Mit der Hand wies er auf zwei Hocker. Tailin und Leymon setzten sich, während Chaveen an der Tür zurückblieb.

»Nun ist es wohl an der Zeit, sich vorzustellen«, begann der Alte. »Wer du bist, habe ich schon gehört. Aber meinen Namen sollst du auch erfahren. Ich bin Salmi, oberster Priester im Tempel von Gamon. Herzlich willkommen in unserer Gemeinschaft.«

Tailin nickte ihm zu und musste den Kloß in seinem Hals erst herunterschlucken. »Danke. Es ist mir eine Ehre.«

Salmi lächelte ihm zu, wurde gleich darauf wieder ernst. »Eingangs werde ich dir ein paar Fragen stellen. Bitte antworte aufrichtig, und mach dir keine Sorgen um den Inhalt. Es gibt keine falschen Antworten und keine, die dir Schwierigkeiten bereiten werden. Wir wollen nur etwas herausfinden. Hast du das verstanden?«

Ein merkwürdiger Schwindel machte sich in Tailins Kopf breit, ließ ihn nicken, ohne darüber nachzudenken.

»Gut. Dann fangen wir an. Wie ist dein vollständiger Name?«

Tailin fiel es schwer, dem Priester in die Augen zu sehen. Jedesmal, wenn er es versuchte, hatte er das Gefühl, hineingesogen zu werden. »Meinen vollständigen Namen kenne ich nicht. Ich bin als halbwüchsiges Kind ins Ausbildungslager gekommen. An alles, was vorher war, kann ich mich nicht erinnern. Im Heerlager haben sie mir Beinamen gegeben: Mischling, Faruabastard, Sklavensohn …«

»Er ist Tailin aus der Sippe der Verborgenen«, fuhr Leymon dazwischen.

Tailin starrte ihn an. Das hatte er schon einmal gesagt.

»Er spricht im Schlaf«, erklärte der Pamuschkrieger.

»Das ist interessant.« Der Priester wandte sich an Tailin. »Weißt du, worüber du im Schlaf redest? Hast du merkwürdige Träume? Erinnerungen, die nur in Bruchstücken auftauchen?«

Das waren zu viele Fragen auf einmal. Nur eine davon ließ sich einfach beantworten. »Seit einiger Zeit träume ich von einer Frau mit roten Haaren. Wer sie ist, weiß ich nicht, aber sie könnte meine Mutter sein.« Er deutete auf seine Haare. »Immerhin ist die Wahrscheinlichkeit groß, dass ich von einer faruanischen Sklavin abstamme.«

Der Priester nickte interessiert. »Ist da noch etwas in deinem Traum? Erinnere dich genau.«

»Manchmal sehe ich etwas von der Umgebung, aber sobald ich aufwache, ist alles weg. Und ... ich habe Angst vor der Dunkelheit. Da ist irgendetwas in meiner Erinnerung. Aber ich kann es nicht fassen.«

Der Priester beugte sich über den Tisch. »Tailin«, bat er. »Sieh mich an.«

Tailin hob den Kopf und versuchte es. Aber er konnte nicht, da war etwas in den Augen des alten Mannes ...

Salmi streckte die Arme über den Tisch. »Nimm meine Hände und schau mich an.«

Tailin wollte es nicht, und dennoch tat er es, nahm die Hände und hob den Kopf. Der alte Mann zog ihn an, fremde Gedanken krochen in seinen Kopf, schienen etwas zu flüstern und verflüchtigten sich. Bilder blitzen auf, Erinnerungen, Gefühle, zu schnell, um alles zu erfassen. Was er vor sich sah, gehörte nicht ihm. Es war fremd. Gehörte zu jemand anderem. Zu dem Alten!

Die Hände ließen ihn los. Der Priester wich in seinem Sessel zurück, Schrecken lag in seinen Augen. »Du hast recht.« Er wandte sich an Leymon. »Wir müssen ihn vollständig prüfen.«

Allmählich hatte Tailin genug. »Was ist mit mir? Würde mir vielleicht jemand erklären, worum es hier geht?«

Salmi hob die Hand. »Nur noch wenige Fragen.«

Tailins Wut kroch höher. Es war an der Zeit, dass er selbst die Fragen stellte!

Allein der Blick des Priesters ließ keinen Widerspruch zu. »Warst du schon einmal in einer Situation, in der du beinahe verhungert oder verdurstet wärst?«

Tailin brauchte einen Moment, ehe die Frage zu ihm durchdrang. Hatte er schon einmal gehungert? Er dachte an die Zeit im Höhlengefängnis. Doch die Erinnerungen waren verschwommen. »Ich bin mir nicht sicher. Als ich gefangen war …«

»Ja!« Leymon antwortet an seiner Stelle. »Der junge Grenzwächter, der ihn gefangen genommen hat, hat ihn verhungern lassen. Er wusste nicht, wie viel Nahrung ein Mensch braucht.«

Tailin starrte Leymon an. Er war nicht verhungert! Er lebte noch. »Aber …«

Salmi ließ ihn nicht zu Wort kommen. »Was hast du empfunden, während du gehungert hast?«

Tailin schüttelte den Kopf. Er wollte endlich wissen, was hier los war. Doch die Augen des Priesters zwangen ihn zu einer Antwort. »Ich habe geschlafen«, murmelte er, »wirre Dinge geträumt. Ich dachte, es wären nur ein paar Tage gewesen. Die Zeit ist verlorengegangen. Und dann kam die Angst vor der Dunkelheit. Sie wurde immer größer.«

Der Priester wechselte einen vielsagenden Blick mit Leymon, ehe er wieder zu Tailin schaute. »Hattest du das Gefühl zu sterben? Starke Schmerzen? Übelkeit? Körperliche Qualen?«

Tailin versuchte sich zu erinnern. Doch da war nichts. Er erinnerte sich nur an die Verwirrung. »Nein. Ich denke nicht.

Ich habe mich nur hin und wieder gefragt, wie lange die letzte Mahlzeit zurückliegt. Es kam mir lang vor.«

Salmi wandte sich an Leymon. »Wie viel Zeit war es genau?«

»In etwa eine Mondphase. In der ersten Hälfte hat er gelegentlich Nahrung bekommen. In der zweiten gar nichts mehr. Der Grenzwächter hatte fünf Tagesreisen, um mich zu holen. Für den Rückweg haben wir noch einmal fünf Tagesreisen gebraucht. Also zehn Tage, in denen er weder Nahrung noch Wasser bekommen hat. Ich bin davon ausgegangen, einen Toten vorzufinden.«

Tailin starrte Leymon an. Warum hatte er ihm nichts davon erzählt?

Der Priester ging darüber hinweg. »Damit ist die Sache eindeutig. Er muss einen hohen Anteil haben, wenn er so lange ohne Todesangst durchhält. Wir müssen nur noch herausfinden, was es ist.« Wieder wandte er sich an Tailin. »Ist dir schon einmal aufgefallen, dass du besondere Fähigkeiten besitzt? Irgendetwas, was andere Menschen nicht können?«

Tailin zögerte. Dies war die erste Frage, die ihm einfach erschien. »Ich kann die Gegenwart anderer Personen fühlen. Dafür muss ich sie weder sehen noch hören oder mit einem anderen Sinn erfassen. Im Waldgürtel von Farua konnte ich auf diese Weise vorhersagen, welche Teile des Waldes von den Pameli besetzt waren.« Er richtete die letzten Worte an Leymon.

Der Pamuschkrieger gab einen überraschten Laut von sich.

»Wenn ich mich stark konzentriere, kann ich fühlen, was in anderen Menschen vorgeht.« Er sprach noch immer mit Leymon, und mit einem Mal engte sich seine Wahrnehmung ein, verließ seinen Körper und glitt zu dem anderen. Leymon konnte nicht mehr kämpfen. Weil er nicht mehr in der Lage war zu töten. Viel zu lange dauerte der Krieg nun schon an, viel zu lange war er Teil davon gewesen. Er war älter, als Tailin geglaubt hatte, schon weitaus länger ein Krieger als er selbst. Nach all den Jahren war er müde geworden. Müde vom Krieg, ausgelaugt vom täglichen Kampf um Leben und Tod … Doch da war noch mehr, tiefer verborgen: Hoffnung und Grauen in einem. Tailin bekam es nicht zu fassen.

»Tailin?« Eine Stimme mischte sich in seine Wahrnehmung, weit entfernt.

Plötzlich war Leymon fort. Tailin wurde zurückgerissen, in eine Höhle unter dem Berg. Vor ihm saß ein Priester und neben ihm …

Leymon war aufgesprungen und zurückgewichen. Er keuchte, als wäre er gerannt. Auch Tailins Herz raste. So nah war er den Gefühlen eines anderen noch nie gekommen. Hieß das, seine Fähigkeit hatte sich entwickelt? Hing es damit zusammen, dass er beinahe verhungert war?

»Sehr eindrucksvoll.« Salmi erhob sich. »Verschwenden wir keine Zeit. Wir prüfen ihn sofort. Wie reagierst du auf Drogen, Junge? Auf Alkohol?«

Tailin schüttelte den Kopf. »Ich vertrage keine Drogen. Ich werde wahnsinnig davon.«

Der Priester nickte. »Wartet kurz hier. Ich werde dafür sorgen, dass alles vorbereitet ist.«

Kurze Zeit später holte Salmi sie ab, und sie liefen erneut durch endlose Höhlengänge. Nur hier und da brannten Fackeln. Dazwischen lagen Wegabschnitte, die nahezu vollständig dunkel waren. Die Pameli schienen sich nicht daran zu stören. Sie bewegten sich so sicher, als wäre es hellster Tag, während Tailin an den dunkelsten Stellen versucht war, sich an den Felswänden entlangzutasten. Leymon ging auch jetzt an seiner Seite. Doch er hielt Abstand und vermied es, ihn anzusehen.

Dann erreichten sie eine Höhle, die deutlich größer war als die vorherige. Etwa fünfzehn Priester sahen ihnen entgegen. Ein leises Plätschern durchdrang die Luft, vermischt mit einem strengen Geruch. Salmi legte die Hand auf Tailins Arm und führte ihn an den anderen vorbei, bis sie vorne standen. Vor ihnen lag ein schwarzes, tiefes Loch, bedeckt von einer glitzernden Schicht. Wasser! Es musste Wasser sein.

»Eine heiße Quelle«, raunte der älteste Priester ihm zu. »Sie wird dich prüfen.«

Der strenge Geruch wurde stärker, stieg in Tailins Kopf und säuselte durch seine Gedanken. Ein Murmeln erhob sich. Tailin wusste nicht, ob es in ihm war oder in der Höhle. Es wurde immer lauter, das Säuseln zischte in seinem Kopf, Übelkeit blubberte in seinem Magen. Plötzlich geriet er in Panik. Er riss sich los und wollte fliehen. Doch er wurde gehalten, unzählige Hände an seinen Armen ...

Dann sah er das Gesicht, weit entfernt, am Eingang der Höhle. Ein vertrautes Gesicht. Leymon! Sein Name pulsierte durch das Säuseln. Er sah verloren aus, verängstigt. Der 3. Hauptwächter der Waldgarde war halb zerstört von seiner Angst. Von welcher Angst? Tailin wollte zu ihm. Musste es herausfinden ...

Wenn nicht die anderen Gesichter wären. Sie schoben sich dazwischen, eine Traube von Männern. Viele von ihnen waren jung, schön. Nicht alle waren Pameli. Manche waren Menschen. Faruaner. Ihre Haare waren rot. Selbst Mädchen waren darunter.

Seine Mutter! Seine Schwestern! Er wollte zu ihnen. Musste sie retten, es wenigstens versuchen. Die Gesichter vor seinen Augen verschwammen. Plötzlich war er in einer Hütte.

»Tailin!« Eine Stimme sprach ihn an, sanft und beruhigend. »Sag uns, was du siehst.«

Er blinzelte ins Zwielicht, musste sich zwingen, um genauer hinzuschauen. »Ich bin in einer Hütte«, flüsterte er. »Es ist nur ein kleiner Wohnraum. Unter mir sind warme Felle. Aber niemand ist da. Ich bin allein.« Ein Wimmern löste sich aus seiner Kehle, ließ sich nur mühsam unterdrücken.

»Wo sind die anderen?«, wollte die Stimme wissen.

»Ich weiß es nicht. Sie haben mich verlassen. Eben waren sie noch da.« Er sah sich um, suchte sie und hatte Angst, sie zu finden. Mit langsamen Schritten ging er zur Tür, schob sie auf und trat nach draußen.

»Erzähl weiter«, forderte die Stimme. »Wo bist du?«

Tailin japste, hatte kaum Kraft, um zu sprechen. »In einer Gasse. Es ist ein Dorf. Oder eine Stadt. Der Weg führt steil den Berg hinauf. Glühende Sonne brennt vom Himmel. Zwei Sonnen. Es stinkt. Maluna, hilf mir! Große Göttin, lass mich nicht allein! Mach, dass es aufhört!« Der Gestank wollte ihn niederschmettern, süßlich und faul. Sein Magen bäumte sich auf. Er stürzte nach vorne und übergab sich auf den Boden.

Als es vorbei war, hockte er noch immer in der Gasse. Mutterseelenallein. Dennoch spürte er Hände. Sie hielten ihn, spendeten Trost. »Maluna«, flüsterte er. »Ist sie da? Ist die Göttin wieder da?«

»Nein.« Eine Stimme antwortete ihm. »Sie ist verschollen. Schon vor langer Zeit. Wir suchen ihre Seele. Glaubst du, dass wir ihre Seele finden können?«

Die Seele der großen Göttin? Tailin schüttelte den Kopf. Es war zu viel. Zu grausig, um es zu erfassen. Der Gestank! Er war noch immer überall, um ihn herum, in den Gassen der kleinen Stadt. Tailin sprang auf und sah sich um.

»Was siehst du, Tailin? Vergiss nicht, es uns zu sagen.«

»Immer noch die Stadt.« Seine Stimme klang weinerlich, wie die eines verzweifelten Kindes. »Sie haben mich allein gelassen. Es gibt nichts mehr zu essen. Nichts.«

»Hast du Hunger, Tailin?«

»Nein!« Jetzt heulte er wirklich, konnte kaum sprechen zwischen dem Rotz, der aus seiner Nase lief. »Ich … Ich nicht. Nur am Anfang. Aber die anderen … Sie …« Er konnte nicht mehr, konnte weder sprechen noch denken.

»Die anderen?«

»Meine Familie!« Tailin wollte zu ihnen. »Meine Mutter! Ich

will zu meiner Mutter! Mein Vater. Er war eben noch da. Meine Schwestern. Sie waren noch klein. So winzig. Ihre Hände im Schlaf …«

»Wo sind deine Eltern jetzt, Tailin? Deine Schwestern? Sieh dich genau um.«

Er keuchte, heulte, schüttelte den Kopf. »Nein!«

»Du musst es zulassen, Tailin. Du musst die Bilder sehen und dich erinnern. Nur so kannst du wieder zusammenwachsen.«

Tailin wusste, dass die Stimme recht hatte. Das Kind heulte noch immer, doch ein anderer Teil von ihm erhob sich. Er musste den kleinen Jungen von damals erlösen. Einen Trost würde es nicht geben. Aber vielleicht konnte er heilen.

Der erwachsene Tailin ging durch die Gassen, und plötzlich klarte das Bild auf, zeigte auch das, was sich verborgen hatte: Vor einem Haus lag ein Mensch. Seine Arme und Beine waren in verrenkter Haltung von sich gestreckt. Der Mann war ihm nur vage bekannt.

Abgesehen davon waren die Gassen leer. Nur dieser Gestank! Der gleiche Gestank wie in der Nähe der Schweineställe. Wie am Rand des Heerlagers, dort wo die Totengruben lagen. Wo … die menschlichen Leichen an die Schweine verfüttert wurden.

Nur noch schlimmer.

Die vertraute Hütte lag vor ihm. Tailin schob die Tür auf und trat ein.

»Was siehst du?«

Er musste würgen, hielt sich die Nase zu und ging weiter. »Ich gehe in unsere Hütte.« Seine Stimme war jetzt ruhig, erwachsen. »Es ist dunkel. Ich kann nichts sehen.« Er trat vor. »Fliegen brummen in der Luft, Schwärme von Fliegen.« Er wollte es nicht, und dennoch zwang er sich weiter, ging dorthin, wo die Felle den Boden bedeckten. Vier Gestalten lagen darin, zwei große und zwei kleine, mit Armen und Beinen ineinander verkeilt.

»Meine Eltern«, flüsterte er. »Meine Schwestern. Sie liegen auf unserem Schlaflager.« Er entdeckte die kleine Hand, die sich mit der Vaterhand verschlungen hatte. Schwärme von Fliegen saßen darauf, umhüllten alles, was von seiner Familie übrig war. »Sie sind tot. Nur noch Fliegen. Überall.«

Plötzlich wurde er zurückgesogen. War wieder der kleine Junge, der inmitten des Grauens kniete. In seiner Hand hielt er eine Feder und verscheuchte die Fliegen. »Ich muss sie vertreiben«, rief er. »Sie müssen weg! Sie dürfen meinen Eltern nichts tun, sie sollen meine Schwestern nicht annagen.« Die Fliegen stoben auf unter dem Luftzug, ließen ihn schreien und heulen. »Ihre Gesichter!«, brüllte er. »Sie sind weg! Zerfressen!« Er röchelte, sein Körper klappte zusammen, wand sich am Boden und löste sich auf. Die Bilder der Toten tanzten vor seinen Augen. Seine Mutter, sein Vater, seine Schwestern! Er wollte sie zurückhaben. In ihren Armen liegen. Ohne die Fliegen.

»Wie war es früher, Tailin? Bevor sie starben. Erzähl uns davon.«

Sein Körper zuckte noch immer, würgte und musste die Bilder aus sich herauspressen, um nicht daran zu ersticken. Erst dann folgten andere Erinnerungen, schönere. »Wir waren glücklich. Meine Mutter und mein Vater haben sich geliebt. Sie haben uns geliebt. Wir waren zusammen. An den Tagen und in den Nächten. Meine Mutter hat uns im Arm gehalten und für uns gesungen, und mein Vater … Er war klug, vielleicht der weiseste Mann, den Sapion je hervorgebracht hat. Und das, obwohl es nicht seiner Kaste entsprach. Aber in unserer Stadt galten die Gesetze der Sapioner nichts mehr. Wir hatten unsere eigenen. Meistens saß mein Vater an seinem Schreibtisch. Er hat geschrieben. Geschichten, Erinnerungen. Er hat uns daraus vorgelesen. Oder die Dinge erzählt, die er später noch schreiben wollte. Als er jung war, war er ein Krieger Sapions, so wie alle. Aber dann hat er meine Mutter kennengelernt. Eine Sklavin. Er hat sich verliebt, und die Liebe hat ihn geläutert. Er hat erkannt, dass die Krieger Sapions nicht mehr sind als Sklaven, die im Namen einer falschen Gottheit und im Auftrag eines wahnsinnigen Herrschers morden. Von da an wollte er ausbrechen, zusammen mit meiner Mutter. Sie beide müssen unsere Stadt gegründet haben.« Er musste atmen und holte Luft, um weitersprechen zu können. Plötzlich war es so viel. Alles musste gesagt werden: »Mein Vater hat begonnen, seine Erinnerungen niederzuschreiben und ein neues Heim für uns aufzubauen, inmitten eines einsamen Bergwaldes. Aber er wollte mehr als das. Er wollte die Menschen mit seinen Schriften überzeugen, wollte faruanische Sklaven befreien und sapionischen Männern verdeutlichen, in welchem Gefängnis sie leben.

Also hat er seine Schriften vervielfältigt und unter die Menschen gebracht. Er hat immer mehr Anhänger gefunden, die ihm an den verborgenen Ort gefolgt sind. So ist zuerst ein Dorf entstanden, und dann eine kleine Stadt.« Der Fluss der Bilder brach ab, in seinem Inneren wuchs eine Mauer, die sich nicht überwinden ließ.

»Und dann?«, fragte die Stimme. »Dein Vater hatte nicht nur Freunde, richtig? Wie ging es zu Ende? Du musst uns das Ende erzählen, Tailin. Du musst es zulassen. Nur so kannst du heilen.«

Tailin verstand. Die Mauer verschloss einen Teil seiner Seele. Er musste endlich dahinterblicken. »Mein Vater hatte mehr Feinde als Freunde. Das ganze Großreich soll ihn gejagt haben. Meine Eltern hatten Angst, genauso wie alle Erwachsenen, die sich um meinen Vater geschart hatten. Fast alle Väter unserer Stadt waren ehemalige Krieger. Doch sie waren zu wenige, um dem Heer von Sapion entgegenzutreten. Die einzige Chance zu überleben war eine Festung, die dem härtesten Sturm standhielt. Eine solche Festung haben sie uns geschaffen. Mit Abwehranlagen, die jeden Krieger das Fürchten lehrten, mit einer Quelle und einem riesigen Gewölbekeller für unsere Nahrungsvorräte.«

Er atmete tief ein. Zu spät roch er den beißenden Qualm, der in seine Nase rann. Quälender Schwindel wallte durch seinen Kopf, Übelkeit sammelte sich erneut in seinem Magen. »Als die Sapioner kamen, erkannten sie schnell, dass sie unsere Festung nicht einnehmen konnten. Mein Vater ließ Pech und Schwefel auf sie herabschütten und mit Brandpfeilen auf sie schießen. Die Feuerkugeln der Sapioner prallten an unseren Mauern ab und rollten den Hang hinunter, um dort das Heer der Sapioner zu versengen. Der Wald um uns herum stand in Flammen. Doch unsere Festung hielt. So lange, bis die Sapioner aufhörten, uns anzugreifen. Stattdessen belagerten sie uns. Monat um Monat verstrich, während sie vor unseren Mauern lagen, und schließlich wurden es Jahre. Zwei Blutjahre, die sie darauf warteten, dass wir von allein sterben würden. Unser Nahrungsvorrat war groß, wir hatten Tiere und Gemüsegärten innerhalb der Mauern. Aber jeder Nahrungsvorrat geht einmal zu Ende, und das, was wir neu produzieren konnten, reichte nicht für die ganze Stadt. Zuerst kam der Hunger schleichend, zehrte uns immer mehr aus, bis die Ersten wahnsinnig wurden. Der Hunger brachte sie dazu, die letzten Tiere zu schlachten und das Saatgut zu essen.« Tailin stockte, roch sein eigenes Erbrochenes und sprang auf. Er wollte nicht mehr, sich nicht mehr erinnern, nicht weitergehen. Doch er musste. »Dann begann das Sterben. Zuerst die Alten, dann die Mütter, die alles, was sie hatten, ihren Kindern gaben. Bis es auch für die Kinder nicht mehr reichte. Zuerst starben die Kleinen und kurz darauf die Älteren. Meine Freunde. Alle. Nur in meiner Familie gab es noch keine Toten. Mein Vater rationierte das Essen so, dass wir alle gleichmäßig bekamen, jeder nach seinem Bedarf etwas mehr oder weniger. Damals dachte ich, es ginge ihm um Gerechtigkeit. Erst jetzt weiß ich, was er wirklich wollte: Er wollte, dass wir gemeinsam sterben. Und das taten sie, in drei Tagen hintereinander: Zuerst meine Schwestern, dann meine Mutter, zuletzt mein Vater. Wir alle lagen in einem

Bett, hielten uns fest und weinten, wenn einer von uns seinen letzten Atemzug tat. Es war die Doppelsonnenzeit. Die Nächte waren dunkel. So schrecklich dunkel.« Tränen drängten sich in Tailins Stimme. Die Tränen von damals, Tränen von heute, jede Trauer, die in ihm geschlummert hatte. »Nur ich bin nicht gestorben. Ich bin geblieben. Dabei habe ich nicht einmal begriffen, dass ich den Hunger nicht spüre, dass er mich nicht betrifft. Ich habe das Leid der anderen erlebt, habe den Schmerz in ihren Augen gesehen und in meinem Herzen gespürt, bis ich dachte, es wäre meine hungrige Qual. Aber als sie dann tot waren … Plötzlich war der Schmerz fort, als wäre er nie dagewesen. An seiner Stelle saß ein anderer Schmerz. Ich wollte sie zurückhaben. Oder ebenso sterben wie sie. Nur mein Körper wollte nicht mitmachen. Er war weder hungrig noch durstig. Er blieb stark und gesund. Stattdessen begannen die Träume, wirre, zerfaserte Träume, ein langer Schlaf. Bis die Sapioner in die Festung kamen und mich wimmernd auf dem Dorfplatz fanden. Ich konnte ihnen nicht sagen, wer mein Vater war, konnte nicht in Worte fassen, warum ich lebte und die anderen nicht. Ein Teil von mir hat sich gewünscht, dass die Sapioner mich töten. Aber sie taten es nicht. ER hat mich nur an den Haaren gepackt und ausgelacht. ›Du kommst mit uns mit!‹, hat er gesagt. ›Und dann wollen wir deinem Vater mal zeigen, dass wir selbst aus seinem Sohn einen gehorsamen Soldaten machen können.‹«

»Wer ist ER?«, fragte die Stimme dazwischen. »Kannst du dich an seinen Namen erinnern?«

Tailin nickte. Er wusste es wieder: »Walerius, oberster Berater von Sapion. Und noch ein paar andere Männer. Sie haben mich mitgenommen … und …« Die Bilder purzelten durcheinander, die Worte verhakten sich. Was hatten sie getan? Es war so dunkel. So schrecklich dunkel. Was genau hatten sie getan? Nur die Schmerzen waren noch da. »Sie haben mir wehgetan. Überall. Ich weiß nicht mehr wie. Aber … Als sie fertig waren, da …

da war ich fort. Alles, was ich vorher war, war verschwunden. Nur der Schmerz war noch da. Und die Angst. Und die Dunkelheit. Es war so dunkel …« Seine Zähne schlugen aufeinander. Er sackte wieder auf die Knie, krümmte seinen Oberkörper über den Schmerz.

»Was für ein Schmerz, Tailin? Erinnere dich.«

»Nein!« Eine andere Stimme rief dazwischen. Sie kam von weiter weg, verzweifelt und entschlossen. »Er hat genug! Nicht auch noch das!« Die Stimme war vertraut, ihr weicher Klang, der raue Akzent. Tailin wollte dort sein, bei dem anderen. Er hob den Kopf und fand ihn neben dem Ausgang der Höhle, schaute in orangefarbene Augen, weite Pupillen, so tief und schwarz wie das Wasser, dessen Geruch ihn prüfte. Leymon. Der Name sickerte in sein Bewusstsein, seine Gedanken sprachen mit ihm: *Sei bei mir, halt mich fest!*

Verwirrt schüttelte der Pameli den Kopf.

»Leymon!« Ein anderer fuhr dazwischen. »Unterbrich uns nicht! Wenn du es nicht erträgst, geh nach draußen.«

Wieder schüttelte der Pamuschkrieger den Kopf, blieb stehen und schaute Tailin in die Augen. Für einen winzigen Moment waren sie nah beisammen, ihre Gedanken ineinander verschlungen, ehe Tailin fortgerissen wurde. Nur ein Teil von ihm blieb bei dem Pamuschkrieger, sicher verwahrt in den Erinnerungen des anderen.

»Tailin. Erzähl uns von dem Schmerz. Erzähl uns von der Dunkelheit.« Der Prüfer fuhr fort, wollte dort ansetzen, wo sie gewesen waren. Aber Tailin erinnerte sich nicht. Wenn es einen Schmerz gegeben hatte, dann war er fort. In der Dunkelheit brannte ein Licht. Die Glut eines Feuers, auf dem jemand Holz nachlegte.

»Wir müssen noch tiefer gehen.« Jemand anderes murmelte dazwischen. »Da ist noch mehr in ihm.«

Die Priester tuschelten und ließen Tailin allein. Noch einmal schaute er zum Eingang der Höhle, um *ihn* zu sehen. Aber Leymon war verschwunden. Nur im Zwielicht des Höhlenganges hockte ein Schatten am Boden.

Kurz darauf kehrten die fremden Hände zurück und hielten Tailin einen Becher an die Lippen. Er trank ihn aus, ohne sich zu wehren.

Tosender Schwindel erfasste seinen Kopf und riss ihn fort. Bilder wirbelten vor seinen Augen, so rasend schnell, dass er keines davon erfasste. Seine Muskeln verloren alle Kraft und ließen ihn auf den Boden sacken. Dann wirbelte er davon und wurde herausgerissen aus seinem Körper.

Gleich darauf war der Schwindel verflogen. Er schwebte in der Luft und schaute auf sich selbst herab. Sein Körper lag am Boden neben dem dunklen Wasser. Dämpfe waberten um ihn herum. Etwas entfernt standen die Priester und hörten ihm zu. Wie aus weiter Ferne drang die Stimme des Prüfers zu ihm. »Wir haben vorhin über deine Familie gesprochen. Nenne mir den Namen deines Vaters.«

Der Körper am Boden regte sich, bewegte den Mund, ohne dass Tailin einen Gedanken dazu beitrug. »Mein Vater ist der erste der Götter und doch nicht der bedeutendste. Töten musste ich ihn im Duell. Er selbst hat mich herausgefordert, weil seine Gefährtin mich mehr liebte als ihn, obwohl sie meine Mutter war.«

Tailin fiel es schwer, den Worten zu folgen, ihre Bedeutung zu verstehen. Konnte es wirklich sein, dass er sie sprach? Schon allein die Sprache war fremd. Weder Sapionisch noch Faruanisch noch die Zunge der Pameli. Und dennoch kannte er die Bedeutung der Worte.

»Wenn das so ist, dann nenne mir deinen Namen.« Der älteste Priester redete in der gleichen Sprache.

»Ich bin Talun. Dritter Gott am Himmel und dennoch zur Erde gefallen als Strafe für meine Taten. Geliebter der großen Mutter Maluna und zugleich der Gott der heilenden Tränen.«

Ein Raunen ging durch die Höhle und wollte sich zu einem Murmeln ausweiten. Bis der älteste Priester mahnend die Hand hob. »Wie viele Lebenszyklen liegen zwischen der Verbannung aus dem Himmel und deinem jetzigen Leben?«

Der Körper am Boden lachte. Es war ein sanfter Klang und trotzdem schwang er voller Ironie. »Viele. Unendlich viele. Unmöglich, sie zu zählen.«

»Dann sag uns, in welcher Zeit wir uns befinden.«

Das Lachen verstummte. Tailin betrachtete sein Gesicht, das ihm so fremd erschien. »Zu Beginn der Blutära. Auf dem Höhepunkt der Verfolgung durch die Sapioner.« Sein Tonfall veränderte sich, verlor plötzlich jede Sicherheit und klang verzweifelt. »Alles zerfällt. Sie wollen uns vernichten, zerschlagen, wollen das Geschlecht der Götter von der Welt tilgen. Wenn es ihnen gelingt, wird Ruann brennen. *Alle* werden sterben! Alle Menschenvölker, alle Tiere, alle Pflanzen.«

Tailin wollte eingreifen, wollte dazwischenrufen und dem Gott Fragen stellen, der sich in ihm verkrochen hatte. Doch er konnte nicht reden, besaß keinen Körper, um zu sprechen. Stattdessen wurde er herumgeschleudert. Die Höhle wankte, färbte sich schwarz, kurz bevor die Bilder auf ihn einstürzten. Plötzlich war er an einem anderen Ort, in einem Tempel aus Bäumen und Laub. Er sprach zu jemandem, der ihm gegenüberstand. »Sie müssen damit aufhören!«, rief er. »Ich sehe sie im Traum! Unzählige Soldaten, die über sie steigen, immer wieder. Wie lange geht das jetzt schon so? Hundert Tage? Tausend? Sie ist doch noch ein Kind. Sie müssen damit aufhören! Sofort! ER muss damit aufhören!«

Das Gesicht des anderen wirkte bekümmert. Dennoch sprach er ruhig: »ER wird nicht aufhören, und das weißt du! Du musst sie aufhalten! Nur du kannst sie finden. Nur du kannst sie heilen. Wenn diese Bilder wahr sind, dann musst du sie retten. Du weißt, was geschehen wird, wenn du zu spät kommst …«

Er musste auflachen, ein hartes, verzweifeltes Geräusch. »Wie könnte ich das vergessen. Niemand spürt die Gefahr deutlicher als ich. Doch nach allem, was ich sehe … Ihre Qual, ihre Schmerzen … Es könnte längst zu spät sein.« Sein Atem ließ sich nicht länger kontrollieren, wurde hektisch, panisch. »Was soll ich tun, wenn es zu spät ist?«

Der Priester gegenüber richtete sich auf und bewahrte die Fassung, so wie immer. »Wenn es zu spät ist, dann musst du sie töten. Du musst ihren Stein an dich nehmen und ein neues Kind zeugen. Dieses Kind bringst du zu uns.«

Der letzte Satz schleuderte ihn zurück in den Strudel, ließ ihn fallen und straucheln, saugte ihn durch Raum und Zeit, bis er auf dem Dorfplatz aufschlug, auf dem seine Welt in Trümmer gefallen war. Männer beugten sich über ihn. Ihre Haare waren schwarz, genau wie ihre Kleidung. Nur einer war so weiß wie die Sonne am Himmel. Sein Lächeln war freundlich, seine Stimme so zärtlich wie der letzte Trost, der ihn jetzt noch retten konnte: »Sag uns den Namen deines Vaters, Junge.«

Tailin blinzelte, konnte sich nicht an den Namen erinnern, wusste nichts mehr über sich und das, was geschehen war. »Ich weiß es nicht«, flüsterte er.

»Erinnere dich.« Die Stimme klang anders, gehörte nicht mehr zu dem Mann in Weiß. Es war jemand, dem er vertrauen konnte. »Erinnere dich, wer dein Vater war, Tailin aus der Sippe der Verborgenen.«

Plötzlich wusste er es, sah den Namen vor sich, der auf den wahrhaftigsten und schönsten Büchern prangte, die je von einem Sapioner geschrieben worden waren: »Iosaca. Der Name meines Vaters war Iosaca, aus der Sippe der Verborgenen.«

***

Von zwei Seiten mussten sie ihn stützen, als die Prüfung vorbei war. Der Rausch tobte noch durch seinen Kopf, doch die Visionen waren versiegt, und Salmi stellte ihm keine Fragen mehr. Die Versammlung in der Höhle löste sich auf. Zwei junge Priester legten die Arme um Tailins Schultern und führten ihn zum Ausgang. Dann sah er Leymon. Mit bleichem Gesicht lehnte er an den Felsen. Nacktes Grauen schimmerte in seinen Augen. Hastig wich er Tailin aus und senkte den Kopf. Dennoch spürte Tailin die Schwäche. Mit voller Wucht hatte sie den Pamuschkrieger erfasst. Tailin wollte bei ihm stehen bleiben. Aber die Priester führten ihn weiter. Im Gang vor der Höhle stieg ihm der Gestank von Erbrochenem in die Nase. Die Priester blieben stehen, um zu prüfen, wohin sie ihre Schritte setzen konnten.

In jenem Moment hörte er Salmi hinter sich sprechen. »Und was ist mit dir, Leymon?« Seine Worte klangen seltsam. Tailin brauchte kurz, ehe ihm klarwurde, dass der Priester in der Sprache der Pameli redete. Seit wann konnte er die Pameli verstehen? Hatten das die Visionen bewirkt? Dass er fremde Sprachen verstehen konnte? Oder würde die Fähigkeit verlorengehen, sobald die Wirkung der Drogen nachließ?

»Was soll mit mir sein?«, antwortete Leymon ausweichend.

Die Pamuschkatze fauchte. Sie war angebunden! Weiter hinten im Gang, weit genug von der Prüfungshöhle entfernt. Nie zuvor hatte Leymon seine Katze angebunden. Chaveen duckte sich und legte die Ohren an, als wollte sie jemanden zerfleischen.

»Versuch nicht, es vor mir geheim zu halten«, sprach der alte Priester weiter. »Ich kenne dich gut genug. Auch die Kunde von deinem Kontrollverlust ist längst bei mir angekommen. Es gibt nicht viele Pameli, die deine Doppelbegabung haben. Und du weißt, dass es sowohl ein Segen als auch ein Fluch sein kann.«

Die beiden Priester, die Tailin untergehakt hatten, wollten weitergehen. Aber Tailin tat so, als könnte er vor Schwäche nicht stehen, während Salmi weiter auf Leymon einredete: »Viele waren skeptisch, als deine Begabung ans Licht kam. Ich selbst habe allen gepredigt, dass du ein Segen für uns sein wirst. Aber jetzt heißt es, du hättest einen Fluch über die Waldgarde gebracht.«

Leymon keuchte auf, als hätte er Schmerzen. »Ich bin nicht in der Verfassung, um darüber zu reden.«

Der älteste Priester schnaubte. »Natürlich nicht. Leider haben wir nicht mehr als eine Nacht, um das zu klären. Soll ich dich prüfen, wie ich *ihn* geprüft habe?«

Wieder keuchte Leymon auf. Dieses Mal mischte sich ein bitteres Lachen hinein. »Wenn du mich umbringen willst.«

Chaveen knurrte, fauchte, sprang nach vorne und wollte sich losreißen.

»Deine Katze tobt«, stellte der Priester fest. »So sehr, dass du sie festbinden musstest. Bist du sicher, dass du sie noch unter Kontrolle hast, wenn du sie wieder losmachst?«

Die beiden jungen Priester wechselten neugierige Blicke an Tailin vorbei. Offensichtlich hörten sie ebenfalls zu. Plötzlich war es ihm peinlich. Es war nicht richtig, Leymon und den Ältesten zu belauschen. Vor allem die anderen gingen Leymons Geheimnisse nichts an. Also richtete er sich auf und drängte seine Begleiter zum Weitergehen.

Die beiden Priester führten ihn durch lange Gänge, bis sie den Speisesaal erreichten, den er am Anfang gesehen hatte. Jetzt war er angefüllt mit Priestern, die beim Essen saßen. Tailins Schritte schwankten noch immer. Unzählige Gespräche waberten um seine Ohren, vermischten sich zu einem dichten Tuch, das nichts an ihn heranließ. Seine Begleiter ließen ihn auf einen freien Stuhl herab. Einer von ihnen setzte sich neben ihn.

Es war derjenige, der zu Anfang die Tische abgeschrubbt hatte. Tailin fiel auf, wie hübsch er war. Seine Haare waren nicht geflochten wie die von Leymon, sie waren kurz geschoren, kaum mehr als ein brauner Schatten, der sich über seinen Kopf zog und im Licht der Kerzen schimmerte.

Der junge Priester legte Tailin ein wenig gebratenes Fleisch auf den Teller. Doch er spürte keinen Hunger. Auch wenn sein Magen sich beruhigt hatte, der Schwindel wirbelte alles durcheinander.

»Die Prüfungen sind übel«, erklärte der Priester leise. »Vielleicht nicht immer so extrem wie deine, aber wir alle müssen das durchmachen.«

Tailin wollte ihn nach dem Ergebnis fragen, wollte wissen, was die Priester über ihn herausgefunden hatten. Aber etwas war mit seiner Zunge. Sie verhedderte sich in seinem Mund, bekam keinen klaren Buchstaben zusammen. Die ersten Laute klangen wie ein Brabbeln.

»Keine Sorge.« Der Priester legte ihm die Hand auf die Schulter. »Warte kurz, dann kannst du wieder sprechen. Die Drogen wirken noch. Wenn du ordentlich isst, geht es schneller vorbei.«

Tailin versuchte sich zu zwingen. Immer wieder schaute er zu dem Gang, aus dem sie gekommen waren. Dann tauchten sie auf: der älteste Priester zusammen mit Leymon und seiner Katze. Chaveen schlich mit geduckter Haltung in den Saal. Ihre Ohren zuckten vor und zurück. Immerzu sah sie sich um, als würde sie jemanden suchen.

Sobald sie Tailin fand, blieb sie stehen. Sie legte die Ohren an und entblößte die riesigen Fangzähne, setzte sich dann aber hin und rollte den Schwanz um sich herum. Mit einem Mal wirkte sie deutlich entspannter als ihr Herr.

Leymon war noch immer blass. Er lehnte sich an die Höhlenwand und sah nicht so aus, als wollte er heute Abend noch etwas essen. Dennoch blieb er da und starrte auf den Boden.

Warum hatte Tailin nicht eher bemerkt, dass etwas mit ihm nicht stimmte? *Eine kleine psychische Macke.* Er wollte noch einmal in Leymons Augen schauen, wollte sehen, was er vor ihm verbarg. Die Drogen rauschten in Tailins Adern und ließen die

Luft vibrieren. Mit ihrer Hilfe würde es noch leichter sein als sonst, wenn Leymon nur endlich in seine Richtung sähe.

»Du wünschst dir also allen Ernstes den Pamuschkrieger?«

Tailin zuckte zusammen und fuhr herum.

Der junge Priester grinste ihn an. »Ich kann es dir nicht verdenken. Schau ihn dir an.« Er deutete auf Leymon und wartete, bis Tailin wieder dorthin sah. »Er ist so schön wie seine Katze. Wild und unnahbar. Gefährlich wie ein brennendes Haus. Jeder, der so tickt wie wir, würde sich gerne einmal die Finger an ihm verbrennen.« Die Hand des Priesters legte sich auf Tailins Bein. »Das Problem ist nur …« Er rückte so nah, dass er in sein Ohr flüstern konnte: »Du wirst nicht nur deine Finger, du wirst dein Leben an ihm verbrennen.«

Tailin schluckte. In diesem Moment sah Leymon zu ihm herüber. Seine Verzweiflung schlug zu, undurchdringlich und schwarz. Tailin wollte sie ergründen, sich noch einmal mit ihm verbinden.

»Du hast ihn übel zugerichtet während der Prüfung.« Der Priester lenkte ihn ab. »Was hast du mit ihm gemacht?«

Leymons Blick veränderte sich, und auch wenn Tailin es von hier aus nicht sehen konnte, ahnte er, wie sich seine Pupillen zusammenzogen und seine Augen orange färbten.

Der Priester kicherte. »Er hat genug für heute. Lass ihn in Ruhe.« Seine Hand berührte Tailins Wange und drehte ihn herum, bis er ihm ins Gesicht sah. »Was genau ist es«, fuhr der Junge fort. »Was gefällt dir an ihm? Seine spitzen Zähne? Seine katzenhaften Bewegungen? Die weiche, makellose Haut in seinem Gesicht?«

Tailin schauderte. Er wollte nicken, aber nicht einmal sein Kopf gehorchte ihm. Sein Blick fing sich an den Lippen des Priesters, an dem sanften Schwung, mit dem sie sich über die Eckzähne spannten.

»Wenn du einen Katzenmenschen willst, musst du dich nicht

dafür umbringen.« Die Lippen flüsterten und bewegten sich über den Zähnen. Der Priester hob die Hand und strich über Tailins Wange. »Ich wollte schon immer wissen, wie sich Bartstoppeln anfühlen.« Damit beugte er sich vor und küsste ihn auf den Mund.

Der Kuss fühlte sich weich an. Weicher und zarter als der eines Mannes und dennoch entschlossener und wilder als der einer Frau. Etwas in Tailins Körper explodierte, ein Gefühl, das sich über die letzten Monate angestaut hatte. Ja, er wollte die Zähne des Katzenmenschen fühlen, wollte wissen, wie spitz sie waren. Langsam tastete er mit seiner Zunge, berührte die obere Wölbung.

Der Pameli zog sich zurück. »Vorsicht«, wisperte er. »Sie sind scharf genug, um dir die Zunge aufzureißen.«

Der Gedanke jagte durch Tailins Körper. Er wollte es wissen, fühlen, küsste den Jungen noch einmal und öffnete den Mund. Leicht nur streifte er die Eckzähne. Spitzer Schmerz riss durch seine Zunge, metallisches Blut sickerte darüber.

Der Pameli stöhnte auf. Sein Kuss wurde wilder, enger, seine Hände zogen ihn an sich. Der Schmerz in Tailins Zunge brannte, wurde gleich darauf milder und brannte von Neuem. Die Zähne trafen seine Lippen, seine Zunge, immer wieder.

Kurz zuckte die Warnung durch seine Gedanken: dass er aufpassen musste, seine Zunge nicht zu verlieren. Dann riss der Rausch ihn davon. Er war anders als der Rausch der Prüfungsdrogen, anders als jede Erregung, die er früher gekannt hatte. Sein ganzer Körper bebte darunter, wollte mehr von dem Kuss, mehr Wunden und Blut, das der Katzenmensch von seiner Haut lecken konnte. Ihre Hände wanderten, ihr Keuchen vermischte sich, schien immer lauter zu werden. Längst schon hatte er vergessen, wo sie waren und wer ihnen zusah.

»Nicht hier.« Der Priester unterbrach den Kuss. »Lass uns gehen.« Er fasste Tailin an der Hand, stand auf und zog ihn mit sich.

»Ich bin übrigens Zenju. Falls du das wissen willst.« Er lächelte und zeigte die Spitzen seiner Eckzähne. Dann wandte er sich ab und führte ihn durch den Saal.

Der Schwindel tanzte in Tailins Kopf, ließ ihn stolpern und straucheln. Der Pameli fing ihn auf und legte den Arm um seine Schultern.

Mehr zufällig sah Tailin hoch, schaute durch den Speisesaal und begegnete dem Blick aus orangefarbenen Augen. Leymon. Er lehnte noch immer an der Höhlenwand. Doch sein Blick war so finster, wie Tailin ihn noch nie gesehen hatte. Verachtung und Schrecken lagen darin. Pure Abscheu für das, was er und der junge Priester taten.

Tailins Gedanken purzelten durcheinander. Er hatte sich getäuscht, hatte in Leymon das gesehen, was er sehen wollte, nicht das, was wirklich da war.

»Soll ich dir verraten, was noch ein Problem mit den schönen Pamuschkriegern ist?« Zenju flüsterte an Tailins Ohr. »Wenn sie dürften, wären sie verrückt nach Frauen. So verrückt sogar, dass Frauen und Pamuschkrieger streng getrennt voneinander leben. Willst du die Legende von Paman hören? Das ist jener Schutzgott, von dem die Pamuschkrieger abstammen.«

Eine Legende über einen Gott. Tailin hatte schon lange keine Legende mehr gehört, zumindest keine, die nicht von den Sapionern stammte. Er versuchte zu nicken.

Zenju verließ den Speisesaal und bog in einen Seitengang. Mit geübter Stimme fing er an zu erzählen: »Paman war einst die Schutzgottheit, die über Malun und die Welt wachte. Die einzige Gottheit mit kriegerischen Fähigkeiten, die jedoch nur eingesetzt werden durften, wenn es darum ginge, Malun und die anderen Götter zu verteidigen.«

Tailin bemühte sich, der Geschichte zu folgen. Leymon hatte schon einmal etwas Ähnliches erzählt: dass die Pameli nur kämpften, um Malun zu verteidigen.

»Paman war eine Gottheit in zwei Teilen. Der männliche Teil hatte das Aussehen eines Katzenmenschen, und der weibliche Teil war eine riesenhafte, kämpferische Katze. Beide hatten eine telepathische Verbindung zueinander, die ihre Seelen und Leben zusammenschweißte.« Zenju verlieh der Legende einen weichen, singenden Klang und bannte Tailin in seinen Vortrag, als gäbe es nichts anderes auf der Welt.

»Als der männliche Teil von Paman jedoch sah, wie andere Götter sich verliebten und Menschenkinder zeugten, wünschte er sich, ebenfalls eine Gefährtin zu haben, mit der er sich paaren konnte. Also bat er Maluna darum, für ihn eine Tochter nach seinem Ebenbild auf die Welt zu bringen.«

Zenju führte ihn durch ein Gewirr aus Gängen, immer tiefer in den Berg hinein, an anderen Höhlen und Abzweigungen vorbei, bis Tailin sicher war, dass er niemals mehr hinausfinden würde.

»Maluna, die oberste Göttin und Mutter aller anderen Götter, konnte keinem ihrer Kinder einen Wunsch abschlagen. Also tat sie ihm den Gefallen.

Als Paman sich jedoch in seine Gefährtin verliebte und sich mit ihr vereinte, raste seine Pamuschkatze vor Eifersucht. Sie wollte Pamans Gefährtin töten, um die Liebe ihres Reiters für sich zu behalten.

Paman fühlte sich hin- und hergerissen zwischen der Liebe zu seiner Gefährtin und der Verbundenheit mit seiner Katze. Als er jedoch den Todesprung sah, mit dem die Katze seine Geliebte anfiel, reagierte er im Affekt und enthauptete die Katze, um seine Frau zu retten.« Die Stimme des Priesters senkte sich, wurde grabestief, während sein Arm sich noch enger um Tailin schlang. »Aber mit dem Tod seiner Katze«, flüsterte er, »fiel auch Paman wie ein gefällter Baum zu Boden. Denn die Seele von Katze und Reiter ist eins, untrennbar in Leben und Tod.«

Tailin fröstelte. Im Wald von Farua hatte er gesehen, wie die

Pamuschkrieger ihre Katzen verteidigten, als würde ihr Leben davon abhängen, und wie sie tot umfielen, sobald ihre Katzen starben. Deshalb war es ihnen niemals gelungen, eine Pamuschkatze zu töten und ihren Reiter lebendig zu fangen.

»Pamans Gefährtin aber überlebte«, erzählte Zenju weiter. »Nach Pamans Tod brachte sie drei Söhne und drei Töchter auf die Welt. Zu je einem Drittel trugen die Söhne Pamans männliche Seele, während in den Bergen eine gewöhnliche Wildgroßkatze vier Junge warf, die zu größeren Exemplaren heranwuchsen und aufs Haar der göttlichen Katze Pamusch glichen. Drei dieser Katzen waren weiblich, eine Katze war männlich. Während die männliche Katze allein in den Bergen blieb, verbanden sich die weiblichen Katzen mit den Jünglingen in der gleichen Weise, wie auch Paman mit seiner Pamusch verbunden gewesen war. So entstanden die ersten Pamuschkrieger.«

Sie erreichten eine weitere Ausbuchtung in dem Gang, einen schweren Vorhang, der ihnen den Weg versperrte. Zenju zog ihn zur Seite, nahm eine Fackel von einer Wandhalterung und führte Tailin in einen winzigen Raum. Er entzündete eine weitere Fackel und erzählte leise weiter: »Als die jungen Pamuschreiter jedoch zu Männern heranwuchsen, fingen sie an, ihre Schwestern zu begehren. So kam es, dass sich das Schicksal wiederholte. Ein ums andere Mal geschah es, dass Pamelifrauen von den Pamuschkatzen ermordet wurden oder die jungen Krieger versuchten, ihre Geliebten zu retten, indem sie die Katze enthaupteten. Doch mit jedem Tod eines Pamuschkriegers und seiner Katze spaltete sich ihre Magie weiter auf und wurde in weiteren Kindern wiedergeboren.«

Zenju trug die erste Fackel zurück in den Gang, kam wieder in seine Kammer und schloss den Vorhang. Vor Tailin blieb er stehen und lächelte ihn an. »Noch heute kommt es immer wieder zu Katastrophen, wenn die Pamuschkrieger auf eine Frau treffen. Mit den Frauen der Faruaner ist es nicht ganz so schlimm. Ihnen gegenüber können sie sich leichter beherrschen. Aber auch dort gibt es Unfälle. Frag deinen Pamuschkrieger, wie viele Leichen seinen Weg pflastern.«

Tailin spürte, wie der Schwindel ihn davonwehte. Der beherrschte, gebildete und höfliche Leymon in wilder Gier auf eine Frau …? Sich das vorzustellen, fiel ihm schwer. Er müsste in seine Augen sehen und die Frage noch einmal stellen.

Doch nicht jetzt, nicht heute. »Und ihr?« Endlich konnte er wieder sprechen. »Bevorzugen alle Priester in diesem Tempel die Nähe zu Männern?«

Zenju lachte. »Die meisten«, erklärte er. »Von Gamon, dem Gott, dessen Magie in unseren Adern rinnt, heißt es, er hätte unsere Neigung in dieser Welt begründet. Er konnte in die Zukunft schauen und sah voraus, dass Ruann im Krieg versinken würde, sobald mehr Menschen auf dieser Welt leben, als die Ernährungslage zulässt. So erfand er die Liebe, die keine Nachkommen hervorbringt, und predigte, dass sie zu schützen und zu fördern sei.«

Ein warmer Schauer lief durch Tailins Körper. Ein Gott, der die Liebe zwischen Männern schützte. Wann genau war er eingeschlafen, um diesen Traum zu träumen?

Zenju trat zu ihm, legte ihm die Hand an die Wange und küsste ihn. Tailin spürte, wie die Grenzen in seinem Inneren fielen, jede Kontrolle und jegliche Angst. Er durfte mit Zenju zusammen sein. Niemand würde kommen und sie aus dieser Kammer zerren, niemand würde ihn foltern oder hinrichten, wenn es ans Tageslicht kam.

Wieder schmeckte er das Blut in seinem Mund, kurz bevor der Rausch einsetzte. Es gab keinen Grund, sich zurückzuhalten. Zenju biss in seine Lippen und küsste die Schmerzen davon, steigerte den Rausch, bis ihr Stöhnen von den Höhlenwänden zurückfiel. Tailin bemerkte kaum, wie sich die Kleidung von seinem Körper löste. Er fühlte nur das weiche Bett unter seinem Rücken, die Haut des anderen, die sich an ihn presste.

Zenjus Körper war glatt und haarlos, weich wie der einer Frau und zugleich so muskulös wie der eines Mannes. Tailin konnte nicht genug von ihm bekommen, musste ihn streicheln und küssen, die Haut unter seinen Händen fühlen. Doch Zenju machte ein Spiel daraus, wand sich aus Tailins Händen und richtete sich auf. Seine Ohren zuckten, horchten nach vorne und legten sich zurück, kurz bevor er sich auf ihn stürzte und in seine Schulter biss.

Tailin schrie auf, Schmerz und Lust mischten sich ineinander, während Zenju einen Angriff nach dem anderen startete. Immer wieder richtete der Katzenjunge sich auf, ließ seine Ohren spielen und stürzte nach vorne. Halbherzig versuchte Tailin, ihn abzuwehren, bis sie miteinander rangelten. Doch alles an Zenju war schnell, seine Hände, die Tailin packten und hielten, seine Zähne, die überall waren und nirgends, seine Ohren, die vor und zurück tanzten, als sprächen sie eine eigene Sprache. Mit jedem Biss sickerte mehr Blut aus Tailins Wunden, bis Zenju anfing, das Blut von seiner Haut zu lecken. Die Schmerzen versiegten, der Rausch erfasste ihn, genauso heftig wie in der Nacht, als Leymon ihn gefoltert hatte.

Der Gedanke währte nur kurz, ehe sich sein Verstand auflöste, ehe er nur noch fühlte: dunkle, süße, gierige Qual. Nur leicht spürte er den Moment, in dem sich ihre Körper vereinten. Es ging unter in dem Wasserfall, der durch seine Adern rauschte. Ihre Körper bebten und wanden sich umeinander, quälten sich gegenseitig, bis die Welt in einem Regen aus Splittern explodierte.

Tailin kämpfte um sein Bewusstsein, wollte dieses Mal noch da sein, wenn es vorbei war. Doch die Arme, die sich um ihn legten, waren alles, was er noch fühlte, weiche Wärme an seinem Rücken und ein Flüstern an seinem Ohr: »Ich habe dich gesehen, Tailin, Gottgeborener von Taluns Magie. Ein Drittel Blut rinnt in deinen Adern. Du wirst größer sein als jeder von uns.

Du bist der, auf den wir gewartet haben. Ruanns Schicksal liegt in deinen Händen.«

Tailins Augen fielen zu, er konnte die Worte nicht verstehen. Was sollten sie bedeuten? Gehörte das auch noch zu seiner Prüfung?

***

Der Schwindel war verflogen, als Tailin am nächsten Morgen an Zenjus Seite zurück in den Speisesaal ging. Selbst die Wunden, die der Katzenpriester ihm in der Nacht zugefügt hatte, waren verheilt, als wären sie niemals dagewesen. Nur die Erinnerungen an die letzte Nacht fühlten sich noch immer verworren an. Hatte Zenju tatsächlich davon gesprochen, dass er ein Gottgeborener war? Einer, auf den die Pameli gewartet hatten? Derjenige, der das Schicksal Ruanns in der Hand hielt? Tailin konnte es nicht glauben. Viel wahrscheinlicher war es, dass er geträumt hatte.

Wie schon am Vorabend saßen die Priester an den Tischen, als sie den Speisesaal betraten. Zwei der jüngeren sahen ihnen entgegen, stießen ihre Nachbarn an und tuschelten. Nur wenige Augenblicke später schauten alle zu ihnen auf.

Zenju lachte leise. »Du hast sie in deiner Prüfung ziemlich beeindruckt. Jetzt wollen sie wissen, wie du ohne Drogen aussiehst.«

Tailin glaubte nicht an die Erklärung. Viel wahrscheinlicher tuschelten sie darüber, dass er zuletzt vor allen Augen über Zenju hergefallen war. Oder war Zenju über ihn hergefallen? Am liebsten wäre er im Boden versunken.

Gleich darauf erstarrte er. Zwischen all den fremden Gesichtern entdeckte er ein vertrautes: Leymon saß am Ende der Tafel, auf dem Platz neben dem Ältesten. Seine Augen verengten sich, und sein Mund presste sich zu einem Strich zusammen, während er Tailin entgegensah. Sein Gesicht war nicht mehr ganz so blass wie am Vortag, dennoch sah er so elend aus, als hätte er kein Auge zugetan.

Tailins Herzschlag setzte aus. Er fühlte Zenjus Präsenz neben sich, spürte die Erinnerungen an den Rausch. In der Nacht war es schön gewesen, aber in Leymons Gegenwart fühlte es sich wie Betrug an.

Dabei war es absurd. Leymon wollte ihn nicht. Und selbst wenn doch, dürfte er ihm niemals zu nah kommen. Tailin täte besser daran, von einem Leben mit Zenju zu träumen.

Der Älteste lächelte ihnen entgegen, winkte sie zu sich und wies auf die freien Plätze, die Leymon gegenüberlagen. »Setzt euch. Ich möchte verkünden, was mit unserem Freund zu geschehen hat.«

Ein unruhiges Kribbeln erwachte in Tailins Magen. Was mit ihm zu geschehen hatte … Was er sich wünschte, war bedeutungslos. Allein die Priester würden über ihn bestimmen. Seine Hände zitterten, als er sich den Stuhl zurechtschob.

»Wir haben in der Nacht entschieden.« Salmi verlor keine Zeit, nickte den älteren Priestern zu und richtete sich dann an die ganze Gemeinschaft: »Tailin aus der Sippe der Verborgenen hat sich als gottgeborener Mensch erwiesen. Mit großer Wahrscheinlichkeit ist er derjenige, den wir gesucht haben, der Einzige, der Ruann noch retten kann. Deshalb ist Eile geboten.« Er richtete sich an Leymon. »Leymon aus dem Volke der Schneekrieger: Du wirst noch heute mit dem Gottgeborenen aufbrechen und ihn nach Malun geleiten.«

Leymon öffnete perplex den Mund. Dann sprach er mit fester Stimme: »Nein. Das werde ich nicht. Unsere Wege, seiner und meiner, müssen sich noch heute trennen.« Er schaute nervös zu seiner Pamuschkatze, die an der Höhlenwand saß und sie beobachtete. »Jemand anderes soll ihn nach Malun bringen. Ich muss zur Waldgarde zurückkehren und sicherstellen, dass die Kommandeure Kravis Botschaft von der Brandsetzung ernst nehmen.« Leymon schaute wieder zu dem Ältesten und wies mit der Hand zu Tailin, ohne ihn eines Blickes zu würdigen. »Kann Zenju ihn nicht bringen? Er kennt den Weg nach Malun ebenso gut wie ich. Auf der Pamusch können wir ohnehin nicht zu zweit reiten, also werden die beiden auch nicht langsamer sein als …«

»Nein!« Der älteste Priester fuhr dazwischen. »Ich sehe ein, dass wir überprüfen müssen, ob Kravi die Botschaft sicher überbracht hat. Ich werde jemanden zum nächsten Wachposten schicken, damit die Pamuschkrieger einen erfahrenen Boten aussenden. Aber du wirst Tailin nach Malun begleiten.«

Leymon schnaubte und rückte den Stuhl zurück.

»Hierbleiben!«, donnerte der Älteste. »Ich muss mich dir gegenüber nicht erklären, aber ich tue es dennoch: Ich brauche dich als sicheren Geleitschutz für eine der wichtigsten Personen, die sich je in diesem Tempel aufgehalten hat. Diese Aufgabe kann niemand anderes übernehmen als du.« Er zeigte mit dem Finger auf Tailin. »Kein Priester wäre in der Lage, ihn gegen einen Angreifer zu schützen, und keinem anderen Pamuschkrieger würde ich einen sapionischen Exsoldaten anvertrauen.«

Leymons Augen glühten, sein Körper spannte sich. Für einen endlosen Moment starrte er Salmi an. Ihre Blicke verfingen sich ineinander, keiner von ihnen blinzelte, nur die Luft schien immer heißer zu werden.

Dann riss Leymon den Blick zu Boden, stieß sich vom Stuhl ab und schnellte hoch. »Tailin!«, befahl er. »Pack deine Sachen! Wir gehen!«

22. Kapitel

Südfarua, Sklavenkolonie und Wasserbergwerk Ljimgart

ALIA

Seitdem Alia den Kalender des alten Mannes studierte, gelang es ihr immer besser, die Aufzeichnungen zu durchschauen und mit den Dingen zu vergleichen, die sie erlebte. Inzwischen wusste sie, was der alte Mann mit Blutwind gemeint hatte. Sie kannte den heißen Sturmwind schon lange, der an manchen Tagen durch das Dorf pfiff und eine aggressive Stimmung hinter sich herzog.

Blutwind. Der alte Mann hätte kaum einen passenderen Namen für das Phänomen finden können. An den Tagen des Blutwinds konnte jederzeit ein Mord oder eine Katastrophe geschehen. Auch der alte Mann war an einem solchen Tag umgebracht worden, ebenso wie die alte Frau, die am Schandpfahl den Hitzetod gestorben war.

Einmal im Monat wehte der Blutwind, und dennoch verliefen die Monate der Sapioner anders als der Zyklus des sonderbaren Sturmes. Während ein Monat genau dreißig Tage hatte, wehte der Blutwind alle dreiunddreißig Tage durch ihr Dorf.

Auch andere Dinge geschahen im Rhythmus von dreiunddreißig Tagen. Alia hatte die Zeichnungen des alten Mannes mit den Gestirnen verglichen, und sie erkannte die Konstellation wieder, die er von den Monden und Sonnen gezeichnet hatte: Am Tag vor dem Blutwind berührte der große Mond die kleine Sonne. Doch die Tageszeit, um die das geschah, verschob sich gemeinsam mit dem Lauf der Sonnen. Je nach Sonnenzeit geschah es manchmal bei Sonnenuntergang, manchmal aber auch am frühen Morgen oder in der Nacht. In der Doppelsonnenzeit schien es mitten am Tag so weit zu sein. Alia selbst hatte es noch nie beobachtet, aber an einem Tag hatte der alte Mann notiert, dass die Blutsonne am helllichten Tag für eine kurze Zeitspanne »hinter dem fast unsichtbaren Mond« verschwand und dann wieder auftauchte.

Alia nahm sich vor, die Momente von nun an so oft wie möglich zu beobachten – und sich am nächsten Tag besonders in Acht zu nehmen.

An den Blutwindtagen geschah fast immer etwas Schlimmes: Vor allem die Wachen waren aggressiv und gefährlich. Wahllos suchten sie sich Opfer, die sie quälen, erniedrigen und töten konnten. Aber auch die Sklaven waren gereizter als sonst. Sie stritten sich um jede Kleinigkeit, prügelten sich vor der Essensausgabe um ein Stückchen Brot oder schwärzten andere bei den Wachen an. Seit Alia den Zyklus beobachtete, kam es ihr vor, als würde jeder Konflikt am Blundwindtag seinen Höhepunkt finden und sich alle Spannungen genau dann entladen.

Die Tage nach dem Blutwind hingegen waren ungewöhnlich ruhig. Früher hatte Alia geglaubt, dass der Schock die Menschen lähmte und sie deshalb still wurden, weil etwas Schlimmes geschehen war. Doch jetzt war sie sich nicht mehr sicher, woher die Stille kam. Selbst die Wachen wirkten entspannter, sobald der Blutwind abebbte. Statt die Sklaven zu drangsalieren, betranken sie sich am abendlichen Feuer und lachten über schlechte Witze.

Nur Alias Ruhe wurde von etwas anderem durchbrochen: Mit jedem Blutwind wurden die Träume finsterer, die danach über sie herfielen. Es waren endlose, verworrene Nächte, in denen der blonde Junge bei ihr war. Die Traumbilder waren diffus und abstrakt, umhüllt von einer Dunkelheit, in der sie kaum etwas sehen konnte. Meistens spürte sie nur, dass der Junge da war, dass er sie brauchte und sich an ihr festhielt. So lange, bis sie schweißgebadet aufschreckte, bis sie Mariusch neben sich entdeckte und sich wünschte, es würde wieder so zwischen ihnen werden wie früher.

Doch ihr Freund misstraute ihr, seit er die Landkarten gesehen hatte. Jedesmal, wenn sie in die Hütte kam, sah er überrascht und erleichtert aus. Als hätte er befürchtet, sie würde nicht wiederkommen. Aber er nahm sie zur Begrüßung nicht mehr in die Arme. Auch nachts hielt er sich von ihr fern, und seine Muskeln verhärteten sich, wenn sie sich an ihn kuschelte. Dann hielt er sie nur kurz, ehe er sich löste und von ihr abwandte. Alia vermisste ihn. Sie wollte nicht glauben, dass es zwischen ihnen zu Ende ging, und bemerkte dennoch, wie ihre Gedanken dem blonden Jungen galten.

Was war damals mit ihm geschehen? Und wo war er heute? Lunis. Sein Name hallte durch ihren Kopf, wollte sich auf ihre Zunge legen und über ihre Lippen flüstern. Ob sie ihn erkannte, wenn er als Erwachsener vor ihr stünde?

Falls er überhaupt noch in der Lage wäre, vor ihr zu stehen. Es ging ihm schlecht, so viel konnte sie in den Träumen spüren. Die Dunkelheit umhüllte ihn nicht nur, sie durchdrang ihn, als hätte sie sein Wesen längst zerstört.

Aber für den größten Teil des Monats blieben Alias Nächte traumlos. Erst kurz vor dem Blutwind ging es wieder los. Dann wurde es schlimmer und grausamer als je zuvor. Sämtliche Unglücke der letzten Jahre durchlebte sie noch einmal im Traum. Vor ihren Augen wurden Menschen erschlagen und erstochen, dann wieder stürzten Tunnel zusammen, oder ihr Körper wurde von Wassermassen überspült, bis sie keuchend aufwachte.

Als der nächste Blutwind bevorstand, war Alia entschlossen, dem Grauen zu entgehen. Mit eisernem Willen lag sie neben Mariusch und bemühte sich, nicht einzuschlafen. Sie wusste, dass der Traum käme, sobald sie davondämmerte, und sie spürte, wie schlimm er werden würde, schlimmer als jeder Traum zuvor. Sie wollte nicht schlafen! Sie durfte es nicht. Stattdessen lag sie wach, bis der dunkle Teil der Nacht vorüberging. Draußen erwachte die Blutsonne und warf ihr rotes Licht durch die Bretterritzen. Die Nachtwechselzeit war weit fortgeschritten. Nicht mehr lange und die Blutsonne würde den Großteil der Nacht erobert haben. Aber der Anblick des roten Lichtes beruhigte sie nicht. Ganz im Gegenteil. Heute Nacht musste es so weit sein. Alia krabbelte näher an die Bretterritzen, spähte durch ein Astloch nach draußen und erblickte die rote Sonne am Himmel und den blassen großen Mond daneben, der sich langsam über seine Mutter schob. Angst erfasste ihre Kehle. So leise und unbemerkt wie dieses Schauspiel inmitten der Nacht ablief – genauso gefährlich und heimtückisch war es.

Hastig wandte Alia sich ab und kroch zurück unter ihre Decke. Sie schloss die Augen, um nicht zu sehen, wie das Blutlicht zu silbrigem Kaltlicht verblasste und dann wieder auftauchte. Lieber lauschte sie auf ihren Freund, der neben ihr schlief. Mariusch atmete ruhig und friedlich. Am liebsten hätte sie sich an ihn geschmiegt, um endlich Frieden zu finden. Doch es käme ihr falsch vor, in seinen Armen an einen anderen zu denken. Der Junge wartete auf sie. Alia fühlte es. Er war dort, an dem Schreckensort aus ihren Träumen. Aber ganz gleich, wie sehr sie sich wehrte, die Müdigkeit drang immer tiefer in ihre Knochen, eine schwere Erschöpfung, die sie früher oder später einfangen würde.

Es war unmöglich, die ganze Nacht wachzubleiben.

Alia wusste nicht, wann genau sie einschlief. Schwere Stiefelschritte eilten durch eine Halle. Doch es war nicht nur ein Mensch, es mussten zehn sein oder zwanzig. Metallbeschläge klirrten, Füße schabten, Männerstimmen murmelten.

Dann konnte sie sehen. Unter ihr waren Soldaten, schwarzgekleidete Männer, die einen Raum durchmaßen und stehen blieben. In einem Halbkreis verteilten sie sich um das Geschöpf.

Wie ein Knäuel rollte sich die Kleine am Boden. Sie presste die Knie an ihren Bauch und umschlang die Beine mit ihren Ärmchen. Blonde, zerzauste Haare fielen über ihre Schultern. Der Rest von ihr war nackt. Ihre Haut war blau und grün geschlagen, von roten Rissen zerfurcht und mit Blut überkrustet. Was jetzt geschehen würde, geschah nicht zum ersten Mal. Das Mädchen kannte es schon. Ihre Furcht durchdrang den Raum wie eine eisige Wolke.

Die Soldaten traten auf sie ein, packten ihre Arme und Beine, um das schützende Knäuel zu entwirren. Sie rollten die Kleine auf den Rücken, zogen ihre Beine zu einem Dreieck auseinander. Die Augen des Mädchens starrten, blickten glasig durch ihre Peiniger hindurch. Steif und leblos lagen ihre Gliedmaßen am Boden, wehrten sich nicht gegen die Hände, die sie hielten.

Es waren mehr als zwanzig. Mehr als zwanzig Hände, die sie auf den Boden drückten, während der erste Soldat sich über sie kniete. Das Mädchen verschwand unter ihm, wurde begraben unter dem massigen Körper. Nur ihre Arme rutschten mit jedem Stoß hin und her.

Der Soldat brauchte lange, eine quälende Zeit, in der die anderen grölten und ihn anfeuerten. Als er fertig war, stand der zweite schon bereit und schob den ersten zur Seite. Die Männer brüllten und lachten, die Gewalt in der Halle kochte.

Erst dann entdeckte sie den Mann, der abseits der anderen stand. Mit verschränkten Armen schaute er auf das Mädchen und ihre Vergewaltiger hinab. Auch er trug die Uniform der Sapioner, das dunkle Leder und die gleichen Stiefel. Seine schwarzen Haare waren zu einem Knoten hochgesteckt, wie die Haare vieler Krieger. Und dennoch strahlte er etwas aus, das anders war: Sein Gesicht war jung, schön, so ebenmäßig wie das einer Statue und gleichzeitig so brutal, dass sein Anblick kaum zu ertragen war.

Nichts in dieser Halle war zu ertragen.

Sie wollte weg! Fort! Musste sich losreißen und davonlaufen.

Doch sie konnte sich nicht bewegen.

Schlagartig begriff sie: Sie hatte keinen Körper, mit dem sie fliehen konnte. Nur ihr Geist war dazu verdammt, an diesem Ort zu sein.

Kurz darauf spürte sie den anderen. Den Jungen. Er war bei ihr, neben ihr, ebenso körperlos wie sie, ebenso erschüttert von dem, was unter ihnen vorging. Sie beide wollten fliehen, wollten sich losreißen und die Bilder vergessen, wenn es schon nicht möglich war, dem Mädchen zu helfen. Aber ihre Geister waren gezwungen zu bleiben, mussten zusehen, bis jeder einzelne Soldat sein Werk vollendet hatte. Erst dann rührte sich der Schönling, löste sich aus seiner Starre und trat zu den anderen.

Das Mädchen am Boden lag regungslos. Ihre Augen waren geschlossen. Nur ihr Atem ging langsam und schwerfällig.

Der Schönling trat gegen ihren Arm, schob sie mit dem Fuß zur Seite und zeigte mit dem Finger auf sie. »Bringt sie um!«, befahl er. »Schneidet ihr die Kehle durch, schlagt ihr den Kopf ein …« Sein Gesicht verzog sich zu einer Grimasse. »Wie ihr es tut, ist mir gleich. Hauptsache, sie stirbt!«

Mit seinem letzten Wort wirbelte Alia davon, spürte, wie auch der Junge davongerissen wurde, ehe sie getrennt wurden und die Dunkelheit um sie herumstürzte.

Mit einem Schrei schreckte sie auf, saß auf etwas Weichem und brauchte einen Moment, um zu begreifen. Rotes Licht sickerte durch die Ritzen zwischen den Holzlatten, winzige Füße trappelten davon, bis sie ein Augenpaar erblickte, das ihr entgegenleuchtete.

Wasserzausel. Sie saß auf Mariuschs Bett, in seiner Hütte. Vor ihr hockte einer von seinen Wasserzauseln, den sie aus dem Schlaf gerissen hatte.

Kalter Schweiß bedeckte ihren Körper, lief ihren Rücken hinab und durchweichte ihr Hemd. Selbst ihre Decke fühlte sich klamm an. Übelkeit brodelte in ihrem Magen.

Das Mädchen, die Soldaten, der grausame Schönling … Woher kannte sie die Bilder? Alia schüttelte den Kopf. Es war nur ein Traum gewesen, ein Schreckgespenst, das sich aus ihren Ängsten speiste.

Das blonde Mädchen war weder Nelja noch Meikje. Doch vermutlich bedeutete der Traum, dass sie Angst hatte, ihrer Schwester könnte etwas Derartiges geschehen.

»Es war nicht echt«, flüsterte sie. »Nur ein Traum … Nichts davon ist wirklich passiert.«

★★★

Als sie am nächsten Morgen die Hütte verließ, wartete sie vergeblich auf den Blutwind. Normalerweise war er da, wenn sie aufwachte, fegte über das Land hinweg und machte die Menschen rasend. Aber heute blieb er aus. Alia ließ ihren Blick in die Ferne wandern, zwischen den Hütten des Dorfes hindurch, über die skelettierten Reste des Waldes hinweg bis zu dem blauen Himmel, der sich auf den Horizont senkte. Auch dort hinten war nichts von dem Wind zu sehen. Keine Staubwolken, keine Wirbel, keine Vögel, die durch den Sturmwind kreisten. Nichts. Etwas Derartiges hatte sie noch nie erlebt. Seit sie den Kalender weiterführte, hatte sich der Blutwind noch nie verspätet.

Ob der alte Mann etwas Vergleichbares notiert hatte? Vielleicht sollte sie durch den Kalender blättern und schauen, ob sie eine Markierung oder Bemerkung fand, die einen verzögerten Blutwind kennzeichnete. Doch jetzt musste sie zum Appell und später zur Arbeit ins Bergwerk. In jedem Fall musste sie vorsichtig sein. Es war der Blutwindtag. Nur weil sie den Sturm noch nicht spürte, bedeutete das nicht, dass dieser Tag ungefährlich war.

Auch während des Appells gab es keine Spur des Blutwindes. Einzig die Wärter stellten ihre Fragen aggressiver als sonst, erwarteten zackigere Antworten und klopften mit den Peitschen gegen ihre Stiefel. Ob es Blutwindtage ohne Blutwind gab? Alia musste mit allem rechnen.

Nachdem sie ins Bergwerk hinabgestiegen waren, nutzte sie die erste Gelegenheit, huschte in einem unbeobachteten Moment in einen Seitengang und lief in den stillgelegten Teil des Bergwerkes. Obwohl das Versteck mit ihren Schätzen sie lockte, ging sie daran vorbei, erreichte die riesenhafte, leere Wasserhöhle und huschte zu dem Winkel, in dem sich Nelja und Meikje versteckten.

»Heute ist der Blutwindtag«, keuchte Alia. »Aber bis jetzt gibt es keinen Blutwind. Ihr müsst vorsichtig sein.«

Nelja kicherte. »Vorsichtig?« Sie neigte den Kopf zur Seite. »Wir hocken hier auf der Stelle und tun nichts. Wobei genau sollen wir vorsichtig sein? Beim Rumsitzen?«

Alia winkte ab. »Nein. Nur für den Fall, dass euch irgendein Quatsch einfällt. Den solltet ihr sein lassen … wenigstens heute.«

Nelja hob abwehrend die Hand. »Ist gut«, murmelte sie. Dann deutete sie auf das Wurzelloch in der Decke. »Den Quatsch habe ich gestern schon gemacht«, erklärte sie kleinlaut. »Ich habe unsere Leiter getestet. Allerdings funktioniert sie noch nicht. Fünf Sprossen unten sind rausgerutscht, als ich draufgetreten bin. Etwas höher ist eine gebrochen und dann …« Sie druckste herum und schob die Hose über ihrem Knie nach oben. Es war blau und grün verfärbt. »Na ja, dann bin ich runtergerasselt. Aber mehr als das hier ist nicht passiert.«

Alia sog erschrocken die Luft ein.

»Nur ein paar weitere Sprossen sind kaputtgegangen.« Nelja zog in gespielter Unterwürfigkeit den Kopf zwischen die Schultern und zeigte dann auf ein Häufchen zerbrochenes Holz.

Alia seufzte, duckte sich unter das Loch, das sie als Ausstieg gewählt hatten, und schaute hinauf. Die Sprossen fingen erst ein ganzes Stück weiter oben an. So hoch sogar, dass es unmöglich war, von hier unten bis zur ersten Sprosse zu greifen. »Wie es aussieht, fangen wir also noch einmal von vorne an.« Sie schaute auf ihre Schwester. Es war schwierig, passendes Holz zu finden, und die kaputten Sprossen würden ihren Fluchtplan um mindestens einen Monat zurückwerfen. Dennoch konnte sie nicht böse auf Nelja sein. Wenigstens war ihr nichts Ernstes passiert. »Aber noch einmal machst du das nicht. Schon gar nicht, ohne mich zu fragen, verstanden?«

Nelja nickte ergeben.

Alia zog das Brot aus ihrer Tasche, gab es den Kindern und schob ihrer Schwester den Wassereimer zu. Dann setzte sie sich vor die Felswand.

»Ich könnte noch eine Geschichte erzählen«, bot Nelja an.

Alia wollte abwinken. Die Bilder des Albtraums zuckten noch durch ihre Erinnerung. Wer weiß, was sie träumte, wenn Nelja eine weitere Gruselgeschichte beisteuerte.

Doch ihre Schwester fing bereits an. »Hört mir zu, meine Lieben, und hört genau. Denn dies ist die erste und ursprünglichste Geschichte von den Göttern Ruanns, die sich erzählen lässt.«

Alia musste schmunzeln, so wie jedes Mal, wenn Nelja in ihre Märchenerzählerstimme verfiel. Die erste und ursprünglichste Geschichte also. Vermutlich hatte ihre Schwester sie erfunden.

»Maluna und Zabino waren die ersten Götter, die in vormenschlicher Zeit über Ruann herrschten«, fuhr Nelja fort. »Hoch oben vom Himmel schauten sie auf die Welt hinab und freuten sich über die Tiere und Pflanzen. Zabino war der ältere von beiden, ein großer, mächtiger Gott, während Maluna noch ein kleines verträumtes Mädchen war. Ob Zabino und Maluna Vater und Tochter waren oder zwei Fremde, die zueinanderfanden, weiß niemand zu sagen. In jedem Fall musste die kleine Maluna zunächst noch heranwachsen und stand in ihrer Verletzlichkeit unter Zabinos Schutz. Daher erhob sich in der ersten Dekade der Zeit nur Zabino als schützende Macht über Ruann und behütete die Welt mit seiner Gutherzigkeit.

Dann aber kam die Zeit, in der sich Maluna in eine junge, glühende Frau verwandelte. Zabino begehrte sie, nahm sie zur Gemahlin und zeugte mit ihr das erste Götterkind: Talun war ein Prachtexemplar von Sohn, der schnell und kräftig heranwuchs. Maluna aber liebte ihr Kind so sehr, dass sie vergaß, ihn geboren zu haben. Taluns Verständnis für die Seelen anderer berauschte sie, und bald schon verschmolzen sie zu einer Gemeinschaft, die zärtlicher war, als ihre Liebe zu Zabino es je vermocht hatte. So kam es, dass Maluna ihren Gemahl verließ, um sich Nacht für Nacht mit ihrem Sohn zu vereinen. Eines Tages aber erfuhr Zabino von dem Verhältnis und erzürnte vor Eifersucht. Im Übergang zwischen Tag und Nacht forderte er Talun zum Duell.

Der seelenstarke Sohn besiegte seinen Vater und enthauptete ihn. Mit dieser Tat jedoch fielen Talun und Maluna vom Himmel und lebten fort in menschlicher Erscheinung. Wie zum Hohn und doch eigentlich nur in der Absicht, sich und Maluna über den Verlust zu trösten, zeugte Talun noch in derselben Nacht drei Kinder mit seiner Geliebten. Diese trugen, jedes zu einem Drittel, die Magie von Zabino in sich. In den Tälern von Malun begannen Maluna und Talun ein neues Leben. Sie zogen ihre erstgeborenen Kinder auf und zeugten immer weitere, deren Magie ihre Welt bereichern sollte.

Nur einen Unterschied gab es zwischen den erstgeborenen Drillingen und allen weiteren Götterkindern: Die Drillinge teilten sich die göttliche Magie des verstorbenen Zabinos, während die anderen Kinder zu vollwertigen Göttern heranwuchsen, von denen jedes eine andere göttliche Eigenschaft besaß. So kam es, dass in den Drillingen eine Spur von Zabinos Eifersucht gärte. Immerzu beklagten sie sich, weil sie weniger göttlich waren als ihre Geschwister. Schließlich zogen die Drillinge es vor, unter sich zu bleiben, und sobald sie erwachsen waren, zeugten sie Nachkommen miteinander. Doch ihre Kinder entbehrten jeglicher Göttlichkeit.

So wurde das Menschengeschlecht geschaffen, in dem stets ein Funke von Neid und Eifersucht schlummert. Zwar führten die Menschen anfangs ein friedliches Leben, in dem sie Nahrung, Wasser und Arbeit gleichermaßen untereinander teilten. Aber der Frieden war labil. Habgier und Eigennutz griffen zuerst wenig und dann immer stärker um sich, bis die Gemeinschaft von Göttern und Menschen in Zwietracht zerfiel.« Nelja verstummte, die letzten Wörter ihrer Geschichte hallten an den Felswänden wider und setzten sich in Alias Gedanken fest.

»Warum klingen deine Märchen so wahr?«, murmelte Alia. »Wie kannst du so viel über die Götter erzählen, obwohl es dir niemand beigebracht hat?«

Nelja lachte leise. »Das weißt du doch«, erklärte sie. »Weil es das Einzige ist, was mich am Leben hält. Vielleicht sogar noch wichtiger als Brot und Wasser.« Sie deutete auf Meikje, die reglos am Boden lag. »Wenn ich die Geschichten nicht hätte, wäre ich längst so wie sie.«

Alia nickte. Sie wusste es, und dennoch erklärte es nicht, woher Neljas Geschichten stammten. Aber heute war keine Zeit. Sie musste zurück in die Sklavenkolonne, ehe ihre Abwesenheit auffiel. Ihre Knochen fühlten sich noch immer müde an, während sie sich erhob. »Ich muss wieder an die Arbeit«, flüsterte sie.

Nelja hob zum Abschied die Hand.

***

Wenn Alia geglaubt hatte, es könne einen Blutwindtag ohne Blutwind geben, hatte sie sich getäuscht. Bis zum Nachmittag ließ der heiße Wind auf sich warten, dann setzte der Sturm ein. Alia rollte inmitten der Sklavenkolonne ein Fass durch die Tunnel, als sie den Luftzug bemerkte. Zuerst spürte sie nur die Bewegung an ihren Haaren, ein leichtes Zausen, das ihr die Strähnen ins Gesicht trieb. Dann trocknete der Wind den Schweiß auf ihrer Haut. Sie hielt an, richtete sich auf, um herauszufinden, woher der Luftzug stammte.

In dem Moment erreichte der Blutwind ihren Tunnel. Der Sturm warf sich gegen ihren Körper, brachte sie ins Straucheln und riss den Atem von ihrem Mund. Die Sklaven um sie herum schrien. »Haltet die Fässer!«, brüllte jemand, und Alia konnte nur noch denken, dass derjenige ihr Leben rettete, denn sie alle stürzten sich auf die Fässer, um sie auf den Boden zu drücken. Die Stützpfosten um sie herum ächzten, weiter entfernt krachte Holz, und dann kam der Lärm: ein gewaltiges Brüllen, das durch die Tunnel fegte. Der Boden bebte, Staub rieselte auf sie nieder, bevor die Druckwelle sie zu Boden presste. Alia kämpfte um Luft, ihre Lunge schmerzte, Steinregen prasselte auf ihren Rücken. Kurz darauf wurde es still. Der Sturm ebbte ab, ebenso plötzlich, wie er gekommen war.

Alia lugte unter ihren Armen hervor. Staubwolken vernebelten die Luft, ließen sie gerade so weit sehen, dass sie den Rücken der Sklavin vor sich erkennen konnte. Alles dahinter war in der Wolke verschwunden. Von Weitem drang Husten und Keuchen an ihr Ohr, leises Murmeln, vorsichtige Schritte. Alia rappelte sich auf, drehte sich um und versuchte, in die Tiefen des Tunnels zu spähen.

»Ein Tunneleinbruch!« Der Ruf ließ sie zusammenzucken. »Schnell! Alle nach oben!«

Im nächsten Moment herrschte Chaos. Die Sklaven sprangen auf, drängten zwischen stehenden Fässern und Tunnelwänden hindurch, rempelten sich an, stießen sich nieder und versuchten zu rennen, ohne etwas sehen zu können. Nur Alia blieb stehen und drückte sich an die Tunnelwand, um nicht niedergerannt zu werden.

Sie rührte sich erst wieder, als die meisten Sklaven geflohen waren. Langsam ging sie in die entgegengesetzte Richtung, nicht nach oben, sondern in die Tiefen des Bergwerkes hinab. Ihre Gedanken waren ebenso langsam wie ihre Schritte. Ein Tunneleinsturz … weiter unten … wo war es gewesen?

Je tiefer sie kam, desto dichter wurde der Staub, desto stiller wurden die Tunnel. Bald schon war niemand mehr hier, niemand vor ihr und niemand hinter ihr. Alia fing an zu rennen, lief durch den Staub, ohne etwas zu sehen, hörte kaum das Husten und Röcheln, das aus ihrer Kehle drang.

Dann erreichte sie die Abzweigung, den vertrauten Weg, den sie jeden Tag ging, um ihre Schwester im verbotenen Teil des Bergwerkes zu besuchen. Sie huschte hinein, duckte sich in die Dunkelheit und prallte gegen einen Stein. Sie stürzte nach vorne, wollte sich mit einem weiteren Schritt retten und prallte gegen das nächste Hindernis. Mit Händen und Knien kam sie auf und fand sich auf einem Geröllhaufen wieder, der den Tunnel versperrte.

Erst allmählich konnte sie im Schein der letzten, weit entfernten Fackel genug sehen: Der Tunnel vor ihr war verschwunden. Dort, wo der Zugang zu Neljas Versteck gelegen hatte, war die Tunneldecke auf den Boden gestürzt und hatte alles unter sich begraben. Alia keuchte, die Gefühle in ihrem Bauch tobten, ihre Gedanken rasten, jedoch viel zu schnell, um auch nur einen Teil davon zu begreifen.

»Nelja.« Von allein flüsterten ihre Lippen das Wort.

»Es ist der verbotene Teil!«, rief eine Stimme von hinten. »Es ist nur der verbotene Teil!« Die Stimme klang erleichtert und mündete in einem hysterischen Lachen.

»Nur der verbotene Teil.« Alia wiederholte die Erkenntnis, musste sie immer wieder vor sich hin flüstern. »Nur der verbotene Teil … nur der verbotene Teil.«

Dann begriff sie, was es bedeutete. Niemand würde ihr dabei

helfen, nach ihrer Schwester zu graben! Niemand würde auch nur verstehen, *warum* sie in den verbotenen Tunneln nach Vermissten graben wollte. Etwas Hartes formte sich in ihrer Kehle. Etwas, das sie ersticken würde, wenn es noch länger ihre Luftröhre versperrte. Alia wusste nicht, was es war. Allein ihr Körper handelte, stand auf und drehte sich um. Suchte nach etwas.

Eine Lösung! Sie suchte nach einer Lösung.

Welche Lösung?

»Alia!« Plötzlich stand jemand vor ihr, eine aufrechte, muskulöse Gestalt im schwachen Gegenlicht.

Mariusch!

»Ich bin so froh«, stammelte er. »So froh, dass du hier bist und nicht da.« Er deutete auf den verschütteten Tunnel.

Alia konnte sich nicht länger halten. Ihre Beine wurden weich und sackten zusammen. Mariusch sprang nach vorn und fing sie auf.

»Nelja«, flüsterte sie. »Sie ist dahinter. Ich muss zu ihr. Vielleicht ist nicht alles eingestürzt.«

Mariusch hielt sie fest, streichelte ihren Rücken, küsste ihre Haare und raunte an ihr Ohr. »Ich helfe dir. Wenn du die Tunnel wieder freigraben musst, dann helfe ich dir! Vielleicht haben wir Glück, und die Höhle dahinter ist unversehrt.«

23. Kapitel

Bergland von Sapion, Oase »Walis«, Töchterpalast des Walerius

FEYLA

Sie war schwanger. Es gab keinen Zweifel. Nicht nur, dass ihre Blutung ausgeblieben war, schon seit knapp zwei Monaten wurde Feyla auch von einer heftigen Übelkeit heimgesucht, die zwar morgens am schlimmsten war, darüber hinaus aber den ganzen Tag andauerte. Vor allem ihre Nase war so empfindlich geworden, dass sie Gerüche ekelig fand, die sie vorher nicht einmal wahrgenommen hatte.

Anzeichen einer Schwangerschaft. Immer wieder musste Feyla an das Lehrbuch denken, das sie als Vorbereitung auf ihre Ehe auswendig gelernt hatte. Es gab keinen Zweifel.

Dennoch zögerte sie, ihrer Sippe von der frohen Botschaft zu erzählen. Lange Zeit war Dorgen der Einzige, der es wusste. »Ich bin schwanger.« Ein ums andere Mal flüsterte sie ihm die Worte ins Ohr, wenn sie Arm in Arm im Bett lagen: »Ich bin schwanger, ich bin schwanger.« Bis sie lachen musste vor Glück.

Auch Dorgen wollte es immer wieder hören. Dann legte er die Hand auf ihren Bauch und atmete erleichtert aus. Feyla wusste nicht, ob sie strahlende Freude von ihm erwartet hatte. In jedem Fall war die Art, in der er sich freute, zurückhaltender. Wann immer er bei ihr war, wurde er leise und zart. Jede seiner Berührungen fragte um Erlaubnis, und seine Küsse tasteten so langsam und weich, dass ihre Haut darunter flimmerte. Wenn sie miteinander schliefen, dauerte es lange, dann liebten sie jede

Angst aus ihren Körpern, bis ihr Vertrauen so tief drang, dass es ihre Seelen selbst im Schlaf noch bewachte.

Dann jedoch konnte Feyla die Anzeichen nicht länger geheim halten. Als ihr bei der Frühmahlzeit der kalkig schwefelige Geruch von gebratenen Eiern in die Nase stieg, erfasste sie eine Welle von Übelkeit. Würgend sprang sie auf, rannte aus dem Speisesaal und übergab sich auf der Latrine.

Bei der anschließenden Zusammenkunft im Schwimmbad erkannte sie aus den Augenwinkeln, wie Miljuna und Amerill sich anstießen und zu ihr herübersahen. Kurz darauf kam Cilinja und setzte sich zu ihr. »Meinst du, du bist schwanger?«

Feyla nickte. Plötzlich konnte sie ihr Lächeln nicht länger zurückhalten. »Ja, ich denke schon. Alle Anzeichen sprechen dafür.«

Miljuna brach in Gelächter aus. »Nun übertreib es nicht!«, rief sie von Weitem. »Nur weil du einmal kotzend auf der Latrine warst, heißt das noch lange nicht, dass du schwanger bist. Wahrscheinlich hast du nur was Falsches gegessen.«

Feylas Wut schäumte hoch. Doch sie wollte sich nichts anmerken lassen. Stattdessen bemühte sie sich um ein kaltes Lächeln. »Ich war nicht nur einmal auf der Latrine«, gab sie zurück. »Mir ist seit knapp zwei Monaten übel.«

Miljuna hob die Augenbrauen. Auch Amerills Grinsen rutschte von ihrem Gesicht.

In jenem Moment öffnete sich die Tür, und ihre Tanten kamen herein, lüfteten ihre Schleier und reichten den Mädchen ihre Tränke.

»Feyla braucht einen anderen Trank«, verkündete Miljuna.

Die Tränke! Winzige Schweißtröpfchen drängten sich auf Feylas Haut. Nur einmal hatte sie einen der Tränke genommen, ein paar Tage, bevor sie schwanger geworden war. Seither war sie unsicher, ob es richtig oder falsch war.

Alrana hielt in der Bewegung inne und schaute zu Feyla herüber. Ihre Miene wirkte undurchdringlich. »Oh ja«, bestätigte sie. »Von nun an musst du den Trank zur Stärkung deines Kindes nehmen.«

Brauchte sie das? Würde ihr Kind nicht auch so stark genug werden? Feyla fiel es schwer, ihrer Tante zu vertrauen. Und dennoch: Ihre Schwestern nahmen die Tränke seit Beginn ihrer Schwangerschaften, und allen Babys schien es prächtig zu gehen.

»Die Tränke sind gut«, erklärte Cilinja leise. »Sie schmecken abscheulich, aber ich hatte die ganze Schwangerschaft hindurch keine Probleme.« Damit legte sie die Hand auf ihren Kugelbauch. Lange würde es nicht mehr dauern. Feyla konnte bereits sehen, wie sich das Kind bewegte. Dorgens Kind. Alle ihre Schwestern würden Dorgens Kinder bekommen.

Ihre Übelkeit kochte auf und ließ sich nicht länger aufhalten. Feyla sprang auf die Füße, rannte aus dem Schwimmbad und schaffte es nur knapp zur Latrine.

Fünf Tage lang überlegte sie hin und her, wies die Tränke zurück und wusste nicht, was sie tun sollte. Sie versuchte, Nugia zu finden, um mit ihr darüber zu sprechen, was sie in die Tränke hineinmischte. Aber ihre Freundin war nirgendwo zu sehen. Wenn Feyla die anderen Sklavinnen fragte, hieß es, Nugia sei im Gemach ihres Vaters. Offensichtlich ließ er sie fast gar nicht mehr in Ruhe. Ob er sie für etwas bestrafte? Oder war es nur eine seiner Launen?

Dass es ihrer Freundin so schlecht ging, war weitaus schlimmer als Feylas Sorgen um die Tränke. Irgendwann hielt sie es nicht mehr aus. Sie musste Dorgen um Hilfe bitten. »Gibt es nicht eine Möglichkeit, wie du sie retten könntest?«, fragte sie ihn, als sie zusammen in seinem Turmzimmer waren. »Könntest du meinen Vater nicht darum bitten, sie in deinen Dienst zu stellen?«

Dorgens Miene veränderte sich. Eben noch hatte er zärtlich und zufrieden vor sich hingelächelt, jetzt verkniff sich sein

Mund zu einer schmalen Linie. »Ich kann deinen Vater um rein gar nichts bitten und erst recht nicht um die Sklavin, die mir dabei geholfen hat, einen seiner Steine zu stehlen.«

Feyla schnappte nach Luft. »Du meinst, er hat es bemerkt? Hast du ihn nicht zurückgelegt?«

Dorgen hob die Schultern. »Natürlich habe ich ihn zurückgelegt. Aber ich weiß nicht, ob Walerius etwas bemerkt hat. Ich würde nicht ausschließen, dass er es ahnt. In jedem Fall hat Nugia seine Schlüsselkette gestohlen. Allein das wird ihm ausreichen, um sie zu bestrafen.«

Also tatsächlich eine Strafe … Feyla schluckte. Am liebsten hätte sie Dorgen gebeten, ihre Freundin zu befreien. Aber Dorgen würde sich nur in Lebensgefahr bringen, wenn er es versuchte. Stattdessen hielt sie weiterhin Ausschau nach Nugia. Eine der Sklavinnen erzählte ihr, dass sie jeden Morgen in der Küche war, um bei der Zubereitung der Mahlzeiten zu helfen. Wenigstens dieser Gedanke beruhigte Feyla. Wenn Nugia morgens in der Küche war, bereitete sie in dieser Zeit vermutlich auch die Tränke zu.

Als Alrana am nächsten Morgen die Becher verteilte, nahm Feyla zum ersten Mal einen entgegen. Doch sie zögerte noch immer.

»An deiner Stelle hätte ich Angst.« Cilinja setzte sich neben sie. Auch sie hielt ihren Becher noch in der Hand, ohne daraus getrunken zu haben. »In den ersten drei Monaten ist die Schwangerschaft noch so unsicher. Ich war froh, dass ich die Tränke hatte, um etwas tun zu können, damit das Kind bleibt.« Sie strich über ihren Bauch. »Und ich denke, es hat ihm gutgetan.«

Feyla warf einen Blick zu Alrana, die gerade Miljuna und Amerill die letzten Tassen reichte.

»Du vertraust ihr nicht.« Cilinja senkte die Stimme. »Ist das der Grund?«

Feyla zuckte die Schultern. Dann nickte sie.

Cilinja nickte ebenfalls, ernst und verständnisvoll. »Wenn es um dich geht, dann vertraue ich ihr auch nicht. Aber sie hat mir versichert, dass wir die Tränke jederzeit tauschen könnten. Weil in allen das Gleiche ist.« Sie hielt Feyla ihren Becher hin. »Wollen wir tauschen?«

Feyla wurde heiß und kalt. Es war falsch, die Tränke anzunehmen. Und genauso falsch war es, sie nicht zu nehmen. Wenn sie die Medizin weiterhin verweigerte und dann ihr Kind verlor, würde sie sich für den kurzen Rest ihres Lebens Vorwürfe machen. Und wenn sie die Tränke nahm …

Vielleicht war es unmöglich, Alrana zu vertrauen, aber Cilinja? Cilinja war die ehrlichste und einfühlsamste ihrer Schwestern. Womöglich sogar die einzige, die ihre Freundin sein könnte. Niemals würde Cilinja ihr etwas Böses wollen.

»In Ordnung.« Feyla entschied sich schnell, nahm den Trank aus Cilinjas Hand und kippte ihn herunter.

Er schmeckte so bitter, dass sie sich schütteln musste.

***

DORGEN

Es war noch früher Morgen, als Dorgen seine Runden über den Reitplatz drehte. Die Blutsonne hing tief am Rand der Schlucht. Jeden Moment würde sie untergehen, doch ausgerechnet jetzt leuchtete ihr Blutlicht wie das letzte Aufbäumen eines sterbenden Lebens. Die Nachtwechselzeit neigte sich dem Ende zu. Danach fehlte nur noch die Nachtsonnenzeit, und sein erstes Ehejahr würde vorbei sein. War es das, was ihn so unruhig machte? Dorgen war sich nicht sicher. Was würde danach kommen? Die meisten Männer gingen nach dem ersten Jahr wieder einem Beruf nach. Aber er würde kein Schmied werden, diese Chance hatte er endgültig verpasst. Was würde er stattdessen tun? Dass er als Akademiker in die Politik eintrat, war unwahrscheinlich. Oder würde er für den Rest seines Lebens als Zuchthengst in diesem Palast dienen? Dorgen schüttelte den Kopf, um nicht länger darüber nachzudenken.

Gerade hatte er sein Pferd warmgeritten, hatte die Hindernisse höher gelegt, um seinen Hengst und sich noch mehr herauszufordern, als eine der Sklavinnen mit wedelnden Armen an der Umzäunung auftauchte: »Mein Herr!«, rief sie. »Mein Herr. Eure Frau …!«

Feyla!, war sein erster Gedanke. Mit scharfem Galopp hielt er auf die Sklavin zu und zügelte sein Pferd erst knapp vor dem Zaun. Nackte Angst spülte durch seine Eingeweide. »Was ist mit ihr?«

Die junge Sklavin zuckte zurück, duckte sich und wich seinem Blick aus. »Sie kommt nieder, mein Herr.«

Erst jetzt begriff er, dass nicht Feyla gemeint sein konnte. Auch wenn sie inzwischen schwanger war, war ihr Bauch noch nicht einmal gerundet. »Welche Frau?«, blaffte er.

Die Sklavin duckte sich noch tiefer. »Eure erste Frau, mein Herr. Miljuna.«

Seine *erste Frau*, seine äußerlich schönste und innerlich hässlichste Frau. Er spürte nicht das geringste Bedürfnis, seine Freude über die Geburt zu heucheln oder gar anwesend zu sein, wenn das Kind aus ihr herauskam. »Wie lange dauert es denn noch?«

Die Sklavin zuckte die Schultern. »Ich weiß es nicht genau, mein Herr. Die älteren Sklavinnen sagen, eine Geburt dauert lange.«

Wenn das so war … Er nickte der Sklavin zu, wies sie mit der Hand davon und trieb das Pferd zum Galopp. Er musste nicht dabei sein, wenn Miljunas Kind geboren wurde. Es hinterher einmal anzuschauen, reichte völlig. Stattdessen trieb er den Hengst auf die Hindernisse zu. Mit einem gewaltigen Satz sprang er über das erste, über das zweite. Die Kurve dahinter war eng, Dorgen musste sich zur Seite lehnen, um das Pferd in die scharfe Wendung zu lenken. Gleich darauf trieb er den Hengst wieder an, ließ ihn immer schneller voranjagen zwischen den Hindernissen. Er musste weiter, schneller, über die Grenzen des Möglichen hinaus. Der Hengst schlitterte in der nächsten Kurve, rutschte weg und fing sich wie durch ein Wunder. Eisiger Schreck sprang durch Dorgens Körper und machte ihm klar, was um ein Haar geschehen wäre: dass das Tier ihn unter sich begraben hätte, wenn es gestürzt wäre. Dennoch raste er auf das nächste Hindernis zu, sprang darüber, hielt Ausschau nach dem übernächsten.

Erst fünf Sprünge später galoppierte er zurück zum Stall, sprang ab und drückte die Zügel des Hengstes dem faruanischen Stallsklaven in die Hand. »Reite ihn trocken! Er darf nicht so plötzlich stillstehen!«

Seine Lust, Miljunas Geburt beizuwohnen, war noch immer so gering wie vorhin. Doch immerhin war das Kind zur Hälfte von ihm, vielleicht würde es nicht uninteressant sein, einen Blick darauf zu werfen.

Als er den Seitenflügel des Palastes erreichte, eilte er in Stiefeln den Gang entlang, an Feylas Zimmer vorbei und weiter in den Speisesaal. Oben auf der Galerie herrschte Tumult. Dorgen sprang die Wendeltreppe hinauf. Fast alle seine Frauen waren hier oben, gemeinsam mit ein paar Sklavinnen und seinen verschleierten Schwiegermüttern. Aus Miljunas Zimmer drangen Schreie. Es klang bestialisch und unmenschlich, langgezogen und rau, als würde sie jeden Moment sterben. Dennoch spürte er kein Mitleid. Das hatte sie nun von ihrem Hochmut, dem beißenden Spott und ihren Intrigen. Gemessen an ihrem dicken Bauch war es bestimmt ein großes Kind, das sich nur mit Mühe aus ihr herauswinden würde.

Dorgen hielt zwischen den anderen nach Feyla Ausschau.

Aber sie schien die einzige seiner Frauen zu sein, die nicht hier war.

Für einen Moment war er versucht, sich davonzuschleichen und nach ihr zu sehen. Wenn die Geburt so lange dauerte, konnte er ebensogut in Feylas Zimmer auf die Nachricht warten, und wenn er seine anderen Frauen ansah, war es wohl eine weise Entscheidung von Feyla, nicht hier zu sein. Cilinja war so bleich wie der große Mond. Schejma hielt sich erschrocken den Bauch, und Amerill saß mit starrem Blick in einem der Sessel. Um sie herum herrschte der größte Tumult. Ihre verschleierte Mutter tupfte ihre Stirn mit einem Tuch, und zwei Sklavinnen kühlten ihre Handgelenke.

Ja, wollte Dorgen am liebsten sagen, *hört es euch genau an. Ihr seid die Nächsten.*

Gleich darauf erschrak er vor seinen Gedanken. So sehr er die Gehässigkeit der Mädchen inzwischen verachtete – sie alle brachten seine Kinder zur Welt. Sollten ihn nicht wenigstens die Kinder interessieren? Etwas in seinem Inneren geriet in Aufruhr, nur ein vages Gefühl, dessen Ursprung sich nicht erklären ließ.

Er trat einen Schritt vor den Frauen zurück, lehnte sich gegen eine Wand und wartete.

Die Geburt schien wahrhaftig sehr lange zu dauern. Länger, als er es von Pferden kannte, länger, als es seine Frauen auf der Galerie aushielten, länger sogar, als die Sklavinnen bleiben konnten, ehe sie wieder an ihre Arbeit mussten. Miljuna schrie auch dann noch, als nur noch ihre Mutter und er vor ihrem Zimmer standen. Dann verschwand auch Alrana in das Gemach ihrer Tochter, als könnte sie bei der Geburt helfen.

Ob sie dem Kind einen Strick um die Ärmchen banden und es herauszogen? Wie man es mit Fohlen machte, die im Geburtskanal feststeckten? Plötzlich war er froh, es nicht sehen zu müssen.

Wieder spielte er mit dem Gedanken, zu Feyla zu gehen und

ihren Bauch zu streicheln, bis Miljunas Kind endlich geboren war. Doch etwas hielt ihn hier fest. Dieses vage Gefühl. Was genau könnte es sein? Verantwortung? Weil es seine Kinder waren? Schuldgefühle? Weil er sich nicht angemessen auf seinen Nachwuchs freute?

Feyla war noch immer nicht vor dem Geburtszimmer aufgetaucht. Ob sie es noch gar nicht mitbekommen hatte? Seit er sich am Morgen aus dem Bett geschlichen hatte, hatte er sie nicht mehr gesehen. War sie vielleicht nach ihm in den Pferdestall gegangen und ausgeritten?

Er hatte ihr oft gesagt, dass es besser für sie wäre, nicht mehr zu reiten. Aber sie hörte nicht auf ihn. Sie meinte, im Schritt zu reiten, wäre sicher nicht gefährlich und würde das Kindchen allerhöchstens ein bisschen schaukeln. Dorgen fürchtete dennoch um sie. Dieses Kind war ihre letzte Chance. Es musste gesund und kräftig wachsen, um möglichst bald sichtbar zu werden.

Das Quietschen der Tür riss ihn aus den Gedanken. Hastig fuhr er auf. Nugia trat aus dem Geburtszimmer und wischte sich die Hände an einem Handtuch ab. »Es ist ein Junge«, erklärte sie. »Ihr könnt ihn Euch ansehen, mein Herr.«

Dorgen starrte die Sklavin an. Seit sie ihm den Schlüssel gegeben hatte, hatte er Nugia nicht mehr gesehen. Die blauen und grünen Flecken in ihrem Gesicht sahen schlimmer aus als beim letzten Mal, als wären noch viele weitere dazugekommen. Abgesehen davon waren beide Augen angeschwollen, und vermutlich konnte sie nur aus ihrem rechten noch ausreichend sehen.

Hastig senkte sie den Kopf. »Schaut mich nicht so an.« Sie wich vor ihm zurück, warf einen Blick ins Geburtszimmer und wandte sich dann zur Treppe. »Das Kind ist geboren. Ihr braucht keine Hebamme mehr. Ich muss jetzt gehen.« Damit eilte sie davon.

Dorgen starrte ihr nach. Warum hatte er ihr nicht gesagt, dass

Feyla sich Sorgen um sie machte? Dass sie überall nach ihr gesucht hatte?

Als die Sklavin auf der Wendeltreppe verschwunden war, drehte er sich um und trat in Miljunas Zimmer. Seine erste Frau lag in ihrem Bett. In einer zerzausten Wolke fielen ihre schwarzen Haare über das Kissen. Aus dunklen, misstrauischen Augen sah sie ihm entgegen.

Seit ihrem Streit war er nicht mehr in ihrem Zimmer gewesen. Nicht einmal beim Essen hatte er Miljuna in die Augen gesehen. Aber heute lag zum ersten Mal etwas anderes in ihrem Gesicht als hochnäsiger, verletzter Stolz. Etwas in ihrem Blick wirkte gebrochen. Als hätte ihr Streit tatsächlich etwas in ihr zerstört. Aber was genau war es? Ihre Liebe? Ihr Vertrauen? Ihre Hoffnung auf eine gute Ehe?

Sie selbst hatte das Werk der Zerstörung begonnen. Erwartete sie nun von ihm, dass er Reue zeigte? In dem Fall konnte sie lange warten. Langsam trat Dorgen an ihr Bett, riss sich von ihrem Anblick los und schaute auf das Kind. Der Kleine lag auf ihrer Brust und schlief, ruhig und zufrieden.

»Möchtest du ihn halten?« Miljunas Stimme zitterte.

Dorgen wusste nicht, ob er etwas so Kleines anfassen konnte, ohne es kaputt zu machen. Doch Miljuna löste den Säugling von ihrer Brust und hielt ihm das Bündel entgegen. Dorgen musste es nehmen, damit es nicht den Halt verlor. Behutsam hob er den Jungen an, bettete ihn in seine Armbeuge und schaute auf sein Gesicht.

Der Kleine schlief noch immer. Seine Haare waren schwarz und bildeten einen dichten, verstrubbelten Schopf, in dem noch die Feuchtigkeit klebte. Seine Nase war winzig, seine Lippen bewegten sich im Schlaf. Die Faust des Kleinen lag zusammengeballt auf seiner Brust. Dorgen berührte die winzigen Finger, streichelte darüber, bis die Faust sich öffnete. Seine Finger waren riesig im Vergleich. Er legte den Daumen auf die Handfläche des

Babys, um den Unterschied zu bestaunen. Urplötzlich schnappte die Babyhand zu und klammerte sich um seinen Finger.

Dorgen musste lachen. Er starrte auf seinen Daumen, wie er gefangen lag inmitten der Babyhand, und wusste mit einem Mal, dass dieses Kind nicht nur seine Finger, sondern auch sein Herz gefangen genommen hatte. Einfach so. Weil es klein und unschuldig in seinen Armen lag, weil es das Böse in der Welt noch nicht kannte und weil er der einzige Mensch in ganz Ruann war, der dafür sorgen musste, dass das Böse seine Kinder niemals erreichte.

Aber es lag nicht in seiner Macht! Er war kein Herrscher und kein Politiker, nicht einmal mehr ein befehlshabender Kommandeur. Er war nur ein Schwiegersohn, der die Rolle eines Zeugungssklaven spielte. Und genauso hilflos, wie er um seine Freiheit trauerte, genauso hilflos würde er zusehen müssen, wie die Seele seines Kindes zerstört wurde. Der kleine Junge in seinen Armen bekam drei Jahre mit seiner Mutter, danach noch vier Jahre, in denen er ihn mit Glück selbst erziehen durfte, und dann …

Dann würde er in die Akademie kommen und entweder der Politik Sapions dienen – oder als Akademieversager an die Front getrieben werden.

Die blassen Erinnerungen an seinen Vater stiegen empor, und mit ihnen die Erkenntnis, dass er selbst derjenige sein würde, der das Böse in die Welt seines Kindes trug. Wenn sein Sohn die Chance auf eine Politikerkarriere haben sollte, musste er die Erziehung seinem Schwiegervater überlassen. Wenn er darauf bestand, sie selbst zu übernehmen, würde der Junge als Kriegsfutter enden. Etwas Heißes drängte sich in seine Augen, mächtig und stark, unerklärbar und fremd.

Wie sollte er ein Vater sein, wenn die Zukunft seines Kindes längst tot war? Wenn das Beste, was sein Sohn erwarten konnte, ein Leben war, das so verraten und aussichtslos werden würde wie sein eigenes?

Dorgen kämpfte gegen die Tränen. Keinesfalls durfte er vor Miljuna die Fassung verlieren. Hastig beugte er sich vor, gab ihr das Kind und wich zurück.

»Mein Herr!« Plötzlich stürmte eine Sklavin in den Raum. Es war die gleiche, die ihn vom Reitplatz geholt hatte. »Eure Frau …«

Dorgen wollte sie anherrschen und ihr erklären, dass er fünf Frauen hatte, die allesamt einen Namen besaßen. Doch das Wort, das aus seinem Mund kam, war nur ein Krächzen: »Welche?«

»Feyla, mein Herr!« Die Sklavin sah verstört aus. »Sie liegt in ihrem Blut!«

Dorgens Wahrnehmung machte einen Sprung, bekam nicht mit, wie er das Zimmer verließ und nach unten rannte. Er wollte nur zu Feyla, bevor es zu spät war. Erst im Speisesaal wurde ihm klar, dass er nicht wusste, wo sie war, dass er nicht einmal mehr wusste, wo die Sklavin war. »Wo?«, rief er. »Wo ist sie?«

Die Sklavin kam hilflos hinter ihm her. »In eurem Zimmer, Herr, in eurem Bett. Ich wollte nur die Decken aufschütteln.«

Dorgen stürmte durch den Gang, der zu seinen Gemächern führte. Mit großen Sätzen sprang er die Wendeltreppe hinauf und stolperte in das Turmzimmer.

Feyla lag auf seinem Bett, inmitten von Kissen und Decken, so wie er sie am Morgen verlassen hatte. Doch jetzt war das Blut überall.

»Feyla!« Dorgen stürzte zu ihr, fiel neben ihr auf die Knie. Seine Hände suchten ihr Gesicht, mussten ihre Locken zur Seite streichen. »Was ist mit dir? Bitte nicht! Bleib bei mir!« Die Worte sprudelten aus seinem Mund, mussten übertönen, was er befürchtete. Seine Finger fanden ihren Mund, ihre Nase, ihre geschlossenen Augen, den Schweiß auf ihrer Stirn.

Sie atmete!

»Feyla!« Er strich die Haare an ihren Schläfen zur Seite, küsste ihre Wange, ihre Augen. »Was ist passiert? Rede mit mir!«

Feyla blinzelte. Tränen klebten in ihren Wimpern, das Weiß ihrer Augen war rot geweint. »Das Baby«, flüsterte sie.

Erst jetzt fiel ihm auf, wie sie dalag und die Bettdecke zwischen ihre Beine presste. Der Bezug war von Blut durchnässt.

»Es soll drinbleiben!«, flüsterte sie. »Es darf nicht gehen. Wir müssen es behalten.«

Dorgen begriff schlagartig. Das Blut stammte nicht aus einer Wunde. Feyla blutete zwischen ihren Beinen, genau dort, wo sie im Begriff war, ihr Kind zu verlieren. Ihr gemeinsames Kind, ihr großes Glück und Feylas letzte Chance zu überleben.

Feyla zog die Decke noch enger zwischen ihre Beine, als könne sie das Kind auf diese Weise festhalten. Im nächsten Moment krümmte sie sich zusammen, zog die Beine an ihren Bauch und öffnete den Mund. Es sah aus, als würde sie schreien und den Schmerz herausbrüllen. Einzig ihre Kehle blieb stumm.

Ein Fußscharren ließ Dorgen herumfahren. Die Sklavin war ihm gefolgt und stand hinter ihm. Plötzlich konnte er die Wut nicht länger beherrschen. »Geh!«, rief er. »Siehst du nicht, dass wir allein sein wollen?«

Die Sklavin zuckte zusammen, senkte den Kopf und huschte davon.

Es war falsch, seine Wut an ihr auszulassen. Aber der Gedanke zog nur kurz durch seinen Kopf. Gleich darauf brach die Welt über ihm zusammen. Er rollte sich zu Feyla, zog sie in die Arme und scherte sich weder um den Schmutz an seinen Reitstiefeln noch um das Blut auf ihrer Bettdecke. »Ich werde dich nicht verstoßen«, flüsterte er. »Ich werde dich nicht verstoßen. Und wenn er mich dafür umbringt!«

24. Kapitel

Bergland von Pamal

TAILIN

Leymon redete nicht mehr mit ihm. Wie am Anfang ihrer Hinreise saß er auf Chaveens Rücken und ließ Tailin zu Fuß neben sich herlaufen. Nicht einmal sein Blick verirrte sich in Tailins Richtung, und selbst die Pausen verliefen schweigend. In manchen Momenten hätte Tailin ihn am liebsten zur Rede gestellt, und dann wieder fürchtete er sich vor der Antwort. Zugleich spürte er, wie seine Fähigkeiten immer stärker wurden. Allzu leicht könnte er sich mit Leymon verbinden, könnte seine Wahrnehmung auf ihn einengen und erfahren, was in ihm vorging. Doch Tailin wagte es nicht. Er wollte die Verachtung, die Leymon ihm entgegenbrachte, nicht noch deutlicher spüren.

Es vergingen drei Tage, in denen sie kein Wort verloren. Sie redeten weder über den Weg, den sie gingen, noch über die nötigen Arbeiten, die sie verrichteten. Dass sie während ihrer Wanderung permanent nach Feuerholz suchen mussten, erklärte sich von allein. Seit sie den Tempel verlassen hatten, waren sie durch den Schnee gewandert, und die Nächte waren so kalt, dass Tailin allein beim Gedanken daran zitterte. Obwohl Sapia bereits nach der Hälfte der Nacht aufging, war die Luft eisig, und die Nächte ließen sich nur mit einem großen Lagerfeuer überstehen.

Bäume hingegen waren selten im nördlichen Pamal. Wenn überhaupt, dann fanden sie sich in den niedrigeren Tälern. Aber hier oben bestand die Landschaft aus schroffen Felsen, steilen Abhängen und Eis. Nur manchmal drückte sich ein spärlicher Strauch an die Felsen, dessen Zweige sie abbrachen und seitlich an Chaveens Satteltaschen banden.

Doch was sie heute an Holz gefunden hatten, reichte nur mit Sparsamkeit für die ganze Nacht. Als sie ihr Nachtlager aufschlugen, suchten sie die Umgebung noch einmal großräumig ab. Aber auch hier war nichts zu finden.

Mit wütenden Bewegungen löste Leymon schließlich das Feuerholz von den Satteltaschen, brach die längeren Stöcke entzwei und warf sie zu Boden. Im Laufe des Tages war er immer zorniger geworden. Um das zu spüren, hätte Tailin keine besonderen Fähigkeiten gebraucht. Dennoch hielt der Pameli eisern an seinem Schweigen fest.

Auch Chaveen wirkte unruhig. In geduckter Haltung schlich sie um ihren Lagerplatz, schlug den Schwanz hin und her und legte die Ohren an. Dabei schien sie nicht zu wissen, auf welches Ziel sie ihren Angriff richten sollte. Ihr Blick huschte unstet umher, reagierte auf jedes Knacken und schweifte dann wieder durch das Tal, als würde sie nach Beute suchen.

Tailin wagte es kaum, sich zu rühren. Starr stand er neben dem Lagerplatz und ließ die Katze nicht aus den Augen. »Was ist mit ihr?«

Leymons Ohren zuckten. Dennoch wandte er Tailin den Rücken zu und stapelte das Feuerholz zu einer Pyramide.

Tailin hatte genug. »Ich weiß, dass du nicht mehr mit mir redest. Trotzdem würde ich gerne wissen, ob sie vorhat, mich umzubringen.«

Langsam drehte Leymon sich um, schaute ihn kurz an und sah dann zu seiner Katze. »Nein«, erklärte er knapp. »Sie wird dich nicht töten. Keine Sorge.«

»Was hat sie dann? Hat sie Hunger? Spürt sie eine Bedrohung?«

Leymon antwortete nicht. Als wäre damit alles gesagt, schob er den Zunder unter das Holz und schlug die Feuersteine aneinander.

Tailins Wut ließ sich nicht länger zurückhalten. »Ich habe schon verstanden«, rief er. »Ich habe mitbekommen, dass du mich für ein widerwärtiges Stummelweib hältst. Für eine verachtenswerte Kreatur, vor der du dich ekelst!«

Leymon wirbelte herum. Kalte Empörung blitzte in seinen Augen. »Das ist Unsinn!«, entfuhr es ihm. »Warum sollte ich mich vor dir ekeln?«

Tailin hielt den Atem an. Da war noch mehr im Gesicht des anderen. Er müsste nur in Leymons Augen eintauchen, und alle Antworten lägen vor ihm.

Mit einem Ruck wandte der Pamuschkrieger sich ab, hockte sich hin und schlug die Feuersteine umso heftiger aneinander.

»Was ist es dann?« Tailin konnte nicht lockerlassen. »Warum bist du so wütend?«

Ein Funke stob aus den Feuersteinen, sprang auf den Zunder und glühte darin auf. Leymon beugte sich vor, um in die Glut zu pusten. Kurz darauf schlugen die ersten Flammen hoch.

Der Pameli blieb vor dem Feuer hocken. »Für jemanden, der in die Seelen anderer vordringen kann, hast du erstaunlich wenig verstanden«, murmelte er, so leise, dass Tailin die Ohren spitzen musste. Kurz darauf lachte er auf. Ein zynischer Unterton zischte aus seiner Stimme: »Sie müssen sich geirrt haben. Sie hätten dich noch einmal prüfen sollen. Es kann nicht sein, dass der große Gott des Seelenheilens in dir steckt und du die einfachsten zwischenmenschlichen Dinge nicht verstehst.«

Die Worte wirbelten durch Tailins Gedanken, sprachen auf zwei Ebenen gleichzeitig, bis er nicht mehr wusste, ob er auf die Beleidigung reagieren oder lieber auf das hören sollte, was zwischen den Zeilen lag.

Leymon stand auf und drehte sich zu ihm. »Du weißt, was sie

mit dir tun würde.« Er deutete auf Chaveen. »Dass sie dich zerreißen und die besten Teile von dir fressen würde, nur um den Rest vor meine Füße zu werfen. Damit ich es niemals vergesse!«

Bilder zuckten vor Tailins Augen, blutige Fleischklumpen im Schnee, ein zerrissener Arm … das tote Gesicht eines Jungen. Dann ein kreischender Schrei.

Tailin wich zurück, fiel zu Boden und presste die Hände gegen die Schläfen. Das Bild verschwand, doch das Gefühl blieb. Tödlicher Schmerz riss durch seine Brust, riss die Liebe aus seinem Herzen und ersetzte sie durch etwas anderes, schwarz und nagend.

Es war nicht sein Herz, nicht sein Gefühl, und dennoch zu nah, um es wegzuschieben.

Leymon! Es war seine Erinnerung.

Die Erkenntnis brachte Tailin zurück. Er kniete auf dem Boden, jemand hockte vor ihm.

»Du kannst es also doch.« Die Muskeln an Leymons Wangen zuckten. Trotz der Kälte glänzte Schweiß auf seiner Stirn.

Tailin spürte, wie der Boden unter ihm schwankte, wie etwas an ihm zog. Er sah Leymon in die Augen, wollte sich an ihm festhalten und wurde sogleich davongerissen. Vor ihm lag der Speisesaal des Tempels. Unzählige Stimmen raunten, Geschirr klapperte, Männer lachten. Aber etwas war anders. Die Perspektive. Sein Körper fühlte sich schwach an, musste sich an die Höhlenwand lehnen, um nicht zu fallen. Wie beiläufig streifte sein Blick die Männer am Tisch, suchte nach jemandem, ohne zu wissen, nach wem. Bis er ihn fand: den einen Menschen, der sich von allen anderen unterschied, der nicht nur größer und kräftiger war als alle Priester am Tisch, sondern auch wahrhaftiger und reiner als alle Menschen, die er kannte. Unter Tausenden würde er Tailin suchen und finden, würde ihn begleiten und schützen und sich für ihn aufgeben, wenn es sein musste.

Das Bild zuckte erneut, saugte ihn ganz ein, bis er vergaß,

wie er hierhergekommen war. Er wollte sich von der Felswand lösen und zu dem anderen an den Tisch gehen. Doch sein Körper gehorchte nicht. Leymon konnte den schönen Krieger nur ansehen – bis sich ihre Blicke trafen. Tailins Augen waren dunkel wie das Wasser der Prüfungshöhle, sein Gesicht noch bleich von den Schreckensbildern. Die Glut der Kerzenleuchter fing sich in seinen rotschwarzen Haaren.

Über fünf Monate waren sie gemeinsam gewandert, die längste und schönste Zeit, die Leymon je an der Seite eines anderen verbracht hatte. Und gleichzeitig eine so harte Probe, als wäre sie zur Strafe von den Göttern gesandt worden. Aber Tailin vertraute ihm. Trotz allem. Wie sehr, hatte er vorhin bewiesen.

Die Prüfung hatte sie auseinandergerissen und gleichzeitig zusammengefügt. Tailin war weit fort gewesen und dennoch bei ihm geblieben. Von allen Priestern im Raum, die darauf gehofft hatten, die Bilder des Prüflings zu empfangen, hatte Tailin sich ausgerechnet an Leymon gebunden. Allein mit ihm hatte er das schlimmste Grauen geteilt.

Leymons ganze Kontrolle, alle Vernunft und jede Beherrschung, die er so mühsam aufgebaut hatte, waren mit Beginn der Prüfung zusammengebrochen. Die Magie des anderen hatte ihn an sich gerissen und verschlungen. Mit letzter Kraft hatte er es geschafft, Chaveen anzuketten, um ihre Eifersucht zu zähmen. Dann war er eins geworden mit dem anderen, war ihm in die schwärzesten Erinnerungen gefolgt und hatte das schlimmste Grauen aufgenommen, damit Tailin niemals davon erfuhr. Um jeden Preis musste er ihn schützen, nicht nur seinen Körper, sondern auch seine Seele, ganz egal, was es kostete! Es war seine Aufgabe, und dennoch ging es weit darüber hinaus.

Leymon begann zu zittern, während er an der Felswand im Speisesaal lehnte. Sein Inneres rebellierte vor Schmerz. Das Ende der Prüfung hatte Tailin aus ihm herausgerissen und eine schwärende Wunde hinterlassen. Jetzt wollte er wieder zu ihm, wollte ihre Körper und Seelen erneut verbinden, auch wenn die Schwäche ihn zwingen würde, auf allen vieren durch den Saal zu kriechen.

Nur das Knurren der Katze rief seine Vernunft zurück. Er durfte nicht zu Tailin. Nicht jetzt. Nicht später. Niemals. Der Schmerz ließ ihn aufkeuchen. Seine Hände krallten sich in den Felsen.

Tailin saß nicht allein am Tisch. Neben ihm saß einer der Priester, die ihn vorhin aus der Prüfungshöhle begleitet hatten: Zenju. Leymon kannte seinen Namen, ebenso wie die Hoffnungen, die Salmi in den jungen, begabten Priester setzte. Dass er nun mit Tailin flüsterte, versetzte ihm einem Stich. Ganz kurz hoffte er, es möge nichts bedeuten. Bis Zenju seine Hand an Tailins Wange legte, bis die beiden sich ansahen und küssten. Nackter Schrecken fuhr durch Leymons Glieder. Er wollte nicht glauben, was er sah. Aber es war eindeutig. In wilder Gier fielen die Männer übereinander her. Was er nicht durfte, bekam ein anderer. Einfach so. Austauschbar.

Das Bild zerbrach, schleuderte Tailin zurück in seinen Körper. Rasender Schmerz zerfetzte seinen Brustkorb und weckte das Bedürfnis, sich zu rächen.

Es war nicht sein Schmerz. Nicht seine Rache. Feindselig starrte Leymon ihn an. »Ich kann dir den schönen Zenju nicht verbieten«, raunte er. »Ich kann dir überhaupt nichts verbieten. Und wenn du vorhast, dir jeden Jüngling zu greifen, der deine Neigungen teilt, dann ist das deine Sache. Aber *vor* meinen Augen?« Sein Gesicht verzerrte sich. »Direkt vor meinen Augen?« Leymon sprang auf und starrte von oben auf ihn herab. »Nur weil ich nicht darf, heißt das nicht, dass ich nichts fühle!«

Tailin sprang ihm nach. »Es tut mir leid«, rief er. »Ich hatte mich nicht unter Kontrolle. Die Drogen haben mir die Sinne geraubt. Das mit Zenju, das war …«

Das Knurren der Katze durchbrach seine Worte. Sie war direkt hinter Leymon, hatte sich von der Seite angeschlichen und duckte sich zum Sprung. Leymon wirbelte herum und stellte sich ihr entgegen. Chaveens Ohren legten sich flach nach hinten, ihre Lefzen hoben sich an und zeigten die gewaltigen Fangzähne. Leymon reagierte schnell, zog das Schwert aus seinem Gürtel und reckte es ihr entgegen. Die Pamusch spuckte und fauchte, duckte sich noch tiefer. Leymon trat auf sie zu und hob das Schwert.

»Was tust du?«, schrie Tailin.

Die Pamusch wich in geduckter Haltung zurück. Schwer atmend blieb Leymon über ihr stehen, das Schwert noch immer erhoben. »Ich beschütze dich! Auch wenn ich sie dafür enthaupten muss!«

Tailin durfte das nicht zulassen. »Wenn du sie tötest, stirbst du auch.«

Leymon lachte verzweifelt, mit einem Anflug von Wahnsinn darin. »Ach was! Vielleicht ist das ja mein Schicksal … dass ich dich mit meinem Leben vor mir selbst beschütze. Vielleicht war es das, was Zenju gesehen hat, als er mit dir im Bett war. Vielleicht ist das der Grund, warum sie ausgerechnet mich mit dir losgeschickt haben. Verdient hätte ich es!«

Leymon meinte es ernst. Tailin hörte die Todessehnsucht in seiner Stimme, spürte die Schwärze, die durch sein Herz zog. Sie waren miteinander verbunden! Das tote Gesicht eines Jungen … Zerrissene Gliedmaßen im Schnee. Nagende Schuld fraß sich durch seine Seele.

Tailin musste ihn heilen. Wenn es möglich war, ihn zu heilen … Ohne darüber nachzudenken, stand er auf, wagte sich an Leymons Seite und schaute zusammen mit ihm auf die Katze herab.

Pamusch und Reiter waren eins, teilten sich eine Seele in zwei Körpern. Unumwunden sah Tailin der Katze in die Augen.

Verwirrung schlug ihm entgegen, ein wütendes Chaos aus Zärtlichkeit und Gier, Eifersucht und Zorn, Zuneigung und Angst. Er musste das Chaos schlichten, musste ihr zeigen, dass Leymons Zorn nicht ihr galt, sondern sich selbst. Und dass sie von Tailin nichts zu befürchten hatte.

Die Pamusch duckte sich unter seinem Blick, schob sich mit den Pfoten rückwärts. Als sie aus der Reichweite des Schwertes war, sprang sie auf, sträubte Schwanz und Rückenfell und rannte davon.

***

Sie hatten längst gegessen und die Schlaffelle um das Feuer verteilt, als die Pamusch zurückkehrte. Als wäre nichts gewesen, umrundete sie ihr Lager einmal von Weitem, kam dann näher und rollte sich hinter Leymon zusammen.

Dennoch blieb der Pamuschkrieger wachsam. Während Tailin sich auf der anderen Seite des Feuers unter den Fellen verkroch und so müde war, dass er jeden Moment einschlafen würde, starrte Leymon mit offenen Augen vor sich hin. Normalerweise wäre er kurz nach der Pamusch eingeschlafen. Doch heute schien er es nicht einmal zu versuchen.

»Warum schläfst du nicht?«, fragte Tailin, obwohl er die Antwort ahnte.

Leymon lächelte bitter. »Weil ich nicht aufwachen und deine Einzelteile im Schnee finden möchte.«

Wieder sah Tailin das Bild von dem Jungen vor sich. Sie mussten darüber reden, mussten die Wunde aufreißen, damit sie heilen konnte. »Wie war sein Name?«

Beinahe erwartete er, dass Leymon ihm ausweichen würde. Aber der Pameli hielt seinem Blick stand. Die Spiegelung des Feuers flackerte in seinen Augen. »Er hieß Manu.«

»Erzähl mir von ihm.«

Leymon blinzelte. Kurz zögerte er, fing dann aber an. »Wir kannten uns schon, bevor Chaveen zu mir kam. Wir sind zur gleichen Zeit geboren und im gleichen Dorf aufgewachsen. Am Anfang waren wir nur Freunde, Spielkameraden. Aber dann … Als wir älter wurden … Kurz bevor Chaveen zu mir kam, ist mir aufgefallen, dass sich etwas zwischen uns verändert hat. Wenn wir uns im Spiel gebalgt haben, wurden unsere Bisse tiefer. Und das Blut …« Er stockte, räusperte sich und schaute nach unten. »Wir haben gemeinsam entdeckt, wie es sich anfühlt.« Seine Stimme wurde rau. »Damals dachte ich noch, dass wir Priester werden könnten, im Tempel von Gamon. Ich hatte das Talent. Und Manu auch. Immer wieder sahen wir die Zukunft, vor allem, wenn wir zusammen waren, unerklärliche Bilder. Aber dann …« Er duckte sich tiefer in das Fell seiner Katze. »Dann kam sie.«

Tailin spürte den schwarzen Fleck in Leymons Seele, seine Narbe, die niemals richtig verheilt war. »Wie ging es weiter?«

Leymon schien mit sich zu ringen. Gleich darauf verzogen sich seine Mundwinkel zu einer Grimasse, seine Eckzähne blitzten im Licht des Feuers. »Ich kann das nicht. Gib Ruhe, Tailin. Mach die Augen zu und schlaf. Ich passe auf.«

Tailins Herzschlag raste. Leymon musste es erzählen. Es war der einzige Weg, um seine Seele zu heilen. Dennoch konnte er nicht darauf bestehen. Nicht jetzt. Nicht nach allem, was Leymon ihm eben erst gestanden hatte. Stattdessen schloss er die Augen und versuchte einzuschlafen.

Es gelang nicht. Sein Herz pochte zu laut, und die Kälte des Schnees drängte sich durch seine Felle. In den letzten Nächten hatte er näher bei Leymon und Chaveen gelegen, auf der gleichen Seite des Feuers, um die Wärme der anderen in seinem Rücken zu haben.

»Leymon?« Tailin sprach leise. »Ich erfriere hier hinten. Denkst du, ich kann auf eure Seite kommen?«

Leymons Nasenflügel dehnten sich, seine Ohren zuckten.

Tailin konnte das Zittern nicht länger unterdrücken. Seine Zähne schlugen aufeinander. »Ich würde ungerne erfrieren.«

Leymon schloss die Augen und schien um Fassung zu ringen. »Du bist ein Gott, murmelte er. »Du stirbst nicht so schnell.« Kurz zögerte er. Dann klopfte er auf den Platz zwischen sich und dem Feuer.

Tailin atmete auf, sammelte seine Felle ein und legte sie zwischen Leymon und das Feuer, wo der Schnee inzwischen geschmolzen war. Als er sich zusammenrollte, wusste er nicht, welche Seite ihm brenzliger erschien. Er wandte sich zum Feuer, um Leymon nicht länger anzusehen, doch der Atem des Pamuschkriegers klang wach. Immer wieder schien Leymon die Luft anzuhalten, als würde er auf die Katze lauschen und nur dann atmen, wenn es nicht mehr anders ging.

Ein tiefes Grollen ließ Tailin zusammenzucken. Er rollte sich herum, um der Gefahr entgegenzusehen. Die Pamuschkatze streckte sich hinter Leymon. Ihre Augen waren noch immer geschlossen, während sie ihre Tatzen in die Luft streckte und sie langsam sinken ließ. Eine der Pfoten kam auf Tailin zu, legte sich über ihn und schlang sich um seinen Rücken wie in einer Umarmung. Tailin erstarrte, schaute in Leymons Augen und erkannte die Furcht darin. Allein die Katze schnurrte im Halbschlaf, ein tiefes, gurrendes Geräusch, unter dem sie sich räkelte und Tailin näher zog.

Kurz versuchte er, dem Druck standzuhalten, gab dann aber nach, um die Katze nicht zu wecken. Immer wieder rollte sie ihn herum, bis sich sein Rücken an Leymon presste. Dann wurde sie still. Ihr Schnurren verstummte, ihre Pfote sank immer schwerer über ihn, bis er sich kaum noch rühren konnte. Leymon stieß die Luft aus, leise und dennoch überlaut an Tailins Ohr.

Die Felle um sie herum waren zerwühlt. Nur einen Teil von Tailins Decken hatte die Katze mit sich gezerrt. Schnee und

Kälte drangen darunter und brachten ihn wieder zum Zittern. Seine Hose weichte durch in der Nässe und ließ seine Beine taub werden.

»So kannst du nicht bleiben«, flüsterte Leymon. »Komm her!« Er lüftete die Decke und zog Tailin an sich.

Die Wärme des anderen umfing ihn. Nur seine Hose war noch immer nass.

Wie zufällig strich Leymons Hand darüber. »Wenn du sie anlässt, friert sie ein. Dann hast du morgen keine Beine mehr.«

Er hatte recht. Tailin schnürte sie los, bemühte sich, sie auszuziehen, ohne seine Lage unter der Katzenpfote zu verändern.

Leymon musste ihm helfen. Gemeinsam zerrten sie die Hose tiefer, Stück für Stück, bis sie sich am Fußende aus ihrem Lager schieben ließ. Erst dann lagen sie still. Die Pfote der Katze umarmte sie über dem Fell, Leymons Arm lag unter dem Fell. Leicht berührte er Tailins Hüfte, zuckte und suchte einen anderen Platz. Es war vergeblich in der Enge.

»Maluna, steh mir bei«, hauchte Leymon und ließ seinen Arm sinken, bis er Tailin umarmte. Nur seine Hand suchte nach Halt, verirrte sich unter sein Hemd.

Tailin schloss die Augen. Fast erwartete er, dass Leymon zurückzucken würde. Doch seine Hand blieb. Warm und weich lag sie auf seinem Bauch. Zitternder Atem strich durch seinen Nacken, in voller Länge presste sich die Fellhose des Pamuschkriegers gegen seine Beine.

Tailin wollte verhindern, dass sein Körper reagierte. Aber Leymons Atem kam näher, sein Mund berührte seinen Nacken, seine Finger malten Kreise auf seinen Bauch. »Sag mir, dass ich aufhören soll. Sie wird dich umbringen.«

Tailin öffnete den Mund. Doch was herauskam, war etwas anderes. »Mach weiter!«

Leymon stöhnte auf. Seine Lippen öffneten sich. Tailin spürte die Zähne auf seiner Haut, wartete auf den Schmerz und den

Rausch, wünschte es sich und wusste zugleich, dass es sein Ende wäre.

Die Zähne verschwanden. Nur die Lippen liebkosten seine Haut, wanderten von seinem Nacken auf seine Schultern, wieder zurück an sein Ohr. »Wenn du wüsstest, wie sehr ich dich will.«

Die Worte entfachten ein Feuer. »Ich weiß es«, flüsterte er. »Ich habe es vorhin gesehen. Alles.« Auch jetzt müsste er nur seine Sinne ausweiten, um mit Leymon eins zu werden. Doch es war zu gefährlich. Stattdessen fühlte er die Wölbung in seinem Rücken, spürte die Hand des anderen, wie sie ihn suchte und fand.

Ganz leise drängten sie sich aneinander, bewegten sich langsam, um die Katze nicht zu wecken. Leymon schob die zweite Hand auf Tailins Mund, presste das Gesicht an seine Schulter, um jeden Laut zu ersticken. Doch ihre Gier war schnell, brauchte nur kurz, ehe es vorbei war.

Umso heftiger folgte die Reue. Leymons Körper begann zu zittern. »Sie wird uns durchschauen, sie wird es riechen. Sobald sie aufwacht, bist du tot.«

Tailin wollte es nicht hören, wollte nicht daran glauben.

»Ich werde es nicht zulassen.« Leymons Tränen benetzten seine Haut. »Ich werde dich bewachen. Ich werde sie töten, bevor sie dich tötet.«

»Nein.« Tailin wollte sich herumwerfen und Leymon festhalten. Aber es gab keinen Ausweg. Einer von ihnen würde die Nacht nicht überleben.

»Schlaf!« Leymon küsste seinen Nacken. »Schlaf ein und lass mich mit ihr allein. Bitte. Ich möchte nicht, dass du dabei bist.«

Tailin wollte widersprechen. Es war unmöglich, während so einer Bedrohung einzuschlafen. Stattdessen lag er still und wartete, spürte Leymons Körper an seinem Rücken, die warme Hand auf seinem Bauch. Es war der letzte und einzige Moment, den sie haben würden. Ganz sicher würde er ihn nicht verschlafen.

Wann ihn die Dunkelheit dennoch anzog, bemerkte er nicht. Es war noch bevor Sapia ihr Licht über den Berg schob.

Tailin schreckte auf. Er war eingeschlafen. Eisige Kälte sickerte unter die Felle, gleißendes, rötlich gefärbtes Licht reflektierte auf dem Schnee und stach in seine Augen. Beide Sonnen waren längst aufgegangen. Es musste spät sein. Was war geschehen?

Die Hand lag noch immer auf seinem Bauch, jemand bewegte sich in seinem Rücken, atmete gleichmäßig in sein Ohr. Was auch immer geschehen war, Leymon lebte. Genauso wie er. Doch irgendetwas hatte ihn geweckt. Vorsichtig sah er sich um.

Die Katze war nicht mehr da. Der Platz hinter Leymon war leer.

Tailin blinzelte in das grelle Licht und fand eine schattige Stelle, an der sich seine Augen erholen konnten. Erst dann erkannte er, wem der Schatten gehörte: Die Pamusch hockte unter einem Felsübersprung. Sie saß auf ihren Hinterbeinen, hatte den Schwanz um ihre Pfoten gerollt und schaute auf sie herab.

Tailin wagte nicht, sich zu rühren. »Leymon?« Er stupste seinen Freund an der Schulter. »Wach auf! Sie schaut uns an.«

Leymon murmelte, drehte sich noch einmal um und saß im nächsten Moment senkrecht. Erschrocken starrte er Chaveen entgegen.

Aber die Katze blieb ruhig. Nur ihre Augen blinzelten.

Tailin lag noch immer wie erstarrt. Auch Leymon wurde still und schaute seine Pamusch an, als würde er im Zwiegespräch mit ihr versinken. Dann schüttelte er ungläubig den Kopf. »Ich verstehe das nicht. Sie scheint es nicht bemerkt zu haben.«

Tailin atmete auf und sank erleichtert zurück in die Decken.

Im gleichen Moment sprang Leymon hoch. Mit schnellen Bewegungen fing er an, ihre Sachen einzupacken. »Wir müssen weiter«, erklärte er. »Und nicht, dass du auf falsche Gedanken kommst …« Er hielt inne und warf Tailin einen scharfen Blick zu. »Was letzte Nacht war, wird sich nicht wiederholen!«

***

Tailin hatte sich abgewöhnt, im Vorfeld über den Weg nachzudenken. Es war besser, ihre Wanderung so zu nehmen, wie sie kam. Manche Etappen waren leichter, andere schwerer, bislang hatten sie jede davon gemeistert. Doch das, was nun vor ihnen lag, stellte alles Vorherige in den Schatten. Vor ihnen erhob sich eine schroffe Felswand, durchsetzt mit Eisschollen und Schnee und so hoch, dass sie beinahe den Himmel berührte. Leymon war eine ganze Weile daran entlanggewandert und hatte immer wieder prüfend in die Höhe geschaut, bis er an einer Stelle stehen blieb und Tailin zunickte. »Hier sieht es am besten aus.«

Tailin starrte seinen Freund an. »Willst du allen Ernstes da hoch? Gibt es keinen anderen Weg?«

Leymon stemmte die Hände in die Hüften. »Eigentlich wollte ich das Massiv umwandern. Aber wenn wir klettern, können wir mindestens zwölf Tage sparen. Und nach allem, was wir getan haben …« Er schaute die Wand hinauf und vermied es, in Tailins Richtung zu sehen. »… würde ich dich gerne so schnell wie möglich und in einem Stück in Malun abliefern.«

Tailin deutete auf den Berg. »Und du meinst, ich bleibe in einem Stück, wenn wir da hochklettern?«

Selbst Leymon schien daran zu zweifeln. »Ich könnte Haken in die Wand schlagen und dich mit Seilen sichern. Das machen die Faruaner, wenn sie in den Bergen klettern.«

Tailin warf einen vorsichtigen Blick auf Chaveen. Doch die Katze saß mit gelassener Miene neben ihnen und schnupperte an den Felsen. Wie schon am Morgen ließ sie sich nichts anmerken.

»Wir machen das mit den Haken.« Leymon klang entschlossen. »Zumindest an den gefährlichsten Stellen.« Er zog eine Satteltasche von Chaveens Rücken, die sie noch nie benutzt hatten. Gleich darauf packte er geschmiedete Haken und lange Seile aus, knotete zwei Gurte zusammen, die er Tailin und sich umlegte, und fing an, ihm das Wesentliche zu erklären.

Der Aufstieg war noch schwerer als erwartet. Leymon kletterte vor und schlug Haken in die Felswand, an denen er das Seil befestigte, das sie beide vor dem Absturz bewahren sollte. Sobald er einen sicheren Standplatz gefunden hatte, durfte Tailin ihm nachklettern, immer mit den Seilen gesichert, die Leymon an den Felsen verankert hatte.

Nur Chaveen kletterte mit Leichtigkeit voran, blieb hin und wieder auf einem Felsvorsprung sitzen und sah von oben auf sie herab.

Obwohl Tailin schon auf anderen Etappen geklettert war und von der weiten Wanderung der letzten Monate besser trainiert war als je zuvor, spürte er die Anstrengung im ganzen Körper. Vor allem seine Finger begannen zu schmerzen. Sie waren es nicht gewohnt, einen Großteil seines Körpergewichtes zu tragen. Bald schon zitterten seine Muskeln bei jeder Bewegung, seine Fingerkuppen fühlten sich taub an, und die Haut an seinen Händen war von Kratzern überzogen.

Er brauchte dringend eine Pause. Doch an der Steilwand gab es keinen Ort, an dem sie rasten konnten. Wenn überhaupt, gab es kleine Vorsprünge, auf denen man im Stehen ausruhen konnte, aber keinen Platz, der sich für ein Pausenlager anbot.

Auch Leymon wirkte zunehmend erschöpfter. »Ich muss schlafen«, erklärte er, als Tailin auf einem der seltenen Standplätze ankam. Zum unzähligen Mal schaute der Pameli die Felswand hinauf und deutete auf einen Vorsprung ein ganzes Stück weiter oben. »Vielleicht haben wir dort Glück. Wenn der Platz da oben etwas größer ist, machen wir eine Schlaf- und Essenspause.«

Tailin musste lächeln bei dem Gedanken. Er beobachtete, wie Chaveen vorkletterte. Sie hangelte sich von Pfote zu Pfote, als würde ihr massiger Raubkatzenkörper nichts wiegen, sprang schließlich über den Rand auf den Vorsprung und setzte sich hin. Es sah so aus, als wäre um sie herum noch einiges an Platz.

»Dann nichts wie los«, forderte Tailin.

Leymon überprüfte die Haken und Sicherungsseile, atmete noch einmal durch und kletterte den nächsten Abschnitt. Inzwischen sah es auch bei ihm nicht mehr mühelos aus. An manchen Stellen musste er sich hochrecken, um Halt für seine Finger zu finden, seine Arme begannen zu zittern, und er brauchte ungewöhnlich lange, um sein Gleichgewicht von einem Bein aufs andere zu verlagern.

Dann kam er oben an. »Hier ist es gut«, rief er. »Wir können Pause machen. Komm her!«

Tailin wollte sich beeilen. Endlich Pause, endlich ausruhen und essen. Dieses Mal würde er vielleicht auch ein Nickerchen halten. Er betrachtete noch einmal den Weg, den Leymon geklettert war, suchte die ersten Griff- und Trittmöglichkeiten. Seine Hand fand nur einen kleinen Felszacken, der in seine Finger ritzte, seine Muskeln fühlten sich weich an, während er den Fuß auf einen Stein setzte und sich hochzog. Schon nach diesem ersten Schritt hatte er das Gefühl, mit seiner Kraft am Ende zu sein. Doch er musste weiter, noch mindestens fünfzehn Mannslängen höher und ein Stückchen zur Seite, ehe er Leymon erreichte. So gut er konnte, versuchte er, die Schmerzen auszublenden, konzentrierte sich auf die nächsten Steine und den nächsten Griff. Nur am Rand spürte er den leisen Halt, den die Seilsicherung ihm gab. Ob sie ihn noch halten würde, wenn er fiel, wusste er nicht.

Dann kam der Abschnitt, an dem er seitwärts klettern musste. Die Felswand war glatt, die Mulden darin nur gerade so tief, dass er seine Fingerkuppen hineindrücken konnte.

Plötzlich wollte er nicht mehr. Der Gedanke überfiel ihn so unerwartet, dass ihm übel davon wurde. Er hatte genug! Endgültig. Jetzt sofort wollte er zurück auf den Boden und den Umweg gehen, wollte lieber riskieren, von der Katze gefressen zu werden, als hier und jetzt die Steilwand hinabzustürzen.

»Alles in Ordnung?«, rief Leymon.

Tailin nickte unwirsch. Was dachte er sich nur? Er konnte nicht aufgeben. Wieder nach unten zu klettern wäre mindestens ebenso schwierig. Also streckte er sich, griff zur Seite und fand eine der kleinen Griffmulden. Sein Fuß setzte sich auf eine winzige Kante.

So vorsichtig wie möglich zog er sich zur Seite, musste mit den Händen umgreifen, um mit den Fingern den nächsten Felszacken zu erreichen.

Plötzlich rutschte sein Fuß, verlor den Halt auf der Kante. Er krallte die Finger in die Wand, wollte sich auf den zweiten Fuß lehnen und fand keinen Halt. Sein Körper sackte nach unten, riss die Finger aus der Felswand und fiel ins Leere. Das Grau der Steine wirbelte an ihm vorbei, die Luft zischte um ihn herum, sein Magen drehte sich und suchte nach Halt in seinem Körper.

Dann schlug er auf, Felsen an seinen Armen, an seinen Beinen, ehe er noch tiefer fiel. Schmerz brüllte durch seine Sinne, Schwärze wirbelte vor seine Augen. Etwas riss an seinem Körper, stoppte das Wirbeln der Felswand und schnitt in sein Fleisch.

Gleich darauf hing er still. Unter ihm der Abgrund, über ihm eine unüberwindliche Distanz, seine Knochen und Muskeln zerschmettert von Schmerzen. Jemand schrie. Jemand oder etwas. Oder mehrere?

»Tailin!« Sein Name war darunter, vermischt mit dem Kreischen, das viel zu nah war, um es zu verstehen. Schwarze Schleier wirbelten um ihn herum, wollten ihn einfangen und erlösen. Das nahe Kreischen verstummte, nur sein Name blieb. »Tailin!«

Es war Leymon. Der Katzenmensch. Vage gelangte der Gedanke durch den Schleier.

Dann wurde alles still.

***

Er erwachte von etwas Weichem in seinem Gesicht, ein zartes Streicheln, seltsam unwirklich. Über ihm war der Himmel, neben ihm die Felswand, unter seinem Rücken etwas Raues, Hartes. Abgesehen davon war der Schmerz still. Oder täuschte er sich? War er nur davon abgeschnitten?

»Tailin!« Wieder mischte sich die Stimme dazwischen. *Diese Stimme …*

»Komm zurück, Kleiner!« Der andere klang hektisch, Finger streichelten sein Gesicht. »Bleib bei mir! Halt durch!«

Was war geschehen? Er hing nicht mehr an der Felswand, er lag auf dem Boden. Auf dem Felssporn? Auf ihrem Pausenplatz? »Wie …?« Er musste kämpfen, um zu reden. »Wie … bin ich … hierher …?«

Das Gesicht beugte sich über ihn. Orangeglühende Augen, geschwungene Lippen über spitzen Zähnen. »Chaveen …«, stammelte Leymon. »Sie hat dich hochgeholt. Hat dich am Hemd gepackt wie ein Katzenjunges.« Er klang verstört, seine Haut war bleich.

Was war so verstörend?

Das Gesicht verschwand. Hektische Bewegungen flatterten um ihn herum. Er wollte fragen und konnte es nicht. Seine Zunge wurde schwer. Alles wurde schwer.

»Nein, nein, nein!« Die Stimme rief ihm zu. »Du bleibst bei mir! Du bleibst schön bei mir!«

Angst! Der andere hatte Angst! Warum?

»Ich binde dein Bein ab.« Die Stimme versuchte sachlich zu klingen, beruhigend. Doch er hörte die Panik darin, wie eine fremde Gewalt spülte sie über ihn hinweg.

»Das ist zu viel Blut …« Der andere murmelte, brabbelte, redete mit sich selbst. »Bei allen Göttern, lass es nicht die Schlagader sein. So schnell kann ich dich nicht heilen, wie du mir stirbst.« Wieder berührten die Hände sein Gesicht. »Bleib bei mir, Kleiner. Geh nicht weg! Wir brauchen dich! *Ich* brauche dich! Die ganze Welt braucht dich!«

Waren das Tränen? Er konnte sie hören, fühlen, wollte sie begreifen. Wenn die Schwärze nicht wäre. Sie wollte ihn holen …

Unter ihm lauerte etwas. Dicht unter seinen Gedanken, ein unentrinnbarer Nebel. Dieser Nebel wollte ihn verschlingen und nicht wieder herausgeben.

Dann fühlte er etwas anderes! Ein warmes Gefühl an seinem Bein. *In* seinem Bein? Das Gefühl erfasste ihn, rauschende Macht wirbelte durch seine Sinne, strömte aus der Wunde durch seinen Körper. Er stöhnte darunter auf, glaubte, dass es das Letzte sei, was er wahrnahm. Doch der Nebel klärte sich auf. Sein Körper kam näher, verband sich mit seinem Geist, bis die Schmerzen zuschlugen.

Tailin schrie. Die Qual umfasste alles, machte sich bereit, ihn zu zerstören … Die Felsen hatten ihn zerschmettert! Er wusste es, fühlte es. Dass er nie wieder gehen würde … Dass er hier auf dem Felssporn zugrunde ging …

Bis die Schmerzen abklangen und etwas anderes die Qual ersetzte. Mit zunehmendem Tempo fegte es durch seine Adern, rauschte durch seine Gedanken und drehte die Welt in einem rasenden Schwindel.

Es war schön. Gewaltig! Vertraut.

Er hatte es schon einmal erlebt. Nicht so stark wie jetzt, nicht so endgültig. Und dennoch …

Würde er sterben oder leben?

Leben! Was durch seine Adern spülte, war das nackte Leben!

Er streckte die Arme, bewegte die Hände und suchte den anderen, bis er die Haare unter den Fingern spürte. Der andere sollte bleiben, weitermachen … Er umfasste den Kopf und zog ihn näher.

Wieder ein Keuchen, ganz nah, und dennoch nicht er selbst.

Der andere!

»Mach weiter«, flüsterte Tailin. Alles in ihm wollte betteln und flehen. »Nicht aufhören. Nich aufhörn. Nich …« Seine Stimme versagte. Nur der Rausch blieb, wirbelte sein Inneres durcheinander, mischte Licht und Dunkel, bis er in grauer Tiefe versank.

***

Er musste geträumt haben. Diffuse Bilder trieben durch seine Erinnerung, eine vage Ahnung von Schmerz und Rausch. Was jetzt noch von ihm übrig war, fühlte sich schwer an. Sein Körper, sein Geist, seine Lider. Nur mühsam gelang es ihm, die Augen zu öffnen.

Über ihm lag noch immer der Himmel, das rötliche Licht der beiden Sonnen, neben ihm die Felswand, direkt davor ein bleiches Gesicht.

Weiche Hände umfingen seine Wangen. »Tailin!«, flüsterte der andere. »Du lebst! Große Göttin, ich war so sicher, dass du stirbst. Dass meine Kraft nicht ausreicht.«

Tailins Gedanken konnten ihm nicht folgen. »Welche Kraft?«, murmelte er.

Leymon beugte sich über ihn. »Ich dachte nicht, dass es geht. Dass ich stark genug bin, dich zu heilen. Du warst so gut wie tot. Dein Blut, überall … die Schlagader …« Ein seltsamer Schauder ging durch seine Schultern und Arme, ließ ihn kraftlos auf Tailins Brust zusammensinken. Sein Körper bebte, wurde geschüttelt von Tränen, Angst und Erleichterung. Mühsam bewegte Tailin seine Arme, schob sie um den Körper des anderen und hielt ihn fest, bis die Qual allmählich nachließ.

Erst nach einer Weile flüsterte Leymon weiter. »Es war nicht meine Kraft. Du selbst hast das geschafft. Dein göttlicher Anteil muss hoch sein.«

Tailin bewegte die Lippen und rang um Worte. »Wovon redest du? Ihr leckt unser Blut. Meinst du das?«

Leymon richtete sich auf. »Wir lecken nicht euer Blut. Wir lecken unser eigenes Blut. Normalerweise. Kleine Wunden aus dem Kampf. Wir können sie an uns selbst heilen. Manchmal an einem Kameraden, und … Wenn ich ehrlich bin, dann …« Er senkte den Kopf. »… spielen wir gerne damit.« Sein Tonfall ließ keinen Zweifel daran, welche Art von Spiel er meinte.

Tailin sah wieder Zenju vor sich, wie er ihn gebissen und geleckt hatte, als sei es eine Balgerei unter Katzenkindern.

»Aber ich habe noch nie eine ernsthafte Wunde damit geheilt. Außer bei dir.« Leymons Augen waren weit, leuchteten orangefarben wie die Nachtsonne. »Jetzt, und …« Er presste die Lippen aufeinander. »Und in der Nacht, in der ich dich gefoltert habe.«

Ihre Blicke sanken ineinander, teilten die Erinnerung, als wären sie eins. Da war etwas zwischen ihnen. Mehr als Tailins Gabe, die Gedanken anderer zu durchschauen. Eine Verbindung …

Leymon schüttelte den Kopf. »Schlaf jetzt! Erhol dich! Wenn du so weit bist, müssen wir weiter!«

Als Tailin das nächste Mal erwachte, konnte er sich wieder aufsetzen. Auch seine Gedanken waren klar. Eisiger Wind pfiff um ihn, heulte mit einem hohen Sirren durch die Spalten und Ritzen des Berges. Sie saßen noch immer auf dem Felssporn, unter ihnen der gähnende Abgrund, über ihnen die steile Wand. Nur das Licht war anders. Einzig die Blutsonne stand am Himmel und schien rotglühend auf sie herab. Hieß das, es war mitten in der Nacht? Oder schon früher Morgen? In jedem Fall war

Leymon wach. Er lehnte gegenüber an einem Felsen. Die Katze hockte neben ihm und schnurrte. Doch irgendetwas stimmte nicht. Irgendetwas sagte Tailin, dass mehr Zeit vergangen war als nur ein Tag und eine halbe Nacht.

»Wie lange?« Mehr als das brachte Tailin nicht hervor.

Leymon lächelte unglücklich. »Zehn Tage. Wir hätten den Umweg inzwischen fast geschafft. Wenn wir nicht so wahnsinnig gewesen wären.«

Du warst so wahnsinnig. Der Satz lag Tailin auf der Zunge. Aber er musste ihn nicht aussprechen. Leymon wusste selbst, wer auf die Kletterpartie bestanden hatte.

»Chaveen hat dich gerettet,« erklärte der Pamuschkrieger tonlos. »Als sie zu dir runtergeklettert ist, hätte ich schwören können, dass sie dich in den Abgrund stößt. Aber sie hat dich hochgeholt.« Seine Augen wirkten verwirrt.

Ob es möglich war, dass die Pamuschkatze ihn gar nicht töten wollte? Dass sie immer noch nicht durchschaute, was zwischen ihm und ihrem Reiter geschah?

Tailin wagte es nicht, den Gedanken auszusprechen. Stattdessen verfielen sie in Schweigen, und Tailin betrachtete zum ersten Mal die Landschaft, die sich in atemberaubender Weite unter ihnen aufspannte. Das rote Licht der Blutsonne schimmerte auf den Schneefeldern, die sich wie ein Flickenteppich mit dem gräulichen Schwarz der Felslandschaft mischten. Aber je länger sie schweigend darauf starrten, desto heller wurde es, bis sich Rabanus allmählich über die Berge schob.

»Schau nur!« Leymon klang plötzlich aufgeregt und deutete in die entgegengesetzte Richtung. Sapia lag auf einer Bergspitze und rutschte allmählich dahinter.

Der Tag des Abschiedes. Jener Feiertag, an dem sich Rabanus und Sapia zum letzten Mal sahen, ehe die Blutsonne nur noch in der Nacht schien. Damit war die Nachtwechselzeit vorbei und die Nachtsonnenzeit begann.

»So viel Zeit«, flüsterte Tailin. »Als ich desertiert bin, war noch Tagwechselzeit. Mehr als ein halbes Jahr wandern wir schon durch eure Berge. Was, wenn es längst zu spät ist? Wenn der Wald von Farua längst brennt?«

Leymon sagte nichts. Doch etwas in seiner Haltung wurde unruhig. Immer wieder verlagerte er sein Gewicht im Sitzen, bis er aufstand und anfing, seine Felle zusammenzurollen. »Wir müssen bald weiter«, erklärte er leise. »Meinst du, du schaffst das?«

Tailin schaute ein weiteres Mal die Felswand hinauf. Sein Körper fühlte sich erholt an. Mit vorsichtigen Bewegungen stand er auf. »Ich denke, es müsste gehen.«

In diesem Moment erhob sich auch Chaveen und schlich auf ihn zu. Tailin wich ihrem Blick aus, um sie nicht zu provozieren, schaute stattdessen auf die riesigen Tatzen.

Chaveen legte sich flach auf den Bauch, direkt vor ihm. Ein seltsames Gurren surrte aus ihrem Hals, bevor sie ihre Pfote anhob und Tailin an ihre Seite zog. Hilfesuchend sah er zu Leymon.

Der Pamuschkrieger starrte ihn fassungslos an. »Sie lädt dich ein«, stammelte er dann. »Sie will dich die Wand hochbringen.«

25. Kapitel

Bergland von Sapion, Oase »Walis«

DORGEN

Mit forschen Schritten durchquerte Dorgen den dunklen Park, wanderte durch die Laubengänge und bemühte sich, den Stolz herunterzuschlucken, der sich in seiner Kehle festsetzen wollte. Doch ganz egal, wie eifrig er nach einer Lösung gesucht hatte, es gab nur noch eine Chance: Er musste seinen Schwiegervater um Gnade und Nachsicht bitten. Offiziell blieb ihnen noch die ganze Nachtsonnenzeit, um noch einmal ein Kind zu zeugen, also noch ganze zweieinhalb Monate. Erst dann endete sein erstes Ehejahr.

Im Grunde waren alle Argumente auf seiner Seite: Feyla war schon einmal schwanger gewesen. Damit war bewiesen, dass sie nicht zu den unfruchtbaren Frauen gehörte. Abgesehen davon war er selbst der Ehemann. Lag es demnach nicht in seinem Ermessen, ob er eine Frau verstoßen wollte oder nicht?

Schon seit Tagen kreisten die Argumente durch seinen Kopf. Immer wieder hatte er sich die Worte zurechtgelegt, mit denen er seinem Schwiegervater gegenübertreten wollte. Aber jetzt, als er das schwache Kerzenlicht sah, das aus den Fenstern der Bibliothek in die beginnende Nacht schimmerte, glaubte er kaum noch, dass er mit Argumenten etwas bewirken konnte. Der oberste Berater hatte seine Entscheidung längst getroffen.

Dorgen musste es trotzdem versuchen.

Er betrat den Palastflügel seines Schwiegervaters, stieg mit leisen Schritten die Treppe hinauf und folgte dem Gang, bis er die Bibliothek erreichte. Erst in der offenen Tür blieb er stehen und schaute auf die gebeugte Gestalt seines Schwiegervaters, die über einem Lesepult hing und in einem Buch blätterte.

Dorgen musste all seinen Mut zusammennehmen, räusperte sich und bemühte sich, mit sicherer Stimme zu sprechen: »Sapia zur Ehre, Schwiegervater. Dürfte ich um ein Gespräch bitten?«

Walerius hob den Kopf, griff nach dem Monokel, das er vor sein Auge geklemmt hatte, und legte es auf das Buch. »Was gibt es?«

Dorgen musste sich beherrschen, um mit aufrechter Haltung in den Raum zu treten. »Es geht um meine Frau, Herr, um Feyla.«

Walerius hob die Augenbraue. »Was ist mit ihr?«

Dorgen verdrängte den Kloß in seinem Hals. »Sicher seid ihr informiert darüber, dass sie unser Kind vor Kurzem verloren hat. Seither versuchen wir unser Glück von Neuem, aber …« Die Worte stockten in seinem Hals, während sein Schwiegervater gemessenen Schrittes auf ihn zukam.

Er durfte sich nicht einschüchtern lassen! »Leider währt unser erstes Ehejahr nur noch zweieinhalb Monate. Wenn sie jetzt noch einmal schwanger wird, wird man es erst zu Beginn des zweiten Ehejahres sehen. Deshalb möchte ich gerne um eine Frist bitten, in der wir noch abwarten dürfen, ob sich ihr Bauch rundet.«

Walerius reagierte nicht, sondern schaute ihm nur mit kühler Miene entgegen.

»Immerhin war sie schon einmal schwanger«, setzte Dorgen nach. »Sie ist also nicht unfruchtbar. Reicht das nicht als Beweis? Um eure und meine Ehre zu bewahren und sie als meine Frau in der Sippe zu behalten?«

Walerius gab einen brummenden Laut von sich, blieb in der Mitte der Bibliothek stehen und ließ seinen Blick in die Runde wandern, über die Bücherregale und die Vitrine, in der die wertvollen Steine lagen. Auch der gelbe Stein war wieder dort, jenes Prunkstück, das Dorgen sich für eine Nacht gestohlen hatte. Ob Walerius davon wusste? Ob er ahnte, dass Feyla nur mit Hilfe eines magischen Steines schwanger geworden war? Kalter Schweiß setzte sich in Dorgens Nacken.

»Ich habe anderes gehört«, erklärte Walerius unvermittelt.

Erst jetzt bemerkte Dorgen, dass sein Schwiegervater ihn längst wieder ansah. Ob er mitbekommen hatte, wie Dorgen auf die Vitrine starrte?

»Ich habe gehört, dass deine Lieblingsfrau ihre Schwangerschaft nur vorgetäuscht hat«, fuhr Walerius fort.

Dorgen schnappte nach Luft. Hastig wollte er widersprechen. Doch sein Schwiegervater hob gebieterisch die Hand. »Übelkeit allein ist keine Schwangerschaft. Ihr Bauch hat sich zu keinem Zeitpunkt gerundet.«

Dorgen fühlte, wie seine Kehle trocken wurde. Er musste einen Beweis liefern. »Sie *war* schwanger«, haspelte er. »Sie hatte alle Anzeichen. Ihr war nicht nur übel, auch ihre Blutung ist ausgeblieben. Selbst ihre Figur war anders als sonst, voller, ein bisschen runder.«

Auf Walerius' Gesicht erschien ein spöttisches Grinsen. »Es mag sein, dass du deine Frau ein bisschen schöner und besser genährt findest als sonst. Ich halte es sogar für möglich, dass sie selbst geglaubt hat, sie wäre schwanger. Aber du willst doch wohl nicht behaupten, dass deine Kenntnisse der weiblichen Anatomie besser wären als die deiner Schwiegermütter?«

Alrana! Plötzlich wusste Dorgen, wer seine intriganten Finger im Spiel hatte.

Wie sollte er gegen ein solches Komplott ankommen? Wie sollte er einen Beweis liefern, wenn alle Frauen des Hauses dagegen sprachen? »Ich habe ihre Blutung gesehen!«, rief er. »Als sie ihr Kind verloren hat. Ihr ganzes Laken war voller Blut!«

Plötzlich fiel ihm die Sklavin ein, ihre Angst, als sie nach ihm gerufen hatte, ihr bleiches Gesicht, als sie ihm ins Turmzimmer gefolgt war. »Es gibt eine Zeugin! Eine der Sklavinnen. Sie hat das Blut gesehen. Sie hat mich gerufen.«

Walerius' Miene wurde noch finsterer. »Welche Sklavin?«

Dorgen fröstelte. Er hatte vergessen, sich nach ihrem Namen zu erkundigen. »Ich weiß nicht, wie sie heißt«, stammelte er. »Es ist eine junge Sklavin. Sie scheint noch recht neu zu sein.«

Walerius' Mundwinkel zuckte. »Da war also Blut auf Feylas Laken? Aber weder der Arzt noch meine erste Frau haben das Blut zu Gesicht bekommen? Nur du und diese Sklavin, die noch keinen Namen hat?« Er stieß ein verächtliches Schnauben aus. »Wenn du wirklich glaubst, dass deine Lieblingsfrau schwanger war, dann tust du mir leid. Ich würde sagen, sie hat dich betrogen, hat ihr Laken in Schweineblut getränkt und dann so getan, als wäre es ihres. Gerade rechtzeitig, damit ihr Täuschungsversuch nicht durch ihren flachen Bauch im fünften Monat auffällt.«

Dorgen öffnete den Mund, wollte etwas sagen und wusste nicht was. Konnte es sein, dass Feyla ihn getäuscht hatte? Dass sie sich die Schwangerschaft nur ausgedacht hatte, um nicht verstoßen zu werden? Er konnte es nicht glauben. Und dennoch … Unmöglich war es nicht. Was würde er tun, wenn sein Leben auf dem Spiel stünde? Würde er nicht auch jeden Trick versuchen, um sich zu retten? Er selbst hätte ihre Täuschungsmanöver mitgeplant, wenn sie ihn darum gebeten hätte. Und sie wusste das. Sie hätte ihn doch bestimmt eingeweiht, wenn sie so etwas geplant hätte. Oder nicht?

»Aber gut, dass du hier bist, Dorgen.« Walerius schlug einen geschäftsmäßigen Tonfall an. »Von meiner Seite gibt es auch eine Sache, die ich mit dir besprechen will.«

Dorgen überkam eine unangenehme Vorahnung.

Walerius drehte sich um, ging zurück zu seinem Lesepult und winkte ihn zu sich. »Ich habe eine Aufgabe für dich. Sobald das erste Ehejahr vorbei ist, wirst du eine neue Stellung bekommen.« Er klappte das Buch zu, in dem er gelesen hatte, schob es zur Seite und zog einen Papierstapel darunter hervor.

Dorgen versuchte zu begreifen. Sie hatten über Feyla geredet, über die Frage, ob sie leben durfte oder sterben musste. Wie konnte es sein, dass ihr Vater einfach so das Thema wechselte?

»Die Führung des Heeres bereitet mir seit einiger Zeit Sorgen«, fuhr Walerius fort. »Zailosch, unser Heerführer, hat auf dramatische Weise abgebaut. Um nicht zu sagen, er ist dem Wahnsinn anheimgefallen. Ich brauche einen Ersatz für ihn.«

Dorgens Gedanken stürzten in einen Strudel. Eine neue Stellung? Ersatz für den Heerführer? Zailosch war wahnsinnig geworden? Kaltes Entsetzen rann über seinen Rücken. Hieß das, er sollte wieder in den Krieg? Ausgerechnet als Heerführer? Er war nicht einmal ein Akademiker. Und soweit er wusste, hatte es niemals einen Heerführer aus einer anderen Kaste gegeben. »Mit Verlaub«, murmelte er. »Ich war nur ein einfacher Hauptmann. Zwischen mir und dem Heerführer stehen noch zahlreiche Männer, die geeigneter …«

Mit einer zackigen Geste schnitt Walerius ihm das Wort ab. »Politische Entscheidungen darfst du ruhig mir und deinem Herrscher überlassen. Wenn Rabanus und ich zu der Übereinkunft gelangen, dass du der künftige Heerführer wirst …« Ein kaltes Lächeln legte sich auf sein Gesicht. »Dann darfst du dich geehrt fühlen.«

In Dorgens Kopf drehte sich alles. Etwas ging nicht mit rechten Dingen zu. Das Gespräch glitt aus seinen Händen. Er musste die Kontrolle zurückgewinnen. »Ich bin gekommen, um Euch um Feylas Leben zu bitten. Wie kann es sein, dass Ihr der Frage ausweicht und mich stattdessen zum Heerführer machen wollt?«

Walerius schaute aus seinen Papieren auf und neigte den Kopf. »Am Ende der Nachtsonnenzeit«, sagte er nüchtern. »In knapp zweieinhalb Monaten wirst du der neue Heerführer von

Sapion. Bis dahin hast du genau einundsiebzig Nächte und einundsiebzig Tage, um deine Frau zu schwängern. Wenn dir das in dieser Zeit genauso wenig gelingt wie in den letzten zwölfeinhalb Monaten, wirst du sie verstoßen müssen.«

Dorgen wich zurück. Er wollte sich zwingen, dem obersten Berater in die Augen zu schauen. Doch er konnte ihm nur ausweichen und auf das Lesepult starren. Erst jetzt fiel ihm auf, welches Buch darauflag. Der Name des Schriftstellers sagte ihm etwas: Iosaca.

Aber es war nicht das Buch, aus dem Feyla ihm einige Male vorgelesen hatte. Dieses hier war in weißes Leder gebunden. Nur die Flecken darauf passten nicht zu dem edlen Einband: rotbraune Sprenkel, eine ganze Serie von Blutspritzern, die vor langer Zeit auf dem Leder getrocknet waren.

26. Kapitel

Bergland von Pamal, Grenze zu Malun

TAILIN

Chaveen trug ihn nicht nur die Felswand hinauf. Jeden Morgen und nach jeder Pause lud sie Tailin dazu ein, mit Leymon auf ihrem Rücken zu reiten. Anfangs konnten sie es kaum glauben. Vor allem Leymon beäugte seine Katze so misstrauisch, als fürchte er einen Hinterhalt. In den Pausen setzte er sich zwischen Tailin und die Pamusch und wagte es nicht, seine Position zu verlassen. Wann immer die Katze eine hektische Bewegung machte, hatte er die Hand an seinem Schwert. Selbst nachts schien er Wache zu halten – zumindest war er wach, bevor Tailin einschlief, und schreckte morgens aus dem Schlaf, sobald seine Katze die Augen öffnete. Erst im Laufe der Tage wurde er etwas ruhiger, wenn die Anspannung ihn auch nie ganz losließ.

Tailin hingegen war wie gefangen in dem Erlebnis, auf einer Pamusch zu reiten. Die Bewegungen der Katze waren anders als die eines Pferdes. Wenn sie galoppierte, war es, als würden sie fliegen. Mühelos sprang sie über Geröll und Steine hinweg, jagte steile Hänge hinauf oder hüpfte in riesigen Sätzen von Fels zu Fels.

Bei Leymon sah es leicht aus, wenn er sich mit Händen und Füßen an den Griffen festhielt und sich in die Kurven legte, als wäre er Teil des Katzenkörpers. Im Vergleich dazu kam Tailin sich vor wie ein plumper Sack. Mit aller Kraft musste er sich an Leymon festklammern und schaffte es manchmal nur knapp, die

Bewegungen seines Freundes mitzumachen, um das Gleichgewicht der Katze nicht zu stören.

Schon allein die Geschwindigkeit der Pamusch raubte ihm den Atem, doch manche Manöver ließen sein Herz aussetzen: Wenn die Berge von Spalten und Rissen durchbrochen wurden, sprang die Katze über den Abgrund hinweg, und mitunter nahm sie enge Kurven, indem sie seitlich an einer Felswand entlanggaloppierte und sich nur durch den Schwung ihrer Bewegung daran festhielt.

Nach einer Weile geschah etwas Seltsames: Tailin fing an, die Bewegungen der Katze vorauszuahnen, bis er die Steine und Felsen nur noch vor sich sehen musste, um zu wissen, wohin sie als Nächstes springen würde. Es fiel ihm immer leichter, sich mit Leymon in die Kurven zu legen, bis er das Gefühl hatte, dass es seine Bestimmung war, auf einer Pamusch zu reiten.

Es war absurd. Tailin war kein Pamuschkrieger und würde niemals einer werden. Dennoch fragte er sich unablässig, warum die Katze ihn als Reiter akzeptierte. Aber Leymon wollte nicht darüber reden. Wann immer Tailin ihn fragte, zuckte der Pameli die Schultern und behauptete, er würde es auch nicht verstehen. Tailin glaubte ihm nicht. Leymon selbst hatte ihm erklärt, wie stark die Verbindung zwischen ihm und der Katze war. Es konnte nicht sein, dass er die Motivation der Pamusch nicht ahnte.

Viel wahrscheinlicher war es, dass er Tailin nichts davon erzählen wollte. Seit der Nacht, in der sie die Kontrolle verloren hatten, tat Leymon alles, damit etwas Ähnliches nicht noch einmal geschah. Wenn sie nachts am Lagerfeuer übernachteten, achtete er darauf, dass Tailin weit genug von ihm entfernt lag. Die Nähe, mit der sie Tag für Tag auf Chaveens Rücken saßen, ließ seinen Körper steif und kalt werden. Und wenn Tailins Worte ihm zu nahe rückten, brach er das Gespräch ab. Manchmal vergingen Tage, an denen sie gar nicht redeten. Dennoch spürte

Tailin, wie sehr Leymon mit sich kämpfte, wie schwer es ihm fiel, die Distanz zu wahren, und wie gerne er die Nähe auf dem Rücken der Katze ausgenutzt hätte.

Wenn die Pamusch im Galopp dahinjagte, waren sie beide zu sehr damit beschäftigt, ihr Gleichgewicht zu halten, aber sobald sie langsamer wurde, wusste Tailin manchmal kaum noch, wohin mit seinen Händen. Dann ließ er sie still an einer Stelle liegen, um Leymon nicht zu provozieren.

Mehr als einen halben Monat lang ritten sie im Galopp Richtung Süden, ließen die schneebedeckten Berge hinter sich, bis die Hänge grüner wurden und die Tagsonne immer wärmer vom Himmel schien. Als sie Richtung Westen abbogen, wurde Tailin ein weiteres Mal klar, wie weit sich Pamal in den Norden ausdehnte. Der Tempel, in dem sie gewesen waren, musste viel weiter nördlich liegen als die nördlichsten Gegenden von Malun.

Wenn die Sapioner wüssten, dass Pamal nicht nur ein winziges Gebirge am Rande der Welt war, wenn sie auch nur ahnten, dass es in den Bergen von Pamal noch oberirdisches Wasser gab und dass sie nur den Schnee und das Eis abtransportieren müssten, um es zu schmelzen … Falls sie es jemals erfahren sollten, wäre Pamal das nächste Angriffsziel des sapionischen Heeres. Doch Rabanus Sapion schien nicht zu ahnen, welche Schätze er bis jetzt übersehen hatte.

Und Tailin würde der Letzte sein, der mit einem Sapioner darüber redete. Sie könnten ihn quälen und foltern, um nichts auf der Welt würde er Pamals größtes Geheimnis preisgeben. Nicht einmal Dorgen würde er davon erzählen, falls er ihn irgendwann wiedersah.

Schon lange hatte Tailin nicht mehr an seinen besten Freund gedacht. Ziemlich genau ein Jahr war es jetzt her, seit er zur Auslese einberufen worden war und sie sich zuletzt gesehen hatten. Dorgen musste inzwischen ein sapionischer Familienvater sein. Ob er sich seit seiner Hochzeit verändert hatte? Ob er in seiner

Sippe Erfüllung und Liebe gefunden hatte? Tailin wünschte ihm, dass er glücklich war. Wenigstens ein Mensch in Sapion hatte sich Glück verdient. Doch vermutlich würde er nie erfahren, wie es Dorgen ergangen war.

Einen weiteren halben Monat reisten sie Richtung Südwesten, ehe sie die letzte Gebirgskette überquerten, die zwischen ihnen und Malun lag. Als sie den Höhepunkt des Gebirgspasses erreichten, hielt Chaveen an.

Ein ehrfürchtiger Schauer lief über Tailins Rücken, während er an Leymon vorbei auf die Landschaft starrte, die unter ihnen lag. Weites Grün erstreckte sich zu den Füßen der Berge, Wälder und Wiesen so weit das Auge reichte, dazwischen die blauen Linien von Flüssen und schillernde dunkle Punkte.

»Seen«, murmelte Leymon. »Das sind Flüsse und Seen. Mehr als tausend Quellen soll es in Malun geben. Hast du das gewusst?«

Tailin schüttelte den Kopf.

Das Land der Götter. Nie hätte er geglaubt, dass er Malun jemals betreten würde, und jetzt war er so nah daran. »Warst du schon einmal hier?« Er sprach leise, sein Mund war nur einen Hauch von Leymons Ohr entfernt.

»Ja, in Malun sind wir zu Pamuschkriegern geweiht worden. In der Quelle von Paman mussten wir uns reinigen, ehe wir den Schwur leisteten, dass wir Malun und seine Götter mit all unserem Geschick und dem Einsatz unseres Lebens beschützen werden.«

Malun und seine Götter …

»Wo sind sie?« Tailin schaute in die Ferne. So weit er blicken konnte, gab es keine Spuren von Menschen oder Siedlungen. »Ich meine die Götter. Gibt es tatsächlich Götter in Malun?«

Leymon blieb regungslos. »Soweit ich weiß, sind die meisten so wie du: Gottgeborene. Menschen, mit göttlichen Fähigkeiten. Einem reinblütigen Gott bin ich noch nie begegnet.«

So wie er. Tailin fiel es noch immer schwer, etwas Göttliches in sich zu erkennen. »Die Gottgeborenen …« Er zeigte an Leymon vorbei auf den Wald. »Wo leben sie? Wohnen sie wie Menschen in Dörfern und Städten? Da unten ist nichts zu sehen.«

Leymon räusperte sich. »Dörfer und Städte wirst du vergeblich suchen. Es gibt nur sehr wenige Menschen in Malun. Die meisten von ihnen leben an einem Ort. Allerdings lautet ihr oberstes Gebot, dass sie sich mit der Natur verbünden und ihr nicht schaden dürfen. Deshalb bauen sie ihre Behausungen in Bäume und Höhlen. Alles, was sie besitzen, stammt aus der Natur. Sie betreiben nicht einmal Landwirtschaft. Sie essen nur das, was sich jagen und sammeln lässt, oder sie leben in Askese und essen gar nichts.« Leymon hob ebenfalls den Arm, legte ihn seitlich an Tailins und lenkte seine Hand nach rechts. »Dort hinten«, wisperte er. »Dort ist der Ort, den ich meine. Aber von hier aus kannst du ihn nicht erkennen.«

Tatsächlich gab es nichts, was das Grün in der Ferne von dem restlichen Grün unterschied. Wie lange würde es dauern, bis sie dort waren? Und wie lange würde Leymon noch bei ihm bleiben?

Tailin senkte den Arm, doch Leymons Hand blieb darauf liegen. »Wenn du mich dorthin gebracht hast … Wohin wirst du dann gehen?«

Leymon schwieg. Nur seine Hand schloss sich um Tailins Handgelenk, sein Daumen strich über seinen Puls.

Ein Schauer flutete Tailins Körper. Plötzlich spürte er jeden Punkt, an dem sie sich berührten: Leymons Rücken an seinem Bauch, ihre Oberschenkel, die aneinanderlagen, sein zweiter Arm, der sich noch immer um Leymons Taille schlang.

Chaveen stand still unter ihnen, so entspannt, als würde sie nichts bemerken.

Leymons Hand zuckte vor Tailin zurück, umfasste wieder einen der Haltegriffe. »Wir müssen weiter!«, erklärte er brüsk und lehnte sich nach vorne. Noch im gleichen Moment sprang die Katze los.

Tailin passte sich der Bewegung an, duckte sich mit Leymon in den Gegenwind und starrte auf den Bergpfad, der vor ihnen lag. In gewundenen Linien führte der Weg den Hang hinab. Auf dieser Seite war der Berg nicht halb so steil wie auf der anderen.

Dennoch raste Chaveen so halsbrecherisch den Berg hinunter, dass Tailin der Atem wegblieb. Nur in winzigen Blitzaufnahmen ahnte er die Sprünge der Katze voraus, während die Euphorie des Tieres auf ihn überschwappte. Bald darauf erreichten sie die Waldgrenze. Ohne abzubremsen, raste die Katze weiter, tobte voller Übermut unter den Bäumen hindurch.

»Festhalten!«, rief Leymon, kurz bevor die Katze absprang und seitlich an einem der Bäume landete. Mit einem Ratschen fuhren ihre Krallen in die Rinde, ehe sie sich abstieß und weiter auf den Nachbarbaum sprang. Mit kräftigen Sätzen hangelte sie den Baum hinauf, rannte über einen Ast und sprang auf den Ast eines anderen Baumes. Immer höher schraubte sie sich in die Bäume, bis sie in den Kronen des Waldes dahinjagten.

Oder flogen sie längst? Tailin wusste nicht, was größer war: seine Angst, aus der Höhe hinabzustürzen, oder sein Vertrauen, dass Leymon und Chaveen ihn sicher ans Ziel bringen würden.

Plötzlich endete der Wald vor ihnen. Kurz sah Tailin das glitzernde Blau eines Sees, ehe die Katze abrupt ihre Richtung änderte. Sie umrundete die Lichtung und sprang mit jedem Satz tiefer von Baum zu Baum, bis sie auf dem Boden landete und am Rand der Lichtung stehen blieb. Ihre Flanken bebten, und ihre Zunge hechelte. Vorsichtig setzte sie ihre Pfoten auf das Gras und schlich sich an den Rand des Sees. Als sie das Wasser erreichte, senkte sie den Kopf und trank.

Leymon schwang sein Bein nach vorne über den Katzenrücken und ließ sich auf den Boden gleiten. Tailin sprang neben ihm ins Gras und starrte über das Wasser. In einem tiefen

Dunkelblau leuchtete ihnen der See entgegen. Winzige Wellen glitzerten in der Sonne, zogen Kreise, in deren Mitte Insekten tanzten. Weiter hinten plätscherte ein Wasserfall, der aus einer Felswand heraussprudelte, als läge dort die Mündung eines unterirdischen Baches. Oder eine Quelle?

Noch nie zuvor hatte Tailin so viel frisches Wasser gesehen. Selbst der brackige Teich, den sie in der Nähe von Pamals Grenze gefunden hatten, war nicht mit diesem See zu vergleichen.

Hastig streifte er die Stiefel von den Füßen, lief durch den dunklen Sand am Ufer und kniete sich ans Wasser. Es war durchsichtig und tief. Steine und Blätter lagen am Grund. Er tauchte die Hände hinein, beobachtete die Wellen, die davontrieben, und schöpfte Wasser heraus. Erst jetzt fiel ihm auf, wie wenig er auf seiner Reise getrunken hatte, als bräuchte er wirklich keine Nahrung mehr. Umso gieriger wollte er dieses Wasser, hob es an seinen Mund und trank seine Hände leer. Gleich darauf schöpfte er neues, immer wieder, bis sein Bauch schmerzte.

Als sich die Wellen am Ufer glätteten, erblickte er sein Gesicht, das sich auf der Oberfläche spiegelte. Wie lange war es her, dass er sich das letzte Mal gesehen hatte? Und wann hatte er überhaupt genauer hingesehen? Im Heerlager hatten sie sich in Wasserkübeln gewaschen. Doch zumeist war kaum mehr als ihr Bartschatten und die Frisur in der braunen Soße zu erkennen gewesen. Zum ersten Mal in seinem Leben lag sein Gesicht klar und deutlich vor ihm. Nicht nur seine Haare leuchteten in einem dunklen Rotschwarz, auch seine Augen hatten dieselbe Farbe, ebenso wie die Sommersprossen auf Nase und Wangen. Obwohl er sich am Morgen rasiert hatte, fanden sich einzelne Bartstoppeln, die er vergessen hatte. Zudem waren seine Haare so lang gewachsen, dass sie dringend einen neuen Schnitt bräuchten. Oder sollte er sie so lassen? Er mochte die Art, wie sie in seine Stirn fielen.

»Hübsch, wenn du mich fragst.« Leymons Stimme ließ

ihn aufsehen. Lautlos war der Pameli neben ihn getreten. Das Orange in seinen Augen leuchtete, seine Mundwinkel zuckten über den Eckzähnen.

Leymon kniete sich neben ihn, tauchte die Hand ins Wasser, und schließlich schauten sie gemeinsam in die Tiefe. Schlanke, glitschige Tiere schwammen über den Grund. Tailin musste lachen. »Was ist das?«

Leymon zeigte auf eines davon. »Meinst du das?«, fragte er amüsiert. »Jetzt sag mir nicht, du weißt nicht, was ein Fisch ist?«

»Fisch?« Tailin schüttelte den Kopf.

Leymons Grinsen wurde noch breiter. »Wenn du willst, dann fange ich uns einen und brate ihn über dem Feuer.«

Tailin schaute auf die Fische hinab, die so munter hin und her schwammen, als wüssten sie nichts von der Gefahr. »Nein«, erwiderte er. »Nicht fangen. Lebendig gefallen sie mir besser.«

Leymon lachte. Seine Katzenaugen glühten, kurz bevor er die Hand ins Wasser tauchte und Tailin nass spritzte.

»Eh!« Reflexartig sprang Tailin auf und lachte über sich selbst. Gleich darauf stürzte er sich nach vorne und eröffnete die Wasserschlacht.

Leymons Lachen erinnerte an das eines Kindes, vermischt mit kurzen Fauchlauten, wann immer Tailin ihn traf. Mit geschickten Sätzen sprang Leymon vor dem Wasser zurück, nur um erneut anzugreifen. Seine Augen leuchteten, seine Lippen wechselten zwischen Zähnefletschen und Lachen.

Tailin wollte ihn! Wollte sich auf ihn stürzen und die Katze vergessen. In Leymons Augen brannte der gleiche Wunsch, wild und gefährlich, unbezähmbar, wenn sie so weitermachten. Mit einem Mal standen sie voreinander, triefend nass und noch immer lachend.

Sie verstummten. Aus den Augenwinkeln sahen sie die Katze. In gebührendem Abstand zum spritzenden Wasser saß sie am Waldrand.

»Warst du schon einmal schwimmen?« Leymons Stimme klang rau.

Tailin erinnerte sich an den brackigen See, den sie kurz vor Pamals Grenze entdeckt hatten. »Nicht richtig«, flüsterte er. »Es war nicht tief. Und dreckig. Matschwasser.«

Leymons Lippen deuteten ein Lächeln an. »Sie hasst Wasser.« Kaum merklich nickte er zu Chaveen. »Ich glaube, ich weiß eine Lösung.«

Eine Lösung ... Das Wort zog durch Tailins Körper wie ein Nesselschwarm. War das Wasser tatsächlich eine Lösung?

Leymon hob sein Fellhemd und zog es über den Kopf. Sein Oberkörper war schmal und muskulös, genauso haarlos wie Zenjus und dennoch voller Kraft wie der eines Kriegers. Jede Bewegung ließ seine Muskeln spielen, während er die Fellhose losschnürte und nach unten schob. Er gewährte Tailin nur einen winzigen Blick, ehe er vornüber ins Wasser sprang und zu ihm herausschaute. »Was ist?«, rief er. »Bist du so wasserscheu wie eine Katze, oder hat mein Anblick dich in Schockstarre versetzt?«

Letzteres. Tailin schüttelte lachend den Kopf und beeilte sich, seine Kleidung loszuwerden. Erst als er nackt am Ufer stand, begegnete er Leymons Blick. Schlagartig wurde ihm klar, dass seine Muskeln noch kräftiger waren als die des Pamelis, dass er größer und stärker anmutete als jeder Katzenmensch und dennoch nicht halb so gefährlich war.

Der Gedanke zeichnete sich in Leymons Augen wie in einem Spiegel, trieb mit einem Kribbeln durch Tailins Körper und ließ seinen Hunger erwachen. So schnell wie möglich sprang er ins Wasser, ging darin unter und tauchte wie durch ein Wunder wieder auf. Der See war zu tief, um zu stehen.

Schwimmen ... Blitzartig tauchte das Bild vor ihm auf. Der Wasserspiegel vor ihm, blauer Himmel, der sich darin spiegelte. Andere, die bei ihm waren und lachten.

Eine Erinnerung? Aus seiner Kindheit? Er wusste es nicht. Nur die Bewegung kam von allein, erfasste seine Gliedmaßen und hielt ihn über Wasser. Auch Leymon schwamm auf der Stelle, um nicht unterzugehen.

»Und ich dachte, du könntest nicht schwimmen.« Ironie und Erstaunen mischten sich in Leymons Tonfall.

»Anscheinend doch.« Tailin sah das Bild noch immer, hörte das Lachen der anderen. Seine Familie? Sein Vater und seine Mutter? »Ich glaube, ich erinnere mich. An meine Kindheit.«

Leymons Blick wurde ernst. Er kannte einen Teil seiner Kindheit. Anscheinend besser als er selbst.

Tailin musste es genauer wissen. »Als sie mich geprüft haben«, wisperte er. »Du warst in meinen Gedanken. Du hast alles mitangesehen, oder?«

Schmerz und Mitleid zeichneten sich in Leymons Augen. »Es war nicht gerade ein Vergnügen.«

Etwas in Tailins Kopf fing an, sich zu drehen. »Warum ist das während der Prüfung passiert? Warum kannst du in meine Gedanken sehen? Und ist es wahr, dass das eigentlich die Aufgabe der Priester war?«

Leymon blinzelte. Es wirkte unsicher, zögernd. »Eigentlich bewirkt das die Quelle in der Prüfungshöhle«, flüsterte er. »Sie verbindet einen der Priester mit dem Prüfling. Aber bei dir … und bei mir. Du besitzt die Fähigkeit, dich mit den Gedanken anderer Menschen zu verbinden, und ich …« Sein Kehlkopf bewegte sich. »Bis ich dich getroffen habe, ging es nur mit Chaveen. Aber in der Prüfungshöhle – da hast du dich über die Macht der Quelle hinweggesetzt und mich ausgewählt.«

War es deshalb? Konnten sie deshalb nicht voneinander lassen? Hatten sich ihre Seelen in der Prüfungshöhle miteinander verbunden? Oder schon vorher?

Die Verbindung bestand noch immer. Die ganze Zeit. Auch jetzt. Ein wildes Gefühl sprang zwischen ihnen hin und her. Die

Katze am Waldrand knurrte, trat einen Schritt auf den See zu und wich erschrocken zurück. Hastig tauchte Leymon unter und kraulte davon.

Tailin schwamm ihm nach, nicht so schnell und voller Zweifel. Dennoch konnte er nicht anders. Wieder musste er an die Prüfung denken, an das Dorf aus seiner Kindheit, an Fliegenschwärme und Leichen. Er war nicht allein mit den Bildern! Leymon war bei ihm.

Gemeinsam schwammen sie auf den Wasserfall zu. Das Wasser toste in seinen Ohren, prasselte mit solcher Wucht in den See, dass die Wellen über seinen Kopf schwappten. Das Wasser unter ihm strudelte, wollte ihn tiefer ziehen.

Leymon erreichte den Wasserfall als Erster, tauchte unter und verschwand dahinter. Während Tailin ihm ins strudelnde Wasser folgte, ahnte er, was hinter dem Wasserfall lag. Dann erreichte er die Grotte, eine Höhle in den Felsen. Das Wasser leuchtete türkisgrün vor dem dunklen Hintergrund der Steinwand. Leymon stand auf einem Felsabsatz am Rand der Grotte, bis zur Taille im Wasser. Er streckte die Hand aus, packte Tailin am Arm und zog ihn an sich.

Der Strudel ließ ihre Körper aufeinanderprallen, riss sie gleich darauf auseinander. Nur Leymons Reaktion war schneller, sein Arm schloss sich um Tailins Hüfte, hielt ihn fest und klebte sie aneinander.

Der schmale Körper des Pameli fühlte sich warm an, nahezu heiß in der Kühle des Wassers. Blanke Gier loderte in seinen Katzenaugen, kurz bevor er Tailin von sich schob und mit dem Rücken gegen die Felswand drängte. Wieder prallten ihre Körper aufeinander. Ganz und gar nahm Leymon ihn gefangen, fasste seine Handgelenke und drückte sie an die Felsen. Seine Zähne entblößten sich, seine Ohren legten sich nach hinten. Ein tiefes Knurren drang aus seiner Kehle, die Lippen über seinen Fangzähnen zitterten. Für den Bruchteil eines

Herzschlages war Tailin sich nicht sicher, ob er ihn lieben oder fressen wollte.

Dann war Leymons Mund auf seinem, wild und ungestüm, gefährlich und sanft. Ihre Zungen vereinten sich, scharfe Zähne streiften Tailins Lippen. Der Schmerz kam im gleichen Moment wie der Rausch. Wie ein Orkan tobte das Gefühl durch seinen Körper. Jeden Moment würde er abheben.

Hastig zog Leymon den Kuss zurück, lehnte den Kopf an Tailins Schulter und flüsterte ihm zu: »Wenn du wüsstest, wie lange ich das schon mit dir tun will. Schon im Waldgürtel von Farua, als wir uns gegenüberstanden. Plötzlich waren die Gedanken da … Dass ich dich lieber küssen würde, als gegen dich zu kämpfen, dass ich dich packen und entführen und mit dir aus diesem entsetzlichen Krieg fliehen sollte, anstatt dich zu töten.«

Tailin schloss die Augen, lehnte den Kopf gegen die Felswand und versuchte, die Worte zu verstehen. Schon im Waldgürtel von Farua?

»Deine Leute haben Chaveen verletzt«, fuhr Leymon fort. »Hätten sie auch nur ein bisschen besser gezielt, wäre ich zusammen mit ihr gestorben. Aber der Schuss war lausig. Eure Schüsse sind fast immer lausig.« Er lachte, und auf einmal klang er so spöttisch und wütend, dass es sich in Tailins Herz brannte. »Wenn du wüsstest, wie du auf mich wirkst, Rotschopf! Groß und kräftig, so schön, dass ich nicht aufhören kann, dich anzusehen, und gleichzeitig so schwach und verletzlich. Nur eure Menschenwaffen verleihen euch Macht. Ohne sie seid ihr nichts. So wenig würde ausreichen, um dich zu töten: ein Hieb mit ihrer Pfote, ein Biss ihrer Zähne. Selbst ich könnte dich ohne eine Waffe umbringen.« Er legte den Mund an Tailins Halsbeuge, öffnete ihn und ließ die Zähne über seine Haut streifen.

Tailin stöhnte auf. Er wollte seine Hände freibekommen, um Leymon näher zu ziehen.

Doch der Pameli hielt seine Handgelenke umschlungen. »Und dann bist du in Pamal aufgetaucht. Als Spion! Vermutlich einer, der uns ganz Sapion auf den Hals hetzen will.« Er knurrte, lachte, leckte Tailins Halsbeuge wie die Pamusch ihr Fell. »Ich war halb irre vor Wut. Deine Leute haben meine Katze verletzt, deine Gruppe hat einen meiner besten Freunde getötet. Allein dafür wollte ich dich leiden und bluten sehen. Ich musste dich foltern, um die Wahrheit zu erfahren, aber ich wollte es auch, um mich an dir zu rächen. Bis du verletzt und halbnackt vor mir lagst … Du warst so rein und ehrlich in deinen Worten, so verzweifelt in deinen Schmerzen und dennoch stärker als jeder andere.« Seine Hand ließ Tailins Handgelenk los und schob sich in seine Haare. »Meine Wut wollte dich töten, und mein Körper wollte dich lieben. In dieser Nacht hab ich es zu weit getrieben. Fast hätte Chaveen dich getötet, und bis zum Schluss dachte ich, dass es mir besser geht, wenn du tot bist. Aber dann konnte ich nicht mehr …« Leymon keuchte. Lust und Verzweiflung mischten sich in dem Laut. »Plötzlich hatte ich rasende Angst, dich zu verlieren. Ich habe Bilder gesehen, von dir und mir – und Bilder vom Krieg. Rauch und Feuer. Ich wollte dich retten. Aber ich habe nicht geglaubt, dass ich es schaffen kann. Nicht mit meinen mickrigen Fähigkeiten. Dennoch musste ich es versuchen. Und dann kam der Rausch.«

Tailin sah ihm in die Augen. Etwas war in der Folternacht zwischen ihnen passiert. Schon damals war die Verbindung entstanden … Nur eines passte nicht dazu. »Warum habe ich nichts geahnt? Wenn ich wirklich deine Gedanken lesen kann, hätte ich dann nicht wissen müssen, was in dir vorgeht?«

Leymons Augen wirkten traurig. Er nickte in Chaveens Richtung. »Weil ich es vor ihr verstecken musste. Sie ist immer bei mir, in mir. Sie belauscht alles, was in mir vorgeht. Also habe ich gelernt, einen Teil meiner Gefühle tief in meiner Seele zu verstecken. Wenn ich es dort verberge, siehst du es genauso wenig wie sie. Dann siehst du nur die Rolle, mit der ich euch täusche.«

Den unnahbaren, überlegenen Krieger … Als er Tailin verhört hatte, war er eiskalt und zynisch gewesen. Auf ihrer Wanderung hatte er tagelang geschwiegen. Also war es nur eine Rolle gewesen? »Wer bist du, wenn du keine Rolle spielst?«

Leymons Pupillen weiteten sich. »Ich weiß es nicht«, hauchte er. »Ich spiele die Rolle schon so lange, dass ich mich nicht mehr kenne. Aber wahrscheinlich bin ich dann so wie jetzt. Jemand, der die Kontrolle verliert und von seinen Trieben beherrscht wird.«

Tailin löste die zweite Hand aus Leymons Griff und schob die Arme um seine Schultern. »Den unnahbaren Krieger fand ich beeindruckend. Gefährlich und einschüchternd und dann wieder so schön, dass man sich die Finger an ihm verbrennen möchte.« Er strich über Leymons Schultern und vergrub die Hand unter seinen geflochtenen Haaren. »Aber du darfst auch den Katzenjungen nicht vergessen, der mit Schneebällen um sich wirft und so ausgelassen lacht, als gäbe es nichts Schöneres auf der Welt. Oder den traurigen jungen Mann, der sich permanent für die Schuld bestrafen möchte, die er auf sich lädt, sobald er sich verliebt. Oder den besten Freund, der dem anderen in seiner schwersten Prüfung beisteht, auch wenn es ihn selbst so mitnimmt, dass er kaum noch aufrecht stehen kann. Ich weiß nicht, welchen Teil von dir ich am meisten liebe, aber ich denke, dass ich auf keinen davon verzichten möchte.«

Leymon öffnete den Mund, als wollte er widersprechen. Doch Tailin küsste die Zweifel von seinen Lippen.

Ein heiserer Laut drang aus Leymons Kehle und mischte sich in ihren Kuss. Sein Körper fühlte sich schwach und weich an, fast als würde er zusammenbrechen. Dann jedoch kehrte die Kraft in seine Arme zurück. Mit aller Macht zog er Tailin an sich, krallte die Hände in seinen Rücken und löste sich von seinen Lippen. »Es ist ein Wunder«, flüsterte er.

Tailin verstand nicht. Er wollte ihn nur weiterküssen und alles andere vergessen.

»Es ist ein Wunder«, wiederholte Leymon, »dass du so lieben kannst, nach allem, was sie mit dir getan haben.«

Tailin horchte auf. Etwas in seinem Inneren geriet in Aufruhr, eine Erinnerung, die in der Dunkelheit lag. »Was haben sie mit mir getan?«

Erschrocken schüttelte Leymon den Kopf. »Nichts! Denk nicht daran! Denk nicht mehr daran!« Er drückte ihn enger an die Felswand und küsste ihn erneut.

Tailin spürte die Zähne an seinen Lippen, zärtlich und scharf, sanft und gefährlich. Blut sickerte in seinen Mund, schmeckte metallisch und klebrig, kurz bevor der Schwindel ihn erfasste. Leymon hatte eine Lösung gefunden! Die Katze konnte sie hinter dem Wasserfall nicht sehen. War das die Lösung? Tailins Gedanken trieben davon. Plötzlich war es egal. Er wollte den Mann in seinen Armen lieben, ohne daran zu zweifeln.

Warme Hände streiften seinen Körper, scharfe Zähne ritzten seine Haut, Schmerz und Lust griffen ineinander. Leymon konnte ihn verletzen und heilen in einem. Wie ein Sturm toste das Brennen auf seiner Haut, drang in ihn ein und vereinte ihre Gedanken. Ihre Körper schmolzen zusammen, lösten ihre Grenzen auf, bis sie eins waren. Ein Geschöpf mit zwei Herzen, die im selben Takt schlugen, mit vier Armen und vier Beinen, die sich umeinanderschlangen, mit einer Stimme aus zwei Mündern.

Rauschendes Wasser umhüllte ihre Liebe, kühlte ihre Hitze und fachte sie an. Schroffe Felswände erschienen vor ihnen, schwindelnd hoch und dennoch rasten sie daran hinauf, verloren jede Haftung und jeden Halt, begannen zu fliegen, immer höher, immer schwereloser, frei …

Dann waren sie oben, sahen den Himmel und die Weite, schwindelnde Tiefe, die vor ihnen lag, bevor sie fielen. Rasend schnell ging es hinab, schwarzer Abgrund raste auf sie zu, fing sie ein und ließ sie mit voller Wucht aufschlagen. Die Schwärze wirbelte davon, grelles Licht fiel in ihre Augen. Männer brüllten, Ketten klirrten.

Dann die Dunkelheit! Schmerz! Überall! Um ihn herum, in ihm drin! Nur kurz, ehe das Bild verschwand, ehe er die Stimme hörte, die ihn rief. Jemand war bei ihm, hielt seine Seele und zog ihn empor.

Urplötzlich war er wieder in der Grotte. Leymon hielt ihn umschlungen, ihre Wangen lagen aneinander, ihre Seelen spürten sich noch und trieben dennoch voneinander fort. Leymon war noch dort! An jenem Ort, an dem der Schmerz überall war. Tailin spürte es und konnte trotzdem nicht zu ihm zurück. Nur der Körper des anderen bebte in seinen Armen, bäumte sich auf und blieb zugleich so still, als wäre seine Stimme versiegt.

»Leymon«, flüsterte Tailin. »Komm zurück! Du musst nicht für mich dort bleiben.«

Immerhin war es seine Erinnerung. Der Blick hinter die letzte Mauer, die seine Seele vor dem Schlimmsten beschützte. *Es ist ein Wunder, dass du noch so lieben kannst.* Was hatten sie mit ihm getan? Walerius hatte es angeordnet. Aber was?

Leymon regte sich in Tailins Armen. »Deine Erinnerungen sind bei mir«, flüsterte er. »Ich weiß, was sie mit dir getan haben. Jede einzelne Grausamkeit. Als die Bilder bei mir ankamen, musste ich mir die Seele aus dem Leib kotzen. Bis heute habe ich jede Nacht Albträume davon, wenn ich überhaupt schlafe.« Er löste sich gerade weit genug, um Tailin anzusehen.

»Was war es? Was haben sie mit mir getan?«

Leymon schüttelte den Kopf. »Ich werde dir die Bilder nicht zurückgeben. Sie wollten deine Seele verbrennen, in Scherben legen, sie auf jede erdenkliche Art auslöschen. Aber du hast die Erinnerungen so tief in dir eingeschlossen, dass du nicht daran zerbrechen kannst. Jetzt sind sie bei mir, und genauso soll es bleiben. *Du* sollst so bleiben. Der ehrlichste und unschuldigste

Mann, den ich kenne. Und ein Gott!« Er fing an zu lachen, löste sich von ihm und wich im Wasser zurück. »Du wirst ein Gott, Tailin. Vielleicht kein reiner Gott, aber ein großer Priester. Man kann nicht mal mit dir schlafen, ohne in eine Vision zu stürzen.« Sein Lachen kippte in einen irren Tonfall. »Maluna hilf mir«, rief er. »Ich habe mich in einen Gott verliebt.« Leymon wich noch weiter zurück, erreichte das Ende des Felsens, auf dem sie standen. Noch einen Schritt und er würde ins tiefe Wasser tauchen.

Er wollte weg! Tailin musste ihn aufhalten. »Was hast du vor? Bleib hier!«

Leymon schüttelte den Kopf. Sein Gesicht verzerrte sich zu einer Grimasse. »Nein. Du bist die wichtigste Person in ganz Ruann. Vielleicht der Einzige, der die Welt retten kann. Ich darf nicht zulassen, dass meine Katze dich reißt, als wärst du ein dreckiger kleiner Liebhaber, den ich in einer Spelunke aufgerissen habe.«

Tailin spürte den Sog der schwarzen Pupillen, die Erinnerungen dahinter: das Schlimmste, was Leymon je getan hatte. Tailin konnte es sehen und wollte es dennoch nicht wahrhaben. »Nein. Das hast du nicht getan.«

Leymon lachte bitter. »Doch, es ist die Wahrheit. Aus meinen dunkelsten Zeiten. Ich habe Männer verführt und mit ihnen geschlafen, in dem Wissen, dass sie am nächsten Tag von meiner Katze gerissen werden.«

Seine dunkelsten Zeiten. Die Worte klangen, als läge es lange zurück. Nur seine Augen sagten etwas anderes: Die Erinnerung war noch frisch. Viel zu frisch. »Wann war das?«

Leymon sah zwischen Tailin und dem Wasserfall hin und her, als wolle er fliehen. »Sie haben mich nicht grundlos von meinem Dienst freigestellt.«

Rasend schnell ordneten sich die Puzzleteile. Leymon war der 3. Hauptwächter, und dennoch hatte er über ein halbes Jahr lang Zeit, einen Gefangenen durch die Berge zu begleiten. Sie hatten ihn vom Dienst freigestellt, weil er die Kontrolle verloren hatte, nachdem seine Katze verletzt worden war. Nachdem sie beide sich im Wald von Farua gegenübergestanden hatten. Schon damals hatte Leymon ihn gewollt.

»Heißt das«, Tailin stockte, »du hast das wegen mir getan?«

Leymons Ohren zuckten, seine Nasenflügel bebten. »Anfangs dachte ich, dass ich spinne, dass ein Blick in die Augen eines hübschen Kriegers nicht ausreichen kann, um mich derart aus der Bahn zu werfen. Aber es wurde immer schlimmer.« Er sog scharf die Luft ein und starrte mit leerem Blick in den Wasserfall. »Chaveen war verletzt, das hat mir eine Pause verschafft. Aber die Pause war zu kurz. Als ich zurück sollte, war ich nicht mehr in der Lage, in den Wald zu ziehen und euch niederzumetzeln. Ich habe immer nur gedacht, dass es dich treffen könnte. Dass es dich nicht treffen darf. Ich habe ein Drittel der Wächter aus dem Gefecht herausgezogen und in den Urlaub geschickt, alle, die mir unterstellt waren. Danach bin ich durch die Spelunken in Nordfarua gezogen und habe getrunken. Alkohol. Pameli vertragen keinen Alkohol, aber ich habe es trotzdem getan.« Sein Blick löste sich aus der Leere und kehrte zu Tailin zurück. »Es gibt viele verzweifelte Männer in Nordfarua. Und mancher davon hat unsere Neigung.« Die Muskeln an seinen Wangen zuckten, seine Worte klangen, als würde er sie Tailin entgegenspucken. »Ich war so wütend. Auf mich, auf dich, auf den ganzen Krieg. Und ich war am Ende. Genauso wie die Männer, mit denen ich im Bett war.« Scham und Reue zitterten in seiner Stimme. »Manche müssen geahnt haben, welches Risiko sie eingehen. Andere habe ich hinters Licht geführt. Und dann habe ich mir eingebildet, dass es eine Erlösung für sie wäre.« Leymons Augen schimmerten.

»Es gab keine Ausnahmen«, flüsterte er, kaum hörbar unter dem Rauschen des Wasserfalls. »Ich weiß nicht, warum sie dich bis jetzt nicht getötet hat. Warum sie nicht bemerkt hat, was zwischen uns vorgeht. Aber spätestens jetzt wird sie es tun. Sobald wir aus dem Wasser kommen.« Leymon ließ sich rückwärts ins tiefe Wasser gleiten.

»Halt!« Tailin sprang auf ihn zu. »Bleib hier! Was hast du vor?«

Leymon schwamm an den Ausgang der Grotte, bis kurz vor den Wasserfall. Ein letztes Mal drehte er sich auf den Rücken und schaute zu Tailin zurück. »Ich habe dich nach Malun gebracht. Mein Auftrag ist erfüllt!« Damit wandte er sich nach vorn und verschwand unter dem Wasserfall.

Tailin folgte ihm, tauchte durch das strudelnde Wasser. Der See glitzerte im Licht der Tagsonne, dahinter lagen das wilde Grün der Lichtung und der dichte Wald. Leymon war bereits ein gutes Stück vor ihm, kraulte so schnell, dass er ihm kaum folgen konnte.

»Ist das deine Lösung?«, schrie Tailin ihm nach. »Dass du dir das eine Mal den Spaß mit mir gönnst und dann davonrennst?«

Leymon antwortete nicht. Er schwamm nur umso schneller. Ein gefährliches Fauchen riss Tailins Aufmerksamkeit an sich. Chaveen sprang mit angelegten Ohren am Ufer hin und her. Sie knurrte und spuckte, machte wütende Sätze in ihre Richtung und stoppte, sobald ihre Pfoten das Wasser berührten. Aus ihrer Kehle drang ein Geheul, das Tailin noch nie von ihr gehört hatte. Dennoch machte der Laut ihm klar, dass er außerhalb des Wassers nicht mehr lange leben würde, solange die Katze in der Nähe war.

Er wurde langsamer, starrte Leymon nach, der sich kurz vor dem Ufer noch einmal umdrehte. »Bleib im Wasser!«, befahl er. »Wenn du auch nur einen Schritt ans Ufer setzt, reiße ich dir eigenhändig den Kopf ab!« Die Wut leuchtete in seinen Augen.

Tailin spürte, wie ernst es war. Was auch immer jetzt geschehen würde, er konnte es nicht verhindern.

Leymon watete aus dem Wasser, fauchte seine Katze mit einem Schwall von Worten an und bückte sich nach seiner Kleidung. Chaveen duckte sich und sprang auf Leymon zu, drohte und spuckte ihn an, während er in scheinbarer Ruhe seine Kleidung über den nassen Körper streifte. Dann packte Leymon einen der Griffe. Mit einem eleganten Satz schwang er sich auf den Rücken der Katze.

Leymon würde ihn allein lassen! Mitten im Wald von Malun! Die Panik schlug über Tailin zusammen. »Du kannst nicht wegreiten«, schrie er. »Ich weiß nicht mal, in welche Richtung ich gehen muss.«

Leymon hob den Kopf. Die Katze unter ihm tobte, drehte sich um sich selbst und machte es ihm unmöglich, Tailin anzusehen. »Ihr werdet euch finden!«, rief er. »Leb wohl!«

Die Katze buckelte in hohen, weiten Sprüngen. Selbst Leymon musste sich mit allen vieren festkrallen, um nicht zu fallen. Wann immer sie kurz verharrte, trieb er die Beine in ihre Flanken, um sie nach vorne zu zwingen. Dann preschte sie los, rannte in geducktem Galopp auf den Waldrand zu, schlug eine Reihe von Haken, die Leymon beinahe in die Luft schleuderten, ehe Katze und Reiter unter den Bäumen verschwanden.

Tailin blieb zurück in der Kühle des Wassers. Eine gefühlte Ewigkeit schwamm er auf der Stelle. Starre durchdrang seinen Körper, während ein winziger Teil von ihm noch immer hoffte, Leymon möge zurückkommen.

Aber nichts dergleichen geschah. Nur die Kühle des Wassers kroch unter seine Haut, ließ ihn immer mehr zittern, bis seine Arme sich kaum noch rührten. Dennoch wartete er weiter, blieb so lange im Wasser, bis die Schwäche ihre Fäden um seine Füße wickelte und ihn nach unten zog. Mit letzter Kraft kroch er ans Ufer, streifte seine Kleidung über und rollte sich im Gras zusammen. Irgendwann ging die Tagsonne unter. Dunkelheit umklammerte ihn, doch dieses Mal erreichte ihn die Panik nicht. Er atmete nicht einmal auf, als endlich die Blutsonne aufging und ihr rotes Licht durch die Nacht warf. Vielleicht atmete er gar nicht mehr.

Drei Tage und Nächte blieb er liegen, ohne zu essen und zu trinken. Voller Sehnsucht wartete er auf Hunger und Schmerz.

Aber sein Körper war längst über menschliche Bedürfnisse erhaben. Wenn es noch einen Teil von ihm gab, der sich quälen konnte, dann war es seine Seele, die sich zusammenkrümmte unter dem Kummer.

Noch eine weitere Nacht verbrachte er in dunklen Träumen, ehe er akzeptierte, dass es vergeblich war: Leymon würde nicht zurückkehren. Er hatte ihn verlassen.

27. Kapitel

Bergland von Sapion, Oase »Walis«,
Töchterpalast des Walerius

DORGEN

Er war süchtig nach ihr, süchtig nach dem Duft ihrer Haut, nach ihrer Bewegung unter seinen Händen und dem Kitzeln, mit dem ihre Locken über seine Brust fielen. Sämtliche Tage und Nächte wollte er nur noch mit Feyla verbringen, konnte nicht aufhören, sie anzuschauen und zu streicheln, sie zu lieben und in seinen Armen zu halten. Er war süchtig nach ihr, und sie war süchtig nach ihm, und dennoch brach es ihm das Herz.

Ihre Tage waren gezählt. Ganz egal, wie oft er in der letzten Zeit mit ihr geschlafen hatte, sie schien noch immer nicht schwanger zu sein. Nur noch ein Monat blieb ihnen bis zu ihrem Hochzeitstag. Selbst wenn es ihnen gelingen sollte, in dieser Zeit ein Kind zu zeugen, Feyla würde an ihrem Jahrestag keine Beweise haben, vermutlich noch nicht einmal eine ausgebliebene Blutung.

Dorgen hatte aufgehört, über seine Freiheit und seinen Schwiegervater nachzudenken, es war ihm egal, dass die Wassersklaven ihretwegen litten. Auch an den Plan, dass er der neue Heerführer werden sollte, vermied er jeden Gedanken. Sein Interesse galt allein Feyla und der Furcht, sie verstoßen zu müssen.

Er würde sie in die Wüste bringen müssen. An die südlichste Grenze von Sapion, hinter der kein Leben mehr existierte. Nur noch heißer, glühender Sand und endlose Weite. Der Gedanke, dass er mit ihr dorthin ritt und sie ohne Wasser und Nahrung zurückließ, bohrte sich so schwarz und nagend in seine Brust, dass er kaum noch atmen konnte.

Feyla war längst eingeschlafen. Manchmal zuckte sie im Traum. Dann wieder lag sie still, und nicht zum ersten Mal fragte er sich, wie sie so ruhig und warm in seinen Armen liegen konnte, anstatt vor Panik im Turmzimmer auf und ab zu wandern. Bis ihr nächster Traum kam, in dem sie zuckte und murmelte.

Dorgen hielt es nicht länger aus. Es gab nur noch einen Ausweg. »Wir müssen fliehen.« Er sprach laut, ließ die Worte durch den Raum hallen und lauschte ihrem Klang.

Ein heftiger Ruck ging durch Feylas Körper. Ihre Arme bewegten sich, als wollte sie ihn abwehren. Im nächsten Moment saß sie senkrecht neben ihm. Mit weiten Augen starrte sie ihn an, als müsste sie Traum und Realität erst voneinander trennen. In einem zerzausten Büschel standen die Locken von ihrem Kopf ab, durchdrungen von dem rötlichen Licht der Nachtsonne.

Sie war das schönste Geschöpf in ganz Ruann. Er wollte sie wieder an sich ziehen und festhalten, wollte sich mit ihr unter der Bettdecke vergraben und vergessen. Doch ihre Zukunft lag in den Worten, deren Hall noch immer in seinen Ohren dröhnte. »Wir müssen fliehen«, wiederholte er.

Nur langsam schien Feyla zu begreifen und in die Gegenwart zurückzukehren. »Wohin?«, flüsterte sie.

Dorgens Gedanken drehten sich. Wohin? Unzählige Male hatte er über die Frage nachgedacht, immer mit dem gleichen Ergebnis. »Es gibt nicht viele Möglichkeiten«, murmelte er. »Nordfarua ist der einzige Ort, an dem noch unabhängige Menschen leben.«

Feylas Augen leuchteten auf. Oder war es nur die rote Spiegelung der Nachtsonne? »Du meinst, wir könnten dahin reiten?« Hoffnung lag in ihrer Stimme. »Du kennst den Weg, du kennst das Frontgebiet. Wir könnten das schaffen, oder?«

Die Zweifel bohrten sich in Dorgens Magen. Ihre Aussichten, in Nordfarua anzukommen, waren gering. Kein sapionischer Mann reiste allein mit einer Frau. Wenn sie es versuchten, müssten sie Städte und Dörfer meiden. Damit hätten sie keine Möglichkeiten, ihre Wasservorräte aufzufüllen. Es sei denn, er ließ Feyla außerhalb der Orte zurück und ging allein, um Wasser zu holen. Eine Frau ohne Begleitung wäre Freiwild. Sie müsste nur einmal gesehen werden, und der Finder hätte das Recht, sie zu behalten und zu versklaven.

Außer vielleicht, wenn das alles längst geschehen wäre.

Womöglich war das die Lösung! »Wir müssten dich als Sklavin ausgeben. Du würdest unverschleiert und an meiner Führleine reiten. Vielleicht finden wir rote Farbe für deine Haare, und immer, wenn wir Menschen begegnen, müsste ich dich schlecht behandeln.«

Feylas Miene veränderte sich. Ein vorsichtiges Lächeln formte sich auf ihren Lippen, wurde breiter und verwandelte sich in ein Strahlen. »Jederzeit darfst du mich schlecht behandeln, wenn wir dafür in die Freiheit reiten! Du darfst mich anschreien, schubsen und schlagen, alles was nötig ist, um uns beide zu retten.«

Dorgen fiel es schwer, ihre Hoffnung zu teilen. Das Ganze würde nur so lange gut gehen, bis jemand ihre Papiere sehen wollte. In der Regel reisten Sapioner für den Sklaventransport im Konvoi, um genug Leute zu haben, die ihre Sklaven gegen Diebstahl und Flucht bewachten. Ganz zu schweigen davon, dass die meisten Sklaven in Käfigen transportiert wurden. Es wäre also nicht unwahrscheinlich, dass er in einer Kontrolle vorweisen musste, wo und von wem er Feyla gekauft hatte.

»So einfach ist es nicht, oder?« Feylas Gesicht wurde wieder ernst. »Nugia«, murmelte sie dann. »Ich wollte schon mit ihr fliehen, als ich noch ein kleines Mädchen war. Ich könnte sie im Leben nicht hierlassen. Mein Vater würde sie an meiner Stelle bestrafen. Könntest du mit zwei Sklavinnen reisen?«

Dorgen konnte Feyla nicht länger ansehen, konnte den Gedanken nicht länger aufhalten, der sich aus der Schwärze seines schlechten Gewissens emporarbeitete. »Er würde nicht nur sie bestrafen.«

Mit einem Ruck stand Feyla auf, wickelte ein Laken um ihren Körper und wanderte durch das Zimmer. Am Fenster blieb sie stehen und schaute nach draußen in die Nacht in die Richtung, in der das Schwimmbad lag. »Deine Kinder ...« Ihre Stimme bebte. »Du hast vier Kinder. Wenn wir beide fliehen, was tut er dann mit ihnen?«

Dorgens Atem erstarrte. Walerius hatte keinen Zweifel daran gelassen, was er mit seinen Kindern tun würde, wenn Dorgen ihm nicht gehorchte. Dennoch wollte er Feyla nicht damit belasten. Es war allein seine Schuld und sein Gewissen, wenn er sich entschied, das Leben seiner Kinder für das Leben seiner Frau zu opfern. »Was würde er denn mit den Babys tun, wenn ich der neue Heerführer werde und in der nächsten Schlacht falle?«

Feyla wirbelte herum. Blankes Entsetzen lag auf ihrem Gesicht. »Das ist etwas anderes«, rief sie. »Und das weißt du! Wenn du mit mir fliehst, wird er Krafur und Beltram zu meinen Schwestern auf die Zimmer schicken, damit sie die Babys aus den Wiegen holen. Mit bestialischer Freude werden sie die Kleinen in die Berge tragen und von oben in die Schlucht werfen, oder sie drücken sie so lange unter Wasser, bis sie nicht mehr atmen. Falls sie nicht einfach ein Messer nehmen und deinem Nachwuchs noch in der Wiege die Kehle durchschneiden.«

Dorgen zuckte bei jedem Wort zusammen.

Auch Feyla zitterte am ganzen Leib, ihre Fäuste bebten, und ihre Stimme versagte. »Du kannst mich nicht retten«, hauchte sie. »Und selbst wenn du dazu bereit wärst – ich kann mein Leben nicht gegen das der Kinder tauschen. Es würde uns beide zerbrechen.« Sie wischte die Tränen aus ihrem Gesicht. »Lieber gehe ich freiwillig in die Wüste und sterbe mit einem reinen Gewissen.«

»Feyla, nein!« Dorgen sprang aus dem Bett, lief auf sie zu und zog sie an sich. »Sag das nicht. Du darfst nicht sterben. Wir müssen es verhindern, irgendwie!«

Ihr Körper zuckte in seinen Armen, ihre Locken fielen in seine Halsbeuge und verklebten sich mit den Tränen. »Es gibt keine Lösung«, flüsterte sie. »Du musst es einsehen.«

Plötzlich wurde sie hart, machte sich von ihm los und wich zurück. »Ich bin eine unfruchtbare Frau, ein Mannsweib! Ich muss aussortiert werden.«

Dorgen wurde blass. »Wovon redest du?«

Feyla lachte auf. »Von einem der Bücher, das ich in der Bibliothek meines Vaters gefunden habe. Ein Pamphlet, in dem steht, warum es in Sapion so viele unfruchtbare Weiber gibt, und warum es notwendig ist, sie mit aller Härte auszusortieren.« Sie holte tief Luft und schoss die Worte hervor, als wollte sie ihn damit besiegen. »Es ist das Ergebnis der Auslese. Nur die stärksten und härtesten Männer werden Väter, schon seit vielen Generationen. Also werden auch ihre Kinder immer stärker und härter, selbst wenn es Mädchen sind.« Ihr Tonfall änderte sich, als sie aus dem Buch zitierte: »Mannsweiber sind hässliche, verachtenswerte Kreaturen, nutzlos in ihrer Biologie, eine Schmach für unsere Gesellschaft und Schmarotzer, deren Ernährung sich durch nichts rechtfertigen lässt. Sie in die Wüste zu schicken und zu töten, sollte uns genauso selbstverständlich sein wie die Hinrichtung des männlichen Pendants: des Stummelweibes, das in seiner Widernatur unsere Gesellschaft verdirbt.« Feyla atmete aus.

Die Worte stachen in Dorgens Ohren, verknäulten sich in seinem Magen. *Mannsweiber … Stummelweiber … verachtenswerte Kreaturen.*

»Und jetzt rate, wer das geschrieben hat!« Hass glühte in ihren Augen.

Dorgen fühlte sich ratlos. »Ich kenne mich nicht aus mit Schriftstellern.«

Feylas Nase kräuselte sich vor Ekel. »Um *ihn* zu kennen, musst du dich nicht mit Schriftstellern auskennen.«

Plötzlich wusste Dorgen, wer das Pamphlet geschrieben hatte. »Dein Vater?«

Feyla nickte. Neue Tränen schossen in ihre Augen, bevor sie sich abwandte.

Dorgen wollte sie in die Arme nehmen und trösten. Doch etwas an ihrer Haltung sagte ihm, dass sie bereits Abschied nahm. »Tu das nicht«, flüsterte er. »Bleib bei mir, so lange es geht. Lass uns wenigstens darüber nachdenken, ob es möglich wäre, sie alle mitzunehmen. Alle Frauen und Babys. Und Nugia. Vielleicht könnte ich unter den Sklaven am See ein paar kampferprobte Männer finden, die bereit wären, mit uns zu reisen und im Notfall für uns zu kämpfen.«

Es wäre ein riskantes Unterfangen, aber es erschien ihm als einzig mögliche Lösung.

Es dauerte einen Moment, ehe das Beben ihres Körpers nachließ. Mit verweintem Gesicht drehte Feyla sich zu ihm. Dorgen trat auf sie zu, zog sie vorsichtig in seine Arme und fühlte ihren Kopf an seiner Brust. Eine Sekunde später vernahm er das Poltern auf der Treppe, die Tür zum Turmzimmer wurde aufgerissen.

Dorgen sprang herum, wich zurück und stieß mit dem Rücken gegen Feyla, die hinter ihm in Schreckstarre fiel.

Walerius stand am Aufgang der Treppe.

»Dorgen!«, rief er im Befehlston. »Der alte Heerführer hat sich das Leben genommen. Du wirst sein Nachfolger und musst mit schnellstmöglicher Wirkung in dein Amt eingeführt werden.«

Dorgens Mund stand offen. Er wollte widersprechen. Immerhin dauerte es noch einen Monat, ehe sein erstes Ehejahr endete. Aber welchen Wert hatte schon ein Ehejahr im Vergleich zu einem führungslosen Heer?

»Mach dich bereit!« Walerius sah an Dorgen herab, der noch immer nackt im Raum stand. »Die Pferde werden bereits gesattelt. Wir reisen in Kürze ab. Meine Sklaven und ich bringen dich nach Anmare. Von dort aus geht in zwei Tagen ein Treck mit Nachschub und Soldaten ins Heerlager.«

Anmare … in zwei Tagen … Heerlager … Dorgens Lippen formten stumme Worte. Er würde Feyla und seine Kinder verlassen. Nicht in einem Monat, nicht wenn er Feyla verstoßen musste, sondern schon jetzt, heute, mitten in der Nacht.

Er sah zu Feyla, die mit bleichem Gesicht dastand und ihren Vater anstarrte. Alles in ihm wollte sie noch einmal in den Arm nehmen und trösten. Ein allerletztes Mal!

»Ich erwarte dich!« Eine unverhohlene Drohung lag in der Stimme seines Schwiegervaters, dann drehte er sich um und verließ das Turmzimmer.

Dorgen blieb wie erstarrt zurück. »Das …« Er kam nicht weiter, konnte nichts sagen, nichts denken, nichts tun. Nur ihre Blicke trafen sich.

Feyla. Ihr Name strich durch seine Gedanken, der Schrecken stand ihr im Gesicht und kroch durch seine Eingeweide. Es war ein schreckliches Bild, wie sie dastand, ihre Augen weit und gerötet, ihre Hände um das Bettlaken geklammert, so fest, dass ihre Fingerknöchel weiß hervortraten. Ihre Lippen zitterten vor Fassungslosigkeit. Und dennoch musste er dieses Bild in sich aufnehmen und für immer in seiner Erinnerung festhalten.

»Feyla«, flüsterte er, als sie sich in die Arme fielen. Das Tuch zwischen ihnen fiel, ihr schmaler Körper presste sich an seinen, ihre Fingernägel schlugen in seine Haut. Grausiger Schmerz brandete durch seinen Körper, durch seine Seele, stark genug, um sie beide zu zerstören.

Er würde sie verlieren. Nicht irgendwann, sondern jetzt, sobald sie einander losließen.

Er wollte schreien und die Verzweiflung in die Nacht brüllen. Aber es ging nicht, durfte nicht. Er musste stark sein für sie, musste sie halten, solange sie bei ihm war. Zerbrechen konnte er hinterher.

Oder gab es doch noch eine Möglichkeit? Was, wenn er sich weigerte – oder wenn zur Abwechslung er derjenige wäre, der eine Bedingung an Walerius stellte?

★★★

FEYLA

Als er fort war, wurde die Luft in seinem Zimmer kalt. Jede Bewegung schmerzte, und jeder Atemzug hallte in ihren Ohren. Feyla rollte sich unter der Bettdecke zusammen, um zu vergessen, um zu warten, um gleich hier den Tod zu sterben, der unvermeidlich geworden war. Irgendwann schlief sie ein, wachte auf, schloss noch einmal die Augen und dämmerte davon. Irgendwo in ihren Träumen hörte sie das Trappeln von Pferden, Männerrufe und gebrüllte Befehle.

Dann wurde es still. So still.

Wieder kroch ihr Geist davon, stahl sich hinab in den Schlaf, bis ihre Augen sich öffneten und sich nicht wieder schließen wollten. Feyla sträubte sich gegen den Moment, wollte um keinen Preis so wach werden, dass sie denken musste. Für eine endlose Ewigkeit starrte sie an den roten Stoff des Himmelbettes, schaute dann aus dem Fenster, hinter dem sich das Licht des Tages formte.

Dort draußen, in nicht allzu weiter Ferne lauerte ihr Tod. Sie war unfruchtbar. Wenn Dorgen sie nicht in die Wüste bringen konnte, würde ihr Vater das an seiner Stelle erledigen.

Nugia! Sie musste Nugia fragen! Musste herausfinden, was es mit den Tränken auf sich hatte. Nur ihre Freundin konnte ihr beantworten, woraus die Medizin bestanden hatte und ob die Tränke daran schuld waren, dass sie ihr Kind verloren hatte.

Um jeden Preis musste sie der Sache auf den Grund gehen, auch wenn sie sich selbst damit in Gefahr brachte. Aber welche Gefahr sollte es für sie noch geben? Todgeweiht war sie ohnehin. Was machte es also für einen Unterschied, ob sie früher oder später starb?

***

Feyla rannte, hinaus aus dem Töchterpalast, durch die Laubengänge des Parks, bis zum Trakt ihres Vaters. Walerius war mit Dorgen geritten. Wenn sie Glück hatte, hatte er auch seine Wachsklaven mitgenommen. In zwei Tagen ging der Treck von Anmare. Zwei Tage für den Hinweg und zwei weitere, die ihr Vater für den Rückweg brauchen würde. So lange hatte sie Zeit.

Als sie die Treppe zur Bibliothek erreichte, blieb sie stehen und horchte. Oben war jemand. Sie spürte es mehr, als dass sie es sah. Vielleicht lag sein Atem in der Luft oder das Scharren seiner Füße, Geräusche, die so winzig waren, dass sie nicht in ihren Ohren, sondern nur in ihren Gefühlen ankamen.

Feyla schlüpfte in den Schatten unter den Treppenabsatz. Es war nur eine Person. Sie war sich sicher. Wenn sie zu zweit wären, würden sie früher oder später reden.

Krafur oder Beltram. Zumindest einer der beiden war also noch hier. Keinem anderen würde ihr Vater genug trauen, um ihn seine privaten Gemächer bewachen zu lassen. Und einen hatte ihr Vater sicherlich auf die Reise mitgenommen, um dafür zu sorgen, dass Dorgen die Wege ging, die er gehen sollte.

Wenn es aber nur einer war, für den es keine Ablösung gab,

musste er seinen Wachposten unweigerlich zwischendurch verlassen.

Feyla wusste nicht, wie lange sie unter der Treppe wartete. Ein Fenster gab es nur im oberen Geschoss, und die Dunkelheit hier unten verriet nichts darüber, welchen Lauf Rabanus am Himmel bereits genommen hatte. Nur ihr Herz schlug schnell und aufgeregt und wollte sich selbst nach einer Ewigkeit nicht beruhigen.

Dann hörte sie die Schritte, schwere Stiefel auf der Treppe. Vorsichtig lugte sie um die Ecke, um zu sehen, wer es war.

Der Mann, der auf die Eingangstür zuschritt und nach draußen ging, war weder Krafur noch Beltram. Kurz überlegte sie, ob es einer der anderen Sklaven war. Aber Feyla kannte ihn nicht. Seine Haare waren so schwarz wie die der Sapioner, und für einen Mann, der nach der Auslese zum Sklaven gemacht worden war, war er zu jung. Fast noch ein Jüngling. Kaum älter als sie. Wer konnte das sein? Und war er derjenige, der die Schlafräume bewachte?

Ihr Vater hatte also Krafur und Beltram mit auf die Reise genommen, weil er zwei Männer brauchte, um Dorgen zu bewachen. Mindestens.

Feyla musste den Moment nutzen, um in die Gemächer ihres Vaters zu schlüpfen. Sie löste sich aus ihrer Ecke, huschte zum Fuß der Treppe und ging mit gerader, selbstbewusster Haltung nach oben. Falls doch jemand dort war, würde sie so tun, als wolle sie nur in die Bibliothek gehen.

Als sie oben ankam, schien alles ruhig zu sein. Die Tür zur Bibliothek stand offen. Der Geruch von Papier und Staub drang heraus. Regungslos und still standen die Bücher auf ihren Plätzen und warteten auf Gesellschaft.

So leise sie konnte, stieg Feyla über die schmalere Dachtreppe zur Tür im obersten Geschoss. Schwach erinnerte sie sich, dass sie als kleines Mädchen einmal hier gewesen war, im Schlafgemach ihres Vaters. Die Tür war mit einem breiten Metallriegel verschlossen. Also war Nugia hier oben gefangen? Feyla hob den Riegel an, zog die Tür auf und spähte durch den Spalt.

Nugia lag auf dem Bett ihres Vaters. Mit geschlossenen Augen hatte sie sich unter der Bettdecke zusammengerollt. Abgesehen davon war niemand im Zimmer.

Feyla schlüpfte durch die Tür, schloss sie hinter sich und huschte zu ihrer Freundin. Nugia schreckte auf, machte Anstalten, sich aufzusetzen, und wurde dann zurückgerissen. Eiserne Ketten hielten ihre Handgelenke. Auch vom Fußende aus führten Ketten unter die Bettdecke.

»Er hat dich angekettet?« Feyla starrte ihre Freundin an.

»Pscht!«, zischte Nugia. Wieder richtete sie sich auf, dieses Mal langsamer und gerade weit genug, um sich an den Kissenberg zu lehnen. »Wie bist du hereingekommen?« Sie klang besorgt.

Feyla deutete zur Tür. »Mein Vater ist weggeritten, mit Dorgen, um ihn nach Anmare zu bringen. Er soll der neue Heerführer werden.« Sie schluckte, schob den Gedanken nach hinten und sprach schnell weiter. »Und der junge Mann, der dich bewacht hat … Ich habe unter der Treppe gewartet, bis er gegangen ist. Eigentlich habe ich Krafur oder Beltram erwartet. Aber … Wer ist dieser Jüngling?«

Etwas in Nugias Augen flackerte auf, eine seltsame Irritation, ehe sie Feylas Blick auswich. »Er ist … sowas wie sein Zögling. Politischer Nachwuchs. Sein Akademieabschluss soll der beste aller Zeiten sein. Aber wenn du mich fragst … Er ist genauso gestört und unberechenbar wie dein Vater.«

Feylas Gedanken taumelten durcheinander. Ein politischer Zögling ihres Vaters? Zum ersten Mal fiel ihr auf, dass es so etwas geben musste. Ihr Vater würde nicht ewig leben. Und eines Tages brauchte er einen Nachfolger. Doch Feyla hatte keine Zeit, darüber nachzudenken, sie musste Nugia ihre Fragen stellen.

»Feyla!« Ihre Freundin kam ihr zuvor. Mit gehetztem Blick schaute sie zur Tür und wieder zurück. »Hör zu. Ich muss dir was erzählen. So schnell wie möglich, bevor er wiederkommt.«

Feyla nickte und setzte sich auf die Bettkante. Vermutlich wollte auch Nugia über die Tränke sprechen.

»Ich bin deine Schwester«, platzte die Sklavin heraus. »Deine Halbschwester, um genau zu sein.«

Feyla erstarrte. Hieß das, ihr Vater trieb es mit seiner … »Du bist seine Tochter?«

Etwas Wildes erschien in Nugias Augen. »Nein. Nicht er. Unsere Mutter. Du und ich, wir haben dieselbe Mutter!«

Feyla schnappte nach Luft, musste es begreifen, sortieren. Ihre Mutter, die so früh gestorben war, dass sie sich nicht mehr an ihr Gesicht erinnern konnte, sie war auch Nugias Mutter gewesen?

Nugia stammte aus Farua. Ihre Haare waren brandrot.

Hieß das …? »Sie war … eine Sklavin?«

»Nein!« Nugia klang ungehalten. »Unsere Mutter war Diplomatin. Die Faruaner haben sie geschickt, um mit Sapion über einen Frieden zu verhandeln. Als ich klein war, haben wir an der Südgrenze gewohnt, in dem ersten Dorf, das schon zu Farua gehörte und nicht zum staatenlosen Gebiet. Ich wusste, dass nebenan der Krieg tobte. Schon lange. Seit mehr als einer Generation. Nur die Grenze zu Farua haben die Sapioner immer respektiert. Es hieß, sie hätten Angst vor den Gottgeborenen, die in unserem Land lebten. Dennoch war es nur eine Frage der Zeit. Früher oder später würden sie auch bei uns einfallen.« Nugias Hände zerrten an den Ketten, quälten sich in dem Versuch, zu ihren Worten zu gestikulieren. »In Wellen zogen die Flüchtlinge durch unser Dorf. Manche fanden Obdach in unserem Haus und brachten Geschichten mit, von denen einem schlecht wurde, wenn man sie nur hörte. Sie erzählten von Sapionern, die Dörfer in Brand setzten, Männern die Köpfe abschlugen und Frauen vergewaltigten. Sie sprachen von Blutsuchern, die blonde Kinder zusammentrieben, um sie der Göttin zu opfern, und von Menschenhändlern, die Kinder und Frauen mit sich nahmen, um sie in Sapions Häusern zu versklaven.« Wieder huschte Nugias Blick zur Tür, hektisch erzählte sie weiter. »Wie alle Männer aus unserem Dorf hielt mein Vater an der Grenze Wache. Immer wieder gab es Grenzübertritte der Sapioner und darauffolgende Kämpfe. Viele unserer Männer starben bei diesen Angriffen, und eines Tages traf es auch meinen Vater.«

Atemlos folgte Feyla der Geschichte. So viel wie möglich musste sie davon hören, ehe Walerius' Zögling zurückkehrte.

»Von da an beschloss meine Mutter, dass sie alles tun musste, um den Krieg zu beenden. Sie wollte sich für das staatenlose Gebiet einsetzen, um auch dort einen Waffenstillstand zu vereinbaren und sicherzugehen, dass die Sapioner die Grenzen zu Farua achteten.« Nugias Blick wirkte alarmiert, warnend schaute sie Feyla in die Augen. »Du musst wissen, dass unsere Mutter eine Gottgeborene war. Suleja hatte das Talent der zaubernden Stimme und war eine ausgebildete Priesterin Valjans. Wenn sie geredet hat, hingen die Menschen an ihren Lippen, ihre Worte wurden gehört, und wenn sie es darauf anlegte, war sie in der Lage, einen Menschen zu manipulieren und ihn genau das tun zu lassen, was sie von ihm wollte. Es gab nie eine richtige Regierung in Farua. Jedes Dorf hatte eigene Regeln und Ordnungen. Aber die Priester und Priesterinnen Valjans waren die Stimmen, die das Land vereinten und Farua zu einer zusammenhängenden Gesellschaft formten. Das war unser Glück und der einzige Grund, warum die Sapioner sich erst so spät an Farua heranwagten.«

Feyla krallte ihre Hände in die Matratze. Ihre Mutter war also eine Gottgeborene gewesen? Eine Priesterin? Eine Diplomatin?

»Nach dem Tod meines Vaters hat Suleja beschlossen, wieder nach Malun zu gehen«, fuhr Nugia leise fort. »Schon in ihrer Jugend war sie dort als Priesterin ausgebildet worden. Und nun schmiedete sie mit den anderen Priestern den Plan, sich den Sapionern diplomatisch anzunähern, mit ihren Politikern zu sprechen und mit Hilfe ihrer göttlichen Fähigkeiten eine Einigung herbeizuführen.« Nugia atmete schwer ein, die Ketten klirrten, während sie die Füße unter der Bettdecke bewegte. »So geriet sie an Walerius. Mit ihm sollte sie verhandeln. Aber dann geschah etwas, womit niemand gerechnet hat.«

Nugias Blick wurde eindringlich, die Spannung in Feylas Bauch brannte. »Die beiden verliebten sich ineinander, und fortan war Suleja kaum noch wiederzuerkennen. So sehr sie meinen Vater auch geliebt hat – mit Walerius war sie wie berauscht von ihrem Glück. Mit ganzer Kraft hat sie geglaubt, dass ihre Liebe stark genug wäre, den Krieg zu beenden. Walerius war bereits mit einer Schwesternsippe verheiratet, trotzdem hat er sie gefragt, ob sie ihn als zusätzliche Frau ehelichen möchte. Und sie hat eingewilligt.« Nugias Gesicht verzog sich zu einer verächtlichen Grimasse.

»In der ersten Zeit hat er meine Mutter auf Händen getragen und sie offen vor den anderen Frauen bevorzugt. Auch mich hat er wie eine kleine Prinzessin behandelt. Aber dann wurde sie schwanger, und plötzlich schlug sein Verhalten um.« Nugias Nasenflügel weiteten sich, Tränen glitzerten in ihren Augen. »Von da an war er nicht mehr der sanfte Geliebte, sondern ein herrischer Gebieter, der seine Frau mit der Peitsche in den Gehorsam zwingt.«

Feyla erkannte die Parallelen. Ihre Kindheit und Jugend hindurch hatte ihr Vater sie auf Händen getragen, und sobald sie verheiratet war und es wagte, aufzubegehren, hatte er sich in einen grausamen Tyrannen verwandelt.

»Suleja hat verzweifelt versucht, ihr Talent einzusetzen und ihn mit ihrer Stimme zu verzaubern«, berichtete Nugia. »Doch in seiner Gegenwart schienen ihre Fähigkeiten wirkungslos zu sein. Ich kann daraus nur ableiten, dass er selbst ein Gottgeborener sein muss. Aber so genau weiß ich das nicht. Alles, was Walerius Suleja versprochen hatte, galt nach der Hochzeit nicht mehr. Auch die Friedensverhandlungen wurden niemals aufgenommen. Die Grausamkeiten im staatenlosen Gebiet tobten weiter, und schließlich hieß es, das sapionische Heer würde sich an den Grenzen Faruas sammeln.« Nugias Stimme klang belegt, ihre Augen schauten in die Ferne, als würden sie noch die Bilder sehen, die sie damals beobachtet hatte. »Nach deiner Geburt hat er unsere Mutter in seinen Gemächern eingesperrt und sie nur noch mit der Peitsche angefasst. Uns beide, dich und mich, hat er von ihr getrennt. Die anderen Frauen sollten dich aufziehen, aber sie haben nur aus der Ferne über Walerius' faruanische Geliebte gespottet und dich von Anfang an mit Gehässigkeiten gequält. Nur selten durften wir Suleja sehen. Und wenn, dann war sie nur noch ein Schatten ihrer selbst, ein Häufchen Elend, das in Ketten gelegt auf sein Ende wartete.« Nugias Blick kehrte zu Feyla zurück. »Und dann ist sie gestorben. Einfach so. Eines Morgens lag sie tot in ihrem Bett. Damals war ich elf, und du warst drei. Am Tag darauf ist das sapionische Heer in Südfarua einmarschiert.«

Feylas Herz raste. Der Tod ihrer Mutter und der Krieg in Südfarua … Der Zusammenhang konnte kein Zufall sein. »Woran ist sie wirklich gestorben? Ihr habt immer erzählt, dass sie krank war.«

Nugia zuckte die Schultern. »Ich weiß es nicht genau. Ich glaube, sie hat sich nie richtig von der Geburt erholt. Aber vielleicht war sie auch deshalb so schwächlich, weil Walerius sie so oft misshandelt hat. Zu ihrem Tod kann ich letztendlich nur Vermutungen anstellen. Ich nehme an, sie wurde vergiftet, auch wenn sich dafür wohl niemals Beweise finden lassen.«

Alrana hatte das getan! Sie musste Suleja vergiftet haben. Oder hatte Walerius ihr selbst das Gift verabreicht?

Schmerz und Mitleid schimmerten in Nugias Augen. »Sobald sie tot war, hat dein Vater mich zur Sklavin degradiert. Aber du solltest Teil der Sippe bleiben und nichts Genaueres von deiner Mutter erfahren. Er hat mir und allen Sklavinnen mit dem Tod gedroht, wenn wir dir auch nur ein Wort verraten. Auch seine Frauen hätte er schwer bestraft. Aber Alrana hat von Anfang an ihre Intrigen gegen dich gesponnen. Ihr war es nur recht, dass du nichts wusstest, so konnte sie dich umso härter treffen.«

Mit den letzten Worten setzte sich das Puzzle in Feylas Kopf zu einem vollständigen Bild zusammen. Sie erinnerte sich an ihren Hochzeitstag. »Deshalb haben sie dich auspeitschen lassen! Weil Alrana gehört hat, dass du mir beinahe die Wahrheit verraten hättest.«

Nugia presste die Lippen aufeinander. »Ja«, flüsterte sie.

Feyla rutschte näher an sie heran und legte ihr den Arm um die Schultern. Zum ersten Mal kam es ihr vor, als wäre sie die Ältere, die ihre jüngere Freundin beschützen musste.

Ihre Schwester! Nugia war ihre Schwester!

»Du hast das die ganze Zeit gewusst?«, flüsterte sie. »Und durftest mir nicht sagen, dass wir Schwestern sind?«

Nugia hob die Hände, als wollte sie Feyla umarmen. Doch die Ketten klirrten und hielten ihre Arme zurück. Ihr Körper begann zu zucken, leise Schluchzer drangen aus ihrem Mund. Feyla zog sie noch enger an sich, ihre große Schwester, ihre einzige Freundin und Ersatzmutter ihrer Kindheit. Erst jetzt begriff sie die Tragweite.

Dann stutzte sie. Zwischen ihnen war etwas!

Feyla wich zurück und starrte auf Nugias Bauch, auf das dünne Laken darüber, das sich in der Umarmung an die Formen ihres Körpers angepasst hatte. »Du bist schwanger!«

Nugia nickte, schaute nach unten und ließ die Haare vor ihr Gesicht fallen.

Feyla zog sie erneut in die Arme. Doch ihre Gedanken flogen durcheinander. Wenn Nugia schwanger war … »Hast du nicht immer gedacht, du wärst unfruchtbar?«

Nugia antwortete nicht. Nur ein weiteres Schluchzen rang sich aus ihrer Kehle. »Nein. Ich bin nicht unfruchtbar. Das habe ich dir nur gesagt, weil niemand die Wahrheit wissen sollte. Nicht einmal du.«

Feyla spürte eine drohende Ahnung in sich … »Welche Wahrheit?«

Nugia hob den Kopf. »Es gibt Kräuter, mit denen man eine Schwangerschaft verhindern kann. Und andere, mit denen sich ein Kind abtreiben lässt. Ich habe sie im Garten angebaut und mir jeden Morgen einen Trank …«

»Moment mal!« Feyla unterbrach sie und wich vor ihr zurück. »Die Tränke, die Alrana uns jeden Morgen gebracht hat. Sie hat gesagt, dass du sie zubereitet hast!«

Nugia lehnte den Kopf zur Seite. »Ich? Ich habe keine Tränke für euch zubereitet.«

Etwas in Feylas Gedanken zersplitterte und wollte sie mit sich reißen.

»Alrana hat euch Tränke gebracht?« Auch Nugia klang alarmiert. »Was waren das für Tränke? Wer hat sie getrunken?«

»Wir alle.« Feylas Kehle fühlte sich so trocken an, als hätte sie Holzspäne gegessen. »Vor allem die anderen. Jeden Morgen kam Alrana mit den Tränken. Sie meinte, dadurch würde unsere Fruchtbarkeit gefördert.«

»Große Maluna steh uns bei!« Nugia ließ sie nicht ausreden. Kalter Schrecken sprach aus ihrer Stimme. »Alrana hat mein Rezeptbuch genommen. Sie hat mich erwischt, als ich gerade dabei war, den Verhütungstrank für mich vorzubereiten. Da hat sie das Buch gesehen und es mir weggenommen. Allerdings war es auf Faruanisch. Ich dachte, sie könnte es nicht lesen. Aber ich nehme an, sie hat eine andere Sklavin beauftragt, es ihr zu übersetzen. Nur wenige Tage später hat sie mir verboten, in den Garten zu gehen und Kräuter zu pflücken. Und dann hat Walerius mich hier eingesperrt und nur noch für bestimmte Arbeiten herausgelassen.«

Eisige Kälte spülte durch Feylas Körper. Alrana besaß das Rezept … für den Verhütungstrank … und die Abtreibungstränke.

Ihr Kind war abgetrieben worden.

Ein Knacksen ließ Feyla zusammenzucken. Nicht hier, nicht in diesem Raum, sondern unter ihnen. In der Bibliothek? Auf der Treppe? Der Wächter!

»Ich muss gehen!« Feyla sprang auf, trat vor dem Bett ihres Vaters zurück und starrte auf ihre Schwester herab. Nur eines musste sie noch sagen. »Wie hältst du das aus?«, flüsterte sie. »Wie kannst du so stark sein?« Sie deutete auf die Ketten, auf den dicken Bauch. »Es ist sein Kind, oder?«

Verzweiflung glühte in Nugias Blick. Mit einer merkwürdigen Geste zuckte sie die Schultern. »Ich bin mir nicht sicher. Es könnte auch …« Ihr Blick wurde starr, wanderte an Feyla vorbei zur Tür.

Feyla wirbelte herum und starrte demjenigen entgegen, der hereingekommen war.

Es war der Junge von vorhin, ein schwarz gelockter, junger Mann, der ihr ebenso überrascht entgegenschaute. In seinen Händen trug er ein Tablett mit Essen und Wasser.

Doch da war noch etwas. Sein Gesicht irritierte sie. Er war schön. Ihr Blick fing sich an seinen schmalen Wangen, an den wohlgeformten Lippen, an dem Goldbraun seiner Augen. Er kam ihr bekannt vor.

»Sieh an.« Plötzlich sprach er und verzog den Mund zu einem kalten Lächeln. »Wer ist uns denn da in die Falle gegangen?«

Feylas Irritation zerfiel. Sie musste weg von hier! Jetzt! Sofort! Bevor er das Tablett absetzen und sie fangen konnte. Feyla rannte los, sah den Jungen auf sich zukommen und stieß das Tablett mit den Händen von sich.

Dann war sie an ihm vorbei, hörte das Klirren hinter sich und sah die offene Tür vor sich, gleich darauf die Treppe. Wie im Flug raste sie nach unten, an der Bibliothek vorbei und weiter ins Erdgeschoss, bis sie nach draußen stürmte und den Park vor sich sah.

Erst im Pferdestall hielt sie an, zerrte den Sattel vom Ständer und warf ihn auf den Rücken ihrer Stute. Zum Glück hatte sie am Morgen ihre Reithose und ein Hemd von Dorgen angezogen. Jetzt würde es ihre einzige Chance sein zu überleben.

Ohne viel Zeit zu verlieren, sah sie sich im Stall um, füllte fünf Lederbeutel mit dem Wasser aus dem Tränkefass, warf sie zusammen mit Bandagen und Putzzeug in einen Beutel und holte den Dolch aus seinem Versteck, den Dorgen ihr geschenkt hatte. Mit geübtem Griff steckte sie ihn in die Schlaufe, die sie eigens zu dem Zweck in ihre Stiefel eingenäht hatte, und führte das Pferd nach draußen.

Dann saß sie auf, galoppierte an und ritt in eine Richtung, in die sie noch nie geritten war, am Palast ihres Vaters vorbei, außen herum über den Weg, den sonst nur die Gärtner nahmen. Nur ein Tor trennte sie von dem Rest der Welt. Es stand offen, arglos und unschuldig, als gäbe es keinen Grund, die Flucht der Prinzessinnen zu fürchten, die in diesem Palast gefangen waren.

Wie sollte es auch möglich sein zu fliehen? In eine Welt, die ausgetrocknet und gefährlich und so unwirtlich war, dass es kaum Chancen gab, darin zu überleben.

Doch Feyla tat es, ließ den Platz hinter sich, auf dem Nugia ausgepeitscht worden war, und galoppierte durch das Tor in die Freiheit. In zwei Tagen ging der Treck von Anmare. Bevor es so weit war, musste sie Dorgen finden und mit ihm nach Nordfarua fliehen.

28. Kapitel

Südfarua, Sklavenkolonie und Wasserbergwerk Ljimgart

ALIA

Alia wusste nicht, wie lange sie schon versuchte, die Tunnel in dem verschütteten Teil des Bergwerkes freizugraben. Der Einsturz war noch während der Nachtwechselzeit gewesen, inzwischen hatte die Nachtsonnenzeit längst begonnen. Demnach musste es mindestens zwei Monate her sein. Doch mehr wusste sie nicht. In der Dunkelheit des Bergwerkes schwammen Tage und Nächte ineinander. Müdigkeit beherrschte ihren Körper, bis ihre Gedanken kaum noch von Träumen zu trennen waren. Selbst den Blutwind hatte sie aus den Augen verloren, seit ihre Schwester hinter Massen von Erde und Steinen verschwunden war. Nur zum Appell ging sie noch nach draußen, musste sich zeigen, wenn sie aufgerufen wurde, damit die Wachen nicht nach ihr suchten. Dann aber verschwand sie wieder in den Tunneln des Bergwerkes, selbst in der Nacht. Sie arbeitete so lange, bis ihre Beine einknickten. Dann schlief sie an Ort und Stelle ein, nur notdürftig in eine Decke gehüllt, die Mariusch ihr in den Tunnel gebracht hatte. Ihr Freund arbeitete wie immer bei den Kindern auf der zwölften Ebene. Offiziell war auch Alia dort unten eingeteilt, nur dass sie niemals zur Arbeit erschien. Bis jetzt war es keinem aufgefallen. Mariusch wäre dafür zuständig, sie zu kontrollieren, doch er hatte den anderen nie erzählt, dass sie eine neue Arbeiterin hatten.

Wann immer er sich davonstehlen konnte, war er an ihrer

Seite. Dann half er ihr zu graben und sagte ihr Bescheid, wenn es Zeit wurde, zum Appell zu gehen. Ohne ihn wäre sie verloren. Auch so konnte sie die Dunkelheit kaum noch ertragen.

Irgendwann begann der blaue Stein auf ihrer Brust zu glühen, sengte sich in ihre Haut und verband sich mit ihrem Herzschlag. Dann sah sie den blonden Jungen aus den Augenwinkeln: Vollkommen lautlos saß er neben ihr im Tunnel, hockte dicht an der Wand und beobachtete sie.

Von nun an blieb er dort, schaute ihr zu und verwirrte ihre Gedanken. Je weiter eine Nacht voranschritt, desto mehr vergaß sie, warum sie hier war. Es war ein Gefängnis, ein Kerker. Sie musste einen Ausgang graben, um den Jungen und sich zu befreien.

Lunis. So war sein Name. Er musste gerettet werden. Das Schicksal von ganz Ruann hing davon ab … Aber wann immer sie zusammenbrach und einschlief, versanken auch die Gedanken in der Schwärze.

Manchmal wachte sie auf, weil die Kälte des Bodens sie zum Zittern brachte. Doch zumeist wurde sie von Mariusch aus dem Schlaf gerüttelt.

In Gegenwart ihres Freundes wurden ihre Gedanken wieder klar. Dann dachte sie an Nelja und Meikje, an den Tunnel, den sie freigraben musste, um ihre Schwester zu befreien. Doch sobald Mariusch ging, kehrte der blonde Junge zurück. Zwei Gefangene waren sie, in ewiger Dunkelheit. Alia musste graben, bis sie umfiel.

Bis zu dem Morgen, an dem Mariusch sie in den Arm nahm und aussprach, was sie längst schon wusste: »Es sind jetzt mehr als zwei Monate. Kein Mensch überlebt so lange. Nicht ohne Wasser und Nahrung.« Er streichelte ihre Arme, wärmte ihre Haut mit seinen Händen. »Du musst aufhören, Alia. Du machst dich hier unten kaputt. Jederzeit können dich die Wachen entdecken.« Er atmete tief ein. »Selbst wenn die beiden den Zusammensturz überlebt haben. Es besteht keine Hoffnung mehr, dass sie so lange durchhalten konnten.«

Alia wollte sich aus der Umarmung lösen und fand nicht die Kraft dazu. »Wir sind schon so weit«, protestierte sie. »Bald haben wir die Höhle erreicht.« Sie deutete nach vorne, wo ihre Schaufel im Schutt steckte. Bis zu dem Versteck, in dem sie ihre Schätze verborgen hatte, fehlte nur noch ein kleines Stück. Und kurz dahinter begann die Höhle.

»Die Höhle …« Mariusch zögerte. »Ich glaube nicht, dass sie noch da ist. Als alles zusammengestürzt ist … Der Lärm, das, wonach es klang … Das war keine Erde, Alia. Das waren Steine, Felsen. Das muss die Höhle gewesen sein. Es war ohnehin ein Wunder, wie ihre Statik ohne das Wasser so lange halten konnte.«

Alia hob den Kopf, wich vor ihm zurück und starrte ihn an. »Wie kannst du so etwas sagen?«, rief sie. »Wie kannst du mir die letzte Hoffnung nehmen? Woher willst du das überhaupt wissen? Du bist kein Bergwerksbauer!«

Mariusch senkte betroffen den Kopf. »Um ehrlich zu sein«, begann er. »Die Theorie mit der eingestürzten Höhle stammt nicht von mir. Ich habe gehört, wie Koben mit den Wachen darüber gesprochen hat. Unser Bergwerksbauer hat behauptet, dass es nur eine Frage der Zeit war, bis die Statik der leeren Wasserhöhle nicht mehr hält. Aus dem Grund haben sie es damals wohl auch verboten, diesen Teil des Bergwerks zu betreten.«

Alia stöhnte auf. Hieß das, dass Nelja und Meikje von Anfang an in Gefahr gewesen waren? Dass sie ihre Schwester gar nicht erst in der Höhle hätte verstecken dürfen? Bis jetzt war sie davon ausgegangen, dass die Höhle verboten war, damit sich die Sklaven durch den verlassenen Teil des Bergwerkes keine Fluchtwege suchten.

»Trotzdem …« Sie schüttelte heftig den Kopf. »Ich muss weitergraben und nachschauen, ob sie noch lebt.«

Mariusch seufzte resigniert. Ein müdes Schimmern glomm

in seinen Augen. »Ich verstehe, dass du das tun musst. Aber ich würde mir wünschen, dass du dich nicht länger in Gefahr bringst. Ich möchte dich nicht verlieren.«

Da war sie wieder: seine Angst, sie könnte ihn allein lassen. Plötzlich spürte sie, dass der blonde Junge noch da war. Er saß neben ihr und beobachtete sie.

»Ich werde dich weiterhin decken, wenn du tagsüber nicht zur Arbeit kommst«, erklärte Mariusch. »Aber bitte komm nachts wieder in die Hütte, um zu schlafen. Wenn du weiterhin hier in der Kälte liegst, wirst du krank, und …« Seine Stimme versagte.

Alia stürzte zu ihm, fiel ihm in die Arme und flüsterte in das warme Rot seiner Haare. »In Ordnung. Ich schlafe wieder in der Hütte. Aber ich muss das hier tun. Ich muss es einfach!«

***

Nur einen halben Tag später stieß sie auf das Versteck in der Tunnelwand. Alia nahm die Karten und Bücher an sich und verbarg sie unter ihrem Kleid. Als sie an sich herabsah, stellte sie fest, dass sich die Bücher und Karten unter ihrer Kleidung abzeichneten. Bevor sie zum Appell ging, musste sie eine andere Lösung finden. Doch hier unten kam es nicht darauf an. Hastig grub sie weiter. Es konnte nicht mehr weit sein. Immer schneller löste sie den Schutt mit der Schaufel, verlud ihn auf eine Schubkarre und brachte die Steine in eine kleine Nebenhöhle am Rand des verbotenen Teils. Seitdem sie grub, lud sie die Erde dort ab, und inzwischen war die Nebenhöhle schon fast bis zur Decke gefüllt. Alia fuhr hin und her, grub weiter und lud neue Steine auf. Auch Lunis war da, hockte neben ihr am Boden und rührte sich nicht von der Stelle.

Doch schließlich änderte sich der Klang, mit dem ihr Kratzen an den Wänden widerhallte. Bis jetzt hatte es dumpf und schwer geklungen. Aber nun schien sich ein Teil des Klanges hinter dem Schutt fortzusetzen, als läge ein Hohlraum dahinter.

»Hörst du das?« Alia sprach mit Lunis. »Hörst du? Dahinter muss ein Raum sein.«

Der blonde Junge antwortete nicht. Er rückte nur ein kleines Stück von der Felswand ab, um ihr besser zusehen zu können.

Hinter der Wand muss ein Raum sein. Unablässig kreiste der Gedanke durch Alias Kopf. Bis Mariusch am Abend zu ihr stieß. Wie immer hatte er seinen Posten eher verlassen, um ihr zu helfen.

Sobald ihr Freund hinter ihr auftauchte, stieß Alia mit der Schaufel gegen die Steine. »Hörst du das?«

Sein Gesichtsausdruck veränderte sich. Etwas von der Müdigkeit verschwand aus seinen Augen. »Ja!« Leise Hoffnung schwang in seiner Stimme. »Dahinter ist ein Hohlraum.«

Alia widerstand dem Drang, vor Freude in die Luft zu springen. »Na los!«, rief sie. »Hilf mir. Damit wir es heute noch schaffen!«

Mariusch griff nach der zweiten Schaufel. Abwechselnd fuhren sie die Schubkarren weg und füllten sie mit immer neuer Erde. Bis die Wand vor ihnen in Bewegung geriet.

»Achtung!« Mariusch reagierte prompt, zog Alia mit sich und wich nach hinten. Vor ihnen prasselten die Steine von der Decke, vermischten sich mit der Erde und türmten sich auf dem Boden auf. Gleich darauf fiel gleißendes Licht zu ihnen in den Tunnel. Alia starrte durch das Loch und blinzelte in die Helligkeit dahinter.

Mariusch löste sich aus der Starre, ging an ihr vorbei und kletterte durch das Loch. »Es führt nach draußen«, rief er. »Wir sind draußen.«

Alia folgte ihm. Wie in Trance stieg sie durch die Öffnung und blieb hinter Mariusch stehen. Über ihnen war der Himmel und vor ihnen, dort, wo sich vorher die leere Wasserhöhle aufgetan hatte, lag ein Trümmerfeld aus Felsen und Erde.

»Wo sind sie?« Alia blinzelte. Nur allmählich gewöhnten sich ihre Augen an die Helligkeit. Ihr Blick schweifte dorthin, wo das Trümmerfeld zu Ende war. Dahinter ragte ein Hügel auf, gerade so hoch wie die Höhle an ihrem oberen Ende gewesen war. Auch die Richtung und Entfernung entsprach dem Versteck ihrer Schwester. Alia rannte los, sprang über Felsen und Geröll hinweg. Mariusch folgte ihr, sie hörte ihn nur wenige Schritte hinter sich.

Dann waren sie da, standen vor dem Hügel, in dem sich die Trümmer nach oben schichteten. Es war nicht die Wand, vor der ihre Schwester gelebt hatte. Nicht direkt. Die Wand musste hinter dem Trümmerhaufen sein. Doch hier war kein Eingang, kein Loch, das nach draußen führte, nur Felsen und Geröll. Alia stürzte sich auf die Felsen, ungefähr dort, wo sie ihre Schwester vermutete, griff nach den Steinen und rollte sie mit aller Kraft zur Seite. Mariusch half ihr, das Geröll zur Seite zu räumen.

Immer tiefer wurde das Loch, das sie gruben. Hin und wieder rollten Steine von oben nach, vor denen sie zur Seite springen mussten. Aber dann erkannten sie es: Hinter dem Geröll war ein Hohlraum, beißender Gestank und dunkle Schwärze gähnte ihnen entgegen.

Faulendes Fleisch! Leichengestank!

Alia unterdrückte die Übelkeit, Panik wallte in ihr auf. Nelja! Ihre Schwester … der Gestank! Sie vergaß jede Vorsicht, duckte sich durch die Öffnung …

… und fand sich in einem Hohlraum wieder, eingesperrt zwischen Felswand und Geröll.

Vor ihr auf dem Boden hockte eine Gestalt. Ein blasses Gesicht schaute sie an.

»Nelja!« Alia schrie auf, lief zu ihrer Schwester und fiel vor ihr auf die Knie.

Nelja blinzelte ihr zu.

»Du lebst!« Alia musste lachen. »Wie kann es sein, dass du

lebst?« Sie riss Nelja in ihre Arme, hielt sie fest und fühlte die Rippen durch ihre dünne Kleidung.

Nelja sagte nichts. Nur ihr Atem keuchte.

Alia löste sich von ihr. Neljas Lippen waren von Rissen durchzogen, ihre Haare wirkten staubig und grau. Auch ihre Haut war braun gefleckt von dem Dreck, in dem sie überlebt hatte. Dennoch sah sie nicht so schlimm aus, wie sie aussehen müsste, nachdem sie über zwei Monate nichts getrunken und gegessen hatte. Sie müsste tot sein.

»Meikje.« Neljas Stimme raunte an Alias Ohr. »Sie hatte solchen Durst.« Mit dem Arm deutete sie zur Seite.

Alia musste einen Moment in die Dunkelheit des Hohlraums starren, ehe sie erkannte, was nicht einmal drei Schritte neben ihnen lag.

Meikje. Es musste Meikje sein. Doch alles, was sie sah, war der grobe Umriss eines menschlichen Körpers, ein Gewimmel von Maden und Fliegen und an den freien Stellen … Sie musste näher hinsehen.

Knochen! Dort, wo die Fliegen mit dem Körper fertig waren, blieb nur noch ein Skelett zurück.

Alia schrie auf, sprang zurück und prallte gegen Mariusch. Nur Nelja blieb am Boden sitzen und wiegte ihren Körper vor und zurück.

Alia begriff nur langsam: Meikje war gestorben, vermutlich verdurstet, schon vor Monaten. Doch Nelja lebte noch. Obwohl es unmöglich war, dass ein Mensch so lange überlebte.

Es sei denn …

»Sie ist eine Gottgeborene!«, sprudelte es aus Alia heraus. »Sie muss eine Gottgeborene sein. Anders ist es nicht zu erklären.«

Mariusch schwieg, als hätte er ihre Worte nicht gehört. Alia drehte sich zu ihm um. Wie paralysiert starrte Mariusch auf die Felsen, neben denen Nelja überlebt hatte. Alia folgte seinem Blick: Die Felsen waren über und über beschrieben, mit der grauen Kritzelfarbe, die Kalksteine auf anderen Steinen hinterließen. Doch die Buchstaben waren weder Faruanisch noch Sapionisch. Es war die unbekannte Schrift aus dem Buch des alten Mannes.

Alia blinzelte ungläubig. »Wie kann das sein?« Sie schaute von Mariusch zu Nelja.

Ihre Schwester hatte aufgehört, sich hin- und herzuwiegen. Stattdessen stand sie auf und blickte an der Felswand entlang. Kurz darauf lösten sich Worte aus ihrem Mund und formten eine Melodie, die so klang wie der Tonfall, in dem sie ihre Märchen erzählte. Mit dem Unterschied, dass Alia kein Wort verstand. Ihre Schwester erzählte in einer fremden Sprache.

Ein kalter Schauer rieselte Alias Rücken herab, stellte die Härchen in ihrem Nacken auf und brachte ihre Kopfhaut zum Kribbeln. Die Worte sprachen etwas in ihr an, ein Gefühl, das tief in ihrem Inneren gefangen lag. Doch Alia konnte es nicht fassen.

Es dauerte lange, bis Nelja verstummte, bis sie sich von der Felswand löste und durch das Loch ins gleißende Licht spähte.

Alia musste ihre Schwester fragen: »Was hast du gerade erzählt? Was hast du an die Wand geschrieben? Was ist das für eine Sprache?«

Nelja sagte nichts. Auf wackeligen Beinen ging sie zu dem Loch, duckte sich hindurch und trat nach draußen. Mariusch folgte ihr.

Plötzlich kehrte der Gestank in Alias Bewusstsein zurück. Die Fliegen auf Meikjes Leiche surrten, ein schmatzendes Geräusch drang von dort aus zu ihr. Alia torkelte nach vorne, stolperte über die Steine, bis sie im Freien stand.

Ihre kleine Schwester stand vor ihr im Licht. In Fetzen hing die Kleidung von ihrem Körper, während ihre blasse Gestalt in der Sonne leuchtete. Langsam streckte sie die Arme zur Seite, schloss die Augen und reckte das Gesicht in den Himmel.

Ihre Haut würde verbrennen, wenn sie zu lange im Tageslicht blieb. Auch ihre Augen würden ewig brauchen, um sich an das Gleißen zu gewöhnen. Dennoch wusste Alia sofort, was zu tun war. Sie richtete sich an Mariusch, der ebenfalls in den Himmel schaute. »Wir müssen fliehen!«

Er antwortete nicht. Stattdessen fiel ihr zum unzähligsten Mal auf, wie schön er war. Seine roten Haare leuchteten im Sonnenlicht, seine Sommersprossen wirkten blass und verletzlich, ganz im Gegenteil zu seinem nackten Oberkörper, der jeden seiner Muskeln offenbarte.

»Wir müssen fliehen«, wiederholte Alia. »Sie ist eine Gottgeborene. Wir müssen sie so schnell wie möglich nach Malun bringen.« Sie ging zu Mariusch, nahm ihn in die Arme und wisperte ihre gefährlichste Vermutung in sein Ohr. »Sie könnte die verschollene Maluna sein. Womöglich liegt das Schicksal von ganz Ruann in ihren Händen.«

Mariusch löste sich nur langsam vom Himmel.

Alia wurde nervös. Sie musste ihn überzeugen. Noch heute! »Bist du dabei? Kommst du mit uns?«

Es sah aus, als würde Mariusch aufwachen, als hätten ihre Worte ihn aus einem weit entfernten Land zurückgerufen.

»Ich möchte nicht ohne dich gehen«, erklärte sie hastig. »Wahrscheinlich würden wir es ohne dich gar nicht schaffen. Aber ich muss mit ihr fliehen. Verstehst du das? Ich habe keine andere Wahl.«

Mariusch legte die Hände auf ihre Schultern und zog sie an sich. »Ich bin dabei«, flüsterte er. »Ich werde mit euch kommen.«

Alia atmete aus. Ihre Beine wurden weich. Doch sie fiel nicht, Mariusch hielt sie fest.

»Aber ich habe ein paar Bedingungen.« Seine Stimme wurde nüchtern, und das flaue Gefühl kehrte in Alias Körper zurück.

»Wir warten noch zehn bis zwanzig Tage«, fing er an. »In der Zeit sammeln wir alles, was wir brauchen: nicht nur Nahrung,

Wasser und Karten, sondern auch Decken und Kleidung.« Er löste sich ein Stück von ihr und sah ihr in die Augen. »Außerdem brauchen wir eine Route, die wir gehen wollen. Und nicht zuletzt …«, er warf einen Seitenblick auf Nelja, »… muss sie erst einmal wieder stark genug werden, um zu reisen. Sie muss essen und trinken, muss sich jeden Tag bewegen und an die Sonne gewöhnen. So schwach, wie sie jetzt ist, kämen wir keine Tagesreise weit.«

Alia nickte. Er hatte recht. Seine Worte klangen vernünftig. So wie immer. Aber wenigstens würde er mitkommen! Der Gedanke beruhigte sie. Wenn er mitkam, würde alles gut werden.

29. Kapitel

Sapion

FEYLA

Sie ritt, so schnell sie konnte, galoppierte über die schmalen Pfade, die sich durch das Bergland von Sapion zogen, und zügelte ihr Pferd nur dann, wenn sie um eine Biegung kam, die von Weitem nicht einsehbar war. Immerzu musste sie damit rechnen, gesehen zu werden. Auch wenn das Bergland nur spärlich besiedelt war, könnte sie jederzeit reisenden Sapionern begegnen.

Als an ihrem ersten Abend die Tagsonne unterging, suchte sie sich ein Versteck zwischen Felsen und Geröll, führte das Pferd in Deckung und holte die Dinge heraus, die sie mitgenommen hatte. Im letzten Dämmerlicht füllte sie etwas Wasser in den Tränkeeimer, gab der Stute zu trinken und beugte sich über den restlichen Wasserspiegel. Strähne für Strähne nahm sie ihre Haare und säbelte sie mit dem Dolch kurz oberhalb ihrer Kopfhaut ab. So lange, bis nur noch ein zotteliger Lockenkranz rund um ihren Kopf stand. Als sie ein letztes Mal in den Wassereimer schaute, blickte ihr nicht das Gesicht eines Mädchens entgegen, sondern das eines jungen Mannes.

Wenn sie Glück hatte, würde sie als junger Rekrut durchgehen, der auf dem Weg zu seinem ersten Kriegseinsatz war. Oder als Bote. Diese Idee gefiel ihr am besten: Falls jemand fragte, würde sie sich als Bote ausgeben.

Wieder musste sie an den fremden Jüngling denken, der Nugia bewacht hatte. Er war kaum älter gewesen als sie. Falls überhaupt. Seine Schultern waren nur wenig breiter erschienen und sein Gesicht nur ein bisschen männlicher als ihres. Etwas Irritierendes hatte darin gelegen. Nicht nur, dass er schön gewesen war … es war noch etwas anderes. Feyla konnte noch immer nicht sagen, was es war.

Sie hatte keine Zeit, noch länger darüber nachzudenken. Stattdessen zog sie das Hemd aus, wickelte eine der Pferdebandagen um ihre Brüste und streifte sich die Kleidung wieder über. Zu guter Letzt tauchte sie ihre Hände ins Wasser, rieb sie mit der staubigen Erde ein und verteilte die braune Pampe auf ihrem Gesicht, auf dem Hemd und der Reithose. Mit dem letzten prüfenden Blick in den Wasserspiegel war sie zufrieden. Sie würde zwar ein ausnehmend dreckiger Bote sein, aber immerhin einer, den man nicht sofort als Frau erkannte.

Obwohl sie inzwischen so müde war, dass sie im Stehen einschlafen könnte, gab sie dem Pferd das restliche Wasser und saß wieder auf. Bis nach Anmare waren es etwas weniger als zwei Tagesreisen, sofern man eine Nachtruhe einlegte. Wenn sie die Nacht durchritt, könnte sie schon am nächsten Morgen dort sein. Feyla ritt vorsichtig an und heftete ihren Blick auf den Pfad, der in der zunehmenden Dunkelheit kaum zu sehen war. Von dem Dämmerlicht des schwindenden Tages war nur noch ein blasser Streifen hinter den Bergen geblieben, aber es würde noch einige Zeit dauern, ehe die Blutsonne aufging. Bis dahin musste sie achtsam sein, damit sich das Pferd in der Dunkelheit nicht verletzte.

Doch je länger sie durch die Dunkelheit ritt, desto schwerer fiel es ihr, sich zu konzentrieren. Die Müdigkeit umklammerte ihren Körper, und selbst der Schritt ihrer Stute wirkte erschöpft. Immer wieder stolperte sie und drohte zu stürzen.

Es half nichts. Was sie hier tat, war zu gefährlich: die Dunkelheit, die Müdigkeit. Wenn sie in diesem Zustand weiterritt, würde sie der erstbesten Gefahr zum Opfer fallen. Wenigstens ein kleines bisschen könnte sie sich ausruhen. So lange, bis die Blutsonne aufgegangen war. Immerhin lagen jetzt noch die schützenden Berge um sie herum. Also suchte sie sich eine Nische zwischen zwei Felsen und band das Pferd so an, dass es vom Weg aus nicht zu sehen war. Aufrecht lehnte sie sich an den Felsen und schloss die Augen. Nur ein bisschen dösen. Richtig einschlafen wollte sie nicht. Immerhin musste sie weiter, sobald Sapia aufgegangen war. Aber wer konnte unter solchen Umständen überhaupt schlafen? Was, wenn sie gefunden wurde? Nein. Sie musste wach bleiben. Nur einmal kurz die Augen schließen … Bis Sapia aufging …

★★★

Feyla fuhr auf. Wo war sie? Was war geschehen? Warum hatte sie hier gelegen, zusammengekrümmt neben einem Felsen? Das Licht der Tagsonne gleiste auf sie herab.

Sie war eingeschlafen! Sie hatte Sapias Sonnenaufgang verpasst! Dem Licht nach zu urteilen musste bereits früher Morgen sein.

Hastig sprang sie auf, raffte ihre Sachen zusammen und verstaute das Gepäck auf dem Rücken ihrer Stute. Sie wollte gerade aufsitzen, als sie Stimmen hinter den Felsen hörte. Eine große Gruppe von Männern, Hufescharren und Wiehern dröhnte zwischen den Bergen. Was war das? Ein Treck, der sich von einem Dorf zum anderen schob? Feyla duckte sich zurück in den Schatten und betete darum, dass ihr Pferd nicht auf das Wiehern der fremden Pferde reagierte. Doch die Stute schien noch zu erschöpft zu sein. Sie stand mit hängendem Kopf und angestelltem Bein da und döste.

Noch lange flatterte das Echo der Stimmen zwischen den Bergen, entweder weil es ein langer Treck war oder weil die Stimmen weithin zu hören waren. Aber Feyla wollte um keinen

Preis riskieren, gesehen zu werden, also konnte sie nicht nachschauen. Als es endlich still wurde, war der Tag schon zur Hälfte vorbei. Sie musste los! Musste sich beeilen. Entschlossen lenkte sie das Pferd zurück auf den Weg, stellte noch einmal sicher, dass sie allein war – dann trieb sie die Stute zu einem harschen Galopp. Wann ging der Treck von Anmare? Heute Abend? Oder morgen früh?

Während sie über den schmalen Pfad durch das Tal preschte, lag um sie herum noch immer das Bergland. Rechts und links ragten kahle Bergrücken und Felsspitzen auf. Doch die Höhe der Berge nahm immer weiter ab. Als Rabanus hinter den Bergen verschwand, zügelte Feyla ihr Pferd und ritt im Schritt, bis die völlige Dunkelheit der beginnenden Nacht sie zu einer weiteren Pause zwang. Erst als Sapia aufging, ritt sie weiter.

Kurz darauf erreichte sie den Aussichtspunkt, an den sie sich von ihrer letzten Reise erinnerte: Vor ihr lag ein steiler Abhang. Dahinter liefen die Höhenzüge in flacheren Hügeln aus.

Feyla zügelte ihr Pferd, sobald sie den Abstieg erreicht hatte. Vor ihr begannen die Serpentinen, die in das Hügelland hinabführten. Dahinter dehnte sich die Weite der sapionischen Ebene. Die bewässerten Felder schimmerten Schwarz im Rotlicht der Nachtsonne. Unzählige Dörfer und Höfe waren in der Landschaft verstreut. Dahinter, weit entfernt am Horizont, lag Anmare. Die Dächer der Stadt waren genauso weiß wie die Häuser, doch Sapias Licht ließ sie blutrot leuchten.

Der Anblick raubte Feyla den Atem. Der schwierigste Teil ihrer Reise lag noch vor ihr: Zwischen Dörfern und Bauernhöfen würde sie auf andere Menschen stoßen, ganz zu schweigen von Anmare und dem Soldatentreck, unter den sie sich mischen musste, wenn sie Dorgen wiederfinden wollte. Nur noch diese Nacht hatte sie, um dort anzukommen. Morgen früh würde der Treck losreiten. Sobald sie unten im Tal war, musste sie die Nacht hindurch galoppieren. Doch in diesem Moment, hier oben, allein auf ihrem Pferd, fühlte sie sich zum ersten Mal in ihrem Leben frei.

Bis sie die schwarze Schlange entdeckte, die sich von Anmare aus durch die Ebene schlängelte. Der Treck! Warum jetzt schon? Die zwei Tage, von denen ihr Vater geredet hatte, waren doch erst morgen früh vorbei. Hieß das, die Krieger waren eher losgeritten? Oder ritten sie absichtlich in der Nacht, um der Hitze zu entgehen?

Für einen Moment saß Feyla wie erstarrt auf ihrem Pferd. Was sollte sie jetzt tun? Mit dem Blick durchmaß sie die Ebene vor sich. Vielleicht wäre es möglich, eine Abkürzung zu nehmen, um den Treck einzuholen. Wenn sie galoppierte und der Treck im Schritt vorankroch, wäre es vielleicht zu schaffen.

»Dieses Pferd kenne ich doch!«

Feyla zuckte zusammen. Sie fuhr herum und entdeckte Krafur, der etwas entfernt neben einem Felsen aufgetaucht war und zu ihr herübersah. Barfuß und mit lose heraushängendem Hemd stand er da, als hätte er eben noch geschlafen. Und dann sah sie etwas, halb versteckt hinter dem Felsen und so vor Blicken geschützt, dass sie es nur sehen konnte, wenn sie sich von hier aus umdrehte: das Nachtlager ihres Vaters und seiner Leute.

Feyla dachte nicht nach. Sie galoppierte an und jagte das Pferd die Serpentinen hinab. Wenn sie entkommen wollte, musste sie aus dem Blickfeld ihrer Verfolger verschwinden, bis diese ihre Pferde gesattelt hatten und ihr nachstürmten. Doch hier am Berg gab es nur den einen Pfad. Das Gelände dazwischen war zu steil, machte es unmöglich, den Weg abzukürzen. Also jagte sie von Kurve zu Kurve, immer in Schlangenlinien den Hang hinab. Als sie am Fuß der Serpentinen ankam, gab es noch immer keine Deckung. Nur der Weg führte endlich geradeaus, während der Boden von den Hufen der anderen Pferde vibrierte.

Feyla raste weiter, duckte sich tief über den Hals der Stute.

Ihr Puls rauschte so laut, dass sie die Stimmen ihrer Verfolger nicht hören konnte. Dann fiel der Pfad ein weiteres Mal ab. Jetzt waren es Weinberge, zwischen denen er hindurchführte, in einem Abhang, der steiler war als die Serpentinen zuvor. Feyla musste sich nach hinten lehnen und ihr Pferd bremsen, damit es sich nicht überschlug.

Als sie langsamer wurde, bemerkte sie die Stille. Der Hufschlag hinter ihr war verschwunden. Hieß das, sie hatte ihre Verfolger abgehängt?

Feyla sah sich um. Auch hinter ihr war niemand. Doch sie konnten jederzeit wieder auftauchen. Bis dahin brauchte sie ein Versteck.

Da war eine Hütte, seitlich in den Weinbergen. Keine bewohnte Hütte, mehr ein Ort, an dem während der Ernte gearbeitet wurde. Feyla lenkte ihr Pferd zwischen die Weinstöcke, einen schmalen Pfad entlang, bis sie die Hütte erreichte.

Die Tür zum Gebäude war zu klein, um das Pferd hineinzuführen. Also stieg sie ab, ging um die Hütte herum und zerrte die Stute hinter sich her. Zwischen Weinreben und der Steinwand des Häuschens lag eine Nische, genau der richtige Ort, um sich für eine Weile zu verstecken.

Erschöpft setzte Feyla sich auf den Boden, lehnte sich an die Wand und hielt den Atem an. Hinter ihr im Weinberg war nichts zu hören. Nur ihr Pferd schnaubte leise, stellte ein Hinterbein an und ließ müde den Kopf hängen.

Feylas Herzschlag tobte noch immer, hielt sie wach und ließ sie angestrengt in die Nacht lauschen. Doch je länger sie hier saß, je länger nichts passierte und je öfter sie zu ihrem Pferd sah, das im Stehen eingeschlafen war, desto häufiger fielen ihr die Augen zu.

Sie durfte nicht einschlafen, musste sich daran hindern! Erschrocken fuhr sie auf. Die Nacht ging bereits dem Ende entgegen, Sapia hatte den Horizont schon beinahe erreicht. Feyla stand auf, um sich am Einschlafen zu hindern, stellte sich neben ihr Pferd und lehnte sich an die Schulter der Stute. Ihre Verfolger schienen nicht mehr da zu sein. Bestimmt waren sie an ihrem Versteck vorbeigeritten und hatten nicht mitbekommen, dass sie abgebogen war.

Nur ganz kurz ausruhen …

Lautes Gelächter schreckte sie auf, riss ihre Gedanken aus der Verwirrung und lähmte sie.

»Kommt her! Hier ist sie«, rief der Lachende. »Sie schläft im Stehen.«

Beltram! Er hatte sie gefunden! Mit einem triumphierenden Grinsen kam er um die Hütte herum.

Feyla drehte sich zum Sattel, setzte ihren Fuß in den Steigbügel … Weiter kam sie nicht, ehe die Hände sie zurückrissen.

Der Sklave presste ihren Körper an seinen und hielt sie mit beiden Armen umfangen. »Sie glaubt immer noch, dass sie fliehen könnte«, rief er den anderen zu.

Kurz darauf tauchten sie auf: Krafur, der in das gleiche Gelächter ausbrach wie Beltram, und Feylas Vater, der alles andere als amüsiert wirkte. »Sieh an«, raunte er. »Mein Töchterchen hat sich als Junge verkleidet und möchte ein Krieger werden. Ein Mannsweib also, wie es im Buche steht.«

Feyla wehrte sich gegen Beltrams Hände, von denen sich eine zu hoch und die andere zu tief über ihren Körper schob. Der Dolch! Sie musste an den Dolch gelangen, der seitlich in ihrem Stiefel steckte. Doch es war vergeblich. Gegen Beltrams Kraft konnte sie nichts ausrichten. Stattdessen blieb ihr nur noch ein Versuch, um davonzukommen. »Ich bin kein Mannsweib«, rief sie. »Ich bin nicht unfruchtbar! Ich war schwanger, und ich würde längst einen runden Bauch vor mir hertragen, wenn Alrana das Kind nicht abgetrieben hätte.«

Die Augen ihres Vaters wurden schmal. »Alrana«, brummte er.

Feyla schöpfte Hoffnung. »Sie hat mich getäuscht. Zusammen mit Miljuna und Amerill. Sogar Cilinja hat mitgemacht, damit ich glaube, die Tränke würden unsere Schwangerschaft kräftigen.«

Der Ausdruck ihres Vaters änderte sich. Sein Mund verzog sich zu einem falschen Lächeln. »Du meinst also, Alrana hätte eigenmächtig gehandelt?« Er schüttelte mitleidig den Kopf. »Ich fürchte, da muss ich dein Weltbild korrigieren. Ich selbst habe den Abtreibungstrank in Auftrag gegeben. Ebenso wie die Verhütungstränke. Leider warst du zu schlau, um die Tränke anzunehmen. Deshalb mussten wir mit deinem Essen nachhelfen.«

Feylas Atem blieb stehen. Ihr Essen? Nur langsam begriff sie.

»Aber falls es dich tröstet …« Ihr Vater lächelte noch immer. »Cilinja wusste von nichts. In ihrer Einfalt hat sie tatsächlich an die Tränke geglaubt und nicht verstanden, dass sie nur einen harmlosen Saft zu sich nimmt.«

Feyla schüttelte den Kopf. Das alles durfte nicht wahr sein.

Aber ihr Vater wurde noch deutlicher: »Nicht der Trank hat dein Kind abgetrieben. Die Medizin war in deiner Frühmahlzeit.«

Langsam sickerte die Wahrheit zu Feyla durch, traf sie dann jedoch wie ein Schlag. »Du!«, rief sie. »Du warst das?! Du hast mir mein Kind genommen? Und den Ehemann? Und …« Ihre Stimme versagte.

»Und dein Leben.« Walerius sprach leise und kalt. »Ich habe dir dein Leben geschenkt, und jetzt werde ich es wieder nehmen. Wie es in meiner Macht steht.«

Feylas Magen rebellierte, Übelkeit wallte durch ihren Körper, als Beltram seine Hand zwischen ihre Beine schob. Sie wollte ihm ausweichen, zappelte und wand sich unter seinen Armen, während ihr Vater seelenruhig zusah.

»Als du kleiner warst«, begann er dann, und sein Tonfall klang beinahe sehnsüchtig, »da habe ich noch gehofft, du könntest nach mir schlagen. Da war so viel Potential in dir. Ich habe gehofft, etwas Großes aus dir machen zu können.«

Beltrams Hand zog sich wieder zurück. Dennoch konnte Feyla kaum denken, konnte den Worten nur teilweise folgen.

»Aber bedauerlicherweise kommst du nicht ganz nach deiner Mutter«, fuhr ihr Vater fort. »Da ist die gleiche Neugierde, die gleiche Klugheit und der Glaube, alles erreichen zu können. Nur leider bist du so gänzlich ohne ihr Talent. Nur ihre schwachsinnige Moral hast du geerbt.«

Feyla öffnete den Mund. Eigentlich dürfte sie gar nichts von ihrer Mutter wissen. Sie musste irgendetwas sagen. Eine dumme Frage stellen. Damit Walerius nicht erfuhr, was Nugia ihr verraten hatte.

Doch ihr Vater hob die Hand. »Spar dir die Lüge. Ich weiß, dass Nugia dir alles erzählt hat. Sie ist deine Schwester. Sie musste es dir erzählen, und ich habe sie längst dafür büßen lassen!«

Feyla wurde schwindelig. Wie konnte ihr Vater von dem Gespräch wissen? Nugia hatte es erst erzählt, als er schon unterwegs gewesen war. Aber dann begriff sie: Er war einfach davon ausgegangen, dass Nugia ihr alles erzählen würde. Also hatte er sie allein auf den Verdacht hin bestraft. Die ganze Gefangenschaft in seinem Zimmer, die Misshandlungen und Vergewaltigungen, ihre Schwangerschaft. Alles eine vorweggenommene Strafe, weil sie die Wahrheit gesagt hatte.

Walerius lachte, es war ein raues, gieriges Geräusch: »Deine Mutter war das schönste und anziehendste Geschöpf, das ich kannte. Aber ihre Worte waren so mächtig wie unsere Armee. Sie wollte unseren Krieg beenden und den Menschen Frieden predigen. Fast jeden konnte sie mit ihren Worten um den Finger wickeln. Die Hälfte unserer Politiker stand schon auf ihrer Seite. Aber das konnte ich nicht zulassen. Ohne den Krieg wäre unser Reich zu einem armseligen Wüstenstaat verkommen.« Er verschränkte die Arme vor seiner Brust und lehnte sich gegen die Wand der Hütte. »Nur in einer Sache hat die Klugheit deine Mutter verlassen: Sie hat nicht erkannt, dass ich ihr Feind bin. Es war so leicht, ihr die Liebe vorzugaukeln, die sie sich gewünscht hat.«

Feylas Übelkeit verwandelte sich in Hass.

»Genauso wie bei dir.« Er lachte abermals. »Es war so leicht, dich glauben zu lassen, dass ich dich am meisten liebe.«

Etwas in Feyla zerbrach, etwas, das schon lange angeknackst war. Ihr Hass kochte auf, ihr Körper rebellierte und sprang gegen die Arme, die sie hielten. Beltrams Lachen bellte in ihr Ohr. Sein Griff wurde fester und presste sich gegen ihre Rippen.

Auch Krafur war näher getreten, jederzeit bereit, ein fliehendes Mädchen einzufangen.

Wieder spürte sie den Dolch in ihren Stiefeln. Ein schmaler, spitzer Mädchendolch, den Dorgen ihr geschenkt hatte, leicht und gefährlich in ihren Händen. Sie müsste sich nur genug befreien, um ihn aus seinem Versteck zu ziehen.

Ihr Vater löste sich von der Wand und kam auf sie zu. »Falls du wissen willst, was ich für deine Mutter empfunden habe …« Er streifte mit den Fingern ihre Wange. »Es war Gier! Reine, körperliche Gier.«

Feyla hörte dieselbe Empfindung in seinem Tonfall, erkannte sie in seinen Augen. Wieder spürte sie die Hände, die über ihren Körper tasteten. Waren es seine Hände? Oder die der Sklaven? Oder nur eine Erinnerung?

Ihr Vater trat zurück. Sein Blick flog zwischen Beltram und Krafur hin und her. »Nehmt sie euch!« Damit wandte er sich ab, stapfte an der Hütte vorbei und verschwand aus ihrem Sichtfeld.

Beltrams Hände wanderten zu ihrem Hosenbund, sein Atem keuchte an ihrem Ohr.

Feyla begriff es nicht. Sklaven wurden entmannt, es konnte nicht sein …

»Du wunderst dich«, raunte Krafur, »ob wir das können, richtig?« Ein sadistisches Lächeln entstellte seine Züge. »Was glaubst du, warum wir deinem Vater so wohlerzogen gehorchen?« Er ließ eine Pause, gerade lang genug, um die Lösung zu ahnen. »Weil wir ihm dankbar sein dürfen. Dein Vater kann ein sehr gnädiger Mann sein.«

Feylas Knie wurden weich. Beltrams Hand schlüpfte in ihre Hose. Die Übelkeit ließ sie husten und würgen.

Die fremden Hände verschwanden, wollten nichts mit dem zu tun haben, was sich in ihrer Kehle zusammenbraute. Feyla sackte auf den Boden und übergab sich in den Staub, röchelte und keuchte, während die Männer neben ihr warteten.

Aus den Augenwinkeln konnte sie sehen, wie sie sich abwandten und ihre Nasen in eine andere Richtung hielten.

Der Dolch! Sie legte den Arm um ihre Beine, als müsste sie sich halten. Ihr Körper bebte noch immer, konnte sich kaum von dem Würgen erholen, während ihre Finger den Griff ertasteten.

»Bist du fertig?« Krafur stieß sie zur Seite.

Feyla umklammerte den Griff des Dolches, rollte sich über die Schulter und ließ sich so auf den Boden fallen, dass sie die Waffe mitsamt ihrer Hand unter sich begrub. Beltram stürzte sich auf sie, zog an ihrem Hosenbund, während Krafur an seiner eigenen Hose nestelte.

Blitzschnell suchte Feyla die verletzlichen Stellen, zog den Dolch hinter ihrem Rücken hervor und ritzte in Beltrams Nacken. Mit einem Brüllen fuhr er auf, bedeckte die Verletzung mit seinen Händen. Feyla setzte nach, zielte auf die Stelle unter seinen Rippen, stach den Dolch schräg nach oben. Kurz zeichneten sich Erstaunen und Entsetzen in sein Gesicht, ehe er gurgelnd zur Seite kippte.

»Sie hat ihn umgebracht!«, schrie Krafur.

Feyla wollte hochspringen, doch die Beine der Leiche hielten sie fest. Krafur war schneller. Er stürzte sich auf sie. Seine Faust traf ihr Gesicht, knirschender Schmerz zerbrach ihre Wange. Er holte noch einmal aus. Dieses Mal sah sie nur noch die Bewegung neben ihrer Schläfe.

Dann wurde alles schwarz.

30. Kapitel

Sapion, Zeylem, staatenloses Gebiet, Südfarua

DORGEN

Wie eine schwarze Schlange kroch die Kolonne des Kriegertrecks durch die Landschaft. Dreitausend Mann. Diese Zahl war Dorgen gemeldet worden. Dreitausend neue Krieger für das sapionische Heer. Der Staub, den die Pferdehufe aufwirbelten, zog in einer langen Fahne hinter ihnen her und war so dick, dass sie kaum ihren Vordermann sehen konnten. Sie mussten in Blöcken reiten zu je zweihundert Mann, die reichlich Abstand zueinander hielten, damit sich der Staub wieder setzen konnte.

Dorgen ritt an der Spitze des zweiten Blockes, zusammen mit der Leibgarde, die ihm sein Schwiegervater zugewiesen hatte.

Die Gardisten wirkten wie gestandene Krieger, während die meisten Reiter auffällig jung waren, unerfahrene Rekruten, die direkt aus den Ausbildungslagern kamen. Sie waren so jung einberufen worden, wie es nur in Krisenzeiten geschah. Einige von ihnen sahen noch aus wie Kinder: Zwölf- und Dreizehnjährige, noch so jung, wie Tailin gewesen war, als sie Dorgen und ihn für den Faruafeldzug einberufen hatten.

Neben Dorgens Leibgarde und den Begleitoffizieren waren nur wenige darunter, die so alt waren wie er, nur wenige Berufssoldaten und Akademikeroffiziere, die nach ihrem ersten Ehejahr in den Kriegsdienst zurückkehrten. Dorgen wusste nicht, ob sie freiwillig oder unfreiwillig hier waren. Er redete nicht mit ihnen. Nur die Männer seiner Leibgarde fragten in den Pausen nach seinen Wünschen.

Dorgen wischte die Fragen mit einer Handbewegung beiseite. Seinen letzten Wunsch hatte er vor dem Aufbruch an seinen Schwiegervater gerichtet. Entschlossen hatte er sich Walerius entgegengestellt und ihm zum ersten Mal eine Bedingung genannt: »Ich lasse mich nur zum Heerführer ernennen, wenn Feyla im Gegenzug begnadigt wird. Solltet Ihr darauf nicht eingehen, dürft Ihr mich hier und jetzt mit eurem Schwert umbringen.«

Unter dem ersten, düsteren Blick seines Schwiegervaters war er sicher gewesen, dass dies seinen Tod bedeutete. Bis Walerius dröhnend gelacht und ihm auf die Schulter geklopft hatte. »Dann soll es so sein, Schwiegersohn! Als Lohn für deine Treue darfst du deine Lieblingsfrau behalten, auch wenn sie unfruchtbar ist.«

Im ersten Moment war Dorgen vor Erleichterung beinahe zusammengebrochen. Auf dem ganzen Weg nach Anmare hatte er die Wendung kaum begriffen. Doch je länger er im Treck ritt, desto deutlicher erkannte er die Tücke: Feyla war der Lohn für seine *Treue*. Um den Preis ihres Lebens musste er das Heer so führen, wie sein Schwiegervater es von ihm verlangte.

Demnach war er noch immer ein Gefangener. Und seine angeblichen Leibgardisten waren nichts anderes als Gefangenenwärter. Auch wenn sie so taten, als wären sie ihm untertan – eigentlich gehorchten sie dem Befehl seines Schwiegervaters. Ebenso wie der Kommandeur, der den Treck leitete. Er ritt an der Spitze des ersten Blockes und gab Kommandos an die Begleitoffiziere. Auch sie waren lediglich Gefangenenwärter. Kein einziger der dreitausend Soldaten sollte auf dem Weg desertieren. Doch vor allem der designierte Heerführer durfte nicht entkommen.

In den Pausen sprachen sie über ihn. Auch wenn sie ihre

Worte vor ihm geheim hielten, war es offensichtlich: Seine Leibgarde und die Begleitoffiziere steckten ihre Köpfe zusammen, sahen in seine Richtung und verstummten, wenn er in die Nähe kam. Dann verneigten sie ihre Häupter, nannten ihn »Herr« und fragten nach seinen Wünschen. Es war eine Farce.

Jeden Abend kam der Kommandeur zu Dorgen, stieß mit ihm an und wurde es nicht müde, ihm zu seinem neuen Posten zu gratulieren. Aber der Neid in seiner Stimme war unüberhörbar.

Dorgen tat besser daran, sich auf kein Gespräch einzulassen. Stattdessen trug er die Maske eines starren, gefühllosen Befehlshabers. Anfangs zweifelte er daran, ob er die Rolle spielen konnte. Aber gegenüber den Rekruten schien sie zu wirken. Die Jungen duckten sich unter seinem Blick und vermieden seine Gegenwart. Dabei waren sie die Einzigen, die ihn rührten. Der Blick in ihre Kindergesichter ließ ihn an seine Söhne denken. Jeder dieser Soldaten hatte einen Vater und eine Mutter, jeder von ihnen war in den ersten Jahren geliebt worden, so lange, bis jegliche Liebe brutal zerrissen wurde.

Dorgen wünschte sich zutiefst, er könnte ein kalter, gefühlloser Heerführer werden. Doch je länger er mit diesen Halbkindern durch die Dürre ritt, desto heftiger wuchs ein anderes Gefühl in ihm: die Liebe eines Vaters, der für seine Söhne sorgen musste.

Vielleicht hatte es doch etwas Gutes, dass er der neue Heerführer wurde. Tausende Männer würden ihm unterstehen, und selbst wenn Rabanus und Walerius ihm Vorgaben für den Krieg machen würden – im Kriegsalltag würde es an ihm sein, die Regeln auszulegen und Verbrechen innerhalb des Heeres bestrafen zu lassen. Vielleicht würden sich Gelegenheiten bieten, um diejenigen zu fördern, die sich menschlich verhielten. Er wollte sich nicht gleich vornehmen, den Krieg zu beenden. Aber vielleicht würde sich die Welt ein kleines bisschen verbessern, wenn ausgerechnet er der Heerführer von Sapion wurde.

Dieser Gedanke, zusammen mit der Tatsache, dass Feyla überleben durfte, verlieh ihm neuen Mut. In ihrem langen Treck dauerte die Reise bis zur Front einen knappen Monat, in denen sie abwechselnd trabten und Schritt ritten. Die Versorgungswagen am Ende der Kolonne bremsten sie aus, ließen sie langsamer vorankommen, als Dorgen es gewohnt war, so dass er die Landschaft so genau und so kritisch betrachten konnte wie niemals zuvor.

Obwohl Sapion das trockenste Land von allen war, waren die Felder bewässert und die Dörfer bewohnt. Doch kaum hatten sie die Grenze zum ehemaligen Zeylem überquert, ritten sie durch totes Land, über die Schlachtfelder der ersten Kriegsjahre, auf denen der Wind durch die Skelette unzähliger Toter pfiff. Die Wälder waren vertrocknet, die Dörfer verbrannt und geplündert. Dazwischen gab es nichts als Staub und aufgesprungenen Boden.

Hinter Zeylem durchquerten sie das staatenlose Gebiet. Nur die Reste von Häusern und Dörfern erinnerten daran, welche Vielfalt es früher gegeben hatte. In jeder Siedlung sahen die Behausungen unterschiedlich aus. Mancherorts schienen die Menschen in Höhlen gelebt zu haben, anderswo hatten sie Städte mit Festungsanlagen gebaut. Doch nur die schönsten Orte waren von sapionischen Sippen übernommen worden, die sich nun in den Dörfern ausbreiteten und die durchreisenden Krieger mit Nahrung und Wasser versorgten.

Zu guter Letzt kamen sie nach Farua. Hier waren die Reste von Wäldern noch zu sehen, vertrocknete Bäume, die übereinandergestürzt waren, dazwischen Brachflächen, auf denen früher Getreide gewachsen war. Alle Menschen, die noch in diesem Land lebten, waren in die Sklavenkolonien verfrachtet worden, um dort zu arbeiten, als Landwirtschaftssklaven, die das nahrhafte Zuckergras anbauten, in den unterirdischen Bergwerken, aus denen sie das letzte Wasser förderten, oder als Waldsklaven, die den toten Wald zu Brennholz und Baumaterial verarbeiteten.

Immer wieder ritten sie an Arealen vorbei, die mit Stachelzäunen abgeriegelt waren. Dahinter arbeiteten ausgemergelte Gestalten, und in der Nähe lagen zumeist Schweinefabriken, deren Leichengestank keinen Zweifel daran ließ, womit die Tiere gemästet wurden.

Es war nur eine Frage der Zeit, ehe die letzten Ressourcen verbraucht waren. Nie zuvor hatte Dorgen diesen Umstand so deutlich erkannt. Die faruanischen Sklaven waren an ihren körperlichen Grenzen angelangt. Mehr als die Hälfte aller Sklavenkolonien schien längst ausgestorben zu sein. Ganze Wasserbergwerke hatten sie stillgelegt. Krieg und Dürre hatten die Welt nahezu vollständig zerstört. Nur noch das bergige Pamal, Nordfarua und Malun waren geblieben. Und dazwischen der Waldgürtel, den niemand durchdringen konnte.

Von nun an würde er dafür verantwortlich sein, im Krieg neue Fortschritte zu erlangen, den Wald zu erobern und die letzten Ressourcen zu erschließen. Er wollte die Aufgabe nicht übernehmen, doch wenn er in die Gesichter der jungen Krieger schaute, wurde ihm klar, dass er es tun musste. Ohne dieses Wasser gab es keine Zukunft mehr.

Aber auch die Gesichter der Sklaven ließen ihn nicht los. Die eingefallenen Augen, mit denen sie durch die Zäune auf die Kriegerkolonne blickten, die jungen Sklavenmädchen im Heerlager, die von den Soldaten missbraucht wurden. Immer wieder sah er das Gesicht von Thia vor sich, deren ungewisses Schicksal noch immer auf seinem Gewissen lastete – und nicht zuletzt dachte er an Nugia, Feylas beste Freundin, die ihm den Schlüssel zu den magischen Steinen gegeben hatte. Konnte er gleichzeitig für die Kinder seines Volkes sorgen und ihre Kriegsgegner mit menschlicher Gerechtigkeit behandeln? Und konnte er diesem Anspruch überhaupt folgen, wenn Walerius ihn mit Feylas Leben und dem seiner Kinder erpresste? Dorgen ahnte, dass es schwierig werden würde. Aber nun, da er schon beinahe auf dem Posten des Heerführers war, wollte er es wenigstens versuchen.

Es war der Abend des siebenundzwanzigsten Tages, als sie das Heerlager vor sich sahen. Der erste Block war bereits auf dem Zeltplatz eingeritten, als Dorgen inmitten seiner Leibgarde die letzte Anhöhe vor dem Heerlager erreichte. Schon von Weitem konnte er die Unruhe hören, die im Heerlager herrschte. Stimmen brüllten durcheinander, Pferde wieherten, und die jungen Rekruten sammelten sich in einer schwarzen Wolke vor den Stallanlagen.

Nur eines suchte Dorgen vergeblich: ein neues Areal, auf dem sie die neuen Männer unterbringen konnten. Die Zelte waren noch immer auf die gleiche Weise angeordnet wie im Jahr zuvor. Demnach war es kaum denkbar, dass sich dreitausend Schlafplätze finden ließen.

Dorgen richtete sich an einen seiner Gardisten. »Haben wir neue Zelte für die Rekruten in unserem Tross?«

Der Mann zuckte die Schultern. »Das kann ich nicht sagen, Herr. Mein Befehl beschränkt sich darauf, Euer Leben zu schützen.«

Dorgen unterdrückte einen Fluch. »Mein Leben ist derzeit außer Gefahr«, knurrte er. »Reite nach hinten zum Versorgungsoffizier und finde heraus, wo wir die neuen Männer unterbringen.«

Der Gardist wirkte verwundert, tauschte Blicke mit seinen Kollegen aus, als wüsste er nicht, ob er Dorgens Befehl gehorchen sollte oder nicht.

Dorgen lächelte ihm grimmig zu. »Oder willst du den Befehl deines zukünftigen Heerführers verweigern?«

Der Gardist schüttelte irritiert den Kopf. »Nein. Natürlich nicht.« Er räusperte sich, wendete sein Pferd und ritt in die entgegengesetzte Richtung davon. Ehe er den Tross am Ende der Kolonne erreicht hatte und mit der Nachricht wieder zurückgekehrt war, würde Dorgen schon längst im Heerlager sein. Vielleicht sollte er für alle Gardisten eine Aufgabe finden? Wenn es nur so leicht wäre, sie loszuwerden.

Sie ritten weiter den Hügel hinab, an den stinkenden Schweineställen vorbei, bis sie die ersten Ausläufer des Zeltlagers erreichten. Kurz darauf kamen sie nicht mehr voran. Die Rekruten des ersten Blockes versperrten den Weg zu den Pferdeställen, hielten ihre Pferde am Zügel und wussten nicht, wohin mit ihnen. Ihre Gesichter waren erschöpft. Manche lehnten an den Schultern ihrer Reittiere, andere saßen noch im Sattel und schliefen. Weiter vorne riefen die Stallsklaven und Knappen durcheinander, versuchten Pferde entgegenzunehmen und hatten keinen Platz, um sie unterzubringen. Dreitausend zusätzliche Pferde …

»Was ist hier eigentlich los?« Dorgen wandte sich an den nächsten Gardisten. »Wusste niemand, dass wir mit dreitausend Mann Nachschub anrücken?«

Der zweite Gardist sah ebenso hilflos aus wie der erste. »Der alte Heerführer ist tot. Das Heer ist führungslos. Vielleicht hängt es damit zusammen.« Er klang unsicher.

Führungslos … Dorgen schaute über die Männer hinweg, die sich als Schaulustige um die Neuankömmlinge versammelt hatten. Obwohl die Dienstzeit noch nicht beendet war, torkelten sie umher. Viele von ihnen konnten sich im Alkoholrausch kaum noch aufrecht halten.

Dorgen suchte sich einen heraus, der die Offiziersabzeichen trug. »Du!«, rief er und zeigte vom Sattel aus auf ihn. »Ich bin euer neuer Heerführer. Gibt es hier jemanden, der das Kommando führt?«

Der Offizier löste sich irritiert von der Gruppe, mit der er zusammenstand, und trat Dorgen entgegen. »Nein«, rief er zurück. »Also. Ich weiß es nicht. Manche Kommandeure vielleicht.«

Dorgen zeigte auf das Abzeichen, das der Offizier auf seiner Brust trug. »Du bist selbst ein Kommandeur! Schaff mir die Leute von den Wegen und bring mich zum Zelt des alten Heerführers!«

Der Kommandeur trat unbehaglich auf der Stelle. Dann nickte er und wandte sich zu den Kriegern um, die dicht an dicht zwischen den Zelten standen. »Ihr habt es gehört«, rief er. »Er ist unser neuer Heerführer. Macht Platz, um ihn durchzulassen.«

Die Männer wichen torkelnd zur Seite. Manche prosteten Dorgen mit ihren Bechern zu, andere stießen ein betrunkenes Lachen aus.

Dorgens Leibgarde ritt vor. Einer von ihnen rief den Soldaten entgegen: »Alle Mann zur Seite. Der neue Heerführer kommt!«

Das Spalier vor ihnen teilte sich immer weiter. Dorgen spürte die neugierigen Blicke, die auf ihm hafteten. Der neue Heerführer. Manche der Männer erinnerten sich noch an ihn. Er selbst fand das ein oder andere bekannte Gesicht.

Kurz bevor sie die Offizierszelte erreichten, stand Gerolf zwischen den Kriegern. Erstaunen leuchtete in seiner Miene, als er Dorgen erkannte. »Da hast du aber nobel geheiratet«, brüllte er ihm über den Lärm hinweg zu. »Vom Handwerkersohn zum Akademiker zum Heerführer, Donnerwetter …«

Dorgen konnte nicht heraushören, ob es neidisch oder gönnerhaft klang. Er wusste nur, dass es besser war, Gerolfs Gerede keine Beachtung zu schenken. Dann waren sie an ihm vorbei.

Dorgen hielt weiterhin Ausschau, suchte nach dem einzigen Gesicht, das er wiedersehen wollte. Doch Tailin war nirgendwo zu sehen. Anfangs hatten sie sich noch Briefe geschrieben. Aber kurz darauf war der Kontakt abgebrochen. Dorgen hatte sich nicht darüber gewundert. Sie waren Krieger. Keiner von ihnen hatte gelernt, sich mit geschriebenen Worten zu unterhalten, geschweige denn, dass sie Gefallen daran fanden. Tailin jetzt wiederzusehen, wäre dennoch der beste Trost, den er sich vorstellen konnte.

Im Offizierslager wurde es ruhiger. Nur die wenigsten Krieger wagten sich zum Trinken hierher. Dafür weitete sich der Abstand der Zelte, so dass sie bequemer hindurchreiten konnten. Der Kommandeur, den Dorgen angesprochen hatte, ging noch immer vor ihnen her und trat als Erster in das Zelt des Heerführers, während Dorgen absaß und die Leibgarde seinem Beispiel folgte.

Kurz darauf kam der Kommandeur wieder heraus, dicht gefolgt von einem jungen Mann, der mit konfusem Blick auf Dorgen zustürmte. »Ihr seid der neue Heerführer?« Erleichterung lag in seiner Stimme. »Ich bin … Also, ich war der Adjutant von Zailosch, dem alten Heerführer.«

Dorgen gab sein Pferd an einen der Gardisten ab und folgte dem Adjutanten, der ihn eilig in das Zelt des Heerführers winkte. Der junge Offizier trug die vornehme, braune Uniform eines Akademikers.

»Es ist das reine Chaos«, erklärte er. »Vor etwas mehr als einem Monat hat Zailosch sich das Leben genommen. Seitdem fällt alles auseinander. Vom einfachsten Krieger bis zum höchsten Offizier machen alle, was sie wollen. Dienstpläne werden nicht mehr eingehalten oder gar nicht erst erstellt, kaum jemand geht noch in den Wald, und mehr als zweihundert Krieger sind desertiert.« Der Adjutant wischte sich den Schweiß von der Stirn und deutete auf Berge von Papier, die sich auf Zailoschs Schreibtisch häuften. »Auch vor seinem Tod war es schon schlimm. Er hat wirr geredet, und seine Befehle waren kaum zu verstehen. Früher hat er seine Pläne immer mit mir besprochen, aber zum Schluss hat er nur noch an seinem Schreibtisch vor sich hingebrabbelt.«

Dorgen sah sich aufmerksam im Zelt um. Nicht nur der Schreibtisch mit den Papieren war hier, sondern auch ein Bett und diverse Truhen. An den Zeltwänden hefteten Landkarten.

»Ich versuche gerade, seine Papiere zu ordnen«, fuhr der Adjutant fort. »Er muss an einem heillosen Wahnsinn erkrankt sein. Anders kann ich mir das nicht erklären.«

Dorgen wandte sich zurück an den Adjutanten. »Was erklären?«

Der junge Mann ging um den Schreibtisch herum, zog eine zusammengerollte Karte hervor und drückte sie Dorgen in die Hand. »Das hier. Seine neuesten Pläne. Ich bin froh, dass es nicht mehr so weit gekommen ist.«

Dorgen trat ebenfalls an den Schreibtisch, rollte die Karte auseinander und legte sie auf die Tischplatte. Die Ecken musste er mit Akten beschweren, damit sie sich nicht wieder einrollte. Dann versuchte er, die Zeichnungen auf der Karte zu verstehen. Er erkannte den Waldgürtel von Farua, der sich von links nach rechts über die Karte zog. In der Mitte fand er das Heerlager und daneben breite Streifen, in denen sie täglich am Wald entlangpatrouillierten.

Doch Zailosch hatte etwas Zusätzliches auf den Karten eingezeichnet. Dorgen brauchte einen Moment, ehe er die Zeichen entschlüsseln konnte. Es waren Stationen, die sich am Waldrand entlangzogen und mit Symbolen beschriftet waren. Aber erst ein Blick in die Legende zeigte ihm, was die Zeichen bedeuteten: *Brandschleuder, Feuerball, 200 Mann mit Feuerpfeilen* … Jedes Zeichen stand für eine Waffe oder eine Brandstiftungsmethode.

»Was soll das bedeuten?« Dorgen konnte den alarmierten Tonfall nicht unterdrücken.

Der Adjutant trat an seine Seite und blickte ebenfalls in die Karte. »Wohl das, wonach es aussieht. Er wollte den gesamten Waldgürtel in Brand setzen. Ich habe mich immer über die Befehle gewundert, die er den Kundschaftern im letzten halben Jahr gegeben hat. Aber diese Karten habe ich erst nach seinem Tod gefunden.«

Dorgen fröstelte. Die Brandlegung des Waldes … »Es wäre

das Ende«, murmelte er. »Das Ende von ganz Ruann. Wie kam er darauf?«

Der Adjutant zuckte die Schultern. »Ich weiß es nicht. Wie ich schon sagte. Mit mir hat er nicht darüber gesprochen.«

Dorgen richtete sich auf. »Könnte es sonst noch jemanden gegeben haben, dem er von seinen Plänen erzählt hat?«

Der Adjutant schaute für einen Moment ins Leere. Dann schüttelte er den Kopf. »Ich glaube nicht, dass er mit einem der Offiziere gesprochen hat. Bei so einer Neuigkeit gibt es immer Gerede. Dann hätte ich etwas davon hören müssen. Aber niemand hat es erwähnt.« Ziellos schaute er sich im Zelt um. Als sein Blick das Bett erreichte, hielt er inne und deutete darauf. »Aber vielleicht hat er mit *ihr* geredet.«

Dorgen folgte seinem Blick. Das Bett war mit dicken Kissen ausgestattet, beinahe so opulent wie die Betten seiner Ehefrauen. »Wer ist *sie*?«

Der Adjutant zeigte zum Ausgang. »Er hatte eine neue Lieblingssklavin. Sie war noch sehr jung, ziemlich schüchtern. Aber er war vernarrt in sie. Bei ihr hat er die meiste Zeit verbracht. Seit seinem Tod hat sie ihr Zelt kaum noch verlassen.«

Dorgen schöpfte neue Hoffnung. Eine Sklavin also, eine Frau. Wenn Zailosch sie wirklich gerngehabt hatte, war es denkbar, dass sie etwas wusste. »Bring mich zu ihr.«

Der Adjutant nickte, trat zum Zeltausgang und hielt ihn für Dorgen auf. Draußen führte er ihn zu den Zelten der Privathuren und steuerte auf das größte und prunkvollste zu. Auch hier hielt er die Lederplane für Dorgen auf. »Der neue Heerführer will dich besuchen!«, rief er ins Zelt. Ohne auf eine Antwort zu warten, ließ er Dorgen eintreten und zog sich zurück.

Das Mädchen sprang erschrocken auf. Mit wirren Haaren stand sie vor ihrem Bett. Tiefe Ringe lagen unter ihren Augen, und ihr Kleid wirkte so zerknittert, als sei sie seit Tagen nicht aufgestanden. Dennoch erkannte er sie, genauso wie sie ihn erkannte.

»Dorgen?« Nureen sprach als Erste, ihre Stimme klang ungläubig. »*Du* bist der neue Heerführer?«

Seine Gedanken fielen durcheinander. Warum war Nureen die neue Lieblingssklavin des Heerführers? »Was machst du hier? Hat Tailin nicht gut auf dich aufgepasst?«

Nureen kam auf ihn zu. Besorgnis zeichnete sich in ihren Blick. »Doch. Das hat er. Aber er ist nicht mehr hier.«

»Nicht mehr hier?« Ein beklemmendes Gefühl legte sich um Dorgens Brust. »Wo ist er dann?«

Nureen schluckte. »Als ich ihn zuletzt gesehen habe, wollte er an der Grenze zu Pamal desertieren. Aber ich weiß nicht, ob es ihm gelungen ist. Ich habe nie wieder von ihm gehört.«

Dorgen öffnete den Mund. Er wollte etwas sagen und konnte nur denken. Tailin war desertiert? An der Grenze zu Pamal? »Warum?«

Nureen trat einen weiteren Schritt vor. Dann rannte sie auf ihn zu, fiel ihm in die Arme und drückte ihr Gesicht in seine Halsbeuge. »Du solltest das Gleiche tun wie er. Flieh, solange du kannst. Du darfst nicht der neue Heerführer sein. Sie werden dich in den Wahnsinn treiben, wie sie es mit Zailosch getan haben.«

Dorgen schloss die Arme um ihren Körper. Sie musste ihm alles erzählen: Was mit Tailin geschehen und warum Zailosch verrückt geworden war. Doch ganz gleich, was er von ihr erfahren würde, eines war sicher. »Ich kann nichts dagegen tun«, flüsterte er. »Walerius hat mich in der Hand. Er will mich zum Heerführer machen, und ich habe keine Wahl. Er tötet meine Kinder, wenn ich nicht gehorche. Und er tötet die Frau, die ich am meisten liebe.«

Nureen gab ein erschrockenes Geräusch von sich, ihre Arme schlossen sich noch enger um seinen Rücken. »Maluna steh uns bei«, keuchte sie. »Wir werden alle sterben. *Du selbst* wirst uns alle umbringen.«

Epilog

Aussichtshügel am Rande des Heerlagers

RABANUS

Einen guten Monat lang war er dem Treck gefolgt, in großem Abstand, jenseits der Staubwolken und außerhalb ihrer Sichtweite. Und dennoch nah genug, um kurz nach ihnen anzukommen. Jetzt hatte er den Aussichtshügel erreicht. Das Heerlager erstreckte sich unter ihm. Er war noch zu weit entfernt, um einzelne Personen zu erkennen. Doch hier oben war er wie die Sonne, der Größte und Mächtigste, der auf alle anderen hinabsah.

Tausende von Soldaten liefen dort unten durcheinander, prügelten sich um Zelte und Nahrung oder schliefen auf der nackten Erde. Schreie drangen durch die Nacht. Raues Männerbrüllen und dazwischen die Verzweiflung der Frauen. Manche konnte er im Schein der Feuerstellen sehen, wie sie den Kriegern zum Opfer fielen und regungslos liegen blieben, bis der nächste Krieger über sie herfiel.

Rabanus saugte das Schauspiel in sich auf, ließ die Gewalt durch seinen Körper rinnen, um die glühende Hitze zu löschen, die ihn von innen verbrannte. Aber ganz gleich, was er versuchte, es gelang nicht. Seine Hitze brannte weiter. Er war wie die Sonne, herabgefallen zur Erde und hier unten ein Feuersturm, der alles verbrennen und verschlingen musste, ehe er Frieden finden konnte. Jetzt war es so weit. Bald würde das Inferno seinen Höhepunkt erreichen.

Rabanus kämpfte nicht länger gegen die Hitze. Der Hass in

seinem Inneren brach auf, zerfraß seine Eingeweide und brannte sich durch seine Haut. Glühende Narben kribbelten auf seinen Händen, auf seinen Armen, in seinem Gesicht. Nur vage nahm er die Männer wahr, seinen Tross, der hinter ihm hin und her wirbelte, um das Nachtlager zu richten. Erst als einer der Soldaten zu ihm trat, wandte Rabanus sich in seine Richtung.

Der Mann schrak zusammen. Sein Gesicht wurde aschfahl, sein Blick huschte zu Boden. »Ich bin gekommen, um nach Euren Wünschen zu fragen, großer Herrscher von Sapion.«

Rabanus widerstand dem Drang, nach den Narben zu tasten. Mit scharfer Geste wies er auf den Metallwagen, der am Rand des Trosses stand. »Ich will das Monster besuchen. Sichere den Wagen und sorge dafür, dass er auf festem Grund steht, wenn ich komme.«

Der Krieger duckte sich und murmelte: »Natürlich, mein Herr. Ich kümmere mich darum.« Sichtbar erleichtert lief er davon.

Rabanus konnte sich nicht länger zurückhalten, hob die Hand und strich über die Furchen, die sein Gesicht entstellten. Dann wickelte er eine Haarsträhne um seinen Finger, riss sie aus und sah sie an: Sie war grau, zeigte zum ersten Mal seit Jahren sein wahres Alter.

Er musste das Monster besuchen! Sofort!

Noch bevor er sich vom Anblick des Heerlagers gelöst hatte, eilte ein weiterer Krieger an seine Seite. »Ein Bote!«, rief er. »Rabanus, großer Herrscher. Ich muss Euch mitteilen, dass soeben ein Bote für Euch eingetroffen …« Das letzte Wort erstickte und spiegelte das namenlose Grauen, als er das Gesicht seines Herrschers erblickte.

Rabanus knurrte. »Ausgerechnet jetzt?« Der Hass in seinem Körper wallte auf, brannte sich noch schärfer durch seine Haut. Dennoch winkte er den Boten heran, der mit übergeschlagener Kapuze etwas entfernt stand.

Er erkannte den Jungen an seinen Bewegungen, an dem weichen, geschmeidigen Gang, mit dem er näher kam. Siberi blieb vor ihm stehen, blickte ihn aus der Dunkelheit unter seiner Kapuze an, ohne den Kopf zu senken. »Ich bringe Euch eine interessante Botschaft.« Er sprach leise und fest, der einzige Mensch weit und breit, der Rabanus ohne Furcht gegenübertreten konnte.

Einer der wenigen, der ihm ebenbürtig war.

Siberi schob die Kapuze zurück und enthüllte sein Gesicht, seine schmalen Wangen und die großen Augen, seine ebenmäßigen Züge, die sich an Schönheit kaum überbieten ließen. Das rote Licht der Nachtsonne fing sich in seinen schwarzen Locken und brachte sie zum Leuchten. »Wir haben sie in unserer Hand«, berichtete er. »Bereit, sie in die Wüste zu bringen – oder auch nicht.« Dunkle Magie strömte aus seiner Stimme, stark genug, um die Hitze in Rabanus' Eingeweiden zu bezähmen.

Walerius' widerspenstige Tochter, gezeugt mit der mächtigsten Diplomatin Faruas. Großes Potential hatten sie in ihr gesehen, auch wenn sie nur ein Mädchen war. Vielleicht sogar, *weil* sie ein Mädchen war. Sie hätte die zweite große Göttin werden können. Das, wonach sich die Sklaven sehnten, seit Maluna verschollen war. Aber Feyla hatte das göttliche Talent vermissen lassen. Es war schon lange an der Zeit, sie zu entsorgen. Nur einen letzten Zweck musste sie noch erfüllen.

Rabanus deutete mit dem Arm auf das Heerlager, wo das Zelt des Heerführers lag. »Mir ist zu Ohren gekommen, er habe eine Bitte an seinen Schwiegervater gestellt?«

Siberi schaute ebenfalls ins Tal. Auch im Profil wirkte seine Schönheit so kühl, dass Rabanus darunter zur Ruhe fand. Im Gegensatz zu Feyla übertraf er die Erwartungen um ein Vielfaches. »Ja, das hat er.« Die Muskeln an Siberis Wangen zuckten, ein gerissenes Lächeln legte sich auf seine Lippen. »Er muss ein Narr sein. Es ist fast schon beleidigend, wie leicht er uns in die Falle gegangen ist.«

Rabanus musste lachen, es war ein dunkles, dämonisches Geräusch. Er konnte hören, wie die Männer seines Trosses darunter erstarrten.

Nur Siberi wirkte unbeeindruckt. »Wann werden wir zu ihm gehen und ihm seinen Auftrag erteilen?«

Rabanus ließ sein Lachen verstummen. »Den richtigen Zeitpunkt zu wählen, wird dir sicher leichter fallen als mir«, murmelte er. »Was schlägst du vor?«

Wieder erschien das selbstzufriedene Lächeln auf Siberis Gesicht. »Noch nicht sofort. Er darf ruhig eine Weile mit dem Chaos kämpfen und sich in sein neues Amt hineinfinden. In seinem Fall spielt uns die Zeit in die Hände. Sein Verantwortungsgefühl wird ihn an seine neue Rolle binden. Je länger wir warten, desto mehr wird ihm an seiner Führungsposition liegen, desto weniger wird er sich sträuben.«

Siberis Stimme sickerte tief in Rabanus' Leib. Für alle Ewigkeit könnte er den Plänen des Jungen lauschen und in seiner Gegenwart Ruhe finden.

»Außerdem«, fuhr Siberi fort, »könnte ich noch ein wenig Zeit gebrauchen, um noch einmal nach Anmare zu reiten. Zailoschs plötzlicher Tod hat ein wichtiges Vorhaben unterbrochen. Es gibt noch eine Person, um die ich mich kümmern muss, ehe das Großreich Sapion zu seinem größten Schlag ausholt.«

Die oberflächliche Ruhe in Rabanus' Körper zerfiel. »Geht es um den Auftrag deiner Gruppe? Konntet ihr den Kreis der Widerständigen inzwischen eingrenzen und auflösen?«

Siberi verzog sein Gesicht zu einer Grimasse. »Ich wünschte, es wäre so. Aber der Widerstand ist ein breit verzweigtes Geflecht. Bevor ich nicht diesen Mann gesprochen habe, kann ich nicht sagen, was das für unser Vorhaben bedeutet. Deshalb ist Eile geboten.«

Rabanus spürte, wie seine Hand zu zittern begann. Schwäche kroch durch seinen Körper und wollte ihn zu Boden zwingen. Er sah sich in seinem Tross um, schaute noch einmal auf den Metallwagen, in dem das Monster lebte.

Es wurde Zeit. Die Hässlichkeit in seinem Inneren mochte der Grund sein, warum er der mächtigste Mann in ganz Ruann war, doch äußerlich durfte sie nicht länger zu sehen sein. »Dann reite nach Anmare, Siberi. Brich noch heute Nacht auf. Ich verlange, dass dieser Spuk endlich beseitigt wird. Und nun entschuldige mich.« Damit wandte er sich ab, marschierte an seinen Männern vorbei, die ängstlich zur Seite sprangen, und hielt auf den Metallwagen zu.

Die beiden Krieger, die den Eingang bewachten, öffneten ihm die Tür, wichen panisch zurück und knallten den Wagen zu, sobald er über die Schwelle gestiegen war.

Im Inneren war es dunkel, nur schemenhaft erkannte er die Gestalt, die in der Ecke hockte. Niemand hatte das Monster je gesehen. Niemand hatte auch nur eine Ahnung, welche Kreatur im Inneren des Metallwagens lebte. Einzig Rabanus kannte ihr Gesicht. Seine Augen gewöhnten sich an die Dunkelheit und entdeckten das blonde Mädchen, das mit angewinkelten Beinen in der Ecke hockte.

Nur um seine Männer zu täuschen, bezeichnete er sie als *Monster*. Schon damals hatte er sie so getauft, vor mehr als hundert Blutjahren, nachdem er sie gefunden und in Besitz genommen hatte. Doch eigentlich war sie kein Monster. Sie war sein größter Schatz, sein größtes Geheimnis und zugleich sein wundester Punkt.

Auch nach mehr als hundert Jahren war ihr Körper noch immer jung. Makellose Schönheit zierte ihr Gesicht. Nur ihr Blick schaute so leer vor sich hin, als sei ihre Seele längst gestorben.

Rabanus hatte nie herausgefunden, welchen Namen sie trug oder woher sie stammte. Er konnte nur ahnen, dass sie eine echte Göttin war.

Schon seit langer Zeit stahl er ihre Magie und gab sie als

seine aus. Rabanus, der ewig Junge. Es war eine Lüge. Nur solange er die ewig junge Göttin in seinem Besitz hatte, würde er jung, ansehnlich und voller Kraft bleiben. Aber wenn er sie verlöre, würde seine Jugend mit einem Schlag zerfallen, die grässlichen Narben zurückkehren und der Tod ihn einholen.

Das, was heute mit seinem Gesicht geschehen war, war nur ein grausiger Vorgeschmack. Er hatte sich nicht mehr unter Kontrolle, immer häufiger griff das Feuer seiner Seele auf seinen Körper über. Deshalb war er dazu übergegangen, die Göttin der ewigen Jugend in einem Metallwagen mit sich zu führen. Damit er sich jederzeit an ihr verjüngen konnte.

Die Göttin reagierte nicht, als er auf sie zuging, rührte sich auch dann nicht, als er die angewinkelten Beine von ihr fortzog, sie zu beiden Seiten auf den Boden drückte und sich über sie legte. Manchmal wünschte er, sie würde schreien, sich wehren und ihm etwas entgegensetzen. Er hatte sie bereits geschlagen und bewusstlos geprügelt, nur um ihre Gleichgültigkeit zu durchbrechen.

Doch die Göttin lag einfach nur da und ließ es geschehen.

Sein Hass brodelte, während er sich an ihr verging. Er hatte zu lange gewartet, fühlte sich gebrechlich und kraftlos wie ein alter Mann. Seine Muskeln zitterten, seine Stimme ächzte. Fast schon musste er fürchten, dass er die Sache nicht zu Ende bringen würde. Nur der Hass konnte die fehlende Lust ersetzen, hielt ihn aufrecht, bis seine Hässlichkeit mit dem Samen aus ihm herausspülte.

Sein Gesicht straffte sich, sobald es getan war. Die Kraft kehrte in seine Muskeln zurück, und die Narben auf Händen und Armen verschwanden, noch während er sich darauf stützte.

Als er sich erhob, war die Jugend in seinen Körper zurückgekehrt. Mit leisen Schritten trat er an den Spiegel und betrachtete sein Gesicht, das so jung und schön geworden war wie das von Siberi, strich sich durch die Haare, die wieder glatt und schwarz über seine Schultern fielen.

Ein Teil von ihm wollte erleichtert ausatmen.

Wenn er nicht gezwungen wäre, sich wieder der Göttin zuzuwenden. Bei ihrem Anblick fluteten eisige Schauer seinen Rücken herab. Der Leib des Mädchens rundete sich, zuerst langsam, dann immer schneller, bis das Balg in ihrem Bauch den Weg nach draußen verlangte. Der Körper der Göttin bäumte sich auf, ihr Mund öffnete sich und ihre Beine rutschten noch weiter auseinander.

Rabanus sprang nach hinten und drückte sich gegen die Wand. Grausiges Entsetzen erfasste ihn und wollte ihn davonrennen lassen. Allein die Gegenwart der Göttin zwang ihn zu bleiben.

Wieder bäumte sie sich auf. Zwischen ihren Beinen schoss ein Wasserschwall hervor, dann ein schmatzendes Geräusch, ehe das Monster aus ihr herausrutschte. Mit einem Klatschen landete es vor seinen Füßen.

Rabanus wollte es nicht ansehen. Doch die Macht der Göttin zwang ihn dazu. Voller Grauen starrte er auf das winzige Ungeheuer, dessen Gesicht und Körper von Brandnarben zerfressen war. Er griff nach einem der Tücher, die hinter ihm auf dem Regal lagen, warf es über das Kind und wickelte das Monster darin ein. Seine Nackenhaare sträubten sich, als er das Balg hochhob.

Diesen Moment fürchtete er am meisten. Ein raues Gurgeln löste sich aus der Kehle der Göttin und ließ ihn zusammenzucken. Ihr Mund öffnete sich, bis er in ihren Schlund sehen konnte. Mit einem fauchenden Laut begann sie zu sprechen: »Es ist Deine HÄSSLICHKEIT, die ich geboren habe. Deine BOSHAFTIGKEIT gepresst in Fleisch und Blut. Sieh es an, und du siehst deinen Spiegel. Wende den Blick ab, und es wird hinter dir wachsen, unkontrollierbar und groß, unberechenbar und stark, unverwüstlich und ewig lebend.«

Rabanus taumelte zur Seite, stolperte über seine Füße und drückte das Monster an sich. Er strauchelte zum Eingang und pochte mit dem Ellenbogen dagegen. Von draußen löste sich der Riegel, die Tür schwang auf und ließ ihn hinausspringen.

Das Bündel in seinen Armen kreischte. Ein gellender, spitzer Schrei wie von brennenden, sterbenden Kindern. Rabanus schaute in die entsetzten Gesichter der Wachen, suchte einen von ihnen aus und drückte ihm das Biest in die Arme. »Bring es zu den anderen!«, befahl er. »Und sorg dafür, dass es niemals entkommt!«

Hermann J. Gruhl

Der Gamsbock auf der Schneid

Stocker